새로운 인생

서간문과 산문에 남긴 엔리코 튀르머의 유년기
잉고 슐체가 주석과 머리글을 달고 발행함

새로운 인생 1

대산세계문학총서 085

잉고 슐체 지음 ― 노선정 옮김

문학과지성사
2009

대산세계문학총서 **085**_소설

새로운 인생 1

지은이__잉고 슐체
옮긴이__노선정
펴낸이__홍정선 김수영
펴낸곳__ ㈜**문학과지성사**

등록__1993년 12월 16일 등록 제10-918호
주소__121-840 서울 마포구 서교동 395-2
전화__02)338-7224
팩스__02)323-4180(편집) 02)338-7221(영업)
전자우편__moonji@moonji.com
홈페이지__www.moonji.com

제1판 제1쇄__2009년 11월 2일

ISBN 978-89-320-1990-1
ISBN 978-89-320-1989-5 (전 2권)
ISBN 978-89-320-1246-9 (세트)

이 책은 대산문화재단의 외국문학 번역지원사업을 통해 발간되었습니다.
대산문화재단은 大山 愼鏞虎 선생의 뜻에 따라 교보생명의 출연으로 창립되어 우리 문학의 창달과
세계화를 위해 다양한 공익문화사업을 펼치고 있습니다.

차례

크리스타,

나탈리,

클라라,

프란치스카를 위해서

글머리에

나는 7년 전부터 소설이 될 만한 소재를 찾을 요량으로 독일 기업가들에 대한 자료를 모으기 시작했다. 하인리히 튀르머가 내 흥미를 끌었다. 그는 불과 몇 년 만에 한 지역 신문사를 토대로 자신만의 작은 제국을 건설했고 튀링겐과 작센의 경계가 맞닿은 지역 거의 전부를 그 영향권 안에 들게 했기 때문이다. 가지를 쳐가며 발전해왔던 튀르머의 사업의 말로는 사람들을 놀라게 했고, 세간의 이목을 끌었다. 1997년에서 1998년으로 해가 바뀌던 무렵, 채권자들과 징세관들이 몰려왔을 때에는 아무도 없는 신문사와 텅 비어 있는 금고만이 그들을 맞이했다. 튀르머는 형사상의 수배를 피해 도주한 뒤였다. 그의 투기 때문에 생긴 부채는 다른 사람들이 고스란히 떠맡아 갚아야 했으며 아직도 이 지역에서는 당시 사건의 여파를 감지할 수 있을 정도다.

자료를 조사하는 동안 나는 주목할 만하면서도 특이한 많은 사건들에 부딪혔다. 그리고 자질구레한 세부사항들을 조사하는 동안 전혀 예상치 못했던 이야기들을 발견하게 되었다.

튀르머의 원래 이름은 엔리코였지만 1990년 하반기에 하인리히라는 게르만식 이름으로 개명했다. 나는 예전부터 드레스덴에서 나고 자란 엔리코라는 이름의 사람 한 명을 이미 알고 있었다. 바로 서독으로 이주해

간 뒤 연락이 두절되었던 베라 튀르머의 남동생이었다. 동시에 그는 반은 달랐지만 나와 같은 학교를 다닌 동창생이기도 했다. 신문기사의 사진 속에서 본 그 풍채 좋고 품위 있는 양복 차림의 사업가가 한때는 나와 함께 축구를 하고 교회 합창단에서 노래를 부르던, 눈에 잘 띄지도 않던 소년 엔리코라니. 나는 그 사실을 참으로 믿기 어려웠다.

계속해서 나를 놀라게 한 것은 튀르머라는 검색어로 그의 저서를 발견한 일이었다. 비용을 많이 들여 고급스럽게 장식한 산문집이었는데, 1998년 괴팅겐에서 발행되었다. 짐작건대 작가 자신의 금전적 개입이 없었더라면 그 책의 출간은 어려웠을 것이다. 책에 대한 그나마 몇 안 되는 반응은 예외 없이 모조리 경멸조의 비평들이었다. 하긴, 당연한 일이다. 그의 도주가 씁쓸한 뒷맛을 남기지만 않았더라도 사업가의 일상에서 일어나는 걱정과 고민과 기쁨을 문학적으로 표현하려 한 그의 노력의 진가가 어느 정도는 평가를 받았을지도 모르는 일이다. 책의 서문에서 튀르머는 노동의 세계를 "미래 문학의 약속된 땅"이라고 칭송했다.

나는 출판사를 통해서 하인리히 튀르머의 연락처를 알아내려고 노력했지만 끝내 허사가 되었다. 그러나 대신에 베라 바라카트-튀르머로부터 연락을 받았다. 그녀는 동생의 일생을 토대로 하여 장편소설을 쓰고 싶다는 내 소원에 힘을 실어주기까지 했다. 베라 바라카트-튀르머는 헌신적이면서도 너그럽게 내가 동생이 쓴 글들을 마음대로 읽도록 배려해주었다. 편지들은 그가 이미 1990년에 누나에게 맡겼기 때문에 압수되지 않은 채 온전히 남아 있었던 것이었다. 나는 그 편지들을 통해 적어도 튀르머 사건의 첫 단계를 추정할 수 있으리라고 기대했다.

먼지가 쌓인 구두 상자 다섯 개에 각종 문서가 그득 차 있었다. 그 속에서 영수증, 버스표, 구매 목록을 적은 쪽지들과 함께 일기장과 편지, 메모와 그가 쓴 산문의 조각들을 발견했다. 하지만 튀르머가 1978년에서 1990년 사이 드레스덴의 학생으로서, 오라니엔부르크의 병사로서, 예나 대학의 대학생으로서, 그리고 알텐부르크의 극장 소속의 연극인으로서 쓴 거의 모든 글들은 정작 내 목적을 위해서는 별 가치가 없었다. 특히 그의 사춘기적 문체는 참을 수 없는 수준이었다. 튀르머는 개인적인 편지를 쓸 때조차 문장 하나하나마다 상상 속의 독자를 염두에 두고 있는 것같이 보였다. 독특하게도 그는 자신이 타자로 친 편지의 복사본은 모두 보관하고 있었지만 자기가 받은 편지를 보관해둔 일은 거의 드물었다.

튀르머에 대한 내 거부감이 점점 커지면서 애초에 품었던 의도가 거의 무산될 뻔할 무렵, 드디어 나는 결정적인 무엇인가를 발견했다.

내 앞에는 니콜레타 한젠에게 보낸 일련의 편지들이 놓여 있었다. 그 문장의 질은 튀르머의 것이라는 사실을 의심하게 했다. 나는 필체에서 내 의심을 확인시켜줄 만한 근거를 찾아보았으나 실패했다.

니콜레타에게 보낸 편지들 사이에 불규칙한 간격으로 그의 유년기 친구 요한 치일케에게 보낸 편지들이 끼어 있었다. 그것들은 모두 같은 시기, 즉 1990년 상반기에 쓴 편지들이었다. 니콜레타에게 보낸 편지에서처럼 튀르머는 자신의 산문에서 성과 없는 시도로 끝났던 문장 실력을 여기서는 아주 훌륭하게 발휘하고 있었다.

나는 베라 바라카트-튀르머로 하여금 니콜레타 한젠과 요한 치일케를 설득하도록 부탁하여, 읽어도 좋다는 허락과 함께 모든 편지 원본들을 고스란히 넘겨받았다. 베라 바라카트-튀르머는 자신이 동생에게서 받은 열세 통의 편지까지도 내게 건네주었다.

세 사람이 받았던 편지들을 시간의 순서대로(1990년 1월 6일부터 7월 11일 사이) 정리하여 끝까지 읽고 나자, 튀르머의 인생, 아니 그 한 사람

뿐만 아니라 다른 많은 사람들의 인생이 위기에 직면하고 있었던 바로 그 시기의 파노라마가 내 눈앞에 펼쳐지는 것 같았다.

내가 읽은 글 속에서, 그는 한때 연극인이었다가 나중에 직업을 바꾼 신문 편집인이었고, 한때는 실패한 작가였으나 행복한 기업인으로 변신한 사업가였으며, 명예욕이 오히려 저주가 되어 괴로움을 당하는 어린 학생이었고, 폴란드로의 행군을 피할 수는 있었지만 동료들을 피해가지는 못했던 한 병사였으며, 여자 연극배우에게 깊은 사랑에 빠진 대학생이기도 했고 자신의 의지에 반해 영웅이 되어버렸지만 사실은 비겁한 남자이기도 했다. 또한 나는 그의 글에서 시위에 대해서도 읽었으며 장벽 너머 서방 세계로의 첫 발걸음에 대해서도, 누나 없이는 살 수 없는 남동생에 대해서도 읽었다. 그리고 그가 병을 앓았던 것과 악마와 결탁한 일에 대해서도 읽었다. 한마디로 나는 하나의 완전한 소설을 읽었던 것이었다.

그래서 나는 직접 소설을 쓰겠다던 계획을 접고 내 모든 힘을 바쳐 그 편지들을 엮어 발행하기로 결심했다.

미리 얘기하자면 적당한 출판사를 물색하는 일과 그의 편지에 등장하는 인물들과 협상을 하느라 몇 년이 걸렸다.

모든 사람들의 동의를 얻고 그들 각자의 요구 조건을 들어주기란 매번 쉬운 일만은 아니었다. 튀르머가 사람들에 대해 얼마나 원만하지 못하고 왜곡된 시각으로 바라보았고 증오에 가득 찬 묘사를 했었는지 거의 모든 사람들이 알게 되었다. 지금 이 글을 쓰고 있는 나 역시 튀르머의 일그러진 거울에 비친 내 모습을 발견하는 것을 피하지 못했다.

연극배우인 미하엘라 폰 바리스타 퓌르스트와 그녀의 아들 로베르트 퓌르스트에게 특별히 감사하고 싶다. 당시에 튀르머는 그들과 함께 살았었다. 그녀의 양해와 관용이 없었더라면 내 계획은 수포로 돌아가고 말았을 것이다. 엘리자베트 튀르머의 동의를 받기까지는 오랜 시간이 걸렸다. 이 책의 발행이 혹시라도 아들에게 좋지 않은 영향을 미칠까 하는 우려 때문이었다. 그러나 그녀가 결국에는 허락했다는 사실은 참으로 존중받아 마땅한 일이라고 생각한다. 어린 시절 학교 친구였으며 신학을 전공한 요한 치일케가 동의하는 데는 그 자신의 많은 자기 극복과 용기가 필요했다. 당시 튀르머가 신뢰했고, 기업의 높은 간부로 일했던 그에게 튀르머의 도주는 그들 사이 우정에 대한 배반을 뜻할 뿐만 아니라 자신과 가족을 엄청난 법적·금전적인 곤경에 빠뜨리는 사건이었기 때문이다. 그가 삭제해달라고 요구한 부분들은 대부분 받아들일 수 있는 것들이었고 전체적인 글의 인상에 큰 해가 되지 않는 정도였다.

어떨 때는 서로 상충되는 의견까지도 수록하겠다는 대답을 하고 나서야 사람들의 동의가 가능했던 경우도 있었다. 튀르머의 예전 신문사에서 그와 동료 사이였던 마리온과 요르크 슈뢰더가 이 점에서 타협을 본 것이 나를 매우 기쁘게 했다. 니콜레타 한젠에게 특별한 감사를 표한다. 그녀는 1995년에 이미 튀르머와의 관계를 끊었었다. 몇몇 사람의 경우에는 동의 없이 일을 추진할 수밖에 없었다. 예를 들면 클레멘스 폰 바리스타 박사와 같은 경우가 그렇다. 연락처를 알아낼 수 없었기 때문이다.

부록과 각주에 대해서는 다음과 같은 사항에 주목해야 한다.

니콜레타 한젠에게 보낸 스무 통의 편지는 오래된 원고의 뒷면에 씌어져 있었다. 이 원고들은 튀르머 자신이 애초에 깨달은 바와 같이 이류 정도의 수준에 불과하고 문맥이 끊기는 곳과 불완전한 문장이 많다. 그것들은 이 책의 부록에 수록했다. 경우에 따라서 편지에서 언급되지 않고 넘어간 부분이라든가 혹은 암시만 되어 있는 내용을 나중에 보완하려는 의도에서이다.

각주는 독서를 보다 용이하게 하려는 목적으로 달았다. 몇몇 사람들에게는 불필요하다고 느껴지는 내용이 있을지도 모르지만, 그 시기의 상황을 잘 모르는 어린 독자들이라면 아마도 고마운 마음으로 읽을 것이다. 문맥이 글의 흐름 속에서 나중에 자연스럽게 알려지는 부분에서는 가급적 각주 설명을 자제했다.

주의 깊은 독자라면 편지의 발신인 튀르머가 똑같은 사건이라 하더라도 세 명의 수령인에게 각각 매우 다른 방식으로 묘사하고 있다는 것을 눈치 챌 것이다. 이것의 의미를 논하는 것은 발행인의 임무가 아니다.

튀르머는 다른 사람에게 자신의 이야기를 거의 광적이다 싶을 만큼 열정적으로 고백하고 싶어 하는 것 같았다. 내가 그에 대해 놀라움을 표하자 베라 바라카트-튀르머가 자신의 의견을 말해주었다. "나도 언제나 이상하다고 생각했어. 엔리코가 왜 늘 그렇게 누군가를 따르려고 하고 자신의 얘기를 털어놓고 싶어 했는지. 그의 마음속에는 인생의 모든 단계마다 누군가가 있었어. 그가 공공연히 찬탄해마지않고 마치 충직한 개라도 되는 양 충성을 다하려고 애쓰는 그 누군가가."

잉고 슐체
2005년 7월, 베를린에서

14

발행에 관한 유의사항

거의 모든 편지는 손으로 직접 씌어진 것들이었다. 아주 적은 수의 편지나 원고들만이 타자기로 친 것이고 마지막 시기의 편지들은 컴퓨터로 친 것이다.

튀르머는 극소수의 예외를 제외하고는 언제나 타자기의 복사본 내지는 컴퓨터 인쇄본을 보관하고 있었다. 원본과 복사본이 둘 다 있는 경우에는, 예를 들어 무엇인가를 삭제한 부분과 같이 결정적인 변동 사항이 눈에 띄었다. 튀르머가 강조해서 두드러지게 쓴 단어는 이 책에서 고딕체로 표시하였다.

다소 윤곽을 파악하기가 힘든 것들은 베라 튀르머에게 보낸 열세 통의 편지 모음이다. 베이루트로 보낸 편지 중에서는 세 통만이 남아 있는데 모두 복사본이다. 팩스로 보낸 두 편의 편지는 수령자가 받지 않은 상태로 보관되어 있었다. 마지막에 쓴 편지는 아예 보내지도 않았다.

튀르머만의 독특한 문체나 지역상의 특이점을 고려하여 되도록 원문 그대로 두었으나 철자법이나 문법상의 오류는 고쳐서 표기하였다.

잉고 슐체

〔베라 누나에게〕[1]

……그렇지?" 다른 때였다면 로베르트는 우리 뒤를 따라 터벅터벅 억지로 걸었을 테고 한 걸음 뗄 때마다 대가를 요구했을 거야. 그런데 오늘은 녀석이 마치 강아지처럼 이리저리 뛰어다니는 거야. 우린 어떤 낮은 지대를 통과해야 했어. 장딴지 높이까지 푹푹 쌓인 눈이 푸른빛을 발하고 있더군. 로베르트가 갑자기 뭐라고 소리를 치곤 건너편의 비탈길을 오르기 시작했어. 쌓인 눈 아래서 진흙땅은 얼지 않고 축축하게 젖어 있었어. 미하엘라와 나도 함께 뛰었는데 우리가 우뚝 멈춰 섰을 때 우리 앞엔 흰 눈밭과 연분홍회색빛의 하늘이 펼쳐져 있었어. 우린 좀더 높이 올라갔고 들길을 가로질러 곧장 숲으로 향해 걸었어. 한줄기 바람이 불어와 겨울작물이 심어진 들판의 눈을 휘몰아가더군. 나는 두 사람에게 뒤처지지 않기 위해 무척 애를 썼지. 그런데 숲이 시작되는 곳에서 두 사람은 약속한 대로 뒤돌아서지 않고 오히려 안으로 성큼 들어가버리는 거야. 그러니 나

---

1 앞의 두 페이지는 소실되었다. 편지 맨 위 쪽수를 적는 자리에 3이라는 숫자가 기입되어 있었다. 날짜는 추정이 가능했다.

16

역시 '실버제로 가는 길'이라고 쓰인 푯말을 따라 계속 걸을 수밖에.

호수가 꽁꽁 얼어 있더라. 로베르트는 내가 무어라고 말할 사이도 없이 벌써부터 얼음 위를 미끄러져가고 있었고 미하엘라도 그 뒤를 따랐어. 변성기가 시작된 것을 자랑스러워하는 로베르트가 무어라고 새된 소리를 냈는데 알아들을 수 없었어. 미하엘라는 나보고 겁쟁이라고 소리쳤어. 그러나 난 위험을 무릅쓰기 싫어서 호숫가에 남아 있었지. 여기저기 널브러진 쓰레기들을 흰 눈이 덮어주었고 쌓인 눈 위로 장난감 말이 비죽이 솟아나와 있었어. 내가 그쪽으로 몸을 숙이는 순간, 내 이름을 부르는 소리가 들려왔고 뒤를 돌아보는데 무엇인가가 내 눈에 명중했어. 너무 쓰리더라.

아무것도 볼 수가 없었어. 미하엘라는 내가 일부러 연극이라도 한다고 생각했나 봐. 그녀가 이렇게 말하더군. 에이, 눈(雪)인데 뭘, 눈을 가지고 뭘 그래, 눈뭉치일 뿐인데!

몇 초가 지나서야 겨우 정신을 차릴 수 있었지. 로베르트가 내 손을 잡고 끌어주었을 때 나는 야릇한 행복감을 느꼈어. 바로 이 순간 깨달았던 거야. 내가 누나의 편지를 받은 게 꿈이 아니라 현실이었다는 것을, 그리고 그것을 지금도 내 가슴에 달린 주머니에 간직하고 있다는 사실을 말이야. 아, 그 순간 마치 이제야 다시 숨을 쉬는 것 같은 그런 느낌이었어.

우리 뒤에서 따라오던 미하엘라는 내게 엄살떨지 말라고 했지. 그녀는 내가 울음이라도 터뜨릴 줄 알았나 봐. 내가 건강염려증 환자이거나 꾀병을 부린다고 여겼던 모양이야. 내가 또 일하러 가지 않고 계속 빈둥빈둥 누워 지낼 핑계로 병원 진단서라도 끊을까 봐 걱정됐던 게지.

들판 한가운데서 그녀가 갑자기 겁에 질렸어. 마을 쪽으로부터 큰 들개 한 마리가 우리를 향해 달려오고 있었거든. 개는 미친 듯이 컹컹 짖으며 마구 뛰어오르다가 나한테 오자 금세 얌전해지더군. 이후로 그 녀석은 도무지 나를 떠나려고 하지 않았어. 주인 없는 그 짐승은 졸래졸래 우리 뒤를 따르다가 언덕을 따라 시내로 가는 길목과 연결된 거리까지 동행했지. 로베르트가 손짓을 하자 즉시 차 한 대가 멈춰 서더군. 승용차 핸들 앞에 촛대같이 허리를 꼿꼿이 세우고 앉아 운전을 하던 여자가 백미러로 나를 보더니 고개를 끄덕였어. 내 심장이 머리 안에 있어서 쿵쿵 뛰기라도 하듯 쿡쿡 쑤시는 통증이 매우 고통스럽더군. 그러나 그 통증이 나한테 진정으로 해가 되거나 나를 불안하게 할 수 있는 원인은 아니라는 생각이 들었어. 눈이야 어떻게 되든 아무려면 어때. 나한텐 누나가 있는데!

병원의 종합 진료소 입구에서 내가 병이 날 때마다 진단서를 끊어주곤 하는 바이스 박사의 팔에 매달렸지. 그는 "실명이 된다는 게 어디 그렇게 쉬운 일인 줄 아시오?" 하고 말하면서 내 어깨를 잡았어. "금요일엔 이 병동에 아무도 없으니 가만히 있어요. 나도 의사는 의사니까. 어디 좀 봅시다." 그는 그렇게 명령조로 말하면서 빛을 향하도록 나를 앉히더군. 사람들이 우리 곁에서 분주히 왔다 갔다 하는 소리를 들으며 나는 네온관을 향해 내 눈을 깜박거려 보였어. "겨우 작은 소혈관이네." 그가 중얼거리더군. "작은 혈관 하나가 파열되었을 뿐입니다. 그 밖엔 아무 일도 없어요!" 바이스는 나를 문지방에 세워두었어. 마치 나를 진찰한 것 자체가 불만이라는 투였지. 게다가 그는 나에게 더 이상 예민하게 좀 굴지 말라고 충고했고 그로써 결국은 미하엘라에게 승리를 안겨준 셈이 되었지. 그동안 통증이 이미 가라앉아 더 아프지는 않더라.

밖에는 눈이 다 녹아버렸어. 빨랫줄 아래 비죽이 드러난 잔디가 마치 으깨져 진창이 된 시금치같이 보여. 난 미하엘라의 공연을 보러 가야 해. 누나를 생각하기만 하면 모든 것이 얼마나 쉬워지는지.

사랑으로

누나의 하인리히.[2]

90년 1월 13일 토요일

사랑하는 누나 베로츠카!

난 매일 외출을 해. 하루에 한 시간 이상은 늘 나가 있지. 게다가 요즘에는 장 보는 일이랑 요리하는 일을 도맡아 하고 있어. 로베르트의 학교 급식보다 내가 한 요리가 더 낫다니까. 물론 학교 급식보다 더 잘한다는 게 뭐 그다지 큰 재주랄 것도 없지만. 난 매일 로베르트에게 다음 날 점심에는 무엇을 먹고 싶은지 물어두곤 하지. 오늘은 핫케이크를 만들어봤어. 글쎄, 미하엘라도 우리가 점심에 먹고 남겨둔 걸 다 먹어치우더라니까! 내 실력, 이 정도면 된 거지? 그녀의 요리책이 요즘 내가 읽는 유일한 책이야.

이번 주에는 마무스[1]에게 연달아 두 통의 편지를 써야만 했어. 미하엘라가 마무스에게 전화를 해서[2] 내 결정[3]에 대해 들으셨냐고 묻는 바람에

---

2 엔리코는 누나 앞에서는 이미 자신을 하인리히라고 칭하고 있었다.

1 남매는 어머니를 '마무스'라는 별칭으로 불렀다.
2 튀르머의 집에도 미하엘라의 집에도 또 드레스덴에 사는 그들의 어머니 집에도 전화가 없었다. 어머니는 자신이 수술실 간호사로 일하고 있는 프리드리히슈타트 종합병원에서만 전화를 받을 수 있었다.
3 튀르머는 1월 초에 극장을 그만두었다.

두번째 편지가 불가피해졌던 거야.

　이건 그냥 넘어갈 수 있는 하찮은 일이 아니라는군. 예술과 그녀에 대한, 그러니까 미하엘라에 대한, 그리고 친구들에 대한 배신이며 더 나아가 인생 자체에 대한 배신이라는 거야. 난 물론 그 말에 반대하지. 도주한 탈영병은 내가 아니라 바로 예술이라고. 그녀는 물론 그 말을 인정하려고 하지 않아.[4]

　어제 오후에는 처음으로 '편집부'에 갔었어. 게오르크, 그는 우리 신문사의 두 설립자 중의 한 사람이야. 게오르크의 집은 우체국 뒤로 한 3백 미터쯤 더 들어간 골목 프라우엔가세에 있더군. 여기가 세상의 끝이 아닐까 하는 생각이 들 정도로 외진 곳이었어. 하지만 단층짜리 폐가와 기울어진 담을 따라 바늘구멍같이 좁은 길을 통과하고 나면 세상이 다시 전처럼 친근하게 느껴지지. 게오르크의 집은 정원의 한가운데에 서 있었어. 소형 전원주택. 정원으로 들어서는 문에는 나무로 된 영락한 구조물이 설치되어 있고 거기에 장미덩굴이 둘러쳐져 있었어. 초인종 소리가 죽은 사람이라도 벌떡 일으킬 정도로 요란했지.

　"정말로 왔군!" 하고 그가 나를 반겼어. 집 안 복도에는 각종 조경 기구들과 자전거들이 세워져 있었어.

　왼쪽 계단 건너편으로 창문이 없는 작은 방을 지나면 널찍한 마루가 깔리고 천장을 나무로 댄 방에 도착하는데, 천장에 손이 닿을 정도로 나지막한 공간이었지. 방 안은 식탁과 의자들이 거의 다 채우고 있었고 가구 광택제 냄새와 커피 향이 났어. 내 앉은키는 게오르크보다 더 크지. 그는 작고 구부정한 상체를 끝없이 긴 두 다리 위에 웅크린 채였어. 신문사

4　무엇인가 숨겨진 듯한 이 암시적 표현은 뒤의 편지들에서 좀더 명료한 내용으로 반복되고 변형된다.

에 대한 계획을 말하는 동안 그는 내내 깍지 낀 자신의 손을 내려다보았어. 그러다가 말을 멈추고 쉴 때면 그의 입은 어느덧 수염 사이로 사라져버리는 거야. 그러고는 나를 빤히 올려다봐. 마치 자신이 한 말의 영향력이라도 가늠하듯. 나는 그를 어떤 호칭으로 부르며 말을 걸어야 할지 잘 모르겠더라. 우리가 처음 만났을 때는 서로 존댓말을 나누었어.

창문 앞 선반에는 우편물의 무게를 재는 저울이 놓여 있었어. 색이 바랜 유리가 정원의 풍경을 굴절시켜 투영하고 있었는데 고개를 조금만 움직여도 창밖의 나무들이 갑자기 오그라들며 덩굴처럼 보이기도 하고 키가 하늘에 닿을 정도로 길게 늘어나 보이기도 하는 거야.

조금 뒤, 우린 집 뒤편 언덕으로 올라갔어. 정원이 여러 층의 계단을 이루며 경사져 있었어. 내가 이제는 돌아가야겠구나 하고 생각한 지점에 왔을 때 게오르크가 나무 덤불을 가르더니 그 사이에 난 작은 길로 쑥 들어서며 더욱더 높은 곳으로 오르기 시작했어. 그리고 꿈에서나 볼 수 있을 것 같은 아름다운 전경. 보랏빛 하늘 아래 도시 전체가 발아래에 펼쳐져 있었어. 오른쪽으론 산 위에 우뚝 솟은 고성이 있었고, 왼쪽에는 바르바로사 황제의 빨간 지붕 첨탑[5]이 보이더군. 모든 것이 기분 좋게 낯선 모습이었어. 극장을 이렇게 멀리서 바라본 건 이번이 처음이었다니까.

축축한 흙냄새와 찬 공기를 가슴속 깊이 들이마셨어. 이제부터 내가 원한다면 언제라도 이 풍경을 보며 즐길 수 있다는 것이 너무나 기뻤지.

그동안에 두번째 설립자인 요르크가 도착해서 우리를 위해 차까지 끓여놓았더군. 그는 게오르크와 내 키의 차이만큼 나보다 더 작아. 요르크

---

5 알텐부르크를 상징하는 경관이다. 바르바로사 황제의 통치 기간 동안 설립된 수도원 건물 중 양쪽의 두 기와 첨탑만이 남아 있는데, 이것들은 황제의 빨간 수염의 양쪽 끝을 상징한다고 전해진다.

의 언어는 그대로 받아쓰면 글이 될 정도로 정돈된 문어체였어. 아마도 그는 나라는 사람에 대해 믿음을 가지고 있지 못한 것 같아. 그는 내내 나에게서 눈길을 떼지 않았고 내가 하는 말마다 비웃는 듯한 미소를 지어 보였어. 하지만 난 그런 일로 동요되지 않아.

게오르크와 요르크는 내게도 그들과 똑같은 금액의 봉급을 지불하겠다더군. 그건 2천을 벌게 된다는 말이고, 그 금액은 내가 극장 드라마투르그(희곡과 연극을 결정할 때 이론적인 분석을 제공하여 기획을 돕는 책임자—옮긴이)로 일하면서 받던 봉급의 거의 세 배가 되는 돈이야. 그들은 '새로운 포럼'의 금전적인 지원을 포기했다더군.[6] 어쨌든 제일 중요한 건 더 이상 내가 극장에 나가지 않아도 된다는 거지. 그곳에서라면 난 멸망하게 될 뿐이므로. 극장보다 더 따분한 장소는 아마 이 세상에 둘도 없을걸!

6시가 조금 못 되어 게오르크가 우릴 저녁 식사에 초대했어. 그의 아내 프랑카와 세 아들이 식탁 주위에 모여 앉았어. 우리가 동석하자 갑자기 조용해져서 난 나도 모르게 식사 기도를 기다리며 가만히 앉아 있었지. 하지만 기도를 하진 않더군.

지금 신문을 읽고 있어. 『노이에스 도이칠란트(*Neues Deutschland*, 새로운 독일)』지(紙) 첫 페이지에 하벨[7]의 사진이 실려 있네. 그는 아주 적절한 시기에 생업을 바꾼 셈이지. 반면 노리에가 대통령의 사진은 사법경찰이 찍은 모습 그대로 실렸군.[8] 글라이나[9]에선 며칠 전에 병사들이 파업을

---

6 원래의 아이디어는 '새로운 포럼'의 주간신문을 만들어 시민운동 단체로부터 금전적인 지원을 받자는 것이었다.

7 바츨라프 하벨 대통령은 첫 외국 순방 길에서 동독을 방문한 후 서독의 뮌헨을 방문했다.

8 1989년 12월 24일 미군이 파나마를 점령했다. 한때 CIA 요원이었던 노리에가 대통령은 바티칸의 대사관으로 도주했다가 1990년 1월 3일에 그곳을 떠났다. 그는 마약 밀반입의 죄목으로 재판을 받았다.

했대. 새로운 병역법을 요구한다는군. 심지어 군 검사들까지 동원되었대. 그들은 전혀 동요되지 않았어. 그래서 이젠, 지금 마저 더 읽은 내용에 따르면 실제로 새로운 병역법이 통과되었다는군!

난 종일 누나 생각만 하고 있어!

누나의 하인리히.

90년 1월 14일 일요일

베로츠카,

누나의 편지는 어제부터 내내 여기 이 주방 냉장고 위에 놓여 있었어. 미하엘라가 이미 편지를 다 꺼내왔기 때문에 내가 우편함을 들여다보았을 땐 이미 텅 비어 있었던 거야. 조금 전 아침 식사 후, 갑자기 편지 겉봉에 누나의 필체가 내 눈에 들어왔어.

지금 이 순간, 시간이 이미 다 정해졌고 누나의 비행기도 예약된 이런 시점에서야……

며칠 전부터 난 내가 전에 없이 강해졌다고 느껴. 여우같이 시시콜콜 나를 감시하는 요르크 앞에서마저 난 당당할 수 있어. 하지만 곧 누나는 아주 먼 곳에 가 있겠지…… 아아, 내가 지금 꼭 마무스같이 말하고 있지? 엄마도 그 사실을 알고 있는 거야?

베이루트가 어떤 곳인지 상상할 수 없지만 니콜라'를 이해할 수가 없

---

9 알텐부르크의 남쪽, 동독 국가 인민군(NVA)의 대형 레이더가 있던 곳.

어. 왜 그는 자신의 어머니를 베를린으로 모셔오지 않는 거야? 그리고 도대체 그 황폐한 사막에서 무슨 사업을 벌이겠다는 거야?

난 누나에게 혹시 나쁜 일이라도 생길까 봐 걱정이야. 물론 내 이기적인 감정이지만. 내가 누나를 도와줄 수 없게 될까 봐 걱정스러워. 내 통장에 2천 마르크가 있어. 그게 얼마지? 서독마르크로는 3백쯤 되나?

시간이라면 훨씬 더 많이 누나에게 줄 수 있는데. 난 요즘 마술에 걸린 것 같아. 4시, 아무리 늦어도 5시에는 잠에서 깨. 게다가 12시 전에 잠이 드는 경우는 드물지. 근데 또 하나 이상한 건 전혀 피곤하지 않다는 거야. 오후가 되어서도 말이야. 이런저런 것들을 궁리하는 일이 지겨워지면 난 『두덴 사전』을 펴 봐. 참 이상해. 단 한번도 사용하지 않았는데도 우리가 이미 알고 있는 동사나 형용사가 세상에 얼마나 많은지.

주 중에 이제 극장 일을 그만두고 신문사에 취직했다고 얘기하려고 요한에게 전화를 걸었어. 그는 몹시 거리감을 두는 듯했고 퉁명스러웠어. 나중에 그의 편지가 도착했는데 꼭 미하엘라가 불러준 대로 받아쓴 것 같은 어투야. 예전엔 신문 같은 건 아예 읽은 적도 없으면서 왜 이제 와서 새로운 예술적 도전(그가 진짜로 이런 표현을 사용했어)을 거부하고 회피하려느냐고. 이런 식으로 넉 장이나 계속돼. 그가 얼마나 낯설게 느껴지던지!

누나가 지난번 편지에서 말한 그 귀족적이라는 사람 참 기대되는데. 그가 진짜로 알텐부르크로 오고자 한다면, 그에게 내 주소를 줘. 우리 편집부에 곧 전화도 놓게 될 거야.

베로츠카, 내가 지금 당장 누나를 볼 수 없다면 적어도 내게 편지라

---

1 니콜라 바라카트. 1989년 베라의 남편이 되었으며 레바논 사람이다. 서베를린에서 직물을 파는 상점을 운영했는데 베라 튀르머가 그곳에서 가끔 일하기도 했다. 그는 베이루트에서 부모님이 하시던 상점을 다시 열 계획을 가지고 있다. 베라 튀르머는 1월에 그를 따라갔다.

도 좀 해줘. 무얼 했는지, 최근에 발휘한 누나의 솜씨나 혹은 다른 무엇이라도 좋아! 누나 외에는 내가 믿고 기댈 수 있는 사람이 아무도 없잖아.

누나의 하인리히.

90년 1월 18일 목요일

내 사랑하는 친구, 요!

네 편지 잘 받아보았다. 그렇지만 지금은 너하고 싸우고 싶지도 않고 그럴 힘도 없어. 어차피 난 했던 얘기를 반복하게 될 뿐이니까. 몇 달만 좀 기다려봐. 그럼 이 문제에 대해 더 이상 토론할 필요도 없어질걸.

난 요즘 가까운 곳으로 산책을 가거나 신문을 읽고 오후엔 가족들을 위해 요리를 만들며 지내. 갑자기 시간이 너무 많아져서 도대체 뭘 해야 좋을지를 모르겠어.

심지어 어제는 '새로운 포럼'의 회합에도 참가했었어. 솔직히 말해서 아주 자발적으로 갔다고는 할 수 없지만. 루돌프 프랑크가 나보고 좀 와달라고 했었거든. 솜사탕처럼 생긴 회색 수염 덕분에 '예언자'라는 별명을 가진 자야. 그의 발의와 중재 덕분에 내가 신문사에서 일하게 된 거야. 그가 나한테 뭘 바라고 소개를 해준 건지는 잘 모르겠어. 난 아마 그를 실망시켰는지도 몰라.

요르크가 말해준 건데, 요즘 이런 소문이 나돈다는군. 하기야 소문이라고 하면 과장일 테고 사람들이 그냥 좀 수군댄다는 건데 어떤 사람이(나 말이야) 지난가을에 그토록 소리 높여 외쳐대고 나서는 갑자기 하루아침에 사라져버린다면 그야말로 뭔가 수상쩍은 일이 아니겠냐고들 한다는 거야. 내가 우려하는 바는 바로 요르크 자신이 그 소문을 퍼뜨린 장본인이 아닐까 하는 점이야. 그런 행동을 하기에 딱 어울리는 작자니까.

홀에 몇백 명의 사람들이 모여 있더라. 등 뒤에서 누군가 내 이름을 불렀을 때 난 막 자리를 잡고 앉으려던 중이었지. 낯선 사람이었어. 갈색 눈동자에 중키 정도, 어두운색의 성긴 머리카락. 그는 나를 다시 만나게 되어 너무 기쁘다고 했어. 그의 아내가 말했어. 교회에서 내가 발표했던 연설에 대해 남편 랄프에게서 얘기 많이 들었다고. 난 그녀와 랄프와 함께 앞쪽 테이블에 자리를 잡고 앉았지. 게오르크와 요르크는 회장단석에 일찌감치 와 앉아 있더군. 곧바로 행사가 진행되었지.

처음엔 그저 가능한 모든 것들을 결정하는 표결 절차가 계속 진행되었어. 지금껏 살아오면서 한번도 그런 표결 과정을 경험해본 적이 없었어. 난 어쩐지 자유를 뺏긴 기분이었고 갑자기 포로가 되어버린 것만 같더라.

나와는 반대로 랄프는 한껏 들떠 있었어. 꼭 소매를 걷어붙이듯 훌훌 걷어붙이니 들고 온 시장가방 속에서 여봐란 듯이 받침대와 A4용지가 나타났지. 그는 먹지를 종이 갈피에 끼우고는 얼굴을 종이에 바싹 갖다 댄 채 평소에 갖고 있던 자신의 희망, 자존심, 그래, 자신의 모든 신념들을 고스란히 담아 정성스럽게 글씨를 써나가기 시작했어. 박수갈채로 요르크의 연설이 이따금 잠시 끊어지는 순간에만 그 역시 글쓰기를 멈췄어. 오른손에 볼펜을 쥔 채로 사람들과 함께 얌전히 박수를 쳤지.

게오르크는 이날 저녁 내내 거의 아무런 동요 없이 회장단에 앉아 전면을 바라보고 있었어. 하지만 거수로 무엇인가 표결을 할 땐 언제나 맨 먼저 손을 번쩍 들곤 했어. 이 모임의 책임자인 요르크는 의연한 태도를 유지하며 홀에 아는 얼굴이 나타날 때마다 매번 인사와 미소를 보냈지. 나는 홀의 왼쪽 모퉁이에서 한 남자를 알아보았어. 지난 11월 4일 열렸던 시위에서 고래고래 울부짖던, 하마터면 실패할 뻔한 그 시위를 무사히 성공으로 이끌어냈던 장본인이었지. 그의 눈이 번득이더군.

그래, 어쩌면 그런 식의 회합이란 게 꼭 필요한지도 모르지. 그렇지만 난 너무 지루해서 미칠 지경이었어.[1]

한 시간쯤 지났을까, 내가 있는 곳에서 두 개의 테이블만큼 떨어져 있는 곳에서 한 여자가 벌떡 일어났지. 커다란 안경과 가발 같은 머리 모양 때문에 도무지 나이를 가늠하기 어려운 여자였어. 뭐라는 건지 처음에는 전혀 알아들을 수가 없었어. 사람들이 좀 큰 소리로 말하라고 하자 그녀가 소리쳤어. "난 새로운 포럼을 맡을 각오가 되어 있습니다." 사람들이 이름을 말하라고 하자 그녀는 감정이 고조된 목소리로 "내 이름은……" 하며 이름을 대려다 말고 다시금 새로운 포럼을 맡을 각오가 되어 있다는 말만을 반복했어. 그녀는 사람들의 박수와 웅성대는 소리에 고무되어 왼쪽 주먹을 불끈 쥐고 들어 보이며 답례했지.

나는 게오르크와 요르크 그리고 그 누구보다 우선 랄프를 배려하겠다는 뜻에서 다른 사람들과 함께 박수를 치지 않았어. 내가 짓는 엷은 미소조차 그를 고통스럽게 만드는 눈치였거든.

그 여자에 이어 내가 아까 지난번 시위에서 고래고래 울부짖었다고 말했던 그 남자가 마이크를 낚아챘지. 그는 연설 도중 두세번째 단어마다 힘을 넣으며 강조했고 그때마다 무릎을 굽혔다 펴곤 했지. 그는 매번 내뱉는 단어야말로 자신이 절대적으로 옳다는 실제적인 증거라도 된다는 듯

---

[1] 튀르머는 얼마 지나지 않아 자신이 이런 종류의 모임에 대해 기사를 쓰게 될 것이라는 생각은 미처 못한 듯하다.

한 표정으로 웃으면서 말을 이어나갔어. 그리고 연필을 들어 청중들 쪽을 가리켰어. 사람들이 그에게 모주망태[2] 또는 졸렬한 놈이라고 욕했어. "모든 문제가 다 해결될 것입니다." 그가 부르짖었어. "권력 분배의 문제에 대한 해답을 찾고 민주주의 체계를 갖추고 나면 말입니다!"

거기 모였던 사람들 중 많은 이들이 이미 장내를 떠나고 있었어. 그때 갑자기 랄프가 연설을 시작했어. 바지가 흘러내리는 것을 막겠다는 듯한 손을 바지춤에 대고, 나머지 한 손에는 마이크와 원고를 거머쥔 채였지. 랄프가 제스처를 취하는 동안에는 우리가 그의 말을 잘 알아들을 수 없었는데 마이크! 마이크! 하고 외치는 청중들의 소리를 그는 알아듣지 못했어. 그래도 결국엔 자신의 요구 사항들을 하나하나 차분히 발표해나갔어. 하지만 그의 아내가 작은 소리로 속삭거리며 계속하라고 부추기는데도 불구하고 누군가가 뭐라고 외치는 쪽을 돌아보다가 스스로 리듬을 잃고 말더군.

"서독의 어떤 정당도 끌어들이지 말 것, 동독 내 다른 민주주의 세력과의 연합, 구시가 평지의 도로 공사를 중단할 것, 시청도서관 매각 사건을 수사할 것, 샬크-골로드콥스키[3]를 처벌할 것, 자유선거, 갈탄 공장을 유지할 것, 평화로운 목적으로 목적 변경을 함으로써 비스무트[4]를 유지할 것, 교직원 선동자의 해고, 바르샤바 조약 탈퇴, 병역대체근무……"

"계속해! 계속해!" 그의 아내가 연신 속삭이며 부추겼어.

세 시간도 넘게 걸려서야 마침내 회합의 종밀을 고하더군. 몇몇 사람

---

2 늘 술을 마시는 사람.
3 동독 비밀안전기획부의 수장이며 1966년부터는 코코(KoKo, 상업조정회Kommerzielle Koordinierung의 약자)의 대표였다. '상업조정회'는 국가의 통화 안정을 보장한다는 빌미로 활동하던 동독의 비밀 회사였다.
4 튀링겐과 작센 주의 여러 지역에서 우라늄을 채굴했던 소련과 동독 계열의 주식회사.

들이 독일 국가를 부르기 시작했지만 이내 웅성대는 소음에 묻혀버렸지. 회합의 일정에 포함됐던 사항들 대부분이 생략되어야만 했는데 그중엔 우리 신문을 소개하는 순서도 들어 있었어.

랄프는 입을 다물었어. 나는 미소를 지으려고 노력했지. 그녀의 아내가 부끄러운 듯 시선을 아래로 떨어뜨렸어. 스스로에게, 그리고 나와 랄프에게, 더 나아가 전체 좌중 앞에 부끄럽단 뜻이겠지. 밖으로 나가는 길에 랄프가 내 의견을 묻더군. "엔리코, 솔직히 말해봐. 정말로 솔직히 한번 말해보라고."

현관의 옷 보관소에서 난 '예언자'를 우연히 만났어. "아니! 이건 아니야! 정말 너무해!" 하고 그는 나를 향해 부르짖는가 싶더니 곧 또 다른 사람의 길을 방해하며 "아니! 이건 아니야! 정말 이럴 순 없지!"라고 하더군. 내가 그 건물을 떠날 때까지도 그의 목소리가 들려왔어.

게오르크가 자신들을 따라오라면서 나를 '벤첼'[5]에 초대했어. 사람들이 우리를 기다리고 있다면서.

어떤 한 거인 같은 사내가 프런트에 기대고 서 있다가 우리를 보자 팔을 활짝 벌리더군. 그가 입은 회색 양복 재킷의 겨드랑이 부분이 땀으로 젖어 있었어. 그는 나를 가슴에 꽉 끌어안더니 내 귀에다 대고 이름을 부르며 인사말을 속삭였어. 내가 사는 곳에도 이미 와봤다나. 그러더니 그는 우리가 이제 곧 만나게 될 얀 스텐 씨에게는 이름을 부르며 말을 걸어야 한다고 가르쳐주었어. 그러니까 '안녕하세요!'만 할 것이 아니라 '안녕하세요, 스탄 씨!'라고 하란 거야(맹세코 그는 '스탄'이라고 발음했어). 그리고도 '선생님을 만나뵙게 된 것을 기쁘게 생각합니다!'라든지 '반갑

---

5 당시로서는 도시 내 유일한 호텔이었다.

습니다!'와 같은 인사말을 적절히 사용하라고 충고하더군. 그때는 마침 한 여종업원이 레스토랑의 문을 닫는 중이었어. 그리고 그 거인 같은 남자 볼프강이 한참 동안 아무 말도 하지 않았으므로 우린 한동안 그녀의 발소리, 전등불이 윙윙대는 소리, 멀리서 울리는 음악 소리 따위만을 들으며 묵묵히 걸었지. 그러다 갑자기 사람들의 외침 소리, 웃음소리, 누군가를 부르는 소리와 여러 가지 잡다한 소음들이 고막을 찢을 듯 크게 들려왔어. 어떤 여자가 내 어깨에 부딪치며 발을 헛디디고 넘어졌어. 포동포동한 몸매에, 턱에 사마귀가 난 금발의 여자였어. 그녀는 목덜미가 깊게 파인 자신의 젖은 옷을 살짝 매만졌는데 하얀 블라우스는 배와 가슴에 착 달라붙어 있었고 눈가에 화장이 번지고 있었지. 문 안으로 얼굴들이 잠깐씩 나타났다가는 사라지곤 했어. 금발의 여자는 어깨를 뒤로 젖히고 마치 거울 앞에라도 선 양 오만한 자세를 취했어.

거인 볼프강이 그녀를 스쳐 지나며 바 있는 곳으로 향하자 그녀는 마치 그와 부딪혀 내몰리기라도 한 듯 휙 돌아서 가버리더군. 우리는 어둠 속에서 그를 따라 앞으로 걸어 들어갔어. 나는 요르크 뒤에 바짝 붙어 걸었어. "폴로네즈 추실래요?" 하고 어떤 여자가 다가와 큰 소리로 물으며 자신의 뜨거운 손을 내 등에 갖다 댔어. 누군가는 내 엉덩이를 쓰다듬기도 했어. 어느 쪽을 바라보든 어두운 실내에서 겨우 보이는 거라곤 번쩍이는 드레스 자락들뿐이었어. 무대 위에 밝힌 조명등만이 방향을 가늠케 하는 유일한 이정표였어. 조명이 만들어낸 동그란 불빛 속에서 벌거벗은 팔들이 빙글빙글 돌고 있었지.

깊이 들어가면 들어갈수록 앞으로 나아가기가 더 수월해졌고 실내조명도 점점 더 밝아지더군. 우리는 한 무리의 사람들에게로 다가갔지. 외부를 둥그렇게 둘러싼 사람들은 남자들이었어. 그들이 뒤로 한 발 물러서며 자신들이 안에 에워싸고 있던 여자들이 보이도록 우리에게 길을 터주었지. 여자들은 몇 개 안 되는 안락의자에 두세 명씩 끼어 앉아 있었어.

그들 한가운데 앉아 있던 남자 앞에서 우리는 멈춰 섰어. 그는 의자에 앉은 채 끙끙거리며 몸을 앞쪽으로 당기더니 육중한 배의 무게에도 불구하고 놀라울 만큼 수월하게 벌떡 일어나더군. 이마에 디스코 조명의 불빛들이 빙글빙글 돌아가는 동안에도 그는 연신 양복 재킷 단추를 만지작거렸어. 나는 우리들 일행 중 마지막으로 그와 악수를 나눴고 명함을 받았지. 얀 스텐. 그는 나를 머리에서부터 발치까지 한번 쭉 훑어보더니 미소를 짓고는 다시금 의자에 풀썩 주저앉았어.

"이젠 사업 얘기를 해야 할 시간이야." 남자들 중 한 명이 명령조로 말하면서 손뼉을 쳤어. 마지못한 듯 여자들이 한 명 한 명 일어나고 우린 여자들의 온기가 남은 그 의자에 앉았어.

요르크와 게오르크가 스텐을 가운데에 두고 앉았지. 그들은 소음과 음악 소리 때문에 소리를 지르며 말을 해야 했으므로 마치 스텐을 비난하는 것처럼 보였어. 한편 스텐은 그새 우리의 사장님들에게서 흥미를 잃어버렸는지 눈알을 이리저리 돌리며 사위를 두리번거리더군. 오로지 금발의 불가리아 여종업원이 그의 잔에 술을 따라 줄 때만 미소를 머금었어. 일이 정상적으로 진행되었더라면 작년 미스 알텐부르크 선발대회에서 당선되었을 게 틀림없다는 바로 그 여자라더군. 그는 여자들 쪽을 향해 잔을 들어 건배했어. 여자들은 그를 본체만체하거나 입을 삐죽거리기도 했고 어떤 여자는 큰 모욕이라도 당한 듯 몸을 획 돌려 벌거벗고 욕정적인 자기 등을 우리에게 보였지.

요르크의 지나친 절제와 게오르크의 겸양에 균형을 맞추느라 볼프강과 난 스텐이 주문한 브랜디를 종류별로 다 받아 마셨어. 볼프강은 마시고 난 빈 잔들을 신발을 신은 자신의 양발 사이 바닥에다 놓았는데 그곳엔 이미 재떨이도 놓여 있었어. 그리고 연신 손을 비벼댔지. 거인은 '비행 기술 설비Lufttechnische Anlagen' 회사에 근무한다더군. 비행 기술 설비는 국립극장Landestheater과 똑같은 약자로 쓸 수 있지. LTA라고 말이야. 언젠가 그 '비행 기술 설비' 측이 내가 먹은 계산서를 지불해주지 않는 바람에 이 '벤첼'에서 나를 사기꾼이라고 여겼던 적이 있었다고 내 이야기를 들려주었더니만 볼프강이 껄껄 웃었어. 몇 개 안 되는 문장을 말하는데도 난 벌써 목이 다 쉴 지경이었어. 우린 모든 방향을 향해 건배의 포즈를 취하면서 오로지 술만 마셔댔어. 내 마음은 이내 풀어져 즐거움의 물결이 넘실거렸지.

볼프강 가까이에 그와 마찬가지로 몸집이 장대한 여자 한 명이 와서 멈추어 섰어. 그녀는 손가방에서 무테안경을 꺼냈어. 내가 그녀에게 자리를 양보하려고 하자 볼프강이 내 허벅지를 손으로 찰싹 때리더니 몸을 일으키더군. 얀 스텐은 그 거인 여자에게 좀더 머물라고 권하지 않고 입을 맞추며 작별인사를 했어. 요르크와 게오르크가 두 사람의 뒤를 따라가는 바람에 난 갑자기 얀 스텐과 단둘이 남게 되었어. 그의 오른손이 알 수 없는 리듬에 맞춰 연신 무릎을 두드리고 있었지. 내가 그를 향해 건배하면 그 역시 과장된 몸짓을 취하며 화답했어. 여자들이 한 명 한 명 돌아와 다시금 그의 주위로 모여들더군. 이렇게 술에 취한 사람들이 춤추는 것을 보며 술을 마시는 것이 아주 재미있다고 난 그에게 큰 소리로 말했지. 그리고 갑자기 웃음이 터져나왔어. 그와 내가 서로에게 아무것도 바라지 않으면서 이렇듯 어깨를 맞대고 앉아 여자들이 술잔을 비우거나 무대 위에서 휘청대며 점점 더 야성적이고 뱀 같은 제스처를 취하는 광경을 바라보고 있다고 생각하니 너무 우스웠거든. 시간이 멈추지 말기를, 이 밤이 계속되기를 하고 나는 속으로 바랐지.

얀 스텐의 갈라진 두 턱은 갸름한 얼굴에서 저 혼자 따로 놀며 그와는 상관없는 독립된 생명을 가진 것처럼 보였어. 그런데 그것을 자주 처다보면 볼수록 점점 더 난 뚜렷한 그의 두번째의 얼굴 그러니까 완전히 다른 또 하나의 관상을 알아볼 수 있었어. 그것을 제외한다면 스텐의 몸집은 물론 하나의 반죽으로 빚어진 몸체임에 틀림없었고 아주 오래전부터 그 육중한 무게를 감당할 운명을 타고났겠지. 우린 계속해서 잔을 들어 올리고 미소를 지으며 서로의 존재를 즐겼어.

그러다 갑자기 한 여자의 얼굴이 내 눈에 들어왔고, 난 즉시 끓어 넘치는 열망과 우수에 사로잡히고 말았지. 그녀의 춤 파트너가 길고도 버쩍 마른 등을 보이며 자꾸만 우리의 시선이 마주치는 것을 방해했어. 그녀는 눈길을 다른 데로 돌리지 않고 계속 이쪽을 처다보고 있었어. 아마 스텐과 내 역할 분담을 몰라 궁금했겠지. 나 역시 내가 도대체 여기서 무엇을 하고 있는지 잘 모르기는 마찬가지였으니까. 그녀는 미인이랄 수는 없었지만 그 진지한 표정이 나를 사로잡았어.

잠시 음악이 멈춘 순간에 나는 함께 춤을 추자고 그녀에게 청했어. 그녀의 파트너가 내게 썩 꺼지라고 소리치더군. 우린 춤추기 시작했는데, 애인을 내주고 싶지 않던 그가 우리 사이에 끼어들었어. 한 바퀴 획 선회를 하는 것으로 충분했지. 우린 그를 다시 옆쪽으로 따돌릴 수 있었거든. 그 작자를 추월하기 위해 난 그녀를 내 팔에 안은 다음 더 이상 내 행동이 옳은지 그른지 생각지 않았어. 하지만 그녀가 정말이지 도망치듯 내 품에 안겨왔을 때엔 난 진짜 행복을 맛보았지. 비쩍 마른 사내는 화가 나서 애인을 노려보며 으르렁거렸어. 팔소매를 걷어붙이고 손을 반쯤 들어 올린 그는 억지로라도 우리 둘을 떼어놓으려는 것처럼 보였어. 그녀는 오로지 내 반사적인 행동과 내 몸의 움직임을 통해서만 무슨 일이 일어났는지 알 수 있었을 거야. 그녀가 고개를 옆으로 돌리고 그의 발밑에 침이라도 뱉을 듯한 자세를 취하고선 그를 향해 꾸짖었지. 내 생각엔 루마니아어인 것 같았어.

그가 눈을 내리깔더군. 그처럼 비굴하게 꼬리를 내리며 항복하는 사람을 난 여태껏 한번도 본 적이 없어. 그가 더듬거리며 하는 말의 뜻을 알아들을 순 없었지. 마침내 그는 무대 옆의 테이블로 향했고 푹 쓰러지듯 그 앞에 주저앉았지.

그녀가 내 목에 입을 맞추었을 때, 난 황홀경 속에서 격정적인 쾌감을 느꼈어. 내 고독을 잊기 위해서는 그 쾌감에 몸을 맡기기만 하면 되었겠지. 이 여자를 내 품에 느낄 수 있다는 것만으로도 충분했어. 모든 것은 단순하고도 명확했으니까.

난 그녀에게 술을 한잔하지 않겠냐고 물었어. 그녀는 애원하듯 나를 쳐다보며 고개를 좌우로 흔들었어. 조금 있다가 나는 그녀의 손을 잡고 스텐과 여자들이 우리를 기다리고 있는 테이블로 이끌었지.

우리가 자리에 앉기가 무섭게 그 여자의 애인이 다가왔어. 우리 앞 쟁반엔 넘치도록 가득 찬 술잔들이 놓여 있었어. 그는 아주 진지하게 그녀에게 춤을 추자고 청했지. 몸을 일으키지 않은 채 그녀가 고개를 저었어. "나하고 춤춰" 하고 그는 반복했어. 명령조이긴 했지만 그의 떨리는 턱으로 봐선 몹시 두려워하고 있다는 것을 알 수 있었지.

"뭐라고 좀 말을 해봐" 하고 그가 갑자기 여자를 내려다보며 벼락같이 소리를 치더군. "나더러 가라고 말해! 뭐든 말을 해보란 말이야. 그러면 내가 당신들을 당장 떠나주지!"

"부탁입니다." 나는 그렇게 말하면서 일어났어. "이제 가주세요!"

"이 여자의 예쁜 입에서 나온 말 한마디면 충분하다니까!" 그가 앞으로 나서며 말했어. "이 말 많은 놈 말고! 이 여자만이 나에게 명령할 권리가 있어!" 그가 여자를 손가락으로 가리키자 그의 손목에 그려진 문신이 드러났어. 색이 바랜 'D'와 'F'라는 알파벳이었지.

여자들이 그를 설득하기 시작했고, 뒤에 서 있던 남자들은 나와 함께 몸을 일으켜 세웠지. 나는 그를 향해 달려들 각오가 되어 있었고 이 광대극을 이젠 좀 끝장낼 작정이었어.

바로 그 순간, 왜 스텐을 쳐다보게 되었는지 나도 모르겠어. 비명 때문이었는지 아니면 급작스러운 움직임 때문이었는지. 아까부터 쭉 그녀에게서 눈길을 떼지 않고 있던 그가 그녀를 노려보고 있었어. 그의 미소가 입 언저리에서 흠칫 얼어버렸지. 그의 뒤에 서 있던 여자가 외마디 비명을 질렀어. 사람들이 그녀 앞에서 움찔 놀라며 뒤로 물러났지. 그녀의 정체를 마지막으로 보게 된 사람이 나였어. 너, 언제든 단 한번이라도 시커먼 충치들로 가득 찬 그런 입속을 들여다본 적 있어? 그녀가 입을 헤벌리며 웃었어. 아마 일부러 그랬겠지. 그 웃음이 자신의 추함을 얼마나 더 가중시키는지 잘 알고 있었을 거야.

비쩍 마른 사내가 한숨을 푹 내쉬더니 이내 몸을 돌려 떠나버렸어. 내가 뭐라고 말을 하거나 행동할 겨를도 없이 그녀도 벌떡 일어나 사내를 따라나서더군. 그들이 출구로 가는 모습을 시선으로 따라잡긴 쉬웠지. 거기 몰려 있던 사람들이 그들 앞에서 양 갈래로 갈라진 다음, 그녀가 다 지나간 뒤에도 다시 모여들지 않은 채 꾸물대고 있었거든.

오늘은 이만!

너의 E.

내 사랑하는 친구 요!

60타가 한 줄이고 30줄이 한 페이지를 이루는 여기 이 종이가 바로 우리 신문사의 모든 기사들을 옮겨 적을 원고용지야. 지금 한번 연습을 해보는 중이야.[1]

오늘 아침 네게 편지 한 통을 부쳤는데, 지난밤에 겪었던 여러 가지 모험담에 관한 내용이야. 오후가 되자 그새 다음 시련이 우릴 기다리고 있었어. 게오르크와 요르크와 나, 셋이서 단칼에 사업 허가를 따내야 했던 일을 말하는 거야. 라이프치히의 인쇄소 사람들이 이젠 진짜로 도장이 꽝 찍힌 해당 관청의 등록증을 봐야겠다고 난리거든. 등록증 없이는 계약서고 뭐고 다 불가능하니까. 이미 12월 중순부터 신청서가 해당 관청의 심의회에 올라가 있지.

관청 입구의 사무실은 비어 있더군. 우린 상공업을 담당한다는 심의회 위원의 방을 찾아 문을 두드렸고 다음 순간 그의 소굴에 들어가 서 있었어. 내 말을 좀 믿어줘! 빛이란 게 어딘가에 스며들 수도 있다는 걸 생전 처음으로 목격했다니까. 조금이라도 밝은 빛이란 빛은 모두 자욱한 연기의 어망 속에 걸려드는 거야. 그건 몇십 년쯤 묵은 시가의 연기였어. 시가 연기가 화분의 상록식물 표면 위에 화산 폭발의 낙진처럼 내려앉아 있었어. 닦지 않은 창문의 유리와 누렇게 변색된 커튼도 한몫을 남낭하기는 했지만, 무엇보다도 그렇게 빛을 스며들게 하는 물질은 바로 사내의 입에서 뿜어져 나오고 있었지. 그가 책상 앞 의자에서 막 몸을 일으키고 있었

---

[1] 신문은 납염의 방식으로 인쇄된다.

36

는데 색도 그림자도 모두 고갈되어버린 그 공간 안에서 우리가 그를 알아보았다는 것 자체가 어찌 보면 기적이라고 할 수 있을 거야. 그 자신의 색과 그림자의 고갈을 포함해서 말이야. 큰 치아와 누렇고 짧은 턱수염과 희끗희끗한 머리카락 외에 가장 먼저 내 눈에 띈 건 그의 웃음이었어. 시가를 피우려고 그은 성냥 불빛 안에서 그의 얼굴이 조롱하듯, 혹은 두려운 듯 번득였지.

그는 신문사를 위한 허가증은 절대로 내줄 수 없다고 말하면서 웃었어. 그러고는 잠시 뜸을 들이다가 장황한 몸짓을 취하며 도로 자리에 앉더군. 게오르크는 그에게로 몸을 굽히고서 신문이 발행되는 것을 그가 고의로 늦추는 게 아니냐고 비난했어. 심지어는 아예 포기하게 하려는 의도일 거라고. 그러나 그건 그의 월권이라고, 이 사건은 '비리와 권력 남용 반대 협의회'에 넘길 사항이라고. '화산' 씨는 웃으며 그 긴 협의회 이름을 한 번만 더 말해보라고 게오르크에게 부탁했어. 그리고 자신이 알기에는 비리와 권력 남용 반대 협의회 같은 건 없다고 말했지. 게오르크는 그가 그 협의회를 알든 혹은 무슨 생각을 하든 말든 다 중요하지 않다고 부르짖었지. 그는 화가 나서 이마가 흙빛이 되어가지고 계속 호통을 쳤어. 더 이상 결정하고 말 것도 없다고, 그저 이 신청서에 도장이나 꽉 찍으면 되는 것이며 바로 이런 일을 하기 위해서 당신이 월급을 받고 있는 것이라고.

"호호호!" '화산' 씨가 말[馬] 같은 이빨을 드러내며 웃었고 그의 입에서 "호"가 한번씩 울릴 때마다 점점 더 많은 연기가 뿜어져 나왔지. 게오르크는 고집스럽게 몸을 굽힌 채 그의 옆모습에서 시선을 돌리지 않았어. 마치 지금까지 알려져 있지 않은 새로운 종류의 생명체라도 발견한 듯 뚫어져라 처다보면서.

"호호, 헤헤, 당신들의 신청서, 호헤, 신청서, 호, 그거 여기 없습니다. 적어도 나한테는 없지, 호헤, 당신들은 그러니까 잘못 찾아온 거요. 영 잘못된 곳으로 왔단 말이오, 호호. 그런 일에 아무런 권한이 없는 사람한테, 호호." 그는 여러 번 시가를 빨아들였고 말없이 연기를 내뿜었어. 그때 우린 이미 다른 방으로 옮겨가고 있었어.

"상관없습니다!" 요르크가 외쳤어. 지금까지 이상할 만큼 침착성을 유지하던 그는 마치 약속해둔 사인이라도 보내듯 머리에 쓰고 있던 베레모를 벗으며 말했어. "그렇다면 지금 여기서 우리가 즉석에서 신청서를 작성하면 되겠군요. 당신은 우리에게 서식이나 넘겨주고 거기 도장이나 찍어주시오." 옥타브를 넘나드는 웃음소리가 다시 울리더니만 마치 그 담당 심의회 위원이라는 작자는 스스로를 조롱하다 마침내 우리 눈앞에서 홀연 사라지기라도 할 듯 보였지. 마지막엔 웃음이 긴 한숨으로 바뀌었어.

유감스럽게도 그에겐 신청서 서식이 더는 없다고 하더군. 당장 무엇인가를 신청하겠다는 사람이 너무나 많다는 거야. "상황이 좋지 않아요. 좋지 않아." '화산' 씨는 연신 작은 구름을 내뿜었어. 연기가 그의 소굴 안 희뿌연 불빛에 스며들고 있었지. "규정에 따를 수밖에 없습니다." 그는 염려스럽다는 듯 덧붙였고 게오르크에게서 요르크에게로 그리고 내게로 시선을 옮긴 다음 또다시 요르크 쪽을 바라보았어. "그럼요, 규정에 따라야죠. 택시 운전사들에게 한번 물어보세요……" 그는 시가를 쥐지 않은 빈손을 들어 연기를 멀리 쫓으려는 듯한 시늉을 해 보였어. 그러고는 시가를 재떨이 위에 내려놓았지.

보초병처럼 문 앞을 지키고 서 있던 게오르크도, 나도 꼼짝하지 않았어. '화산' 씨는 등받이에 몸을 기대면서 마치 쿠션이라도 받치듯 손가락을 벌려 자신의 배를 감싸 쥐더군.

"난 신문에 대해서는 아무런 권한이 없습니다" 하고 그가 맥 빠진 목소리로 말했어. 그 일은 어차피 라이프치히를 통해야 하는 일이라면서.

"그렇다면! 약간의 의지만 있으면 됩니다." 요르크는 '화산' 씨가 걱정할 일은 아무것도 없으며 걱정은 그의 업무에 속하지 않는다고 역설했지. 요르크는 잠깐 쉬었다가 뒤로 한 발짝 물러나면서 내 팔을 잡고, 눈을 감고도 열 손가락을 사용해 능숙하게 타자를 칠 수 있는 장인이라고 소개했어. "이 사람이 엔리코 튀르머입니다!"

나는 기계 앞에 앉아 담당 심의회의 용지를 석 장 고정시키고서 장소와 날짜를 우선 쳐 넣었어. 'a'와 'o'뿐만 아니라 모든 알파벳이 거의 알아 볼 수 없을 정도까지 때에 절어 있었지. 게다가 기계의 머리 부분 왼쪽의 올림 장치도 빠져 있었어. 오로지 새 청색 먹지만이 넉넉하게 준비되어 있더군.

시가를 몇 모금 빤 뒤에 '화산' 씨가 그의 점심시간이 이미 시작되었다며 또다시 투덜댔어. 게오르크는 내게 주머니칼을 던져주었어. 일단 내가 그것으로라도 활자 사이를 깨끗이 청소하도록 말이지.

"그래서요?" 10분 뒤에 '화산' 씨가 물었어. 그는 타자 인쇄의 상태를 검증이라도 하는 양 종이를 쳐다보더니 다시 자기 앞에 내려놓았어. "그래서요? 이걸로 내가 도대체 무얼 어쩌란 말입니까?"

"번호 달고, 도장 찍고, 계산서!" 요르크가 대답했어.

"원하시는 대로, 원하시는 대로"라고 그는 말하면서 "하지만 이것으로는 아무 소용도 없을 겁니다" 하고 장담했지. 요르크가 도장을 찍고 서명을 해달라고 요구했어. 복사본에까지도 그렇게 하도록 한 다음 그중 한 장은 '화산' 씨의 책상 위에 남겨두었지.

우린 인사도 없이 즉시 '화산' 씨를 떠났어. 길에서 서로의 옷에 붙은 화산의 재를 털어주었지. 요르크는 즉시 라이프치히로 떠났어.

인근 지역을 돌며 난 빨간 글씨로 쓰인 전단을 나누어주었어. 구독신청서를 겸한 신문의 창간 소식지가 마치 광견병을 알리는 경고문같이 보였지.

미하엘라가 네게 인사를 전하라는군.

엔리코.

90년 1월 19일 금요일

베로츠카,

난 끊임없이 누나를 생각하며 누나가 베를린에서 지낼 날들의 수를 세고 있어. 우리 꼭 함께 살고 있다가 얼마 있으면 헤어지는 사람들 같지?

신문사 전화번호는 6999야. 베이루트에서 내게 전화할 거지? 오전엔 거의 언제나 나 혼자 있어. 곧 달라질 테지만. 누나가 말한 그 귀족적이란 사람은 그 후로 다시 연락해왔어?

가끔 난 나 자신이 무서워. 아니, 나라기보다는 일의 추이가 두려운 거야. 모든 일이 필연적이면서도 순차적으로 발생하고 마치 꿈속에서처럼 어느 순간 문득 내가 그 속에 서 있는 거야. 어느 날 아침에 일어나 보니 갑자기 내가 할 일이 무엇인지를 모르게 된다면, 그땐 어떡하지? 난 그런 일이 생길까 봐 두려운 거야.

어제와 오늘 난 요한에게 몇 가지 이야기를 담아 편지를 썼어. 내 이야기는 언제나 그를 감동시키거든. 그는 아마 곧 내 지위도 부러워하게 될 거야.

마무스는 우리에게 꼭 파리 관광 버스여행권을 선물하고 싶어 하셔. 그 제의를 사양할 수 있길 바라고 있어. 엄마는 우리가 한 내기 때문이라고 주장하시지. 내가 내기에 이겼으니 엄마가 약속을 지키겠다는 거야.[1] 미하엘라와 로베르트는 좋아서 들떠 있지. 아마 미하엘라의 공연 계획 때문에 못 가게 될 거야. 적어도 난 그렇게 기대하고 있어.

미하엘라는 얼마 전 나보고 냉정하다고 나무라더군. 내 관심이나 무관심이나 모두 그녀를 화나게 해. 심지어 난 그녀 앞에서 갑작스러운 움직임이나 몸짓마저도 삼가고 있어. 혹시라도 또 그녀를 자극할까 봐.

요 며칠 아침마다 우리 사이엔 그녀가 연출한 의식 같은 것이 거행되고 있어. 그 의식의 첫 순간에는 다시금 예전과 같은 일상이 되돌아왔구나 하는 착각을 일으키게 돼. (단, 계란은 먹지 않아. 계란이 몸에 해롭다는 것을 어디선가 들었대.) 미하엘라가 욕실에서 나올 때쯤 난 그녀가 바로 마실 수 있도록 커피를 따라놓지. 조용히 흘러가는 순간순간이 고마운 선물인 셈이야. 차를 타고 가는 길에 우린 거의 언제나 로베르트와 그의 학교에 대해서만 대화를 나눠. 아무리 이야기해도 끝나지 않는 주제야. 그렇게 얘기를 나누는 동안만큼은 안심이지.

차를 몰고 출발하면서부터 우리의 조용한 말투는 더 이상 지속되지 않아. 차가 역 앞 언덕에 다다르면 우린 둘 다 입을 꾹 다물지. 그건 곧 미하엘라가 침묵에 빠진다는 말이고 그렇게 되면 나 역시 어떤 말도 입 밖으로 낼 수가 없어져. 박물관을 지나칠 때쯤에서 우리 둘의 침묵은 싸늘한 얼음으로 변해. 늦어도 극장의 주차장에 도착했을 때쯤엔 미하엘라가 폭발하지. 제일 기분 나쁜 점은 매일 아침 반복되고 있는 이 모든 일의 추이

---

1 튀르머는 서른 살이 되기 전에 반드시 파리에 여행하게 될 것이라고 그의 어머니와 내기한 적이 있다. 엘리자베트 튀르머의 진술.

를 미리 예상할 수 있다는 거야. 미하엘라는 내가 그녀와 함께 내리지 않을 것이며, 그녀 혼자서 극장으로 들어가야 한다는 것을 이제야 갑자기 알았다는 듯이 행동하지. 그리고 그 순간까지는 모든 것이 전과 너무도 똑같기 때문에 그녀로서는 더욱더 당황하고 놀라지 않을 수 없다는 듯이.

난 그녀를 재촉한다는 인상을 주지 않으려고 시동을 끄고 극장은 서독에도 얼마든지 있으며 예전에도 있었고 앞으로도 그럴 것이라는 둥. 극장에서는 인간과 사회가 자연스럽게 하나로 모인다는 둥의 그녀의 훈계를 묵묵히 듣고 있지. 그녀는 앞 유리창에 대고 그런 말들을 퍼붓고 난 후 곧 침묵에 빠져들지. 그런 순간에 그녀는 연극 공연을 앞두고 마음의 준비를 할 때처럼 매우 집중한 듯이 보여. 바로 그런 순간에 내가 그녀에게 시계를 가리키기라도 한다면, 정말 큰일이 날 거야. 난 마치 비가 그치기를 기다리는 사람처럼 그녀 옆에 앉아 얌전히 기다리지. 운전대를 건드리지 않도록 조심하면서 말이야. 작은 움직임 하나라도 보이지 않으려고 노력하지. 그런 행동들 때문에 그녀가 날 인내심 없는 사람 취급하면 안 될 테니까.

그러다가 그녀는 갑자기 문을 열어젖히고는 작별인사도 하지 않은 채 총총히 걸어가버려. 목에 꼿꼿이 힘을 주고 손가방을 가슴에 안고 외투 자락을 펄럭이면서.

난 운전대에 몸을 숙이고는 그녀의 뒷모습을 바라보며 혹시라도 뒤돌아보기라도 한다면 단번에 손을 흔들 준비를 취하고 있지. 미하엘라의 모습이 시야에서 사라지고 나서야 나는 천천히 시동을 걸고는 백미러에서 미소 짓고 있는 내 얼굴을 발견하는 거야.

그러곤 3분이 채 안 걸려 편집부에 도착해. 석탄을 집어넣고 물주전자를 올린 다음 커피가 끓을 때까지 벽난로를 등 뒤로 하고 가만히 기다리는 거야. 얼마 되지 않아 곧 게오르크가 내려와 기압계를 톡톡 두드리고 괘종시계를 맞춘 다음 창문 앞 옷걸이 근처에 달려 있는 온도계를 점검하지. 소설 『해저 2만 리』의 주인공 네모 선장이라 할지라도 그보다 더 꼼꼼하게 측량기들을 관리하지는 못할 거야.

오후엔 대개 인근 지역으로 차를 몰아 법정에 들르지. 그들은 신문이란 소리를 들으면 우선 깜짝 놀라. 상관들보다 훨씬 더 빨리 상황을 알아채는 사람들은 으레 여비서들이야. 그녀들은 내가 위험 인물이 아니라는 것을 파악하고 나서는 매우 친절하게 대해주지. 가끔 로베르트가 동행하기도 해. 차 안에서 우린 가능한 한 모든 얘기를 나누곤 하지. 그 아이는 나의 사명이 무엇인지 분명하게 잘 알고 있어. 신문은 모든 것을 드러내 보여주고 언제 어디서나 정의를 위해 일한다는 것을. 난 그 아이와 함께 있는 시간을 매우 좋아해.

2월 16일 금요일에 창간호가 발행될 거야. 동화 같은 얘기지. 무엇인가를 생각한 다음 그것을 실행에 옮기고 또 그 일로 해서 먹고살게 되다니. 우린 마치 오랫동안 잊고 살았던 예전의 관습으로 다시 돌아온 듯해. 우리만을 제외한 모든 사람들에게 이미 예전부터 익숙했던 어떤 생활 방식 같은 것으로.

우린 화요일부터 사흘간 오펜부르크로 여행을 떠날 거야. 알텐부르크의 공식 대표단과는 별개의 여행이야. 어떤 한 후견인[2]이 우리 숙박비를 지불해줄 거야. 지미[3]가 잘 달려주어야 할 텐데.

베로츠카, 사랑하는 누나! 누나를 포옹하며!

누나의 하인리히.

---

2 얀 스텐.
3 (튀르머가 자신의) 자동차에 붙인 별명이다. 동독제 '바르트부르크' 상표를 가진 차이다.

베로츠카,

상상해봐. 우리가 돈을 바꾼다면! 아마 한 540 혹은 560? 말도 안 되지! 그중에 가장 멋진 것은 그래도 역시 공중전화 부스였어.[1] 하루에 한 번씩 누나의 목소리를 듣고 싶다면 지나친 욕심일까?

난 때때로 생각해. 아직도 서독이 있다고. 계속해서 반복되는 이 몽상과 오래된 반사작용. 글래슬레와 같은 사람들은—시청에 근무하는 남자인데 왜 알텐부르크 사람들이 이 많은 스카트 게임 카드들을 보낸 것인지[2] 이해하지 못하지—우리를 야만적인 오랑캐쯤으로 여길 거야.

글래슬레와 통화를 했었던 게오르크의 의견으로는, 우리가 그들이 가지고 있는 풍족한 사무용품을 마음껏 가져갈 수 있게 하려고 우리를 초대한 것 같다는 거야. 글래슬레는 우리를 시청에서 멀지 않은 곳의 어느 건물로 데려가더니 한도 끝도 없이 계단을 올라가서는 마침내 창고로 사용되는 다락방으로 안내했어. 곧 모두가 앞다투어 그 훌륭한 물건들을 챙기느라 정신이 없었어. 우린 사인펜이며 접착테이프, 지우개와 색색의 사무용 클립을 가방 가득히 담았다가는 다시 다 도로 꺼내어 가방을 비웠어. 그것들 말고 정리용 서랍이나 투명 파일, 서류철과 문방용 풀 등을 넣기 위해서 말이지. 심지어 우린 자석 화이트보드에도 탐을 냈어. 정신없이

---

1 이 편지는 오펜부르크로의 여행에 관한 몇 가지 정보와 인상을 전제로 한다. 튀르머가 그곳에서 그의 누이와 통화하던 중에 이 정보와 인상을 이미 말했던 것이 분명하다.
2 알텐부르크는 스카트 게임과 스카트 카드 공장으로 유명하다. 그 몇 주 동안 오펜부르크 시청에는 스카트 카드가 들어 있는 매우 많은 수의 소포들이 도착했다. 소포를 싼 포장지에는 흔히 여자의 나체사진이 붙어 있었다. 동독 송신자들은 서독 수신지 도시의 가족들과 어떻게 해서라도 연결되기를 바랐다.

노략질에 몰입했지. 몇 분이 지나니 나 자신을 이해할 수 없더군. 어떻게 한번 물어보지도 않고 그렇게 달려들 수 있었을까?! 우린 곧 모든 것을 다 꺼내야 했어. 전부 개수를 세고 목록을 정리해 계산을 해야 했거든. 점점 더 많은 물건들을 우린 포기해야 했어. 글래슬레는 우리보다 더욱더 창백해져 있었지. 다행히 게오르크가 돈을 넣은 봉투를 준비하고 있었어. 이 모든 것은 글래슬레가 우리에게 뭔가 좋은 일을 하겠다고 벌인 노력의 일환이었는데, 다시 말해서 그 물건들을 시청에서 구입하는 할인가로 살 수 있게 해준 거야. 사실은 규정에 어긋나는 일이라더군. 그는 우리에게 아무에게도 말하지 말라고 당부했어. 그래도 글래슬레가 마술을 부린 것이 하나 있긴 하지. 큼지막한 전동타자기의 덮개를 벗긴 거야. '초록색 괴물'이라고 하면서 우리더러 그것을 가지지 않겠냐고 물었고, 먹지도 한 보따리 있다고 했어. 아, 그걸 우리에게 선물하겠다는 거야! 글래슬레는 진심 어린 구원자 같은 얼굴을 하고서는 우리를 위해서 무엇을 더 줄 수 있을지 큰 소리로 물었어. 하지만 타자기만으로도 이미 충분히 골칫거리였지. 결국 그 기계는 뒷좌석의 게오르크와 요르크 사이에 자리를 잡았어. 넓적하고도 초록색을 띤 한 마리 거대한 두꺼비처럼.

우린 좀 세련되어져야 해. 자제력이 약했다기보다는 마음자세에 문제가 있어 실수한 것 같아.

2백 서독마르크를 주머니에 넣고서야 쇼윈도가 진짜로 흥미로워졌지. 멈추어 선다거나 계속 지나가는 행위는 이제 더 이상 전과 같은 의미를 가지지 않아. 왜 하필이면 우리가 냄비 가게에 들렀는지, 나 역시 누나에게 설명할 수가 없어. 그저 아주 무거운 뚜껑을 여는 것으로 충분히 감동적이었어. 난 냄비의 가장자리가 자석으로 되어 있을 거라고 생각했어. 이게 꼭 뚜껑이 자동으로 제 위치에 자리 잡도록 잡아당기는 것처럼 보였거든.

거인 볼프강이 상점으로 들어섰을 때 우린 온 실내를 다 돌며 뚜껑을 모조리 열어보고 있는 중이었어. 그도 우리의 놀이에 가담했지. 여자 점원이 각각 냄비들의 장점들을 열거했어. 일품요리, 수프, 야채 수플레, 스패츨 국수, 구이 그 밖에도 이 도시의 부엌에 언젠가 한 번이라도 만들어졌던 모든 요리들을 다 들먹이며.

우린 귀를 기울여 듣고 있었어. 볼프강은 종소리의 순수성이라도 시험하겠다는 듯 손가락으로 냄비를 통통 두드려보았어.

우린 결국 이 상점에 우리의 돈을 바치고 가리라는 것을 알았지. 볼프강이 우리에게 50마르크짜리 지폐를 찔러주었을 때 우린 뚜껑 없는 냄비 두 개를 사기로 이미 합의를 본 후였어. 그러나 이젠 특별 할인 품목을 살 수 있게 되었지. 뚜껑을 포함해서 냄비 세 개에 249마르크. 여자 점원은 우리의 선택을 절대 후회하지 않을 거라면서 우리를 문까지 배웅해주고, 그 앞에서 세 개의 비닐 쇼핑백을 미하엘라에게 넘겨주었어.

한 여자가 미하엘라에게 인사를 건넬 때 나는 막 차 열쇠를 찾고 있는 중이었지. 난 그 여자를 두 번 쳐다보고서야 누군지 알아보았는데 그녀의 외투 덕분이었지. 신문업계에선 거물로 통하는 그 여자는 완전히 새로운 머리 모양을 하고 있더군. 그녀가 우리에게 그동안 잘 있었느냐고 물었을 때 그에 대한 대답으로 우리의 쇼핑백을 번쩍 들어 올리는 것 외에 떠오르는 것이 없더군. "너무 좋은 냄비네요!" 그녀는 마치 어린아이들을 대하듯 그렇게 진지하게 말하면서 냄비를 꺼내들고 이리저리 놀려 살펴보더군. 난 그녀의 반지가 냄비에 흠이라도 낼까 봐 걱정스러웠지.

"아유, 이렇게 좋은 냄비를!" 그녀가 큰 소리로 탄성을 지르더니 냄비를 내게 건네고는 '아데Adé' 하는 작별인사와 함께 사라졌지. 이 근방 사람들은 '아'에 악센트를 넣어 발음하더군.

아, 베로츠카 누나! 무슨 중요한 사연이라고! 적어도 누나가 말한 폰 B. 씨라도 좀 모습을 나타냈으면! 그에게도 정확한 이름이 있겠지? 이 편지를 오늘 부치려고 지금 우체국에 갈 거야.

누나가 너무 보고 싶어!

누나의 하인리히.

90년 1월 26일 금요일

사랑하는 요!

얀 스텐이 우리 운명을 결정했다! 동화에서처럼 어쩐지 으스스했지만 결국 마지막에는 바보 이바누슈카[1]가 보물을 차지하지!

우리가 이 여행에서 무슨 일이 일어날지 미리 명확히 알았더라면 아마 우린 미하엘라를 끝까지 기다리지 못했을 거야. 그녀는 바로 전날 밤에서야 함께 가겠다고 결심했고, 그 때문에 다음 날 아침에 로베르트를 돌봐줄 트로켈 아주머니의 집에 벨을 울려야 했거든.

일곱 시간 반 동안 운전해 가야 하는 여행길이었는데, 여섯 시간 정도 더 달려야 하는 상황이었어. 그건 얀 스텐이 그의 차로 운전하는 경우에 비하면 단지 한 시간쯤 더 걸리는 정도였지. 미하엘라는 로베르트의 학교 지도책을 무릎 위에 펴놓고는 요르크와 게오르크가 함께 차에 타고 있다는 사실은 안중에도 두지 않고 얀 스텐이 설명해준 노정 역시 무시한

---

1 러시아 동화에 나오는 주인공. 가장 어리고 가장 바보라고 여겨졌던 자가 결국 문제의 해답을 맞힌다는 내용.

채 운전자 옆 좌석의 지위를 당당히 행사했어. 그럼에도 불구하고 난 그녀가 옆에 있다는 것이 좋았지.

슐라이츠의 경계에 다다랐을 때 난 트렁크를 열어 보여야 했어. 세관원이 광고용지와 미하엘라가 작성한 전단지『명백한 주장』[2]이 담긴 신발 상자를 집어 들었어. 미하엘라가 그걸 가지고 가자고 고집을 부렸었거든. 세관원은 장갑 낀 양손으로 그 '인쇄물'을 붙잡고 진짜 읽었거나 뭐 적어도 읽는 시늉을 하긴 했지. 그동안에도 차들이 줄을 지어서 우리를 지나쳐갔어. 이게 도대체 뭐냐고 그가 묻더군. "거기 씌어져 있는 그대로입니다" 하고 난 말했지. "국가 안전부 청사 점거 이후 시위에 참가해달라고 선동하는 것이죠."

그가 그 종이를 도로 제자리에 놓으려고 하자 쌓여 있던 종이가 밀려나 더 이상 신발 상자에 맞지 않게 되었어. 그는 종이들을 도로 집어넣고 나에게 눈을 찡긋해 보이면서 의미심장한 윙크를 주더군. 그러고선 군화 신은 발로 저벅저벅 돌아서 갔어. 새벽녘의 어스름 속에서 광택 없는 그의 군화가 번득이더군. 나는 다리 위에선 차를 아주 천천히 몰았어. 숲 속의 길을 잘 보기 위해서지.

동승자 세 명은 이내 모두 곯아떨어졌지만 난 모든 것을 즐기며 깨어 있었지. 분홍빛의 겨울 아침과 타이어가 길 위에서 굴러가며 내는 이상한 팔락거리는 소리들, 긴 커브 길, 속도, 음악, 교통정보 뉴스, 화물차들과 그 뒤를 따라 추격하는 자동차들, 들판과 시골 마을과 구릉들. 심지어는 흰 눈까지도 이 아침 나에겐 서쪽의 것들로 보였어!

우린 뉘른베르크 뒤에서 딱 한 번 쉬었어. 주유소와 휴게소 주위에는

---

2 『명백한 주장』은 미하엘라 퓌르스트에 의해 발행된 알텐부르크 '새로운 포럼'의 정보 전단지로서 총 5회에 걸쳐 발행되었다. 『알텐부르크 주간신문』의 전신인 셈이다.

우리 동포들이 이리저리 바삐 움직이고 있었지. 차창의 유리를 모두 내리고 빵이 든 도시락과 보온병에 든 음료를 마시며 소풍을 하는 중이었어. 열심히 음식을 씹으며 불안하게 눈동자를 굴리는 것만으로도 그들을 알아볼 수 있겠더라. 내가 주차장을 발견하고서 트렁크를 열자 미하엘라가 반기를 들었지. 버젓이 식당이 있으니 절대로 개처럼 문 앞에만 있지 않겠다는 거야. 자신이 사겠다며.

게오르크와 요르크도 나도 우물쭈물 결정을 못하고 유리 안에 진열해 놓은 음식물 옆을 지나치고 있는 동안 미하엘라의 쟁반에는 이미 바닐라 소스를 곁들인 빨간 딸기 졸임과 사과 파이, 작은 빵과 과일 샐러드가 올라가 있었어. 우리 모두를 위해 그녀는 달걀 볶음을 주문했고 커피를 마실지 차를 마실지는 알아서들 하라고 했어.

나는 요르크가 테이블에까지 빵을 가지고 온 것을 보았는데, 하지만 그 역시 결국 이 진수성찬 앞에선 항복을 하고 말았지. 서독마르크로 지불해 산 작은 빵에 버터를 쓱쓱 바르더니 그 위에 햄이 든 달걀 볶음을 착착 쌓아 올리고 있더라니까.

게오르크는 흰 소시지와 꿀겨자 소스가 담긴 접시를 가져왔고 미하엘라는 오이 샐러드를 발견했지. 한겨울에 오이 샐러드라니!

우린 탱크에 플라스틱 통의 기름을 채워 붓고서 추월을 해가며 산 아래로 내려갔어. 표지판에 보이는 도시의 이름들이 나를 기쁘게 했지. 하일브론, 카를스루에, 스트라스부르, 프라이부르크, 바젤, 밀라노. 이 순간, 갑자기 우리가 야자수 나무 아래를 달리고 있었다 하더라도 난 아마 놀라지 않았을 거야.

우린 12시가 되기 조금 전 오펜부르크에 들어섰어. 곧 '시청구내식당'을 발견하곤 정확한 시간에 맞춰 스텐 앞에 나타났지. 그는 거인 볼프강과 함께 맥주를 마시고 있었어. 미하엘라가 화제의 중심이었지. 스텐이 그녀를 자기 옆 좌석에 모시겠다고 했고 게오르크와 요르크는 그 뒷좌석에 타고 난 볼프강과 함께 모터 소리를 퉁퉁거리며 뒤따라갔지.

볼프강은 나를 처음 보았을 땐 묵묵히 포옹하더니만 이제는 또 쉼표도 마침표도 없이 길게 지껄여대는 거야. 우리가 정확히 시간에 맞추어 도착하는 게 정말 중요했었다는 것, 우리가 매우 노련하게 일을 처리했다는 것, 스텐이 우리를 긍정적으로 평가하고 있다는 것, 그가 이제야 좀 믿을 만한 사람들을 발견했다고 한다는 것, 우리야말로 원하는 게 있을 때 감나무에서 감이 입 안으로 저절로 뚝 떨어질 것을 마냥 기다리는 것이 아니라 즉시 일을 실행에 옮기는 사람들이라는 것. 스텐은 라이프치히 박람회에 주문했던 그의 모든 광고를 취소했다는 것, 이제 그 광고를 우리가 맡게 될 것이라는 것, 이것이야말로 노련한 일 처리가 아니겠느냐는 것, 이번엔 그의 편에서 노련한 일 처리였다는 것. 그리고 그는 내 허벅지를 때렸어. 슈바르츠발트를 오르는 길목을 달리고 있을 때였어. 꼬불꼬불한 길 몇 개만 지나도 이내 스텐의 차를 놓치기에 충분했지. 우리가 다시금 똑바로 직진하게 되었을 때 그를 다시 따라잡을 수 있었어. "1천 마르크를 부르세요, 페이지당 서독마르크로 1천." 고개를 돌리지도 않은 채 볼프강이 말했어. "페이지당 1천 서독마르크" 하고 내가 응대했어.

'태양' 레스토랑의 주차장에 게오르크와 요르크가 서 있었어. 각자가 홀로 생각에 잠긴 모습을 하고 무엇을 엿듣기라도 하는 듯. 공기였던 거야. 호흡이 아릴 정도로 그렇게 청량하고 차가운 공기.

앉았다기보다는 차라리 누워 있었다고 하는 편이 더 좋을 미하엘라가 차창의 검은색 유리를 올렸다 내리며 윙 소리를 냈어. 호텔의 종업원이 다가와 우리 짐이 어디 있는지 묻자 그녀가 차에서 내렸어. 우리가 스텐에 의해 레스토랑으로 인도되는 동안 그녀는 종업원을 따라갔지. 스텐은 여러 가지의 대화 주제를 한꺼번에 꺼내면서 우리를 잠시도 가만두지 않았어. 난 "1천 서독마르크" 하고 요르크에게 속삭였지.

레스토랑은 문을 닫은 것처럼 보였고 손님이라곤 우리밖에 없었어. 스텐은 한쪽 테이블로 향해 걸어가 긴 의자 앞에 섰어. 그는 박제된 수노루의 머리 아래 자리를 잡고 앉았고 나는 화장실로 갔어. 요르크가 내 말을 잘 알아들었는지 모르겠어서 난 조금 뜸을 들이며 기다려보았지. 하지만 게오르크도 요르크도 오지 않더군.

요르크는 계획하고 있는 발행부수와 배포 지역, 지면의 수 등을 얘기하고 있더군. "그리고 소유주는" 스텐이 말을 끊었어. "당신들 두 사람?" 하며 그는 게오르크와 요르크에게 고개를 끄덕거려 보였지. 그는 우리 신문에 "광고를 게재하기로" 마음먹었다고 했어. 그리고 비용은 얼마냐고 물었지.

게오르크와 요르크는 아무 말도 하지 않았어. 게오르크는 일단 어떤 내용의 광고인지 알아야겠다는 거야. 스텐의 갈라진 턱이 다시 움직거리는 듯하더니 곧 평정을 찾더군. "비행 기술 장치에 대한 것이 아니면 뭐겠소? 전면 광고요!" 하고 그가 말했어. 게오르크는 한 문장을 그리고 또 한 문장을, 그다음 문장과 그다음 다음 문장을, 그리고 한 문장이 채 끝내기도 전에 다시 다음 문장을 이어나갔어. "처음에 열두 페이지, 각각의 모든 칸들이 필요합니다. 아무도 이해하지 못하는 광고, 열두 페이지밖에 안 되는데, 260mm × 350mm, 결코 많은 것이 아니지요. 만일 우리가, 그리고 비행 기술 장치, 그것을 가지고 뭘 할지, 알텐부르크나 주변지역 사람들이, 한 페이지 전면이라니, 왜 꼭 전면이어야 합니까?"

"왜, 안 될 이유가 있나요?" 스텐이 말하며 볼프강을 쳐다보았어.

"그 점에 대해선 생각해봐야 합니다······" 요르크는 말을 더 이으려다 말고 문장 한가운데서 입을 다물고는 메뉴판에 가린 스텐 쪽을 바라보았지. 우리 모두가 하나씩 받아 들고 있었거든. 볼프강은 깊은 숨을 내쉬고······

"전면 광고라면 1천2백 서독마르크입니다." 내가 마치 이제야 막 가격을 계산해내기라도 한 것처럼 힘주어 말했지. 스텐의 머리가 다시 드러났고 우리를 한 명 한 명 쭉 둘러보았어. "1천2백"이라고 반복하며 난 미소를 지으려고 애썼어.

"아아" 스텐이 신음 소리를 내더니 의자 등받이에 몸을 싣더군. 그는 나를 훑어보는 걸 몹시 즐기는 것 같았어.

요르크가 마치 다른 먼 테이블에 앉아 있는 사람에게 하듯 내게 눈을 찡긋거렸어. 게오르크는 자신의 손만 바라보고 있었고. 볼프강은 귀에 들릴 정도로 크게 숨을 들이마셨지. 그리고 난 사과의 일인극을 준비하고 있었지.

스텐은 "이제 그럼······" 또는 "에, 또, 이젠······" 같이 들리는 말을 뭐라 한참 중얼거리더니 마침내 테이블의 가장자리에 몸을 기대고서 또박또박 말했어. "일단 당신들에게 2만을 주겠소. 그다음은 차차 또 생각해봅시다. 동의하시오?" 그는 상체를 반쯤 일으키고서 처음엔 게오르크에게 다음은 요르크에게 마지막으로 내게 손을 내밀었어. 그의 넥타이가 텅 빈 와인 잔에 빠져 있다가 그가 도로 자리에 앉자 접시의 가장자리에 놓이더군. "어떻게 지불하는 게 좋겠습니까? 캐시? 아니면 수표?" 레스토랑의 종업원이 우리 각자의 앞에 반쯤 채워진 샴페인 잔을 놓았어.

"자, 뭐가 좋겠습니까?" 스텐이 물었어.

"수표는 소용없어요." 게오르크의 대답이었어.

"그렇다면 역시 캐시!" 스텐이 결정을 내리고는 잔을 들었으나 아무도 움직이려 하지 않자 잠시 멈칫거려야 했지.

"현금" 볼프강이 말하면서 잔을 들었어. "캐시는 현금이란 말입니다!"

정적이 흐르고 잠시 후. 요르크는 현금이면 좋겠다고, 매우 좋겠다고 말했어. 그때 스텐이 상체를 약간 들어 올렸고 그의 입이 벌어지면서 웃음이 터져나왔지. 벽에서 쩌렁쩌렁 울리는 내가 생전에 한번도 들어본 적이 없는 그런 웃음이었어. "캐시" 스텐은 키득거리는가 싶더니만 무언가 말을 할 수 있게 되자마자 다시금 웃음으로 빠져들어 헐떡거리다가는 그만 침을 잘못 삼켜 쿨럭쿨럭 기침을 했어. "혀어어언금!" 그의 갈라진 두 턱이 화가 난 듯 흔들리고 있었어. 그사이에 웃음이 옮아가 볼프강마저 뒤흔들고 있었지.

웃음이 계속되면 될수록 좀 무례하단 생각이 들더군. 볼프강은 어느새 잠잠해졌고 이젠 눈살을 찌푸릴 뿐이었지. 마치 있는 웃음이란 웃음을 다 뽑아냈다는 듯이.

"현금 좋습니다!" 하고 스텐이 소리쳤어. 그는 접은 손수건을 꺼내서 입가를 문지르고는 일어나서 미하엘라 쪽으로 갔어. 그는 그녀에게 팔짱을 내주고 테이블까지 동행했어. 두 사람은 우리와는 현격한 대조를 이루고 있었지. 꼭 우아한 오페라 관객이 지하철역에 서 있는 꼴이라고나 할까.

우리끼리 아무 소리 내지 않고 잔을 부딪치고 있는데 스텐이 우리 모두에게 잔을 들어 건배를 제의하고 있다는 것을 뒤늦게 알아챘지. 나는 단숨에 잔을 비웠어. 활력이 점점 되돌아오고 있었어. 테이블 위에 꽂혀 있는 꽃들은 처음에 받은 인상과는 달리 진짜 꽃이었어.

믿을 수 없을 만큼 훌륭한 소스에 스패츨 국수를 곁들인 사슴고기가 나왔어. 스텐은 포크에 찍은 고깃덩이마다 과일잼 비슷한 걸 얹어 먹었어. 전채 요리로 나온 수프는 브로콜리(꼭 콜리플라워같이 생긴 야채였지만 진한 초록색이야)로 만든 거였어. 스텐은 다른 모든 것은 다 해결되었다는 듯이 끊임없이 요리에 대해서 강연을 늘어놓고는 후식이 나오기 전에 짧은 작별인사를 남기고 사라졌지. 후식은 어두운색을 띤 이탈리아 케이크[3]였는데 촉촉하고 부드러웠고 생크림 맛이 났어.

최근 들어 미하엘라가 이 식사 때처럼 그렇게 편안하고 아름답게 보였던 있었는지. 식사를 마치고 우리가 일어섰을 때 그녀는 스텐 씨가 무엇 때문에 그렇게 웃었는지 물었어. 게오르크는 사실은 자신도 잘 모르겠노라고, 아무튼 스텐 씨가 우리 손에 2만 서독마르크를 쥐여주려고 한다고 대답했지. 미하엘라는 2만 서독마르크라면 그가 왜 웃었는지 모르는 불확실성 같은 건 기꺼이 감수할 수 있겠다고 말했어.

우리는 5시까지 오펜부르크에 도착해야 했어. 우린 누워서 잠을 청했지. 우리가 도착했을 때는 알텐부르크에서 온 대표단이 막 버스에서 내리는 중이었어. 오펜부르크 사람들은 기대에 부풀어 있는 군중 속에서 그들을 안내해줄 인솔자를 찾지 못해 당황해했어. 갈색으로 피부를 검게 태운 그들의 시장이 모든 사람들의 손을 잡고 흔들어대며 그렇지 않아도 큰 키에 계속해서 까치발로 서는 거야. 누군가를 보지 못하기라도 할까 봐 그러는지. 전과 마찬가지로 스텐은 미하엘라에게 팔짱을 끼게 하고 그녀를 시청 청사로 인도했어. 그곳에서 그는 우리를 위해서 안내를 해줬지. 방문 앞마다 서서 그는 미하엘라를 자신보다 먼저 들여보내는 데 매우 큰

---

3 티라미수.

가치를 두는 것처럼 보였어.

우리는 크림색 카펫, 컴퓨터, 책상, 번호를 누르게 되어 있는 전화기 등에 감탄하며 시장의 소파에 몸을 맡기고 앉았어. 마지막으로 샴페인 잔들이 부딪히고 과자들은 금방 동이 났지.

노란색 스웨터를 입은 한 귀여운 남자가 우연히 내 옆에 서 있었는데 시간이 좀 지나자 나에게 무엇을 좀 설명해줄 수 없겠냐고 묻더군. 그는 그래 주면 고맙겠다고 미리 인사를 하고는 자기 문제를 털어놓았어. 그는 날마다 알텐부르크로부터 열 개에서 스무 개쯤 작은 소포를 받는다는 거야. 안에는 언제나 스카트 카드가 들어 있고 겉에 여자들의 나체사진이 붙어 있는…… 사람들은 오펜부르크 사람들의 주소를 받길 원한다는 거야. 그는 나를 바라보았어. 그래서, 질문이 뭐냐고 내가 물었지. 그는 손가락으로 자신의 스웨터 깃을 매만지면서 나를 한참이나 물끄러미 보더니 고맙다는 인사를 하고 처음 나타났을 때 그랬던 것처럼 슬며시 사라지더군.

신문에 종사하는 우리 같은 사람들은 여러 정당의 사람들과 만나기로 정해져 있었어. 자유민주당만을 제외하곤(그들은 당원이 겨우 다섯 명일 뿐인데도 시의회의 의석을 차지하고 있지)……

미하엘라는 녹색당으로 가겠다고 했고 요르크는 이미 사회민주당과 약속이 잡혀 있었으므로 게오르크에게 남은 건 기독교 민주연합뿐이었지.

우리들 중 그 누구도 지금 우리가 어떤 실수를 저지르고 있는지 알지 못했어.

어쨌건 미하엘라와 난 녹색당에게 꽤나 실망스러운 존재들이었지. 우리 소개가 끝나자 재떨이를 달라고 한 뒤 녹색당을 소개하는 연설이 시작되었어. 연설자는 계속해서 우리 쪽을 쳐다보았는데, 사람들이 잡담을 하며 킥킥거리고 있었기 때문이었어. 미하엘라는 처음에 모든 이름들과 그들이 하는 일을 꼼꼼히 다 받아 적었지만 누군가 그녀에게 그걸 도대체 무엇에 쓸 거냐고 묻자 그만두더군. 난 "시.운."이 뭐냐고 물었지. 자꾸만 "시.운."이란 게 거론되고 있었거든. 그리고 "두꺼비 수집"이란 말도. 대부분 사람들이 "난 비행기 소음 시.운.에 있고 두꺼비를 수집 중"이라고 말했어. 난 옆에 앉은 여자에게 두꺼비가 뭐냐고 물었지. 그녀는 질문을 이해하지 못했어. 그러다 갑자기 목소리를 높였어. "여러분, 여기 엔리코 씨가 두꺼비 수집이 뭐라고 생각할 것 같아요?"

소란한 가운데 유독 한 여자의 노래하는 듯한 목소리가 다른 소리들을 덮어버리며 울려 퍼졌어. "이젠 알게 되었을 거예요! 알게 되었을걸요!"

미하엘라는 용감하게 내 편을 들어주었어. 그녀 역시 똑같은 걸 연상했었노라고. 두꺼비는 흔히 돈을 나타내는 상징물이어서 그녀 자신도 자주 그 표현을 쓴다고.

그들은 실제로 그 동물들을 수집해서 도로 밖으로 놓아주는 거라더군. 심지어는 두꺼비들을 위한 터널도 짓는데.

어째서 또다시 환경도서관 측과 인권단체 사람들이 코빼기도 안 보이느냐고 아까 그 예쁜 여자가 우리에게 따지듯이 묻더니 뭐라 대답할 사이도 주지 않고 딱 잘라 말하는 거야. "어차피 웃대가리들이야 늘 그 모양이지." 미하엘라는 그녀의 『명백한 주장』에 대해 보고했어. 내 눈치톤 말이지, 누군가가 좀 물어봐주길 바랐을 거야. 그랬더라면 그녀는 라이프치히와 모든 일에 대해 신나게 이야기했겠지. "우린 공식적인 대표단에 속한 사람들이 아니에요." 그녀가 강조했지. "우린 아니라구요!" 난 우리의 새로운 신문이 환경문제 역시 하나의 중요한 주제로 다루게 될 것이라고 말했어. 내 목소리는 어쩐지 힘없이 울렸고 게다가 내 말을 듣고 있는 청중도 거의 없었어. 마지막으로 우린 어떤 부부와 동석을 했어. 그들은 바이스바세르와 카를마르크스슈타트를 방문했던 얘기를 하며 물을 마셨어. 우린 배가 고팠지.

돌아오는 길엔 내가 방향을 잘못 들어서 헤매는 바람에 우린 11시가 되어서야 '태양' 레스토랑을 발견했지. 요르크가 우리를 향해 달려왔어.

"모든 게 수포로 돌아갔어!" 그가 부르짖었어. "무산되었다고!"

볼프강이 양복에 넥타이를 매고 현관에 정좌하고 있었어. 만취한 바쿠스 신처럼 팔이 의자의 팔걸이에 축 늘어져 있었고 머리카락을 세운 두상만이 똑바로 쳐들어져 있었지.

"두 분은 도대체 어디에 있던 겁니까?" 하며 그가 호통을 치자 그의 팔이 다시금 생명력을 얻은 듯 허공을 이리저리 요동치며 흔들리다가 양쪽의 팔걸이에 도달했지. 그는 마치 일어서려는 것 같은 자세를 취하며 부릅뜬 눈을 했다가는 도로 털썩 주저앉았어. 그가 눈을 감은 순간 나는 그가 금세라도 울음을 터뜨릴 거라고 생각했지.

"그들은 우리를 위해 먹을 거 하나 내놓지 않았어요!" 하고 미하엘라가 외쳤어. 요르크는 자꾸만 눈과 이미를 비벼댔지. 게오르크는 긴 다리로 왔다 갔다 서성댔는데, 그의 상체는 경마 기수처럼 구부정해 보였어.

얀 스텐이 저녁 내내 슈바르츠발트에 있는 한 고급 레스토랑에서 우리를 기다렸다는 거야. 볼프강이 20분마다 전화통으로 달려갔고. 10시가 되자 스텐은 화가 나서 냅킨을 접시에 던져버리고는 집으로 돌아갔다는 거였어. 우리가 그를 다시 볼 수 있을지는 하늘의 별들만이 아는 일이라고.

"우리가 그걸 어떻게 알 수 있었겠어요?" 하고 미하엘라가 항변했어. "아무도 몰랐었죠!" 하고 요르크가 대꾸했지. "아무도, 아무도, 아무도!"

그 말에 대답하는 대신 볼프강이 불길한 점괘를 주더군. 지금 방금 우리에게서 대어가 빠져나간 거라고, 그것도 아주 큰 대어가! 그의 이 표현이 그 자신에게는 진한 기쁨을 선사했을 거야. 그는 그걸로 자신을 위로하는 듯이 보였지. 이날 저녁 그가 우리에게 퍼부을 만한 그 이상의 말은 없었을 테니까.

요르크와 게오르크가 우리 침대에 걸터앉았어. 침대 옆에 놓인 탁자에서 우린 계란 껍질을 벗기고 있었지. 우리가 누릴 수 있는 사치라곤 그 전날 버터를 발라 겹쳐놓은 빵을 나누어 먹는 게 전부였지. 보온병 뚜껑에다 차갑게 식어버린 차를 따라 마시면서.

이제 우린 다시 전과 같은 사람들로 되돌아간 거지. 오늘 아침 알텐부르크로부터 출발해서 바르트부르크 성의 고개를 넘던 그 사람들로 말이야. 이미 그렇게 과거가 되어버린 아침 시간과 우리들의 저녁 식사 사이를 채우고 있는 것이란 이상야릇한 꿈이었어.

미하엘라가 갑자기 씹던 동작을 멈추었어. "이게 우리 아침밥일지도 몰라"라고 말하며 그녀는 물다 만 빵을 탁자에 놓았어. "이젠 누가 우리 숙박비를 지불하지?" 우리 모두가 가진 돈을 다 털어도 고작 70서독마르크가 채 되지 않았어. 게오르크가 우리를 진정시켰지. 아닌 게 아니라 그만이 유독 계속해서 빵을 씹고 있었다니까! 미하엘라는 그 무엇보다도 더욱 슬픈 일은 스텐이 고급 레스토랑에서 우릴 기다렸다는 거라고 했어.

아침에 우리를 깨운 건 진짜 닭 울음소리였어. 나중에 우린 모두 하룻밤 숙박에는 아침 식사 뷔페가 포함되어 있다는 것과 또 이틀치 숙박료가 이미 지불되었다는 것을 확인했지. 식당에서 우린 다시 볼프강을 만났고 그의 방에서도 보았지. 우린 말하자면 해고 통지서를 들고서 파라다이스에 앉아 있는 격이었어. 시장의 팔짱을 낀 미하엘라의 모습이 지역신문의 1면을 장식하고 있더군.

둘째 날은 조용히 지나갔어. 종합병원과 이 지역 일대를 독점하고 있는 일간신문사를 시찰하면서. 부르다(독일의 유명 언론사―옮긴이)는 보지 못했어. 라디오 방송국에서는 요르크를 인터뷰했지. 저녁 식사 땐 신문 분야에서는 거물이라는 여자가 우리를 초대했어. 두 시간에 걸쳐 '의견 교환'을 하는 동안 우린 돌아가며 자리를 빠져나왔고 '태양' 레스토랑에 전화를 걸어 언제든지 출발할 채비가 되어 있다고 말했지.

신문계의 거물이라는 그 여자는 내가 의식적으로 관찰해본 첫번째 백만장자였는데, 모든 것을 넘쳐나게 소유하고도 모자라 회청색의 눈동자와 검은 머리카락에다가 피부마저 우유 같았어. 후식을 먹는 동안 그녀는 우리에게 인쇄기나 컴퓨터 이외에도 신문사에서 필요할 만한 모든 물품을 제공하겠다고 약속했어.

"우리를 고용이라도 하시겠다는 겁니까?" 게오르크가 물었어. 그 여자는 날씬한 손으로 제스처를 취함으로써 뜻하는 바를 전하고 있었지. '잘 파악하셨네요!'라고.

요르크는 그녀에게 3주만 있으면 벌써 우리의 창간호가 나올 것이라고 설명했어. 신문계의 거물이라는 여자의 눈이 점점 작아졌어. 그녀의 미소가 내게 몽환적으로 비치더군.

"말하자면 우리끼리만 조용히 진행하는 사업인걸요, 뭘." 게오르크가 사과의 뜻을 담아 결론을 내렸지.

"아쉽군요" 하고 그녀가 말했어. "정말 아쉬워요." 한순간 난 우리가 뭔가 실수하는 거라는 느낌이 들었어.

다음 날 아침 볼프강이 문을 쿵쾅거리며 두드려댔어. "그가 저 아래에서 기다리고 있습니다. 그는 시간이 별로 없어요!"

스텐의 기분은 최상이었어. 그가 무어라고 말할 때마다 볼프강이 웃음을 터뜨렸지. 난 뭔가 큰 오해가 있었던 것 같다는 얘기를 꺼내려고 했는데 스텐이 소리쳤어. "아아, 입을 벌리세요!" 그는 포크에 무엇인가를 찍어 내 코앞에 들이대면서 먹어보라고 했어. 그건 순전히 비계였는데 맛은 있더라! 스텐이 나를 위해 일인분을 주문했고 요르크와 게오르크 역시 입을 아아 벌려야 했지.

미하엘라가 마지막 차례였어. 그녀는 옛날에 입었던 청바지를 억지로 끼어 입고 있었어. 스텐은 자상했고 그녀가 발걸음을 뗄 때마다 따라다녔지만 이전에 보여주었던 그 감동은 사라진 것 같았어. 그럼에도 불구하고 그는 마치 이틀 동안 우리와 함께 아주 재미있게 지냈던 것처럼 행동하고 있었어. 그는 슈바르츠발트와 바젤과 스트라스부르에 대해 칭찬을 늘어놓더니 아닌 밤중에 홍두깨식으로 별안간 서독제 자동차를 사라고 하더군. 자기는 독일제 자동차 아니면 거들떠보지도 않는다는 거야. 그는 그로써 경제의 순환 관계에 끼게 된대. 무엇인가 좋은 것을 얻으려는 자는 그만큼 다른 사람에게도 좋은 일을 해야 한다고. 그의 말은 도무지 그대로 옮길 수가 없네. 하여간 그는 나보다 말을 잘했어. 더욱더 중요한 것은 그의 말투지. 스텐은 자신감에 넘쳐 있어. 자신감, 그건 세상과 돈독한 관계를 맺고 있다는 뜻이겠지. 그리고 언제든 자신의 행동에 대한 정당한 이유를 댈 준비가 되어 있어.

그와의 작별은 매우 짧았어. 우리에게 좋은 여행을 기원하는가 싶더니 미하엘라의 양쪽 뺨에 입을 맞추곤 홀연히 사라져버렸어.

그렇게 멍청한 얼굴 표정 좀 짓지 말라고 미하엘라가 우리를 핀잔했지. 볼프강은 그동안 꼼짝도 않고 있다가 스텐과는 고개를 한 번 까딱하는 정도로 작별을 하더군. 그리고 나서도 그는 서두르지 않았어. 그는 테이블에 바짝 다가앉더니 딸깍하고 라이터를 켜 담뱃불을 붙이더군. 그리고 큰 소리를 내며 커피를 들이마셨지. 난 벌써 그가 우리에게 무엇인가 전할 말이 있구나 짐작했지. 우리 중 어느 누구도 선뜻 감히 다 망쳐버린 저녁에 대한 책임을 그에게 돌리지 못하고 있었어. 어찌 되었건 우리 호텔 숙박비를 위해 중개해준 그에게 감사하고 있었으니까. 볼프강은 자신의 접시를 옆으로 밀치고 테이블보에 떨어진 빵가루를 손으로 쓸어낸 다음 종이 몇 장을 꺼내 그 위에 놓았어. "여기엔" 그가 서두 없이 말을 시작했어. "262개의 주소가 있습니다. 여러분이 신문을 보내야 하는 주소 말입니다. 여기 이건 차 기름 값 2백 서독마르크. 또한 여러분께 드리는 잡비가 각자에게 1백 마르크씩 그리고 또 이건…… 2만 마르크. 그 밖에" 그는 단조로운 음성으로 말을 이어나갔지. "그는 또 이것도 남겨놓고 갔지요." 그러고서 그는 천으로 된 가방을 다 털어냈어.

천 가방에는 상표가 인쇄되어 있었는데 접시와 찻잔 사이로 쏟아부어진 라이터, 볼펜, 공책, 연필 들도 모두 다 똑같은 상표를 달았더군. "여러분들은 이제 여기에 사인만 하면 되는 겁니다." 그는 그 자질구레한 물건들을 옆으로 밀어버리고는 내 앞에 종이를 놓으며 볼펜을 들이댔어. 난 1백 서독마르크와 차 기름 값에 관한 거라고 생각했지. 그래서 사인하고 그 종이를 다음 사람에게 넘겼어. 미하엘라가 머뭇거리는 것을 보고야 난 내가 사인한 서류가 2만 마르크에 대한 영수증이었다는 걸 알았어. "한 사람이 더 한다고 나쁠 건 없지." 요르크가 말하면서 직접 사인하더니 다시 게오르크에게 그 종이를 넘겨주었어. 그 대가로 우리도 종이 한 장을 받았는데, 거기엔 얀 스텐이 과장스러운 필체로 사인한 이름이 있었지.

그러고도 다 끝난 게 아니었어. 너도 알다시피 '마귀는 똑같은 곳에다 똥을 여러 번 싸는 법'이지. 그러니까 가진 자가 더욱더 많이 가지게 되어 있는 거야. 오펜부르크 시청에서 전화가 왔거든. 우리가 좋다면 다시 한 번 와보라는 거야. 누군가 우리를 위해서 사무용품들을 모아 정리해뒀다고. 사무용품. 그들은 '사무'라는 말을 쓰면서 '사' 자에 억양을 강조하더군.

거긴 경치가 너무 좋았어. 라인 강 유역을 지나 멀리 떨어진 곳에 프랑스의 산자락이 보였지. 오펜부르크 주위의 구릉들은 나지막하고 봉우리는 민둥산이었어. 높은 슈바르츠발트의 정상은, 아마 너무 멀어서 그런 게 아니었다면 구름에 가려 안 보였던 것이겠지.

글래슬레가 시청 앞에서 우릴 기다리고 있더라. 우리들 눈길은 금세 다른 데로 돌려졌지. 심지어 우린 나중에 전동타자기까지 한 대 끌고 왔는데 그건 우리가 '초록색 괴물'이라고 이름 붙인 물건이었어.

글래슬레는 게오르크와 요르크를 한 중고차 상인에게 데리고 갔어. 우린 폭스바겐 버스를 한 대 사려고 하거든. 미하엘라와 난 시내를 돌아다녔지. 우리 주머니에 갑자기 돈이 들어왔기 때문에 합금으로 된 냄비를 샀어. 마치 트로피 수집이라도 하는 양.

오늘은 이만 줄일게. 너를 포옹하며, 엔리코로부터.

90년 1월 29일 월요일

베로츠카!
엄마가 누나에게 안부를 전하래. 누나가 보낸 모든 엽서들이 부엌 조리대 위에 있었거든. 엄마는 우리에게 조금 화가 났지. 자식은 부모를 속

여서는 안 되는 거니까.¹ 난 엄마에게 누나의 주소를 적어주었어. 엄마는 누나가 거기에 얼마나 있었는지 혹시 위험하지는 않은지 또 니콜라의 어머니는 이제 좀 나아지셨는지 물으셨어.

주말엔 파리에 가기로 되어 있어. 마무스는 행복을 알리는 전령이라도 된 기분이시지. 통장을 탈탈 다 터셨는데도 그렇다고 인정을 안 하셔. 하지만 그걸로 애교 섞인 투정을 부리시긴 하지.

우리는 어제 드레스덴에 있었어. 난 거기 로베르트를 데려갔었어. 불과 어제 일인데도 어쩐지 시간이 아득하게만 느껴지고 난 꼭 꿈을 꾼 것만 같아. 마무스는 치즈파이를 구우셨어. 집 안은 추웠고 너무 깨끗이 청소가 되어 있어서 아무도 살지 않았던 집처럼 보일 지경이었어.

집 안에서 난 그동안 마무스가 얼마나 변했는지 느낄 수 있었지. 전에 알고 있던 엄마의 익숙한 몸짓을 다시 발견할 때마다 내심 기뻤어. 가스 불을 켜고, 불의 세기를 점검하기 위해 무릎을 굽히시는 모습. 음식창고 문을 열면 한 발자국 더 떼어 안으로 들어가기보다는 오히려 몸을 뻗는 것이 더 낫다는 듯, 늘 문지방에 멈춰 서곤 하시지. 발뒤축에 중심을 두고 발끝으로 냉장고 문을 닫던 모습은 또 어떻고. 팔꿈치를 탁자 위에 기댄 채 양손으로 커피 잔을 받쳐 드시는 모습도 여전하시지. 연유라도 권하는 말투로 엄만 우리에게 선거 때 '독일을 위한 연합'²에 투표하지 않겠냐고 물으시더군. 엄만 갑자기 여기저기에서 사람들이 보이는 비굴한 태도를 개탄하시면서 동료 아주머니분들의 '무제한적 기회주의'를 새삼 발견하신다는 거야. 난 엄마에게 왜 한번도 서쪽으로 넘어갈 생각을 하지 않으셨

---

1 1989년까지도 엘리자베트 튀르머는 베라 튀르머가 1987년 서독 비스바덴으로 넘어간 뒤 배우가 됐다고 믿고 있었다.
2 기민당(CDU)과 독일사회연합(DSU)과 민주발현당(DA)의 선거 동맹.

냐고 물었지. 내 얼굴을 보시지 않은 채, 엄만 내가 그걸 원하지 않았을 거라고 하셨어.

종합병원의 상황은 달라진 게 없어. 때때로 운이 없어서 엄마를 괴롭히는 여자들과 함께 일하게 되는 경우, 그중의 대부분은 아마 수술 간호사들이겠고, 하루 종일 단 한마디도 안 하실 때가 있대.

마무스는 로베르트에게는 제2의 할머니가 된 셈이었는데 내가 보기에 엄마를 위해서도 참 잘된 일인 거 같아. 나 역시 로베르트가 나와 동행할 때마다 매번 새삼스럽게 기분이 좋아. 그가 지루해할까 봐 걱정이긴 하지만. 이번만큼은 그 애를 데리고 가지 않았던 편이 나았는지도 몰라. 나 혼자였더라면 의미심장한 얘기만을 나누었을 게 틀림없어. 내가 마치 그런 토론을 부추기기라도 했다는 듯이. 하긴, 그럴 틈이 없기도 했어. 계속해서 집에 초인종이 울렸거든. 엄마의 변신은 당연한 건지도 몰라. 요즘은 여기저기에서 모든 사람들이 변신하는 중이잖아. 누나는 로테 씨가 예전부터 프란츠 요제프 슈트라우스(오스트리아의 작곡가—옮긴이)의 팬이었단 걸 알고 있었어? 슈베르트 부인은 내가 학교에서 받았을 불이익에 대해 설명하셨어. 그리고 그라우프너 씨네 자매는 덴마크에 있는 사촌 자매에게 마침내 편지를 쓸 수 있겠다고 하더군. 내가 놀라서 왜 그 사촌 자매에게 좀더 예전에 편지를 보내지 않았었냐고 묻자 "그건 안 되지"라는 말로 핀잔을 주었어. 자매 중 한 명인 틸다 그라우프너는 자존심을 세우며 내게 부르짖었어. "회계를 맡은 최고참 경리의 신분으로 서쪽 사람들과 통할 순 없지!" 누나는 집안의 스타야. 누나가 서쪽으로 넘어간 건 인생에서 가장 올바른 결정이었다고들 하니까. 누나의 영광의 빛이 이 동생에게도 비치고 있지. 샤프너 씨네 가족은 어두워진 다음에야 집 밖에를 나간대. 아무튼 혁명적(아니면 반동적인?) 주거 공동체가 합의를 봤다는 거야. 비밀경찰 앞잡이 노릇을 하는 그 프락치들에게는 절대 인사조차 건네지 않기로.

로베르트는 또 사진을 보고 싶어 했어. 앨범들의 사진은 아버지가 돌아가셨을 때까지만 찍혀 있다는 걸 난 지금까지 깨닫지 못했었어.[3] 장롱 안에서는 아직도 그 짜깁기용 목침 냄새가 나지.

갑자기 엄마가 사진 한 장을 집어 들고는 안경 너머로 쳐다보시는 거야. 아름다운 한 쌍의 남녀 사진이었는데 엄마가 외치시더군. "이 사람들이 여기 왜 있는 거야?" 그러고선 잘못 서명한 수표처럼 조각조각 찢어버리셨지. "넌 아직 태어나지도 않았을 때야." 마무스가 나를 보고 말씀하셨어. "전혀 알지도 못하는 사람들인데!" 엄마는 손에 그 종잇조각들을 쥔 채 로베르트가 내미는 사진들에 대해 계속해서 설명하셨어. 난 누나가 나온 사진 두 장을 몰래 감췄지. 난 가끔 생각해. 누나와의 이별을 더 이상 참을 수 없을 것 같다고. 누나가 계획하고 있는 게 뭔지 알아맞힐 수 있다면 얼마나 좋을까!

저녁 식사 때 우린 요한의 집에 들렀어. 그의 편지는 점점 더 짧아지고 있어. 난 아직도 여기 여남은 개의 편지를 가지고 있는데 차를 타고 떠나기 전에 급하게 읽어야 했지. 그걸 읽다가 난 그가 교회 공동체에 관한 장편소설을 쓰기 위해 자료를 모으고 있을지도 모른다는 생각을 했어. 그는 나와의 일을 프란치스카에게 고백한 다음부터는[4] 나를 약간 거칠게 대하는 면이 있어. 나와 악수하기가 무섭게 그는 "하던 일을 마저 빨리 끝내

---

3 헤르만 튀르머는 1968년에 사망했다.

4 튀르머와 요한이 다분히 동성애적인 관계를 맺고 있었다는 사실이 여기서만큼 노골적이고 분명하게 드러나는 데는 이 책의 그 어느 다른 부분에도 없다. 그들의 동성애적 관계를 모르고서는 몇몇 구절이 잘 이해되지 않을 것이다.

야겠다"면서 사라져버렸지. 로베르트와 난 주방에 남아서 프란치스카가 상을 차리는 것을 도와주고 창밖의 도시 전경을 바라보았어. 프란치스카의 우아한 아름다움은 최근 2년 동안 자취를 감추었어. 그녀는 음주에 대해서도 대놓고 얘길 하면서 이젠 정말 끊어야겠다고 하지. 그녀의 말을 들어보면 단지 시간이 없어서 단주(斷酒) 프로그램에 참가하지 못하는 거라고 생각할 수도 있을 거야. 요한이 몇 년 전에 나에게 고백한 바로는 그는 가끔 일부러 그녀와의 싸움을 건다는 거야. 생산적인 생각을 하려면 그런 긴장이 필요하대. 프란치스카를 대할 때면 난 그 생각이 나더라.

그녀는 이미 내 편지에 대해 알고 있어. 요한이 우리 둘 사이에 '이젠 아무 일이 없다'는 걸 증명하기 위해 그녀에게 내 편지들을 읽어주거든.

게지네는 이제 곧 다섯 살이 돼. 첫눈에 보면 그 아이는 그 모든 불행으로부터 아무런 영향을 받지 않은 것 같지. 그 아인 로베르트를 자신의 기사로 임명하곤 집 안 여기저기로 데리고 다니며 그를 위해 피아노도 연주해. 그 아이에겐 세상에 악기를 다룰 줄 모르는 사람이 있다는 사실이 신기한 모양이야.

에르츠 산맥에 있는 세 군데 교회에서 요한의 수습 목사 직책이 끝나기를 기다리고 있어. 안나베르크 부흐홀츠에서 그리 멀지 않은 곳이야. 프란치스카와 그는 이미 거기 가본 적이 있고 집이 크고 넓은 과수 정원까지 딸려 있다는군. 프란치스카 말이, 1년 전이었다면 이런 일이 불가능했을 거래. 그때였다면 아마도 요한은 글쓰기와 밴드 활동을 위해 여가 시간이 충분히 남을 만한 일을 구했을 테니까. 프란치스카는 무슨 일이 있어도 드레스덴을 떠나고 싶지 않대. 안나베르크 쪽이라면 더더욱 그렇대. 그리고 굉장한 일이 거론됐어! 요한이 지방선거에 출마할 거란 사실을 이미 알고 있겠지 하며 프란치스카가 장담하지 뭐야! 그가 내게 예술을 배반했다고 질타한 것이 불과 3주 전이었는데.

나중에 내가 직접 묻자 그는 말을 더듬으며 머뭇거렸어. 그는 내게 편지보다는 직접 말하려고 했었대. 어찌 되었든 안 될 것이야 뻔하고 다만 책임감 때문에 출마한다는 거야. 사람들이 그를 떠밀어서 무엇인가를 좀 움직여보려고 했다고. 그의 음성은 지금 막 '당의 후보'[5]라도 된 사람 같았어. 난 그가 양심의 가책을 느끼거나 정당화할 필요가 없으며 어디까지나 그의 결정이 옳다고 생각한다고 말해주었지.

그는 별로 대수롭지 않다는 듯이 지난 10월에 드레스덴에서 일어났던 사건들[6]에 관한 책을 출간하려고 한다고 덧붙였어. 요(한)는 자신의 운명을 한탄하고 있을걸. 자신에겐 체포되거나 심문을 당하거나 매를 맞는 운명이 주어지지 않은 걸 말이지. 누나, 내 말을 믿어줘. 난 그를 아주 잘 알아!

요는 아무런 질문도 하지 않았어. 그의 그 소극성, 그게 아니라면 그 차가운 냉정이 나를 마비시키지. 계속해서 뭘 대접하거나 차를 따라주면서 로베르트와 친해지려고 노력하는 프란치스카가 없었더라면 난 이미 쫓겨난 거나 다름없었지.

내가 누나에 대해 얘기하기 시작하자 그는 갑자기 나를 보고 다정하게 웃을 정도로 누그러졌어. 그의 웃음 역시 그의 침묵과 마찬가지로 날 꼼짝없이 무력하게 만들지. 그는 벌떡 일어나서 내게 책 한 권을 선물했어. 헌책방에서 두번째 구입한 책이라는데 아이슬러의 『파우스투스』[7] 초

---

5 동일 통일사회당(SED)의 후보.

6 10월 2일에서 6일까지 드레스덴에는 대규모의 경찰이 투입된 일이 있었다. 사건의 발단은 중앙역 주위에서 벌어진 충돌이었다. 중앙역을 통과하는 기차에는 프라하의 대사관으로 가는 난민들이 탈 예정이었다. 수백 명의 사람들이 이 기차를 타기를 희망하고 있었다. 더 자세한 내용은 1990년 5월 25일자 편지를 참고할 것.

판본이었어. 그는 우리가 무조건 더 자주 만나야 한다고 했어. 그러니까 바로 지금. 마지막엔 어쨌든 아주 적은 수의 친구들만이 남게 될 테니까. 그는 이상한 고집을 부리면서 우리가 자동차로 돌아가는 길에 먹을 빵을 만들어주겠다고 했지. 차가 많이 막힐지도 모른다면서. 로베르트와 난 번갈아 가며 빵 안에 무엇을 넣기를 원하는지 말해야 했고 샌드위치가 완성되는 것을 지켜봤어. 무엇인가를 회칠하는 미장이처럼 요는 빵의 가장자리까지 골고루 버터를 바른 다음 이리저리 쓱쓱 칠했어. 진짜로 꼼꼼히 잘 발리도록 하려는 듯이. 그러고는 날 처다보았어. 그는 '난 특별히 널 위해서만 이렇게 한다'고 말하는 것처럼 보였어.

누나를 포옹하며, 누나의 하인리히.

추신: 난 '거대한 괴물' 앞에 앉아 등으로는 문틈에서 불어오는 바람을 느끼고 있어. 내 생각엔 요르크와 게오르크가 들어온 것 같아. 그래서 뒤를 돌아보자 재채기가 나왔어. "건강을 빕니다!" 하는 한 여자의 목소리. 문은 잠겨 있었는데. 난 두 번 더 재채기를 했지. 그때마다 똑같은 어조로 건강을 비는 여자의 목소리. "건강을 빕니다!" "누구시죠?" 하고 내가 물으며 다가가지. 그녀는 난방용 오븐 옆에 웅크리고 앉아 발가락을 문지르고 있어. 그녀의 얼굴에 미소가 얼핏 지나가면서 표정을 조금 부드럽게 만들었어. 그러고는 입 밖으로 공기를 내뱉었다가 다시 내 귀에 들릴 정도로 코로 깊고 큰 숨을 들이마셨어. 그녀의 발꿈치 부분 스타킹에 구멍이 난 게 보였어. "보지 마세요!" 하고 그녀가 말했어. "난 그저" 그녀가 말을 이으며 잠깐 동안 입술을 지그시 깨물었어. "난 그냥 나한테 들

---

7 한스 아이슬러, 『요한 파우스투스』, 베를린, 1952.

어오라고 한 줄 알았어요. 문을 두드렸거든요." 오븐의 타일 조각들을 등 뒤로 하고 그녀는 천천히 몸을 세웠어. 그녀는 도로 신발을 신으려고 했지. 그녀는 "아야, 아야" 하고 신음했어. "아우, 너무 아프네요!"

"아니, 저런!" 내가 외쳤어. 그녀의 입 언저리에 머리카락이 붙었다고 생각했는데 그녀가 천장 쪽을 바라보고 있을 때 난 그게 흉터라는 것을 알아볼 수 있었어. 그 흉터는 그녀가 귀한 신분이라는 것을 알려주었어.

"저건 더 이상 따뜻하지 않습니다" 하고 난 사과하듯이 말하면서 문 옆에 걸려 있던 내 외투를 가리켰어. 요 며칠 내내 그걸 세탁소에 갖다 주겠다고 벼르고만 있었던 게 화가 나더라. 세탁소에서 예전의 질감을 되찾게 하려고 했었는데. "저와 동행하시겠습니까?" 하고 나는 물었어. "우리가 지금 즉시 걸어간다면 6시 안에 세탁소에 도착할 수 있을 겁니다."

"제가 어떻게 그런 일을 하겠어요?!" 그녀가 말했어. 눈물 때문에 그녀는 목이 멨어. 내 눈이 머리에 제대로 달려 있기나 한 건지, 장님이라도 눈치를 챘어야 하는 건데 말이야. 그녀가 단 한 발짝도 움직일 수 없는 상태였다는 것을!

"제가 당신을 안아 올려도 될까요?" 목소리에 묻어나는 기대감을 감추지 못한 채 나는 그렇게 물었어. 그녀의 블라우스 아래쪽이 열리는 바람에 그녀의 배에 세모꼴이 난 걸 보았어. 그 가운데에 배꼽이 있었는데, 신의 눈과 똑같다는 생각이 들었어. 내 비유가 마음에 들어 기뻤어. 곤궁한 상황에 처했을 때 종종 가장 아름다운 기회가 오곤 한다고 말하니까, 그 여자가 웃기 시작했어. 그녀의 눈길이 스스럼없이 나를 훑고 있었어. 나의 모든 것이 그녀에겐 웃음을 자극하나 봐. 내가 웃음을 불러일으키는 모양이야. 그녀는 결국 발작하듯이 웃음을 그치지 못했고 두 손으로 입을 가려도 진정되지 않았어. 숨을 들이마시기 위해 애를 쓰며 웃음 때문에 몸이 꼬꾸라졌지. 끄트머리가 밝은 빨간색인 머리카락이 그녀의 얼굴에 쏟아져 내리다가 나중엔 아예 다 가려버렸어.

난 이미 침대 끝에 걸터앉아 귀를 기울이고 있었어. 난 정말 웃음소리를 들었다고 확신했거든. 벌써 4시! 내 하루가 또 시작된 거지.

90년 2월 6일 화요일

베로츠카,

난 부득이한 경우가 아니고서는 편집부를 떠나는 것을 좋아하지 않아. 혹시라도 누나의 전화를 못 받을까 봐 걱정이 되어서 말이야. 매번 이곳에 들어올 때마다 누나의 전화가 왔었냐고 묻는 걸 참는 데에는 얼마나 큰 자제력이 필요한지. 요르크나 게오르크가 지나치게 전화를 오래 하고 있을 땐 화가 치밀어. 파리에서 누나와 통화를 하려고 했는데 내가 뭘 잘못했는지 알 수도 없고 자동 음성의 내용도 이해하지 못했어.

그래, 우린 파리에 갔었어. 적어도 그렇게 주장할 순 있지. 일요일 9시에 우린 벌써 돌아와 있었어. 로베르트가 층계참에서 만난 이웃여자에게 "우린 파리에서 오는 길이에요!" 하고 말했어. 그 여자는 깜짝 놀라거나 무슨 실문이라노 하는 대신, 마지 우리가 거짓 얘기를 꾸며대는 아이를 그냥 내버려두기라도 한다는 듯이 미하엘라와 나를 나무라듯이 쳐다보더군. 그리고 미하엘라가 얘기한 내용, 즉 신분증 검문 과정에 관한 이야기부터가 그녀에게는 어쩐지 뭔가 수상하게 들리는 모양이었어. 누군가를 설득시키려 할 때 진실이라는 것은 아무 소용이 없는 걸까.

모든 일이 다 지나가서 난 아주 기뻐. 난 로베르트 때문에 부득이 같이 가는 거라고 나 자신을 정당화했어. 가족이 함께하는 소풍이라고. 미하엘라는 돈 없이도 재미있게 지낼 수 있을 거라고 생각했어. '사흘간의 관광버스 여행'이 그 정식 이름이었어. 첫날은 금요일이었는데 우린 아이제나흐에서 오후 5시에 출발하기로 되어 있었지.

땅이 질척거리는 광장에 수백 명의 사람들이 모여 기다리고 있었어. 광장 주위에는 헐리다 만 건물들과 희뿌연 전등들이 서 있었지. 가방이나 주머니가 없었다면 꼭 시위의 첫 시작처럼 보였을 거야. 마무스는 아이제나흐에서 2시부터 벌써 우릴 기다리고 있었어. 우리가 4시 반이나 되어서야 도착했기 때문에 엄마는 완전히 지쳐 있었어. '아르마다'라고 씌어진 버스가 들어오면서 우리를 광장의 한쪽 끝으로부터 다른 한쪽 끝으로 몰아냈지. 열린 차 문에 운전사들이 모습을 드러내더니 저마다 목적지를 외친 다음 다시 운전대 앞에 도로 앉았어.

파리행 버스는 두 대였어. 처음엔 우리가 차에 다 타지 못하게 될까 봐 걱정했지만 이윽고 세번째와 네번째 줄에서 빈 좌석을 발견했지. 거기선 심지어 차의 앞 창문을 통해 전면을 볼 수도 있었다니까. 우리 옆쪽엔 암스테르담으로 가는 차편이 있었고 왼쪽엔 베네치아행 버스가 서 있었어. 일의 진행 상황은 전부 다 똑같았지. 맨 처음엔 독일연방공화국 국민증을 나눠줬는데 이름이나 거주지며 다른 모든 사항이 정확이 기재되어 있었어. 심지어 키며 눈동자의 색까지도 제대로 기입되어 있더라. 프랑스 국경에 이르면 우린 규정에 따라 그 국민증을 높이 들어 보여야 하고' 무슨 말인지 확실히 알 수는 없지만 아무튼 눈에 띄지 않게 행동하라더군. 베네치

---

1 이 책의 발행인이 직접 경험한 바 있는 당시의 관행이었다.

아로 가는 차편 안에서는 그 국민증을 높이 들어 내미는 연습을 하기까지 했지. 그들이 떠나면서 손을 흔들었어.

로베르트는 옆 좌석에 함께 앉을 사람으로 나를 뽑았지. 좌석은 매우 편안했고 모터 소리도 거의 들리지 않았어. 어두운 고속도로 위에서의 순조로운 주행을 방해할 만한 잡담 역시 전혀 들리지 않았어. 마치 난 꼭 그래야만 한다는 듯이 버스가 멈추어 설 때마다 매번 내려 다른 사람들과 같이 화장실을 향해 돌진하는 일을 했고 휴게소에서는 마무스가 도시락으로 싸온 뻑뻑한 완숙 달걀을 꾸역꾸역 입속에 집어넣었어.

우린 자정이 되기 전에 프랑크푸르트 공항에 내렸어. 여행 중 첫번째 볼거리였지. 우린 인적이 뜸한 공항의 밝은 홀을 통과해 걸었고 비행사들의 이름을 읽으며 피부가 검은 청소부 아줌마들에게 인사했어. 그들은 다 얼굴을 돌려버리더군.

프랑스인들은 우리 버스 따위엔 관심이 없었어. 우리 역시 소변을 보러 휴게소에 내려서야 프랑스 땅임을 알아보았지. 마무스는 작은 소리로 코를 골고 있었어. 사위가 밝아올 무렵이 되어서야 난 졸렸지. 난 회색의 새벽 어스름 속에서 파리 외곽을 건너다보았는데, 바로 다음 순간 우린 벌써 시내를 통과하고 있었지. 비가 부슬부슬 뿌리는 가운데 하늘은 더욱더 어두워진 것 같았어. 난 바스티유 광장에 이르러서야 우리가 어디쯤 있는지 알아차렸지. 거기서부터는 내 방향감각이 나무랄 데 없이 훌륭히 그 기능을 수행했어. 로베르트와 미하엘라 앞에서 난 두각을 발휘했어. 우리가 '앙리 4세 대로'를 지나자 오른쪽에 섬이 나타나고 정말로 노트르담이 모습을 드러냈을 때는 나 자신도 내심 놀랐어.[2] 난 우리의 동경을 담

2 베라 튀르머의 진술에 따르면, 남매는 헝가리에서 제작된 파리 지도를 가지고 있었다. 그들은 그것을 외우려고 시도했다.

은 주문을 외우며 기도했지. 케 드 라 투르네트(Quai de la Tournette, 투르네트 부두), 케 드 몽테벨로(Quai de Montebello, 몽테벨로 부두), 케 생 미셸(Quai St-Michel, 생 미셸 부두), 케 데 그랑(Quai des Grands, 그랑 부두)…… 그리고 우리에게 익숙한 노점 서적상들을 보았어.

내가 막 오른쪽에 루브르가 나타날 것이라고 말하려는 순간, 갑자기 기분이 나빠지는 거야. 나는 아무런 감정도 없이 우리가 저편에서 알고 있던 지식의 불꽃을 다 쏘아 올렸던 거야. 아마 누나가 보고 싶어서 그랬는지도 몰라. 아니면 어느 택시 운전사의 말마따나 한 시간쯤 뒤에 내가 겪을 세속적인 분위기를 이미 감지했던 것인지. 아, 하지만 그와 동시에 이건 성실한 가장으로서 갖추어야 마땅한 지식이라는 생각이 들기도 했어. 양심 있는 가장이 휴가 여행을 위해 준비해온 지식!

차는 콩코르드 다리를 지나 북쪽을 향해 가고 있었어. 마들렌과 생 라자르를 지나고 뤼 드 암스테르담으로 올라갔지. 난 사크르 쾨르가 다음 목적지가 되리라고 짐작하면서 햇빛이라도 좀 쐬며 커피를 한 잔 마신다면 그런대로 여정이 좀 참을 만하게 될 것이라고 기대했지. 운전사가 안내한 대로 우리는 세계에서 가장 유명하다는 '사창가'로 향하는 중이었어. 우린 두 번 방향을 바꾸고 천천히 커브 길을 돌았지. 우리가 탄 버스는 이리저리 기우뚱거리며 달리더니 단숨에 파도라도 타는 양 길을 잡아 계속해서 앞으로 나아갔어.

다음 순간 난 인도에 왁자지껄 모여 있는 여자들을 보았어. 창녀들이었지. 아침 8시였는데. 버스 안은 순간 조용해졌고 운전사는 매춘에 대해 허풍을 떨어댔지. 그의 수다가 계속되는 동안 우리들 가운데에서 마치 좌초하는 배처럼 무엇인가가 쿵 하는 소리가 났고 버스가 심하게 들썩거렸어. 운전사는 욕을 퍼부었고 딸깍하는 소리와 함께 확성기가 꺼져버렸어.

우린 천천히 앞으로 나아갔지. 유리창만 보고 있는 우리들의 조용함에는 어떤 명상적인 고즈넉한 면이 깃들어 있었을 거야. 다만 몇 장의 지폐로 여자를 고를 수 있다니 이 얼마나 엄청난 일이란 말인가! 로베르트는 약간 당황한 미소를 지으며 나를 돌아보았어. 우물쭈물하며 무엇인가를 물어볼 것 같았지만 이내 곧 창문에 이마를 댄 채 뚫어지게 밖을 보았어.

여자들 중 한 명이 갑자기 건물 벽으로부터 성큼 앞으로 나왔어. 통이 착 달라붙었다가 허벅지를 지나면서 넓게 퍼지는 바지를 입은 그 여자가 우리 가까이로 재빠르게 걸어왔어. 해적처럼 머리에 두른 알록달록한 두건이 머리카락을 감추고 있었지. 우리가 있는 창문 쪽으로 바짝 다가와 가까워졌어. 귀밑머리쯤에 솜털도 안 가신 어린 아가씨였어. 그녀는 자신의 손등에 입을 맞추더니 손가락을 로베르트가 앉은 창문 유리에 갖다 댔어. 높이를 같게 맞추려면 폴짝 뛰어야 했을 텐데도 그녀는 진지하게 안을 들여다보았어. 여자들이 그녀의 등 뒤에서 고꾸라지도록 왁자지껄 웃기 시작했음에도 불구하고 말이야. 우린 그녀들의 외침과 야유를 들을 수 있었지. 양쪽으로 늘어선 여자들이 우릴 비웃고 있었던 거야. 그녀가 유리창을 세 번 두드리고 나자 그다음 순간엔 모든 것이 사라져버렸어.

로베르트의 목이 붉게 물들어 있었지. "네가 그 아가씨의 마음에 들었던 것뿐이야." 미하엘라는 그 아이를 진정시키려고 애썼어.

우리가 파리 땅을 밟은 건 사크르 쾨르의 끝자락에서였어. 공기가 기대했던 것보다 훨씬 더 무드러웠고 밀집한 수택가에서는 고즈넉함이 새어나오고 있었지. 마치 작은 물고기들이 바닷속에서 반짝거리며 헤엄쳐 다니듯이 그렇게 거리를 누비고 다니던 자동차나 오토바이도 여기선 보이지 않았어. 우린 계단을 올라가기 시작했어. "우린 매일 일과를 마친 후 얼마나 많이 여길 올랐던 걸까? 추위에 떨며, 생제르맹 대로의 가을을 알리는 비가 센 강 위에 뿌려진 그날로부터." 나는 인용문을 되뇌어보았어.[3] 로베르트는 왼쪽에 보이는 큰 지붕이 무엇인지 알고 싶어 했지만 내가 그게 어느 역인지 혹은 심지어 그게 역사이기나 한지 어쩐지도 잘 몰라 어물거리자 투덜댔어. 인상에 남아 이정표가 될 만한 장소들이 너무도 드물다는 것에 대해 나 역시도 놀랐지. 마들렌과 루브르, 오른쪽엔 에펠 탑이 있고 다른 것들이 다 헷갈렸지만 난 뭐, 아무래도 좋았어. 벤치 위에 드러누워 잠이나 한숨 잤으면 제일 좋겠더라. 하얀 암석이 '어부의 요새'[4]를 연상시켰지. 청소차에 쫓겨 흩어진 비둘기들의 고향은 아마 노이슈테터 역[5]이었을 거야.

어떤 남자가 내 앞에서 불쑥 무릎을 꿇었어. 그는 갑자기 하늘에서 뚝 떨어진 바위처럼 길 가운데 있었어. 그는 기도라도 하는 양 바닥을 내려다보며 땀에 전 머리카락을 우리 쪽으로 향하고 있었지. 그의 손에 들려진 형체 없는 물체는 모자였고 그 안에는 벌써 동전 한 닢이 들어 있었어. 난 마침 프랑을 가지고 있지 않아서 그 옆으로 갈 수가 없었지. 마무스가 내 옆에서 툭 튀어나와 지폐 한 장을 모자 속으로 밀어 넣어주며 완전한 독일어로 말했어. "우리 가족이 함께 주는 거예요." 어떤 여자가 한 인간이 다른 사람들 앞에서 그토록 굴욕적인 태도를 취할 수 있다는 사실을 도저히 받아들일 수 없다고 말했지. 나중에 우린 그 여자가 에르푸르트에서 독일어를 가르치는 교사라는 것을 듣게 되었어. 그 여자가 계속 말하는 동안 사람들이 반원 모양으로 모여들었고 우리의 불쌍한 나사로

---

3 어네스트 헤밍웨이, 『파리-삶을 위한 어느 축제』.
4 19세기 말엽의 건축물로서 그곳에서는 도나우 강과 페스트 지구의 전경이 한눈에 내려다보인다.
5 드레스덴에 있는 한 역의 이름.

(신약 성경에 나오는 인물로, 거지를 의미하기도 한다―옮긴이)는 천천히 고개를 들었어. 아마도 사람들이 그에게 말을 건다고 생각한 모양이야. 모여 있던 사람들은 그의 상처투성이 이마와 코를 목격하고, 죽어가듯 기운 없이 노곤한 눈과 이가 다 빠지고 반쯤 헤벌린 입속을 들여다보게 되자 즉시 입을 다물고 말았어. 우린 결심한 듯 그곳에서 도망치기 시작했지.

그 후로 시간은 날아가듯 빨리 지나갔어. 도처에 아주 특별한 것이라도 있으니 살펴봐야 한다는 듯이 운전사가 퐁피두 센터 근처에서 우리를 내리게 했지. 개선문 앞, 콩코르드와 앵발리드 돔 앞에서도. 하지만 사실은 센터를 빼면 다른 장소들은 다 버스 안에서 바라보는 편이 훨씬 더 조망하기가 좋았어.

버스가 지역의 또 다른 끝에 위치한 에펠 탑 앞에 멈췄을 때, 우리 가족은 모두 화장실을 찾아 나섰지. 돌아오는 길에 우린 동승한 여행객들이 순식간에 버스의 중간 문 앞으로 몰려드는 것을 보았어. 그러고 나서 역시 마찬가지로 재빠른 동작으로 긴 행렬을 만들며 줄지어 섰어. 여자 승무원이 지나칠 정도로 큰 국자를 가지고 수프를 떠 하얀 플라스틱 수프 접시에 담았어. 로베르트와 나도 줄에 가 섰지. 마침내 우리 차례가 되었지만 우리한테 그릇도 숟가락도 없으니까 조금만 참으라고 하더군. 그 여자 승무원 말마따나 "성질 급하게" 먼저 밥을 받아간 사람들이 빈 그릇을 내줄 때까지 기다렸다가 우리가 그것을 넘겨받아 씻어야 한다고.

이런 일이 진행되는 과정에서 난 "원기 회복 후 첨탑에 오르는" 일정을 놓치고 말았지. 내가 엄마와 미하엘라에게 산책이라도 하자고 조르고 있을 때 동작이 빠른 사람들은 이미 자리를 뜨고 없었어. 내가 유일하게 성공한 것은 엄마에게 돈을 타낸 것뿐이었어. 그 뒤, 우린 각자 뿔뿔이 흩어졌지.

난 그들을 따라갈까 생각하며 심지어 몇 발짝을 떼기도 했지만 갑자기 왈칵 눈물이 솟구치려는 느낌을 받았어. 두 시간 동안 자유로울 수 있다는 자각, 내 인생에서 한번도 누릴 수 없었던 그런 자유가 지금 내게 주어졌다는 자각이 내 의지를 무력화시켜버린 거야. 난 우리가 화장실을 찾아 들어갔던 그 카페로 다시 갔어. 모든 종류의 뜻밖의 사태에 대비해서 보다 안전하게 그곳에서 기다리려고 말이야. 종업원이 빠른 걸음으로 다가와서 내 얼굴을 알아보고는 들어오지 못하게 막았어. 그는 손을 휘젓는 동작조차 귀찮아 보였어. 오로지 몇 번인가 혐오스럽게 손가락만을 폈다 오므렸다 했지. 난 바에 난 빈자리를 가리키고서 성큼성큼 걸어들어갔어.

난 커피라는 발음의 두번째 음절에 악센트를 넣어 강조하면서 '미네랄나야 보다mineralnaja woda'를 주문했지. 러시아어로 말하는 게 독일어로 하는 것보다는 덜 무안하기라도 한 듯이. 그런 뒤에 난 바의 여종업원이 내 코앞에 들이댔던 두 개의 병들 중에 하나를 묵묵히 가리켰어. 곧바로 이게 아니라는 것을 알아차렸지. 다른 병에 들은 게 내가 원했던 탄산수였던 거야.

누구와라도 함께 애기를 나누고 싶었어. 여종업원을 관찰했지. 그녀는 커다란 커피 기계를 조작하고 있는 중이었는데 흰 블라우스를 통해 훤히 비치는 브래지어와 그것을 여민 호크가 반짝거렸어. 난 완전히 불필요한 존재라는 생각이 들더군.

거품을 낸 우유와 함께 커피 한 잔이 나왔어. 큼지막한 통에서 설탕을 떠 넣은 다음 거품의 가장자리에 얼마간 남으며 서서히 아래로 가라앉는 설탕을 바라보았어.

갑자기 코를 찌르는 탄 우유 냄새를 맡았을 때에는 이미 두세 모금이나 꿀꺽 넘긴 상태였지. 난 또 한 번 설탕을 한 숟가락 넣어 휘젓고는 조금씩 홀짝홀짝 마셨지. 하지만 내가 잔을 접시에 놓자마자 곧 또 그 탄 우유 냄새가 올라왔어.

아까 말한 그 여종업원이 바로 내 앞에서 레몬 껍질을 까고 있었어. 다른 여종업원이 그녀를 대신해서 일을 맡았다고 생각할 뻔했지. 그녀의 손이 깜짝 놀랄 정도로 늙어 있었거든. 심지어 쭈글쭈글 주름마저 잡혀 있더군. 난 지갑을 들어 보인 뒤 일어선 채로 계산서가 오길 기다렸어. 내 수중에 있던 프랑 중에서 거의 반이나 바쳤는데도 동전만을 팁으로 남겨 놓자니 너무 인색해 보일 것 같았어.

사실 난 플라스틱 잔에 대한 기억이 너무 선명해서 다 마시지도 않았어. 초록색, 빨간색 또는 갈색의 플라스틱 잔들.[6] 뜨거운 우유가 잔의 맨 끝까지 가득 찼었는데 맨 위에는 막이 생겨 있었고 매번 내가 그걸 걷어내어 접시 가장자리나 바지에 닦았지만 곧 다시 생기곤 했었어. 나중엔 내 입술에 달라붙었고 난 그때마다 역겨워서 숨이 딱 멈췄지. 난 밖으로 나왔어.

매섭고 찬 날씨였지만 대지에 문득 봄이라도 다시 돌아온 것처럼 느껴졌어. 모든 것이 전과 다른 빛 속에서 헤엄치고 있었어. 난 달리기 시작했지. 마치 이 파리에서 누나를 다시 만날 수 있기라도 한 것처럼, 지금이라도 누나가 이곳으로 달려오는 것이 가능하기라도 한 것처럼. 내 곁에 누나가 있기를 원했어. 누나와 다른 모든 것들도 함께. 우리가 알았던 것들, 보고 들은 것들, 우리가 가진 모든 것들과 우리의 거리와 세상 전부다. 이 집중된 분산. 만물에 가치를 부여하고 모두에게 경의를 표하며 형제 자매처럼 또 욕망으로 가득한 분산. 담배 가게의 어둠 속에서 하얗게

---

6 튀르머에게 있어서 유치원부터 군대에 이르기까지 플라스틱 잔은 공적인 세상을 대표하는 상징물이었다. — 베라 튀르머의 진술.

비치는 판매원 아가씨의 데콜레트(가슴이 푹 파인 여자 옷, 또는 가슴을 말한다—옮긴이). 난 그녀의 얼굴을 보기 위해 무릎을 굽혀야만 했어. 스물다섯 살의 아가씨. 머릿수건으로 얼굴을 가리고 어제 막 스물다섯 살이 된 여자. 난 주문하고, 그녀는 인사하며, 내 주문을 반복하고, 내게 담뱃갑을 내밀며, 난 돈을 지불하고, 그녀는 고맙다고 하고, 그리고 우린 헤어졌지.

난 무슨 행운의 추첨이라도 하는 사람처럼 신호등에 설 때마다 매번 새로이 나아갈 방향을 정했어. 어디에서 찾아야 할지는 알 수 없었지만 누나를 발견하리라는 것만은 확실했어. '자유'로의 첫 발걸음이라는 말이 내 뇌리를 스쳤어. '자유'로의 첫 발걸음. 나이도 이름도 출신도 다 잊어버리고 싶었어. 그저 구경이나 하면서 한 발을 다른 쪽 발 앞으로만 내밀며 누나와 함께 있고 싶었어.

북아프리카 사람 둘이 내게 무언가를 물었는데 그들의 목소리는 뭔가 무겁게 빛나는 물질처럼 기품이 있었지. 난 다만 어깨를 으쓱 올려 보이고는 계속해서 걸어갔어. 파리는 시장의 장사꾼이 물건을 사라고 외치는 소리에 깨어나 2월의 빛 속에서 벌써부터 봄을 가득 진열해놓고 있었어. 난 과일 상자, 쇠창살, 주택의 벽, 문고리를 만지며 걸었어. 난 누나가 가까이 있다는 걸 알았지. 누나를 볼 수는 없었지만, 그리고 보았다 해도 그건 오히려 과분한 일이었겠지만 말이야. 하지만 난 확신하고 있었어. 우리가 똑같은 공기를 숨 쉬고 있다는 것을. 난 누나의 음성을 들을 수 있었어.

난 어떤 성문을 가리키며 말했어. "기사를 위한 성문입니다, 마담." 그러자 누나는 그 성문 옆의 문을 가리키면서 말했지. "행인들을 위한 문입니다, 무슈."[7] 계속해서 누난 내가 보지 못한 것을 보았고 누나가 가리킬 때라야만 그것들을 쳐다보았지. 한 푸른색 상자 위에 '당제 드 모르

(DANGER DE MORT, 생명을 잃을 수도 있음)'라는 표시가 붙어 있었어. 상자는 당제 드 모르라는 투명한 비닐에 싸여 있었지. 난 누나를 잃을까 봐 두려웠어. 그래도 그걸 드러내면 안 되지. 난 결정해야 해. 두 시간 후면 기차에 올라야 하고 장벽 너머로 돌아가야 해. 그들이 날 짧은 시간 동안만 밖으로 내보낸 거니까. 내 책이 이곳에서 출판되었으므로. 모든 진열대에 전시되어 있으므로. 우린 쇼윈도마다 둘러보는 중이야. 너무 이른 시간이었어. 서점들은 아직 문을 열기 전이었지.

사거리 차양은 '도메Dome'나 '로톤데Rotonde' 혹은 '토스카나 Toscana'[8]와 같은 알파벳 글자를 드러내고 있었어. 아니야, 난 말했어. 아니, 난 누나가 없으면 안 돼. 누나와 함께 드레스덴을 보고 싶어. 이른 시각, 아직 해가 지붕들 위로 솟아오르지 않아 불그레한 새벽별의 공기 속에서 빛날 때, 엘베 강의 물안개, 담배꽁초 둘레에 묻은 여러 가지 종류의 빨간색 립스틱들, 그것들은 버스정류장의 보도블록에 버려져 있지. 인도 위에 널브러진 여성용 장갑. 모두들 그것을 주워 올리지 않고 밟지도 않으며 그저 피해가고만 있어. 난 그게 백합이라고 생각해. 누나의 꽃다발에서 떨어진 백합. 당제 드 모르!

돌연 마무스와 로베르트가 내 앞에 서 있었어. 미하엘라는 어떤 노신사에게 무엇인가 설명을 듣고 있는 중이었는데 나를 보자 손을 흔들었어. "단 1분도 틀리지 않고 시간에 맞춰 왔네" 하고 마무스가 나를 칭찬했지. 그러니까 난 단 1분도 틀리지 않고 시간에 맞춰 저편 세상에서 돌아온 거야. 부슬부슬 비가 내리고 있었어.

미하엘라가 얼굴의 땀을 닦으라고 손수건을 건네주었어. 마무스는 당

---

7 앙드레 브레통, 『나디아』의 인용문.
8 드레스덴의 카페.

신 목도리를 풀어 강제로 내 목에 감아주셨어. 바람이 엄마의 우산을 다 망가뜨렸지.

우린 로베르트를 따라 걸었는데 도로 옆의 카페들을 지나치고 나서 금세 방향감각을 잃어버렸지. 난 추워서 덜덜 떨렸는데 마침 우리가 지나칠 때 어느 구석에선가 큼지막한 오믈렛이 담겨 가는 것을 보고는 배가 고파 죽겠더라. 마무스가 지갑을 번쩍 들고 고개를 끄덕이셨어. 물론 우린 다른 사람들이라면 아무도 앉고 싶어 하지 않는 자리에 앉아야 했지. 종업원이 닦기 쉬운 플라스틱으로 된 빨간 식탁받침을 우리들 각자 앞에 깔아주었지. 우리가 뭐 어린애인가. 미하엘라는 학교에서 배운 프랑스어 실력으로 음식 주문하는 일을 맡았고 종업원이 마지막에 "메르시(Merci, 감사합니다), 마담"이라고 인사하자 얼굴을 붉혔어.

종업원이 맥주캔을 가져와 내게 따라주었어. 우린 엄숙하게 지켜보았지. "메르시" 하고 우리가 중얼거리는 순간 미하엘라는 단지 물만 주문했을 뿐이라고 말했어. 나는 스칸디나비아에서 수입해온 그 쌉쌀한 음료를 들이켰고 너무 졸린 나머지 그만 탁자에 머리를 박고 잤으면 싶더라. 화장실로 가는 좁은 통로로 술통들과 문 사이를 비집고 겨우 걸어갈 수 있었어. 그 집의 안쪽 깊은 곳으로부터 어떤 사람이 나를 향해 마주 걸어오고 있었는데 그도 나와 아주 똑같은 몸짓을 하고 있었어. 우린 서로 아주 가까운 곳에 이르렀을 때 동시에 방향을 바꾸었어. 그러니까 이 집엔 내 분신이 살고 있었던 게지. 맥주가 오믈렛보다 더 비싸더군. 우린 엽서를 몇 장 부쳤는데 누나에게도 한 장 썼지.

그동안 내내 밖에서 음악 소리가 들려오고 있었어. 이 근처에서 어떤 밴드가 연주하고 있는 게 분명했어. 자기가 호기심을 보이는 게 마무스를 기쁘게 한다는 것을 눈치 챈 로베르트가 앞으로 썩 나서며 출발했어. 하지만 그럴수록 녀석의 실망도 커졌지. 우린 그 어디에서고 무대나 청중을 발견하지 못했거든. 비틀스, 닐 영, 엘튼 존은 파리의 공중에 떠돌아다니고 있었을까?

어느 모퉁이에 각종 기기들에 둘러싸인 일본 사람이 한 명 앉아 있었는데 입으로 하모니카를 지탱하는 장치를 어깨에 두르고 있었어. 무릎 위엔 기타가 놓여 있었지. 난 얼마간 시간을 보내고서야 우리가 수수께끼의 해답 앞에 서 있다는 것을 알아차렸지. 이 일본 사람이야말로 진정한 파리의 오르페우스였던 거야. 그가 하모니카로 「하트 오브 골드Heart of Gold」를 불지 않을 때에는 추위 때문에 그의 입언저리에 하얀 입김의 구름이 떠돌고 있었어. 마치 진짜로 그의 몸에서 빠져나오는 영혼으로 노래하고 있다는 듯이.

우린 한참이나 그를 보며 찬탄하고 서 있었지. 난 그에게 내 남은 프랑을 모두 내주었고 아주 큰 만족을 느꼈어. 행복과 무감정은 구별하기 헷갈릴 정도로 서로 닮은 것들이지. 우린 머물 수도 출발할 수도 있었거든. 아무래도 좋았으니까.

마지막 순서였던 '야경 주행'은 사실상 곧바로 귀향길로 이어지는 코스였는데 난 즉시 잠이 들었지. 몇 분마다 계속해서 깬다는 느낌이 들긴 했지만 꿈에서 완전히 빠져나오진 않은 상태였어. 한번은 있는 힘을 다해 서둘러 귀대해야 했어. 내 휴가증에 갑자기 VKU대신에 KU⁹라고 적혀 있는 게 발견되었거든. 집 안 그 어느 곳에서도 내 군복을 발견할 수가 없었어. 난 사실 휴가를 바란 적이 전혀 없었기 때문에 화가 났지. 그런데 군복도 없이 기차에 앉아 있잖아. 게다가 기차는 도착·출발 시간을 조정하

---

9 군대용어의 축약형. VKU는 사흘간의 단기 휴가, KU는 이틀간의 단기 휴가.

느라 멈춰 서 있는 시간이 점점 더 길어지고 있어. 밖에는 태양이 빛나고 기차역의 푯말들조차 보이지 않아. 부대 입구에선 그 누구도 내가 군인이란 걸 믿지 않을 거야. 그때 마침 내 짧은 머리가 떠올랐어. 난 머리카락을 자꾸만 잡아당기며 어떻게 그걸 보여주어야 할지 연습을 했지.

기차표 대신에 지폐를 꺼내들었는데 난 그게 휴대용 시계라도 되는 듯 들여다보고 있었어. 10프랑짜리였어. 돌아갈 수 있는 시간은 10분밖에 남지 않았어. 1프랑씩 또 1프랑씩 계속해서 사라져가고 있었지만 난 두렵지 않았어. 난 내가 꿈을 꾸고 있다는 것, 그냥 좀더 기다리면 저절로 다시 파리에서 깨어나리라는 것을 알고 있었거든. 파리에서 체류하기 위해 난 시계를 팔 작정이야. 호주머니에 손을 넣었어. 시계 대신에 자꾸만 10프랑짜리 지폐가 나오네. 난 하루, 일주일, 아니면 1년을 머물기 위해 얼마나 더 자주 이 짓을 해야 하는 걸까 하고 생각해보았지.

객실에 앉은 승객들은 점점 더 소풍 가는 어린 학생들 같은 태도를 보이기 시작했고 자신들의 서독 신분증을 거울인 양 손바닥 위에 들고서 서로에게 비춰 보여주고 있는 동안에도 난 조용히 앉아 있기만 했지. 나한텐 그것이 있었으니까. 난 적어도 그들이 신분증을 꺼내드는 속도와 같이 재빠르게 그것을 다룰 수 있다고 굳게 믿고 있었어. 저글링을 할 수 있는 내 손이 있었으니까. 내 손은 오색의 과일들을 테니스공을 다루듯 던지고 받을 수 있거든. 내 솜씨는 점점 좋아져. 그뿐만이 아니야. 난 각각의 과일에 이름을 붙이지. 프랑스어가 얼마나 쉽게 나오던지 난 어떤 목록에서 그걸 술술 읽어내고 있어. 과일의 그림과 함께 글자들이 목록에 씌어 있기 때문에 난 굳이 단어를 외울 필요가 없어! 빛바랜 오렌지색과 다섯 개의 음절로 되어 있는 이름을 가진 그 과일을 두 번 연거푸 받았을 때에야 비로소 난 내 목소리가 각각의 과일마다 달라진다는 것과 내가 아까부터 어떤 특정한 하나의 멜로디로 노래를 하고 있다는 것을 알아차렸어. 난 동승객들의 주목을 끌기 위해 과일들을 서커스의 아크로바트 공연 때처럼 계속 돌려야 했어. 그렇게 하지 않으면 내 동작에 따라 울리는 음악이 들리지 않게 될 테니까. 그러나 다음 순간에 난 벌써 내가 내는 속도를 후회하고 있지. 몇 개의 음절로 된 단어를 완벽하게 똑똑히 발음한다는 것은 거의 불가능한 일이야. 메르시라는 과일이 내 손에서 두 번이나 떨어졌어. 그러면서 매번 난 메르스까지만 발음할 수 있을 뿐이었고 그르렁거리기만 했어. 메르스. 목소리가 나오질 않았어. 과일의 색이 아무리 색색으로 선명하게 빛나든 간에 난 그저 그르렁거릴 뿐이었어. 메르스, 메르스. 오로지 메르스, 동승자들이 장난을 치기 시작했어. 그들이 내 과일들을 낚아채는 거야. 난 화가 났지. 심지어 마무스가 다른 사람들을 부추겼어. 엄만 그게 내가 바라는 일이라고 생각하셨거든. 난 마무스에게 소리쳤지만 소용없었어. 내가 엄마의 얼굴을 보기도 전에 언제나 객실의 문이 활짝 열렸어. 그와 동시에 신분증을 대신하는 손거울들이 비추는 반사광들이 일제히 국경 감독원의 모자 위 표시로 집중되었지. 그는 고개를 까딱했고 시선을 내게로 돌리는 순간 막 문을 도로 닫으려는 참이었어. 나는 손을 번쩍 들어 보였지만 그건 그냥 인사와 같은 손짓이었지. 또 한 번 어떤 과일이 내 손안으로 날아들 것이라고는 나 역시 믿지 않았었거든. 모든 사람들이 신음 소리를 냈어. 나 때문에 모두들 대피선으로 쫓겨나야 했으니까.

　　누나의 하인리히.

사랑하는 요!

언젠가 작은 엽서 하나가 네게 도착할 거야. 우리가 파리에 갔었다는 증거로.

우리가 돌아온 그다음 날인 월요일에 우연히 트로클 아주머니가 세상을 떠났다는 소식을 접하게 됐어. 로베르트를 봐주던 아주머니야. 3주 전에 우리가 오펜부르크에 있었을 때만 해도 아주머니는 그 아이 밥을 해주고 돌보아주셨지. 우리가 파리에서 아주머니에게 편지를 썼을 때 그녀는 이미 이 세상 사람이 아니었던 거야. 그녀를 마지막으로 방문한 때가 새해였는데 그때도 참 재미있었어.[1]

트로클 아주머니가 미하엘라에게는 알텐부르크에서의 첫번째 (그리고 아마도 유일한) 친구였어. 미하엘라는 트로클 아주머니가 버지니아 울프와 약간 닮았다고 주장했었지. 난 그렇게는 보지 않아. 내가 보기에 그녀의 입안에는 긴 치아들이 너무 많이 들쑥날쑥하게 들어 있었어. 트로클 아주머니는 미소를 짓거나 웃는 것을 몹시 꺼리셨어. 치아뿐 아니라 잇몸까지도 다 드러나 보이니까. 그래도 웃을 일이 생기면 그녀는 반사적으로 손을 들어 입을 가리곤 하는데, 그 모습이 귀여웠지. 그녀의 초대를 받으면 난 언제나 약간은 겁이 났어. 왜냐하면 재봉용품 상점 일을 그만둔 이후로 그녀는 지나간 일주일 동안 일어난 일 중 머릿속에 떠오른 모든 것을 말해야만 직성이 풀리는 버릇이 들었거든. 미하엘라는 그때마다 무한한 인내심을 발휘했는데 난 그게 너무 당황스럽고 분노마저 치밀었어. 트로

---

1 이 서간문들의 모음 마지막 부분에서 독자들은 그와 좀 다른 견해를 가질지도 모르겠다.

클 아주머니의 일이라면 언제나 미하엘라에게는 최우선이었어. 그 당시에 트로클 아주머니가 없었더라면 미하엘라가 배우 일을 그만두었어야 했을 지도 모른다는 이유에서지.

파리 갔던 일을 어떻게 네게 얘기해주어야 할까? 너무 늦었어. 천만 번 학수고대하며 동경하던 곳에 도착했지만 평생 만나고 싶었던 여자가 이 미 그곳을 떠나고 없다는 것을 알게 된 남자의 기분이랄까, 뭐 그런 느낌 이었지.

식구들이 에펠 탑 주위를 빙빙 도는 두 시간 동안 난 뭐든 내 마음대 로 할 수 있었는데 장벽의 정령이 내게 엄습했어. 난 공황 상태에 빠졌지. 마치 내가 여기 머물 것인지 아니면 떠날 것인지 정해야 한다는 듯이. 사 실 내 정신은 매 순간마다 멀쩡했음에도 불구하고 말이야.

왜 신문기사가 날 괴롭힐 거라고 생각하는 건데? 그건 원래 이야기들 일 뿐이잖아. 구체적인 도입, 일상적인 상황, 강조, 그러고 나면 팩트로부 터 수집한 모든 것들을 다 집어넣는 거야. 어쩌면 몇 개의 비슷한 사건들 이 있을 수도 있겠지. 마지막으로 놀라움을 곁들인 끝마무리 회전 동작. 이때 놀라움이란 사람들이 다시 맨 처음 주제로 돌아가게 하는 수법을 말 하지. 적어도 엔지니어 학위를 가진 요르크가 상상하는 대로라면 뭐, 이 런 게 기사라고 하더군. 그는 자신만의 표현법과 요령을 담은 비책의 목 록을 늘리기 위해 하루 종일 신문을 읽어대고 있어. 요르크는 '새로운 포 럼'의 대표자로서 '비리와 권력 남용 반대 협의회'에 슬쩍 잠입하는 데 성 공했지. 거기서 그는 우리 신문에 실릴 미래의 톱기사 거리를 자유롭게 물어오고 있어.

난 새벽 4시나 5시면 일어나. 점점 습관이 되어가고 있어. 그러곤 라 디오를 듣거나 『두덴 사전』을 연구하곤 해. 편집부 내에서 난 말 잘 듣는

착한 수련생이야. 커피를 끓이고 얼마 안 되는 우편물들을 정리하고 전화와 난방용 오븐을 돌보며 타자기로 친 원고를 검토하고 소식란의 기사를 작성하면서 지내지. 어쩌면 내 약칭을 보고 누가 쓴 기사인지 알지도 몰라. 에일리언을 소문자로 쓰면 고전적인 단어 'et'가 돼.[2]

모르는 것들과 부주의한 실수에 대해서만 두려움을 느껴. 계산이 잘못 된다든가, 인쇄소 혹은 우체국에서 착오가 생긴다든지 뭐 그런. 난 여기 오아시스에 살고 있어. 미하엘라는 극장이 좋은 곳인 양 미화해서 말하지만 사실은 엉망이거든. 엄마는 병원으로 일 나가시기 전에 진정제를 복용하셔. 그리고 로베르트가 학교에 대해서 말하는 걸 들어보면 거기도 별반 재미있는 곳은 못 되지. 난 아이들이 왜 냉소적이 되지 않는지 이상할 정도야. 그 때문에라도 우린 그 아이들을 사랑할 수밖에 없겠지만.

오늘 난 어떤 한 농부와 함께 오후 시간을 보냈어. 그는 반평생 동안바로 우리 것과 같은 이런 신문을 기다려왔노라고 여러 번 거듭해서 강조했어. 아직은 신문이 나온 것도 아니라는 내 이의를 그냥 무시하고 넘어가더군. 우리 같은 사람들이 없다면 혁명 자체가 가치 없는 무용지물이라고, 정말이지 가능성으로부터 무엇인가를 이뤄내는 이런 사람들이 없다면! 그는 '혁명'이라고 말하면서 앞 음절은 우물거리며 흐렸지만 뒤의 음절만큼은 기상나팔 소리처럼 크게 내질렀어. "무엇인가 이뤄내자!"가 그의 전투 구호지.

그는 비망록이 발표되리란 기대는 하지 않았고 다만 가족들을 위해서, 세 손자를 위해 쓴 것이라고 하더군. 내가 그에게 정원과 밭농사에 관한정보란을 맡아달라고 부탁하자 그는 어느 정도의 분량이어야 하는지 언제

---

2 스필버그의 영화 「E.T.」에 나오는 주인공 외계인의 약자 'et'는 '그리고'라는 뜻의 라틴어 단어가 된다.

까지 써야 하는지만 묻더니 그럼 아예 완성된 원고로 만들어서 넘겨주겠다고 하는 거야. 자신은 타자기를 가지고 있다면서.

영업을 맡아주기로 되어 있는 프레드는 언제나 크라나흐가 그린 제후의 모습같이 진지한 얼굴을 하고 다니지. 그는 라르센을 '슈네코페'라고 불러. 새하얀 백발을 괴상하게 세우고 다니기 때문이겠지.

차츰차츰 가족이 늘어나고 있어. 3월부터는 일로나라는 여비서가 채용될 거야. 그녀는 현재 시간제로 우리 일을 돕고 있지. 그녀는 작은 얼굴에 전혀 어울리지 않는 큰 안경을 걸치고는 할머니 행세를 하며 애교를 부리곤 해. "아직 마흔도 안 됐는걸요!" 일로나에겐 요르크와 게오르크 같은 사람들은 무언가 큰 업적을 이룬 남자들이지. 신문사 말이야. 반면에 프레드나 나 같은 인간들은 그들과 함께 일할 수 있다는 것만으로도 감지덕지 감사해야 하는 천생 초보자에 불과하다는 거겠지. 어떤 사람의 이름이 거론되면 우린 일로나가 이미 알고 있는 사람이라는 것과 그 사람에 대한 자신만의 의견을 갖고 있다는 것을 확신할 수 있어. 대개는 나쁜 쪽의 의견이야. 무엇인가 부정적인 것을 들을 때면 그녀는 손을 입 앞에 갖다대고서 너무도 놀랍다는 듯이 둘러보면서 속삭이지. "아니, 세상에, 그런 얘길 그렇게 해도 되나요?"

요르크의 아내 마리온의 서열은 좀 불분명해. 그녀는 유일하게 나한테만 깍듯이 존댓말로 대하며 내가 얼마나 큰 희생을 단행했는지 얘기하곤 하지. 공익을 위해 세상에서 가장 아름답고 좋은 극장 일을 포기했다면서 사랑에 빠진 눈빛으로 나를 바라보는 거야. 갈탄 콤비나트의 한 작은 지점 내 도서관 사서로 일하던 그녀는 이미 거기서 해고된 지 오래됐어. 그녀는 예술에 등을 돌린다는 것이 무엇을 의미하는지 제대로 짐작할 수 있다고 주장해. 그러면서 마리온은 다른 사람들의 동의라도 구하려는 듯이 눈썹을 치켜 올린 채 고개를 끄덕이는 거야. 일로나는 마리온이 미레유 마티유(프랑스의 유명한 상송 가수—옮긴이)를 닮았다고 하지. 난 오히려 무슨 무성영화에 나오는 여자가 연상되는데 말이야. 그 여자 사진이 레클람 문고의 어느 책엔가 표지 그림으로 나온 걸 본 적이 있어.[3] 마리온은 3월부터 매일 반나절씩 우리와 일하기로 되었지. 게오르크가 그녀에게 편집부 비서라는 칭호를 주었어.

방학을 맞은 로베르트가 1시쯤 우리 편집부로 올 거야. 함께 '갈루스' 식당으로 가려고 해. 얼마 전 우린 거기서 고정 좌석을 예약할 수 있는 특권을 얻었지. 물론 갈루스 식당엔 아무나 들어갈 수 있지만 자리가 있어야 말이지. 주중에도 늘 오후 3시에 네 사람이 앉을 수 있는 자리가 우리를 위해 예약되었어. 수프와 주요리와 후식 모두 합쳐 2마르크 50에서 4마르크면 돼. 그 값에 비해 음식은 정말이지 나쁘지 않아. 갈루스 식당의 주인은 60대 초반쯤이나 되었을까. 하지만 반들거리는 뺨과 이리저리 주의 깊게 살펴보는 그의 눈빛은 그의 얼굴을 훨씬 더 젊게 만들지. 그는 예를 들어 "당신들, 시위에 참가했었소?"와 같은 질문들을 던질 때 특별히 큰 기쁨을 느끼는 것 같아. 우리들 중 아무도 그가 무슨 말을 하는지 알아듣지 못하지. "그러고도 당신들이 신문사야?" 그럼 우린 자책하는 척하지. "그들은 원하는 사람이라면 누구든지 마구 시장으로 내보내고 있어. 그래선 안 되는 거잖아, 안 그래?" 아무튼 그는 언제나 마지막에 가서는 똑같은 주장으로 결론을 맺지. 새로운 시장의 변화가 기존의 토착 사업들을 망하게 하리라는 것. "그들은 자기들한테 속한 사람들까지도 스

---

3 안네 제거스, 『루앙, 잔 다르크의 재판, 1431년』, 방송극본, 라이프치히, 1975. 튀르머가 말한 것은 아마도 이 책에 실린 칼 드라이어 감독 무성영화 「잔 다르크의 열정」의 한 인물 사진인 듯싶다.

스로 망하게 한다니까! 다, 그런 거지 뭐, 안 그래?"

그가 말하는 '자기들한테 속한 사람들'이란 특별히 12시에 예약된 손님들의 모임을 말하는 거야. 그 12시 예약손님들은 세 가지 요리를 뭐든지 마음대로 주문할 수 있는 데 비해 우린 남는 메뉴들 중에 선택할 수 있을 뿐이지. 12시 예약손님들은 알텐부르크 시의 상공업자 양반님네들로 결성된 평의회원들이거든. 열두 명이 채 못 되는 이 늙은 수전노 신사들은 매번 식사 때마다 식탁에 여자 지배인 한 사람씩을 선발이라도 한 듯 보였어, 대개는 나이가 지긋한 여자들이었는데 꼿꼿이 앉은 자세 하나만으로도 스스로가 고귀하신 분이란 걸 충분히 나타내었지.

그들에겐 우리가 좀더 지켜봐야 하는 벼락부자 졸부쯤으로 보일 거야. 그들은 우리에게 일단 서면으로만 접촉해오고 있는 상태인데 그때마다 그들의 무한한 절약 정신을 입증하곤 해. 갈루스 식당 주인은 신문지 쪼가리 혹은 반쪽 찢은 영수증에다 대고 무엇인가를 써서 우리에게 건네줘. 거기 쓰인 건 흔히 그저 이름이나 주소일 뿐일 때가 많고 이따금은 "조사해 알아낼 것!"이라는 문구가 추가되어 있기도 하지.

그런 쪼가리 메모가 오가는 날이면 우린 전에 없이 융숭한 대접을 누려. 그는 질문을 해대며 우리를 괴롭히는 대신에 반짝반짝 깨끗한 탁자들을 여러 번 닦고 또 닦지. 음식을 나르는 동안에는 그의 배가 손님들의 어깨를 스쳐. 계산을 할 때는 동전들을 마구 뒤지다가 "나머진 팁이에요!"라는 말을 두 번 연거푸 듣고 난 다음에라야 당황한 나머지 동작을 그만두고는 두 눈을 더욱더 동그랗게 뜨고서 동전을 지갑에 도로 떨어뜨리지. 우리가 일어서려고 할 때 그는 손을 식탁 위에 받치고서 무슨 음모라도 꾸미는 사람처럼 머리를 숙인 채 우리 가운데 쪽지를 놓는 거야. "내 말 좀 들어보쇼!" 하고 그가 말을 시작해. "사건이 생겼다고. 왜 그 유명한 디펠이란 남자, 당신들도 알지? 디펠! 관목 배양. 주도적인 사업! 오늘날의 식물원, 그걸 바로 그가 만들었잖소. 디트리히를 위한 디트리히 재봉 기계도. 전부 다 그가 만든 거지. 역을 지을 때도 디펠이 참가했었고, 죄다 디펠이 했지. 원래는 그렇게 유명한 남자였는데, 다 뺏겼대요. 나치였던 적도 없는 사람인데, 부당하게, 다 압수당하고, 살던 집에서도 쫓겨나고, 완전히 거리로 나앉았다, 이 말이오. 뭔가가 있어. 틀림없이." 우린 즉시 사실을 알아보겠다고 약속하고 그의 제보에 감사 인사를 하지. 그러면 갈루스 식당 주인은 지그시 눈을 감고 만족한 듯 입술을 오므리는 거야. "내 그럴 줄 알았어. 당신들이라면 믿을 수 있지." 그러면서 로베르트에게는 물론 모든 이에게 자신의 그 크고 부드러운 손을 선물처럼 덥석 내밀어.

너를 포옹하며, 엔리코가.

추신: 어제 아침엔 어떤 한 남자가 들렀었어. 짙푸른색의 데데론 작업복을 입은 그는 미소를 띠면서 들어섰지. 광고를 하나 내야겠다면서 쓸 것과 종이를 달라고 해서는 직사각형을 하나 그린 다음 그 안에 무언가를 쓰기 시작했어. 그리고 그는 중간중간에 전화를 해서 목재 사다리의 가격을 물어봐야 했지. 그가 내뱉는 단어 하나하나 몸짓 하나하나 즐거움이 묻어났어. 가장 대수롭지 않은 동작일지라도. 가령 쪽지를 내 쪽으로 밀고는 그 포동포동한 손가락과 뭉툭하고 때가 낀 손톱으로 그것을 툭툭 칠 때마저 내겐 매우 인상적으로 보였다니까.

내가 그에게 광고료를 말하자 (우리 신문사에선 1단의 1밀리미터마다 1마르크 80페니히를 받고 있어) 그는 잇새로 휙 바람소리를 내고는 몸을 옆으로 기울여 작업복 아래에 넣어뒀던 지갑을 빼 들었어. 거기서 몇백 장의 종이들이 책상으로 후드득 떨어졌지. 그는 지금 일을 마무리하고 싶다고 말하곤 카를 마르크스가 인쇄된 1백 마르크짜리 지폐 넉 장을 세어서 책상 위에 놓았어.

내가 고맙다고 말했는데도 어쩐지 그는 자리에서 꼼짝도 하지 않는 거야. 난 그의 광고가 2월 16일에 찍혀 나올 신문 2만 장에 실리게 된다는 것과, 신문 한 부는 90페니히라는 것을 알려주었지. 그런데도 그가 도무지 일어날 생각을 하지 않기에 난 또 우리 신문이 다루는 분야를 열거했지. 현장보도, 지방자치 정치, 경제, 역사, 예술, 스포츠 그리고 가로세로 낱말 맞추기와 별자리로 보는 오늘의 운세, 그리고 풍자만화. 그는 별 대수롭지 않다는 듯이 고개를 끄덕거렸어. 그러고는 시간이 없어서 이제 그만 가봐야 한다고 말하는 거야. 난 그를 오래 붙잡고 싶은 생각은 없다고 했지. "그렇지만 이젠" 하고 그가 말했어. "영수증이 필요하죠."

영수증이라. 난 전혀 아는 바가 없었거든. 난 영수증 용지를 찾기 시작했고 목적에 맞게 침착하게 움직이려고 애를 썼어. 그는 아무 보통 종이에라도 괜찮다면서 그냥 내가 그 위에 "도장만 꽝 찍어주면" 된다고 했어. 그 순간에 난 오펜부르크에서 받아온 종합선물세트를 발견하고 정말 그 안에 들어 있는 영수증 용지 뭉치를 보았지. 믿을 수 없을 정도로 실용적인 물건이야. 먹지와 함께 받침으로 쓰는 마분지까지 갖추어져 있어 아마 설명서가 없었다 해도 난 혼자서 다 잘 기입할 수 있었을 거야.

우리의 고객님은 여전히 친절함을 잃지 않은 어투로 절대로 도장이 있어야 한다면서, 도장이 아니라면 아무리 예쁜 서독의 영수증 용지라도 하등 소용이 없다고 하더군. 도장을 꽝 찍은 후에 그에게 우편으로 보내줄 것을 부탁했어. 우릴 믿겠대. 작별인사로 그는 책상을 똑똑 두드렸지.

사랑하는 요!

(인생의 관건은 아마도 각자에게 알맞은 레이아웃을 발견하는 것인지도 모르겠어.) 난 레이아웃이란 게 뭘 의미하는지 정말이지 전혀 몰랐었어! 인쇄판면[1]에 옮기기 위해 기사의 규모를 계산해내는 일이 얼마나 간단한지, 직접 눈으로 보고 나니까 우리도 그런 일을 거뜬히 해낼 수 있겠다는 확신이 드는 거야! 레이아웃이야말로 우리의 지도이며 우리의 헌법이며 주기도문이야. 레이아웃(요르크는 첫째 음절에, 게오르크는 둘째 음절에 악센트를 넣어 발음하지)은 네가 일을 부당하게 처리하거나 너만의 선호를 고수하는 걸 막아주지. 어떤 것이라도 지나치게 선호되어서도 안 되고 등한시되거나 잊혀도 안 되는 거니까. 레이아웃은 문명이며 법이야. 예의며 범절이고 네게 자유라는 선물을 안겨주는 교사이기도 하지.

우리 작업은 거의 광란적인 집단 의식 수준이야. 정확한 시간에 마감해야 한다는 지상 명령은 그 어떤 의지나 동력보다도 강하며 피로를 이기는 면역력을 길러주지. 그것은 머리가 셋 달리고 손은 여섯 개인 존재가 되어 하나로 움직이는 우리에게 신내림과도 같이 엄습해와. 수술실의 의사들이라면 아마 이런 도취 상태를 이해할 수 있을 거야. 이제야 난 하얀 여백 없이 꽉 채워진 신문이란 게 어떤 기적을 의미하는지 가늠할 수 있을 것 같아.

그러나 이 일이 있기 전날들은 악몽이었어. 마치 배가 출항하자마자 전복하기라도 한 것 같은 판국이었지. 우리는 자료들에 묻혀 익사할 지경

---

1 레이아웃을 하나씩 하나씩 그대로 옮겨놓은 판.

이었지만 그럼에도 불구하고 신문의 면들은 텅 빈 거야. 가장 고약한 건 게오르크였어. 그는 어떤 것도 그냥 넘어가려고 하지 않았거든. 자신이 쓴 기사조차도 말이야. 신문 창간호는 뭔가 특별한 것을 담아야 한다면서.

프레드마저도——독자의 분노가 영업사원인 자신에게 제일 먼저 돌아올 거라는 이유로——최고의 기사만을 고집하자 요르크가 그를 문밖으로 내쫓아버렸어.

일요일엔 오직 얀 스텐의 광고 자료만이 서류철에 담겨 있었지. 나머지 11면이 우리 앞에 고스란히 놓여 있었던 거야. 게오르크의 아내인 프랑카는 자신이 주유소에 관해 쓴 기사를 남편이 거실에서 탈고할 수 있게 아이들을 데리고 교회에 갔어. 요르크는 톱기사를 다시 고쳐 쓰고, 난『두덴 사전』을 뒤적이며 (덕분에 난 이제 '미장센〔mise-en-scène, 무대연출〕'이라는 말을 어떻게 쓰는지 정확히 알게 됐지) 난로를 돌봤어. 프레드는 폭스바겐 버스를 찾아오겠다면서 오펜부르크로 떠났고. 그는 전날 저녁에 맞은편 방에 리놀륨을 깔았는데 우리의 두번째 작업실이 될 거야.

11시쯤에 벨이 울렸어. 남자 세 명이 게오르크와 프레드를 찾아와서 이미 자신들과 만나기로 약속을 했다고 했어. 그들은 처음 시장에서 서로 알게 된 사이라고 하더군. 그들은 외투를 벗어서 옷걸이에 나란히 걸었어. 그들 중에서 상관 격인 키 작은 사내는 연신 코를 찡긋거리며 이것저것 죄다 만져보고 손에 넣어보면서 모든 사람의 신경을 거슬리게 했지. 그의 손가락이 닿는가 싶더니 우편물을 재는 저울이 거세게 움직였어. 또 그는 손바닥으로 벽난로용 오븐의 타일과 책상을 철썩 때리는가 하면 엄지손톱으로 의자 등받이의 목재를 만지며 조사하기도 했어. 그러고는 부하들에게도 천장의 대들보를 두드려보라고 지시하더군. "믿을 수 없군!" 매번 그의 소견은 이랬어. "정말로 믿을 수 없는 일이야!"

갈색의 코듀로이 바지, 진한 녹색 재킷, 노란 스웨터를 입은 그의 차림새는 보라색과 자주색을 선호한 부하들에 비해 유별나 보였지. 키 작은 그들의 상관은 우리와 악수를 나누고 자리를 잡고 앉자 더 이상은 가만히 있을 수 없다는 듯이 곧바로 자신이 받은 인상이라며 "공산주의의 유산"에 대해 지껄이기 시작하더군.

요르크는 계속해서 '초록색 괴물'을 두드리면서 스비아토슬라브 리히터(러시아 출신의 전설적인 피아니스트—옮긴이)처럼 가쁜 숨을 쉬곤 했어. 분답스러운 젊은이들은 저희 상관이 말을 쉴 때마다 막간을 이용하여 매번 자신들이 관찰한 바를 이야기했지. 우리를 열광적인 사람이라고 부르는가 하면 마침내 팔을 걷어붙이고 본격적으로 일을 추진하는 사람들이라고도 하더군.

내가 그 상관에게 어떤 직업에 종사하시냐고 묻자, 그는 벌떡 일어나 이거 참 실례했다고 사과하며 명함을 꺼내 마치 마지막 잭 카드라도 되는 양 탁자 위에 던지더군. 곧이어 두 장의 에이스 카드. 그러니까 난 기센의 어떤 신문사에 종사한다는 '업무실장' 한 명과 편집부원 두 명을 상대하고 있던 거였어.

그들이 수다에 수다를 거듭하는 동안 난 집기들이 놓여 있는 방에서 우리의 인쇄판면을 꺼내 와 탁자 위에 깔았어. 마치 선물 탁자를 꾸미기라도 하듯이 내 앞에 사진들과 기사들을 놓았지. 마지막으로 난 레이아웃 초안을 집어 든 다음 내 위장술이 이젠 한계에 다다랐음을 확실히 느끼고 있었지.

업무실장이란 자가 몸을 굽히더니 두 팔을 펴고서 소리쳤어. "납 조판이잖아! 납으로 된 조판을 사용하십니까?" 잠깐 동안 난 그의 손가락에 난 털을 응시하고는 파리가 앉았나 생각했어. "너희들은 이게 뭔지도 모를 거야" 하고 그는 졸병들에게 말했어. 그는 나를 향해 미소를 띠며 하얀 종이를 쓰다듬었고 그의 턱은 내 레이아웃 초안을 가리키고 있었어. "그렇게 할 생각입니까?"

난 고개를 끄덕였지.

"좋아요, 좋아요." 업무실장은 말하며 나에게 수수께끼 같은 질문을 던지기 시작했어. 예를 들면 표제는 몇 포인트나 되는가 또는 소제목은 몇 포인트인가. 그러나 다행스럽게도 대답 역시 스스로 제시했지. 22 또는 18, 소제목은 12 등등. 그리고 본문 활자는? 8. 우린 둘 다 사람의 손길이 한번도 닿은 적 없이 우리 앞에 놓인 희고 넓은 바다를 염탐하고 있었어. "아, 제가 아직 물어보지도 않았군요." 그가 갑자기 뜸을 들였어. "제가 좀 해도 될까요?"

난 "그럼요!" 하고 말하고 나서 이내 시선을 수평선으로 가져갔어. 요르크는 끊임없이 자판을 두드려대고 있었어.

업무실장이란 자가 재킷을 벗고는 시민들 앞에 선 황제나 되는 양, 양팔을 펼쳐보였어. 졸병들이 달려와 봉사하는 동작으로 커프스 단추를 빼주더군. 그는 양심적인 태도로 팔소매를 둥둥 걷어붙였어. 별안간 그의 손이 판면 위를 헤엄치는가 싶더니 잠자리가 물에 통통 닿듯이 판면을 건드리면서 여기저기로 이동하고 또 한참을 멈추었다가는 다시 보이지 않는 그림을 계속해서 그리는 거야.

그는 연필을 달라면서 타이포 견본과 계산기를 청하더군. "쪽지도 괜찮아요" 하며 그는 조금 뒤로 물러나다니 곧바로 일에 착수했어.

다음 한 시간 동안 난 난생처음으로 손수 빵을 벌기 위해서 필요한 무언가, 즉 수공업 기술을 배우게 됐지. 또 학교를 졸업한 이후 모르는 값을 가지고 방정식을 풀어보는 것도 이번이 처음이었어.

업무실장은, 명사화된 동사 구문이 없어지든 말든, 동사가 늘어나든 말든, 혹은 문장구조가 다채로우면서도 동시에 보기 좋게 만들어졌든 말든, 그 어떤 것도 상관하지 않았어. 업무실장은 그저 글자 수가 몇 개인지 몇 줄인지만을 물었고 어느 사진이 어느 기사에 속하는지 어떤 것이 3단짜리인지 어떤 게 2단짜린지 그것만을 알고자 했어. 이제 그의 손은 종이 위에서 재빨리 이리저리 뛰어다니는 생쥐였지.

정원사 디펠에 관한 내 기사는 한번 줄였는데도 여전히 길었어. 여섯 줄을 싹둑 잘라낸 나는 그게 얼마나 쉬운 일인지를 깨닫고는 깜짝 놀랐지. 업무실장이 기사를 삭제하라는 다음번 과제를 내주었어.

내 몸속에 다시금 활력이 퍼지는 것 같았어. 한 페이지가 끝났지. 게오르크가 나타났을 때 업무실장은 벌써 다음 계획을 짜고 있는 중이었어. 게오르크는 기센에서 온 손님들과 더불어 우리 모두를 탁자 앞으로 불렀어. 그 바람에 그의 졸개들은 상관이 벌린 팔의 의미를 잊었지. "커프스 단추!" 하고 그가 부르짖자 그들은 자신들의 재킷 주머니 속을 뒤적거렸어.

처음에 난 우리 일이 저녁 8시쯤 되면 모두 끝날 거라고 생각했었어. 그저 수를 세고 줄이기만 하면 되는 작업이었으니까. 하지만 이내 10시가 되었고 12시, 1시, 3시가 되었지. 4시경이 되어서야 기사들을 서류철에 넣을 수가 있었어. 그중에서도 뒷정리가 최고지. 게오르크는 오븐을 청소하고 요르크는 전동타자기를 닦았어. 마지막으로 우린 휴대용 서류가방 옆에 앉았어. 마치 우리 자식들이 잠들기를 기다리는 모양새로.

우린 모레 교정 보러 갈 거야.

너를 포용하며, E.

추신: 베라 누나가 네게 안부 전하라더군. 그녀가 베이루트에서 전화했었어. 시어머니(아테나라는 아름다운 이름을 가진 분이야)가 편찮으셔서 베를린으로 여행하는 걸 한사코 거부하신대. 니콜라는 베를린의 사업을 정리하고 아버지의 사업을 계속 이을까 생각 중이고. 집이 다 부서져서 벽돌 하나 성한 게 없다더군. 그러나 지하실에 보관되어 있던 고급 옷감들만은 파괴와 약탈을 모면해 아무런 손상을 입지 않은 채 고스란히 남았대. 어머니와 아들은 그걸 신의 징표나 기적이라고 이해하지. 그의 고민 끝에 베라 누나가 맡게 될 역할이 무엇인지는 아직 아무도 모르는 것 같아. 적어도 누나 자신은 모르고 있는 게 분명해. 그리고 알다시피 내 귀여운 누나는 자신이 세상의 중심이라는 느낌을 받지 못하면 그만 시들시들 병이 날 정도잖아. 그래서 난 누나를 위해 가능한 한 모든 종류로 사랑을 고백하는 말을 전하고 있어. 하지만 편지가 그녀에게 잘 도착하고 있기나 한 건지, 그건 나도 잘 몰라. 혹시 너도 누나에게 편지하고 싶다면: 베라 바라카트, 베이루트—스타르코 에어리어—바디 아부이밀. 알리앙스 대학 다음 건물—4층.

90년 2월 13일 화요일

사랑하는 요!

이곳에서의 일주일 동안 난 지난 그 어느 해보다도 많고도 이상한 만남들을 경험했어. 그저께[1]는 어느 동물수용시설(곧 동물수용시설이 될 거야. 지금 현재는 조야한 동물원 아니 그보다 VP^2의 개사육장이라도 보는 것이

더 나을지도 모르지만)에 관한 기사를 몇 줄 쓰고 있었거든. 자료는 충분했고 제목도 달아놓았는데 정작 글이 잘 안 씌어지는 거야. 너무 감상적이거나 아니면 감정이 메마른 차가운 문체가 되더군. 난 그저 1천5백 타가 필요할 뿐이었어. 그 이상은 정말이지 아니지! 한 시간이 흘렀는데도 난 여전히 이렇다 할 문장을 쓰지 못했어. 나쁜 마술에 걸린 거 같았지. 갈탄을 더 얹으려고 했을 때엔 이미 오븐에 불꽃이라곤 남아 있지 않았어. 그리고 내 코에선 젖은 개들에게서나 나는 악취가 시종 떠나지 않았지. 손을 씻고는 휴지통 냄새를 킁킁 맡아보기도 하고 기계의 뒤도 들여다보았어. 제기랄. 타자기에 손을 갖다 대는 순간 그 젖은 개 냄새가 다시 났지.

밤새도록 난 쉴 새 없이 꿈에 시달려 아침에 일어났을 땐 피곤해 죽을 지경이었어. 하루 종일 약속이 잡혀 있었어. 모이젤비츠와 루카에 가야 했고 이따금 작은 마을들에 들러 소식을 모아야 했으며 빈터도르프에선 한 여비서에게서 카밀렌 차를 대접받았어.

편집부에 돌아와서는 한 서랍에서 사진들을 발견했는데 그 안엔 내가 동물수용시설에서 찍었던 사진도 들어 있더군. 오븐엔 아직도 불꽃이 남아 있었어. 이번엔 오븐 가득 조개탄을 집어넣었지. 마치 밤샘이라도 하려는 사람처럼. 그러곤 타자기 앞에 앉았어.

눈이 따가웠어. 가끔씩 내 등에 뭔지 모를 전율을 느껴졌지. 추위가

---

1 편지의 날짜를 추정하는 데 문제가 있다. 만족할 만한 정확성을 확보하기는 불가능하다. 튀르머가 날짜를 잘못 계산한 듯하다. "그저께"라고 했으니 일요일이 되는 셈이고 그렇다면 밤을 새워서 일을 했던 날이다. 하지만 그보다 더 이전의 날짜라고 보기도 어렵다. 그러나 수요일이나 목요일이라는 추정 역시 맞지 않는다. 신문이 처음 발행된 날에 대한 언급이 없다는 것이 좀 이상함에도 불구하고, 일러도 목요일 아침에 이 편지를 썼다고 보는 것이 제일 적당할 것 같다.
2 인민경찰(Volkspolizei)의 약자.

뼛속에 사무치는가 보다 하고 난 생각했어. 뭐 아마도 이런 생각을 하고 있었을 거야. 그리고 내가 이 말을 한다면 아마 실제 상황보다 훨씬 더 미스터리처럼 들릴지도 모르겠지만, 난 무언가 분명치 않은 느낌에 사로잡혔어. 누군가 등 뒤에서 조심조심 내 머리에 모자를 씌우는 듯했다고나 할까.

탁자 앞에 어떤 남자가 앉아 있었어(어차피 사람들은 문이 잠겨 있지 않으면 방문 시간 같은 건 지키지도 않으니까). 어디선가 한번 본 듯하면서도 뭔가 즐거운 일과 관련되었을 것 같은 남자였는데, 그렇지만 향토사학자처럼 촌스러운 분위기는 아니었어.

"방해받지 말고 계속하십시요" 하고 그가 매우 정감 있게 말하면서 허리를 굽히며 인사했어. "난 여기서 조용히 기다리겠습니다. 우리가 길이 서로 어긋난 건 순전히 내 잘못이에요. 그러니 자, 계속해요." 뭐 이런 식으로 그가 말했는데, 내가 그를 본체만체하거나 계속해서 타자를 쳐도 아무렇지 않겠다는 말투였어. 그가 취한 모든 제스처는 예전 시대의 기사(騎士)에게나 알맞을 법한 것이었지. 나이는 많아야 마흔 살 정도나 되었을까. 그의 단어 선택이나 발음이 예나에서 알던 헝가리 학생들과 비슷했어. 그들은 릴케나 호프만슈탈의 작품을 읽으며 독일어를 배웠거든. 그가 혀를 굴리며 내는 r 발음이 그에 딱 걸맞았어.

"우린 12시에 약속을 했었지요." 그가 내 기억을 도우려고 애썼어. "제가 불참하여 선생님께 폐가 되지나 않았는지 심려가 큽니다. 언제든지 선생님이 좋으신 때 하문하시면 제가 도와드리겠습니다!" 좋으신 때 하문하시면! 그가 사용하는 단어들은 부복이라도 해야 어울릴 것 같았지. 난 우리가 약속했던지 기억할 수 없다고 말하려는 참이었어. 그때 마침 그가 있는 쪽으로부터 무엇인가를 억누르는 듯한 낑낑대는 소리가 들려왔어. 아니면 개가 하품하는 소리를 어떻게 더 잘 표현할 수 있을까? 아, 결국 그거였어! 동물수용시설 사진에 나온 개 말이야! 그리고 그 옆에 서 있던 바로 이 남자. 사진 속에서 그의 안경이 빛을 반사하고 있기는 했지만 그라는 것을 알아보기에는 충분했지. 그때 그가 내게 자신의 이름 철자를 또박또박 불러주었지만 난 그의 직업과 거주지를 묻는 것을 그만 깜박 잊고 돌아왔고 그 때문에 나중에 혼자 속상해했었지. 이젠 그걸 다시 물을 수 있었던 거야.

그 개에 대해선 '약간 늑대를 닮았다'라고 표현할 수 있을 거야. 주둥이 부분이 특히 그렇지. 몸집은 셰퍼드처럼 그렇게 튼실한 편은 못 되고 털은 검회색이야. 개는 한쪽 눈이 멀어 있었어. 이 개의 운명을 액자 이야기로 다루기로 했었지.

"선생님이 하신 좋은 일은 널리 알려져야 합니다!" 하고 난 말하면서 사진들을 가져다주었어. 그는 훑어보고 나서는 내가 도로 앉거나 그의 이름을 찾아볼 여유도 주지 않고 사진들을 도로 내 앞 책상 모서리에 내려놓았어. 그에게 그 예술적인 동작을 한번 더 해보라고 부탁이라도 하고 싶더라. 그토록 느긋하게 그의 손에서부터 사진 뭉치가 툭 던져졌거든. 자신을 낮춘다기보다는 자신에 대한 어떤 기분 좋은 거리감을 둔다는 의미겠지.

그는 개가 있는 쪽으로 몸을 옆으로 굽히더니 콧노래를 흥얼거리며 진정시키려는 듯이 쏼라쏼라 영어로 속삭였어.

"비밀이 누설되지 않기를 바랍니다만!" 그는 내가 느끼기에 영어 액센트가 섞인 말씨로 이렇게 말을 꺼냈어. "나는 문학이나 영원에 대해서는 잘 모릅니다." 그는 이어 말했어. "내 비전은 다른 종류의 것이니까요." 나는 왜 그가 이런 말을 하는지 도무지 알 수가 없었어. 내가 무엇인가를 빠뜨렸나 보다, 하고 생각했지.

그가 내 옆자리로 건너왔어. 그는 다만, 신문기사의 대상이 된 사람들 본인은 그 인쇄물을 직접 읽지 않는 편이 더 나을 것이라는 의견을 말하고 싶다더군. 좋든 싫든, 그도 자신에 대해 쓴 이런저런 글을 보게 되었다는 거야. 저널리스트들은 그에게 기사를 읽도록 강요하고 나서 새삼스레 놀란 척하는 사람들이었대. 스스로를 저널리스트라고 부르는 사람들 중에서 단 몇 명만이 그 이름을 자랑스러워할 자격이 있다고도 했어. '잠깐만!'을 뜻하는 손짓을 하기가 무섭게 그의 손가락 사이에는 어느새 명함이 끼워져 있었어. "지금까지 받으신 명함이 지나치게 많다 해도, 그래도 아주 없는 것보다야 낫겠지요" 하며 그것을 책상 위에 놓고 내 쪽으로 밀었어.

클레멘스 폰 바리스타. 검은 바탕 위에 하얀 글씨. 그게 전부였어. 난 그 이름을 어디선가 한번 들었다는 것을 생각해냈지.

그의 눈이 어떻게 생겼는지 내가 묘사해주지 않는다면 넌 물론 그를 상상할 수 없을 거야. 그의 안경은 네 집 창문을 삼아도 될 정도로 커. 크고 부릅뜬 눈이 마치 현관문의 오목렌즈라도 들여다보고 있는 것 같지. 그의 언청이 입을 궁색하게 가리고 있는 짙은 색의 콧수염은 그의 검은 머리카락과 함께 여드름 흉터가 남은 얼굴을 더욱더 창백하게 보이도록 하지. 그는 분명 자신의 외모와 타협을 한 게 틀림없어. 자신 없어 하는 내색이라곤 전혀 보이지 않았으니까. 그가 책상에서 조금 뒤로 물러났어. 동그란 복어 배 위로 하얀 셔츠가 팽팽하게 당겨져 있었지.

그의 외모를 바라보느라 정신을 놓고 있으면 있을수록 도대체 뭘 해야 할지 모르겠더라. 이때 클레멘스 폰 바리스타가 몸을 일으키고는 대략 이렇게 말한 것 같았어. "그렇다면 어쩔 수 없지요." 그는 이별의 뜻으로 내게 손을 내밀었어. 내가 무슨 생각을 하고 있던 걸까?!

"좀 앉으세요" 하고 난 재빨리 말했어. "편하게 앉으시지요." 그는 고맙다고 하면서 편집부를 이리저리 둘러보더군. 그러고는 자리에 앉아서 독특한 억양의 독일어로 말을 하기 시작했는데 그건 거의 아니, 전혀 그대로 옮겨 적을 수가 없어.

그는 우리의 딱딱한 의자들을 놀려댔지. 아주 좋은 소파야말로 이성의 "상징물"이라고 칭찬하면서. 일을 하려는 의욕에 가득 찬 그리고 일이 고픈 이성. 그러면서 럭셔리에 대한 칭송가를 부르더군. 럭셔리 정신을 소유한 인간의 재탄생 운운하며. 그만의 은밀한 시구는 어떤 표어 비슷한 문구에서 그 절정을 이뤘지. "예쁜 게 예쁜 거고 좋은 게 좋은 거지만 더욱더 좋은 건 더욱더 좋지요."

난 그의 그런 암시가 매우 주책없다고 생각하면서 회전의자에서 방석을 꺼내어 그에게 건넸지. "럭셔리라고 할 만한 것은 이곳에 없지요" 하고 나는 말했어.

그는 절대 그런 뜻으로 말한 건 아니었다고 해명했어. 그저 인용일 뿐이라고. 자신은 이 인용으로 칭찬을 하려던 것이었다고. 진정한 동물애호가인 어느 친척이 격언들만을 모아둔 보물 상자 안에 들어 있던 구절이라면서. 그의 마음을 울린 격언이었노라고 했어.

"그런데 무슨 일로 오셨습니까? 제가 어떻게 도와드릴 수 있을까요?" 하고 말하는 나는 가식적인 그의 태도에 이미 나까지도 물이 들었다는 것을 느꼈지.

클레멘스 폰 바리스타는 심연으로부터 나를 올려다보며 약간 몸을 숙여 절을 한 다음, 외국어 억양이 섞이지 않은 말투로 "선생님께선 오늘까지 결정하시겠다고 하셨지요!"라고 했어.

나 역시 그를 흉내 내 절을 한 다음 우리가 처음 만난 것이 화요일이었으며[3] 그러니까 그게 즉 VP의 개 우리 옆에서 애석하게도 많은 이야기를 나누지 못하고 별다른 약속 없이 헤어지지 않았었냐고⋯⋯

"난 어제 여기 당신들 사무실에 오느라 왼쪽 무릎이 망가졌어요." 그가 벌컥 화를 냈지. "전등이 고장 나 있었고 또 지금도 여전히 고장 나 있는 덕분에 말이에요!" 단어를 하나하나 이어나가는 동안 그는 점점 격분을 다잡아가고 있었지. "우린 여기 앉아 있었고 내가 제안들을 내놓지 않았습니까? 당신들의 신문 말이오." 그는 안경을 벗어 엄지와 검지로 눈을 문질러댔어. "나한테 권유가 들어왔어요." 난 모르는 일이라고 강조했지.

"그렇다면 선생님은 슈뢰더 씨가 아니란 말입니까?" 그는 다시금 눈을 부릅뜨며 안경 너머로 나를 쳐다보더군.

난 내 소개를 마치고 다시 한 번 우리가 처음 만났던 VP에 대해 언급했지. 그러고선 복도의 전등을 켜려고 밖으로 나가려던 참이었어. 그는 단호하게 상체를 움직이며 나를 만류했어.

"왕세자의 방문에 관한 일입니다."

드디어 내 머리에 무엇인가가 번쩍 떠올랐어! 물론 난 왕세자의 전령이 올 것을 이미 알고 있었지! 바리스타는 베라 누나가 아는 사람, 아니 베라 누나에게 구애하며 쫓아다니는 남자였어! 다만 난 그 남자에 대해 전혀 다른 짐작을 하고 있었던 거지.

"선생님이 오신다는 것은 미리 알고 있었지요. 물론 모두가 기대를 많이 하고 있었습니다" 하며 난 그에게 사과했어. 난 그새 벌떡 몸을 일으킨 상태였고 말한다는 것이 얼마나 힘든 일인지 느끼고 있었어. 마치 내

---

3 아마도 그 전주의 화요일을 말하는 듯하다.

가 알아낸 사실이 내게서 온 힘을 다 빼앗아가기라도 한 것처럼. 곧 내가 무엇인가 아주 중요한 것을 망치지나 않을까 싶어서 걱정이 밀려오더군. "모두가 기대를 많이 하고 있었다"라고 내가 말하는 동안에 그의 입가에 설핏 미소가 스쳐 지나가지 않았던가? 그가 늘어놓은 장광설 중에서 단지 몇 개의 단어와 파편 조각들만을 겨우 알아들은 건 결코 내 잘못만은 아니야. 마치 밤 9시 중파(中波) 구역의 라디오에서 울려오듯이 말이지. "…… 탁월한 명성! — 업적, 출동 태세, 의지 — 현저히 — 상상할 수 있지요 — 새로운 힘, 새로운 힘들, 그것을 기다려온 — 부활한 — 신용, 무결점 — 그러한 시기에 — 투자가치를 예상한 — 축하합니다. 그래요, 축하해요."

그는 칭찬의 말들을 조탁해냈어. 그 정도로 난 이해했어. 저절로 웃음을 자아내는 말투였지. "환영합니다. 선생님이 오신 건 대환영입니다!" 난 겨우 이렇게 말하고 나서 그가 내 말을 비꼬는 것으로 해석하지나 않을까 또 한 번 걱정이 되더군. 난 내 입안에서 빠져버린 치아의 봉합물인 양 단어들을 이리저리 굴렸고, 최선을 다했는데, 그러고도 하인처럼 깊이 머리 숙여 절이라도 해야 했는지 몰라.

바리스타는 연설을 늘어놓느라 열을 냈는데 내 기억대로라면 다른 억양이 섞이지 않은 어투였지. 그리고 자신의 손을 수도꼭지 아래서 하듯 비벼댔어. 결의에 찬 목소리로 그가 외쳤지. "나 아닙니다! 난 '웅변은 은이요, 침묵은 금이다'를 주장하는 사람이 아니에요. 다 허튼소리지요. 아니, 아니, 내 말을 좀 들어봐요." 그가 미소 지었어. "당사자의 관심사 따위에 아랑곳하지 않는다는 것이야, 삼척동자도 다 알지요. 암, 어린애라도 말이요. 한탄은 그만두어야 해요. 게다가 빠를수록 좋지요. 스스로도 알겠지만, 별 도움이 못 되지요. 교육을 못 받아. 그들은 알게 될 겁니다. 아무도 남지 않아요. 그 어디에도. 고해신부도 없지. 자리에 없단 말이요. 이류, 삼류, 거대한 변화, 절대적인 공허, 여기도 저기도, 유일한 기회!"

난 비약이 심한 그의 말들을 다 알아들으려고 더는 애쓰지 않았어. 대신에 나에 대한 몇 마디 문장을 나열했지. 바리스타는 늘어진 자세로 의자에 앉아 내가 연설을 시작하려 하자 과장스럽게 고개를 끄덕였어. 그는 눈썹을 높이 치켜 올리고는 짧은 주문장을 말한 뒤 다음 말을 찾느라 애쓰는 나를 자신의 부끄러운 학생인 양 고무하며 연신 "아아" 또는 "오오" 하고 추임새를 넣었지. 너무나 단순한 제스처였지만 그래도 도움이 되더군. 난 점점 안정되어갔어. 내가 침묵하자 그가 놀라 귀를 쫑긋하더니 긴장하는 것 같더군. 뭘 더 기대하는 걸까? 난 어깨를 들썩여 보였어.

"그러면 이제 더 이상 오지 않겠군요" 하고 그는 한숨을 쉬며 바지 주머니를 뒤졌어. 누구 얘기냐고 내가 묻기도 전에 그가 사과를 하더군. "오오, 미안, 미안합니다! 너무 늦었군요." 그는 줄 없는 손목시계를 꼼꼼히 살펴보았어. "12시 10분 전"이라고 말하며 그는 터지려는 하품을 눌러 참았어.

"12시 10분 전?"

"난 이제 겨우" 그가 내 외침을 건너뛰었어. "선생님의 눈은 감탄으로 반짝이고 있군요. 하지만 친애하는 우리 튀르머 씨, 몸을 생각해야지요. 제가 바래다드릴까요? 집까지 모셔다드려도 되겠습니까?"

난 창문 쪽을 가리키며 "저도 있습니다만" 이렇게 말한 게 전부였어. 내 차를 말한 거였지.

"그렇다면 제가 혹시 밖에까지 동행해도 될까요?" 그때까지만 해도 내가 미처 못 보았던 학생용 서류가방에서 그는 이미 좀 타버린 빨간 양초를 두 개 꺼내더니 심지를 곧추세우고 라이터를 켜 그 두 개의 양초에 동시에 불을 붙이더군. 한 손에 한 개씩 양초를 들고 서류가방은 왼쪽 겨드랑이에 낀 채 그는 그렇게 깊은 호수의 눈으로 나를 바라보며 비누로 만든 크리스마스 인형처럼 서 있었어. 넌 내가 자상한 사람들에게 약하다는 걸 알고 있겠지. 그래서 난 미소 짓지 않을 수 없었어. 그는 내가 소지품을 다 챙길 때까지 기다려주었어. 늑대가 앞발을 움직이기 시작했지. 전등불을 켜기 전에 난 촛농이 바리스타의 손등 위에서 흐르다가 마루에 있던 늑대의 주둥이 위로 떨어지는 것을 보았어. 난 그 둘을 앞질러가 앞방으로 나가는 문과 복도로 통하는 문을 연 후, 스위치를 찾기 위해 손으로 벽을 더듬어댔지.

"왜 나를 믿지 못하는 겁니까?" 하고 그가 물었어. 그의 눈길이 내 쪽으로 헤엄쳐오고 있었지. 스위치의 "찰칵" 하는 소리 말고는 아무런 변화가 없더군. "괜찮아요, 괜찮아요" 하고 외치며 그는 촛불을 더 높이 치켜들었어. 난 창피하기도 하고 화도 났어. 프레드의 변명이 들려왔을 땐 화가 더욱더 솟구쳐 올랐지.

"동독에서 난 모든 것에 미리미리 대비하는 버릇을 들였지요." 그는 사과의 뜻으로 또다시 고개를 숙여 절을 했어. 내가 먼저 앞으로 지나가도록 양보하지 않았던 것에 대해 사과하는 절이었지. "사람들을 상대한다는 것은 기술이지요. 정말이지 기술이 필요해요." 그는 확고부동한 동작으로 계속해서 내 앞에서 휘적휘적 걸어갔어. 타고 있는 촛불을 가능한 한 자신의 몸으로부터 멀리 두면서. "일 역시 배워야 되는 겁니다. 그러니 선생님도 절대 예외 상황을 두지 마십시오." 그는 성큼 나를 앞질러 가더니 팔꿈치를 사용해 현관문을 열었어. 한 줄기 바람이 불어와 촛불이 꺼졌는데도 불구하고 클레멘스 폰 바리스타는 여전히 희뿌연 가로등 아래서 걸어가고 있었어. 마치 아직도 그가 촛불을 들고 길을 밝히고 있다는 듯이. 그때 마침 마르틴 루터 교회에서 종이 울리기 시작했어. 다음 순간 가로등의 불이 꺼졌지. 잠깐 동안 깜박깜박 하더니 결국 밤이 바리스타와 늑대를 집어삼켰어. 얼마 동안 난 그의 발소리와 영어 억양을 섞어 흥얼거리는 소리를 숨죽이며 듣다가 그를 향해 두 번 "안녕히 가세요!" 하고 외치고는 그의 자동차 불빛이 보이길 기다렸어. 어둠은 여전히 짙었고 마지막 종소리가 울린 뒤로는 모든 곳이 고요해졌지.

난 누가 업어 가도 모를 정도로 깊은 잠을 잤어.

엔리코로부터.

추신: 오늘 내가 편집부에 들어서자 요르크는 이미 모든 걸 다 알고 있었어. 나에게 바리스타에 대해 어떻게 생각하느냐고 묻더군. "독특하죠" 하고 말한 다음, 난 곧 내 말을 정정하려고 했어. 난 이 단어를 싫어하거든. 하지만 요르크는 금방 내 말에 동의했지. '독특'이란 단어가 어쩌면 제일 잘 들어맞을 거라면서. "어찌 되었든" 하고 그가 게오르크를 향해 말했어. "바리스타는 우릴 원합니다! 다른 사람들이 아니라 바로 우리를요!"

요르크는 8시쯤 '벤첼'로 갔어. 그가 표현한 대로라면, 그는 거기서 실제로 아침을 먹고 있던 바리스타와 만나 함께 달걀의 윗부분을 쳐 껍질을 까먹었다고 하지. 바리스타는 다른 손님들에 대해서 소상히 알려주었을 뿐만 아니라 그들의 몸짓이나 말씨까지도 흉내 냈다는군. "진짜 웃겼어!" 요르크의 의견이었지.

바리스타가 왕세자에 대해서 얘기해준 내용이 자신에게 관심과 호기심을 불러일으킨다는군. 그래서 사리에 맞는 신중함을 잃지 않으면서도 그 노인의 방문을 기다리게 된대. 바리스타의 편에서 내세운 유일한 조건이란 '합당한 선거 결과'뿐이라면서.

프레드가 다시 나타났을 때 난 그에게 따져 물었지. 그는 당장에 그 자리에서 뒤로 돌아가더니 문을 열어둔 채 복도 전등불의 스위치를 켰어. 복도는 그 어느 때보다도 훨씬 더 화려한 빛으로 환해졌지. 프레드는 어제 오전에 벌써 전구를 갈아 끼웠노라고 주장했어. 나만 빼고 다른 사람들은 모두 다 알고 있는 사실이라는 듯이⋯⋯

너만이라도 내 말을 믿어주길 바라면서!

너의 E.

90년 2월 17일 토요일

사랑하는 친구, 요!

지금 방금 다시금 네 이름을 쳤어. 그러면서 최근에 네게 마지막으로 편지를 썼던 사람이, 이틀 전에 신문 뭉치를 들고 시장통으로 나갔던 사람이, 모두 나라는 게 아주 낯설고 어린애같이 느껴져. 그리스도의 현현 같은 건 기대하지 마! 모든 건 몹시 세속적인 과정이었으니까. 교정볼 땐 그토록 멀고도 신비스럽게만 느껴졌던 신문이었는데 이제는 그걸 한 장 한 장 넘기면서 흰 여백이 없는 것만 해도 안심이다 싶더군. 빨리 서둘러야 했어. 운전사들이 정오부터 내내 목을 빼고 기다리고 있었거든. 『명백한 주장』팀에서 자발적으로 와준 봉사자들이 판매 장소를 나누어 맡았어. 전화벨 소리가 끊이질 않았고. 요르크가 그렇게 꼭 마시라고 강조하던 샴페인도 난 마시지 못했어. 로베르트는 게오르크로부터 동전이 가득 든 전대를 받아 들었지. 난 래커 칠이 된 주름 잡힌 가죽가방을 어깨에서 가슴으로 비스듬히 둘러멨어. 우린 서둘렀어. 각자가 250부의 신문 뭉치를 들고서 흩뿌리는 보슬비 사이를 뚫고 뛰었지.

슈포른 슈트라세 근처 시장통에서 우린 신문을 내려놓고 얼얼하게 청홍색 피멍이 든 손가락을 마사지했어. 다섯 개의 판매대가 더 몰려오더니만 촘촘히 자리를 잡았어. 마치 시장이 너무 넓어 두렵기나 한 듯이. 우리와 가장 가까운 곳에는 야채 과일 판매대가 진을 쳤지. 파라다이스의 풍성한 과일에 서독마르크로 가격을 써 붙인 푯말이 너무 커서 오히려 불필요하게 보일 정도였어. 그가 외치는 진귀한 과일의 이름들은 사실은 동양의 어떤 양념 이름일지도 몰라. 그래도 토마토와 오이 그리고 배와 포도들은 동화 속에서나 나오는 것처럼 환상적으로 보였어. 그의 큰 고함 소리에 비해서 광장에 흩어져 있던 사람들의 수는 너무 적었지. 그 잘 훈련된 능숙한 목소리가 장면의 인공미를 최고로 끌어올리고 있었어. 그는 아리아라도 한 곡조 불러젖힐 수 있었을지도 몰라.

난 내 신문 꾸러미의 매듭을 풀려고 애쓰면서 우리 쪽으로 다가오는 사람은 한 명도 놓치지 않고 주시했지. 난 모든 사람이 멈추어 서서 우리에게 바로 그 새로운 신문 『알텐부르크 주간신문』를 파는 거냐고 묻기를 기대했지. 로베르트는 내 손을 응시했어. 그는 벌써 확신을 잃어버린 터라 나에게 휴대용 칼을 건네주는 것조차도 엄두를 못 내고 있었지. 그러고는 자발적으로 한 뭉치를 팔 위에 올려놓더군. 나는 그 아이의 옆에 서서 신문을 펼친 다음 1면 기사를 눈높이까지 번쩍 치켜들었지.

처음에 몇몇 사람들이 우리 신문에 대해 묻지도 않고 우리 곁을 그냥 지나가버렸어. 그래서 난 로베르트에게 사람들한테 말을 걸어보라고 권했지. 우리가 가진 것이 무엇인지 얘기해야 한다고. 그러나 그는 사람이 가까이 다가올 때마다 입을 여는 대신에 서투른 식당 종업원마냥 신문 든 손을 불쑥 내밀었어. 미하엘라는 내가 로베르트를 "어린이 노동으로 유인" 한다면서 좋게 생각지 않았었어. 그런데 돌려보내기엔 너무 늦었지. 끝까지 견뎌내야 해.

결국 내가 할 수 있는 일은 그에게 어떻게 해야 할지 가르쳐주는 것밖에는 없었어. 난 한 사람도 놓치지 않았어. 난 시선을 고정시키고 미소 지으며 그들에게 말을 걸었지. 아무리 멀리서 걸어가고 있던 사람이라도 날 피해갈 순 없었지. "새로 나온 『알텐부르크 주간신문』을 알고 계십니까?" 하고 난 물었어. 아무도 멈춰 서지 않았고 아무도 신문을 사지 않았어. 심지어 한번 쳐다보지도 않았어. 그 전날에 우리에 대한 긴 기사가 LVZ[1]의 군 지역 란에 실렸었어. 그들 역시 우리를 중요하게 생각했던 거야.

이따금 생선을 끼운 빵이 팔렸어. 나 혼자였다면 어떤 기분이었을지 잘 모르겠더군. 로베르트가 함께 와 있다는 사실이 나를 괴롭혔지.

갑자기 나이가 지긋한 여자가 시장가방을 흔들며 다가와 우리가 가지고 있는 게 뭐냐고 물었어.

"글쎄요" 하고 말하며 그녀는 1면 기사를 훑어봤어. 그녀의 외투 단추가 잘못 끼워져서 여밈이 어긋나 있었어. "그렇다면 한 부 주세요." 그녀는 팔꿈치까지 시장가방 속에 쑥 넣었어. 난 90페니히를 달라고 하며 쌓여 있던 신문 더미 한가운데서 한 부를 뽑아 그녀에게 건네주었어. 그녀는 검지로 동전을 이리저리 뒤지는가 싶더니 마침내 1마르크를 찾아냈지. 난 잔돈을 그녀가 내민 손바닥에 떨어뜨려주었어. 그녀는 신문을 접어 시장가방 속에 잘 얹더니 날 물끄러미 쳐다보았어. 마치 어떤 사람과

---

1 『라이프치히 인민일보』.

거래를 했는지 잘 알아두어야겠다는 듯이. 그러고는 짧게 "안녕히 계세요" 하고는 가던 길을 다시 걸어갔지.

'되는구나' 하고 난 생각했어. 이 작은 첫 성공에 난 벌써부터 중독이 되었지. 좀더 많은 성공이 필요했어. 난 마르크 동전을 로베르트에게 주었어.

조금 있다가 두번째 행운을 맞게 됐지. 검은 생머리의 마른 남자가 오더니 1마르크짜리를 내밀었어. 잔돈을 높이 들어 올리니 그가 눈을 찡긋하면서 너무나 따뜻하게 미소를 짓는 거야. 그 바람에 고양이처럼 가늘고 끝이 올라간 그의 두 눈이 감겼어.

그 후론 난 모든 걱정을 떨쳐버리고 여자들 두 명에게 다가가 알텐부르크 지방의 새로운 신문 『알텐부르크 주간신문』을 사지 않겠냐고 물었지. 더 젊어 보이는 여자에게 접근하려고 했어. 하지만 그녀의 바로 앞에 섰을 때 난 그녀의 얼굴에서 수많은 잔주름을 보았어. 잔주름 아래 앳된 얼굴이 섞여 있었던 거야. 그녀가 어느 틈에 지갑에 손을 가져가려는데, 온통 검은색의 옷으로 치장한 동행인이 그게 도대체 뭐냐고 내게 따졌지. "중요하지 않아요" 하며 검은 옷의 여자가 내 말을 끊어버렸어. "중요하지 않아!" 그녀는 자신의 손등으로 신문을 밀고는 "90페니히? 90페니히!"라고 외쳤어.

"90페니히" 하고 난 고집스럽게 말했어. 그 순간 나는 앳된 여자의 손바닥 안에 있는 마르크만을 집어 들었어야 했는지도 몰라.

"개의치 않아요. 중요하지 않다니까!"

나는 천천히 닫히고 있는 그 조그만 주먹을 바라보았어. 부드러우면서도 꼭 도자기처럼 윤기가 나는 그 주먹을.

분노와 절망감이 솟구쳤어. "알텐부르크 주간신문!" 난 그 두 여자의 뒤에다 대고 크게 소리쳤어. 마르틴 루터 교회[2] 앞에 있던 사람들까지도 내 목소리를 들을 수 있었을 거야.

아아, 요! 넌 아마 날 이해하지 못하겠지. 왜 별일도 아닌 걸 가지고 내가 그렇게 행동했는지. 바로 그 순간 갑자기 모든 게 다시 떠올랐던 거야. 지난 반년 동안의 일들, 두려움, 절망, 책망, 지긋지긋한 극장, 지긋지긋한 내 병상, 엄마, 미하엘라, 베라 누나, 모든 비현실성. 그리고 내 옆의 로베르트, 1천 부나 되는 신문 뭉치 위에 걸터앉은 이 아이!

난 모든 부끄러움을 내던져버렸어! 어디서 이런 흥이 생겨난 건지 모르겠더라. 난 리듬에 맞춰 "알-텐-부-르-크-주-간-지"를 외쳤어. 쿵쿵 딱딱 박자를 두드리며 장단격의 음절마다 똑같은 리듬으로 외쳤지. "알-텐-부-르-크-주-간-지". 로베르트를 위해, 나를 위해, 미하엘라를 위해, 게오르크와 요르크를 위해, 엄마를 위해, 베라 누나를 위해, 도시를 위해, 나라 전체를 위해 그렇게 했던 거야. 한 소절 한 소절 지날 때마다 난 자유로워졌어. 누군가 내 코앞에 1마르크짜리 동전 두 개를 내밀더군. 그는 정말로 신문을 두 부 달라고 하면서 잔돈은 받지 않겠다고 했어. 로베르트 역시 첫번째 신문을 판 후였지. 우린 함께 연속해서 다섯 부의 신문을 팔았어. 마치 난 지난가을에 못 다 이룬 일을 만회하기라도 할 듯이 "알-텐-부-르-크-주-간-지"에 덧붙여 "새-로-운-포-럼-을-허-가-하-라"까지도 큰 망치 소리로 외쳐댔어. 이건 내게 있어서 혁명이었어!

과일 장수도 덩달아 자극을 받았는지 요란한 사이렌 소리 같은 외침으로 화답했어.

10분 후에 난 신문 두 뭉치를 들고 시청 언덕으로 진지를 옮겼지. 그

---

2 마르틴 루터 교회는 시장의 맞은편 약 250미터쯤 떨어진 곳에 있다.

곳 시장의 판매대들이 마치 고향의 해변 같은 풍경으로 보이더군. 무엇 때문인지는 나도 잘 모르겠어. 지쳐서 그런 건지 감기 기운이었는지 로베르트가 곁에 없어서 허전했던 건지 아무튼지 내 고함 소리는 힘을 잃었어. 소절이 끝날 때마다 난 숨을 죽이며 무슨 일이 일어나는지 주시했지.

난 또 한 번 진지를 새로 옮겨보았는데 이번엔 조금 더 높은 곳에 있는 '아낙네 시장'통으로 갔어. 거기엔 더 많은 사람들이 있었거든. 거기서 난 로베르트가 팔 위에 신문을 놓고 지나는 행인들에게 향해 내밀고 있는 것을 보았어. 내가 이 비극의 책임자야. 그 아이가 내 이름이 나온 간행물을 보고 느꼈던 자랑스러움이나 주변지역을 돌아다니며 감탄했던 일들, 신문을 만들어내는 기술에 대한 그 아이의 놀라움, 뭐, 이런 것들 전부가 다 단숨에 무너져내리는 것을 본다는 것은 정말 있어서는 안 되는 일이야. 나는 충분할 정도로 많은 걱정을 했었어. 모든 일이 수포로 돌아갈까 봐. 허가를 못 받게 된다든지, 인쇄 과정에서, 혹은 운반 도중에, 아니면 우리의 무능력 때문에 일을 그르칠까 봐. 하지만 한번도 판매에 대해 생각을 낭비한 적은 없었지! 내가 이 일에서부터 벌써 실수를 한다면 다른 모든 일에 대해서도 상황 파악을 제대로 할 수 없을 것이라고 의심해봐야 되는 게 아닐까? 정말이지 난 우리가 왕세자를 알텐부르크로 모시고 올 거라고 온 세상에 떠들어대고 싶었어. 그래, 난 불현듯 클레멘스 폰 바리스타가 보고 싶었어. 어떤 이유에선지 그를 생각하는 게 내게 위로가 되더군. 하지만 난 계속해서 침묵을 지켰고 사람들은 내가 투명인간이라도 되는 양 그냥 지나쳐갔어. 그러나 다음 순간……

난 그동안 이미 과일 판매대의 사이렌에 길들여져서 처음엔 통 알아채지 못했어. 하지만 어쩐지 뭔가가 달랐어. 그 소린 "주간신문"라고 외치고 있었던 거야! 외치는 게 다 뭐야! "주우우가아안지이이, 주우우가아

안지이이, 아아알텐부르크 주우우가아안지이이!" 그는 첫 음절마다에 강
조점을 두면서 사이렌 소리와도 같은 "지이이" 소리를 깊은 심연으로부터
끌어올려 높이 상승시켰어. 그리고 나선 그렇게 한껏 벌어진 입으로 알텐
부르크의 "아아"로 곧바로 접어들었지. 오해할 여지 없이 분명한 명령형
이 그 뒤를 따랐어. "사시오, 여러분, 사!" 동시에 그는 전력을 기울여 계
속 외쳐댔어. "단돈 90페니히! 아아알텐부르크 주우우가아안지이이가 90
페니히……!" 마지막 이 모음이 끝나기가 무섭게 다시금 아—우— 이가
이어지면서 외침들이 알텐부르크 시장 위의 공중으로 둥실둥실 떠오르고
있었어.

도시가 서서히 살아나기 시작하더군. 과일 장수의 외침이 북구와 남
동구³로 파고든 모양이었어.

한 무리의 여자들이 내 주위를 에워쌌어. 모두가 신문을 샀고 잔돈을
받지 않았어. 그들이 말하길, 우리를 지원하기 위해서래. 그들 중 한 명은
내가 극장에서 일하던 튀르머 씨이며 나중엔 교회에서 연설하던 사람이란
것을 알아보았지.

내 행운은 거기서 끝나지 않았어. 몇 분 지나지 않아 30부나 팔려나
갔으니까. 계속 그런 식이었어. 난 그냥 신문을 번쩍 들고서 "주우우가아
안지이이" 하는 과일 장수의 사이렌 소리가 끝나면 그 단어를 반복하기만
하면 되는 거였어. 주위에 서 있는 이들에게 설명을 해야겠다는 듯이. 저
사람이 말하는 게 바로 우리의 『주간신문』랍니다. 그런 다음 난 처음에 여
자 목소리를 들었는가 싶었는데 "주간신문이요, 주간신문이요" 하는 로베
르트의 음성이라는 걸 알아챘지.

---

3 약 1만5천 명 내지 5천 명의 인구가 거주하는 신시가지 구역.

더 이상 말이 필요 없었어. 사람들이 그때부터는 자발적으로 신문을 사 갔으니까.

마지막엔 사람들의 얼굴을 제대로 구별하지 못할 정도로 사위가 어두워졌어. 난 어느새 자동적으로 잔돈을 내주는 동작을 할 수 있었고 지폐는 전부 바지 주머니에 집어넣었지. 발이 얼음장처럼 차가워져서 거기에 발가락이 달려 있다는 것이 느껴지지도 않을 지경이었어. 래커 칠한 주름 잡힌 가죽가방은 내 목에 무겁게 매달려 있었지. 내가 누구에게 마지막 한 부의 신문을 팔았는지 알아? 그래, 맞아. 클레멘스 폰 바리스타야. 하지만 그와 늑대는 어둠 속에서 나를 제대로 알아보지 못하는 것 같았어. 아니면 내가 잘못 생각하는 걸까?

로베르트는 무언가를 하느라 계속 바빴어. 다만 나는 그 아이가 미소를 감추지 못하고 날 보고 있다는 걸 알아챘지. 에르빈, 그 과일 사이렌 말이야, 그는 고마울 거 없다고 했어. 그는 내게 작은 쪽지 하나를 주었지. 광고지. 이 광고를 매주 좀 실어달래. 그러더니 내게 1백 서독마르크짜리를 건네는 거야! 우린 로베르트가 팔다 남긴 신문을 그에게 맡겼어. 그가 자신의 고향 퓌르트 사람들에게 나누어주겠다고 했거든.

우리는 빈손이 되어 귀갓길에 들어섰는데 터질 듯이 꽉 찬 돈 주머니가 한 걸음씩 뗄 때마다 우리 엉덩이를 툭툭 치더군. 1천 부가 팔리는 기록 갱신. 그건 전체 발행부수의 20퍼센트에 해당하는 양이야. 네 시간 동안 로베르트는 90마르크를 벌었지. (한 부 팔릴 때마다 20페니히로 계산했어.) 거기다가 팁까지도.

요, 내 친구야! 무엇인가 직접 만든 것을 팔다니 이런 행복이 있을까! 내게 주어진 승리의 월계관은 동전마다 새겨져 있는 떡갈나무 이파리야!

너의 E.

추신: 신문 한 부가 너희 집에도 종이띠를 두르고 도착할 거야. 애석하게도 사진이 너무 어둡게 나왔어.

90년 2월 20일 화요일

사랑하는 요!

우린 신들린 사람들처럼 열심히 일했어. 그런데도 난 자정이 넘어서야 귀가했지.[1] 하지만 네 시간의 숙면이면 충분해. 그리고 편지를 쓰며 시간을 보내는 동안 난 점점 이런 긴 아침을 사랑하게 되거든.[2]

또 신문에 관한 얘길 늘어놓으며 널 지루하게 하고 싶진 않지만 그래도 딱 한 가지 사건만은 추가해야겠다. 우리가 맞은 첫 위기의 발단만 아니었어도 난 정말 거론하지 않을 생각이었어.[3]

네게 '예언자'에 대해 말한 적이 있던가? 참 희한한 인물이지. 그를 대하면 누구나 즉시 알아보게 돼. 예언자는 마치 무언가를 맛보는 중이며 곧 그게 어떤 맛인지 알려주겠다는 듯 계속해서 입을 우물우물 움직여대. 언제나 턱을 앞으로 내밀고 있으니, 겉모양만으로는 딱 솜사탕처럼 보이

---

1 두번째 신문 발행에 관한 얘기를 하고 있다.
2 튀르머는 편지들 중 상당수, 특히 니콜레타 한젠에게 보낸 편지들은 대개 아침 5시에서 9시 사이에 썼다.
3 이 편지의 맨 앞 두 단락에는 서로 다른 방향의 두 가지 의도가 숨어 있다. 한편으로 튀르머는 편지 쓰기를 시간을 때우는 일로 표현하고 있는데 반해 또 다른 한편으로는 무엇인가를 "추가해야만" 한다고 방향을 역전시킴으로써 그가 자신의 신상에 대해 보고할 의무가 있음을 암시하고 있다. 이 모순적인 생각의 대립은 아무리 돌려 말하는 대목이라 해도 그의 편지에 계속 내재되어 있다.

는 그의 수염이 위협적으로 앞으로 돌출되곤 하지. 장벽이 무너진 후 벌어졌던 시위에서 그는 인민공화국의 건설을 부르짖었어. 언제나 깜짝 놀랄 만한 일을 벌이고 다니는 인물이야.[4]

예언자는 우리 신문의 창간 축하 파티에 일찌감치 나타나 자리를 빛냈지만 금세 구석진 자리로 숨어들었어. 우리가 지금에서야 알게 된 것이지만 하객들의 정치색이 그와 맞지 않았기 때문이었다고 하더군. 요르크와 게오르크가 도시의 시의회와 군의회에도 초대장을 보냈었거든. 신문사로선 너무도 당연한 일이지. 공산당만 빼고는, 다른 모든 정당들과 박물관과 극장, 구엘프 파(派)든 기벨린 파든(중세 유럽에서 각각 교황과 신성로마황제의 권력을 지지하는 분파를 말한다— 옮긴이) 간에 모두 다 보냈어. 하지만 시간에 맞추어 정확히 온 사람들은 지금은 물러난 구동독의 나이든 공무원들뿐이었고, 우리와 좀더 자연스러운 친분을 맺고 있는 나머지 사람들은 우리 신문을 팔거나 배달하느라고 모두들 늦게 도착했어. 우린 하객들을 새로운 포럼의 집회장에서 맞이했지.

'정부의 윗대가리들'마저 당황하는 기색이 역력했어. 예언자가 나중에 그들을 '정부의 윗대가리들'이라는 별명으로 부르더군. 그들은 서로 말을 나누려고 하지 않거나 아니면 차라리 '새로운 세력'들과 대화를 했고, 그도 아닐 땐 두려워하는 듯한 반응을 보이더군. 내가 시장에게 나중에 인터뷰를 하겠다고 제안하자 그는 안경을 벗어 눈을 한참 비비고는 내게 물었어. "나한테서 뭘 더 듣고 싶으십니까?" 내가 뭐라고 대답하기도 전에 그가 부르짖었어. "지금부터 내가 무얼 할지 아십니까? 아무것도 안 할 겁니다! 난 이미 너무 많은 일을 했으니까요!" 요르크와 게오르크 역

---

4 한 달 전쯤, 1월 18일자 편지에서 튀르머는 '예언자' 루돌프 프랑크에 대해 쓴 적이 있다. "그의 발의와 중재 덕분에 내가 신문사에서 일하게 된 거야"라고.

시 썩 잘 있다고 할 수 없었어. 요르크는 시장의 손을 잡고 버둥거리며, 그가 선물한 시클라멘 꽃이 기형적이다 싶을 만큼 크게 자라 있었기 때문에 얼른 선물해주어서 감사하다는 말을 내뱉지 못하고 있었지. 게오르크는 돈키호테처럼 엄숙한 표정으로 하객들을 내려다보았는데 언젠가는 대판 싸워보리라 마음먹고 있던 자들이 이젠 미소를 지으며 그의 발아래서 몸을 비비 꼬고 있는 것에 대해 황당해하고 있었어. 하지만 그건 부차적인 일에 불과해.

오펜부르크의 최고 시장인 슈마허 박사가 아내 코로나를 대동하고 여성들에게 줄 장미 다발과 우리에게 줄 녹음기를 들고 실내에 들어섰을 땐 '본의 인사들'은 자신들이 차지하고 있던 자리를 양보해야 했지. 다시 그 오펜부르크 사람들마저도 사라지고 미하엘라가 곧잘 칭하듯 우리 편 사람들끼리만 남아 즐기고 있을 때 예언자가 불쑥 자신의 잔을 두드리며 수염을 앞으로 내밀고는 큰 소리로 질문을 던졌어. "『알텐부르크 주간신문』에 실린 내용이 무엇입니까?"

한 장 한 장 넘기며 그는 내용을 열거했어. 내용이 다소 들쑥날쑥하다고 느껴졌지만 난 그래도 함께 따라 웃었지. 찬사가 쏟아질 것을 확신하면서. 그러나 적어도 그가 얀 스텐의 광고를 놓고 욕을 했을 때, 그런 광고 따위는 신문 판매원과 독자에 대한 모욕이라고 부르짖었을 때쯤엔 내 확신은 사라져버렸어. 뭐 이따위 뻔뻔스러운 연설이 다 있나 싶더군. "우린 지금 무엇을 하려는 겁니까?" 예언자가 벼락같은 소리를 지르더니 잠깐 말을 끊고는 또 다른 새로운 맛을 음미하려는 듯 입을 오물거리더라. 그러고는 큰 소리로 비난조의 쓴 질문을 마구 쏟아내며 연설을 이어갔어. "대체 당신들은 뭘 하겠다는 거요?" 그의 질문은 더 이상 수사학상의 반어법이 아니었어! 그렇다면 대사건? 이 미친 자 때문에?

우리 모두가 한 명 한 명씩 그에게 조롱당해야만 했어. 심지어 내가 쓴 정원사 디펠에 관한 기사에 대해서도 불평을 늘어놓았지. 우리 신문에서 현재 발간하는 내용 정도라면 『라이프치히 인민일보』에서도 얼마든지 읽을 수 있다나.

마지막으로 우리의 자축 파티에 대해서도 한마디 꼬집었지. "당신들, 결국 정부의 하수인들이 아니오? 40년 동안 줄곧 우리에게 권력을 휘둘렀던 저 정부의 윗대가리들 말이오!"

물론 난 하객들 중 누군가가 우리를 위해 항변해주길 바랐지. 그들은 우리가 준비한 와인과 샴페인을 홀짝홀짝 마셔가며 너무도 얌전하게 예언자의 말에 귀를 기울이고 있었어. 오로지 볼프강, 그 거인과 아내만이 용감하게 도리질을 치고 있었지. 하지만 그들 역시 감히 큰 소리로 맞서 대항하지는 못했어.

아마도 반론할 가치조차 없다고 여기는 것 같았어. 그들이 뭐라고 항변을 한다면 이 하찮은 광대놀음에 오히려 큰 의미라도 부여하는 꼴이 될 테니까. "당신들의 임무가 무엇입니까?" 예언자가 마지막으로 또 한번 쩌렁쩌렁 외치고 나서는 좌중을 한번 쓱 훑어보더니 열려 있던 문을 향해 곧장 걸어갔어.

사람들은 우스갯소리를 하거나 그를 흉내 내기도 하며 그 어느 때보다도 더 여유로운 태도를 보였어. 심지어 옆 복도에서 피아노를 발견한 프레드가 뚜껑을 '따자' 사람들이 춤을 추기도 했지. 바리스타가 이 미친 사내의 출연을 보지 않은 것이 다행이라고 생각하긴 했지만 그래도 우리의 초대장이 너무 늦게 도착했던 탓인지 끝까지 오지 않은 것에 대해선 섭섭한 마음이 들더군.

금요일이었어. 아마도 전 같으면 '윗대가리들'과 함께 샴페인을 마시는 일 따위가 그토록 자신의 눈에 유별나 보이지는 않았을 거라고 게오르크가 말했을 때 난 그가 무슨 말을 하는 건지 이해하지 못했어. 하지만 마리온마저도 스스로를 채찍질하는 일에 곧 동참했지. 갑작스럽게도 그 두 사람에게는 그 어떤 기사도 더 이상 만족스럽지 않았어. 참으로 어처구니없는 일이었어. 요르크마저 자신의 머리에 재를 뿌리며 우리가 왜 그 전직 공무원들을 초대했던 건지 알 수 없다고 했어. 그 초대가 대체 누구에게 피해를 주었느냐는 내 물음에는 일단 모두가 입을 다물었지. 그러다 게오르크가 결국 "우리의 위신"이라고 대답하자, 마리온도 덩달아 덧붙이더군. "우리의 품위!"

"내 품위는 아니죠" 하고 내가 대답하자 또 한 번 긴 침묵이 흘렀고 이 침묵은 어제가 되어서야 깨졌어.

너를 포옹하며, 엔리코.

추신: 일요일 어느 개신교 교회 설교단에선 우리를 우상숭배자라고 욕했다는군. 우리 신문 끝에서 두번째 면에 실린 별자리 운세 기사 때문이야!

90년 2월 20일 화요일

친애하는 한젠 씨!

○○○ 부인께 당신의 주소를 묻기 위해 내가 얼마나 큰 용기를 내야 했는지 아십니까! 난 마치 열네 살 어린 소년처럼 당신이 내게 로마 여행을 안내해주기로 한 걸 자랑했답니다.[1]

지난번에는 별로 큰 도움이 되어드리지 못해 몹시 죄송했습니다. 게

다가 우리 때문에 박물관 사람들도 만나지 못하셨지요. 사과의 뜻으로 레클람 문고 한 권[2]과 파비용에 관한 자료 몇 가지를 동봉합니다. 프라우 ○○ 부인께는 열 명 남짓한 인터뷰 대상자 목록을 적어 이미 우편으로 보내드렸습니다. 여러 가능성 중에서 최고의 선택을 하려면 우연에 맡기는 게 제일 좋습니다.[3]

언제 오고 싶으시며 또 오실 수 있겠습니까? 어떤 면에서든 그걸 안다면 전 참 기쁠 것입니다.

정성 어린 인사를 보내며, 당신의 엔리코 T.

90년 2월 24일 토요일

사랑하는 요!

어제 바리스타가 마치 미리 약속이나 한 듯 가톨릭 사제관 앞 긴 계단에서 내려와 홀연 내 앞에 나타났어. 그와 문 앞에서 대화를 나누던 남자는 자리를 떠날 줄 모르고 계속해서 우리를 관찰하고 서 있더군. 그래서 난 바리스타가 다시 그에게 돌아갈 것이라고 생각했지. 하지만 바리스타

---

1 사진작가인 니콜레타 한젠은 그 당시 어느 기자와 동행했었다. 그 기자는 작센과 튀링겐 주에 새로 생겨난 수많은 신문사들의 설립에 대한 기사를 쓰기 위해 취재 중이었다. 그러나 결국 『알텐부르크 주간신문』은 언급되지 않은 채 기사가 나갔다. 튀르머는 그 기자에게 니콜레타 한젠의 주소를 물었던 것이다.
2 아마도 양면에 각각 두 언어로 인쇄된 『아모르와 프시케』일 듯싶다. 1981년 라이프치히에서 발행된 책으로서 그 안에는 코렌 살리스 근처 뤼딕스도르프에서 새로 발견된 모리츠 폰 슈빈트의 프레스코 작품을 재현한 컬러 그림이 들어 있다.
3 이 준비 작업은 다음 작업으로 이어지지 못한 것 같다.

는 내게 따라나서도 되겠냐고 물어보기가 무섭게 냉큼 내 옆자리에 앉았고 늘대도 뒷좌석으로 껑충 뛰어올랐지. 그는 뭔가를 발견했다고 했어. "「마돈나」입니다." 바리스타가 말했어. "「마돈나」예요, 튀르머 씨. 「마돈나」······ 게다가 아무도 그 출처가 어딘지 모른다는 겁니다." 하마터면 예전의 그를 다시 못 알아볼 지경이었어. 그렇게 활발할 수가 없는 데다가 외국말 억양이나 부자연스러움도 다 사라져버렸더군.

그는 어딜 가든 아무래도 상관없다면서 자기에게 전혀 신경 쓰지 말라고 했어. 정 안되면 기다리겠다고, 개는 밖으로 내보내면 된다고 말하더군. 안톤 라르센의 농가에 이르렀을 때 나는 바리스타의 그 「마돈나」 타령을 중단시킬 수밖에 없었어. 내 말을 알아듣지 못하고 늑대까지 데리고서 내 뒤를 졸졸 따라오더군. 난 보다 분명히 말할 필요를 느끼고는, 미안하지만 몇 분 동안 실례하겠다고 말했어. 그는 순식간에 마당 한가운데 우뚝 멈춰 서더니 무어라고 중얼대며 처음엔 그가 어디에 내린 건지도 잘 파악하지 못하는 듯했어. 닭 몇 마리가 푸드덕 도망가고 이웃 농가에선 개가 컹컹 짖었어. 현관문 옆에서 초인종을 찾아내기도 전에 안톤 라르센이 이미 모습을 드러냈지. 그는 내 팔꿈치를 잡고 어떤 낮은 문으로 인도하곤 바리스타까지도 들어오라고 외친 뒤 손님들을 위해 뭔가 대접을 해야겠다고 고집을 부렸어. "10분이면 됩니다!" 그는 그렇게 외친 후 우리 앞에 있던 가파르고 좁은 계단을 올라갔지. 자발적으로라면 난 그런 계단에 오르고 싶지 않았을 거야. 바리스타 역시 잠시 주춤하더군. 낮은 실내 공간은 불을 너무 때서 더웠고, 크기를 제대로 갖춘 물건이라곤 고작 침대 하나뿐이었는데 이 방 안에서는 거대하게 느껴졌지. 안톤 라르센은 바삐 서두르며 한 벌의 식기를 더 가져다 상 위에 놓았어. 그는 재킷의 맨 위 단추를 잠그고 양쪽 바짓가랑이를 잡아당겨 주름을 폈어. 양말을 신지 않은 벌거벗은 그의 발꿈치가 발걸음을 뗄 때마다 펠트슬리퍼 밖으로 드러나 보이곤 했지. 흰 머리카락을 세운 정수리 부분이 천장 대들보에 닿을 듯 말 듯 스쳤어. "자, 앉으세요!" 그가 권했어. 우리가 탁자 앞에 자리를 잡자 그는 다시 아래층으로 사라져버렸지.

"굉장한데!" 바리스타가 속삭이는 말투로 중얼거리며 찻잔을 들어 불빛 쪽으로 가져갔어. 이름이 잘 생각이 안 나기는 해도 라르센은 중국제 도자기를 가지고 있었거든. 꼭 박물관 같은 느낌을 주는 방이었어. 완벽하게 정돈되어 있었지. 오로지 라디오 위만 어질러진 상태였어. 부서진 박람회 마스코트 인형, 칼스바더 술잔, 유리병 안에 든 범선, 짜깁기용 목침, 지푸라기 인형, 액자에 담긴 사진 몇 장과 다른 여러 가지 물건들이 되는대로 아무렇게나 놓여 있었어. 늑대는 군청색 커버가 덮인 소파 앞에 몸을 길게 뻗고 누워 빛줄기를 향해 눈을 깜박거렸어. 창문들은 고미다락에 난 창보다도 더 작을 거야. 내가 막 바리스타에게 라르센에 대해서 말하려는 순간, 손에 찻주전자를 든 그가 벌써 좁다란 계단을 올라오고 있었지. 그는 우리에게 송홧가루로 만든 빵과 생강 비스킷이(그게 뭔지 바리스타가 알고 있더군!) 담긴 접시를 건넸어. 차와 크로칸트 설탕과 그 과자들 모두 브레멘에 사는 친척에게서 받은 것이라고 라르센이 설명했지.

바리스타는 자기가 끼어들어 미안하다고 했어. 라르센은 자기 귀에 너무 작게 들리는 바리스타의 말을 중간에서 자르고는 자신의 누추한 방에 한꺼번에 두 명의 손님을 맞게 되어 얼마나 기쁜지 모르겠다고 말했지. 정말이지 너무나 영광이라며, 그러더니 곧이어 연설을 시작했어. 미리 준비해둔 것 같았어. 말하는 중에도 서류가방을 팔에 들고는 계속해서 그 위를 쓰다듬었어. 깨끗이 닦거나 모서리를 평평하게 펴기나 하는 동작으로 말이야. 그는 무서울 만큼 솔직한 말투로 자신이 서쪽으로 도주하려다

실패했던 일에 대해 얘기했어. 그는 그 사건을 자신이 창조해낸 '졸작'의 클라이맥스라고 불렀어. 서독은 그에게 단지 마음대로 농사를 지을 수 있게 해주는 곳 이상의 의미가 있었대. 그곳은 어떤 유부녀와 맺게 될 사랑의 결실과도 관계가 있었거든. 이 여성은 이혼을 원하지는 않았지만 그와 서독으로 도망가는 것에는 동의했어. 그들은 고발당했고, 체포되어 심문을 받았대. 하마터면 법정에서 그는 자신의 애인을 못 알아볼 뻔했어. 그동안 여자의 머리카락이 새하얗게 변해 있었다는 거야. 그는 또 자신들을 고발한 사람이 누군지 알고 있다더군. 하지만 소용없는 일이야. 지난 몇 년의 시간, 아니 그중의 단 몇 시간만이라도 다시 되돌려 받을 순 없는 일이니까. 그는 자신들을 고발한 범인을 안다는 것이 또 하나의 형벌이라고 했어. 라르센은 몇 번이고 똑같이 '나의 보잘것없음'이라는 표현을 썼고 마지막엔 '자신의 비망록'을 한번 읽어보겠느냐고 내게 물었어. 난 내가 바로 그것 때문에 여기 온 것이라는 것을 상기시켰지. 라르센의 말 중에 강조를 넣지 않은 문장이란 거의 없었고 그 바람에 바리스타의 늑대는 처음엔 깜짝깜짝 놀라곤 했지만 이젠 단꿈을 꾸며 앞발을 휘저으면서 자고 있었어.

우리가 가파른 계단을 타고 다시 내려왔을 때, 괘종시계가 열한 번 종을 울렸어. 도착했을 때로부터 정확이 20분이 지났던 거야.

바리스타는 또다시 라르센의 귀에다 대고 너무나 작은 목소리로 무언가를 물어보는 바람에 질문에 대한 대답을 듣지 못하고 말았어. 자신도 그 원고를 함께 읽어봐도 되겠냐고 물었거든. "말솜씨에 반만이라도 따라가는 글솜씨라면 그의 원고는 반드시 인쇄되어야 합니다!" 하고 그가 내게 말했어. 심지어 책을 내는 것도 좋을 거라는 의견이었지. 바리스타는 이 만남이 자신에게 얼마나 큰 의미가 있는지 내가 아마 모를 거라면서 과장된 태도로 내게 감사를 표했어. 그리고 그 집에서 짜깁기용 목침을 보았느냐고 물었지. 자기는 그것 때문에 깊이 감동했다는 거야. 그 역시 언제나 짜깁기용 반짇고리를 가지고 있는데, 새 양말을 살 형편이 못 돼서가 아니라, 짜깁기가 마음을 안정시키고 어린 시절의 어느 저녁을 떠오르게 하며 가장 좋은 영감을 제공한다는 거야. 그는 우여곡절을 겪으며 짜깁기용 목침을 구하러 다니던 일을 장황하게 설명했어. 백화점도 상점도 심지어 벼룩시장도 전혀 아무런 도움이 못 되더래. 결국 어떤 판매원 여자가 그를 딱하게 여겨 집에 있는 짜깁기용 목침을 하나 가져다주었다는군.

내가 바리스타를 알텐부르크에서 내려주려고 하자 그는 나를 좀더 따라다니면 안 되겠느냐고 졸랐어. 그에겐 내가 하는 모든 일들이 다 흥미롭대. 예외 없이 전부 다! 그래서 난 어디든지 우리의 이 작은 공동체를 대동하고 다녔지. 로지츠의 지역의회에서도 모이젤비츠의 시청에서도 난 바리스타를 여비서들에게 소개했고 심지어는 빈터스도르프의 시장에게도 인사시켰지. 늑대가 자동차에 남아 있었으므로 난 차 열쇠를 그대로 꽂아둔 채 자동차를 내버려둘 수 있는 자유를 누렸어. 바리스타가 그렇게 하라고 시켰거든. 그가 옳았어. 사람들의 움직임이 어쩐지 좀 다르더군.

돌아오는 길에 바리스타는 자신이 발견한 걸 보여주겠다면서 로지츠에 못 미쳐 오른쪽으로 꺾어지라고 말했어.

내가 본 풍경은 황량했어. 잡초가 무성하게 덮인 축구장이었는데 가까운 곳에 가건물 한 채가 서 있더군. 거기엔 '심판 막사'라는 간판이 걸려 있고 창문과 문 앞으론 흰색의 창살이 설치되어 있었지. 눈길 닿는 곳 그 어디를 둘러봐도 사람이라곤 한 명도 없었어. 끝이 뾰족한 구식 장화를 신은 발을 내디디며 바리스타가 성큼성큼 앞으로 나아갔어. 왼쪽 무릎의 통증이 계속해서 그를 괴롭혔음에도 불구하고 그는 날쌘 동작으로 얼마 안 되는 작은 베란다의 계단을 훌쩍 뛰어넘었어. 그러고는 창살문을 열고 안으로 쓱 들어가더군. 난 눈을 의심할 수밖에 없었지. 실내는 나무 판자로 벽을 붙였는데 그 나무 미장의 규모로 보나 수많은 손님들로 보나 열악한 건물의 외장과 도무지 어울리지 않는 광경이었거든. 바리스타는 외투를 벗어 걸고 탁자마다 정답게 똑똑 두드렸고 술을 따르는 바에도 목례를 건넸지. 그는 늘 앉는다는 구석 탁자의 등받이 없는 의자 앞에 섰어. 자리에 앉기가 무섭게 벌써 맥주 한 잔이 내 앞에 놓였지. 가장 이상했던 일은 대머리의 술집 주인이 늑대를 '아스트리트'라고 부르는 거였어. 게다가 아스트리트는 이리저리 두리번거리지도 않고 열려 있던 주방문을 통과해 그대로 터벅터벅 들어가는 거야. 바리스타가 손바닥을 비벼댔어. "여기, 좋지 않아요?"

우린 무츠브라텐[1]을 먹었지. 연하고 양념이 잘 되어 있어서 난 1인분 더 주문해 먹었으면 싶더라.

바리스타는 물 만난 물고기 같은 모습이었지. 난 모두가 함께 모여 창간호에서 나온 수입을 세고 동전들을 종이에 말았던 일을 그에게 들려주었어. 그리고 결과에 대해 반쯤은 만족했다는 것도. 아직 세지 않은 지폐 뭉치가 금고에 들었다는 것을 게오르크가 생각해내기 전까지는 말이지. 바리스타는 언제라도 기꺼이 이런 이야기를 듣고 싶어 하지.

내내 술집 주인을 관찰해보았어. 뭔가 좀 독특했거든. 그의 눈꺼풀에서 속눈썹이 빠지고 없을 뿐이라는 사실이 어쩐지 나를 안심시켰어.

네 소식을 듣고 싶어. E.

---

1 알텐부르크 및 슈묄른 지방의 특별 메뉴. 돼지고기(목살이나 어깨살)를 마요란에 절였다가 꼬치에 꿰어 자작나무 불에서 굽는다.

친애하는 한젠 씨!

예술이라는 주제와 관련된 작은 에피소드를 소개하려고 합니다. 당신이 흥미로워하실지도 모르니까요. 오늘 오전에 내가 막 전화 통화를 하고 있는 중이었는데, 한 남자가 두 눈을 반짝거리며 우리 편집부에 나타났던 겁니다. 쓰고 있던 선원 모자를 벗은 다음 의자를 끌어당겨 바로잡더니 뒷주머니에서 낡은 지갑을 꺼내 들더군요. 난 아마도 신문광고를 의뢰하려는 고객이려니 짐작했지요.

"얘기 좀 해도 될까요?"하고 남자가 묻더군요. 내가 아직 수화기를 내려놓지도 않은 걸 보았는데도 불구하구요.

"이걸 보고 뭐 생각나는 거 없습니까?"그는 그렇게 질문을 던지며 두 팔을 위로 향해 수직으로 뻗고는 어깨 사이로 머리를 끌어내리더군요. "생각나는 게 전혀 없나 보죠?"그는 다시금 똑같은 동작을 되풀이했어요. "우린 이걸 반드시 철거해야 합니다. 프롤레타리아 예찬 기념비들 말입니다!"그의 말은 우리가 이제 '새로운 기관(機關)'으로서 그 문제를 꼭 다루어야 한다는 것이었습니다! "공산주의 예술품들은 고물상에나 던져버려야죠!"그는 독자의 편지를 쓰겠다는 제안을 했습니다.

당신이라면 아마도 그가 무슨 말을 하는지 더 빨리 알아차렸겠지요. 그리고 더 빨리 그를 문밖으로 쫓아버렸을 겁니다. 박물관 근처에 있는 , 당신이 가장 아끼시는 그 조형물'을 그 작자가 싹둑 베어버리겠다는 것이었습니다. 그러고 나서 그는 지갑을 다시 바지의 뒷주머니에 집어넣더니

---

1 빌란트 푀르스터의 거대한 네베르크 조형물.

128

언젠가는 『빌트』 신문을 알텐부르크로 가져오고야 말겠다는 약속을 남기며 물러갔습니다.

예술의 황금기가 오려면 아직도 멀었습니다. 요즘 사람들이 흔히 떠들어대는 상투적인 말들은 잊어버리는 게 좋을 겁니다. 누가 아직도 그런 것에 관심을 가지겠어요? 오늘날 우리의 경험이란 건 한 1백 년쯤 묵은 의학 지식 정도로나 쓸모가 있을까 말까죠.

몇천 년 동안 사람들이 우리 같은 사람들[2]에게 품어왔던 모든 의심들은 우리에게 향했던 모든 찬미나 찬양보다도 훨씬 더 정당합니다.[3] 아니요, 난 이제 더 이상 그들에게 속하지 않습니다. 다행스럽게도 이젠 다 지난 일이 되어버렸으니까요. 쉽지 않았습니다. 사람들은 자신에게 재능이 있다고 생각하고 나서부터 인생 전부를 망치는 겁니다.

미래를 바라보지 않고 산다는 것에 전 아직 익숙지 않습니다. 이젠 구원에 대한 희망도 버린 채 모든 것을 하나하나 실현해나가야 하겠죠. 하지만 전 지금의 이 생활이 과거 그 어느 때보다도 더 좋습니다. 요즘 들어선 가장 아름다웠다고 하는 옛 추억마저도 점차로 불쾌하게 느껴지더군요.

언젠가 당신에게 내 친구 요한에 대해 얘기해드리고 싶어요. 그는 모든 것이 다 소멸한다는 것을 모르기엔 너무나 똑똑한 친구지만, 그럼에도 불구하고 모든 것을 중단하기엔 또 너무나 자기애가 강한 친구지요. 요한은 아주 자발적이었던 것은 아니었지만 나움부르크에서 신학을 전공했고, 올 여름부터는 에르츠 산맥 어느 작은 마을의 목사가 될지도 모른답니다. 그러나 드레스덴에서 그는 언더그라운드 시인 겸 음악가로 더 유명

---

2 이 부분에서 튀르머는 간접적으로나마 처음으로 자신을 예술가, 즉 작가로 표현하고 있다.

3 이상하게도 튀르머는 자신의 고백에 전혀 어울리지 않은 곳을 선택하고 있다. 그는 자신이 몇 시간 전에 편집부에서 내쫓은 멍청한 남자를 변호하고 있다.

하지요. 게다가 그의 아내는 바이센 히르쉬(도시의 위쪽 고지대 위치한 명사들의 구역)의 외곽이나 드레스덴에서조차 다 알아주는 집안 출신입니다. 현재 그는 정치에 투신하려는 중입니다. 그가 설령 선거에서 당선된다 하더라도 아마도 머지않은 시간 내에 정치라고 하는 이 또 다른 종류의 마약 역시 사실은 너무도 미약한 것임을 감지하게 되겠지요.[4]

당신이 이런 주제에 관심을 가지고 계실지 어떨지 저로서는 도저히 알수가 없군요. 전 다만 당신께 인사를 전하고 싶을 뿐이었고, 어떻게 보셨는지 모르겠습니다만 오직 제 정성 어린 의도만을 담았습니다.

당신의 엔리코 T.

90년 1월 3일 목요일

친애하는 한젠 씨!

당신의 필체가 아니었더라면 전 아마 이 편지가 당신에게서 온 것이라는 것을 믿지 못했을 것입니다. 제발이지 이것이 당신의 마지막 편지가 아니길!

난 앞으로도 절대 잊지 못할 것입니다. 박물관의 넓은 계단에서 뛰어내려와 내가 인사를 건네자 비로소 위를 올려다보던 당신의 모습을요. 당신은 우리가 이미 서로 아는 사이인지 아닌지를 몰라 당황해하면서 계속 앞으로 걸어가지 못하고 주저했었지요. 당신은 이 알텐부르크에 속할 사

---

4 이러한 튀르머의 사고로부터 유추해본다면 그 역시 어떤 한 종류의 '마약'을 이미 발견했다는 결론이 가능할지도 모르겠다.

람이 아닙니다. 그건 누가 봐도 알 수 있습니다. 그 순간 저에게 용기보다 더 아쉬웠던 것은 당신께 내가 무엇을 물어야 할지, 어떻게 말을 거는 게 좋을지 아무런 생각이 떠오르지 않았다는 겁니다.

박물관의 언론회의장에서 난 운명의 신이 자비를 베풀어 두번째 기회를 주시기만 한다면 당신을 어디로든지 초대하겠다고 마음먹고 있었지요.

그런 까닭으로 우리의 재회는 제게 정말이지 신의 섭리로만 여겨졌답니다. 불행한 우연 탓이었다고 변명할 생각은 없습니다만 당신의 친구인지 동료인지 하는 분이 우리의 시선이 만나는 곳 중간에 앉아 시야를 가렸었다는 것만은 말해야겠습니다. 솔직히 말해서 난 그분의 의도를 알아차렸으면서도 그러려니 했습니다. 아무 방해도 받지 않고 우리 시선이 마주친다면 혹시라도 제 속마음을 너무 빨리 들켜버릴까 두려웠거든요. 그 일에 관해서는 저를 나무라셔도 좋습니다. 오로지 그 일에 관해서만!

당신이 손에 사진기를 들고 창가에 기대어 있는 모습을 보고 나는 같은 장소에 당신과 함께 있다는 것이 행복했습니다. 당신을 너무 자주 쳐다보지 않으려고 애썼으므로 아주 가끔씩만 당신 쪽으로 눈길을 주며 억지로 나 자신을 통제하고 있었지요. 하지만 내 눈길에는 오해의 여지가 없었을 겁니다. [……]

왜 나를 따라 정원으로 오셨던 것입니까? 지금은 또 어째서 이렇게 절 나무라시나요? 어째서 ○○○ 부인은 그때 즉시 당신에게 불만을 토로하지 않았던가요? 나로선 이해할 수가 없습니다![1]

제 마음을 솔직히 털어놓자면, 당신과 그녀가 돌아간 다음 제가 말했었답니다. 위협적인 여자라고. 모든 사람들이 내가 누구를 두고 하는 말

1 이 '나무람'이란 게 무엇인지, 그 이야기의 배경을 좀더 자세히 알아내려고 여러 번 시도했지만 이 부분의 내용은 알려지지 않은 채 남아 있다.

인지 이해했습니다. 일반적이고 객관적인 사실이었으니까요. 그 점에 대해 생각지 않을 수 없군요.

인터뷰가 이미 무슨 심문처럼 느껴지지 않던가요? 당신의 그 구원 어린 이의 제기가 아니었더라면 게오르크의 잘못된 판단 때문에 '진부한' 결말로 끝이 났을 것입니다. 우린 어린애가 아니죠. 난 명령하듯이 코앞에 들이댔던 그 마이크로폰에 대해 말하려는 게 아닙니다. 또한 서면으로 작성된 질문들을 하나하나 던지던 그 날카로운 말투에 대해서 불만을 늘어놓자는 얘기도 아니고요. 도대체 어느 누가 생각해볼 시간적 여유도 갖지 못한 채 계속해서 한결같은 수준으로 완벽하게 대답을 할 수가 있겠습니까?

게오르크가 '본연적 인생'이라고 말했던 것을 그녀는 '생존적'이라는 말로 바꾸어 인용했지요. 또한 그가 장벽의 붕괴를 두고 '논리적 결과'라고 표현했던 것을 받아 그녀는 '부차적'이라는 말로 바꾸어 전했습니다. 그녀는 계속해서 그가 한 주장에 대해 정당한 이유를 대라면서 그를 다그쳤지요.

당신이 외친 "하지만 지중해를 좀 보세요!"라는 말은 내 생애 들었던 가장 멋진 문장이었습니다. 아니, 그건 어떤 의미에서 하나의 구원이었습니다! 네, 그래요! 난 지중해를 보겠습니다!

난 당신이 말한 것은 단 한마디도 잊어버리지 않았습니다. 이러한 화려함을 간직한 멋진 장소에 살 수 있다는 것은 행운이라고 당신이 말했을 때, 모든 길이 이탈리아 다음에는 알텐부르크로 통해야 한다고 말했을 때 — 네, 잘 압니다. 당신은 박물관에 관해 말했다는 것을…… 그렇지만 나한테 그건 하나의 비유였어요. 하나의 약속. 당신 가까이에 서 있을 수 있다는 것만 해도 이미 충만한 행운이었으니까요.

난 지평선 가를 따라 둘러쳐진 밝으면서도 희미하고 푸른 띠를 봅니다. 거기 론네부르크의 원추²가 우뚝 솟아 있습니다. 언젠가 당신은 그걸 보고 피라미드라고 하셨죠. 그리고 우리 위에 무겁게 가라앉은 저 흑회색의 구름 지붕. 그 아래로 가로등이 켜져 있었습니다. 그래서 우린 마치 방 안에서 밖을 내다보듯 도시를 내려다보죠. 오렌지색으로 빛나는 구름의 띠들 앞에서 우린 말을 잃고 대화를 멈추죠. 〔……〕 더 이상은 상기시켜 드리지 않으려고 합니다.

당신의 엔리코 튀르머.

90년 3월 5일 월요일

사랑하는 친구, 요!

우리 신문에 대해 어떻게 생각하니? 지난 목요일에 로베르트와 난 다시금 1천 부를 팔았지. 하지만 미하엘라는 절망 상태야. 미하엘라는 「줄리」¹의 재공연 문제 때문에 극장장 여자와 실랑이를 벌였고 마침내 이겼어. 거의 1년 반이나 끌어온 싸움이야. 플리더²는 딱 한번 잠깐 다녀갔을 뿐이야. 그는 머리에 악성 종양이 생겨서 이번 주 안에 베를린에서 수술을 받게 되어 있어. 슬루민스키³의 간섭을 차치하고라도 이젠 그가 새로운

2 '비스무트'의 폐석 더미.

1 「줄리 아가씨」, 오거스트 스트린드버그 지음, 독일어 번역: 페터 바이스.
2 프란츠 플리데르, 연출가.
3 극장장 여자.

선임 연출자로 오기는 다 틀린 거지. 어제 공연, 이른바 그 두번째 공연에 대해 미하엘라가 그렇게도 많은 기대를 걸었었는데 표가 겨우 32장밖에 팔리지 않았으니 완전히 엉망이 되어버린 거지. 마리온의 수고로 우리 신문에 그 재공연을 알리는 광고문이 크게 나갔는데도 불구하고 말이야.

11시쯤 되어 내가 극장으로 건너갔을 때는—— 나야 '신문 만드느라' 바빴으니까[4]——이미 장내는 깜깜했고 주차장에는 단 한 대의 차도 주차되어 있지 않았어. 극장 입구 안내실 여자가 새삼스럽게도 내 입장을 막았지. 첫째, 난 이제 더 이상 이 극장에 속하는 사람이 아니라는 것이었고 둘째, 첫 공연이 끝난 뒤 뒤풀이 파티 같은 건 없다는 거였어. 왜냐하면 오늘은 첫 공연이 아니기도 하거니와 파티를 할 이유가 조금도 없으므로! "총 관객 서른두 명! 서른둘! 생각을 좀 해보세요!"

내가 구내식당에 들어서니 미하엘라가 막 떠들고 있는 중이었어. "아, 난 너무 피곤해요! 더 이상 아무것도 할 수가 없어요! 후회할 수도 도망칠 수도 머물 수도 없고 또 살 수도 죽을 수도 없어! 날 좀 도와주세요! 명령만 내리세요, 그럼 난 개처럼 충직하게 명령에 따를 겁니다!"

거 봐, 나 아직도 대사를 잘 외우고 있다니까![5]

거기엔 모두 네 명이 앉아 있었어. 새로 들어온 소도구를 담당하는 여자가 의상 담당의 미남 찰리와 함께 있었고, 벽에 붙은 탁자 앞에는 미하엘라와 그녀의 친구이자 동료인 클라우디아가 앉아 있었어. 클라우디아는 내일까지 밤을 새우겠다고 선언했지. 난 겨우 보드카 반병을 가지고 그게 가능하겠냐고 물었어.

---

4 재공연은 3월 4일 일요일에 시작되었다.
5 전체적으로 단어 하나하나 아주 정확하게 인용되어 있다. 튀르머가 편지를 쓰는 도중에 이 부분을 읽으며 참조했다고 유추해볼 수도 있겠다.

"계속해" 하고 미하엘라가 떠들었지.

"그건 아까 얘기고" 클라우디아가 말을 꺼내며 사인펜 뚜껑을 인중에 끼워 넣었어. "이제 정말 뭔가 다른 것을 생각해봐야 해!" 그녀는 마지막 문장을 말하고는 탁자 위로 엎어지며 숨을 헐떡였어. 잘생긴 찰리가 박수를 치며 함께 웃으려고 애썼지.

"당신이 내게 묻는다면 말이지, 어땠었는지, 그러니까 한번 가정을 해보잔 말이야. 당신이 나한테 질문을 던진다고." 미하엘라가 자문자답했어. "그러면 난 당장에 대답할 거야. 응? 뭐라고 말할 거 같아? ……음, 뭐라고 말하냐면……" 짧은 웃음이 지나가고 "흠뻑 취할 지경이었다고!" 그녀가 과장된 몸짓을 취하며 내게 텅 빈 구내식당을 가리켰어.

계속해서 이런 식이었지. 두 사람이 거기서 하는 짓을 보면 넌 우습다거나 기발하다고 했을지도 모르겠지만 내겐 점차 두려움 같은 감정이 엄습해오더군. 클라우디아의 경우에는 혹시 오히려 이번 실패를 즐기고 있는 게 아닌가 하는 의심이 들 정도였어. 자신이 줄리 역을 맡지 못한 것이 그녀에게는 치욕이었을 테니까.

"당신은 내 친구가 아닙니까?" 미하엘라는 이렇게 물으며 소도구 담당자를 쳐다보았어. 잠깐 동안 말이 끊어진 순간이 있었는데 그동안에도 미하엘라가 내내 그 불쌍한 여자를 뚫어져라 쳐다보았기 때문에 그녀는 얼굴을 붉히며 결국 신음하듯이 가는 목소리로 대답했지. "네, 물론. 난 당신의 친구이고 싶어요." 클라우디아는 터져나오려는 웃음을 참지 못하고 킥킥거렸어.

"도망? 맞아요—— 우린 도망칠 거예요!" 미하엘라가 계속했지. "하지만 난 너무나 피곤해요. 와인 한잔 주세요!" 찰리는 남은 와인을 그녀에게 따르기 위해 몸을 일으켰어. 미하엘라는 마치 무엇인가 인식하기 시작한 듯, 전에는 몰랐던 어떤 것을 지금에서야 막 알게 되었다는 듯 보였어. "어디서 배웠죠, 그토록 당당하게 자신을 주장하는 법을?"이라는 대사를 외울 때 그녀는 정말로 몰입하고 있었어. 미하엘라가 막간을 두며 촛대처럼 꼿꼿이 몸을 세운 다음 매우 슬픈 음성으로 선언했지. "당신은 틀림없이 극장에 많이 다녔었겠죠."

아무도 웃지 않았어. 유령이라도 나타날 듯 으스스한 분위기였어.

"대단합니다! 배우가 되실 걸 그랬네요!"

장송곡의 마지막 소절이 끝난 순간처럼 숨소리조차 들리지 않는 정적이 깔렸지.

미하엘라는 아무런 반항 없이 얌전히 내 손에 이끌려 밖으로 나왔어. 난 그녀에게 병가를 내고 일을 좀 쉬라고 권했는데 그녀는 싫다고 했어. 그런 건 아무 소용이 없다면서.

난 그녀를 위로할 수가 없어! 극장은 이제 나에게 완전히 낯선 곳이 돼버렸어.

새로 나오는 호에 우리가 라우[6]와 인터뷰한 기사가 나올 거야. 요르크가 그의 허락을 받아냈지. 『라이프치히 인민일보』가 아니라 우리 신문사가 말이야. 라우는 시장에서 연설을 했는데 동독의 '개인적인 생활 방식'을 칭찬하면서도 한편으로는 걱정이 하나 있다고 했지. 그건 '서독마르크에 중독되어 모두들 지금의 우리처럼 변하지 않을까' 싶다는 거야. 그 역시 동독만의 고유한 무엇인가를 찾고 있는 모양이야. 그러라지 뭐. 그러고 나서 그는 스카트 게임을 하는 사람들처럼 그저 이런저런 수다를 늘어놓으며 선거를 잘 할 수 있는 방법을 설명했어. 그리고 노르트라인 베스트

---

6 당시에 그는 노르트라인 베스트팔렌 주의 총리였고 1986년에는 사민당 대표 수상 선거 후보자였으며 2000년부터 2004년까지 독일 연방 대통령을 역임했다.

팔렌 주에서 온—심지어 예전 광고문이 그대로 붙어 있는—버스 여섯 대를 알텐부르크 차량 교통부에 선물했지. 미하엘라는 화가 났어. 하필이면 지난가을에는 그렇게 잠자코 조용히 있던 치과 의사 카르메카가 이제 와서 떡 하니 원탁의 대표자랍시고 라우로부터 열쇠를 넘겨받았기 때문이야. 내일은 독일사회연합(DSU)의 초청으로 합스부르크의 오토가 여길 방문할 거야. 이미 전단지를 다 돌렸지. "우리가 그들을 처형했더라면 우리 역시 비밀안전기획부나 국가의 발포 명령에 따라 행동한 사람들보다 더 낫다고 할 수 없습니다."

클레멘스 폰 바리스타와 늑대는 어디에나 있고 동시에 어디에도 없어. 금요일에 그는 어떤 한 넓고 검은 미제 승용차에서 내리더니 늑대 아스트리트에게 마실 물 좀 달라고 부탁하더군. 내가 커피를 마시겠냐고 묻자 그는 마치 드디어 자기만의 비밀스러운 소원이 이뤄지기라도 한 듯이 과장된 몸짓으로 그러겠다고 했지. 우린 함께 편집부에서 나왔어. 난 루카에 가야 했어. 그가 동행해도 되겠냐고 물었지. "그럼요" 하고 난 말했지. "물론이죠!" 그러자 그는 검은색 자가용의 문을 열더니 나에게 열쇠를 던져주었어. 늑대가 뛰어올랐지. 난 거절했어. 그렇지 않아도 그가 어떻게 이 큰 차를 몰고 프라우엔가세의 좁은 골목을 통과해 들어올 수 있었는지 나에겐 수수께끼였어. 한번 시도해보라고 하더군. 어린애 장난보다 더 쉬운 일이라고. 그리고 자기 말이 맞다는 것을 내가 금방 알게 될 거라더군!

그의 말이 맞았어! 우린 부드럽게 흔들리며 도시를 빠져나왔고 그다음 순간부터는 전속력으로 질주했지. 내 오른쪽 귓가에서 늑대의 호흡이 느껴졌어. 이젠 두려움이고 뭐고 다 사라져버렸어! 갑자기 사위가 밝아지면서 시끄러워지더군. 바리스타가 자동차의 지붕을 열어젖혔던 거야.

20분이 지난 뒤, 우린 루카 시의 시의회 앞으로 차를 몰고 들어갔어.

차에 열쇠를 꽂은 채 그냥 두었지. 늑대가 운전석 쪽으로 훌쩍 뛰어 넘어 갔어.

1월에 내가 거길 마지막으로 방문했을 땐 로베르트가 동행했었어. 우린 그때 시장의 비서인 쇼르바 여사가 울면서 의자에 주저앉아 있는 것을 발견했었지. 할 수 없이 난 그녀에게 내 손수건을 줬었어. 무슨 사연이었는지는 지금까지도 잘 몰라. 하지만 내 다음번 방문 때 그녀가 깨끗이 빨아 다린 손수건을 내밀기에 난 그녀에게 부탁 좀 들어줄 수 있겠냐고 물었었지. 그렇게 해서 쇼르바 여사는 요즘 우리 『주간신문』에 실릴 광고를 중개해주고 있어.

바리스타는 문밖을 보며 매주 거행되는 우리의 의식을 자세히 관찰하더군. 내가 '주간신문'이라고 쓴 서류철에서 짧은 기사들을 쭉 훑어보는 사이에 쇼르바 여사는 타자기 앞에 피아니스트와 같은 자세를 하고 앉아 풍부한 감정을 살려가며 몸을 흔들어댔지. 한참 동안 그녀의 연주를 바라보다가 내가 한마디를 던지는 거야. "쇼르바 여사님, 여사의 솜씨에 탄복했습니다!"

그러면 그녀는 손을 아래로 떨어뜨리지. 난 그녀의 의미심장한 침묵에 모른 척하며 고맙다고 말한 다음 곧 몸을 돌리며 "다음 주에 봅시다!"라고 말해.

그러면 그녀는 "뭘 하나 잊으셨네요!"라고 말하며 짓궂은 미소를 지어 보여. 쇼르바 여사는 한 손에 광고문들을 다른 한 손엔 돈 봉투를 들고 서 있지.

"이거 기록 갱신이네요!" 난 이번엔 큰 소리로 떠들었어. 여섯 개의 광고 의뢰 중에 세 개가 2단짜리였고 심지어 80밀리미터짜리도 하나 있었거든.

홀연 바리스타가 거기 서 있었어. 그가 그녀의 손을 부여잡으며 말했지. "여사와 같은 사람은 무조건 내 보호 아래에 있어야 합니다!" 나도 쇼르바 여사만큼이나 크게 놀랐어. "언제라도 제가 필요하시면"이라는 약속과 함께 그는 자신의 명함 한 장을 타자기 옆에 놓았어. 그는 깊숙이 절하며 우아하게 몸을 회전하곤 자리를 떠나 곧 문밖으로 나갔어.

"저 사람은 왕세자의 전령이죠." 난 그녀에게 속삭이고는 그를 따랐지.

'런치'를 먹으러 가는 길에, 그건 바리스타가 점심 식사를 부르는 말인데, 우린 또 그 술집 '심판 막사'를 향해 차를 몰았어. 바리스타는 내게 몇 년에 태어났는지 묻더니만 오는 화요일에 '벤첼'로 우리를 초대하겠다고 하더군. 요르크와 게오르크와 나를. 다음 얘기도 또 곧 전해주마!

너를 포옹하며, 엔리코.

90년 3월 7일 수요일

사랑하는 요!

베라가 베이루트에서 가끔씩 전화를 걸어오곤 해. 그녀는 어떤 작은 부스에 들어가 웅크려야 되고 지난번 전화 연결은 뉴욕을 거쳤다더군. 편집부 한가운데에 서서 전화 수화기를 귀에 바짝 대고 있을 때 혼자 있는 경우는 거의 없지. 베라가 들려주는 이야기들, 그녀가 목격한 참상은 불구자가 된 사람들, 포탄에 맞아 무너진 집들과 야자수 나무, 거리의 통행 차단 등이고 집에는 고집불통인 시어머니와 우유부단한 니콜라가 있어 이 모든 상황이 매우 암울하게 해. 난 정말이지 거기다 대고 무슨 말을 해

새로운 인생 139

야 좋을지 모르겠어. 거긴 우체국 업무가 제대로 운영되지 않기 때문에 내 편지들이 그녀에게 도착하지 않아. 하지만 프랑스제 치즈나 코냑 또는 다른 맛있는 음식을 사는 덴 아무런 문제가 없다더군. 난 베라가 빠른 시일 내에 다시 돌아오길 바라고 있어.

미하엘라는 그녀의 유명한 친구 테아가 살고 있는 베를린으로 갔어. 그녀는 병원에 누워 있는 플리더도 방문하게 될 거야. 여긴 이상할 만큼 조용해. 심지어 한 주 한 주 지나면서 범죄율마저 점점 줄어들고 있어.

편집부에선 그저 가끔 광고란에 대한 언쟁이 있을 뿐이야. 이 문제에 있어서 게오르크와는 말이 안 통해. 우린 판매량 감소로 인한 손액 정도를 광고비로 메우고 있지. 하지만 게오르크는 오히려 우리가 광고를 찍어내기 때문에 독자를 잃는다고 주장하는 거야. 그는 우리가 애초에 약속했던 것을 지키지 않고 있으며 또 우리가 원래 추구하려던 관심사를 다짜고짜 무시하고 있다며 흥분했어.

하지만 각자가 자신이 생각한 바를 다 이야기하고 나자 싸움이 흐지부지되었지. 그때 일로나가 머리를 불쑥 들이밀고 폰 바리스타 씨께서 이미 여러 번 전화를 해서 우리가 몇 년에 태어났는지를 물었다고 알려주었어.

자신은 정작 한번도 그 작자를 만나본 적이 없다고 게오르크가 부르짖었어. 노상 바리스타, 어딜 가나 그놈의 바리스타, 바리스타! 요르크가 왕세자가 방문함으로써 우리에게 생길 기회들을 상기시키자 그의 흥분이 다소 가라앉더군. 어차피 오늘 저녁이면 바리스타를 만나게 될 것이 아니냐고도 했지.

우린 8시 정각에 '벤첼'에 들어섰어. 식당 안엔 빈자리라곤 없었고 폰 바리스타 씨가 자리를 예약한 바 역시 없다고 하더군. 다른 때는 매일 예

140

약을 했었지만 애석하게도 오늘만큼은 아니라고. 바는 문을 닫았고 현관에 안락의자만 남아 있더군.

15분이 흐른 뒤에 우린 앞으로 딱 10분만 더 기다리자고 합의를 보았어. 그때 엘리베이터의 문이 열리면서 그 안에서 바리스타가 걸어 나왔지. 한숨을 쉬며 머리를 절레절레 흔들고는 두 팔을 올리는 게 애석함과 원망을 동시에 표현하고 있었어. 다 된 일인데! 우리가 여기 이렇게 앉아 있다니!

엘리베이터 안에서 바리스타가 털어놓았지. 간절히 바랐었대. "그분을 여기에 머물게 할 수 있기를! 영주의 특실! 뭔가 멋지게 들리지 않습니까? 하지만 불가능하답니다. 이곳에 머물 수는 없대요!" 반면에 바리스타가 문을 열고 우리에게 보여준 특실은 아주 화려해 보였지. 팔이 세 개 달린 조명등이 밀랍 같은 금빛을 뿜어내며 공간을 아늑하게 비춰주고 있었지. 가구에도 꿀처럼 달콤한 금빛이 칠해져 있고 식기도 금빛으로 빛났으며 심지어는 공기까지도 금빛 꿀로 물들여진 것처럼 보였지. "밀랍이겠죠?" 게오르크가 물었어. "굉장하죠!" 하고 바리스타가 외쳤어. "내가 어디서 초를 주문하는 줄 아십니까? 이탈리아죠. 교회용품이요!"

음향기기는 가히 압도적이었어. 우린 헨델을 연주하는 오케스트라의 한가운데 서 있었지.

"에이, 참!" 하고 여종업원이 말했어. 그녀는 한참이나 거울 앞에서 머리 모양새를 다듬고 서 있다가 뭔가 마음대로 잘 안 되는지 몇 번인가 머리를 앞뒤로 젖히더니 이젠 머리카락을 어깨 위로 떨어뜨리더군. 우리와 차례로 악수를 나누며 그녀가 미소를 짓자 뺨이 볼록하게 솟아 구릉을 이루고 그 뒤에선 두 눈이 반짝거리고 있었어. 흰 블라우스가 그녀의 몸에 편안하게 내려앉아 있긴 했지만 치마 속에 꼭 조여 맨 허리의 살을 다 감추지는 못했지. 어디선가 내가 본 적이 있는 여자였지만 그게 어디서였는지 생각이 나지 않더군.

바리스타는 이렇게 우르르 서 있지만 말라고 주의를 주었어. 이제부터 할 일이 많다고 했어. 우리는 '의자 차지하기' 놀이를 할 때처럼 구식 안락의자 주위를 돌아다니며 좌석 표시에 휘갈겨 적어놓은 이름들을 해독하느라 애를 먹었지.

"우선 뭣 좀 마십시다! 샴페인은 얼음처럼 차게 마셔야 제격이죠!" 가벼운 토스트를 먹고 나자 그는 우리 각자를 향해서 차례차례 우리의 미래와 또 우리 계획의 성공을 위해서라며 잔을 치켜들었어. 마지막으로 내 차례가 되자 우린 다른 사람들보다 훨씬 긴 시간 동안 서로의 눈을 마주 보았지. 좀더 정확히 말해서, 난 그의 안경 유리 뒤에서 헤엄치는 무언가 크고 어두운 것을 들여다봤다고나 할까.

너도 그 자리에 함께 있었더라면 얼마나 좋았을까! 샴페인의 첫 모금──얼마나 우스운 얘기냐만──탄산 방울이 입안에서 부서지는 느낌, 톡 쏘는 느낌. 오, 습기가 목과 혀에 채 닿기도 전에 더욱더 가벼운 어떤 느낌으로 변하며 스러져가는 그 느낌. 아이고, 섭섭해라, 하고 난 생각했지, 다 지나갔네. 하지만 그때서야 난 비로소 가장 깊은 속에서 느껴지는 심연의 서늘함을 감지했어. 그래, 한순간 나는 얼음처럼 차가운 향유 자체, 그 이외에는 아무것도 아니었지. 예리하게 찌르는 느낌으로, 마치 난 현미경을 보며 이 영약이 어떻게 세포에서 세포로 흘러 들어가는지를 관찰하듯, 그렇게 나 자신의 존재를 느꼈어.

명상 시간처럼 조용했지. 치켜뜬 눈썹이나 미식가다운 쩝쩝거림 또는

---

1 '예루살렘 여행 놀이'라고도 불린다.

칭찬의 말들은 모두 다 그저 유치한 놀음일 따름이었고 동시에 신성모독이었던 거야. 바리스타도 이 신비한 의식에 몸을 맡기고 자신 내면의 소리에 귀를 기울였어. 난 그제야 왜 사람들이 잔을 부수는지 이해가 되더군. 이 감정적인 표현을 부디 이해해줘. 하지만 두번째 잔을 마실 때는 벌써 일말의 식상함 같은 맛을 느꼈어.

예전에 난 어떤 걸 즐길 때 갖는 느낌을 모든 뉘앙스와 색채에 맞게 잘 표현할 수 있기를 바랐었지. 하지만 오늘은 그 느낌을 몸소 경험해본 것만으로도 충분해.

여종업원이 우리 사이에 은빛 접시를 내려놓았어. 한가운데에는 반짝이는 돌고래 한 마리가 뛰어오르고 그 둘레에는 얼음 바다. 그 위에 열두 개의 쭈글쭈글한 조개들이 얇은 레몬 조각과 소스가 담긴 껍데기와 함께 놓여 있다고 난 생각했어. 마치 우리를 대접하는 여주인인 양. 여종업원의 손이 내 어깨를 스쳤지.

바론은 우리 앞에서 일장 연설을 했는데 손을 펴 납작하게 만든 다음 지시봉처럼 사용했지. 여러 가지 종류의 굴을 가리키며 각각의 원산지와 성질을 일일이 설명하는 그의 진지함 때문에 처음엔 어쩐지 마음이 짠하기도 했지만 동시에 우스꽝스러운 분위기를 자아냈어. 하지만 그런 첫인상은 금방 사라졌어. 실제로 굴은 여러 가지 종류가 있었던 거야. 태평양산 굴, 대서양산 굴, 남극산 굴, 북프랑스산 굴.

"이제 저를 따라 해보세요!" 바리스타가 기묘하게 생긴 작은 포크를 쥐고 능숙하게 손을 놀렸어. "떼어내고, 레몬, 소스, 너무 많이 바르지 마시고, 후루룩 입에 넣어요!" 그는 실제로 그것을 후루룩 마시듯이 입안으로 밀어 넣더군. 주위에 남은 흥건한 즙은 바닷물이라고 했어.

내가 그 미끄러운 것을 입에 넣기가 무섭게 그가 소리쳤어. "씹어요!

씹으셔야 합니다. 씹어요. 어때요? 느껴지지요?" 맛이 이상했어. 무엇인가 음식이 아니면서도 맛을 가진 어떤 것. 약간은 견과류 같은 맛이기도 했지. 난 다른 사람들 눈치를 보지 않고 (요르크는 나중에 그것을 그만 뱉어버리고 싶었다고 고백했어) 또 하나를 집었지. 굴에 관한 느낌은 샴페인의 경우와는 정반대였어. 정말이지 두번째 것이 더 맛있더라니까!

바리스타가 다시 잔을 들었어. 화이트와인이 맛을 맑고 풍부하게 만들었어. 난 세번째 굴을 입안에 넣었어.

"불이 붙었군요!" 바리스타가 나와 잔을 부딪치고는 그와 나만을 위해 남은 굴들을 둘로 나누었지.

그는 아침 6시에 서베를린으로 차를 몰아 '검증된 상점들'에서 물건을 샀다더군. 그 누구라기보다 자기 자신에게 주는 선물이었대. 그는 너무 오래 쉬었다면서 이제 다시 사람들 속에서 함께 즐길 수 있게 되어 기쁘다고 하더군. 그리고 절대 최고급품의 품질이라는 게 그냥 얻어지는 것이라고 생각해서는 안 되며 대개는 아주 어려운 일이라고 했어. 믿을 수 있는 건 자기 자신뿐이래. 그러므로 자신은 여행용 가방 하나 외에는 아무것도 지참하지 않은 채 여행을 한다는 거야. 뒤 트렁크의 대부분을 채우는 것은 아이스박스와 자신의 휴대용 시한폭탄이래. 여종업원이 옆으로 다가오더니 두 손으로 불판이 두 개 달린 조리 기구를 가리켰어.

"계속됩니다!" 바리스타가 외쳤어. "패주 찜이에요!" 패주가 우리 앞에 하나씩 놓였는데 허브와 검은 소스를 곁들인 중국식 요리였어.

바리스타는 "놀라실 겁니다"라는 말로 다음 요리가 나올 것을 알려주었지. 걱정할 필요가 없다고 했어. 이건 후식이 아니라 굳이 이름 붙이자면 아무것도 아닌 그 무엇이라고 말하고 싶다면서, 아무것도 아닌 그 무엇이 우리의 미각에 휴식을 제공할 텐데 어쩌면 페퍼민트 향이 나는 아이스크림 같을 거라는 거야. 이름도 달랐고 또 진짜 페퍼민트 향 아이스크림도 아니었어. 그러면서 그는 담배 한 갑을 돌렸는데 우리네의 '오리엔트'가 연상되는 맛이더군.

"왕세자께서" 하며 바리스타가 말문을 열었어. "인사를 전하라고 하십니다. 여러분들이 미리 아시는 게 좋을 것 같은데요. 왕세자께서는 아주 적은 액수의 연금만을 받고 계시며 그건 숙박비를 지불하기에도 빠듯한 돈이라는 점입니다. 그를 만나보시면 그와 친구가 되고 싶다고 생각하실 겁니다."

그분을 바른 존칭으로 부르자면 세자 저하라고 해야 하며 세자 저하께서는 자신의 방 이외에는 다른 어떤 재산도 가진 게 없고 그 어떤 것도 더는 요구하시지 않는다고 그가 말했어. 또한 그는 세자 저하에게는 사실상 그 어떤 다른 요구를 할 권리도 없다는 것 또한 덧붙였지. 하지만 저하께선 70년도 더 이전에 떠났던 그 고향에 한번만이라도 다시 돌아와보고 싶다는 꿈을 늘 꾸어오셨대. 바리스타는 혹시라도 생길지 모르는 의심을 부추기고자 이런 이야기를 하는 것이 아니라 오히려 사람들이 왕세자라는 인물에 쓸데없는 기대나 희망을 연결시킬까 봐 걱정이 된다고 했어. 그러한 기대는 설령 세자 저하 자신이 간곡히 바라는 일이라 해도 전혀 성취될 수 없는 일이므로 "그러니 우리에겐," 바리스타가 요약하는 투로 마무리를 했지. "돈을 잃을 일만 남았습니다." 이 문장에서는 다시금 그의 영어식 억양이 우세해졌지. "여러분들이야 물론 잃을 것이 없죠" 하며 그는 잔을 들었어. "돈을 잃는 건 내가 맡은 소임이지요. 여러분들의 할 일은 그 일을 하도록 나를 돕는 겁니다."

그는 잠시 뜸을 들이며 자신이 한 말에 대해 스스로 미소를 지었지. "여러분들은 독점적인 권리를 갖게 되는 거지요. 그게 전부입니다."

"그게 무슨 뜻입니까?" 갑자기 게오르크가 조용하면서도 여유 있는 태도로 물었지. 바리스타는 우리들 중 누군가가 입을 열었다는 것을 기뻐하며 게오르크를 좀더 잘 보기 위해 몸을 돌렸어. 그러고는 과장된 말투로 설명을 이어갔지. 도시와 알텐부르크 주가 우리를 통해서, 즉 『알텐부르크 주간신문』를 통해서 왕세자의 방문 사실을 제일 처음 알게 될 것이고, 정치가들 역시 그에 대해 무언가를 알고 싶다면 우리에게 와야 하며, 그의 방문 일정에 대한 안내도 우리를 통해서 받을 수 있고 심지어 우리가 기획하는 걸로 해서 기본적인 궁정 예절을 속성으로 강의하는 특강도 열수 있다는 거야. 물론 왕세자가 그런 예의범절에 특별히 더 큰 가치를 두지는 않겠지만 그래도 사람들이 적어도 노력은 해야 한다고 하더군. 그때 여종업원이 동그랗게 생긴 채소를 4인분 가져다주었어. 바리스타가 양상추라고 가르쳐주었지. 거기에 곁들여 접시 위엔 얇게 썬 생강 오리와 두개의 작은 그릇에 담긴 특별한 중국식 소스가 나왔어. 바론이 연두색 양상추를 한 잎 벗겨내어 갈색 나는 소스를 넉넉히 바르고는——소스도 최고의 요리라면서——손가락만을 사용해 오리 두 점을 양상추 이파리에 쌌지.

"내가 이걸 얼마나 기다렸는지 아십니까? 이 요리보다 더 맛있는 건 세상에 없어요." 그가 말하며 덥석 베어 먹었어. "그 어디에도 없지요." 그는 씹으면서 중얼거렸지. 냅킨 위로 소스가 뚝뚝 떨어졌어.

그는 자신의 탐험 중에서도 가장 획기적이고 성공적인 일은 동독에서 제대로 된 육류 상품을 발견해낸 것이었다면서, 그게 바로 '무츠브라텐'인데 산해진미 중에서도 최고급이라고 하더군. 그는 첫번째 음절에서 억양을 높이며 틀린 발음으로 그 요리 이름을 말했어. 그 요리로부터 시작하여 얼마나 더 맛있는 요리들이 파생되어 나올 수 있을지 누가 알겠느냐고 했지. 왜냐하면 식도락가들이 순례하는 모나코의 식당가에서부터 라스베이거스에 이르기까지 제공되는 요리들의 원조는 모두 대개는 단순한 농부들의 음식이었으며 다만 조금 더 세련되게 만들었을 뿐이라는 거야. 그러더니 화이트와인 한 병을 따 한 모금 시음했지. 그는 와인을 잇새로 빨아들이고 입술을 뾰족하게 오므리고 나서 작은 코끼리의 코처럼 좌우로 움직이다가 짧게 입맛을 다시며 마무리를 했어. 우린 맛있는 향토 음식을 위해 건배했어.

잔들을 내려놓느라 침묵하며 생긴 막간을 이용해 난 드디어 내가 무슨 짓을 하고 있는 건지도 모르는 채로 그의 직업이 뭐냐고 물어봤어. 그의 몸 전체가 나를 피해 흠칫 뒤로 물러났어. "설마 내 세금 납부 내역이라도 보고 싶단 건 아니겠죠?!" 그가 이렇게 말하니 더 이상 농담이 아니었지. 난 신에게 맹세코 사생활을 자세히 캐물을 생각은 없었노라고 강조했어. "우리, 신은 좀 빼고 얘기합시다!" 그는 더욱더 엄격한 목소리로 내게 말하더군.

"보통 그렇게들 합니까?" 게오르크에게 묻고 난 다음 그의 시선이 요르크로 그다음은 결국 다시 나를 향했어. "당신들은 사람들에게 직업을 물어봅니까?"

어떻게 해야 좋을지 모르는 채 난 그렇다고 대답했지.

본인은 단 한번도 그런 것을 물은 적이 없대. 면접 때가 아니라면 말이야. 물론 그도 그것에 관심이 있긴 하대. 우리가 그를 잘못 이해하지 않길 바란다면서 관심이 그냥 있는 정도가 아니라 아주 많다는 거야. 어떤 사람이 어떻게 돈을 버는지, 왜냐하면 애석하게도 '직업'이란 건 흔히 인간 삶에 있어서 유일하게 웃지 못할 진지한 면이기 때문이래. "그렇다면 나중에 내가 선생님께 똑같은 질문을 드려도 되는 겁니까?"

자신을 "간단명료하게" 기업 컨설턴트라고 부를 수 있을 거라더군. 그게 바로 그가 하는 일과 하지 않는 일을 제일 간단하게 구분 짓는 단어라는 거야. 그러나 그는 직업이라는 것을 일반적인 상식과는 다르게 "해석"한대. 뭔가 "말이 되겠다" 싶은 곳 여기저기에 그 자신이 직접 투자를 한다는 거야. 그러니까 자신의 자본을 사업자금으로 내놓음으로써 고객들에게 자신이 제공하는 사업 제안에 대한 필수적인 신뢰를 함께 안겨준다는 거지——어차피 사업 제안 외에 그가 할 수 있는 일이란 아무것도 없으므로. 자신의 몇몇 특정 친구들이나 은행과 변호사들이 흔히 그러듯이 고객의 성공과 실패의 여부와 상관없이 돈만 챙긴다는 것은 부도덕한 일이라고 생각한대. 그러면서 자신의 직급에 대해서는 더 이상 자세히 말하지 않는 게 좋을 것 같다더군. 마구 날뛰는 염소를 정원사로 만드는 것과 같은 이치로, 우리가 그걸 알아봤자 일을 더 그르치기만 할 뿐이라는 거지. 잠시 동안 그는 생각에 잠겨 무엇인가를 중얼대더니 곧이어 정신이 잠시 딴 데 가 있어서 미안하다며 사과를 했어. 그는 말을 계속 이어갔어. 기꺼이 모든 직업들, 그리고 의사들 역시, 아니 오히려 그들 의사들을 맨 먼저 이 성공 법칙의 아래 두고 싶다고. 그가 말할 수 있는 건 오로지, 자기 자신이 제일 좋아하는 관심사에 따라 직업을 선택하게 해주는 것이 제일 좋은 직업 상담이며, 이건 본인을 위해서 그럴 뿐만 아니라 사회, 더 나아가서 전 인류를 위해서도 그렇다는 거야. 그는 그것을 굳게 믿고 있다더군.

금도금 쟁반에 이쑤시개가 담겨 나왔어. 바리스타는 그것을 넉넉하게 집어 뒤로 물러나 앉더니 안락의자를 흔들의자처럼 굴리더군. 그네에 앉았을 때처럼 앞으로 뒤로 밀면서 말을 이었지.

그가 이 세상에서 이해할 수 없는 것이 있다면 그건 자신과 같은 유형의 사람이 거의 없다는 애석한 사실이래. 어째서 사람들은 계속해서 사기꾼과 거래를 하는 건지——이것이 그가 세상에 던지는 질문이래. 이 주제에 대해 몇 년 전 작은 책²을 내기까지 했었다는군. 그리고 자신의 방법을 따르는 추종자들이 생기길 기대하며, 아니 사실은 남몰래——그는 손으로 입을 가린 채 이를 쑤시고 있었어——대학에서 강사의 **사명**을 맡게 되리라는 꿈을 꾸기도 했대. 도대체 어떤 위험한 경제 이론에 노벨상이 주어졌는지 우리더러 생각을 해보라는 거야! 실행에 옮기면 전 지구상의 나라들을 망하게 할 수 있는 이론에게 준 노벨상. 대학교수가 되리라는 소망은 그가 미처 실현하지 못한 몇 안 되는 꿈들 중에 하나라는군.

"아아" 그가 부르짖었어. "시학(詩學) 교수직!"

우리의 놀라움을 알아채지 못한 듯 그는 진짜 교수 같은 말투로 우리에게 캐물었어.

"1797년 하면 여러분들은 무엇을 떠올리나요?" 하고 그가 물었어.

"발라드의 해." 내가 대답했지.

"『히페리온』."³ 게오르크의 대답이었지.

"좋습니다." 바리스타가 말했지. "하지만 우린 지금 문학 수업 중이 아니에요."

"나폴레옹." 요르크가 외쳤어.

"나폴레옹은 일단 맞아요. 하지만 영국에 관한 일이에요. 이 업적은 전 세계가 엠파이어 은행에 고마워해야 할 일입니다. 1797년 2월 24일에 법률이 통과되었죠. 영국 은행에게 지폐를 동전으로 바꾸는 것을 거부할 수 있도록 권한을 준 법률."

우린 그를 쳐다보았어.

---

2 클레멘스 폰 바리스타, 『살아 있는 돈*Living money*』, 하이델베르크, 1987.
3 1797년에는 괴테와 실러의 발라드 시들이 대부분 발표되었다. 그리고 횔덜린의 『히페리온』도 이해에 발행된다.

"그다음엔, 여러분, 무슨 일이 일어났겠습니까?"

"인플레이션?" 하고 요르크가 되물었어.

"아니요!" 바리스타가 소리쳤지. "그게 아니에요. 환율이 올랐단 말입니다! 나폴레옹이 얼마나 문제가 많은 인물이었는지 알 수 있는 대목은 무엇보다도 그가 이 법률로써 영국 은행의 견고함에 종지부를 찍을 수 있을 거라고 믿었다는 것입니다. 나폴레옹, 이 멍청한 까치는 그 어디에서라도 가능한 한 귀금속만을 모아들였거든요. 프랑스의 환어음은 이미 1797년에 0.5퍼센트의 값밖에는 되지 않았단 말이에요! 여러분, 한번 상상해보세요! 그 상황에서 교회의 재산들은 아직도 현재진행형이었거든요! 그 결과 무슨 일이 벌어졌을까요?" 우린 모두 침묵했지.

"뭐든 있다는 것이 전부 아무것도 아닌 무(無)가 되었단 말입니다!" 그는 승리감에 도취된 듯했어. "그리고 아무것도 아닌 무가 다시 그 무엇인가가 되었고요. 이것이 시(詩)가 아니라면 도대체 무엇을 시라고 불러야할지, 참, 난 잘 모르겠습니다!" 자신은 돈에 대해 많은 생각을 하는데 그이유는 1백 달러짜리 지폐 한 장보다 더 시적인 것은 아무것도 없기 때문이래. 난 그의 이 마지막 고백을 듣곤 충분히 말이 된다고 느꼈어.

바론[4]은 여종업원을 불렀어. 그녀는 늑대 아스트리트 옆에 무릎을 꿇고 앉아 털을 쓰다듬고 있었지. 개의 털은 이 꿀빛, 금빛으로 장식된 공간과 대조를 이루며 비루먹은 듯 보였어. 여종업원이 서둘러 다가와[5] 탁자를 치우기 시작했어. 바론은 셔츠의 칼라에 걸쳤던 냅킨을 잡아 빼고 일어나 무언가를 찾는 듯이 방 안을 획 둘러보았어. 그에게 바구니 하나가 전달됐지. 하얀 보자기가 내용물을 감추고 있었어.

---

4 바리스타를 이르는 말인데 넓고 검은 미국식 차 '르 바론 Le Baron'에서 따온 별명이다.
5 "그전에 손도 씻지 않은 채"라고 썼던 곳 위에 줄을 그었다.

"여러분." 그가 입을 열었어. "여러분께 작은 선물을 준비했습니다. 쉽진 않았습니다만."——마치 무게를 가늠해야겠다는 듯이 그가 바구니를 잠시 들어 올렸어——"하지만 내가 열심히 벌인 조사가 날 잘못된 길로 인도하지 않았길 바랍니다." 그는 한 발자국 뒤로 물러난 후——난 하마터면 바구니 안에서 무엇인가가 꿈틀거렸다고 믿을 뻔했지——보자기를 벗겼어. 풀썩 먼지가 나더군. 얼룩덜룩하게 물들고 상표가 찢어진 검은색 병들이 모습을 드러냈어.

바론은 강의라도 하는 듯한 말투로 우리가 권위와 연륜의 표식이 그대로 보존된 것을 잘 볼 수 있을 거라고 말했어. 그는 이것을 선물함과 동시에 작은 부탁이 있다고도 했어. 우리 각자의 병마다에서 반 잔씩만 얻어 마실 수 있겠냐고.

아, 요! 그의 코가 상표에 거의 닿을 지경이었지. 방금 목욕을 마치고 뽀송뽀송하게 말린 몸으로 이불에 싸인 갓난아기를 들어 올리듯, 그가 바구니에서 첫번째 병을 꺼냈어.

"연대가 가까운 것부터 시작합시다. 튀르머 씨——61년산 샤토 뒤크 뤼 보케일롱."

난 자리에서 일어서려고 했는데, 그는 내게 앉아 있으라는 눈짓을 보내고는 자신이 안경테 너머로 날 볼 수 있다는 듯한 시늉을 하더군. 그는 단 한번도 떨림과 설렘 없이 오래된 병을 열어본 적이 없대. 몇십 년의 대작이 이제 단숨에 모습을 드러낼 거라면서. 바론은 몹시 짧은 자신의 손톱을 가지고——내 생각에 그는 손톱을 물어뜯는 버릇이 있는 것 같아——코르크 위에 새긴 인증 칠을 긁어댔어. 아무리 기를 써도 시간의 변화와 만물의 화학작용을 막을 수는 없는 법이므로 그런 자연법칙 앞에서 자신은 너무도 무력한 존재라는 게 그의 결론이었지.

와인이 식초가 될 수도 있다는 거는 물론 삼척동자도 다 아는 사실이긴 하지. 하지만 우리들 중 그런 경고가 실제로 무엇을 의미하는지 정말로 이해한 사람은 아무도 없었어.

바론은 킥킥대며 웃었어. 거의 소리를 내지 않으면서 내 병의 코르크를 뽑더니 면밀하게 향기를 맡았지. "축하합시다!"라고 그는 말하며 결코 많지 않은 양을, 손가락 한 개 정도의 높이가 될까 말까 한 양을 내게 따라주었어. 그와 내가 동시에 잔으로 손을 뻗었는데 난 먼저 흠칫 뒤로 물러났지. 바론은 얀 스텐이 브랜디를 들고 흔들었던 것과 같은 식으로 한참이나 그 잔을 흔들더니 바로 코 아래에다 갖다 댔지. "맛있게 드세요!"라고 말하며 내게도 맛을 보라고 권했어. 바론이 했던 대로 나 역시 잔을 흔들며 냄새를 맡고 입술로 가져갔는데 바로 그 순간, 내가 무슨 사이비 교주 같다는 생각이 들더군. 입안을 골고루 적신 다음 입안의 점막이 어느 정도 얼얼해지는 느낌이 들었을 때 꿀꺽 삼켰어. 끝났네, 하고 난 생각했지. 바론이 날 물끄러미 보고 있었고 아무도 입을 열지 않았어.

내 안에서 무엇인가 흙 같은 것이 점점 위로 올라오더군——낯설면서도 기분 좋은, 어떤 다른 종류의 존재에 대한 기억을 알리는 전조.

이런 이야기를 하면서 내가 널 몹시 지루하게 만드는 게 아닐까? 이 단어들이 네가 경험하지도 않았던 기억을 일깨울 순 없을 테니까. 벌써 6시구나. 오늘은 내가 라이프치히에서 교열을 볼 차례야. 이젠 좀 생략해가며 써야겠어.

다음에 일어난 일은 우리가 인정하지 않으려고 애썼음에도 불구하고 마음을 조금 무겁게 짓눌렀어.

요르크의 병을 따고 "53년도산!"이라고 외치기 전 바론은 우리에게 하얀 빵을 돌렸어. 바론이 53년산 보졸레를 설명할 때 난 정신이 약간 딴

152

데 가 있었어. 내가 쳐다보았을 때, 그는 얼굴이 빨갛게 된 채 코르크를 빼내느라 몸을 움츠리고 있었지. 미소를 머금었던 그의 뺨에서 갑자기 힘이 빠졌어. 그는 코르크의 냄새만으로 판단을 내렸지. 우리는 다 감수할 테니 맛을 보게 해달라고 했지만 그를 설득하진 못했어. 바리스타는 아직도 빨갛게 된 머리로 벙어리라도 된 듯 아무 말이 없더군. 얼마나 빨리 그가 자제심을 잃는지 나로서도 놀라웠어.

게오르크가 뭐라고 중얼대며 이런 일에선 운이 없는 사람은 사실 언제나 자신이었다고 말했어. 요르크는 웃으려고 노력했지. 그는 어차피 자신의 탄생 연도를 늘 싫어했었다면서 새삼 놀라울 것도 없다고 했어. 난 그가 겉으로 인정하는 것보다 사실은 훨씬 더 많이 실망했을까 봐 걱정이 되더군. 누굴 탓할 생각은 없지만 그건 사실 바리스타의 잘못이었어. 아마도 바리스타는 속은 기분이었을 거야. 그런 술이라면 절대 싸구려가 아니었을걸.

56년생 게오르크는 그를 위해 선정된 바롤로를 맛보았어. 조금 뜸을 들인 후 그가 말했어. "감사합니다. 아주 훌륭하네요!"

보통 수준을 넘는 우아한 '샤토브리앙'이 뒤를 이었고 후식으로는 초콜릿크림과 이탈리아 과일주[6]가 나왔지.

바론은 쉬지 않고 왕세자에 대한 이야기를 늘어놓았지만 좀 전의 실망감을 완전히 감추지는 못했어. 그의 실수가 분위기를 망쳐버렸던 거야.

12시 조금 못 되어 우린 그 꿀빛, 금빛 나는 영주의 특실을 떠났어. 여종업원이 늑대를 데리고 우릴 배웅했어. 늑대를 저 아래 밖으로 먼저 내보내주어야 했으니까. 요르크가 길에서 바리스타가 정말로 우리에게 바

---

6 아마 퇴르머는 그라파에 대해 말하고 있을 것이다.

란 게 뭐였냐고 물었지. 반면 나는 익숙한 중앙역 쪽으로 눈길을 주며 우리가 도대체 어디 있었던 건지를 묻고 싶었지. 바리스타가 도대체 뭘 바라야 되는 건데? 그가 어떤 사람과 통하고 있는지 알아내기! 우리들 중 각자가 그가 하는 만큼의 반만이라도 노력을 들인다면!

머릿속에 그 여종업원을 어디서 봤었는지가 떠올랐을 때는 이미 우리가 다 뿔뿔이 헤어진 뒤였어. 그녀는 지난 1월 바에서 우리를 향해 넘어지던 그 풍만한 금발 머리 여자였던 거야.

너의 E.

추신: 늘 쓰려다 잊은 것이 있어. 게지네의 음악 연주가 로베르트에게 큰 영향을 미치고 있다는 거야. 우린 트로클 아주머니의 피아노를 팔지 않고 그 아이의 방에 끌어다 놨어. 로베르트는 이제 피아노 과외를 받고 있지. 가엾은 트로클 아주머니가 한번도 성공하지 못한 일을 게지네가 해낸 것이지. 앞으론 어떨지 두고 봐야지. 암튼 그 아이는 벌써 악보 몇 개를 익혔을 정도라니까.

90년 3월 8일 목요일

친애하는 니콜레타!

당신이 떠나고 난 후, 난 줄곧 당신만을 생각했습니다. 당신을 떠올릴 필요조차 없었어요. 당신이 그냥 거기 있었으니까요. 그리고 난 당신의 말을 들었습니다. 오로지 잠을 자는 시간만이 함께 있는 우리들을 갈라놓습니다. 하지만 잠에서 다시 깨고 나면 엄청난 기쁨이 우리들의 지난 이별을 보상해줍니다. 그건 꿈이 아니었습니다. 당신은 정말로 나를 방문했었습니다. 당신 옆에서 나는 다시 정신을 차렸습니다. 부디 웃지 마십시오! 나로서도 사실 이런 얘기를 쓰기 쉽진 않으니까요. 당신과 함께 있으며 난 너무나도 행복했습니다. 당신과 함께 있을 때——이보다 더 적절한 표현을 찾을 수 없군요——난 마치 은총을 입은 것과 같은 상태에 빠져듭니다. 니콜레타, 난 당신에게 모든 것을, 모든 것을 이야기할 것입니다. 모든 것을 한꺼번에 말이에요. 당신을 다시 만날 수만 있다면 난 내 안에 있는 모든 단어들을 다 쏟아낼 것입니다.

기억나십니까? 당신은——언젠가 당신의 유명한 삼촌[1]에 대해 얘기한 적이 있죠. 세상에 알려지지 않은 그의 죽음에 대해서. 그때 당신은 사람들이 정말로 중요한 일을 접하면 막상 무엇을 해야 좋을지 전혀 알지 못한다고 하셨죠? 뭐 별일 아니라는 듯 말하면서 당신은 계속 말을 이어나갔지요. "네"라고 내가 말하자 당신은 놀란 얼굴로 날 쳐다보았고 난 당신에게 입 맞추고 싶은 욕망을 애써 억눌러야만 했습니다. 당신이 아직도 이 알텐부르크에 계시다는 것을 아는 동안 난 몹시 괴로웠습니다. 당신은 여기 제 방에서 기다리셔야 했어요. 설령 우리가 아무 말도 나누지 않았었다 해도 말입니다! 그것이야말로 정말이지 저를 '보호'하는 일이었겠지요. 당신이 이 도시를 떠났다는 것을 믿을 수 있었던 순간부터 난 비로소 안정을 되찾았습니다. 기차가 연착하지 않았기를 바라며 당신이 무사히 모든 기차를 다 잘 갈아타셨길 빕니다.

교열실[2]이 마치 학교의 교실 같지 않던가요? 당신은 새로 들어온 신

---

1 여기 거론된 인물은 인격 보호을 위해서 더 자세한 사항을 언급하지 않는다.
2 라이프치히 『라이프치히 인민일보』 인쇄소의 교열실을 이르는 말이다. 여기서 수요일마다

입생 같은 어리둥절한 얼굴로 학급을 돌아보며 마치 어느 자리에 앉을지 모르겠다는 듯 서 계셨지요. 그러고 나서 당신은 나를, 내 옆자리를 선택하고는 내게 손을 내밀었어요. 동독에서는 누구나 그렇게 해야 한다는 것을 여행 책자에서라도 읽었다는 듯. 쉬는 시간이 되어 다른 학생들이 이리저리 돌아다니는 동안에도 우리는 모범생처럼 가만히 앉아 있었습니다. 당신이 달필로 표기한 교열 부호가 점점 늘어남에 따라 내 용기는 점점 더 사라져갔습니다. 당신의 팔에서부터 어깨까지 돋아난 소름, 왼쪽 팔꿈치 위에 난 흉터 자국에서 나는 눈을 떼지 못했습니다. 오른손의 작은 움직임 하나도 절대 놓치지 않았습니다. 당신은 『두덴 사전』이 있느냐고 물었고 교정하는 일에 몰입했습니다. 마치 내게 시간을 충분히 주어 당신과 함께 있는 시간에 길이라도 들이려는 듯 말입니다.

당장에라도 길을 떠나 당신에게 가지 않고 이렇게 가만히 앉아 편지를 쓴다는 것이 갑자기 부조리하게 느껴집니다. 그것에 대해 사과할 수 있는 유일한 핑곗거리는 내가 지금 처한 상황뿐이겠지요. 하지만 난 거의 아픔을 느끼진 않습니다.[3]

당신의 손에 입을 맞추며.

당신의 엔리코.

『알텐부르크 주간신문』의 교열을 보았었다.
3 다음의 편지와 비교할 것.

친애하는 니콜레타!

첫 버스가 이미 지나갔습니다. 곧 난 내 머리 위에서 들려오는 발자국 소리와 아침의 소음들을 듣게 될 겁니다. 창문이 조금 열려 있습니다. 어떻게 지내고 계시는지요? 당신과 함께 이야기를 나누고 싶습니다. 며칠이 지나서야 이 편지를 받으실 걸 생각하면 다 의미 없는 일이라 여겨집니다. 그렇게 오래 기다리고 싶지 않습니다!

두통은 이제 좀 참을 만해졌습니다. 난 종합 진료소의 의사를 설득하여 목 보호대를 떼도록 했습니다. 그는 손을 내 관자놀이에 대고 마치 내 머리통이 떨어지기를 기대한다는 듯한 얼굴로 쳐다보더군요. '두상'을 목 위에 똑바로 놓고 균형을 잡는다는 상상을 해야 한다나요. 그러면 바른 자세가 저절로 만들어진다고 합니다. 스페인 궁정이라 할지라도 지금 방 안에 있는 나처럼 근엄하게 움직이지는 않았을 겁니다.

난 편집부에 가는 것을 일부러 자제하고 있습니다. 거기 가면 당신이 남겨놓은 인사가, 그저 지나가는 인사말이라도 나를 기다리고 있을 거라는 제 기대감은 그렇지 않을 거라는 예상보다 단연코 더 큽니다.

내가 지금 이렇게 이불 속에 누워 있는 것은 가급적 방해받지 않고 당신만을 생각하기 위해서일 겁니다. 얼마나 많은 편지를 당신에게 썼는지 모르겠습니다. 두 눈을 감고 두 손을 배 위에 올린 채 말입니다. 지난번 그만두었던 곳에서부터 이야기를 다시 시작해도 되겠지요!? 그 엉망이 되어버린 날과 너무 이른 당신의 귀향에 대한 분노와 실망감 때문에 전 제가 누렸던 행복을 미처 깨닫지 못했었습니다. 당신의 방문이란, 아니 애초에 행복이란 바로 우리가 살아 있음을 의미한다는 것을요.

어째서 당신은 그 사고가 났을 때 습격을 연상하셨던 것입니까? 당신이 제일 먼저 외친 외마디는 "습격!"이었어요.

그와 동시에 난 하얀 '라다'형 차에서 두 남자를 보았다고 상상했습니다. 난 그걸 환각이라고 생각하며 그 생각을 머리에서 떨쳐버리기 위해 몹시 애를 썼습니다. 또한 환영이라 해도 그 자체로 내 마음에 들지 않았습니다. 지금 이렇게 편지를 쓰고 있는 동안에는 그때의 일이 매우 비현실적으로 느껴지는군요. 하지만 그 두 형체는 점점 더 또렷하게 보입니다. 사람들이 이미 까맣게 잊고 있는 순간에 마귀가 갑자기 나타나 제물을 요구한다는 무슨 동화 속 같은 장면이지요.[1]

친애하는 니콜레타, 이제 저녁이 되었습니다— 그리고 역시 오늘도 당신에게선 아무런 편지가 없습니다.[2] 이런 말은 쓰지 않는 게 더 낫다는 것을 나도 잘 압니다.

나는 이상한 기분으로 하루를 보냈습니다. 이상한 냄새를 맡거나 갑자기 전혀 다른 방에 와 있다는 착각을 하기도 했습니다. 마치 잠에서 깨어나는 것처럼 몇 초가 지나서야 정신이 들었습니다. 이런 날엔 약간의 부주의만으로도 충분합니다. 넘어지고 떨어지고 또 떨어져 내리니까요. 만일 누군가 손을 이미 뗐는데도 불구하고 여전히 생생하게 손잡이의 감촉을 느낀다면 그건 그냥 환각일 뿐일까요? 과거가 나를 붙잡고 있다고 말해야 할까요? 아니면 다음과 같은 생각을 해야 좋을까요? 난 한번도 젊

---

1 이 '횡설수설'이 실제 겪은 상황과 얼마나 일치하는지는 각자 독자들이 이 책을 읽는 동안 스스로 결정할 일이다. 그러나 퍽 분명한 것은 튀르머가 편지를 쓸 구실을 찾고 있다는 점이다. 동기가 미약해 보인다.
2 튀르머는 니콜레타 한젠이 알텐부르크를 떠나 귀향길에 오르기 전에 이미 그에게 편지를 띄웠을 것이라고 기대하는 것 같다. 사고가 난 것은 이미 이 시점으로부터 이틀 전의 일이다.

었던 적이 없었다. 나 같은 사람이 무기를 훔쳐낼 능력이 있다고 생각하십니까? 제 횡설수설을 용서하세요. 모든 게 좀 황당하게 들리지요. 난 단지 내가 지난해 말에 처했던 그 상태로 다시 돌아갈까 봐 두려운 겁니다. 난 병이 났었고 꼭 지금처럼 내 방 안에 누워 있었습니다. 그리고 과장할 생각은 없습니다만, 그때가 제 인생에서 가장 안 좋은 시간이었어요.

몇 주 전, 마음속에 질문 하나가 떠오른 후로 여태까지 내 주위를 맴돌고 있습니다. 처음엔 별로 심각하게 생각하지 않았어요. 너무나 평범한 질문이라서요. 하지만 난 곧 그 질문이 정당하다는 생각을 하게 되었습니다. 즉, 나는 '애초에 서쪽 세상은 어떤 식으로 내 머리 안으로 들어왔던 것일까? 그리고 그것이 무엇을 초래했는가?'[3]라고 내 자신에게 물었던 것입니다.

물론 난 신(神)이 어떻게 내 머릿속으로 들어왔던 건지 물을 수도 있었을 것입니다. 어차피 답은 다 똑같은 데로 흘렀을지도 모르지만 그래도 내 원죄의 특별함 같은 곳으로는 아니었겠죠.

물론 나로서도 그 질문에 대한 정확한 대답을 찾을 순 없습니다. 다만 그 답의 언저리나마 더듬어가려고 노력할 뿐이지요.

우리 집에서 거행되었던 몇 안 되는 의식들 중에 하나는 아주 오랜 기억을 다시 떠올리는 일이었습니다. 어머니가 탄성을 지르시면 난 이미 목표가 달성되었다는 것을 알았죠. "말도 안 돼. 넌 그때 겨우 두 살이 되었을 때인데!" 아니면 "한 살 반— 말도 안 돼." 그 놀이를 다섯 번쯤 반복하고 나서야 처음에 당황했던 어머니도 차츰차츰 믿기 시작하셨습니다. 기억을 인정받는다는 것이 저를 매우 기쁘게 했습니다. 믿을 수 없다는

---

3 튀르머는 이 질문이 니콜레타 한젠에게 보내는 서간문의 가장 핵심적인 주제라고 규정하고 있다.

듯, 어머니께서 머리를 흔드시면 난 천재 소년이라도 된 기분이었습니다. (내 누나 베라는 한번도 정정하기를 소홀히 한 적이 없습니다. 네 살이란 터울은 나를 무기력하게 만들었으며 난 내가 없는 세상에서도 사람들이 얼마나 행복했었는지를 들어야만 했습니다.)

제 기억의 업적 중 하나를 소개할까요. 난 막 잠에서 깼고 방 안은 어두웠으며 방 앞으로 불빛과 음성이 새어나오고 있었습니다. 우리 어머니는 저를 안아 밖으로 나가셨고 할머니께서 말씀하셨습니다. 이쁜 내 손자. 안락의자의 등받이에 가죽 칼라를 댄 외투 두 벌과 모자가 걸쳐져 있었습니다—낯선 사람이다! 낯선 사람이 우리 집에 와 있다! 난 울기 시작했습니다. 낯선 사람들은 숨어 있었습니다. 누군가 내게 '두플로' 초콜릿을 쥐여주었고 그것은 마치 반쯤 껍질이 벗겨진 바나나처럼 종이에 싸여 있었지요. 누나 역시 '두플로'를 받아 들었습니다. 난 누나의 여유 있는 태도를 이해할 수 없었습니다. '두플로'가 나와 우리 집에 들어올 낯선 사람들을 화해시켜야만 했습니다. 난 귀여운 빨간 자동차 한 대를 선물받았습니다. 앞바퀴와 운전석의 문 사이에 밝은색의 막대기가 달려 있었습니다. 그것으로 방향을 잡게 되어 있었지요. 자동차에는 유리로 된 전조등도 달려 있었습니다. 어머니는 말씀하셨지요. "서쪽에서 온 보물이란다."

여행용 가방에서는 어머니가 보시도록 자꾸만 새로운 선물들이 나와 모습을 드러냈습니다. 할아버지께서 전기면도기를 내 손바닥에 대며 간질이십니다. 그 모든 것이 황금의 나라 서독에서 온 것이었습니다. 난 내 방의 전면을 건너다봅니다. 낯선 사람은 숨어 있어서 보이지 않습니다. 그들은 소곤대며 할아버지와 이야기를 나눕니다.

난 다시금 침대에 누워 낯선 사람들이 오래 머물지 궁금해합니다. 난 그들이 우리 집에 이사를 오려는 것이라고 굳게 믿습니다. 난 어머니의 말씀을 믿지 않습니다.

난 겁이 나기도 했고 깊은 감명을 받기도 했습니다. 보물 장난감, 그
것이 유래한 곳은 황금의 세상입니다. 동시에 그건 우리가 서쪽에서 살
수 없는 이유이기도 합니다. 난 이 자동차를 밖에서 가지고 놀아서는 안
됩니다. 다른 아이들이 이 자동차가 있다는 것을 알아서도 안 됩니다. 그
들은 빨간 자동차를 가지고 있지 않으므로 모두가 날 시기할 것입니다. 빨
간 자동차는 무엇과도 바꿀 수 없습니다. 그건 어디에서 그냥 살 수도 없
는 물건입니다. 동쪽에선 아주 극소수의 아이들만이 미니카나 레고 장난
감이나 '카바' 카카오 가루 깡통을 가지고 있습니다. 난 서쪽에서 온 셔츠
와 바지도 가지고 있었고 먼 훗날이 되면 어린이 초콜릿 위에 그려진 소년
처럼 멋지게 되겠다고 다짐했습니다. 원래는 나도 서독 어린이였으니까요.

도대체 제 말을 듣고는 계십니까? 아니면 당신은 제가 완전히 돌았다
고 생각하시나요? 제가 이 이야기를 마저 다 하도록 허락하시겠지요! 한
해 한 해 지나가면서 난 점점 잘 이해하게 되었습니다. 우린 다른 가족들
이 가지지 않았거나 못했던 것들을 소유했던 겁니다. 그들이 이것들을 가
지길 간절히 바랐든 말았든, 혹은 우리 어머니보다 더 가져야 마땅했든
아니든, 우리 할아버지보다 통장에 더 많은 돈을 가지고 있었든 없었든,
그 모든 건 다 아무런 의미가 없었습니다. 서쪽의 물건들은 달에서 온 보
석이었으니까요. 그것들은 선물로 받지 않으면 전혀 우리의 손에 닿을 수
없는 물건들이었습니다. 서쪽에 사는 친척과 연락이 닿는다는 것은 하느
님 혹은 예수님과 연락이 닿아 있다는 것과도 같은 말이었지요. 이들 역
시 우리가 한번도 직접 본 적이 없는데도 우리를 사랑하신다고 했거든요.
그리고 만일 누군가 내 하느님에 대해 웃는 자가 있다면 그는 적어도 내
빨간 자동차를 시기하는 사람이었을 것입니다.

1년 중 닷새는 특별한 날들이었습니다. 성 니콜라우스의 날, 부활절, 생일, 크리스마스— 그중에서도 크리스마스가 절정이었는데, 하지만 크리스마스보다 더 중요한 날은 바로 조부모님께서 서쪽을 방문하고 돌아오시는 날이었습니다. 그분들이 드레스덴의 신도시 역에 도착한 날 저녁이야말로 그 어떤 날보다도 더 기쁜 날이었으며 진정한 의미의 크리스마스이브였던 것입니다.

어머니는 매년 이날을 위해 휴가를 신청하셨고 우리는 점심 식사 때에 맞춰 집에 돌아오도록 조퇴 허락을 받았습니다. 우리는 숙제를 마치고 어머니를 도와드렸는데 꼼꼼하게 먼지를 털어내면 낼수록, 정성껏 신발을 닦으면 닦을수록 선물의 수가 점점 더 늘어날 것만 같은 느낌이었습니다.

그러고 나서 우린 가장 좋은 옷을 입고 이미 깜깜해진 거리로 나가 전찻길로 향했습니다.

더 말할 나위 없이 가장 멋지면서도 또한 그와 동시에 가장 묘했던 점은 우리가 바로 선택된 사람들이었다는 사실이었습니다. 다른 사람들은 이런 날, 이런 저녁을 한번도 맞아보지도 못한 채 도대체 어떤 삶을 살아간다는 걸까요? 난 내 학교 친구들이 불쌍했습니다. 그들은 토요일 '스포츠 뉴스'도 '4종 스키점프 순회 대회'가 나오는 방송도 보지 못한다는 저 아프리카 사람들만큼이나 내 마음을 아프게 했습니다.

우리는 전차 안 좌석들이 많이 비었는데도 거만한 태도로 빈자리에 앉지 않았고 분명 얼마쯤은 거기 앉은 승객들을 무시한 채 그들을 내려다보고 있었을 것입니다. 우린 알려지지 않은 왕족의 아이들이었으며 난 내가 다른 그 누구도 아닌 나 자신인 것이 행복했습니다.

플랫폼에 기차가 도착하는지 주위가 소란스러워지기 시작했습니다. 스피커에서 윙윙대는 소리가 날 때마다 우린 바짝 긴장하며 귀를 기울였고 금속성의 잡음 중에서도 '베-브라'와 같은 음절을 가려내려 애쓰고 있었습니다. 그럴 때 연착 없는 기다림이란 기관차 증기 없는 가을 하늘과 마찬가지가 아니었겠습니까?

실망을 한 적은 한번도 없었지요. 아니, 실망이란 것이 있을 수도 없었습니다. 서쪽으로부터 온 모든 선물은 그 자체가 더 이상 평가할 필요도 없는 것들이었으니까요. 조부모님께서 들려주시는 얘기는 우리들의 상상력의 한계를 넘어서는 것이었습니다. 가령 에스컬레이터, 특히 한 백화점의 에스컬레이터에 관한 이야기는 정말 그랬습니다. 사람들이 카펫을 밟고 아름답게 장식된 손잡이를 잡으면 아무 소리도 없이 위쪽으로 끌어올려지며 마치 천사처럼 하늘로 통하는 사다리 위로 떠오르게 된다는 겁니다.

서쪽에는 거리에도 비밀스럽게 난방장치가 설치되어 있고 주유소는 절대 문을 닫는 법이 없다고 했습니다. 그리고 서쪽 사람들은 더 이상 무엇을 더 아름답게 해야 할지를 몰라 순전히 재미 삼아 불과 얼마 전에 새로 깔았던 거리의 아스팔트를 다시 또 파헤친다는 것이었습니다. 각각의 상점과 문 위에는 어김없이 광고판이 반짝이고 있으며 그 때문에 밤도 대낮같이 밝은 데다 우리네의 5월 노동절 시위 직후보다도 훨씬 더 많은 교통량이 늘 거리에 넘친다고도 했습니다. 그럼에도 불구하고 서쪽엔 전차나 버스나 기차 안 늘 앉을 수 있는 빈자리가 남아 있다는 겁니다. 서쪽에는 벤진이 향수 같은 향기를 내뿜고 기차 역사는 열대지방의 농장과 같으며 그 안에서 여행객들이 진귀한 과일을 대접받습니다. 서쪽에는 사람들이 긴 머리를 하고 청바지를 입고 학교에 다니며 껌을 씹고 그 껌으로 머리통만 한 풍선을 분답니다. 그 외에도 세계의 시장이 서쪽에 있습니다. 어딘지 확실히 알지는 못했지만 아무튼 서쪽에 있다는 것만은 분명했습니다. 동쪽이라는 발음을 할 때 사람들이 '동-' 하는 입모양은 어쩐지 바보 같지 않던가요? 서쪽이라고 하는 소리는 잇새로 새어나가며 그 자체로 벌써 고성능 타이어 위에 얹은 람보르기니 미우라가 아니던가요? '동쪽'이라고 발음하면 구름 짙은 하늘과 대중버스와 공사판 같은 느낌이 납니다. '서쪽'이라고 발음하면 유리가 반짝이는 주유소와 아스팔트 길과 빨대를 꽂은 음료수, 테라스와 파란 호수 위로 퍼지는 음악 같은 느낌이 납니다. 코트부스, 라이프치히, 아이젠휘텐슈타트와 같은 도시들이 서쪽에 위치할 리가 없습니다. 그렇지만 라르, 칼스루에, 프라이부르크 혹은 가르힝과 같은 도시들은 얼마나 다른 소리를 내며 귓전을 울리던가요. 베라와 난 평상시에 늘 싸우다가도 서쪽 얘기만 나오면 매번 의견의 일치를 보았습니다.

딱 하나만 더 얘기하겠습니다. (저를 위해 인내심을 가져주십시오.) 소포라는 것은 원래 서쪽에서만 오는 물건이었습니다. 내용물을 곧바로 꺼내지 않고 우선은 거실의 탁자 위에 놓아둡니다. 새해가 되어서야 커피와 비누와 스타킹이 장롱과 서랍 속으로 사라져 들어갑니다. 하지만 그것들이 생산지에서 고스란히 품고 온 향내는 영원히 사라지지 않습니다. 그것들은 아무리 다른 것과 섞여도 계속해서 그 고유의 빛을 발했고 그것들만의 범주가 따로 있었습니다. 하지만 그것들의 가치는 쓰거나 먹는 데서 그 진가를 발휘한 게 아닙니다. 우린 한번도 '카바'나 '카로'의 깡통을 함부로 내버린 적이 없었습니다. 우리 집 창고는 그렇게 모아 둔 깡통이나 상자로 가득했습니다.

난 자주 창고에 올라갔습니다. 마치 헛간에 들어간 빌리 슈바베처럼 —빌리 슈바베를 아십니까?[4] 그가 이쪽 구석에서 영화필름을, 저쪽 구석에서 어느 배우를 연상시키는 물건을 발견해내곤 하던 것처럼 나 역시 못이나 나사를 넣어둔 카바나 카로의 빈 깡통에서 행복했던 휴일과 서쪽을 떠올렸던 것입니다. 오늘 난 이렇게 말하고 싶군요. 그것들이 성스러워지기 위해서 일단 고유의 사용가치를 먼저 잃어야 했었다고.

게다가 이렇게 발견된 물건들은 카밀라 아주머니와 페터 삼촌이 언제나 나를 생각하고 있다는 것을 말해주는 증거품이기도 했습니다. 우리들만의 비밀스러운 소원을 알고 계시며 우리가 잘되기만을 바라시는 바로 그분들 말입니다.

내가 기도를 했다면 난 언제나 나에 관한 모든 것을 아시고 항상 내 생각을 하시며 나를 위해 계실 하느님께 기도를 했을 겁니다. 그렇지만 하느님이 설령 카밀라 아주머니와 페터 삼촌과는 다르게 생겼다 하더라도 결국 어딘가 카밀라 아주머니와 페터 삼촌과 비슷한 점이 있을 것이며 카밀라 아주머니나 페터 삼촌보다 단지 조금 더 높은 곳에 계셨던 것뿐이었습니다.

로베르트의 자명종 시계가 울렸습니다.[5] 난 아침밥을 준비하고 우체부가 오길 기다릴 것이며 오후에는 다시 의사에게 가봐야 하지요.

제 마음은 당신에게 가 있습니다.

당신의 엔리코 T.

추신: 카밀라 아주머니로부터 난생처음 들은 말이 있었습니다. 나더러 시인이라는 겁니다. 고마움을 표시하는 편지 속에 크리스마스에 우리

---

4 「빌리 슈바베의 헛간」: 동독의 텔레비전 프로그램. 각 편마다 빌리 슈바베가 손에 등불을 들고 다락방 비슷한 헛간으로 올라간다. 그때 차이콥스키의 「호두까기 인형」 중에 나오는 「설탕 요정의 춤」의 멜로디가 배경음악으로 깔린다.

5 편지의 두번째 부분이 시작할 때는 아직 저녁이었다. 퇴르메는 중간에 잠을 잔 것이거나 아니면 믿기 어려운 일이기는 하지만 밤을 새워 이 편지를 썼다는 말이 된다.

집에서 있었던 일과 아주머니가 보내주신 소포를 열기만을 얼마나 설레는 마음으로 기다리고 있는지를— 이건 사실 거짓말이었습니다만— 써서 보내드렸었는데 아주머니는 시인이라고 칭찬을 하셨습니다. 카밀라 아주머니는 단 간식거리만 잔뜩 넣으셨지만 (그리고 커피와 연유를 넣으셨지만 난처하게도 연유는 이미 우리 쪽에도 더 이상 그리 귀한 음식이 아니었지요) 페터 삼촌의 소포 속에는 미니카나 혹은 심지어 카세트까지도 들어 있었습니다. 그래서 진정한 의미의 대사건은 삼촌의 소포였거든요. 카밀라 아주머니는 내 편지가 지금까지 받아보았던 것들 중에 가장 아름다운 편지였으며 여러 번 소리 내어 낭독하실 정도로 훌륭하고도 깜찍한 이야기였다고 답장을 주셨습니다.

90년 3월 12일 월요일

아, 베로츠카, 두 시간이나 더 빠른 시간이었어.[1] 누나는 지금 약속시간을 어긴 대가로 두려움에 떨고 있겠지! 하지만 이 글 역시 다른 모든 편지들과 마찬가지로 다 없어져버릴 거야. 정말 말도 안 되는 일이야!

수화기를 든 사람이 게오르크나 요르크이기만 했더라도! 하필 일로나라니! 사고! 누나라구요! 멋지네요! 그녀가 누나에게 모든 정황을 자세히 전해주었다고 말하더군. 그리고 이미 누나를 안심시켰으니 아무 걱정

---

1 아마도 약속된 시간보다 훨씬 먼저 걸려온 전화를 말하는 듯하다. 튀르머가 베라 튀르머에게 보낸 편지는 베이루트에 도착한 적이 한번도 없었다. 그런 이유로 튀르머 자신이 먹지를 통해 남겨놓은 복사본들과 팩스로 보낸 두 장의 편지만이 보존되어 있을 뿐이다.

할 게 없다고! 결국 누나가 동생이 저세상이 아니라 휠체어에 앉아 있는 것만으로도 참으로 큰 운명의 자비였음을 깨닫게 될 거라고 했어.

두개골이 지끈거릴 뿐이야. 뇌가 흔들렸대. 그 이상은 아니야. 그녀가 누나에게 니콜레타에 대해선 뭐라고 얘기했지? 그녀는 혹이 하나 생겼을 뿐 무사해.

우린 라이프치히에서 돌아오는 길에 보르나를 지나 프로부르크로 향하는 중이었어. 우린 슈빈트 파비용[2]에 가는 길이었거든. 아무도 잘못하지 않았어. 우리가 왼쪽으로 꺾어지는데 한 '라다' 형의 차가 (내 생각에 하얀색이었어) 우리를 추월하려다가 맞은편 차선에서 밀려드는 차량들 때문에 우리 차와 앞에 가던 차 사이로 갑자기 끼어들었던 거야. 난 브레이크를 밟았고 그와 동시에 앞창의 유리가 와장창 소리를 내며 부서졌지. 내 앞엔 온통 얼음 결정체들[3]뿐이었어. 난 다시 앞을 보기 위해 앞쪽에다 대고 손을 휘둘렀지. 차가 빙글빙글 돌더니 쾅 하는 소리와 함께 이미 길 밖으로 벗어나 있었어—그리고 두번째로 쾅 하는 소리를 들었던 것 같아. 갑자기 조용해지더라. 그 고요함 때문에 마치 동화 속 세상에 가 있는 것 같았어.

아프진 않았어. 그냥 계속 그렇게 앉아 있었으면 싶더라. 우리 차가 정확히 나무들 사이 빈 공간으로 들어가 있더군. 니콜레타가 앉은 자리 쪽까지 떨어진 거리는 끽해야 0.5미터 정도였어.

난 나중에야 피를 보았어. 니콜레타가 손수건으로 내게 응급조치를 해주었지. 그리고 누나가 날 잘 아는 바와 같이 난 또 속이 매슥거리더군. 난 등받이를 뒤로 젖히고 눈을 감은 뒤 모든 것을 니콜레타에게 맡겼어.

---

2 122페이지의 주 2를 참조할 것.
3 부서진 앞 유리의 파편.

우릴 도와주러 온 사람들이 성가셨지. 누군가 내 몸 위로 담요를 펴고 양쪽을 꼭꼭 눌러 고정시키려고 애썼어. 내가 그를 밀쳐냈는데 곧 토할 것 같았기 때문이었어. 그런 자세를 한 채 난 한참 동안이나 차 옆으로 보이는 흙을 관찰했지.

경찰과 구급차가 도착했을 때 매슥거림은 고통스러운 두통으로 변해 있었어.

모든 게 영겁의 세월이 지나간 듯 오래 걸렸어. 보르나로 간 다음엔 방사선 사진, 진상 조사, 목 보호대, 또 한 번 경찰, 여기저기 앉아 기다려야 했고 그런 다음에야 마침내 알텐부르크로 향하는 택시에 올랐지. 택시가 갑자기 바닷가의 모래처럼이나 흔해졌다니까. 로베르트가 깜짝 놀라며 내 머리에 감은 아폴리네르 터번과 목 보호대를 쳐다보았어. 니콜레타는 아까 우리가 같이 탔던 택시를 타고 계속해서 기차역으로 향했어.

니콜레타는 밤베르크에 살아. 그녀 같은 사람은 내가 자발적으로 극장을 그만두었다는 사실을 믿을 수도 없고 믿으려고도 하지 않아. 그녀가 신문을 위해 할 일이 많다고 하며[4] 드 쉬리코와 그녀의 우상이라는 모리츠 폰 슈빈트에 대해 글을 쓴다기에 난 그녀가 뤼덕스도르프의 프레스코를 관람할 수 있도록 주선해주었지.

바리스타에 대해서는 나중에 쓸게. 그의 장화와 늑대 아스트리트 덕분에 그는 도시를 대표하는 상징이 되어가고 있어. 그는 모든 일과 모든 사람에 대해 관심을 나타내고 부릅뜬 눈으로 여자들의 가슴을 주시하지. 그의 이름 가운데 들어가는 '폰'이나 왕세자에 관한 임무 그리고 그에 못지않게 큰 가치를 지닌 예절바른 주의력과 사람들의 이름을 잘 기억하는

---

4 이 부분은 오히려 소원이나 기대로 보아야 할 것이다. 튀르머가 뭘 말하는지는 정확하지 않다. 니콜레타 한젠이 발표했다는 『알텐부르크 주간신문』에 관한 글은 알려진 바 없다.

보기 드문 기억력이 다 같이 어울려 한번도 그 진가를 잃은 적이 없지. 그도 역시 누나를 짝사랑한 불행한 남자들 중 한 명인가?

아, 베로츠카, 나의 사랑하는 연인, 얼마나 이 기다림이 계속되어야 하지?

누나에게 입맞춤을 보내며,

목 보호대를 두른 당신의 하인리히.[5]

90년 3월 13일 화요일

친애하는 니콜레타!

전 이제 많이 좋아졌습니다. 아주 많이. 수요일에는 시험 삼아 우선 몇 시간만이라도 편집부에 나가보려고 합니다. 당신은요? 좀 어떠신가요? 당신을 생각하지 않는 순간을 발견하기라도 하면 난 지갑을 잃어버렸을 때처럼 경악한답니다.

이상하게도 당신은 내가 마주하는 사람들 중에 유일하게 내 과거를 털어놓고 싶은 사람입니다. 어떻게 해서 지금의 나라는 사람이 있게 되었는지 그 경과를 허심탄회하게 털어놓을 수 있는 사람입니다.[1]

---

5 튀르머는 이미 니콜레타 한젠에게 쓴 편지에서 목 보호대를 떼어냈다고 했었다.

1 튀르머와 니콜레타 한젠이 만났던 것은 불과 몇 시간뿐이었으며 그나마 각종 오해와 사고로 채워진 시간들이었다. 니콜레타 한젠이 서독 연방공화국 출신이라는 사실이 튀르머가 호감을 갖게 된 이유였음에 틀림없다. 튀르머는 그녀에게 이야기를 함으로써 서독을 향해 자신의 입장을 밝히려는 것이었다. 당시 동독 사람들이 흔히 가지고 있던 전형적인 태도이기도 하다.

뭘 하나 미리 말씀드려야겠군요.

우리 아버지는 연극배우셨고—중류조차 되지 못했죠. 그렇지 않았다면 좀더 좋은 역을 맡았을 테니까요—작센 주의 주립 극장에서 활동하셨습니다. 아버진 지병이었던 심장질환 때문에 마흔을 채 못 넘기시리라는 것을 이미 알고 계셨습니다. 바로 그 때문에 그렇게 폭군이셨던가 봅니다. 아버지는 나의 누나 베라가 천재적인 소질을 타고났고 세기에 하나 나올까 말까 한 배우가 되리라는 생각에 사로잡혀 계셨습니다. 아버지가 돌아가셨을 때 베라는 겨우 열두 살이었습니다.

때로 난 걱정에 사로잡히곤 합니다. 오늘날까지도 누나가 자신이 큰 경력을 쌓지 못하게 된 건 다 아버지가 안 계셔서 그런 거라고 생각할까 봐서요. 열여섯 혹은 열일곱 살이 될 때까지도 누난 아버지의 죽음을 내 탓으로 돌렸었죠. (아버진 그날 나를 탁아소에서 찾아와야 했었는데 언제나처럼 너무 늦어 서두르시다가 차에 치이셨거든요.) 아버진 집에서는 출근길이 너무 멀기 때문에 라데보일에 방을 얻은 것이라고 고집스럽게 주장하셨더랬습니다. 그곳에 작센 주 주립 극장의 본원이 있었거든요.

그러나 실제로는 이 방에서 어떤 한 코러스 여가수와 동거를 하셨고 오로지 어머니가 밤 근무를 가시는 날에만 우리 집에서 주무셨습니다. 그 여가수는 한때 어머니가 아버지를 훌륭하게 생각했던 바로 그것처럼 그를 훌륭하게 생각했죠. 다시 한 번 아버지는 그 여자에게 자신은 무대 위에서 쓰러져 죽을 사람이라고 큰소리칠 수 있었고, 그녀는 냉정한 어머니와는 달리 아버지를 잘 위로했던 겁니다. 어머닌 아버지가 어차피 늘 아무도 주목하지 않는 역할이나 맡으니 이제 제발 그만두라고 하셨다더군요.

사진이 없었더라면, 전 아마 아버지가 어떻게 생겼는지도 잘 몰랐을 겁니다. 그가 스스로 자신이 메피스토펠레스처럼 보일 것이라 생각하고

왼쪽 입가를 당기며 짓던 그 이상스러운 미소도 함께 말입니다. 베라는
──그 당시를 볼 수 있는 사진이 한 장 남아 있지요── 장례식에 참가한
어른처럼 온통 검은색의 옷을 입고 있었습니다. 그녀는 아예 울지 않았거
나 아니면 혼자 있을 때만 울었을 겁니다. 그건 그녀가 우리에게 이야기
를 해서가 아니라 자신의 속마음을 안심하고 다 털어놓은 그녀의 일기장
을 보고 안 사실입니다. 어째서 베라가 어머니를 거부했는지 아무도 그
이유를 모릅니다만 불행한 사고와 사춘기 시절 훨씬 전부터 그랬습니다.
그러면서도 그녀는 내가 예전 기억을 떠올릴 수 있는 한 언제나 편애의 대
상이기도 했는데, 나는 그걸 지당한 일이라고 여겼었지요. 왜냐하면 베라
는 늘 내게 친부모를 잃고 난 뒤 어쩔 수 없이 우리 집에 와서 살 수밖에
없는 아이라는 인상을 심어주었기 때문입니다. 그와 반대로 내게는 어머
니가 있었으니까요. 어머니는 당신 남편의 예언이 이루어질 수 있도록 모
든 노력을 다하셨습니다. 드레스덴을 "대표하는 어린이" 베라 튀르머로부
터 무대의 여신, 아니 또 한 명의 거장 여배우 디트리히를 만들어내기 위
해서 말입니다.

　어머니는 정말로 뛰어난 수술 간호사였고 다행히도 예술가적인 야망
같은 건 추호도 품은 적이 없었음에도 불구하고 이른바 현실적이고 번듯
한 직업에는 아무런 가치를 두지 않으셨습니다. 드레스덴의 초원을 산책
하는 동안 우리들의 화제는 늘 빈민 묘에 던져져 집단 매장된 모차르트나
정신이 돌아버린 횔덜린, 자살한 클라이스트, 청중들의 비웃음을 산 베토
벤 주변을 맴돌았습니다. 진정한 천재란──괴테를 제외하면──언제나 그
렇게 모두들 생전에 조롱을 받거나 모진 고통을 당하지 않았던가요. 그럼
에도 불구하고 그들은 오늘날 인류가 영원히 감사해야 할 위대한 업적을
이루어내지 않았던가요? 어둠 속에서 빛을 위해 싸운 투쟁!

아버지와의 경험 역시 그런 어머니를 바꾸진 못했습니다. 아니 오히려 그 반대였지요. 그러면 그럴수록 천재와 걸작에 대한 어머니의 기대는 점점 더 높아져만 갔습니다. 바꿔 말하면, 우리 부모님이 인생에 대해 반쯤이라도 만족하신 분들이었다면 아마 우리에게, 특히 누나에게 그렇게 많은 걸 바라지는 않았겠지요.

내가 이런 것까지 모두 말씀드리는 이유는 오로지 이야기에 완벽을 기하기 위해서입니다. 이 사실은 모든 것을 다 설명해주거나 아니면 아무것도 설명하지 못하거나 둘 중 하나겠지요.

난 당신에게 내 인생 전부에 대해 이야기를 늘어놓으려는 것이 아니라 한탄스럽게도 내가 걸어가야 했던 오류투성이의 길, 그 자취를 더듬어가려고 합니다. 그러다 보면 마지막에는 어떤 나쁜 이야기를 담은 소설 같은 것이 될지도 모르고, 그것이 사람들을 경악시키는 나쁜 전례로 남아 그들이 나와 같은 길을 밟지 않게 할 수 있다면 전혀 쓸모없다고 말할 순 없겠지요.

7학년 여름방학 때였습니다. 난 원래 취학년도보다 1년 뒤에 학교에 입학했었습니다. 그러니 그땐 거의 열네 살이었지요. 난 어머니와 함께 3주 동안 방갈로에서 지냈습니다. 방갈로는 어느 맑은 호숫가 근처 소나무 숲 가운데 있었습니다. 베를린 남동쪽의 발다우라는 곳이었죠.

거기에서 우리와 함께 있었던 얼마 안 되는 사람들 중에는 유테르보그 출신이며 아직 자식이 없는 부부 한 쌍과 아버지의 친구분들이 있었습니다. 그 사람들은 여름엔 불가리아나 헝가리로 여행을 떠났고 우리 식구를 대할 때는 다소 이기적인 이웃이었습니다. 어머니는 우리 식구의 숙박료를 지불하셨지만 그 외에도 지붕의 물받이 홈통을 닦고, 커튼을 빨고,

카펫의 먼지를 털고, 건초 마차를 타고 폐품상에 가고, 프로판 가스통을 갈도록 사람을 부르고, 정화조 청소를 주문하고 외부 전등을 설치하는——어머닌 두꺼비를 또다시 밟고 싶지 않으셨거든요—— 일에다가 직접 여기 저기를 보수하시는 일까지 모두 다 도맡아 하셨죠.

방갈로에는 텔레비전이 없었으므로 난 떠나기 전부터 벌써 얼마나 지루할까 걱정을 했습니다. 사실 지루함은 내 인생 자체를 규정해왔습니다. 일주일에 세 번씩 사격을 배우러 갔음에도 불구하고 ('올림픽 사격 속사' 에서 재능이 아주 없진 않다는 평을 들었었지요.) 난 매일매일이 지루했습니다.

발다우에서 찍은 사진이 한 장 남아 있는데 그 속에서 난 등을 구부리고 경직된 표정으로 짧은 바지를 입은 채 탁자 앞에 앉아 내 허벅지를 문지르고 있답니다. 사진을 찍는 바로 그 순간 무슨 생각을 하고 있었는지 아직도 기억이 납니다. 축구 본선 리그에 대해 생각하고 있었던 것입니다. 난 뒤나모 드레스덴 팀이 경기 때마다 이기는 것과 나무랄 데 없는 승점으로 우승팀이 되어 우승컵을 받는 것을 보았습니다.

유치원에 다니던 시절, 나는 글 읽기란 일정한 연령에 도달하면 저절로 습득하게 되는 하나의 마술이라고 여겼지요. 하지만 읽기 역시 알파벳과 음절의 합성일 뿐이며 사실은 매우 힘들고 단조로운 작업이라는 것을 깨닫는 것과 동시에 그것은 그만 지루하기 짝이 없는 과목이 되었습니다.

그래서 휴가 여행을 위해 무슨 책을 싸가겠냐는 어머니의 물음을 더할 나위 없는 위선이라고 생각했지요.

나를 위해서 어머니는 배드민턴, 체스, 배 가라앉히기 놀이를 함께하셨어요. 난 자전거를 타고 마을에 있는 가게에 가 생필품을 사 오곤 했는데, 거기선 8시부터 시작하는 「스포츠 메아리」를 볼 수 있었습니다. 아침

형 인간인 나는 하루가 시작되는 첫 시간, 오래된 남성용 자전거에 집주인의 '스테른' 레코더를 묶고 카세트의 음악을 들으며 숲 속을 이리저리 달렸습니다.

셋째 날, 난 그 이른 아침 소풍 길에서 만난 웅덩이를 대수롭지 않게 생각했었지요. 그런데 자전거의 앞바퀴가 그만 그 속에 박히더니 마치 철의 손이라도 있어 바퀴를 잡고 놓아주지 않는 것만 같았습니다. 난 안장으로부터 튕겨나갔지요. 세상에서 가장 아픈 것보다도 더 아프고 고통스러운 허리의 통증 때문에 난 숨조차 제대로 쉴 수가 없었습니다. 눈에는 모래가 들어가 쓰라렸습니다. 정적이 나를 공포로 몰아넣었습니다. 앞이 보이지 않았고 입술은 깨진 듯했습니다. 나는 분노와 고통으로 훌쩍훌쩍 울면서 엉금엉금 기어가 웅덩이 진흙탕으로부터 '스테른' 카세트를 끌어냈습니다. 한 번, 두 번, 세 번, 계속해서 카세트를 빼냈다 다시 집어넣어보았지만 소용이 없었습니다. 라디오 소리만 나더군요.

모래 위에 무릎을 꿇고 나무 장식의 긁힌 자국 사이에 낀 진흙을 손가락으로 긁어내려고 애쓰고 있을 때 중파 방송에서 아침 명상 프로그램이 흘러나왔습니다. 하느님의 말씀이 비처럼 땅 위에 내리면 아무런 열매를 맺지 못한 채 그저 흘러가버릴 수가 있다. 그 빗물을 받기 위해서는 땅을 깊게 파야만 한다. 신부(神父)는 내내 땅을 깊이 파는 것에 대해 말했는데 그건 매일매일 신약성경을 읽음으로써 신의 말씀을 깊이 새겨야 한다는 것과 다르지 않다는 것이었습니다. 게다가 하느님은 누구에게든지 살아 있는 동안에 한번은 징표를 보여주신다고 했습니다. 신부의 이 마지막 말이 끝난 후 난 라디오를 껐습니다.

어떻게 해야 좋을지 몰랐습니다. 나무 장식 한 귀퉁이가 떨어져나가고 없었습니다. '스테른' 라디오 한 대 값은 어머니가 한 달에 버시는 돈보다도 더 비쌌습니다. 내가 고개를 들고 올려다보았을 때에는 한 20미터 쯤 떨어진 전방에 노루 한 마리가 서 있었습니다. 우리는 한참이나 서로를 쳐다보다가 그 짐승은 몸을 돌려 다시 가던 길을 터벅터벅 걸어갔고 보호림 구역 안으로 사라졌습니다.

유니콘이 나타났다 해도 이보다 더 나를 뒤흔들지는 못했을 것입니다. 갑자기 난 기도를 하기 시작했습니다. 나는 징표를 내려주신 하느님께 감사했습니다. 하느님이 나를 숲으로 이끌어 나에게 말씀을 내려주신 것에 감사했습니다. 난 난생처음으로 자진해서 하느님 아버지를 향해 말을 하고 있었으며 이젠 더 이상 잠자리에 들기 전에만 기도문을 외우는 어린아이가 아니었습니다. 아니, 지금 난 기도를 했던 것입니다. 난 도움을, 곤궁 속에서 도움을 청하며 어머니와 라디오 속 신부님을 영원한 생명을 위한 내 기도에 포함시켰습니다. 난 오늘 땅을 깊이 파겠다고 그것도 아주 아주 깊이 파겠다고, 그 안에 하느님의 말씀이 고일 수 있도록 그리고 그곳으로부터 언제나 그 말씀을 길어 올리겠노라 약속했습니다. 그렇게 기운을 차리고 안정을 회복한 후 난 진짜로 떨어져나갔던 카세트의 나무 장식 쪼가리를 발견했고 그다음으로 일어날 기적에 대한 마음의 준비를 했습니다.

산적 떼라도 만났느냐고 어머니가 물으셨습니다.

난 전기충전난로 위에 있던 책꽂이를 뒤졌습니다. 주여, 나는 기도했습니다. 내게 신약성경 책을 주시옵소서! 그리고 난 두꺼우면서 양장 제본이 아닌 회색의 책을 손에 들었습니다. 글씨의 자국이 남아 있던 빨간 흔적에서 난 『마틴 이든』이라는 제목을 판독해냈습니다. 잭 런던이라면 이미 이름을 알고 있는 작가였습니다. 곧장 야외용 의자에 앉아 책을 읽기 시작했으나 금세 그만두고 싶은 마음이 들더군요. 늑대들의 이야기도,

금을 찾아 나선 사람들의 이야기도 아니었고 어떤 한 작가에 관한 글이었기 때문입니다. 하지만 이 책이 나를 선택한 것만은 결코 우연이 아니었습니다. 계속해서 읽으면 읽을수록 책 안의 이야기가 친숙하게 느껴졌으니까요.

점심을 먹으라고 부르는 소리가 났을 때는 벌써 1시가 넘은 시간이었습니다. 그동안 오전 시간이 다 지나가버렸던 것입니다. 세 시간도 더 넘게 책을 읽고 있었던 것이었습니다! 그때 난 깨달았습니다. 난 이제 지루해하지 않아도 된다! 이미 어린 나이부터 책을 읽었던 사람이라면 바로 이 순간의 내 깨달음에 담긴 코페르니쿠스적 의미를 이해하지 못할 것입니다!

그날 하루가 채 다 지나지 않아 또 무슨 일이 생겼는지 당신은 아마도 짐작하고 있을 겁니다. 난 배를 곯았지만, 전혀 굴하지 않고 계속 자신의 일을 해나갔던 그 작가에 대한 이야기를 계속해서 읽어나갔습니다. 모든 것을 이겨내고 창작 활동을 멈추지 않는 작가……

저녁에 샤워를 하면서 난 책이 뒤바뀐 사건의 의미를 자문해보았습니다. 찾고 있던 건 성경이었는데 난 성경이 아니라 『마틴 이든』이라는 작품을 발견했다. 하느님이 내게 무얼 말씀하시려는 것이었을까? 따뜻한 물이 내 얼굴로 떨어지고 있는 동안 내겐 이날의 세번째 깨달음이 찾아왔습니다. 작가가 되어야 한다!

나는 한참 동안 꼼짝도 하지 않은 채 샤워기 아래 서 있었습니다. 숲 속에서 겪었던 일에 대해서, 카세트는 고장나고 라디오만이 무사했던 기적에 대해서, 그래서 내가 하느님 말씀을 들을 수 있었던 일에 대해 글을 쓰리라. 난 다른 사람들이라면 감히 엄두를 내지 못하는 것들을 쓰고 싶었습니다. 예를 들어 서쪽이 우리 동쪽보다 더 좋은 곳임을, 우린 모두 서쪽으로 가고 싶은데도 불구하고 갈 수 없도록 되어 있다는 것을. 다른 모든 사람들이 직장에 가면 난 혼자 집에 남아 글을 쓰리라. 내가 식당으로 들어서면 모든 사람들이 내 쪽을 향해 돌아볼 것이다. 이미 모두들 동독이라는 국가를 고발한 내 연설을 알고 있으므로. "적어도 한 사람" 하고 그들은 속삭일 것이다. "적어도 한 사람, 입을 연 자가 있다." 나와 내 가족은 어려운 삶을 살게 될 것이다. 난 정부에게는 눈엣가시인 사람일 테니까.

차가운 물이 꿈을 꾸고 있던 나를 깨웠습니다. 어머니는 나에게 지각없고 이기적인 놈이라고 욕하셨습니다. 난로에 불을 지피고 떨어져나갔던 나무 장식 쪼가리를 다시 카세트에 붙여놓은 사람도 어머니였는데 그럼에도 불구하고 그런 어머니를 위해서 따뜻한 물을 한 방울도 남겨놓지 않았기 때문입니다.

어머니의 꾸지람은 내 마음에 두 배의 무게가 되어 떨어졌습니다. 난 침묵할 수밖에 없었지요. 그렇지만 난 언젠가 이 일에 대해 글을 쓸 것이고 어머니가 그걸 읽으시면 이기주의도, 지각없는 행동도 아니었음을, 오히려 그 반대의 경우였음을 이해하시게 되리라고 생각했습니다. 그녀는 나를 자랑스러워하실 것이고, 웃으시며, 아니 동시에 조금 우시기도 하겠지요. 왜냐하면 일찍이 당신이 낳았던 아들이 그토록 천재적인 작가라는 것을 바로 눈앞에 두고도 알아보지 못하셨으니까요.

다음 날 아침, 깨어나서 베개 옆에 두었던 회색의 책을 보니 미소가 떠올랐습니다. 마틴 이든이 내 형제라도 되는 양 느껴지더군요. 그리고 난 내가 지은 미소에 대해서도 다시금 미소 지었습니다.

난 빵가게에 들린 다음 생필품을 파는 마을 상점의 문이 열리기를 기다렸습니다. 첫번째 습작 노트인 A5 크기의 공책 한 권을 난 헛간에 감추어 두었습니다.

아침을 먹은 후 야외용 의자로 갔습니다. 그러나 무언가를 읽기에는 너무 흥분한 상태였지요. 경험한 것들을 다 붙잡아두어야겠다는 충동이 일었고 어느 것 하나라도 놓칠까 봐 노심초사했습니다. 어머니가 내게 신경 쓰고 있지 않은 순간을 틈타 공책을 셔츠 안에 감추고 자전거 안장 아래 붙은 주머니에 볼펜을 넣고서 길을 떠났습니다. 내가 깨달음을 얻은 장소에서 첫 문장을 쓰리라! 위대한 시인의 맨 처음 문장. 그때에도 그리고 그 후에도 난 내 천부적인 재능을 단 한번도 의심하지 않았습니다.

마침내 일에 착수하려고 하는 순간, 볼펜이 말썽을 일으켰습니다. 그래서 내 기록문의 서두는 날짜와 시간이 아니라 거세게 찍찍 그어 그린 구불구불한 동그라미들이었습니다. 정각 10시에 마침내 첫 문장이 완성되었습니다. "예수 그리스도께 감사하라!"

그다음에 일어난 일은 성령의 작용이라고밖에 설명할 수 없습니다. 하느님은 무려 일곱 페이지를 쓰도록 내 손을 이끄셨으며 도중에 단 한순간의 머뭇거림도 없었고 단 하나의 단어조차 고칠 필요가 없었던 것입니다. 내 표현은 내가 보기에도 감동적이었습니다. 난 세상에 무엇인가를 선물한 것입니다. 세상이 아직 알지 못하는 형식으로 말입니다. 혹시라도 내가 갑자기 다시는 한 줄의 문장도 더 쓰지 못하게 되는 일이 발생한다 하더라도 지금 이 문장들만큼은 계속 남아 있어야 했습니다!

돌아오는 길에 무엇인가 이상한 일이 일어났습니다. 어느덧 나 자신에 대해 감동하는 것에 익숙해진 나를 두려움으로 몰아넣은 장면이었습니다. 작은 우리 집 양철 지붕 위에 흰 눈이 쌓여 있던 것입니다! 난 자전거에서 내려 지붕 위를 바라보았습니다. 눈! 꼭 우리 집 양철 지붕만큼의 크기만 한 눈밭이었습니다. 내가 이미 우리 집을 반이나 지나쳐왔건만 그 어디에도 눈이 덮여 하얀 곳은 없었습니다. 그렇게 바라본 풍경과 판단력이 일치되지 않았습니다. 갑자기 어머니가 내 앞에 서 계셨습니다. "꿈을 꾸고 있는 거니?" 하고 어머니가 소리쳤습니다. 내 시선은 양철 지붕을 향했습니다. "눈" 하고 난 말했습니다. "그래." 어머니가 말씀하셨습니다. "꼭 눈같이 보이지."

그리고 행복한 나날이 계속되었습니다. 아침 7시와 8시 사이에 난 벌써 작은 탁자를 앞에 두고 완벽한 고요 가운데 앉아 있었습니다. 햇빛이 거미처럼 긴 다리를 뻗어, 누운 소나무 사이 이끼 낀 땅을 조심조심 더듬는 것을 바라보았습니다. 그곳은 어머니가 뾰족한 끝과 회전축이 달린 갈퀴를 가지고 매어놓으신 땅이었지요. 펼쳐진 『마틴 이든』 아래 습작 노트가 있었습니다. 그리고 그 책이 그 노트를 다 숨겨주지 못한 것처럼 나 역시 내 재능을 감추려고 애쓰지 않게 되었습니다. 불가능한 일이었습니다. 왜냐하면 내가 책과 공책을 두서없이 바꾸는 바람에 읽기와 쓰기가 하나로 되었거든요. 그것은 내가 유일하게 하고 싶은 일이었으며 그것을 위해 내가 태어났다는 느낌이 드는 일이었습니다. 갑자기 내 속에서 전 같으면 단 한 가지도 못했을 생각이 수백 가지나 한꺼번에 떠올랐습니다.

지금 난 『마틴 이든』에 관한 내용도, 당시에 썼던 내 글의 내용도 거의 다 기억하지 못합니다. 오늘날 그때의 날들을 돌이켜보면, 그 당시 나는 아마도 세상을 습작 노트의 갈피 사이로 걸려들게 하기 위해 모든 일을 했을 거란 생각이 듭니다. 먼 훗날 그날의 소리와 향기와 색이 고스란히 모두 다시금 생생히 떠오르게 만들고 싶었던 것입니다. 그렇지 않다면 난 연두색과 흰색의 네모 무늬가 그려져 있던 이겔리트 책상보[2] 따위나 기억

---

2 세탁이 용이한 책상보.

하게 되지 않겠습니까? 그 책상보는 글을 쓰는 동안에도 내내 벌거벗은 내 무릎에 칭칭 휘감기곤 했었습니다. 난 얼마나 자주 그것을 밀쳐내야겠다고 결심했었던지요! 손으로 한번만 확 밀어내면 그만이었을 테지만 난 한번도 그렇게 하지 않았지요. 그런 일을 하면 내 창조적 영감의 샘이 사라지기라도 한다는 듯.

야외용 의자에 앉아 소나무 꼭대기 부분의 솔가지 사이를 들여다보면——부엌 조리대에서 발견한 선글라스는 모든 것을 하늘색으로 보이게 했죠——마치 바닷속에서부터 물의 표면을 바라본다는 생각이 들곤 했습니다. 나무줄기 뒤로 해가 미끄러져 내리면 연분홍색이 자주색으로 변하며 짙어졌습니다. 가장 아름다웠던 것은 석양이었습니다. 석양의 빛은 호수 위에 거의 수직으로 내리꽂히며 나무줄기들을 새빨갛게 불타오르게 했지요. 마침내 나무의 꼭대기로부터 빛이 완전히 사라지고 나면 구름의 볼록한 배가 보랏빛으로 물들었습니다. 그러한 장관으로부터 몸을 돌린다는 건 신성모독이었습니다. 이른 아침, 빵을 사가지고 집으로 돌아올 때면 아침 달과 거미줄들이 똑같이 하얀빛을 발하며 풀잎들 사이에 걸려 있었습니다. 밤이 남긴 자취이며 밤이 드리운 그림자였지요.

주위에서 사각사각 들려오는 모든 소리들은 오히려 아침의 고요함을 강조할 뿐이었지요. (나중에 이 고요함에 대해 다시 언급하게 될 날이 있을 겁니다.)

아들이 드디어 정신을 차린 것에 기뻐하시며 어머니는 스물여섯 자의 알파벳으로 놀이를 하고 있는 나를 애지중지 대하셨고 또한 고마워하셨습니다.

식사 때마다 난 집필에 몰두하다 지쳐 돌아온 작가가 되어 식탁 앞에 앉았습니다. 그리고 바로 그것에 대해서도 난 글을 쓸 작정이었습니다.

일하고 난 뒤 휴식한다는 것이 무엇인지. 상념 하나하나, 움직임 하나하나, 관찰 하나하나가 다 귀하고 아까웠습니다. 나는 인류를 위해 세상을 돌아다니며 모든 기억할 만한 것들과 생각해야 할 것들을 골라내고 설명하며 알려주어야 하는 수집가이며 탐험가였습니다. 이런 순간이 오기까지 난 도대체 어떻게 살아왔던 것일까요? 그 인생을 어떻게 견뎌왔을까요? 어머닌 어떻게 당신의 삶을 견뎌오셨던 걸까요?

마지막 날엔 베라가 우리를 방문했습니다. 누나는 아무것도 묻지 않았지요. 그녀는 다만 내 손에 들려진 책을 보고 선포했습니다. "오, 엔리코가 재밌는 제목의 책을 읽네. 『고리오 영감』." 혹은 "아, 엔리코가 위대한 인문주의 작가 찰스 디킨스의 작품을 읽고 있잖아!" 그런 정도 외에는 누나가 더 이상 날 괴롭히는 일은 없을 것 같았습니다. 게다가 난 불이익을 당했던 예전과는 달리 무언가를 읽고 있거나 자고 있는 사람은 건드리지 않는다는 어머니의 철칙 때문에 오히려 혜택을 누리고 있었던 것입니다.

드레스덴에 도착한 일은 내겐 승리의 경험과도 같았습니다. 공책의 거의 반을 내 영혼의 모험들로 가득 채우고 돌아왔으니까요. 3주 전, 난 이곳에서 자신과 세상에 대해서 또한 자신에게 주어진 소명에 대해서 아무것도 알지 못하는 어리석은 소년의 몸으로 길을 떠났었던 것입니다. 그리고 이제 장래가 촉망되는 젊은 작가가 되어 돌아왔습니다.

니콜레타, 당신은 아마도 유치한 어린아이의. 놀음쯤으로 생각하시겠지요. 하지만 그것은 오류의 길로 들어서는 내 첫 발걸음이었습니다. 당신이 무슨 생각을 하시는지 곧 듣게 될 테지요.

온 마음을 당신에게 보내며,

당신의 엔리코 T.

사랑하는 요!

사고가 났었어. 어떤 미친 사람 때문이었어. 우리를 찻길 밖으로 몰아내는 바람에. 난 뇌가 가볍게 흔들렸을 뿐이고 목 근육 몇 개가 늘어났지. 하지만 그게 다야. 우린[1] 행운을 만난 거야. 우리 차가 갑자기—앞유리가 깨진 채—두 그루의 나무 사이에 서 있었거든.

자동차가 없으니 난 꼭 몸의 일부분이 잘려나간 느낌이 들어. 모든 일이 엉망이 되어 내 마음을 괴롭히고 있어. 예전에 난 지미[2]를 한번 쳐다보는 것만으로도 충분했어. 매번 기분이 도로 회복되곤 했으니까. 수리비가 너무 많이 들어서 아예 차를 포기하는 편이 더 나을 거야. 그건 작고하신 미하엘라의 아버지 차였어. 그분이 애지중지하며 보존하시던 물건인데다가 어머니께는 지금보다 좋았던 시절에 대한 추억 그 자체일 테지. 게다가 그녀의 어머니는 우리가 그동안 쭉 자동차보험에 들지 않고 있었던 사실을 아시게 될 거야.

내일부터 난 다시 편집부에 출근할 거고 거기서 너희들한테 전화를 걸어볼게. 다시 사람들 사이에 섞이게 되어 기뻐. 여기서 이렇게 빈둥빈둥 누워 있기만 한다는 건 정말이지 사는 게 아니지.

문병객은 그만하면 많았던 셈이야. 나이 많은 라르센이 먼 길을 걸어왔지. 그는 직접 수확한 사과를 배낭에 가득 메고 왔는데 마치 진귀한 물

---

1 이 대목에서 튀르머는 '우리'가 누구인지 밝히지 않고 있다.
2 동독에선 자동차에게 이름을 붙이는 일이 아주 흔했었다. 사람들이 '자신만의 자동차'를 10년 혹은 그보다도 훨씬 오래 탔고, 타고 다닐 것이기 때문이었다고 설명해볼 수 있을 것이다.

건이라도 되는 양 사과를 한 알마다 바스락거리는 종이로 포장했더군. 그
가 그것들을 탁자에 내려놓았지. 또한 미하엘라와 내게 사과가 장미과 식
물이라는 것을 가르쳐주었어. 미하엘라가 곧 대답했지. 그렇게 아름다운
장미를 선물받기는 정말로 오랜만이라고. 그 두 사람은 금방 친해졌어.
심지어 그녀는 그의 비망록 원고를 읽어도 된다는 허락을 받았지. 저녁을
함께 드시자고 우리가 그를 붙잡았지. 모두들 식탁 앞에 앉자 라르센은
자신의 두송 나무에 대해 이야기하다가 갑자기 중단하고는 턱을 가슴으로
끌어당기고는 말없이 기도를 하기 시작했어. 로베르트는 아마 그런 광경
을 처음 보았을 거야. 우린 서로를 쳐다보았지만 아무도 감히 미소를 짓
지는 못했어. 라르센이 머리를 드는가 싶더니 그와 동시에 "두송은 1백
년을 살고 보리수는 1천 년이나 살지요"라며 말을 잇더군. 그리고 우리
역시 움직이기 시작했어. 마치 잠깐 멈추었다가 다시 돌아가는 영화처럼.
라르센이 가고 나서도 집 안에 그의 냄새가 남았지. 하지만 사과에선 좋
은 향기가 났어.

요르크가 나를 안심시켜야 한다고 생각했던 모양이야. 신문을 1만7천
부밖에 팔지 못했거든. 이번 선거가 도움이 될 거야. 요르크가 '비리와
권력 남용 반대 협의회'가 알아낸 사건 몇 가지를 추적하는 중이야. 그는
그 협의회의 일원이긴 하지만 유일하게 주요 직책을 맡고 있지 않은 인물
이므로 일하기가 매우 수월하지.

오늘 볼프강이 자신과 마찬가지로 거인 같은 아내를 대동한 채 문 앞
에 와 서 있었어. 그는 내 사고에 대해선 전혀 소식을 듣지 못했다면서 우
리 모두를 초대하러 온 거라더군. 오펜부르크에서 함께 그 냄비를 사면서
언젠가 우리에게 식사 대접을 하겠다고 약속했었거든. (지금까지도 우린
그 냄비를 감히 써보지도 못하고 있지.) 그는 이제 얀 스텐을 위해 일하고

있으며 자신에게만 할당된 업무용 자동차를 몰며 언급하기 괴로울 정도도 많은 서독마르크를 벌고 있다는 거였어. 얀 스텐이 한 줄 한 줄 우리 신문의 모든 기사를 다 읽고 있다고 볼프강이 말했어. 그는 다방면으로 관심이 많다면서. 그 자신에게는 신문이 마음에 드느냐고 묻자 그는 어정쩡하게 웃기만 했어. 후추를 약간만 더 뿌린다면 좋은 신문이 될 거라더군. 난 좀 분개하며 시청도서관 사건[3]이나 (그리고 그곳에서조차 모든 일이 다 절차대로 진행되었다고 하며) 학교들에서 벌어지는 이런저런 스캔들[4]이 매주마다 늘 일어나는 것은 아니지 않느냐고 대들었지. 그러다 내가 예전에 하던 사업은 어떻게 되어가냐고 묻자 그는 그 화제를 복수로 받아들였어. 난 오히려 당황해서 말을 돌린 것뿐인데. 그의 아내가 넌지시 눈치를 줘서 난 그가 결정을 내리지 못하고 괴로워한다는 것을 짐작할 수 있었지. 그러나 그는 얀 스텐에게[5]

"평계를 대진 않아"라고 쓰려고 했었어. 이제 곧 12시야. 홀연 바리스타가 문 앞에 서 있었어. 이상한 사람이야. 그가 들고 있던 꽃다발이 하도 커서 난 처음에 누가 내 앞에 서 있는지 몰랐지. 바리스타일 거라고는 정말로 생각지 못했어. 그 역시 이렇게 "기분이 좋은" 나를 발견하게 되어 자못 놀라는 눈치였어.

바리스타는 로베르트에게나 나에게나 똑같이 깊이 머리를 숙이며 인사했지. 그는 그 아이를 앉히고는 "칭찬"을 해주어야겠다고 말했지. 누군

---

3 알텐부르크의 시청도서관에 소장되었던 1천 권 정도의 귀한 책들이 보수공사를 한다는 명목으로 실려나간 뒤 살크 골로드콥스키 상업 조정회에 의해 서독으로 팔린 사건.
4 학교에서 교장이 면직되거나 파직되는 일은 상대적으로 빈번했다.
5 추측건대 이 부분에서 바리스타가 나타나 이야기가 중단된 것 같다.

가가 시장에 서서 당당하게 자신을 주장한다는 것이 무엇을 의미하는지 잘 알기 때문이라고 했어. 그리고 로베르트처럼 어린 나이에 이런 시대를 맞이해서 처음부터 모든 것을 배울 수 있고 모든 것을 시작할 수 있다는 사실이야말로 크나큰 행운이라고도 했지. 연이어 짧은 설교를 늘어놓으며 바리스타는 도망가려던 로베르트를 도로 주저앉혔어. 내가 저녁 식사를 위해 식탁에 냅킨을 놓고 있는 동안 시키지도 않았는데 로베르트는 자진해서 늑대 아스트리트를 돌보더군. 난 카베르넷 한 병을 놓고 소시지 접시 옆에 포크를 놓았어. 그건 원래 로베르트가 먹을 접시였는데 손님을 위해 기꺼이 양보했지. (미하엘라는 「루살카」의 조연 역을 맡는 바람에 아직 집에 돌아오지 않았었거든.)[6]

바리스타는 빵에 버터를 정성껏 발랐어. 그건 너한테서만 보던 광경인데 말이야. 그러고 나서 얇게 썬 소시지 조각을 아까와 똑같은 세심함으로 정성을 다해 빵 위에 얹더니 빵의 가장자리가 거의 안 보이도록 소시지 조각을 덮었어.

내가 그의 잔에 와인을 더 따르려고 하자 거절하면서 방패 같은 그의 안경을 통해 나를 쳐다보더군. 반 시간쯤 뒤, 그는 내게 자신을 역에 좀 데려다주는 게 가능하냐고, 그렇게 해줄 의향이 있냐고 물었어. 상황은 다음과 같다면서— 그리고 그는 길고 장황한 말을 늘어놓으며 연설을 시작했지. 왜 기차로 가는 게 더 나은지, 그러니까 그는 이제 침대차를 타고 슈투트가르트(아니면 프랑크푸르트?)로 갈 것이고 나더러는 자신의 르 바론을 맡아달라는 거였어. 물론 난 그가 없는 동안에도 그 차를 타고 다녀야 하며 그렇게 하는 것이 그를 위해서도 더 좋은 일이고 상상만으로도 기

---

6 미하엘라 퓌르스트는 루살카 역을 맡은 여가수가 다리가 부러지는 바람에 그 역할을 대신해야 했다.

쁜 일이라고 했어. 그는 맹세라도 하듯, 가슴에 손을 얹은 채 내가 그의 차를 모는 것이 얼마나 그를 기쁘게 하는지 재차 말하면서 나의 그 불행한 사고 후에 적어도 이런 식으로라도 나를 돕고 싶다고 했지. 물론 그건 언제나 그렇듯이 자신의 이기적인 동기에서 일어난 일이라면서 그로서는 그런 차를 하루 종일 아무런 감독도 없이 그냥 똑같은 장소에 방치할 수는 없는 노릇이라고 했어. "내 말을 제발 오해하지는 마세요. 친애하는 튀르머 씨." 뭐, 절대 이곳에서 나쁜 경험을 당했던 건 아니지만 동기를 유발해서도 안 되지 않느냐며, 그가 아직도 날 완전히 설득하지 못한 것이라면 나는 이제 적어도 다음과 같은 원칙을 명심해야 할 것이니, 즉 국가를 위해서라면 한 푼이라도 공짜로 바치지 말 것, 세금과 보험료는 이미 다 지불이 된 상태고 기름을 가득 채운 차가 밖에서 대기 중이라고 하더군.

그에게 커피 한잔 끓여줄 수 있는 시간 정도는 충분했어. 바리스타가 잠깐 자리를 비운 사이 우리는 빵을 반으로 가르고 남은 소시지 조각을 그 안에 끼워 넣었어. 로베르트가 커피를 끓여 보온병에 넣어 들려 보내자고 제안했지. 바론은 감동했어.

역으로 가는 길에서 벌써 난 운전대를 잡고 있었어. 차를 맡지 않는다면 그 대가로 늑대를 돌보는 일을 떠맡게 되지나 않을까 걱정이었어. 늑대는 로베르트와 함께 뒷좌석에 앉아 있었어. 바론과 로베르트는 음악에 대해서, 다시 말해 로베르트가 음악이라고 부르는 것에 대해 이야기를 나누었어. 바론은 대부분의 밴드에 대해 소상히 알고 있었고 밀리 바닐리니 뭐 그렇고 그런 이름들을 가진 애들에 관한 뒷소문에 대해서도 빠삭했지. 그런 지식들의 출처가 트렁크에 들어 있더군. 한 뭉치의 『브라보』 잡지. 그는 자기는 벌써 다 읽었다면서 그걸 로베르트에게 물려주었어. 그게 그의 청소년들이 뭘 하는지 감을 잡기 위한 의무 독서 목록이라고 했지. 말하는 도중 우연히 우리는 그가 두 명의 자식을 두었다는 것을 듣게 되었는데 아주 가끔밖에는 볼 수 없다고 했어. 더 많은 것을 물어보기엔 시간이 너무 빠듯했지. 그가 시키는 대로 난 차 지붕을 열고 닫는 것을 시험해보았어. 곧 봄이 오지 않느냐면서. 그러고는 서류들을 받아들었지. 그가 지참한 짐이라고는 개먹이 깡통 한 개, 스타이브슨트 광고가 그려진 커다란 플라스틱 재떨이는 개 밥그릇으로 사용하기 위해 필요한 거였고, 그리고 큰 서류가방이 전부였어.

그는 늑대를 먼저 기차로 올려 보내곤 짧게 작별인사를 한 다음 문을 닫고 돌아섰지. 로베르트와 난 기차의 창문들을 지나치며 플랫폼을 따라 걸었지. 우린 그가 자리에 앉아서 서류가방을 열고 서류 뭉치를 꺼내는 것을 보았어. 서류를 읽으면서 그는 마치 자는 것처럼 머리를 유리창에 기댔어. 이 순간 난 어쩐지 그를 이해할 수 있을 것 같았어. 왜 그가 늘 늑대를 곁에 데리고 다니는지.

너, 데이비드 핫셀호프랑 말하는 자동차가 나오는 시리즈[7] 알아? 바론의 '르 바론'이라는 차종이 그것과 좀 비슷하게 생겼어. 그 안에선 앉는다기보다는 누운 자세로 운전하게 되지. 그 차를 운전하며 극장에서 몰려 나오는 사람들 사이를 지나는 동안 난 내가 조용히 물속을 미끄러져가는 파충류 같다고 생각했지. 사람들은 거의 깜짝 놀란 상태로 우리 쪽을 향해 뒤돌아보곤 했어.

차에 대해서는 일언반구도 없이 미하엘라가 올라탔어. 매우 지쳐 있었던 거야. 원래 8시면 잠자리에 들었어야 할 로베르트에 대해서도 아무 말도 안 했지. "빨리 여길 떠나자" 하고 그녀는 말했고 난 그게 어디론가

---

7 K.I.T.T.는 텔레비전 연속극 「나이트 라이더Knight Rider」(우리나라에는 「전격 Z작전」이라는 제목으로 알려져 있다—옮긴이)에 나오는 말하는 자동차의 이름이다.

소풍이라도 떠나자는 요구임을 알아들었지.

로지츠로 향하는 긴 직선 길에서 시속 160킬로미터로 달렸음에도 불구하고 그녀는 느긋하게 드라이브를 즐기며 미소를 지었어. 집에 도착했을 때 난 미하엘라와 로베르트가 잠든 줄 알았어. 그러나 그들은 단지 내리기가 싫었던 거였어.

거실에서 우린 모두 바리스타의 과자 상자에 달려들었지. 혀에서 살살 녹는 초콜릿 구슬──미하엘라는 종류별로 하나씩 골라 마침 바리스타의 자리에 앉았던 까닭으로 그의 접시 위에 그것들을 놓았어. 그녀는 아무도 사용하지 않은 빈 접시인 줄 알았지. 난 세 개를 먹었고 로베르트는 두 개, 미하엘라는 그것들을 버찌처럼 계속해서 집어먹더니 남은 것들을 들고 텔레비전 앞으로 가져갔어. 그녀는 자리를 잡고 앉아 선거 결과를 예상하는 프로에 귀를 기울였지.

사랑해마지않는 내 친구, 요! 네 새로운 논문에 대해 무엇인가를 평한다는 건 이제 내겐 참 어려운 일이 되었어.[8] 난 이제 너무 먼 곳으로 와 있거든. 창작물들은 더 이상 내 흥미를 끌지 못해. 이건 물론 변명이 될 수 없지. 작품에 대한 평가 기준은 더더욱 아니고. 그런 게 있기나 하겠냐만 새로운 문학이란 근로의 문학, 사업의 문학, 돈의 문학이어야 할 것 같아. 주위를 좀 둘러보라고! 서독 사람들은 일이 아니면 아무것도 하는 게 없지. 우리 역시 마찬가지야.

너와 함께 사는 여자들에게 안부를 전해줘. 너를 포옹하며, E.

---

8 튀르머의 자료 중에 요한 치일케의 글은 발견되지 않았다.

니콜레타, 무슨 일이 일어난 것인가요?[1] 난 마치 마취라도 된 듯한 기분입니다. 요르크가 지나가듯 말한 것을 우연히 들었을 뿐. 그 외에는 아무것도 아는 것이 없습니다! 어째서 당신이 바리스타의 일로? 그 일이 일어난 바로 그 시간에, 내가 당신이 출발하기까지 몇 분이 남았는지를 세며 그대로 집 안에 누워 있었던 것을 생각하면—그때 난 무엇인가를 감지했던 겁니다. 뭔가 불길한 느낌 말입니다. 하지만 바리스타는요? 그가 우리와 무슨 상관이 있습니까? 우리와 관계되는 일에서라면 그는 존재할 까닭이 없습니다. 무엇 때문에 그를 나무라시는 건가요? 또 나는요? 그라는 인물이 무슨 의미를 가지고 있습니까? 그는 오히려 동정이나 관대함을 받아야 마땅한 사람이 아니던가요? 모자라는 점이 몹시 많은 그런 사람이 아니던가요? 하지만 아무래도 좋습니다! 왜 나로 하여금 그 사람을 대신해 벌을 받게 하시는 겁니까? 그게 아니라면 당신의 침묵은 도대체 무엇을 뜻하는 것입니까? 누구나 바리스타를 처음 보면 서먹서먹하게 느끼죠. 그의 그 이상한 태도와 사상이 어디서 나온 건지 나는 잘 모릅니다. 하지만 그건 다 그의 외모로부터 다른 데로 시선을 돌리게 하기 위한 장치가 아니겠습니까? 이 지역에선 모두들 삐딱한 굽을 단 그의 우스꽝스러운 뾰족 장화를 놀리곤 합니다. 결국 난 바리스타에 대해서, 그가 그 평범하지 않은 질문을 들고 신문사를 찾아왔다는 것 외에는 아무것도 말씀드릴 수가 없군요. 그의 제안은 긍정적이었습니다. 도대체 무슨 이유로 우리가 그와 함께 일하지 말아야 한단 말입니까?

---

1 니콜레타 한첸과 바리스타 사이의 언쟁에 관해서는 뒤따르는 편지들 속에서 더 자세히 읽을 수 있다.

당신은 그를 어디서 알게 되셨나요? 아니면 그가 당신을——차마 이렇게 글에 담을 수 없는 일입니다만——무례하게 혹은 다른 어떤 식으로든 흉물스럽게 대하던가요? 내 말을 좀 믿어주십시오. 설령 그가 그런 무례의 작은 흔적이라도 보였었다면——어디든지 멀리 꺼져버리라고 합시다!

바리스타는 지금 여행을 떠나고 없으며 그가 다시 돌아올지는 아무도 모릅니다.

내게 몇 줄만이라도 소식을 주세요, 부탁입니다!

온 마음을 다하여,

당신의 엔리코.

90년 3월 19일 월요일

친애하는 니콜레타!

얼마 전까지만 해도 난 당신이 갑자기 편집부에 나타나실 거라고 굳게 믿고 있었습니다. 마치 어떤 자연스러운 리듬이 있어서 당신을 알텐부르크로 불러올 듯이 말입니다. 때때로 두려움이 날 따라다니기도 합니다. 혹시 아프지나 않으신 건지 아니면 다른 일이라도 일어난 건지, 혹시 사고의 후유증이라도. 방사선 촬영은 한번 받아보셨나요?

당신을 보고 싶다는 소망이 너무나도 강한 나머지 난 그 소망의 주술적인 힘을 확신할 지경이 되었습니다. 그리고 바로 그런 이유 때문에라도 난 아침 일찍 편집부로 출근하며——드디어 내 정성에 대한 보상을 받게 되는 거라고 생각했습니다. 복도에서 만난 게오르크가 누군가가 나를 방문했다고 알려주었기 때문입니다. 그래요, 누군가 날 기다린다는 겁니다! 그가 짓는 미소로 보아 내겐 더 이상 의심의 여지가 없었습니다.

나는—지금은 나 자신을 꾸짖고 있습니다. 마치 내 멍청함이 당신을 쫓아내기라도 한 듯—아무것도 모르는 척하며 누가 올지 도저히 상상이 안 간다는 듯이 어깨를 들어 올렸습니다. 그리고 당신이 내 목소리라도 듣길 기대하면서 난 게오르크에게 짐짓 무슨 일이냐고 물었습니다. 물론 난 게오르크가 다시 위층으로 올라가는 것에도 전혀 반대하지 않았지요. 아, 니콜레타! 그건 예언의 순간이었습니다!

기센 신문사에서 온 사람 세 명이 커피를 홀짝홀짝 마시며 앉아 있다가 자신들과 함께 놀아줄 친구가 한 명 새로 나타났다고 생각했는지, 반색을 하며 기뻐했습니다. 낯익은 보라색 재킷 때문에 난 그중 한 사람을 다시 알아보았습니다.

난 그들과 단지 피상적으로 말을 주고받았지요. 마음이 이리저리 허둥대고 있었지만 곧 평정을 되찾고 침착성을 회복했습니다. 아직은 시간이 많이 남아 있었고, 그래요, 하루가 지금 막 시작됐으니까 아직도 모든 일들이 나를 기다리고 있는 셈이고, 또한 많은 시와 분 들이 남아 있으니, 매시 매분마다 당신이 불쑥 나타날지도 모르는 일이었으니까요. 기대할 수 없을 만큼 빠른 속도로 행복감이 다시 찾아왔습니다. 기다림 그 자체가 내겐 행복을 뜻하니까요! 예년에 비해 일찍 찾아온 더위와 봄빛은 당신이 오리라는 것을 전하는 전령이었습니다.

기센에서 온 사람들은 선거장의 문이 열리는 것을 관찰하고 난 뒤 선술집으로 몸을 숨기듯 편집부로 찾아들었다고 했습니다. 내가 이른 아침 새벽부터 자료 수집을 해왔던 것이 아니라 불과 한 시간 전에 잠에서 깨어 일어났다는 것을 그들은 믿지 않았습니다. 내가 우리 신문사를 위해서 여론조사 한 내용의 일부를 제공해달라고 부탁하자, 그제야 그들은 의심을 벗었지요. 난 내 판면을 펴놓고서 일을 시작했습니다. 니콜레타, 난 당신의 방문을 맞이하기에 떳떳한 일을 하길 바랐고, 또한 그때까지 일을 다 끝마치고 싶었던 것입니다!

문이 점점 더 빈번히 열릴 때마다 당신이 모습을 드러낼 개연성 또한 점점 더 커지는 것 같았습니다.

기센 사람들은 각자 이리저리 분주히 돌아다니기는 했지만 절대 오랫동안 자리를 비우지는 않았습니다. 그들이 가장 즐겨 한 이야기는 한때 '이념 및 선전 담당 지역비서관'이었던 한스 쇠네만이 독일사회연합의 후보가 되었다는 거였습니다. 동명이인일 뿐이라고 내가 말해주었는 데도 고슴도치 머리의 사내는 자꾸만 그 얘기를 꺼내면서 내가 정정하는 말을 무시했습니다. 동시에 미소를 띠고 마치 이렇게 말하려는 듯했지요. 당신은 정말 동명이인이라는 소문을 믿는단 말입니까?

2시쯤 되어 케이크를 먹으며 입안에 음식이 가득한 순간에 혹 당신이 불쑥 나타나실까 봐 걱정을 했습니다. 그러고 나선 난 당신이 5시에 오실 거라고 생각했고 늦어도 5시 반, 아무튼 선거가 끝나기 전에는 반드시. 마치 당신이 전화로 내게 알려주시기라도 한 것처럼 난 그것을 굳게 믿었습니다.

4시경에는 모든 업무를 마쳤습니다. 손님이 오지 않았거나 마지막 기사의 줄 수를 계산하는 일이 늦어지지 않았더라면 아마 난 더 일찍 일을 끝낼 수도 있었을 것입니다. 난 당신이 오셨을 때 일을 하고 있는 나를 발견하시기를 바랐습니다.

프랑카가 정원의 언덕 중턱에 접는 의자 몇 개를 펴 놓았습니다. 의자에서 하얀색 칠이 떨어져 나와 바지의 엉덩이에 달라붙었습니다. 우린 신문을 안전한 곳으로 가져다 놓고 탁자를 밀었습니다. 창간호 배달 때조차 그렇게 많은 사람들이 우리 신문사에 와 있지는 않았습니다. 그들 중 몇몇은 내가 지난 10월과 11월에 보았던 사람들이었습니다. 게오르크가 우리들 앞에 서서 계산을 해보더니 1912년 이후에 태어난 사람들이라면 누구든 일생 동안 단 한번도 제대로 된 선거에 참가해본 적이 없다고 말했습니다.

시계가 다시 시간을 알리는 종을 울리기 시작했고, 기대하지 않았던 여섯번째 소리가 나를 때리는 것만 같더군요. 난 내가 잘못 셌을 거라고 생각했습니다. 하지만 휴대용 라디오 역시 18시를 알리고 있었습니다. 의자에 서로 밀착해 앉은 채, 다른 사람들 역시 나처럼 숨을 멈추고 있었던 모양이었습니다. 요르크가 웃음을 터뜨릴 때까지는요. 주위가 소란스러워지기 시작했습니다. 갑자기 모든 사람들이 각자 저마다 무엇인가를 떠들어대며 선거에 대한 전망을 내놓는 사람들을 야유하고 비난했습니다.[1] 난 그곳을 가까스로 빠져나와 정원의 언덕 비탈길을 올라갔습니다.

한 시간 뒤에는 오직 기센 사람들과 몇몇 배달원들만이 자리에 남아 있었습니다. 그들은 라디오가 놓여 있는 탁자 주위에 모여 앉아 침묵했습니다. 그중에 언제나 고개를 흔드는 한 사람이 있었지요. 기센 사람들은 혹독하게 비판하면서 배반이라고, 지난가을에 이룬 사상에 반한 배반이라고 규정하며 이젠 한스 쇠네만에 관한 이야기마저 그만두더군요.

프랑카가 빵들을 가져와 접시에 담자 선뜻 빵을 집어든 사람이라곤 오

---

[1] 동맹 90('새로운 포럼,' '민주주의 지금,' '평화와 인권을 위한 운동단체'의 연합)은 전체 2.9%의 득표밖에는 차지하지 못했다. 그로써 시민운동은 완전히 밖으로 밀려나게 되었다. 기민당(CDU)과 독일사회연합(DSU)과 민주발현당(DA)으로 결성된 '독일을 위한 연합'은 48%의 득표율을 올렸다. 당별로는 기민당(CDU)이 40.6%, 사민당(SPD)은 21.8%, 민주사회당(PDS) 16.3%. 투표율은 93%였다.

직 그 기센 사람들뿐이었습니다. 게오르크는 어디론가 들어가 숨어버렸고 요르크는 탁자 위에 올린 자신의 팔꿈치 가운데만 응시하다가 게오르크의 아이들을 다시 밖으로 내보내고 나서 결국은 라디오를 껐습니다. 바로 그 순간 전화벨이 울렸습니다. 아마 전화가 울린 게 먼저였는지도 모르겠습니다. 전화기에서 가장 가까웠던 요르크가 마침내 수화기를 집어 들었습니다. 그는 "여보세요" 하고 말한 뒤 다시 더 큰 소리로 반복해서 말하고 나중엔 아무것도 안 들린다고 악을 썼습니다. 보라색 옷의 남자가 나를 툭 치며 속삭였습니다. "수화기." 난 무슨 말인지 이해하지 못했지요. "에이, 참, 수화기요" 하며 그가 신경질적으로 말했습니다. 요르크는 고래고래 소리를 지르고 있었는데 그는 수화기를 거꾸로 들고 있었던 것입니다. 난 그에게 신호를 보냈지만 그를 더욱더 화나게 할 뿐이었지요. 내가 그에게서 수화기를 뺏어 들었을 땐 이미 전화가 끊긴 상태였습니다.

난 작별인사를 했고 요르크가 정문 앞에서 나를 배웅하며 말했습니다. 나더러 1면의 사설을 쓰라고, 오른쪽의 박스 안에 1천 타짜리 기사를. 그건 언제나 그가 쓰던 것이었습니다. 집에 돌아와서 난 당신 역시 지금 나와 똑같이 텔레비전 화면 앞에 앉아 있을 거라고 상상했습니다.

1천 타짜리 기사는 의외로 쉽게 써지더군요. 아마도 게오르크는 그것을 받아줄 테지만 요르크는 어떨지 자신이 없습니다. 정정할 시간은 많지 않습니다. 내가 낮 동안 낭비한 그 모든 희망에도 불구하고 내 운명론은 내게는 거의 영웅적으로까지 느껴집니다.

당신을 생각하며,

당신의 엔리코.

사랑하는 요!

모쪼록 너희들만은 일요일 하루를 적어도 미하엘라보다는 더 잘 이겨 냈길 바란다. (선거에 대한 내 생각은 1면 기사에 나올 거야.) 미하엘라는 음색과 억양을 달리해가며 그 '2.9%'에 대해서만 이야기를 하고 있어. 오늘은 조롱하는 듯한 목소리로, 어제는 보다 절망스러운 어조로, 혹은 소리 없는 침묵으로, 혹은 극적으로. 그녀 옆에 있는 나는 마치 돌이라도 된 듯한 기분이야. 그녀가 작성한 전단지 『명백한 주장』이 사장된 이후 그녀는 더 이상 '새로운 포럼'에 참석하지 않고 있었어. 선거를 위한 모든 제안이 그녀의 마음을 움직일 만큼 유혹적이었음에도 불구하고 끝까지 굴하지 않고 맞섰지. 미하엘라 퓌르스트를 최고인민의회로 보냅시다!

다가올 일을 미리 다 알고 있었다는 듯, 그녀는 금요일에 머리카락을 짧게 잘랐어. 로베르트조차도 몰랐어. 미용실에서 문득 그렇게 하겠다는 생각이 떠올랐대. 이제 그녀는 슬프고도 가까이 하기 어려운 이집트의 조각상— 네프레티티 왕비의 머리 모양을 하고 있어. 일요일 8시 반 정도에 내가 집을 나설 때마다 매번 그녀는 내가 상상했던 새로운 인생이란 게 과연 이런 것이었는지 묻는 일을 한번도 게을리한 적이 없어. 바라건대 그녀가 중앙역 앞에서 『빌트』 신문을 사기 위해 서 있는 사람들의 긴 행렬을 절대 보지 않게 되기를.

일요일에 미하엘라는 원피스 차림으로 나타났어. 테아가 그녀에게 줬던 옷인데 오페라를 보러 갈 때나 어울릴 옷이야. 배달원들과 우리 사무실에 밀어닥쳤던 새로운 포럼 사람들은 마치 합법적인 여주인을 마침내 보게 되었다는 듯이 그녀를 영접했지.

첫 선거 예상 결과 발표 이후로 그녀는 침착함을 유지했어. 우리 주위에 절망하는 자나 마리온처럼 울음을 터뜨리는 사람이 생길 때마다 그들을 위로하기도 했지. 아직 하루가 저물고 저녁이 된 건 아니라는 말을 여러 번 되풀이했어. 누군가가 볼리와 그 일당을 욕했어. 그들이 언제나 베를린의 일을 독단적으로 처리했었다는 거였어. 또 다른 이들은 서독 녹색당을 저주했는데, 그들은 생각도 돈도 아무것도 없다는 거야. 마리온은 우리가 윗대가리들에게 충분히 강력하게 맞서지 못했기 때문이라고 말했지. 그녀는 또 우리가 그놈의 잘못 사용된 '정의'란 말에 속아 불행을 자초한 거라면서 어째서 우린 진작 모든 비밀안전기획부의 명단을 공개하지 않았으며 예전의 정당들을 금지시켰던 것이냐고 부르짖었어. 학교에서 레닌을 배운 이유가 뭐란 말이냐고도 했지.

30분쯤 지나자 그들은 지쳐 더 이상 분노할 힘조차 없었어. 사람들이 한 명씩 사라질 때마다 미하엘라 역시 조금씩 힘이 빠지며 지쳐가는 모양이었어. 돌아가는 사람들과 작별인사조차 주고받지 않았어. 평소에는 가장 손쉽게 치르던 일들도 온통 실수투성이였어. 담배를 눌러도 꺼지지 않았고 유리잔 두 개가 차례로 넘어지고 사람들은 서로 몸을 부딪히며 발을 밟았어. 미하엘라가 오늘 내게 고백하길, 심지어 그녀는 몇 분간 마리온의 이름이 마리온인 것조차도 모르겠더래. 거침없이 선거 보도를 받아 적던 기센 사람들은 결국 이건 너무나도 모욕적인 선거 결과라면서 동독의 추한 얼굴이라고 말했지.

집에 와서도 텔레비전 앞에만 붙어 있는 미하엘라를 말릴 도리가 없었어. 이불을 뒤집어쓴 채 우리와 이야기를 나눌 때에도 고개를 돌리지 않았어. 아주 작은 변화만 생겨도 그녀는 우리를 오라고 불러놓고 팔을 뻗어 화면을 가렸지.

196

미하엘라는 로베르트에게 퐁듀를 해주겠다고 약속했었고 준비도 다 해놓았었어. 쟁반은 냉장고 안에, 소스는 냄비 안에 있었지. 그러나 모든 것이 식탁에 놓이고 우리가 벌써 꼬챙이를 냄비에 담갔을 때까지도 그녀는 몸을 웅크린 채 그대로 텔레비전 앞에 앉아 있었지. 로베르트는 거의 울음을 터뜨릴 지경이었어. 난 두 번이나 그녀에게 와달라고 부탁했고 이젠 뭐 어떤 결말이 날지도 다 알지 않느냐고 했지.

이 참상에 대해 내가 도대체 무슨 생각을 하느냐고? 난 모든 일이 나와는 아무런 상관이 없다는 듯한 태도를 취하지. 우리가 만드는 지역신문도 그 재앙과는 하등 상관이 없다는 듯. 난 말했어. 퐁듀를 먹으려는 나를 막을 수 있는 일은 세상에 그리 많지 않다고. 넌 내가 무슨 말 하는지 알 거야. 미하엘라의 얼굴이 돌처럼 굳어졌어.

그녀는 그 어떤 것도 의미가 없다고 말했어. 사람들이 그런 식으로 병적이고 백치같이 투표를 하는 한, 그녀는 더 이상 숨을 쉴 수도 누군가의 얼굴을 바라볼 수도 없대. 그리고 나 역시 다른 사람들과 똑같이 한심한 사람이라더군.

마치 무대 위에서 날 내려다보듯 그녀가 나를 보며 갑자기 물었어. 당신 뭐야? 당신, 도대체 누구야? 난 웃을 수밖에 없었지. 그녀의 질문 때문이 아니라, 그 순간 내 머릿속을 스쳐지나간 단어 때문에 말이야. 구도하는 자. 난 대답했지. 그럼 내가 무엇을 구하냐고? "참다운 인생,"이라고 말하면서도 내 입술을 움직이는 침착함과 당연함에 스스로도 깜짝 놀라지 않을 수 없었지. 다음 순간 신기하게도 그녀가 식탁으로 오더니 우리 옆에 얌전히 앉더군.

아, 요, 이럴 땐 무엇을 해야 하는 거니? 난 기꺼이 그녀를 돕고 싶어. 하지만 그녀는 진실을 듣고 싶어 하지 않아. 적어도 나한테서는 그래.

오늘 내가 점심 식사를 마치고 돌아오니—'갈루스' 식당 주인이 '깃발'을 내걸었더군. 그게 무슨 말이냐 하면, 선거의 승리를 기념하기 위해 그가 뻣뻣하게 풀을 먹인 흰색 식탁보를 깔았다는 거야—이 지역을 담당하는 기민당(CDU) 당수의 대변인인 피앗콥스키가 탁자 앞에 앉아 입 냄새를 없애기 위해 사탕을 빨고 있더군. 그가 누구랑 얘길 하고 있었게? 바리스타!

피앗콥스키는 나를 보자 자주색 서류가방을 열고 A4용지를 내밀었어. 기민당 알텐부르크 지역협의회가 이번 선거 결과에 "깊은 감동"을 받아 여성 남성 유권자 여러분께 감사를 드린다는 내용이었어. 난 더 이상은 기사를 받을 수 없다고 말했지. 이번 주 지면은 이미 꽉 찼다고.

"아니면 특별 요금을 내시던가요" 하고 바론이 말했지. 그도 최근에 해봤다면서. 두 배로 주면 아마 반면 정도는 받게 될 것이라고 말했어. 피앗콥스키의 젖은 입술이 씰룩거리기 시작했어. 그렇다면 150마르크를 낸다면 어느 정도나 가능하겠냐고 묻더군. 40줄 정도 높이에 한 단 넓이가 가능하다고 했더니 피앗콥스키는 생각에 잠겨 서류가방에 달린 검정, 빨강, 금색으로 된 장식줄을 팽팽하게 잡아당겼어. 그러고는 한숨을 쉬며 그들의 'CDU'라는 로고를 포기하고 (이젠 "엑스 오리엔테 팍스ex oriente pax—동쪽의 평화로부터"라는 그들의 라틴어 문구가 더 이상 유효하지 않은 모양이야) 조문기사를 낼 때처럼 두꺼운 테두리를 고르더군. 난 현금을 받았다는 영수증을 써주었지.

피앗콥스키가 밖에 나가 있을 때 난 바리스타에게 물었어. 당신이 도대체 방금 누구하고 얘길 나누었는지 알기냐 하는 거냐고. 피앗콥스키는 10월, 알텐부르크에 첫번째 시위가 있던 날, 즉 미하엘라와 통일사회당(SED) 지역 서기장에 속한 사람들 몇 명이 시청으로 불려 갔을 때 그 자리에 같이 있었는데 맞은편 통일사회당 서기 옆자리에 앉아 자신의 의도를 숨기지 않고 드러내며 협박했었어. 대화를 거부하는 사람들은 당의 관대함을 기대하지 말라면서——그것 때문에 심지어 서기장에게서까지 질책을 당했었지. 시위로부터 받은 "깊은 감동"을 너무나 노골적으로 표현해서 말이야.

바론은 어깨를 으쓱 들어 올렸어. 뭣 때문에 내가 그리 흥분하는 거냐고 물었어. 혹시라도 지금 방금 문밖으로 내쫓긴 그 불쌍한 작자 때문이냐면서. 피앗콥스키는 전혀 동정을 받을 만한 작자가 아니라고 내가 말했지. 내가 무슨 말을 하고 있는 건지 한번 생각해보라더군. 이 사람은 지방선거에서조차 더 이상 자신의 자리를 유지하지 못하게 될 거라고, 그리고 그건 피앗 어쩌구 하는 본인이 더 잘 알 것이라고. 똑같은 이유로 그는 직장도 잃게 될 것이라고. 그러고는 피앗 어쩌구 하는 작자가 왜 기민당으로 옮겨갔는지 아느냐고 묻더군. 부모님의 화장품 상점을 살리기 위해서였단 거야. 왜냐하면 사람들이 이 작자에게 통일사회당과 상점 둘 중에 하나를 선택하라고 협박했다나. 그래서 그는 적어도 아버지가 살아 계시는 동안 상점을 유지할 요량으로 기민당으로 도피를 단행했대.[1] 그러고 나서 사람들이 그에게 행정직 자리를 제공했고 회계부에서 일하게 한 것이래. 회계부를 바론은 재정부라고 불렀어. 피앗콥스키가 그에게 완전히 왜곡된 이야기를 전해 머리를 돌게 한 것이 분명했어. 손가락을 가볍게 팅겨주기만 하면 우린 그 작자의 일을 단칼에 끝낼 수가 있다고 바론이 말했지. 우리가 그에게 전화를 걸어 기사를 내겠다고 협박하면 그걸로 충분하다는 거였어. 그렇게 되면 그가 이미 돈을 지불한 기사를 위해 자리를 마

---

[1] 피앗콥스키와 같은 자영업자에겐 기민당 대신에 동독 자유민주당(LDPD)로의 '도피'가 더 나았을지도 모른다.

련할 필요조차 없다더군. 그리고 나더러 이미 충분한 증거를 입수하지 않았냐고, 몇 줄 안 되는 내용이 공개적으로 발표되는 걸 그가 얼마나 어려워하는지 방금 보지 않았느냐고 하더군. 쓰고 싶은 것을 쓰고 싶은 만큼 내 마음대로 쓸 수 있는 나와는 반대로 말이야. 바론은 자신은 정말이지 내가 피앗콥스키 같은 작자에게 아까운 시간을 낭비하는 것을 보고 싶지 않다는 거야. 게다가 지금 방금 이미 패배한 선수를 때리는 건 기사(騎士)다운 태도가 아님은 더 말할 것도 없다고 덧붙이더라.

"바로 지금, 이 중차대한 시기에" 하고 그가 말을 이었어. "자신이 무엇을 하고 있는지 아셔야 한단 말입니다!" 그가 절박하면서도 너무나 낮은 음성으로 말했기 때문에 부엌에서 나는 소리까지도 다 들을 수 있는 일로나조차도 아마 알아듣지 못했을 거야. 그때 게오르크의 장남 펠릭스가 들어왔어. 그 아이가 늑대를 데리고 나갔었거든. 바론은 내게 도시를 가로질러 산책하려는데 동행하지 않겠냐고 물었어. 지금까지 이런저런 시간 약속들 때문에 쫓겨 다니기만 했던 터라 이젠 좀 편안한 시간을 가지고 싶다더군. 난 거절해야 했어. 그래도 우리는 차를 얼마간 더 가지고 있을 수 있지.

너의 E.

90년 3월 21일 수요일

친애하는 니콜레타!
밤베르크의 우체국 소인보다 더 많은 희망을 담고 있던 것은 가장자

200

리의 느낌표 두 개와 내가 당신만의 필체일 거라고 확신하는 그 밑줄들이었습니다.

바리스타는 이미 도착해 있었습니다. 그는 당신과 싸웠다는 것을 인정했습니다. 물론 처음에는 아니라고 부인하며 "싸움"이라는 단어를 쓰지 말라고 했습니다만 마침내 고백하더군요. 그는 어째서 자기가 편집부에 머물 권리가 당신보다도 더 적은 것인지 납득하기 어렵다고 했습니다. 만일 그가 나타나길 별로 바라지 않는 거라면 자신에게 즉시 알려달라고 하더군요. 결국 그는 약간 "반항적"으로 반응했었노라고 고백하면서 당신을 나무랄 생각은 전혀 없었음을 두 번이나 강조했습니다. 그리고 나로서는 애석하게도 잘 이해할 수 없는 내용이었지만 당신이 『슈테른』지를 위해 하는 일에 대해 장황하게 늘어놓았습니다. 화해를 해야 하는 거라면 그가 먼저 손을 내밀겠다고 말했습니다.

바리스타는 또 아마 당신이 지금쯤은 몇 가지 점에서 전과는 다르게 생각할 거라고 하더군요. 난 그게 뭐냐고 물었습니다. 그는 이번 선거 결과에 대해 이곳 사람들보다 서독 사람들이 훨씬 더 많이 실망했다고 주장했습니다. 그는 이런저런 정치가 아니라 민주주의에만 관심이 있는 것이라고 합니다. 국가란 어차피 국민들의 발전을 돕기보다는 오히려 길을 가로막는 거라면서요.

기사를 읽고서 그는 손을 번쩍 들었다가 힘없이 팔을 다시 떨어뜨렸지요. 바리스타 자신이 잠잠해졌을 때 몇 가지 점들에 대해서 다시 이야기하려던 게 바로 이거라면서요. 그는 미래에는 가능한 한 많은 생각을 모으기 위해 서로 이야기를 함께 나누어야겠다는 소원을 피력한 것이었다고 말했습니다. 하지만 그건 또 조금은 다른 얘기지만. 〔……〕

서류가방에서 그가 파일을 하나 꺼냈습니다. 불룩하게 터질 듯한 종이 뭉치에 비해서는 너무나 작은 파일이었지요. 겉면에는 알아보기 힘든 글씨체로 편지의 서두와 수신인을 부르는 말이 적혀 있었는데——내 이름을 알아보기가 쉽지 않더군요——그 문서 안에서 그는 내게 이 서류 묶음을 읽도록 위임하고 있었습니다. 대부분은 신문기사를 복사한 것들이었고 변론과 판결에 대한 기록들이었지요. 〔……〕

내가 그것들을 넘기고 있는 동안——당신의 자료는 온전히 보존되어 있었습니다——그가 나를 설득하기 시작했습니다. 사람들이 그냥 다짜고짜 찾아와서 이렇게 말을 하는 것은 아니지 않느냐. 안녕하십니까, 여러분, 2년 전에 검사가 내 집 초인종을 누른 적이 있지요, 라고.

그는 나 역시 곧 당하게 될 것이라고 했습니다. 어떤 사업의 책임을 맡은 이상, 언제나 한쪽 발을 감옥에 걸쳐두고 있다는 것을 알게 될 거라고요. 왜냐하면 부득이 결정한 일이 전혀 예상하지 못했던 쪽으로 발전해 나가거나 다른 사람들의 빚을 떠맡게 되기도 하고 혹은 단지 운이 없어서 잘못된 방향으로 들어설 수도 있다는 것이었습니다. 자신도 얼마나 여러 번 무엇인가의 책임을 떠맡았어야 했는지 모른다더군요. 다른 사람의 권고에 반하여, 자신 스스로의 목소리에 반하여, 자신의 분명한 소망에 반하여 일어난 일이었는데도 불구하고 말입니다.

그는 모든 질문에 대해 설명과 대답을 제공하겠다고 제안했습니다. 사실 우리 앞에서 자신의 행동을 정당화해야 할 아무런 이유가 없었는데도 불구하고요.

그는 내게 고소의 내용보다 재판의 판결문을 더 높이 평가해야 된다는 것을 재차 강조했습니다. 절대 전과자 취급을 받진 않았었다는 것이었습니다.

그의 말이 내게 큰 의심을 불러일으켰습니다. 하지만 짐작이고 느낌일 뿐이었습니다. 내가 그에게 올바른 질문을 하도록 도와주십시오.

이젠 내 이야기를 계속하겠습니다. 당신이 그다음 장을 듣고 싶으시기나[1] 한 건지 저로서는 잘 모르지만요.

당신에게 진심을 다해 인사드리며, 당신의 엔리코.

학교 수업이 진행되는 주간에는 지난 방학 동안의 들뜨고 즐겁던 억양은 풀 죽은 자책의 목소리로 변색되어가곤 했습니다. 신이 내린 소명을 따르려는 내 시도가 날이 갈수록 점점 더 실패하고 있었기 때문입니다. 사실 일기를 쓴다는 것은 무엇인가에 대해 해명한다는 것과 같았으니까요. 유명한 시인이 어린 소년이었을 때 무엇을 느끼고 생각하며 행했는지 그리고 그때마다 스스로를 얼마나 높은 기준으로 평가했는지 다음 세상이 알아야 했으니까요.

지금 내가 당신에게 말씀드리려는 내용은 일기에는 들어 있지 않습니다. 되도록 짧게 쓰도록 해보겠습니다.

그 목가적인 여름이 지나고 막 8학년으로 올라갔을 때 나의 눈엔 우리 반 학생들이 모두 유치한 조무래기들로 보일 뿐이었습니다. 내가 겪은 엄청난 경험에 대해 이야기를 나눌 수 있는 사람은 아무도 없었고 그 아이들이 디스코텍이나 주차장이나 지하실에서 알아낸 그 어떤 것도 내 관심을 자극하지 못했습니다. 헨드리크가 그것을 눈치 챘을 것이며 그리고 틀림없이 그것이 그에게 용기를 주었을 것입니다.

헨드리크는 언어 장애가 있었고 심하게 마른 몸집 때문에 1학년 때부터 늘 괴롭힘을 받아서 난 별 관심은 없었지만 때때로 그를 변호해주곤 했

---

1 물론 이 부분에서는 '읽고 싶다'가 '듣고 싶다'보다 더 정확한 표현일 것이다.

습니다. 이제 그 아이는 내 주위를 까마귀처럼 빙빙 돌며 우쭐댔고 마치 겨드랑이를 긁기라도 하듯 어느 때는 오른쪽 어느 때는 왼쪽 팔을 구부려 팔꿈치를 뾰족하게 만들었습니다. 그는 새처럼 생긴 머리를 갸우뚱하게 기울인 채 내 쪽으로 풀쩍 뛰어와 무언가를 묻곤 했습니다. 어떤 때는 주말에 함께 소풍을 가지 않겠냐고 물었고 또 어떤 때는 우리 집에 전축이 있느냐, 뭐, 주로 그런 질문을 했습니다. 난 매번 그의 질문에 답을 해주었고 그러면 그는 비열한 미소를 띠며 말없이 사라져갔지요. 아마도 나름대로 재밌는 이야기를 나누었다고 생각하는 모양이었습니다.

이미 11월로 접어든 어느 날이었을 것입니다. 우리는 더 이상 쉬는 시간에 운동장에 나가지 않았는데 그때 그가 인간보다 뛰어난 지성을 가진 존재에 대한 이야기를 내게 들려주었습니다. 그의 어머니가 경찰에서 일을 하셨고 아버지는 엄격하고 근검한 남자로서 학교의 수위였다는 사실 때문에 그 아이의 말은 더욱더 나를 놀라게 했습니다.

이때부터 헨드리크는 날이면 날마다 새로운 결정적 증거를 들이대며 우리가 외계인으로부터 유래한 존재들임을 내게 속삭였습니다. 그 아이는 자신이 외계인 우주선의 원동력일 것이라고 생각한다는 에너지의 형태에 관한 이론을 말해주었습니다. 그 아이는 그런 이야기를 할 때면 팔과 손이 겹쳐지면서 마치 스스로를 붙들어 매기라도 할 듯한 시늉을 했지요. 크리스마스가 되기 얼마 전 헨드리크는 이제 내가 그의 이론을 믿느냐고 물더군요. 처음으로 화가 난 목소리였습니다. "아니." 내가 말했습니다. "난 예수 그리스도를 믿어."

이 문장이, 내 입에서 첫번째로 나온 이 말이, 나 자신을 뒤흔들었습니다. 깃발을 나부끼며 호소하는 중에 구름 사이에서 신의 목소리가 울려 퍼졌지요. "엔리코야, 내가 기뻐하는 사랑하는 내 아들아!" 이 장면을 일기장에 담아두느라 난 주말 시간을 꼬박 다 할애해야 했습니다.

12월 24일 오전에 헨드리크가 우리 집에 와서는 들어오라는 말을 기다릴 새도 없이 특유의 까마귀 걸음을 걸으며 안으로 성큼 들어섰습니다. 나한테 급하게 할 말이 있다는 것이었습니다. 그가 늘 주장하는 대로 항상 어머니가 씌워주신다는 모자와 목도리 사이에서 얼굴이 거의 보이지 않았습니다. 그는 나의 굳은 믿음에 놀랐으며 자신도 나와 같이 열렬하게 신을 믿고 싶으니 좀 도와달라는 부탁이었습니다. 그는 이 말을 복도에서 전했습니다. 내 손에 들려 있던 납작한 집게 때문에 그가 당황한 것은 아닌 것 같았습니다. 어머니는——우린 막 칠면조 다리에서 잔뼈를 잡아 빼는 중이었거든요—— 헨드리크에게 외투를 벗으라고 하시고 나더러 친구와 놀라고 하셨습니다.

난 내가 해줄 것은 없다고, 그 자신이 스스로 해야 한다고 말했습니다. 하지만 난 그에게 성경을 같이 읽자고 제안했습니다. 신약성경 중에 아무 구절이라도 좋으며 또한 함께 기도를 하자고도 제안했지요. 병든 자의 복종으로 그가 성경을 펼쳐 들었고——그의 눈길은 예수가 어린이들을 가까이 오게 하는 대목에 가닿았습니다. 그것을 기적이라고 믿느냐고 그가 물었습니다. 모든 것은 하느님의 암시라고 난 대답했습니다. 함께 그 장을 읽고 나서, 처음엔 내가 반쯤 작은 목소리로, 그다음엔 그 애가 기도를 드렸습니다. 난 갑자기 눈을 뜨고 우리가 지금 하고 있는 일이 실제임을 확인이라도 하려는 듯 주위를 휘휘 둘러보았습니다. 내 눈길은 발목 정도까지 올라오는 그 아이의 작업화에 가닿았습니다. 불행하게도 헨드리크의 발이 아버지의 발 크기만큼이나 자랐기 때문에 최근부터 신기 시작한 신발이었습니다. 그것들은 저울의 추처럼 그의 발에 매달려 안 그래도 무거운 그의 걸음걸이를 더욱더 곡마단의 묘기처럼 만들었습니다. 그 신발을 신은 이후 헨드리크가 한숨을 쉬며 미소를 지으려고 노력했음에도 불구하고, 아이들은 체육 시간마다 탈의실에서 그 구식 신발을 이리저리 차고 놀았습니다.

방학 전 마지막 체육 시간에 나는 그의 불행한 신발이 고스란히 제자리에 있었던 것을 보며 그건 순전히 내 영향이라고 생각하고 있었습니다. 하지만 헨드리크가 발을 넣기 위해 자리에 앉아 한쪽 신을 들자 안에 있던 물이 왈칵 쏟아져 양말을 신은 그의 발 위에 떨어졌습니다—나 역시 물웅덩이 한가운데 서 있었고 그 때문에 아이들의 환호성이 한 번 더 터져나왔지요. 마침내 그 신발이 우리 집에까지 들어온 것입니다. 그것들은 이제 내 방에까지 침범해왔고 신발 밑창은 내 침대를 비벼대고 있었습니다.

"아멘" 하고 헨드리크가 말했습니다. 그의 두 손이 펼쳐진 성경 위에 모아져 있었지요. 그는 고개를 약간 옆으로 기울인 채 마치 이젠 내 차례라는 듯이 나를 쳐다보았습니다. 나는 "아멘"이라고 말하고 또다시 그의 신발을 내려다보았습니다.

이제 더 어떻게 해야 좋을지 몰랐고 그에게 다시 기도를 반복하라고 할 수도 없는 노릇이었으므로 난 그에게 산책이나 하자고 제안했습니다. 그는 즉시 동의했습니다. 그 전에 난 집게를 들고 부엌으로 다시 가야만 했습니다. 당신은 한번이라도 칠면조를 구워본 일이 있나요? 내가 맡은 임무는 어머니가 밖으로 보이도록 드러내놓은 잔뼈를 집게로 집어 잡아 빼는 것이었습니다. 그동안 어머니는 머리 없는 그 짐승을 꽉 붙들고 계셨지요. 다리에 붙은 살점이 위로 쑥 미끄러지며 빠져나가 우스꽝스러운 고쟁이 모양이 되었습니다. 각각의 다리들에는 이런 잔뼈가 여러 개 들어 있었고 내가 어머니의 외마디 소리를 들으며 어머니를 탁자 너머로 거의 다 끌어당기다시피 했음에도 불구하고 모든 잔뼈를 다 뽑아내는 데 성공

한 적은 단 한번도 없었습니다. 담배 피우는 할아버지 인형처럼 무장을
한 헨드리크가 그 옆에 서 있다가 또 한 번 허공에 미소를 날리고는 어머
니께 정중하게 절하며 작별인사를 했지요.

산책길에서 헨드리크는 잠시도 조용히 입을 다물지 않았습니다. 그는
내가 얼마나 자주 기도를 하는지, 그때 내가 무슨 생각을 하는지, 내가 누
군가를 사랑하지 않을 뿐 아니라 그 누군가가 꼴 보기도 싫다는 것을 느낀
다면 어떻게 하는지, 그리고 영원한 생명을 바라는 것이 이기적인 소망인
지 아닌지 알고 싶다고 했습니다. 헨드리크는 성경을 해석하는 일에 몰두
했습니다. 그는 그러면서 지금까지 하던 대로 "기독교인"이라는 말 대신
에 "우리들"이라는 말을 썼습니다. 우리가 이젠 더 이상 죽음을 두려워하
지 않아도 되며 우린 근본적으로 다른 이들과 다른 태도를 가져야 한다는
말을 들으며, 그 아이의 "우리들"이라는 발음이 완벽하게 분명히 들리게
되었을 때까지도 난 그것을 "너희들"이라고 잘못 알아들었습니다. 그의 개
종은 이미 명백했지만 난 그것이 진심인지 아닌지 확인하고 싶었고 그렇
다고 해서 직접 묻는다는 것은 도리가 아닌 것 같아 자꾸만 산책길을 더
멀리 연장시켰습니다. 돌아오는 길에 교회를 지나쳐오면서야 난 확신을
갖게 되었습니다. 1층 창문에 포스터가 붙어 있었습니다. "하느님의 말씀
은 살아 있다. 너를 통하여!" 그것은 자선 행사를 위해 붙인 벽보였지만
내게는 예수가 나를 위해 직접 쓰신 문장으로만 보였습니다. 난 약간 당
황하며 미소를 지었고 바닥을 내려다보았습니다. 헨드리크로부터 놀라움
이나 탄성이 터져나올 것을 기대했기 때문입니다. 지금 이 순간에 이런
문구라니, 이게 기적이 아니고 그 무엇이란 말입니까?! 그러나 헨드리크
는 포스터를 보지 못했거나 아니면 그것을 우리와 관련짓지 않는 모양이
었습니다. 하지만 내가 한 명의 영혼을 구원했다는 사실과 진실로 사람을

낚는 어부가 되었다는 확신은 조금도 변하지 않았습니다. 난 헨드리크와 작별했습니다. 그날의 방문으로 그는 내게 가장 아름다운 크리스마스 선물을 안겨 준 셈이었습니다. 우린 서로 손을 마주잡고 악수했습니다—그의 어머니가 그에게 그토록 과장되게 손을 꼭 잡으며 악수하라고 가르치셨다고 합니다. 헨드리크의 상체가 앞으로 구부러지려고 했을 때 난 막 돌아서려던 참이었습니다. 그의 이마가 내 어깨에 닿을 때까지도 난 그걸 정중함이라고 여겼습니다. 내 행복감이 다 달아나는 순간이었습니다. 이제부턴 헨드리크 때문에 몹시 귀찮아질 게 분명했으니까요.

내가 당신께 이 이야기를 하는 이유는 그 아이 때문이 아닙니다. 그 아이의 이야기였다면 뭔가 다른 할 말도 많았겠지요. 하지만 진짜 이유는 이 경험이 내가 처음으로 쓴 글의 소재가 되었기 때문입니다.

카밀라 아주머니가 보내주신 소포의 달콤한 과자들 사이에서 기적적으로 발견한 만년필의 넓은 촉은 필체를 고르게 보이도록 했습니다. 글을 쓴다는 일은, 즉 내 손의 움직임이 만들어내는 도약을 보는 것은 부지불식간에 내게 깊은 만족감을 주었습니다.

새 만년필이 내 생각을 더욱더 빠르게 촉진시켰고 세 페이지가 넘어가자 난 벌써 우리가 함께 기도를 했다는 대목에 와 있었습니다. 그리고 갑자기—내가 느끼지 못하는 사이에 이 도약적인 글쓰기가 나를 이 깊은 수렁에서 벗어나게 해줄 것이라고 굳게 확신하고 있었던 중이었습니다—내가 한눈을 팔았던 것이 떠올랐고 그 기억이 그만 나를 마비시키는 것 같았습니다. 죄악. 난 헨드리크의 개종을 위해 기도하는 대신 그의 신발과 아이들이 그것을 놀려먹던 생각을 했던 것이었습니다. 정녕 영혼의 구원을 위해 싸우는 한 인간을 도울 능력마저 내게 없는 것이라면…… 난 만년필의 뚜껑을 돌려 닫았습니다. 나는 왼손에 들고 있던 뚜껑으로 만년필을 세 번 돌려 닫은 뒤 그것을, 그러니까 그 연장을 일기장의 맨 위 가장자리와 나란히 놓았습니다. 마치 몇 년 전부터 쭉 습작을 마친 후엔 어김없이 그렇게 해왔다는 듯이 말입니다.

문득 깨달았습니다. 한 명의 인격체로서는, 즉 하느님의 피조물로서는 실패했다 하더라도 그런 만큼 난 문학적인 인물로는 적합하다는 사실이었습니다. 그야말로 참다운 인식이 아닐 수 없었습니다. 일기를 쓸 것이 아니라 이제 작품을 써야 했습니다. 그 어떤 다른 신적(神的)인 작용이라 해도 그보다 더 많은 찬미를 담을 수는 없는 그런 훌륭한 작품을.

나는 서독제 커피와 파Fa 비누의 향기가 동독의 냄새와 만나 서로 경쟁하고 있는 거실로 살며시 들어가 서랍을 열고 어머니의 편지지 묶음을 꺼냈습니다. 그러고는 줄이 쳐진 받침대를 편지지 사이에 끼우고 자리를 바로 잡은 다음 만년필 뚜껑을 빼 만년필 뒤에 꽂았습니다. 한순간의 망설임도 없이 맨 윗줄 가운데에 써넣었지요. 탄생. 그 밑엔 단편, 다시 줄 바꾸어서. '엔리코 튀르머 지음'이라고 말이지요. 그러고 나선 마치 작품을 완성하기라도 한 듯 만족한 상태로 잠자리에 들었습니다.

새벽녘에 난 잠옷 바람으로 스웨터를 걸쳐 입고 다시 책상 앞에 앉았습니다. 난 큰 폭을 오르내리는 도약으로 긴 문장을 만들어내며 내 실패담을 줄줄 써나가기를 간절히 바랐습니다. 하지만 그건 하나의 단편이 되어야 했으므로 먼저 상황을 설정해야 했고, 거기 속하는 인물들을 묘사해야만 했습니다. 그리하여 '들렸다'라는 동사를 완성시켜 첫 문장을 만들기까지는 긴 시간이 흘렀습니다.

내 작품을 크리스마스 휴일 이틀 동안, 안 되면 적어도 그해 안으로, 그도 아니라면 마지막으로 겨울방학이 끝날 때까지 마친다는 계획은 실현 가능이 없어 보였습니다.

헨드리크를 오전에 만나고 나서 오후에 당장 그에 대해 글을 쓴다는 상황이 참으로 모순적으로 느껴졌습니다. 예상했던 대로 그는 이제 모든 거리감을 떨쳐낸 듯, 나를 제 마음대로 허물없이 대했습니다. 다음 날 아침엔 심지어 내 의자에 앉아 있기까지 했습니다. 그건 다음과 같은 뜻이었거든요. 난 널 기다렸다. 그를 내 옆에 두지 않고 다른 아이와 이야기를 나눈다는 것은 거의 불가능했습니다. 그가 누군가의 다리에 걸려 넘어지고 나면 신발이 없어지거나 아니면 반드시 그의 이름 옆에 갈겨쓴 조롱 어린 문장들을 칠판 위에서 읽을 수 있었습니다— 선생님의 말씀대로라면 아주 나쁜 짓이었죠— 그러면 그는 자세를 꼿꼿이 바로잡고 고개를 옆으로 기울인 채 미소를 지으며 다음과 같이 말하는 것만 같았습니다. 내 다른 쪽 뺨도 너희들에게 내밀고 있다. 적어도 난 그에게 셔츠 맨 위 단추는 풀도록 설득할 수 있었습니다. 난 우주의 긍정적인 또는 부정적인 에너지에 관한 헨드리크의 수다 역시 잘 참아냈습니다. 헨드리크가 아니라면 성령이 강림하는 바로 그 순간, 어떤 느낌이 드는지를 도대체 누구에게서 들을 수 있겠습니까? 자세하면 자세할수록 더욱더 좋았습니다.

겨울방학이 되어 헨드리크와 내가 '청소년 교회'로 가는 길이었습니다. 난 우주 탄생 이론을 설명하고 있는 그의 말을 중간에서 잘랐습니다. 내가 무슨 말을 하는지 헨드리크는 알아듣지 못했습니다. 난 화가 났습니다. 그가 혹시 목소리 같은 것을 들었는지, 그랬다면 그 목소리가 무엇을 말하더냐고 좀더 상세히 물어봐야 하는 건가?

기독교적인 신앙은, 하며 헨드리크가 마침내 입을 열었습니다. 그건 삶에 질서를 부여하지. 그리고 그 외에도— 이때 그의 얼굴에 '다른 쪽 뺨도 마저 내밀기 그리고 미소'가 다시금 나타났습니다— 어찌 되었든 간에 믿는다는 것은 잘못된 일이 아니라더군요. 헨드리크의 말은 그 모든 것이 사실이 아니라 해도 어차피 사람들은 더 이상 알아채지 못할 거라는 것이었습니다.

난 펄쩍 뒤로 물러났습니다! 그 역겨운 낯짝에 따귀라도 갈기고 싶었고 천하의 사기꾼이라고 욕을 흠씬 해주거나 모든 종류의 고통으로 인도하고 싶었습니다. 학교에서 당하는 고통이라면 충분할 것입니다! "마귀는 논리정연하게 사고하는 자야!"——난 그걸 나중에 하이네의 어느 대목에서 발견했습니다.

"헨드리크가 나로 하여금 만년필에서 손을 떼게 했다"라는 문장은 몇 달이고 계속 내 일기장의 마지막 문장으로 남아 있었습니다.

발다우에서 지낼 8월까지도 난 그 고통 속에서 여전히 허우적거리고 있었습니다. 발다우에서는 전에 발견했던 회색 대리석 문양의 여덟 권짜리 전집을 읽는 일 외에는 아무것도 하지 않았습니다. 그 뒷면에는 파란 바탕의 금색으로 헤르만 헤세의 만트라가 인쇄되어 있었는데 이것 역시 예고도 없이 도착한 카밀라 아주머니의 선물이었습니다. 페이지 갈피마다 향기가 숨겨져 있었는데 '인터숍' 슈퍼마켓의 것보다도 훨씬 좋고 기분 좋은 향기였습니다. 그건 내 독서시간에 없어서는 안 될 향기였으며 숲의 향기나 발다우의 작은 집에서 나는 향기에 차츰차츰 섞여 들어가는 정화의 향불이었습니다. 그러나 난 그것을 집에 돌아와서야 깨달았지요.

당신만의 엔리코.

90년 3월 21일 수요일

사랑하는 요!

어제 바론과 함께 도시를 가로지르며 전에 못 갔던 산책을 떠났는데
마침 날씨가 안성맞춤이었어. 우린 빨간 첨탑을 지나 모자 공장을 따라
큰 연못 쪽을 향해 걸었지. 난 그에게 게오르크와 함께 산책을 해보라고
권했어. 게오르크라면 바르바로사와 왕자 탈취 사건에 얽힌 얘길 들려줄
수도 있을 것이고 멜랑크톤, 바흐, 린데나우, 피에레르, 브로크하우스, 니
체의 아버지 등등 모르는 게 없을 테니까. 섬의 동물원은 문을 닫았더군.
난 알텐부르그[1] 하우스에 들러볼까 했지만 그가 모르는 이름이라고 해서
우린 그냥 영화관 쪽으로 나와 타이히 슈트라세로 올라갔어. 가가호호 거
의 아무도 살지 않는 그 폐허 같은 거리 말이야. 우린 천천히 앞으로 나아
갈 수밖에 없었는데, 바리스타가 연신 사진을 찍어댔기 때문이었어. 그의
걸음걸이와 제스처가 너무도 조심스러워서 마치 고고학자나 동굴 탐험가
의 발걸음 같았지. 주택의 마당에는 아무도 더 이상 발을 들여놓을 수 없
었고 벽들이 무너져내려 무슨 이상한 생명체 같은 모양새가 되어 있었어.
배가 불룩 나온 벽, 줄줄이 늘어진 창문틀. 지붕 위 어린 자작나무가 꼭
모자에 장식된 깃털처럼 보였지. 난 사람들이 모두들 하는 이야기를 그에
게도 들려주었어. 전쟁이 끝난 뒤에도 사람들은 타이히 슈트라세의 술집
에서 맥주 한잔 마시기가 어려웠노라. 술집이 총 스무 개쯤 있었는데 지
금은 딱 한 집만 남았노라.

---

1 게하르트 스트뢰흐. 1926년 회디헨 슈네펜탈에서 태어나 알텐부르크에서 살았다. 그는
  1956년부터 자신을 알텐부르그라 칭했고 1989년 12월 29일 마이센 근처에서 자동차 사고
  로 사망했다.

212

때때로 바리스타는 회칠한 담벼락에 손을 얹고 그 위를 쓰다듬었어. 그만의 그런 공감 표시가 나를 왠지 부끄럽게 만들었고 내 눈을 뜨게 했어. 이 산책길에서 난 야만성을 깨달았지. 내 속에 있고 우리 안에 있는 야만성, 그건 한 도시를 이토록 영락하게 만들고도 괴로움에 미치지 않은 채 남아 있는 우리들의 야만성이었어. 그 퇴락을 나 역시 항상 당연한 것으로, 혹은 사물의 자연스러운 이치로 보았었으니 말이야.

그 개구리 실험에 관한 이야기가 떠오르더군. 바론이 기회 있을 때마다 입에 담던 건데. (사람들이 물의 온도를 한 시간에 1도씩 천천히 올린다면, 개구리를—그 개구리가 원한다면 얼마든지 밖으로 뛰쳐나갈 수 있는 기회가 있음에도 불구하고—그대로 삶을 수 있을 거라는 게 그의 주장이야.) 그러니 이 나라를 버리고 뛰쳐 나가버렸던 사람들이야말로 아마 옳은 행동을 한 거였겠지. 장벽으로 막히거나 흐린 유리 뒤에서 우중충한 빛을 발하고 있는 상점 앞에 서서 바론이 그 위에 달린 퇴색한 표지나 간판을 사진 찍는 것을 바라보며 난 그런 생각을 하고 있었어.

(게오르크는 내 뒷자리 책상 앞에 앉아 있어. 네게 이 편지를 쓰는 동안 난 그가 끙끙거리며 한숨 쉬는 소릴 들었어. 우리가 왜 신문사를 설립했느냐는 질문을 받았을 때 그가 도대체 뭐라고 대답해야 하는지 나더러 좀 말을 해보라는 거야. 난 그가 창간호 때 했던 말을 반복했어. 공개성 확보, 사람들이 민주주의와 동행할 수 있기 위해서는 하나의 광장을 가져야 한다, 윗자리 차지하고 앉은 사람들 어쩌고저쩌고…… 그런 건 이미 다 알고 있다며 게오르크가 내 말을 잘랐어. 그러면서 오늘도 역시 그런 말을 할 수 있겠냐고 묻더라—두려움 때문에 기사를 마저 쓸 수가 없노라고. 그 일 때문에 그가 계속해서 짜증을 내고 있어.)

바리스타와 내가 드디어 니콜라이 성당 마당에 도착했을 때 게오르크

는 나이가 짐작되지 않는 한 남자에게 우리가 너무 늦은 건 아니냐고 물었
어. 그 사내는 첨탑의 문에 몸을 비스듬히 기대고 있다가 머리를 좌우로
흔들고는 나를 안다는 듯 웃어 보이더니 손가락 두 개를 스포츠모자(로베
르트가 있었다면 '베이스캡'이라고 내 단어를 정정했을 거야)에 갖다 대며
인사했지. 그는 가는 줄에 달린 열쇠 하나를 골라냈고 그런 다음에도 보
안용 열쇠, 마지막엔 묵직한 통나무를 꺼내 들었어. 그 모든 것이 어떻게
그의 바지 주머니에 다 들어 있었을까 싶어 깜짝 놀랐지. 그는 몇 번이고
경례를 붙이더니 휘파람을 불며 거리의 소년처럼 어슬렁어슬렁 가버리더
군. 우리가 전에 라르센에게 차를 몰고 가기 전 천주교 성당 앞 계단에서
바리스타와 얘길 주고받던 바로 그 남자였어.

바론이 보안용 열쇠를 돌리자 자물통 소리가 첨탑의 내부 안으로 울
려 퍼졌어.

"노멘 에스트 오멘(Nomen est omen, 이름이 징조다)."―나라면 아
마 꼭대기로 올라가는 데 아무 문제가 없을 거라면서 그가 나를 앞장세웠
어. 그는 내 뒤를 뒤따랐어. 난 우리 사이에 약간의 거리가 생기도록 애썼
지. 하지만 그는 계속 수다를 떨었는데도 계속 내 발꿈치 뒤에 딱 붙어 있
었어. 계단이 부서져서 첨탑의 출입이 금지되었던 것이니 조심하라는 둥,
프로하르스키가 야단법석을 떨지 않고도 그의 작은 소원들을 다 들어주는
남자라는 것을 이제야 발견했다는 둥. 프로하르스키는 사실은 카자흐 사
람이며 점령군 조력자의 자식으로서 피나는 모험 끝에 몰래 이곳에 숨어
들었다는 거야. 그는 프로하르스키에게 도움을 주고 있으며 그의 어머니
가 받아 마땅한 어떤 특별한 연금을 신청해주었다더군.

마지막 계단을 밟으며 내 눈길이 지붕으로 옮겨가고 있을 때 그가 "그
거 아십니까?" 하고 말했어. "난 이 도시를 사랑하게 됐지요. 예전에는

몰랐는데 여기 없는 동안 절실히 느꼈답니다. 거기서 그 죄다 쓸데없는 토론과 강연에 참가하는 동안 난 정말이지 이곳이 그리워 향수병을 앓을 지경이었다니까요."

바론은 심지어 첨탑의 작은 방을 여는 열쇠조차 가지고 있었어. 방치되어 고약한 냄새가 나는 방이었어.

바론이 사랑에 빠진 건 어떤 괴상한 이유에서라더군. 이 도시는 가망이 거의 없으며 그런 게 조금이라도 있다면 기적이라도 일어나야만 이 도시를 구할 수 있기 때문이라는 거야. 그는 웃으며 자신의 왼쪽 턱을 쓰다듬었어. 이름부터가 벌써 그렇대. 처음엔 '알텐(오래된)' 그리고 '부르크(고성).' '알트'는 결코 매력적으로 들리지 않으며 도시 이름 앞에 그런 접두어가 오면 직감적으로 긍정적인 느낌을 갖기가 어렵대. 그리고 '고성' —— 그러면서 그는 웃었지 —— 고성, 하면 사람들이 뭔가 불길한 것, 차가움, 답답함, 지하감옥 그런 걸 떠올리게 되지 않느냐는 거지. 그가 그저 알텐-부르크 하고 발음하기만 해도 아마 외국의 사업파트너들은 두 손을 치켜들며 카를 대제 시기에 포기한 식민지령쯤을 떠올릴 거라는군. 그리고 멀리 일곱 구릉 너머에 놓인 고속도로에 대해선 얘기조차 꺼낼 필요가 없대. 이곳의 기차선로를 지도에서 바라보면 머지않아 곧 완행열차밖에는 남지 않을 걸 알게 된다는 거지. 또 그는 길 가는 모든 사람에게 물어보라면서 이곳의 부실기업들은 이제 곧 망하기 직전이고 그나마 남은 것들도 서독마르크가 도착하는 즉시 완전히 날아가버릴 게 아니냐는 거였어. 서독마르크로 임금을 주게 되면 덤핑 가격으로라도 진공청소기를 더 이상 팔 수 없을 테고 공업용 재봉틀은 이미 물 건너간 것이 아니겠냐고. 동독 국가 인민군(NVA)의 차량은 몽땅 다 점검해서 수리라도 하면 혹시 연방 군대에서 쓸 수 있을지 모르겠다고 하더군.

우린 밖으로 나가 도시 전체를 내려다보았지. 게오르크의 정원과 조망대를 찾는 것은 오래 걸렸던 반면 북쪽 지평선에서 민족전투 기념비를 발견하는 건 금방이었어.

바론이 계속 말을 이었지. 갈탄에 관해서는 내가 더 잘 알 거래. 자신이 들은 정보가 맞다면 갈탄은 수분을 함유하고 있는데 그 함유된 수분은 소화용 모래를 가공시킬 때 유용한 물질이래. 로지츠의 쓰레기 처리장[2]은 아무리 늦어도 환경보호단체가 암 발생률을 발표하는 즉시 문을 닫을 것이고 말이야. 우린 서쪽을 향해 서서 피라미드를 바라보았어. 그러면서 그는 또 우라늄에 대해서도 대략 감이 잡힌다고 했지.

"그렇다면 대체 무엇이 남을까요? 알텐부르크 셰리주? 알텐부르크 겨자와 식초? 스카트 게임 카드 몇 장? 혹시 맥주 공장?" 그러다 갑자기 나를 향해 획 돌아서서 "대답 좀 해보세요!"라고 소리치더군.

내가 그걸 도대체 어떻게 알겠냐고 난 말했지. 그는 그래도 날 가만두지 않아. 한번쯤은 생각해봤을 거라면서, 결국 하나의 문제는 다른 문제와 연결되어 있는 법이라 사람들의 손에 돈이 들어오지 않는다면 그 어떤 묘책이 나온다 해도 소용없다고 하더군. 신문사를 설립하는 사람에게는, 즉 적지 않은 위험부담을 안고도 신문사를 설립하는 사람에게라면 앞으로의 전망 같은 것을 물어볼 수 있지 않겠느냐고.

"신문사는 그런 것들과는 상관이 없지요" 하고 난 대답했어. 그런 생각을 했다 해도 신문사를 설립하는 일에 아무런 영향을 끼치지 못했을 거란 말을 하려던 거였어. 바리스타가 내게 겁을 주더군. 난 우리 할아버지의 예언을 기억해냈지. 매일같이 하루의 빵을 번다는 게 얼마나 힘든

---

2 로지츠의 타르 가공 공장.

일인지 언젠가는 반드시 알게 될 거라고 말씀하셨었거든.

난 기꺼이 계속하세요,라고 말하고 싶었어. 그 모든 가공할 만한 가능성에 맞서 어떻게 위험을 벗어나는지 들어보겠다고 벼르는 사람처럼.

"실제로 남는 건 별로 없을 겁니다" 하고 바리스타가 마침내 말했지. "이 첨탑들과 주택, 교회나 박물관을 제외하면, 잘하면 극장이나 남게 되는지."—— 이내 상체를 앞으로 굽히며 절을 하면서—— "극장을 거기에 관련시킬 수는 없겠죠. 2년 혹은 3년. 그러면 찬사도 그만 끝이 날 겁니다." 조금 뜸을 들였다가 "멋진 풍경이죠, 그렇지 않나요?"라고 말한 다음 그는 침묵에 빠져들었고 이리저리 걷기만 했어. 우린 남쪽에서 보그트란트와 에르츠 산맥의 산등성이를 보았어. 나는 성이 있는 동쪽 산 저 너머에 로지츠와 게트하인의 부드러운 구릉이 있음을 짐작했지.

"그래도 계속되어야 합니다" 하고 내가 외쳤지. 그가 몸을 돌렸고 그 깊은 호수 같은 눈으로 한참이나 놀란 듯 나를 쳐다보다가 흔히 무성영화의 등장인물들이 그러듯 오른쪽 눈썹을 높이 끌어올리더군.

"그래요, 그럼 말을 해보세요⋯⋯!" 하고 그가 말했어.

"왜 하필 내가요?"라는 말이 내 입 밖으로 터져나왔지.

"왜 하필 내가요?" 하며 그가 따라 하곤 와락 웃음을 터뜨렸어. 그래, 그가 날 비웃었던 거야. 누구나 한번쯤 생각을 해봐야 하는 거라면서, 우수한 장수라면 적장에 비해 절반의 군사만을 가지고 있는 순간이 왔을 때 무엇인가 좋을 생각을 해내야 하는 거라고—— 아니면 도망쳐서 목숨을 구하든지. 내가 예나에서 대학을 나왔으니 분명 1806년[3]에 그곳에서 무슨

---

3 예나와 아우에르슈테트의 전투에서 나폴레옹의 군대가 프로이센과 작센의 연합군을 이기고 승리한다. 예나에 있던 프랑스 군대는 수적으로도 우세했고 아우에르슈테트의 전투력은 적에 반해서—— 아마도 바리스타가 이것을 암시하는 것이리라—— 약 절반 정도밖에는 되지 않았다.

일이 일어났던지 잊지 않았을 거라더군. 세계정신이 혼자서 말을 달려 도시에 입성해 들어오지는 않는다면서.

마치 누군가가 내 셔츠 안으로 얼음을 넣은 것처럼 내 몸에 소름이 돋아났어. 바론은 재킷의 칼라를 끌어올렸지. "이 장면을 왕세자께서 보신다면" 하고 그가 말했어. "이런 장관을 보기 위해서 무엇이든 다 내놓지 않겠습니까?"

바론은 웃다가 곧이어 미친 듯이 손을 비벼댔어. "우린 여기서 무엇인가를 발견해야만 합니다. 은광, 보석, 무엇인가가 반드시 묻혀 있어요. 그걸 찾아내는 것만이 중대사인 겁니다!" 그는 거만하게 웃어 보이며 내게 빨갛게 된 손바닥을 보여주었어. 마치 그 손에서 무언가가 금방 날아가버렸다는 듯이. "손을 잡으세요" 하고 그가 말했고 난 그 순간 어떤 협약이 체결되고 있는 건지도 모른 채 내 한쪽 손을 거기에 갖다댔지. 그가 너무나 의미심장하게 그곳을 들여다봤기 때문에, 그리고 그의 손이 따뜻했으므로 내 왼손마저 그의 손을 잡았고 다음 순간 그 역시 감동한 표정을 지으며 그의 나머지 손을 그 위에 올렸어.

아래에선 프로하르스키가 우릴 맞았어. 그는 아무 말 없이 통나무와 열쇠들을 돌려받더니 홀연히 사라지더군.

우린 도시를 사선으로 가로지르며 편집부를 향해 걸었어. 조금씩 조금씩 나는 그가 무슨 말을 했는지 이해했어. 즉, 그가 어떤 결정을 내렸는지를. 난센 슈트라세로부터 우리 앞에 길게 펼쳐진 시장의 한복판을 보면서 그는 앞으로 자신이 만지는 것마다 금으로 변하는 것을 곧 보게 될 거라며 신나게 예언을 털어놓았어. 그는 그런 자신에 대해 놀라는 일은 일찌감치 그만두었대. 첫번째로 그가 필요한 것은 사무실, 그러니까 전화와 그 밖에 필요한 모든 것을 갖춘 널찍한 사무실이라고 했지. 앞으로 며칠

간 사무실을 고를 테니 나에게 자기를 좀 도와달라더라.

이번엔 내가 웃었지. 바보인 척하는 건지 아니면 정말로 아무것도 모르는 건지? 오늘날 모든 사람들이 두 손을 모아 빌며 1평방미터라도 좋으니 지붕 덮인 사무실을 달라고 구걸하는 마당에 마음대로 사무실을 고르겠다니?

그는 이제 우리들의 『주간신문』에 부동산 사무실의 개업 광고를 내겠대. "몇 주간의 공사 때문에 당분간은 서면으로만 연락이 가능함"이라고. 광고가 나갈 때까지는 그는 이미 사업자 등록을 마쳤을 거라고 하더군. 나에게 자신의 이름을 하나 지어달라고도 했어. 긴 망설임 없이 "르 바론"이라고 내가 말했지. 나쁘지 않다면서 그는 내 인생 동반자의 성이 퓌르스트인지를 물었어. 우리 집 문패에서 읽었대. "그럼 됐습니다!"하고 그는 외치고는 기쁨에 겨워 앞으로 펄쩍 뛰어나갈 것처럼 보이더군. 어쩐지 멋있는 이름이니 복수면 더 좋겠다고, 그러니까 '퓌르스트 운트 퓌르스트'로 하면 문제가 적어진다고, 이런 이름이라면 알텐부르크에 분명 단 하나뿐일 거라는 말이었어. 내가 허락한다면 그가 내 인생 동반자의 동의를 얻어내겠다면서 그 대가로 미하엘라에게는 현금이 지급될 거라고 말했어. 그는 정말 "미하엘라"라고 말했어.

난 당장이라도 로베르트의 생일에 그를 초대하고 싶어졌는데 오후에 게오르크의 아이들이 데리고 나간 늑대 때문에라도 그랬지. 하지만 할머니들이 내일 도착하실 텐데도 로베르트가 신문을 팔러 시장에 가는 것을 쉬려고 하지 않았기 때문에 이미 충분히 많은 언쟁이 오고 간 터였어. 미하엘라의 어머니는 지미의 핸들만이라도 고이 보존해야 한다고 고집을 부리셨어. 그래서 난 그것을 내일 전해드려야 해. 말하자면 고이 잠든 차량의 유골 단지인 셈이니까. 당분간은 내가 르 바론을 가지고 있어도 돼.

너도 바리스타를 한번 만나보면 좋을 텐데. 뭐, 그의 와인 맛을 보기 위해서라도, 그리고 현대를 살고 있는 문학의 영웅을 한번 만나보기 위해서라도.

너를 포옹하며, E.

추신: 게오르크는 아직도 심사숙고 중이긴 하지만 이젠 그나마 조용히 그리고 고르게 숨을 쉬고는 있네.

90년 3월 24일 토요일

친애하는 니콜레타!

당신이 침묵이 의미하는 바를 해석해보며 난 그게 때때로 감정 때문에 미치지 말라는, 그리고 당신을 무조건 믿으라는 요구일 거라고 생각합니다. 그러면서 우리가 함께 있던 시간에 혹시 무엇을 잘못했던 적은 없는지 자문하기도 합니다. 적어도 그것만이라도 안다면! 스스로 실수를 발견해내는 것이 내가 맡은 임무입니까? 아니면 사람들이 당신을 홍콩으로 보내기라도 했나요? 정말로 당신이 침묵하시는 이유는 바리스타 때문입니까?! 단 한마디 언질이라도 주신다면 난 결심하기 쉬울 겁니다. 아니면 이렇게 이유를 찾는다는 것조차 제 권리를 벗어나는 행동일까요?

아주 말 안 되는 일만 아니라면, 당신이 내 편지를 읽고 계시기는 한 건지 물어보고 싶습니다. 아직 되돌아온 편지는 한 통도 없습니다! 그 사실이 나로 하여금 용기를 내게 하고 계속해서 편지를 쓰게 합니다.

내가 두번째로 맞았던 이상향의 여름은 우리들의 연중행사였던 부다페스트로의 여행에서 그 절정을 이루었습니다. 예전처럼 기차에서 밤을 보내며 여행하는 대신, 우린 비행기를 탔고 극도의 사치를 누렸습니다. 발트 해의 방학 야영장에서 일하느라 베라가 우리와 함께 가지 못한 것만이 다른 때와 달랐습니다.

나도리 아주머니'가 오래간만에 만난 우리의 안부를 물으며 인사를 나누기 위해 주방에서 커피를 끓이셨고 어머니의 담뱃갑에서 '두엣' 한 개비를 꺼내들었습니다. 우린 언제나처럼 이불보로 숙박료를 대신했습니다. 그녀는 한 모금 깊게 빤 다음 내 얼굴을 향해 연기를 내뿜었습니다. (아주머니는 티보르 데리〔헝가리의 작가—옮긴이〕 어머니의 친구였으며 56년 이후 어려웠던 시절, 데리의 아내를 보살펴주었답니다. 당시에 난 그 이름을 들어도 누군지 알지 못했었지요.)

첫날엔 늘 하던 대로 고성에 올랐습니다. 하지만 이번에 나는 더 이상 어린애가 아니었습니다—난 필기도구와 수첩을 지참하고 있었습니다.[2]

그리고 그것을 바라보았습니다. 그 첨탑을! 그것은 모든 것을 보고 모든 것을 할 수 있는 쥘 베른의 구조물과 같이 거리를 지배하고 있었습니다. 이 첨탑으로부터 수수께끼 같은 번갯불이나 혹은 인생에 중요한 소식이 떨어져 우리를 맞힐 수도 있겠지요. 반대로 너무 가까이 다가가면 홀연 사라질지도 모르고요.

---

1 베라 튀르머의 진술에 따르면, 남매는 나도리 아주머니에게서 처음으로 어머니나 엄마를 가리키는 '마무스'라는 용어를 듣고 그것을 사용하기 시작했다고 한다.
2 평소 이 가족이 봄방학에 여행을 떠났으므로 마지막 부다페스트 방문은 튀르머의 '깨달음' 전의 일이었다.

나도리 아주머니의 '외환 호텔'이라는 간판이 이 금빛 유리의 첨탑과 얼마나 안 어울리던지요! 우리가 본 것은 그 바닥 위에 서 있기는 해도, 더 이상 이 세상에 속한 것이 아니었습니다. 그것은 허락도 받지 않고 이 세상에 착륙한 유에프오(UFO)이면서 우리 세상의 정수리에 얹은 왕관의 마지막 보석 장식이었습니다.

'힐튼' 호텔에 들어가시며 어머니가 지으시던 미소나 내게 따라오라고 눈짓하셨던 윙크를 난 앞으로도 영원히 잊을 수 없을 것입니다. 경찰과 비밀안전기획부 요원들의 검문에도 걸리지 않은 채 우리는 안으로 들어갔습니다── 있는 그대로의 모습으로 말입니다.

당신이 아셔야 할 것은, 그때까지도 난 호텔이란 곳에, 삼류건 사류건 간에 단 한번도 안으로 들어가본 적은 없다는 사실입니다. 보통 실외용 신발을 신은 채 우린 카펫 위를 걸었습니다── 아무도 상관하지 않더군요. 난 서독 사람들이 하는 독일어와 영어 그리고 또 한 종류의 말을 들었는데 아마 이탈리아어였을 겁니다. 뭐라 설명할 수 없는 실내조명, 밝지도 어둡지도 않은 빛. 그리고 이 고요함, 사람들이 거리에서보다도 더 큰 소리로 말을 나눴음에도 불구하고 말입니다. 나이 많은 부부들이 가죽 소파에 비스듬히 기대고 앉아 있었는데 예전에 난 그런 광경을 한번도 공공장소에서 본 적이 없었습니다. 몇몇 사람들은 심지어 등받이 없는 의자를 꺼내 그 위에 다리를 뻗어 올려놓기까지 했습니다. 서독 사람들에게는 아무도 신발을 벗으라고 요구하지 않더군요. 그리고 어떤 한 유니폼을 입은 사람이 금칠이 된 수레에 여행 가방과 작은 가방들을 싣고 엘리베이터에 밀어 넣는 것을 보았을 때에는 또 얼마나 크게 놀랐던지요. 경찰이었나? 그게 아니라면 혹시라도 하인들이었단 말인가, 실제로 존재하는 하인들, 서독 사람들의 가방을 들어주는 하인들? 전혀 다른 차원의 세상으로 들어가는 그 문을 앞에 두고 난 지하 세계로 들어가는 입구를 발견했다 하더라도 그렇게까지 큰 충격을 받지는 않았을 것입니다.

우리 어머니는 아마도 이 특별한 사람들이 실제로 존재한다는 사실을 확인하고 싶으셨던지 유니폼 차림에 비쩍 마르고 키가 큰 남자에게 다가가 커피를 마실 수 있는 곳이 어디냐고 물으셨습니다. 심하다 싶을 만큼 머리를 짧게 자른 그가 납작하게 손바닥을 펴――혹시 군인이었던 것일까요?――왼쪽을 가리켰고 빠른 발걸음으로 우리 주위를 빙 돌더니 다시 한번 그 제스처를 반복하더군요. 어머니는 독일어로 큰 소리로 고맙다고 하셨습니다. 우리에게는 외국에 나갔을 때 독일어로 너무 크게 말해서는 안 된다고 그토록 신신당부하셔놓고도 말입니다.

그 높고 불편한 등받이 없는 긴 의자를 드레스덴의 어느 우유 가게에서 본 일이 있었습니다. 동독과 비견할 만한 것을 발견한 내 마음은 실망스럽기도 하고 동시에 안심이 되기도 했습니다.

어머니는 손가방을 닫은 뒤 판매대에 올리셨습니다. 어머니의 오른손에선 '두엣'의 포장지가 바스락거리고 있었고 왼손의 검지와 중지 사이에 담배가 끼워져 있었습니다. 동시에 넷째 손가락과 새끼손가락으로 갈색 독일 마르크 한 장을 잡은 채 손바닥 안쪽을 누르고 계셨지요.

성냥갑을 보이면 우리가 어디에서 왔는지 탄로 날까 봐 어머니는 바의 종업원에게 불을 달라고 부탁했습니다. 이번에는 매우 조용히 말씀을 하셨지요. 난 어머니를 도와드려야 했고 어머니를 보호해드려야 했습니다. 난 큰 소리로 질문을 던지기 전에 문장이 맞는지 여러 번 따져보았습니다. "두 유 해브 매치스, 플리즈(Do you have matches, please, 성냥 좀 주실래요)?" 하고 말하며 난 얼굴을 붉혔습니다. 난 그 질문이 옳은 문장인가보다도 학교 밖에서도 내 영어가 통할지 그게 의문이었습니다.

하얀색으로 빛났을 뿐만 아니라 금빛 글씨로 장식된 성냥갑이 하얀 사기 접시받침 위에 올랐습니다. 그러고 나서도 나를 깜짝 놀라게 한 것은 내 고맙다는 말에 "유 아 웰컴, 서(You are welcome, Sir, 천만에요)"라는 대답을 들었다는 사실이었습니다. 어머니의 면전에서 바의 여종업원이 나를 '서Sir'라고 부르다니! 이 문장이 그 순간 내 뼈에 사무치는 듯 느껴졌고 그 후 난 영어 시간에 그날의 일을 다른 아이들에게 자랑스럽게 떠벌일 수 있었습니다.

난 성냥갑에서 성냥 하나를 꺼내서 불을 붙이고는 조심스럽게— 내가 그렇게 행동한 건 그때가 처음이었죠— 어머니의 담뱃불을 붙여드렸습니다.

어머니는 그동안 부쩍 늙으셨습니다. 여러 해가 지나는 동안의 근심 걱정들, 내가 감금되었던 일, 마지막으로 내 국적이 박탈당한 사건이 어머니의 얼굴에 깊은 주름을 새겼던 것입니다. 내 세계적인 성공에 대한 기쁨도 별다른 영향을 미치진 못했습니다. 어머니의 유일한 아들을 빼앗기고 만 셈이었으니까요. 그동안 우린 얼마나 오랫동안 서로 보지 못했던 걸까요? 내겐 5년이 지나서야 드디어 헝가리로의 여행 허가가 떨어졌습니다. 마지막 순간까지도 우린 우리 중 한 명이 국경으로 다시 소환될 것이라고 믿었습니다. 우리가 늘 마지막 순간에 그런 식으로 소환되었던 것처럼. 그러다 상상할 수 없었던 일이 일어났고 어머니와 아들은 다시 서로를 품에 안을 수 있었습니다. 그러므로 우리가 어쩌다가 말을 하게 될 때라도 매우 천천히 단어를 내뱉으며 서로가 곁에 있다는 사실을 조용히 즐겼다는 것은 어쩌면 너무도 당연한 일이 아니었을까요?

주문한 커피와 오렌지주스를 기다리는 동안 어머니가 무슨 생각을 하셨는지 나는 잘 모릅니다. 예전에 난 어머니가 이따금 담배를 피우시는 걸 민망하게 생각했었습니다. 어머니는 눈을 찌푸리고 기침을 하시며 누굴 따라 하시는지 알 수 없는 그 흉내를 그치지 않으셨으니까요. 그러나 지금 이 자리에선 어머니께 잘 어울리는 광경이라는 생각이 들었습니다.

새로운 배역에 몰입한 채 난 서쪽 사람들을 경멸했고 젊었든 늙었든 간에 그들 모두가 어린아이라고 생각했습니다. 아무것도 모르는 천치 바보들! 분단된 세상의 고통에 대해 그들이 도대체 무엇을 안단 말입니까. 자신들의 세상에서 그리고 이제 막 우리의 것이 되기 시작한 이 세상에 살며 무엇이든 마음대로 다 할 수 있는 그들이 말입니다.

판매대 뒤쪽으로 난 유리창을 통해 난 한때 화려했던 기둥들, 아치, 그리고 성벽의 잔해들을 보았습니다. 그것들 위로 이젠 높은 첨탑이 솟아 있었습니다. 그 꼭대기에서 내려다보는 사람에겐 도시 전체가 선물인 양 자신의 발아래 놓여 있을 것입니다. 바로 이곳은 내 승리의 장소입니다. 서쪽 사람들이라 할지라도 나를 알아본다면 말을 잃고 침묵할 것입니다.

내가 그런 꿈을 꾸고 있는 동안 어머니는 과일케이크를 주문하셨습니다. 아니, 그건 어머니를 위한 것이었죠! 어머니는 반드시 그것을 드셔야만 합니다. 난 매일 먹을 수 있으니까요. 물론 난 가장 비싼 방에 어머니를 모셨고, 모든 것들은 어머니에게 상상할 수 없을 정도로 새롭고 신기하게만 보일 것이었습니다. 결국에는 발걸음을 떼어 길을 떠나셔야 하므로 어머니는 지금 그 모든 화려함에 너무 길들여져서는 안 됩니다. 그래서 난 케이크를 먹었습니다.

이곳이 내게 얼마나 익숙한지 보이기 위해 나는 화장실에 갔습니다. 원래는 오로지 집에서만 하는 일입니다만 난 번쩍거리는 변기 위에 걸터앉았습니다. 다시는—오오, 니콜레타, 이렇게 은밀한 이야기까지 쓰는 저를 용서하세요──그 이후로 다시는 그렇게 행복한 마음으로 큰일을 본 적이 없습니다. 이 순간 헝가리어를 배우겠다고 결심하기도 했지요.

난 따뜻한 물과 물비누로 여유 있게 손을 씻은 다음 큼지막한 거울에 비친 나를 바라보았습니다──흡족했습니다.

어머니가 날 기다리고 계셨습니다. 어머니는 내 손을 잡으시고 냄새를 맡으셨지요. "이 향기 나는 것 좀 봐" 하고 속삭이셨습니다. 우린 거리로 나왔습니다.

나는 적어도 두 개의 역할 중에 하나를 선택할 수 있었습니다. 난 국적을 빼앗긴 작가와 일찍 성공한 뒤 관망하는 시인 사이에서 선뜻 결정을 내리지 못하고 망설였습니다. 그 둘 사이에는 다만 몇 살의 차이가 있을 뿐이었습니다.

다음 날, 우린 바치 우트카를 구경했습니다. 예전에 이곳을 방문했을 때는 주로 그림이 인쇄된 티셔츠나 포뮬러 1(자동차 경주 대회──옮긴이) 사진 또는 레코드판 같은 성물을 찾아다녔지만 이번에는 책이 있는 진열대로 목적지를 바꾸었습니다. 책의 장정들이 조롱이라도 하듯 작가의 이름들을 선보이고 있었습니다──뵐, 샐린저, 카뮈──그러나 다른 모든 것들은 읽을 수 없는 알파벳 글자들 뒤에 숨겨져 있었습니다.

또 다른 한 서점 앞에서 난 처음엔 내가 읽고 이해하고 있다는 것을 알아채지 못했습니다. 서점 안에서 실제로 난 내가 본 것을 의심하지 않을 수 없었습니다. 판매대 안에서 많은 손님들로부터 자신을 보호하며 서 있던 판매원이 책꽂이에서 책을 꺼내 내게 내밀었을 때에야 난 천천히 상황을 파악할 수 있었습니다. 그것은 독일어로 씌어진 책이었고 프랑크푸르트에서 인쇄된 것으로 세 마리 물고기 모양의 로고가 새겨져 있었습니다. 여러 번 반복해서 읽어보았지만 제목이며 작가의 이름과 성이 바로 그 자리에 그대로 있었습니다. 불가능한 일이었음에도 불구하고 난 내 손에 지그문트 프로이트의 『꿈의 해석』을 들고 있었단 말입니다!

끝없이 연장된 순간들이 지나서 드디어 값을 물어볼 기회가 찾아왔습니다. 이 책을 다시는 돌려주지 않아도 될 거라는 확신이 점점 더 커지고 있었습니다.

내가 꼭 프로이트의 이 책을 가지고 싶다면 어머니는 그걸 사주시겠다고 말씀하셨습니다. 호기심보다는 오히려 의무감으로, 난 프로이트의 책 전부를 차례차례 다 달라고 했습니다. 모든 책들을 다시 다 책꽂이에 도로 꽂아야 하는 판매원이 안경 너머로 나를 힐끗 쳐다본 후 체념한 듯 모든 작품들을 꺼내 내 앞에 쌓아올렸습니다. 상황은 절망적이었습니다. 우리가 '힐튼'의 바에 가지 않고 곧바로 집으로 돌아간다 해도 우리가 가진 돈으로는 전집을 살 수 없었으니까요. 제 말을 이해하시겠습니까? 이제 막 기적이 일어나 무엇인가를 살 수 있는 기회가 생겼는데 그것을 살 수가 없고 돈이 모자란다는 말입니다.

마침내 난 『꿈의 해석』을 골랐는데, 두꺼운 책이었음에도 불구하고 다른 얇은 책들보다 값이 많이 비싸지 않았기 때문이었습니다. 난 판매원이 계산대 앞에서 책을 포장하는 모양을 꼼꼼히 지켜보고도 정작 거리에 나오기가 무섭게 그 벽돌처럼 생긴 상자를 찢었습니다. 『꿈의 해석』을 확실한 나만의 소유물로 맞이하기 위해서였습니다.

어머니가 어디로 가시든 난 상관하지 않았습니다. 내가 원하는 것은 책을 읽는 것뿐이었습니다.

도나우 강가의 한 은행에서 난 책을 읽기 시작했습니다. 난 읽고 또 읽었으며, 그저 담배를 피우시며 생각에 잠기는 것 외에는 아무것도 안 하시는 어머니가 너무나 좋았습니다. "너무 일찍 기뻐하지 마라" 하고 어머니가 저녁에 경고하셨습니다. "우린 아직 국경을 넘지 않았잖니." 어떤 경우에라도 난 프로이트가 내 소유라고 함부로 말해서는 안 되며, 만일 그랬다가 잘못되는 날에는 학교도 졸업시험도 대학 공부도 그러니까 내 모든 생존을 다 지불해야 할지도 모르기 때문이었습니다.

이날 이후에도 난 이곳에 여행할 때마다 나도리 아주머니에게서 일주일씩 묵곤 했습니다. 그리고 반드시 첫 이틀은 언제나 헌책방을 찾아다니며 바치 우트카의 그 서점을 방문하곤 했습니다. 분수를 지킨다는 것은 고통스러운 일이었습니다. 책 한 권 살 때마다 내가 하루에 쓸 수 있는 돈이 줄어들었습니다. 난 매번 무슨 음식물을 얼마나 살 수 있는지 주도면밀하게 계획을 짜야 했고— 배고픔과 같이 낯설고 당황스러운 느낌으로 말입니다. 서점에 아직도 사지 못하고 남아 있는 모든 책들이 나를 고통스럽게 만들었습니다. 내가 프로이트의 모든 작품을, 아니 아예 모든 작가들의 작품들을 다 읽지 않은 한, 글을 쓴다는 게 과연 정당한 일인지요?

비행기를 타고 돌아오는 길에는 저녁노을이 하늘을 물들였습니다. 착륙 직전 우리 집이 어디 있는지 탐색해보기에도 아직은 충분히 밝은 시간이었습니다. 그렇게 까마득한 높이로부터 아래를 내려다보는 가운데 난 우리의 착륙 목적지를 알리는 표지판을 알아보았습니다. 그리고 잠깐 동안 생각했습니다. 하느님은 이런 식으로 우리를 내려다보신다.

오늘은 이만 줄여야겠군요. 이제는 나가봐야 하니까요. 오늘이 가기 전 편지 한 장을 받으리라 또 한 번 기대를 해보며.

당신의 엔리코.

사랑하는 요!

이젠 뵈메마저! 그거 참, 점점 더 일이 이상한 방향으로 발전해가는 구나. 비밀안전기획부 요원들이었던 자들이 야당을 결성했다는 거지.[1] 인민회의 의원들이 조사를 당하리라는 예상이 나오자 이곳 기민당 후보가 기권을 했어.[2]

지난 호 신문은 좀더 잘 팔렸어. 선거에 대해 쓴 내 사설에 대한 반응도 몇 편 있었지. '독자의 편지'란에는 누군가 구동독 시민이 전 세계 앞에서 창피스러운 꼴을 보였다는 글을 올렸어. 그 사람은 우리를 비아냥거리며 우리 신문사가 그토록 찬양해마지않은 시장경제가 너무 빨리 무너지지 않기를 빈다고 결론을 내렸지. 예언자 역시 다시 나타났어. 돌연 우리 편집부에 들어와 서 있었지. 인사도 받지 않은 채 우리를 한 명 한 명 돌아보고는 승리를 뽐내듯 턱을 치켜들어서 안 그래도 솜사탕같이 생긴 그의 수염이 앞으로 더 돌출되어 있었어. 그가 손을 들어 종이를 북북 찢더군. 나중에 보니 우리 신문의 구독용지였어. 그러고는 잘게 찢겨진 조각들을 공중에다 대고 뿌렸지. "이걸로 끝이요" 하고 말하더니 잰걸음으로 우리에게서 떠났어. 그 장면이 더욱더 우스꽝스러워 보였던 건 프레드가 신문 구독자 명단에 예언자의 이름은 애초부터 없었다고 말했기 때문이었지.

우린 이제 4면이나 더 늘렸어. 새벽 1시까지만 일을 끝내도 성공적이

---

1 동독의 사민당(SPD) 이브라힘 뵈메 이전에도 변호사였던 볼프강 슈누르가 동독 비밀안전기획부의 프락치로서 이름이 알려진 바가 있다. 슈누르는 훗날 기민당(CDU)으로 흡수되는 '민주발현당(DA)'의 설립자 중 한 사람이었다.
2 튀르머는 확실한 근거가 없는 사실을 너무 쉽게 전하고 있다.

랄 수 있지.

오늘 오전에 바론이 자신의 근황을 보고하기 위해 우리 사무실에 들렀어. 늑대, 아스트리트는 언제나 제일 먼저 물이 담긴 그릇으로 터벅터벅 걸어 들어오지.

또 그「마돈나」타령이었어. 어떻게 그「마돈나」가 사제관으로 흘러들어왔는지 아무도 모른다는 거야. 헬데스하임에서 전문가 한 사람을 불러와 감정을 맡겼대. "한번 먹지 위에 펼쳐볼까요?" 하고 바리스타가 물었어. 그는 서류가방 속에서 세탁할 수 있는 보호 커버로 싼 화집³을 꺼냈어. 로베르트의 학교 지도책을 싸고 있는 것과 같은 종류의 천이었지. 그가 무엇인가를 소리 내서 읽었지. 그 일관된 내용인즉, 시에나와 피렌체의 판화와 더불어 알텐부르크가 소장하고 있는 회화 작품들을 통해 후기 고전기 서양예술의 탄생을 추적할 수 있다는 거였어. 그가 꾸미는 계획이 뭔지 알아맞힐 수 있겠냐고 묻더군.

"상상을 해보란 말이에요. 왕세자께서 오신다, 그리고「마돈나」가 박물관으로 어엿하게 입장한다!"

솔직히 말해서 난 그게 왜 그렇게 중요한 일인지 잘 모르겠다고 했지.

바리스타는 말을 하는 도중에 일로나가 탁자 한가운데 차려놓았던 팬케이크가 담긴 그릇을 힐끗거렸지. 나는 어서 좀 드시라고 권했어. 그는 곧 팬케이크를 게걸스럽게 먹느라「마돈나」고 뭐고 다 잊어버렸지. 입술을 뾰족하게 모으고 설탕을 쪽쪽 빨아먹거나 입을 크게 벌렸어. 바리스타

---

3 이 '화집'은 1961년에 베를린에서 간행된 로베르트 외르텔의『알텐부르크 전기 이탈리아 회화』의 그림들을 모은 것이다. 50페이지에 나온 내용: "알텐부르크에 수집된 회화 작품들이 속한 두 세기는 이탈리아 예술의 운명을 위해서뿐만 아니라 유럽 정신 전체를 위해서도 매우 결정적인 시대였다."

가 팬케이크를 한 장씩 꿀꺽 삼킬 때마다 일로나의 눈이 동그랗게 되었지. 그녀는 아직 한 장도 못 먹고 있었거든. 바리스타는 그릇을 다 비우고 나자 한숨을 쉬고는 생각에 잠긴 채 자신의 동그란 배를 쓰다듬었어. 그러고는 의자에 깊숙이 몸을 파묻고 오른손의 손가락 하나하나마다 쪽쪽 빨더군. 아래로 늘어뜨린 왼손은 늑대가 깨끗이 핥았지. 일로나는 씹고 또 씹었어.

어떤 한 노신사가 나타나 우리의 평화가 깨졌지. 그는 게오르크를 찾았고 약속시간에 맞춰 정시에 왔노라고 했어. 게오르크와 요르크는 교열을 보러 라이프치히에 가고 없었어. 난 이렇게만 말하면 충분할 거라고 생각했지. "아니, 아니, 이러시면 안 됩니다." 그가 불평을 쏟아내며 반드시 책임자와 이야길 하겠노라고 고집을 부렸지. 이곳에 저런 검은 물건을 탈 수 있는 사람들만이 자신의 이야기에 귀를 기울일 것이라 해도 반드시 얘길 좀 해야겠다면서. 검은 물건이란 르 바론을 말한 거였어. 하지만 늑대의 하품과 아스트리트의 애꾸눈을 한번 쳐다보는 것만으로도 그를 불안하게 만들기에 충분했지.

"폴만입니다. 모이젤비츠, 튀링겐에서 왔어요" 하며 노신사가 자신을 소개하고는 처음엔 내게 그러고 나서 바론에게 악수하며 인사를 건넸지. 일로나는 계속해서 음식을 씹고 있다가 갑자기 벌떡 일어나 주방으로 달려갔어.

폴만은 향토학자만은 아니었고, 아무튼 그 흔한 황제의 사진들에서 보던 그런 스타일의 남자는 아니었어. 옆방에 단둘만 있게 되자 그가 훨씬 편안하고 친절하게 느껴지더군.

"아십니까?" 하고 그가 말하며 내 이름을 불렀어. "난 40년을 하루같이 이 순간만을 기다려왔지요." 맨 위에는 확대된 여권 사진이 놓여 있었어. "지그프리트 플라크" 하고 그가 말했어. "1950년 3월 27일에 체포되었고 9학년 때 내가 다니던 학교의 독일어 선생님이셨습니다." 폴만은 교사들과 학생들의 이름을 말했는데 대부분은 카를 마르크스 고등학교의 사람들로서 전단지를 뿌리고 주택가의 벽에 큰 F(프라이하이트Freiheit, 자유)라는 글자를 그려 넣었었다는 거였어. 서독으로 망명에 성공한 몇몇 사람을 빼고는 모두가 그 일로 목숨을 잃었대. 조직의 우두머리 중 한 명으로 목사의 아들이었던 자가 서베를린에서 전단지를 몰래 빼돌려 들어왔다는군. 어느 날 사람들이 그를 덮쳤지. 그의 부모님은 1959년에 적십자를 통해 아들이 이미 1951년에 모스크바의 루비앙카에서 '사망했다'는 것을 알게 되었어. 폴만은 지극히 조용하게 말을 이었고 때때로 그의 문장은 미리 외워둔 것처럼 느껴졌어. 그가 내게 필기 노트를 건네주며 일어났어. "우린 침묵을 깨야 합니다! 드디어 진실이 밝은 세상으로 드러나야지요!" 난 그가 이제 돌아갈 것이라고 생각하고 고맙다고 말했지. 하지만 폴만은 다시 자리에 주저앉으며 나를 바라봤어. 난 그의 노트를 넘겼지. 페이지 사이로 그의 손이 끼어들 때마다 난 깜짝 놀라곤 했어. 계속해서 한 장씩 페이지를 넘기며 그의 새로운 설명을 들어야 했어. 마지막 설명이 채 끝나기도 전에 다시 다른 설명이 이어졌지. 한쪽 귀로는 편집부에서 흘러나오는 바론의 흥얼거리는 소리를 들었어.

폴만이 내게 넘겨준 것들은 편지들과 업무용 메모들이었어. 모든 것이 일분일초도 어김없이 정확히 기록되어 있었고 그 아래 주석이 달려 있었어. 난 이걸로 무엇을 할 계획이냐고 물었지. 그러자 그가 "간행!"이라고 외쳤고 그때 일로나가 우리 방에 불쑥 나타났지. 얼굴이 새하얗게 질려서 문지방에 꼼짝 않고 서서 우리를 마치 유령이라도 보듯 바라보았어. "여기 계셨군요" 하며 그녀가 무미건조하게 말한 뒤 다시 돌아가버리더군.

예전에도 여러 번 일로나는 귀찮은 손님들로부터 나를 구해주었었어. 그러나 이번엔 정말로 무슨 일이 일어난 것이 분명했지. 폴만 역시 그녀가 나타나 당황한 눈치였어.

난 그에게 기다리도록 부탁하고 편집부 사무실로 갔어. 바론은 탁자에 기대서 1백 서독마르크짜리 지폐로 부채를 만들어 흔들고 있더군. "뷔르머 씨가 알아야 할 게 여기 있습니다" 하고 말하며 그는 그 돈을 탁자 위에 놓았어. 마치 그랑 우베르 카드 게임을 할 때처럼. 늑대가 몸을 부르르 털고는 목에 맨 줄을 잘근잘근 씹고 있었어. "그들은 영수증을 요구하지도 않았어요" 하고 바리스타가 말하며 손가락으로 오른쪽 아래 눈꺼풀을 잡아당기더니 사라져버렸어.

열두 장이었어. 1백 서독마르크 열두 장! 난 왼쪽에서는 "개점"이라는 글자만을 보았고 오른쪽 면에는 무엇인가를 가리키는 엄지손가락의 그림이 매우 능숙한 솜씨로 그려져 있더군.

무슨 일이 있었던 건지 설명을 듣기 위해 주방의 작은 칸으로 들어갔더니 일로나가 놀라 움찔하더군. 내가 그녀의 어깨를 건드렸더니 그녀가 등받이 없는 의자 위로 푹 쓰러졌어.

나도 그녀의 근처에 쪼그리고 앉았지. 일로나의 냄새, 향수와 땀 냄새가 섞여 훅 하고 내 코를 찔렀어. 다른 때 같으면 정오가 되어서야 편집부에 퍼지곤 하던 냄새지.

"정말이지 부끄러워 죽겠어요" 하고 그녀가 작은 소리로 말했어. "창피하다고요!" 내가 두 손으로 그녀의 손을 감싸쥐고 질문하기를 멈추자 그때서야 일로나가 말을 하기 시작했지. 하지만 너무 횡설수설하는 바람에 난 그녀의 말을 계속 끊어야만 했어.

그녀는 폴만과 나를 빼곤 편집부에 혼자 있다고 생각했었대. 그녀는 그릇들을 챙기고 팬케이크 그릇을 다시 채우고는 설거지를 시작했다지. 노크 소리가 나서 문을 열려고 했으나 놀랍게도 내 음성을 들었다는 거야—어쨌거나 그녀는 그게 내 목소리라고 믿었대. 이번에도 또 내가 사람들을 맞이하게 되었다고 생각하니 좀 안됐더래.

그녀는 그 후론 절대로 엿듣지 않았다고 맹세했지. 그래도 그녀는 내가 서독 사람 두 명을 깔보듯이 거만하게 대하는 것에 대해 기쁨을 느꼈대. 결국 그 두 사람이 이 지역에서 비디오 분야의 "아주 큰" 사업을 시작하려는 사업가들이라는 것을 알겠더라는군.

이 지역 사람들이 그런 비디오라면 몹시 열망하고 있노라고 내가 매우 능숙하게 설명하는 것을 듣고 그녀는 웃지 않을 수 없더라는군. 그러니까 그 특별한 비디오 말이며, 나 역시 무슨 비디오를 말하는 건지 잘 알 거라면서.

다음 주 광고는 더 이상 받을 수 없다는, 지금도 벌써 비어 있는 지면이 없다는 내 주장이 이어졌대. 그래, 이미 예약이 다 꽉 찼다고 내가 말했다는 거야. 그러면서—요즘 같은 상태로는—오늘 내일 당장 면수를 늘릴 수도 없음을 우리로서도 매우 애석하게 생각한다는 말도 했대. 그녀는 그런 주장을 들으며 좀 이상하다고 생각했었다는 거야.

한 사람은 그저 얼마면 되겠느냐고 계속 묻기만 했는데, 일로나는 금방 알아차렸지만 난 바보같이 못 알아듣는 척하더래. 결국 그녀가 편집부로 건너가볼 생각을 했더라는군. 처음엔 그저 등만 보았는데 흑회색 외투 차림에 탁자 위로 몸을 숙인 사람들 두 명의 뒷모습이었대. 그리고, 그래, 그러고 나선 회전의자에 앉은 바리스타 씨를 보았지. 끈적거리는 손을 배 위에 포개놓은 채 앉은 바리스타의 모습을. 바로 그 바리스타가 내 목소리를 내며 말을 하더라는 거야. 그래, 그가 그녀에게 미소를 지어 보이며 계속해서 말을 했대. 그녀는 정말이지 맹세할 수 있다고. 그가 분명히 내 목소리를 똑같이 모사하며 말했음을!

일단 한참을 실컷 울도록 내버려둔 다음 난 그녀가 다시 객관성을 찾게 하려고 애썼지.

난 일로나에게, 설령 그가 내 목소리를 흉내 냈다 한들 도대체 그게 뭐가 그리 나쁜 거냐고 물었어. 사실은 그녀가 왼쪽 방에서 들려온 목소리와 오른쪽 방에서 들려온 목소리를 혼돈해서 헷갈렸을 뿐이라고. 주방으로부터 두 개의 공간이 똑같은 거리만큼 떨어져 있으니 청각적 착각이 일어난 것이 아니겠냐고. 무엇 때문에 바리스타가 내 목소리를 똑같이 흉내 내겠어?

하지만 일로나는 고개를 마구 흔들었지. 무슨 뜻이냐고 내가 물었어. 또 한 번 고개를 흔들었어. 내가 무언가를 말할 때마다 그녀는 계속해서 연거푸 고개만 흔들어댔지.

문득 폴만이 문턱에 서 있더군. 그는 그 노트를 며칠간 내게 맡기겠다고 제의했지. 난 그에게 고맙다고 했어.

"돈!" 하고 일로나가 갑자기 말했어. "돈은 어디 있죠?" 그것은 탁자 위에 부채 모양을 한 채 그대로 놓여 있었어. 안심하기는커녕 일로나는 그릇을 가리키며 소곤거렸어. "그가 저걸 혼자 다 먹어치웠어요!"

난 일로나에게 빵을 사오라고 했지. 시원한 공기를 쐬고 나서는 한결 나아졌더군. 그녀는 내내 침묵을 지켜주었어. 게오르크 앞에서 바리스타가 우리를 위해 광고 의뢰를 받았다고 말하는 건 쉽지 않은 일이었거든. 우린 그렇지 않아도 광고 문제로 다퉜었어. 다음 호에 또다시 스텐의 광고가 들어가야 했기 때문이었지. 게오르크의 주장에 따르면, 당장 눈앞의 재정적인 성공만을 위해서 스스로 우리가 무덤을 파고 있다는 거야. 난 완전히 설득력 없는 이유를 들이대면서 1천2백 서독마르크[4]의 수익이 당장 떨어질 만큼 부수를 늘려줄 수 있는 그런 기사를 쓰기나 하고서 말을 하자고 고함을 질렀지. 내가 돈과 광고문을 도로 돌려주자고 제안했을 때에야 요르크가 중재에 나섰어. 사실 나한테는 별로 중요한 문제도 아니었거든.

　　너를 포옹하며,

　　너의 E.

90년 3월 30일 금요일

　　친애하는 니콜레타!

　　지금부터 내가 겪을 일들이 과연 지금까지 내게 일어난 일들에 대한 보상인 것일까요? 나로서는 알 수가 없습니다. 내 말을 믿어주십시오. 난 잠에서 깨는 것이 좋고 잠드는 것이 좋고 이를 닦는 일은 시장 보러 가는 일이나 진공청소기로 먼지를 빨아들이는 일만큼이나 내게 만족감을 준답니다. 난 매주 한 번씩 나오도록 주문을 받은 반면짜리 광고문에 대해 20% 할인 혜택을 주거나 마지막 면에 대한 50% 할증 요금을 매기는 일이 즐겁습니다. 무엇을 하든 간에 내 마음에는 어떤 조용한 열정 같은 것이 밀려듭니다. 뭐라 형용할 수 없는 만족감입니다. 이건 놀이에 열중한

4　1천2백 서독마르크는 당시의 시세를 적용하면 대략 3천에서 4천 동독마르크 정도 되었다. 신문 판매를 통해서만 그 정도 금액의 수익을 달성하려면 약 5천 부 정도가 더 팔려야 했을 것이다.

어린아이의 몰입과 비슷하기는 하지만 또 딱히 그것이라 단정할 수만은 없는 무엇입니다. 마치 내가 지금까지는 볼 수만 있었던 물건을 손에 넣은 것 같은, 또는 내가 요즘 며칠 동안 비로소 세상이 공간이라는 것을 그리고 나라는 존재가 하나의 육체라는 것을 깨달은 것 같은 그런 느낌입니다. 마치 지금에서야 비로소 삶에 참여할 권리가 주어지기라도 한 것처럼. 과거에 대한 모든 기억들이 다 한심하게만 느껴집니다. 아마도 바로 그 때문에 현재의 아름다움이 이토록 뼈에 사무치나 봅니다.

당신에게 그 옛날 타락으로 빠졌던 시절에 대해 내가 기억하고 있는 것을 가능하면 그대로 이야기해드릴 수 있기를 바랍니다. 단편소설을 쓰기 전에 그렇게 하려고 마음먹었습니다. 왜냐하면 지금으로서는—적어도 그 10월의 날들에 대해서—그 어느 기억도 더 이상 신뢰할 수 없기 때문입니다. 난 너무나도 자주 그 추억들을 떠올리곤 했습니다.

머릿속에 어떤 유원지를 한번 떠올려보십시오. 그 유원지의 입구에 산책로가 그려진 안내도가 있습니다. 그 위에는 당신의 현재 위치가 빨간 점으로 표시되어 있고 수많은 사람들이 매일매일 그곳에 손가락들을 갖다 대며 방향을 가늠했기 때문에 어느덧 그 지점의 색이 다 지워졌겠지요. 그리고 해가 갈수록 그 흰 얼룩이 점점 더 크게 늘어나 나중엔 볼거리와 전망이 좋은 곳을 표시한 점들도 다 지워지고 마을과 도시 역시 퇴색되고 지워질 것입니다. 모든 것은 오로지 척도의 문제입니다만.

물론 그것은 특별히 나만 저지르는 잘못이 아니라 글을 쓰는 사람들에게는 일반적으로 일어나는 일입니다. 왜곡되지 않고, 이리저리 잘려나가지 않고, 또 사지가 절단되지 않고, 기능이 좋은 의족을 달지 않은 온전한 경험의 기억이란 없습니다. 참으로 단순하기 짝이 없는 일이긴 하지만 사실 가장 중요한 기억들은 누군가 마침내 떠올리기 전에 벌써 다 엉망이 됩니다. 그런 사례를 들자면 한도 끝도 없을 것입니다.

난 언제나 이런 식으로 상상하곤 했었습니다. 가을은, 내 이상향의 여름에 뒤이은 그 가을은 쉬츠 무반주 성가곡의 울림 속에 깃들어 있었던 것이라고 말입니다. 그 성가곡들이 학교 담벼락의 창문마저 활짝 열어주는 듯 보였습니다. 그 곡들은 늦은 오후 시간에 십자가교회¹ 안을 가득 채우며 매일매일 레코드판으로부터 흘러나왔습니다. 그것들은 위로로 가득한 예언처럼 어디로 가든지 나를 동행했으며 또한 감싸안았습니다.

내가 10년 후에 마침내 단편을 썼을 때 (수백 페이지의 균형이 잘 잡히지 못한 미완성의 조각들이었는데도 불구하고 난 그것을 단편이라고 불렀습니다)² 난 그저 「십자가 예수의 일곱 가지 말씀」을 턴테이블에 올려놓기만 하면 되었습니다. 파블로프의 개처럼 반응하기 위해서 말이지요. 순간적으로 그 시절 9월과 10월의 기억이 되살아났습니다. 학교 건물 앞의 너도밤나무와 녹슨 자전거 주차장, 바람, 때론 마치 바닷바람처럼 사납게 몰아치며 노랗게 반짝이는 촉촉한 나뭇잎들을 아스팔트에서 떨어뜨리던 그 바람, 혹은 로슈비츠의 산비탈에서 내려와 이탈리아풍의 빌라들을 지나 엘베 강 위로 불어가던 바람, 마치 그 바람 안에는 마지막 여름날이 숨어 있는 듯했습니다. 그 성가의 목소리로부터 글 속의 인물들이 나를 향해 걸어왔고 난 푸르고도 분홍빛을 발하는 하늘 아래 나른히 놓인 전찻길의 불빛과 바람에 뒤틀린 구름을 보았습니다. 그리고 그 풍경 속에는 뮈슬렙스키 씨의 열쇠묶음이 쩔그럭대는 소리도 들어 있었습니다. 그는 우리 담임선생님이었는데 '개인면담'을 하자고 우리들을 부를 때마다 바로 그 열

---

1 드레스덴의 십자가 합창 성무일도를 말한다.
2 오해하기 쉬운 진술이다. 튀르머가 원고를 썼던 면에는 표준적인 종이 한 장에 들어갈 수 있는 분량의 반 정도가 채 되지 않는 양만이 채워져 있었기 때문이다.

쇠 소리가 들렸던 것입니다. 그는 그것을 심문이라도 불렀고 우리를 지하실로 데리고 갔었지요.

단편 쓰기를 포기하고, 「십자가 예수의 일곱 가지 말씀」이 그 가을날의 추억을 떠올리게 하는 대신에 다만 집필의 기억만을 불러일으키게 된 후에 난 레코드판의 표지 뒷면에서 헌사 하나를 발견했습니다. 엔리코를 위하여, 79년 크리스마스에, 베라로부터. 그러니까 난 이 무반주 성가곡들을 2년이 지난 뒤에 비로소 받았던 셈입니다. 그리고 난 아직까지도 쉬츠의 또 다른 한 장의 앨범을 구하지 못했습니다.

이제 내가 그 시절에 대해 당신에게 얘길 한다면 난 단편소설의 풍성한 장면들 아래 내 기억을 집어넣어야 합니다. 마치 인명구조대의 요원이 조난자가 아직 살아 있는지 어떤지 알지 못한 채 무조건 구조 선박에 밀어넣어야 하듯이 말이지요.

십자가학교,[3] 그 컴컴한 폐허가 나의 마울브론[4]이었습니다. 부다페스트의 꿈과 방학 동안의 독서에서 맛본 자유에 집착한 채 난 그 학교의 풍경을 내 소설의 배경으로 삼지 않을 수 없었습니다. 그와 동시에 나는 "신에게는 영광을, 기증자들에게는 기억을, 젊은이들에게는 이익과 경건함을"이라는[5] 현관문 위 교훈을 진지하게 받아들였습니다. 이 문 아래로 난 이제부터 4년 동안 드나들 것이었으니까요. 부다페스트에서 돌아온 이후 학교로 가는 가장 빠른 지름길을 알아보던 날, 그 비문은 헤르만 헤세의

---

3 확장된 고등학교(9학년부터 12학년까지). 이곳에서는 십자가합창단(크루치아넬)의 소년과 젊은 청년들도 수업을 받았다.
4 헤르만 헤세의 소설의 배경이 되는 곳. 1892년, 그는 이곳에 입학한 지 불과 일곱 달 만에 마울브론으로부터 도망친다.
5 잘못 인용한 부분이다. "신에게는 영광을, 기증자들에게는 기억을, 젊은이들에게는 이로움과 경건함을"이라고 해야 맞다.

세상과도 같은 내 세상으로 들어와 자리를 잡았습니다. '토스카나'라는 카페가 있던 실러 광장과, 여객선과 풀밭으로 둘러싸인 엘베 강, '푸른색의 기적,' 엘베 호텔, 블라제비츠의 뢴더차이트 빌라들과 궁전들—— 이 모든 것들이 내 꿈에 생명력을 불어넣었습니다. 엘베 강을 거슬러 올라가는 길에는 작센 스위스의 고원 암석들이 드러나 보였고 그 뒤쪽에—— 며칠 동안의 도보여행으로 도착할 수 있을 정도로 가까운 곳에—— 프라하가 있었습니다. 아름답고 훌륭한 경치를 찾아다니는 순례자들이라면 몬타뇰라[6]뿐만 아니라 이곳 어디에라도 한번쯤 머물다 갈 수 있을 것입니다. 『나르치스와 골트문트』나 『수레바퀴 아래서』를 꼭 한번 읽어보십시오. 그러면 내가 무엇을 보았는지 상상하실 수 있을 테니까요.

그 후 몇 주간에 걸쳐 일어난 극적 사건이란 사실 뮈슬렙스키와의 개인면담이 아니었습니다. 그는 우리 남자아이들을 한 명씩 지하실로 불러 전동기록기로 가득 찬 방에서 왜 세계평화가 중요하지 않느냐는 질문으로 그의 심문을 시작하곤 했었지요. 또한 내가 갑자기 '수'나 '우' 대신에 '미'와 '양'만을, 심지어 받아쓰기에서는 '가'를 받게 된 일 역시 그리 극적이랄 수는 없었습니다. 오로지 그만 없었더라면 아마 난 자유시간이 없어졌음에도 불구하고 별 큰 문제 없이 잘 지냈을 것입니다. 그 당시의 나로서는 일찍이 경험해본 바 없었던 절망 속으로 그가 나를 빠뜨렸던 것입니다. 지난가을에서야 다시 한 번 경험했던 그런 종류의 엄청난 절망이었습니다.

제로니모[7]는 변성기를 맞은 십자가합창단의 단원이었고 내 옆자리에

---

6 1919년부터 1962년 사망하기까지 스위스 테신에서 헤르만 헤세가 살던 곳.

7 요한 치일케의 별명. 이름의 원래 뜻은 분명하지 않다. 아마도 '끝까지 올곧은 자'라는 뜻으로 쓰인 듯하다. 역사적 인물 제로니모(1829~1909)는 치리카후아 아파치 족의 추장이

앉은 짝꿍이었습니다. 유일하게 푸른 셔츠를 입지 않은 아이였고 열네 살의 나이에 벌써부터 병역거부자였습니다. 그의 안경 유리가 레모네이드병 바닥으로 만든 것처럼 보였음에도 불구하고 말입니다. 나로서는 가장 모험적이랄 수 있는 지난여름의 꿈에 대해서조차 그는 별로 대수롭지 않다는 제스처를 취했습니다. 그리고 내가 저녁까지도 교과서를 들여다보며 고심하는 반면 그는 산책길에 숙제를 벌써 다 해놓곤 했습니다. 그의 역할은 내가 훗날을 위해 예약해두었던 바로 그 역할이었습니다. 그리고 그는 그 역할을 훌륭하게 수행했습니다. 그는 문어체인 문장을 가벼운 고대어법으로 바꾸어 읊조리며 모든 사람들로 하여금 웃음을 터뜨리게 하는 학급 내 가장 우수한 모범생이었을 뿐 아니라, 학생들뿐만 아니라 선생님들로부터도 사랑받는 아이였습니다. 제로니모를 사랑하지 않는 자라 할지라도 적어도 그에게 존경을 표했으며, 그것은 내가 예전에 그 어떤 내 또래의 아이들에게서도 본 적이 없는 방식으로의 존경이었습니다. 뮈슬렙스키 씨조차도 제로니모와는 '개인면담'을 나누지 않았고 부득이한 경우에는 교장이 직접 그를 만났습니다.

제로니모는 나에게는 악몽과도 같은 존재였습니다. 사실 난 그에게 고마워해야 할지도 모릅니다. 독일어 시간에 그는 나에게 반대하는 의견을 발표하지 않았고 러시아어나 영어 시간에도 한번도 내가 알지 못할 것 같은 단어는 사용하지 않았으며 내가 못 풀 것 같은 문제가 생기면 자신이 푼 과제물을 내게 내밀었으니까요. 하지만 음악 시간에 내 노랫소리를 듣자 그 역시 귀를 막았습니다. 내 노래는 언제나 우리 반 아이들의 웃음에 묻혀 끝을 맺곤 했었지요. 유일하게 그가 완전히 맥을 못 추는 시간은 체

었고 1886년 항복하기까지 끝까지 싸웠던 인디언이었다.

육 시간이었습니다.

제로니모는 나를 자신의 동료로, 아니 엄격히 말해서 자신의 부하로 선택했습니다. 그는 매주 내게 새로운 헤세의 책을 요구했습니다. 그 답례로 난 신문지에 싼 베르펠(독일의 유대계 시인·극작가·소설가—옮긴이)의, 잘 읽히지도 않은 두꺼운 책을 받았지요. 때가 묻어 얼룩덜룩하고 누렇게 변색된 페이지들이 역겨워 난 아예 그 책에 손을 대지 않았습니다. 반면에 그는 헤세에 대해 불평을 늘어놓으면서도 자주 입에 올리곤 했습니다. 그 책이 내게서 나왔다는 사실을 차치하고라도, 나 역시 그 책을 알고 있다고는 아무도 짐작하지 못했습니다. 단지 그 정도였기만 했다면 난 평소에 나를 보호해준 데 대한 대가라고 생각하며 그냥 넘어갈 수 있었을지도 모릅니다. 하지만 그는 매주 내게 곤란한 질문을 던지지 않는 적이 단 한번도 없었습니다. 왜 그렇게 하는 거니? 뭘, 하고 난 매번 되물었고 얼굴을 붉히며 땀을 흘리기 시작했습니다. 그는 깊은 호수 같은 안경 너머로 나를 힐끗 쳐다보며 입언저리의 주름을 고통스럽게 모았습니다. 그건 바로 다음과 같은 뜻이었습니다. 기독교인이라고 자처하면서도 어째서 넌 무기 사용을 거부하지 않는 거니? 왜 넌 존재가 의식을 결정한다는 말에 대해 긍정하는 거지? 왜 넌 식사 전에 기도하지 않니? 어째서 뮈슬렙스키 선생님이 네게 말을 걸면 목소리가 그렇게도 높고 가늘어지는 거야? 어째서 넌 하찮은 학교의 일로 그렇게 많은 시간을 낭비하는 거니? 제로니모는 곧 아무 질문을 하지 않아도 되었습니다. 그 모든 질문들을 난 이미 다 외우고 있었으니까요.

난 늘 그 괴로운 종교 교육에 시달릴 생각으로 하루를 시작해야 했습니다. 집에 돌아갈 때면 그를 피할 수 있어서 안심했거나—아니면 지옥의 고통을 겪었습니다. 왜냐하면 매번 난 대답을 하지 못한 채 멍청하게 남아 있었고 어서 빨리 학교 종이 울려 우리의 이 이상스러운 대화가 중단 되기만을 바랐습니다. 마지막엔 늘 똑같은 성경 구절을 들어야 했지요. "두려워하지 마라. 내가 세상 끝나는 날까지 너희와 함께하리로다." 한번 은 그가 말했습니다. "난 네가 아주 좋은 교리 교사가 될 수 있을 거라고 생각해." 나중에 신학을 공부하려는 제레니모 같은 사람이 나를 조금이라 도 유익한 사람으로 본 것에 대해 물론 기뻐할 수도 있었을 테지요.

제레니모에게 대답을 못 하면 못 할수록 난 일기를 쓰거나 기도를 할 수가 없었습니다── 열성적인 주기도문을 제외하고는. 무엇을 쓰고 무엇 을 위한 기도를 할 수가 있었겠습니까? 무엇이 옳고 그른지 난 이미 알고 있었는데요. 세상에는 거짓말이 있었고 또 진실이 있었습니다── 배신자 가 아니면 하느님 편에 선 사람. 나 자신에 대한 탄핵을 글로까지 쓸 필요 는 없었던 것입니다. 모든 다른 이들과 마찬가지로 나 역시 잘 알고 있었 습니다. 내가 무엇을 말한다 하더라도 그 안에 내 죄를 인정하는 것이 아 닌 논증이란 있을 수 없다는 것을 말입니다. 비겁, 위선, 의심, 나약── 왜 난 제로니모같이 행동하지 못했을까요? 왜 난 다른 사람들과 똑같이 살까요?

이 갈등은 10월에 다시 한 번 그 절정을 맞았습니다. 가을방학이 지 난 후 첫번째 주였습니다. 가을방학 동안에는 독감이 찾아와 독감보다 괴 로운 고통으로부터 나를 보호해주었었지요.

월요일에 뮈슬렙스키가 또 한 번의 개인면담을 위해 나를 지하실로 불 렀습니다. 유일하게 나만 두 번이나 불렀다는 사실에 난 기쁘기도 했고 놀라기도 했습니다. 제로니모는 다른 아이들이 모두 알도록 자신이 학교 앞에서 나를 기다릴 것임을 공표했습니다── 나를 도와주기 위해, 나를 지지해주기 위해서 말이지요.

뮈슬렙스키는 국가 인민군(NVA)에 들어가 장교가 되거나 적어도 3년 동안 부사관으로서 손에 무기를 들고 모든 종류의 적들에 대항해 고국을 수호하는 것을 내가 거부하리라고는 전혀 예상하지 못한 것 같았습니다. 내가 처음 "아니요!" 했을 때부터 그는 분노를 억누르려고 애쓰며 말을 더듬을 지경이었습니다. 갑자기 그는 내게 책 한 권을 내밀었습니다. 그 안에서 모든 필수적인 정보를 읽을 수 있다며 금요일 물리 시간에 침략자 서독 독일연방군에 관해 10분간 발표를 하라는 것이었습니다. 그가 미소를 지으며 아버지와 같은 태도로 내 팔의 위쪽을 두드리는 바람에 난 그만 그에게 감사하며 국가 인민군에 3년간 복무하는 것을 다시 한 번 잘 생각해보겠다고 말함으로써 그를 기쁘게 하고 싶은 충동이 일었습니다. 정말이지 난 그의 옆에 있는 것이 싫지 않았습니다. 난 옆문을 통해 학교를 빠져나와 버스정류장을 돌아 멀리 피해갔습니다.

나 자신이 역겨웠습니다. 뮈슬렙스키를 포옹하고 내 편으로 만들고 싶었으며 제로니모에게서 도망치고 싶다는 것을 인정하지 않을 수 없었기 때문입니다. 그런데 그 순간보다 더 심한 굴욕이란 상상할 수 없었음에도 불구하고 진짜 치욕이 바로 눈앞에서 기다리고 있었습니다. 방금 겪은 일의 끔찍함과 이제 막 겪을 일의 끔찍함이 너무도 압도적이어서 결과적으로는 이러한 불행에 대해 일종의 희열마저 느껴질 지경이었습니다. 그건 전차를 타기 위해 뛰어갈 때 솟아오르던 바로 그런 사춘기적 희열이었습니다. 정말이지 난 그때 두 발로 버티고 선 채 수치심과 희열에 겨워 젖어버린 팬티를 입고서 엉엉 울며 무릎을 꿇지 않기 위해 단단하고도 굳은 의지가 필요했었다는 것을 당신에게 맹세할 수 있습니다.

내 단편소설들은 전부 이 지하실의 개인면담과 내 발표의 순간 사이를 맴돕니다. 그 상황은 단편소설이라는 장르에 필요한 모든 요건을 다 갖추고 있었습니다. 즉, 서막으로부터 얼마간의 휴식과 마지막의 놀라운 반전에 이르기까지 모든 정황이 맞아떨어졌던 것입니다.

내가 당시의 감정들을 이미 다 문학 작품에서 풀어냈음에도 불구하고 지금도 난 내가 극과 극 사이에서 왔다 갔다 비틀대던 시간들의 불안을 간직하고 있습니다. 마치 의지할 곳을 찾지 못한 채 벽과 벽 사이를 왔다 갔다 하는 것처럼 말이지요. 우리 반 전체 학생들이 보는 앞에서, 제로니모가 보는 앞에서 그를, 그리고 나 자신을 거역하는 논증을 펴야 한다는 말일까요?

난 이제 한 9학년 학생이 겪었던 영혼의 고통에 대해 쓰는 것을 그만 멈추기로 하겠습니다. 오늘날까지도 내 마음에 남은 고통이 있다면, 그것은 어머니의 두려움과 당황이었습니다. 결국 발표문을 쓴 것도 어머니셨고 나로 하여금 더 이상 병역거부에 대해 말을 꺼내지 못하도록 금지시키신 분도 어머니셨습니다. 나중에 다시 정식으로 얘기할 시간이 온다는 것이었습니다. 물론 그건 내게 아무런 영향도 미치지 못했습니다. 오히려 그 반대였지요. 그를 따르기 위해선 아버지나 어머니도 버려야 한다는 예수의 말씀을 내게 상기시키기는 일이라면 굳이 제로니모가 나설 필요조차 없었던 것입니다.

단편소설의 마지막 장면을 쓰며 나는 좁은 십자가 길을 따랐습니다. 수업 마침종이 울리기 10분 전, 내 이름이 불렸을 때 난 이미 기진맥진한 상태였습니다. 난 몸을 일으켰고 의자를 뒤로 밀고는 내가 무엇을 해야 할지 알지 못한 채 앞으로 나갔습니다. 무릎이 덜덜 떨렸는데 그건 나로서도 놀랍고도 흥미로운 현상이라는 생각이 들었습니다. 상체는 아무 이상이 없어서 손은 언제나처럼 고요하고 젖은 상태였거든요. 내 몸에 배어 있던 일종의 리듬감으로 인해 난 선생님의 교탁 뒤로 갔고 그곳으로부터 군인처럼 뒤로 몸을 돌렸습니다. 여기선 무릎이 얼마든지 떨려도 좋았습니다. 난 내 A4용지를 좀더 높이 치켜들고서 읽을 준비를 했습니다. 그나머지의 일은 아무래도 좋았습니다.

단어 하나하나마다 어머니가 사전에 주신 지시에 따랐습니다— 혀를 힘겹게 놀리며—그러나 입에서 솟아 나오는 것들은 소리, 인간적인 것들의 저편에서 들려오는 소리, 분명 다른 이들의 웃음을 자극하는 단조로운 읊조림일 뿐이었습니다. 모든—몇몇 겁쟁이들만을 제외한—아이들이 웃었고, 제로니모와 뮈슬렙스키만이 내게 암울한 시선을 고정했었던 그 장면이 정말로 일어났던 현실이었을까요? 아니면 내가 언젠가 지은 소설의 한 장면이었을까요?

두번째 시도 역시 무산되었습니다. 내 입에선 음절 하나하나가 목구멍으로부터 간신히 흘러나오는 듯했고 내 혀는 재주를 부렸을지 몰라도 성대가 그것에 따라 움직이려고 하지 않았던 것입니다.

교탁 뒤에 담임의 의자가 뒤로 밀쳐져 있었습니다. 난 거기에 털썩 주저앉으며 펼쳐져 있던 교과서를 옆으로 밀었습니다. 그렇게 앉은 채 첫 단어들을 만들어냈고 이윽고 천천히 한 문장을 이루어냈습니다. 그 후론 뮈슬렙스키의 유창한 언변이 모든 것을 질식시켰습니다.

학급 전체가 순식간에 침묵에 빠졌습니다. 그런 경직의 순간을 나는 잘 알고 있었지요.

다음 순간, 난 교탁에다 몸을 기댄 채 한 손은 주먹을 쥐어 지탱하고 다른 한 손의 엄지손가락을 허리띠에 걸고는 검지와 중지 사이에 연설문을 끼우고 서 있는 나 자신을 발견했습니다. 이 소년의 모든 것은 편안함을, 그 어떤 무기력한 쾌감마저도 표현하고 있었습니다. 마치 반쯤 잠에서 깨지 않은 상태로 옷을 입거나 다리를 뻗을 때 느끼는 그런 느낌 같았습니다.

그러나 거기 교탁 앞에 섰던 그 소년이 정말로 나였던 것이었을까요? 난 모든 것들 위에 둥둥 떠서 아무도 가까이 다가갈 수는 없지만 그러면서도 모든 것을 다 내려다볼 수 있는 위치에서, 전과는 전혀 다른 모습으로 그 모든 것들을 바라보고 있던 것이 아니었을까요? 난 모든 것을 내려다보며 내 눈 아래에서 일어나는 일들을 주시했습니다. 그건 학교생활의 투시화였고 별다른 그 무엇도 아니었습니다. 엔리코 튀르머라는 아이에 대한 내 관심은 여타의 다른 아이들에 비해서 크지도 작지도 않았습니다. 엔리코 튀르머가 그들과 다른 점이라고는 단 하나, 즉 내가 그에게 명령을 내릴 수 있다는 것뿐이었던 것입니다. 내가 웃으라고 명하면 그는 웃었습니다. 내가 "저항하지 마, 거기 그대로 가만히 서서 짧은 연설을 발표해도 되겠느냐고 말해" 하면 그는 가만히 서서 짧은 연설을 발표해도 되겠느냐고 말했습니다. 내가 자리에 앉으라는 소리를 무시하라고 명하면, 그는 앉으라는 소리를 무시했습니다. 난 침묵했습니다. 난 내가 없다면 그가 무슨 짓을 할지 지켜보고 싶었거든요. 그러자 엔리코 튀르머 역시 침묵했습니다. 숨을 몇 번 내쉬고 들이쉬는 만큼의 시간이 지나자 그가 반복했습니다. "지금부터 제가 짧은 연설문을 발표하겠습니다. 준비를 많이 했습니다."

그가 또 한 번 자리에 가 앉으라는 소리를 무시하자 난 모든 것을 알 수 있었습니다. 아주 짧은 순간 무호흡의 머뭇거림 뒤에—난 자리에 도로 돌아갈 것을 허락했고 그러자 엔리코는 자신의 자리로 되돌아갔습니다.

그는 제로니모의 헛기침 소리, 뮈슬렙스키의 신발이 바닥에 닿아 찍찍대는 소리를 들었습니다. 그가 획 주위를 돌아보았습니다—아무도 그의 시선을 받아주는 사람은 없었지요. 수업이 파하는 종이 울리자 엔리코 튀르머 역시 다른 아이들과 마찬가지로 자리에서 일어났고 미소를 머금은 채 뮈슬렙스키의 멸망을 지켜보았습니다. 두번째로 문을 빠져나가 학급을 떠난 제로니모가 앞서 가는 선생님의 조수라도 되는 양 뒤를 따르고 있었습니다. 마치 선생님의 교과서라도 대신 들고 교무실까지 가려는 것처럼 보였습니다.

그 몇 분 동안 내가 완전한 행복감을 맛보았다는 것을 당신이 믿어주셔야 합니다. 하지만 곧 엄청난 정세의 급변화를 맞게 됩니다. 무슨 일이 일어났는지 짐작이나 하시겠습니까? 별안간 내가 무엇을 깨달았는지, 또한 불현듯 어떤 경험을 하게 되었는지 상상하실 수 있겠습니까?

아무도 날 공격할 수 없다는 사실이었습니다! 난 이미 작가가 되어 있었으니까요!

그러면서도 이 깨달음은 내게 어떤 계시가 아니라 오히려 내가 이미 전부터 알고 있던 어떤 사실, 그저 여러 가지 이유로 최근 얼마 동안 잊고 있었던 사실처럼 느껴졌습니다.

"난 네가" 난 집으로 가는 길에 제로니모의 말을 흉내 냈습니다. "아주 좋은 교리 교사가 될 수 있을 거라고 생각해." 너무 감정적으로 들리지만 않는다면 다음과 같이 말할 수도 있겠지요. 나는 포복절도했노라고. 열네 살 소년[8]은 사람들이 보통 인정하는 것보다도 훨씬 더 잘 웃을 수 있으니까.

게다가 내가 그 후 며칠 뒤에 느낀 사실 역시 말씀드려야겠지요? 신을 잃어버렸다는 것, 나도 모르는 사이에 하느님이 사라져버렸음을요? 그 후 한번도 내 입술 밖으로 주기도문이 새어나온 적은 없었습니다.

---

8 튀르머는 1961년 11월 29일에 태어났다. 그러므로 이해(1977년) 가을에는 이미 만 15살이었다.

난 이제 하느님이 인간을 내려다보던 바로 그 위치에 올라 있었습니다. 이젠 내가 그들과 제로니모와 나 자신과 그리고 뮈슬렙스키를 내려다보았고 그들이 무엇을 하는지 관찰했습니다. 그들이 용감하거나 비겁하거나, 강하거나 약하거나, 혹은 정직하거나 기만적이거나 간에 그런 건 사실 별로 큰 의미가 없다는 것을 난 깨달았습니다.

제로니모가 무슨 일을 하든 상관이 없었습니다. 평범하고 소란스러운 무리들 속에서 망하라지요. 그가 어떤 모습으로 남을지 결정할 사람은 바로 나였으니까요. 네, 맞습니다. 내가 오늘 혹은 내일 그도 아니면 언제라도 그에 대해 글을 쓰지 않는다면 아무도 제로니모에게 관심을 가질 리가 없는 것입니다.[9] 난 단테의 지옥문을 여는 열쇠를 사용할 권한을 부여받았던 것입니다.

내 발표가 실패한 이후에 또 다른 사건은 뒤따르지 않았습니다. 난 아무와도 그것에 관해 이야기 나누지 않았습니다. 어머니께는 수업 마침종이 울리는 바람에 내 발표가 중단되었다는 설명으로 적당히 둘러댔습니다.

내가 겪은 일을 숨겨야 할 이유가 충분했으니까요. 얼마 동안 난 나 자신에게까지도 비밀로 하려고 했고 갑자기 두려움이 없어진 원인을 다른 데서 찾으려고 애썼습니다. 내 단편소설이 예상 밖의 놀라운 전환을 맞은 것은 그런 맥락에서 이해될 수 있을 것입니다.

당시에 난 그 두려움 없는 상태에 대해 어떤 대가를 더 치르게 될지

---

9 내가 발행인인 만큼, 원하든 아니든 뤼르머의 이 자만에 넘친 진술의 집행인이 되지 않았느냐는 비난을 받을 수도 있을 것이다. 그러나 난 단호히 그런 의견에 반대한다. 즉, 지금 이 대목이 뤼르머 인생에서 비판적인 행적을 다루고 있기에 다른 사람들에게는 나쁜 사례가 되는 이야기임을 지적하는 바이다.

짐작하지 못했었지요.

내 언어, 내 목소리는 며칠 사이에 변했습니다. 난 미소를 지으며 말을 했지요. 내가 하는 모든 말은 이중의 뜻을 가지고 있었고 그 때문에 학급 내에서 따돌림을 당했습니다. 난 사실 무엇을 말하려던 것이었을까요? 무슨 놀음이었을까요? 난생처음으로 난 외톨이의 삶을 살았습니다. 다른 사람들은 더 이상 내 관심사가 아니었습니다. 다른 사람과의 사귐, 적어도 동갑내기들과의 교제는 시간 낭비에 불과했습니다. 대화가 독서보다 강했던 적이 있던가요? 얼마 되지 않는 내 자유시간은 독서와 글쓰기를 위해 필요했습니다. 사람들과의 교제로 그냥 흘려버리기에는[10] 몹시 아까운 시간들이었으니까요.

제로니모는 공격을 해오진 않았지만 나를 피했습니다. 한번은 나를 위해 기도를 한다고 내게 살짝 속삭였는데 그때 마침 날카로운 선이 두드러진 그의 턱뼈와 불안하게 움직이는 입을 관찰하고 있던 나는 매우 놀랐습니다.

승리감 말고도 내가 누린 것은 그에게서나 뮈슬렙스키에게서 빠져나왔다는 것이었습니다. 작은 복수라고 말할 수 있겠지요.

어쩌다 체육 시간에 경기 같은 것이라도 하게 되고— 대부분은 축구나 배구였는데— 제로니모와 내가 한 팀으로 선발되면, 그는 언제나 맨 마지막으로 선발되었고 체육 선생님의 지시대로 제로니모를 경기에 동참시키기 위해 난 기회가 있을 때마다 그에게 공을 패스했습니다.

공만큼 제로니모가 무서워하는 것은 없었습니다. 그는 본능적으로 상체를 숙였습니다. 그는 도망가려는 자신의 충동을 눌러야만 했고— 그가

---

10 '낭비하다'라는 말 위에 줄을 긋고 고쳐 썼다.

용기를 내서 상대편과 정면으로 맞섰을 때는 언제나처럼 벌써 기회를 놓친 후였습니다. 난 빨리 성공할 수 있었습니다. 제레니모가 속한 편이 이기면 그것은 어김없이 큰 화젯거리가 되었습니다. 조롱, 비아냥거림, 그리고 분노가 언제나 그를 향해 퍼부어졌습니다. 내가 이타적인 마음으로 그를 위해 패스해준 공은 한번도 거론된 적이 없었습니다.[11]

성적표를 받는 날, 그러니까 마지막 학년인 10학년 말, 학급에서 다섯 명의 아이들이 '퇴교'되었습니다. 네 명은 성적이 모자라 나가야 하는 경우였고——난 중간쯤 되는 성적으로 낙제는 모면할 수 있었지요——그리고 나머지 한 명은 병역거부를 고수한 제로니모였습니다. 우리들이 마지막으로 함께 학교에 가기 전, 예전의 그 압박감이 다시 나를 엄습했습니다. 이제 마지막 담판의 순간이 왔음을 감지할 수 있었습니다. 제로니모는 몇 달 전부터 계획해온 큰 사건을 일으킴으로써 우리의 기억 속에 영원히 못을 박을 요량이었던 것입니다. 하지만 난 무섭지 않았습니다. 너무나도 마음이 편안해 나 스스로도 당황스러웠고 나에게 진짜로 타격을 줄 만한 그 어떤 공격도 상상할 수 없다는 것에 적이 당황스러웠습니다. 두려움이 없어진 상태가 나를 갑자기 두려움으로 몰아넣었습니다.

이날들의 기억은 눈부신 7월의 빛 속에 잠겨 있습니다. 길면서도 한번도 완전히 청결해본 적이 없는 제로니모의 손가락이 탁자 위에서 떨고 있었습니다.

"학생 여러분과도 오늘로 이별이구나" 하고 뮈슬렙스키가 말하며 우리들 앞에 우뚝 섰습니다. 뮈슬렙스키보다 머리통 하나만큼 더 큰 키의 제로니모가 몸을 다 일으키자 그에게 덜덜 떨리는 추위 같은 것이 엄습했

---

11 나는 이 체육 시간을 함께 경험했으므로 튀르머의 이 묘사가 사실과 맞지 않는다는 것을 직접 증언할 수 있다.

습니다. 뮈슬렙스키는 성적표에 눈길을 한번 주더니 체육에서 받은 '미'를 제외하면 평균 점수가 '가'이라는 것을 발표했습니다. 뮈슬렙스키는 어떻게 된 일인지 제로니모의 손을 잡더니 한참이나 놓지 않았습니다.

제로니모는 자리에 앉으며 마치 토하는 것처럼 상체를 앞으로 숙이더니 흐느껴 울기 시작했습니다. 그는 마치 일생 동안 아껴두었던 모든 눈물을 지금 이 30분만에 다 흘려버리겠다는 듯이 엉엉 울었습니다. 그가 엉엉 울면서 훌쩍이다가 흐느끼기도 하는 동안 우리는 성적표를 건네받았지요.

난 손을 그의 어깨와 머리에 올렸습니다. 한번은 기름에 전 머리카락을 쓸어주기도 했습니다. 제로니모는 수업 마침종이 울릴 때까지 눈을 들지 않았습니다.

그 후 난 손을 씻기 위해 교실을 떠났습니다.

돌아와보니 제로니모는 다른 학생들에게 에워싸여 있었습니다. 그들이 그에게 바짝 붙어 모여 있는 바람에 그를 볼 수 없어서 우린 작별인사도 없이 이별했습니다.

문득 난 언젠가 지금 이 장면을 문학 작품으로 만들 것이며 내 찐득거리는 손을 비유로 사용할 것이란 생각이 들어 전율했습니다. 그 일을 아직도 실행에 옮기지 못하고 있기에 아직도 난 그날들을 아주 자세히 기억하고 있답니다.[12]

---

12 원본이나 사본이나 똑같이 '편지'는 끝인사나 이름도 없이 끝난다. 튀르머는 아마도 이야기에 심취해 니콜레타 한젠을 까맣게 잊은 듯하다.

사랑하는 요!

요 며칠 사이에 여러 가지 일들이 차례로 일어났고, 네가 이 글을 받을 때쯤은 또 우리 상황이 어떻게 변해 있을까 궁금할 지경이야.

금요일에 우린, 그러니까 게오르크와 요르크, 마리온과 내가 함께 앉아 있었지. 환경도서관에 관한 기사를 실을 것인가 말 것인가를 결정하는 자리였어. 이건 알텐부르크의 일이 아니라 오를라 강의 노이슈타트 얘기야. 1970년대에 거기에서 가장 아름다운 튀링겐의 숲에 돼지 2천 마리가 들어갈 사육장을 만들었었잖아. 그 주위에 사는 어린아이들이 질식 발작을 일으켰고 우물 오염 정도가 법정 허가 수치의 열 배를 넘기면서 인근 마을들은 물을 오로지 탱크에서만 공급받는 등 뭐 그런 일들 말이야. 지금 우리 신문 광고 의뢰인인 '피핑 창문업'이 그곳을 사들이려고 해. 문제가 되는 점은 그들이 돼지 사육장 경영을 넘겨받으려 한다는 거야. 사육장은 샬크 골로드콥스키의 소유였어. 돼지들의 80퍼센트는 수출용이고. 한 여성 환경운동가가 그 일 때문에 피핑에게 공개편지를 보냈어. 또 그 때문에 그 편지에 거론된 몇몇 동무들이 그녀를 고소했고. 너도 곧 읽게 될 거야.

여느 때라면 꼼꼼히 보고했을 게오르크가 양 눈썹 사이에 깊은 골을 파고 팔꿈치를 괴고 앉아 입과 코를 손으로 가리고는 큰 소리로 기사를 읽고 있는 요르크를 관찰하고 있었지. 우리가 그 기사를 내면 우린 피핑 알텐부르크 지사라는 고객을 잃게 돼——이 잃는다는 말은 두 단, 육십 줄짜리, 그리고 매주 한 번씩(1년 계약), 마지막 페이지 50퍼센트 할인 혜택까지 해도 그래도 어쨌든 총 10,870마르크, 그중 반 이상의 서독마르크를 잃는다는 말이야. 게다가 우린 기사가 정말 설득력이 있는지 검증할 수도 없고 공개적으로 기사화되었을 때 따르는 법적인 문제 역시 잘 파악하지 못하고 있어. 우린 오로지 환경운동가들만 믿고 누군가와 정면으로 맞서게 되는 거지. 또 다른 한편으로 생각해보면 우리가 지난가을의 잔다르크였던 안나보다 더 믿을 수 있는 사람이 없긴 하지. 다른 신문들은 대수롭지 않게 여기고 있어. 기사를 내자, 말자에 대한 찬반 의견이 팽팽히 맞서고 있어. 그러나 결국 게오르크는 더 이상 침묵을 묵과할 수 없었지.

"내가 제안을 하나 하겠어요" 미소를 지은 채 게오르크가 말하며 어깨를 들어 올렸어. "신문사를 닫읍시다." 그가 계속해서 말을 이어나가는 동안에도 그의 이마에 주름살이 잡혔다 다시 펴지기를 여러 번 반복했지. 지방선거까지만[1] 견뎌보고, 그러고 나면 우리의 임무는 완수된다는 거였어.

한순간 한순간 지나면서 난 갑자기 그의 미소를 더 이상 참을 수가 없게 되었어. 난 그를 경멸했어. 더 이상은 생각할 것도 없었지. 그는 우리의 밥줄을 끊을 참이었고 애당초 자신의 약속을 걸고 우리를 끌어들인 이 방에서 우리들을 도로 다 내몰겠다는 수작이잖아! 난 그의 그 오만을 경멸했어. 있는 그대로의 세상을 받아들이지 못하고, 세상과의 불화에서 생긴 그 오만을. 일상을 이겨내는 대신에 무슨 정신이니 본질적인 것이니 철학적인 것들을 좇는 오만을. 내가 어느 정도는 감탄하며 한편으로는 존경했던 그의 모든 성격들이──그의 사려 깊은 정확성, 올곧음, 자신의 의심과 지나친 완벽주의로 스스로를 괴롭히며 몇 개의 단순한 문장조차 만들어내지 못하는 그의 무능력── 갑자기 유치하게 보였고 경멸의 대상이 되었어. 왜냐하면 그가 스스로에게 항복하므로, 자신 스스로와 싸울 각오

---

1 1990년 5월 5일. 5주가 채 못 되는 시간이 흐른 뒤의 시점이다.

가 되어 있지 않았으므로, 한마디로 말하자면 책임 없이 행동하니까.

"그럼 이제부터 어떻게 하자는 겁니까?" 요르크가 조용하게 라디오의 사회자 같은 친절한 말씨로 물었어.

게오르크는, 무엇을 기대했었는지는 알 수 없지만 준비한 것보다 말을 더 해야 한다는 데 대해 괴로워하는 듯이 보였지.

"우린 실패한 거요." 그가 반복했어. "우린 우리의 사명을 좀더 진지하게 수행하지 못한 겁니다."

요르크는 도대체 그가 무슨 사명을 말하는 건지 알고 싶다고 했지. 그건 우리 모두 다 아는 일이라고 게오르크가 화를 내더니 처음으로 나를 쳐다봤어.

난 요르크의 질문에 대답을 하시라고 부탁을 했고 결국 우린 우리 뒤에 있는 다리를 다 불태운 것이 아니냐고 했지.²

"세상이 우리 앞에 열려 있습니다." 게오르크가 말했어. "그걸 잊지 마세요!"

요르크는 뒤로 기대앉아 미카도 놀이(성냥이나 막대기를 수북이 떨어뜨린 다음, 그 끝을 살짝 건드려 차지하는 게임—옮긴이)라도 하는 양, 손가락을 연필의 끝에 자꾸만 갖다 대고 있었어. 마리온은 게오르크에게 동의는 한다면서, 글쎄, 그의 말이 전적으로 옳긴 하지만, 이제 지금부터는 그러니까 앞으로는 좀 다르게 그리고 더 좋게 해보자고 했어.

그 후 우린 다시 침묵에 잠겼지.

밖에서 발소리가 들려왔을 때도 요르크와 게오르크는 계속해서 요동도 없이 버티고 있더군. 난 아무도 들여보내지 말라는 임무를 맡았던 일

---

2 튀르머는 서툴게도 두 개의 관용구를 섞어 사용하고 있다. "우리 배를 불태우다"와 "우리 뒤의 다리를 끊다"

로나의 포기한 듯한 웃음소리를 들었어. 그리고 우리의 마지막 일거리를 손에 들고서 바론이 들어왔어. 자기를 오랫동안 기다렸던 거냐고 묻더군. 그가 사과하며 외투를 벗었지. 일로나가 늑대를 위해 시원한 물을 가져다 주었어.

게오르크는 돌처럼 굳어져 있었어. 요르크가 바리스타에게 우리끼리만 있게 해달라고 부탁하며 지금 신문사의 미래가 백척간두에 서 있다고 말했지. 그 이후부터는 늑대가 물을 핥는 소리만 들릴 뿐이었는데, 아무리 짐승이라도 이 고요함이 당황스러웠던지 곧 그 소리마저 멈추고 말았지.

매우 유감이라며 바리스타가 말을 시작했어. 자기에게 진작 알려주었더라면 더 좋았을 뻔했다며. 이미 우리 신문에 세 번이나 발표된 세자 저하의 방문을 위한 준비로 오늘 마침 그 첫번째 회의가 열렸다는 거였어. 그래서 왕세자 저하의 공식 인사문과 우리에게 보내는 친필 편지를 가지고 왔다더군. 그러나 유감스럽게도 이런 상황이 되어버렸으니 자신은 인내심을 발휘하는 수밖에는 다른 도리가 없을 것 같고, 또 하나 유감인 것은 자신이 낸 광고문에 예상을 훨씬 넘는 많은 수의 사람들이 문의를 해왔다는 사실인데, 그게 의미하는 바는 실제로 그만큼 우리 신문이 많이 읽힌다는 뜻이며 그렇기에 기업가들에게는 광고를 실어 더할 나위 없는 관심을 끌 수 있는 신문이라는 거야.

일로나가 핏기 없는 얼굴로 벽난로 옆에 서 있었어. "설마 정말 그렇게 하실 생각은 아닌 거죠? 네?" 애원하는 듯한 그녀의 시선이 한 사람 한 사람을 훑었어. "난 아직 고용계약서도 안 받았는데요……" 그녀가 훌쩍였지.

바론은 결정이 나면 그에게 즉시 알려달라며 전혀 동요되지 않은 목소리로 말을 이었어. 이 일로 왕세자 저하의 방문에 조금이라도 차질이 생겨서는 안 되기 때문이래. 그는 일로나를 밖으로 데리고 나갔고 늑대도 졸졸 그녀를 따라갔지. 문이 꼭 잠기지 않고 살짝 열린 채였으므로 바리스타가 그녀를 위로하려고 애쓰는 소리가 들려왔어. 우리가 처음 만난 날 저녁처럼 그의 영어식 말투가 노랫가락처럼 흥얼거리고 있더군.

"우린 계속할 거야" 하고 요르크가 마리온을 돌아보며 말했어. 그러고는 내게 "그렇지, 엔리코 군? 우리 계속할 거지? 무슨 일이 있어도 우리 계속하자구!"

그러더니 요르크가 게오르크에게 몸을 돌리곤 그를 마치 병자를 보살피듯 대하며 조심스럽게 물었어. 언제까지 우리에게 여기 자신의 건물에 머물 권리를 줄 수 있느냐고, 5월 초순이나 중순까지만이라도 우리가 여기에 머무는 것에 동의하느냐고, 물론 그건 그전에 우리가 다른 곳을 찾지 못한다는 전제 조건하에서 그렇다는 말이며, 그리고—요르크는 그의 이름을 필요 이상으로 많이 부르며 말을 이어나갔어—사무실 임대료를 지금까지의 수준으로 당분간 그냥 놔둘 수 있겠느냐고, 그리고 전화 요금 문제는 어떻게 처리하는 게 좋을지 좋은 제안이 있느냐고. 게오르크에게서는 "그럼요, 그럼요"라는 대답만 줄줄이 들을 수 있을 뿐이었지. 요르크는 게오르크에게 7월까지만 돈을 지불하겠다고 제의했어. 그러니까 서독마르크로 주던 그의 봉급 말인데 그 정도면 퇴직수당으로 충분하지 않겠냐고 말했지.

그럼요, 그 정도면 과분하지요 하고 게오르크가 말하며 그러나 그렇게 할 필요까진 없다고도 했지. 아니, 그래야 마땅하죠, 하고 요르크가 대응했어. 그리고 그가 이달 말까지는 일하는 것으로 알아도 되겠냐고 물었어. 그럼요 그럼요! 요르크는 돼지 사육장에 관한 기사를 게재할 것을 제안했지.

그러고 난 후, 게오르크가 요르크와 탁자 위로 서로 손을 내밀어 잡고 나와 마리온의 손까지 잡았을 때, 난 아무리 좋은 게 좋다지만 너무 심하다는 생각이 들었어. 그는 눈물이 글썽글썽한 채 자리를 떠났지. 다음 순간 일로나가 우리 앞에 있었고 그 뒤에 프레드가 나타났지.

"앉으세요" 하고 요르크가 말했어. 이 한 단어 속에, 바로 이 간단한 "앉으세요" 속에 들어 있는 가벼움과 권위는 천성적으로 대장 노릇을 하도록 타고난 요르크의 성격을 증명해주고 있었지. 마침내 그는 자기 마음대로 말할 수 있게 된 거지.

몇 개의 문장이 끝나자 일로나가 의자에서 벌떡 일어나 손가락 세 개를 높이 들어 보이며 게오르크는 지난 몇 주간 겨우 단 세 편의 기사를 썼을 뿐이라고 말했어. 딱 세 편! 프레드는 투덜대는 목소리로 자기가 우리가 원하기만 한다면 광고를 내겠다고 할 기업가들을 얼마든지 많이 알고 있다고 했지.

갑자기 바론이 다시 문간에 모습을 드러냈어. 어떻게들 결론을 내리셨냐고 물었지. 첫 문장을 말할 때부터 그는 오로지 나만을 바라보았어. 마치 내가 이 모든 일에 책임자라도 되는 양. 그는 앞으론 이런 유치한 일이 절대 일어나지 않았으면 좋겠다고 했지. 자신은 사업파트너를 절대적으로 신용하는 데 길들여져 있대. 지켜지지 않을 계획을 세운다는 건 결코 유익한 일이 아니니까. 요르크가 뭔가 이의를 제기하려 했을 때 그는 요르크를 쳐다보지도 않았지. 다시는 이런 종류의 혼란이나 그 어떤 일의 지연도 없을 거라고 내가 말을 시작하자 그제야 만족하더군.

바로 그런 말을 듣고 싶었대. 바론 역시 나를 실망시키지 않겠다는 약속을 하고는 자신의 서류가방에서 작은 선물 상자 네 개를 꺼냈어. 우리 모두에게 아이가 있지 않느냐며 모두들 부활절 토끼를 받으면 좋아할 거라면서 우리에게 나누어 주더군.[3] 그는 고맙다는 우리들의 일반적인 인사치레를 무시한 채 거침없이 할 말을 계속했지. 우리가 일하는 데 방해할 생각은 추호도 없지만, 그래도 자신이 빚을 진 상태에서 이 방을 떠나게 해서는 안 된다며. 신문사를 위한 작은 지원으로서—그리고 효율적으로 터를 잡기를 바라는 마음으로— 자신은 서독마르크로 지불하겠다며 그게 모쪼록 우리 마음에도 들기를 바란다고.

그동안 기적적이다 싶을 만큼 잠잠했던 전화벨이 바론의 이 말이 떨어지기가 무섭게 울렸지. 현관문 쪽에서도 말소리들이 들려왔지. 순식간에 우린 모두 바빠졌고 내가 바론 쪽을 돌아보았을 때 그는 이미 사라지고 없었어. 그리고 내 앞에는 정확한 액수의 돈이 놓여 있었지.[4]

내가 저녁 때 인근 지역을 돌고 돌아왔을 때 마리온이 타자기 앞에 앉아 있었어. "이제야 오시네요!" 하고 그녀가 명랑하게 말했지. 지금부터 그녀가 게오르크를 대신해서 기사를 쓸 것이며 그렇게 해서 내 업무 부담을 덜겠대.

그때 난 실수를 해버렸어. 그녀에게 이젠 말을 놓자고 했거든. 그녀의 표정이 굳어지고 당황한 듯 눈길을 이리저리 돌리더군. "안 그럴 이유도 없지." 마침내 그녀가 말하곤 내게 손을 내밀었어. "마리온이야."

"난 엔리코"라고 한 다음 그만 입을 꾹 다물고 말았어. 그때 고맙게도 전화벨이 울리더군. "우리들의 유별난 친구"라고 그녀가 속삭이더니 내게 수화기를 내밀었어.

---

3 이 묘사는 몇 가지 오해의 소지를 포함하고 있다. 예를 들어 서류가방에서 어떻게 상자가 네 개씩이나 나올 수 있단 말인가?
4 바리스타는 일대일로 돈을 지불했던 것이 분명하다.

그렇게 자제력을 잃은 바론을 난 한번도 본 적이 없어. '벤첼'의 방이 취소되었고 그는 또 한 번 화를 내고 싶지는 않으며 다만 내게 물어보고 싶다고 했어. 어디 하룻밤 묵을 수 있는 숙소를 알고 있느냐고 그러고 나면 할 일이 있다고, 그러니 딱 하룻밤만! 난 그를 우리 집에서 자도록 초대했지.

바론이 9시 반에 우리 집 초인종을 눌렀을 때는 미리 들떠 있던 기쁨은 사그라진 후였어. 로베르트와 난 7시가 되기 조금 전에 백화점에 뛰어들어갔어. 로베르트는 바론과 늑대가 오는 게 좋아서 시장을 보는 도중 오이를 생각해냈어. 지난번에 바리스타가 그렇게 맛있게 먹던 그 오이지, 그리고 개를 위한 과자도 집었어. 크리스마스라도 된 듯 우린 감자 샐러드를 만들었지. 미하엘라는 공연이 있었는데 학스의 작품 「아름다운 헬레나」였어. 이 작품은 이미 중단이 되었지만 앙상블에서 큰 인기를 끄는 바람에—— 모든 어중이떠중이가 다 함께 공연을 하지—— 몇 번인가 더 공연을 질질 끌고 있지.

우린 9시가 되어서야 식사를 시작했는데 정어리 생선 파스타로 고리 모양을 장식한 완숙 달걀은 이미 없어졌고 소시지 접시와 감자 샐러드 역시 현저하게 비어 있었으며 오로지 로베르트가 받침접시에 꾸며놓은 사과로 된 태양만이 조금 갈변되기는 했어도 아무 탈 없이 그 모양 그대로 반짝이고 있었지.

로베르트의 기분대로라면 난 쉬지 않고 게오르크와 '폰 바리스타 아저씨'에 대해서만 이야기를 해야 됐을 거야.

드디어 꽃다발과 함께 그 뒤에 바리스타의 모습이 나타나자—— 그 꽃다발에 대해 표현하자면 원시림이라고 할 밖에 다른 더 좋은 이름이 없을 것 같았어—— 단숨에 모든 기대감이 다시 다 살아났지. 우리의 꽃병이 너무 작아 집 안 전체가 인형의 집이라도 된 것 같았어.

바론은 로베르트가 오랫동안 기다리는 수모에 대한 보상으로 곧 그에게 『브라보』 최신호를 건네주었고—— 로베르트가 환성을 질렀지—— 야구모자를 선물했어. 모자 위에 두 개의 알파벳이 서로 꼬여 있는 걸 보고 난 처음에 그게 뼈다귀가 아닌가 착각했지.[5]

로베르트가 늑대는 어떻게 된 거냐고 묻자 그는 아이에게 자동차 열쇠를 꺼내주며 작은 담력 시험을 치르게 했어. 그 아이더러 아스트리트를 풀어주라고 했거든.

"돈이 필요하시면" 하고 바론은 우리만 남게 되자 말했지. "그렇다면 제게 주저하지 마시고 물어봐주세요. 난 그걸 빨리 사시라고 충고할 뿐입니다!"

넌 그가 무슨 말을 하는지 짐작이나 해? 그때까지는 나 자신 역시 그가 허심탄회하게 말하고 있는 게 뭔지 인정하려고 하지 않았어. 그래, 난 요르크와 동등한 자격으로 게오르크를 대신하고 싶었어. 난 내가 도대체 얼마를 지불하면 되는 거냐고 물었지. 액수는 문제가 아니라고 그가 말했어. 왜냐하면 어떤 액수라도 거의 다 합당할 거라는 거야. 일단 게오르크가 자신의 지분을 내어줄 의향이 있는지를 먼저 알아내야 한다는 거야.[6] 게오르크가 2만이나 그 이상을 요구한다면, 2만 서독마르크, 잘 들었겠지? 만일 그렇다면 생각할 시간을 좀 달라고 요구할 것을 권하고 싶다는 거야. 그렇게 되면 투기 심리가 좀 수그러든다는군. 슈뢰더 부부가 그러니까 요르크와 마리온이 이 액수를 준비하고 있을 리는 물론 없지. 하지

---

5 퇴르머는 뉴욕 양키스 팀의 야구모자에 달린 로고를 말하고 있다. 그 팀의 로고는 N과 Y로 구성됐다.

6 요르크와 게오르크는 각각 법인의 반에 해당되는 지분을 소유하고 있었다.

만 2만 서독마르크는 언제든지 나를 위해서 준비되어 있으며, 난 아마 가을이면 그 돈을 이미 갚게 될 것이라는 거야. 이자는 물가상승률을 고려해야 할 것이고. "실행하세요. 튀르머 씨의 아들을 위해서라면!" 우리가 문밖에 로베르트가 오는 소리를 들었을 때 그가 결론지었지. 아스트리트가 어슬렁어슬렁 들어왔어.

바리스타는 사람들이 와락 부둥켜안을 정도의 인물은 아니지. 하지만 그에게서는 내 소망과 내 동경이 나에게서보다 훨씬 더 잘 이루어질 것 같아 보여. 마치 그가 어떤 마취 같은 종류의 상태에서 나를 흔들어 깨우며 물어보는 것 같아. 왜 그렇게 어린아이의 자리에 앉아 계십니까? 이쪽으로 건너오세요, 나에게로, 어른들의 자리로!

바론은 로베르트에게 고맙다고 했는데, 존댓말까지 써가며 식사가 차려진 식탁을 과장된 어투로 칭찬해마지않았지. 난 로베르트에게는 분명히 말씀을 놓으셔도 될 거라고 말했지. 그 말이 진심이라면 그는 기꺼이 그 제안을 받아들이겠다며 그 아이 쪽으로 몸을 돌리곤, 그렇다면 로베르트도 자신을 클레멘스라고 불러야 하며 자신에게 높임말을 사용하지 말라고 고집을 부리는 거야. 어차피 일이 이렇게 되었으니 그러지 않으면 자신도 말을 놓을 수 없다면서.

다음번 기회에 난 그에게 속삭였지. 요르크나 게오르크나 아무도 돈 이야긴 하지 않았었다고. 그러나 그는 미소를 지으며 그런 이야긴 피차 하지 않는다고 속닥거렸어.[7] 그러더니 그는 자신의 첫번째 방문 때처럼 왕성한 식욕을 과시하며 남은 소시지를 데우겠다고 하면서 음식물이 가득 든 입으로 고개를 끄덕이곤 로베르트와 자기네끼리만 아는 음악에 대해 이야

---

7 이 대목에서 두 사람이 왜 로베르트 앞에서 쉬쉬하며 비밀로 하는지가 분명하지 않다.

기를 나누었지. 서류가방에서 그는 몇 개의 CD를 꺼내곤 로베르트가 나와는 다르게 그 물건을 어떻게 손에 잡아야 문제없이 열 수 있는지 알고 있는 것을 보곤 미소를 지었어.[8]

바론이 동석한 자리에서 로베르트는 내게 엄청나게 성숙한 모습으로 보였어. 언제나 미하엘라가 그에게 설교하곤 하던 것을 모두 지키면서 거의 웃음이 날 지경으로 참으로 자세를 꼿꼿이 하고 앉아 있더군.

로베르트는 바론이 어디 사는지 물었어. ── "어느 땐 여기, 어느 땐 저기"가 그의 대답이었지. 이혼을 한 이후에 물품들은 어머니에게 맡겨두고 가구가 갖추어진 방이라면 공화국 내 어디에든 살았다는 거였어. 공화국이란 서독을 말하는 거야. 자신의 아들은 열네 살이며[9] 게다가 그 애 이름 역시 로베르트인데 우리의 로베르트와 매우 닮았다고 했어. 그는 서류가방에서 사진이 든 봉투를 꺼냈어. 그의 말이 맞더군.

로베르트가 점점 더 자세한 것까지 물었어. 크리스마스는 어디에서 보낼 예정이냐, 어디로 휴가 여행을 떠나느냐, 취미는 무엇이냐 등등. 그리고 매번 바론은 천사 같은 인내심을 발휘하며 매우 진솔하게 대답해주었어.

그는 다시 한 번 우리에게 강조하며 설명했어. 자신 말고는 아무도 그런 식으로 사업 컨설턴트라는 직업에 대해 해석하는 사람은 없다고. 그러니까 절망적인 상황에서 지분을 넘겨받아 투자하는 것을 말하는 거야. 왜냐하면 자신은 자신의 결정을 위한 위험부담을 떠안는 데 문제가 없기 때문이래 ── 사람들의 자신의 원칙을 따라준다는 전제조건하에서는. "원래는" 하며 바론이 로베르트 쪽을 돌아보지 않은 채 입을 열었어. "문제는

---

8 그 당시 동독엔 CD가 거의 전파되지 않았었다.
9 1990년 3월 15일의 편지에는 바리스타에게 자식이 두 명 있다고 되어 있었다.

신용이지. 그리고 오늘날에는 너무나 많은 사람들이 신사가 한 말을 믿지 않기 때문에 난 그들의 짭짤한 이익 중에서 일부를 조금 떼어 가져야 해." 그는 오이를 급하게 씹으며 말을 이었어. "지금까진 모든 사람들이 내 지분을 위해 돈을 지불한 것을 후회했어. 그들은 모든 것을 훨씬 더 싸게 얻을 수 있었으니까. 아주 싸게."

그는 오이를 또 한 개 씹어 먹은 후 다음과 같이 요약했어. "난 그러니까 내 아이디어를 위해 돈을 받겠다는 아이디어로 돈을 버는 거야."

로베르트는 아이디어들로 돈을 번다는 게 무슨 뜻인지 그리고 그가 자신에게도 그 아이디어를 가르쳐줄 수 있는지 물었지.

"그럼 도대체 누가" 바론이 대답했어. "네가 그 아이디어를 취해서 엄청난 돈을 벌지 않으리라고 말해줄 수 있지? 내 몫은 하나도 없이?"

"내가 약속하니까요." 마치 로베르트는 그러한 대화를 나누는 것이 익숙하다는 투로 말하더군.

"난 『주간신문』을 매우 꼼꼼히 읽는단다." 바리스타가 서두를 열었지. 마지막 호에서 그는 동시에 두 개의 기사를 건졌는데 거기서 좋은 아이디어가 떠오를 법하다는 거야. 그게 무엇이었는지 로베르트가 상상할 수 있겠느냐고 물었어. 로베르트가 신문을 판 장본인이 아니더냐면서. 로베르트가 내 쪽을 돌아보더니 어깨를 으쓱해 보였어. 바론이 말한 것은 6월까지 거리에 새로운 지명이 붙여질 거라는 회의에 대한 거였어. "어때? 뭔가 탁 떠오르지?"

로베르트의 얼굴이 빨개졌어.

"어떤 사업가가 알텐부르크에 온다면 제일 먼저 하는 일이 뭘까?"

"호텔에 간다" 하고 내가 말했어.

"틀렸어요! 영 틀렸어! 호텔이 어디 있는지 그가 어떻게 알지요?"

"차를 멈추고 누군가에게 물어볼 수도 있지요, 뭐."

바론은 손으로 눈을 가렸어. "하지만 그가 밤 1시에 도착했다면?" 하고 그가 물었어. "사업가라면" 바리스타가 승리감에 취해 소리쳤지. "다음 주유소로 차를 몰아가서 사는 게 있지요―바로 이 도시의 지도!"

우린 바리스타에게 앞다투어 설명해주었어. 우리 도시의 주유소는 밤엔 문을 닫는다고. 단 한 번의 제스처로 그는 우리를 조용하게 제압했어. "맹세하건대" 하고 말하는 그의 말투가 마치 정말 맹세라도 하는 것처럼 들렸지. "1년 뒤에는 이곳 주유소에도 반드시 밤 1시에 도시의 지도들을 팔게 될 겁니다! 우리가 만든 지도를요!"

바론은 쪽지 한 장을 꺼내더니 무언가를 끼적이기 시작했어.

"우리는 인쇄 주문하기 전에 이미 가격과 이익을 예상하고 있어야 해." 로베르트는 최면술에라도 걸린 것처럼 그를 쳐다보았어. 모든 건 광고비로 충당이 될 것이라는군. 원래 지도 부분을 둘러싼 가장자리에는 광고가 채워질 거니까.

모든 비용을 제하더라도 3천 마르크쯤의 이익이 남지. 우린 그의 실력을 인정하겠다는 듯이 고개를 끄덕였어. 그리고 또 거기에 덧붙여 전체 매상고가 생기지. 어느 누가 도대체 알텐부르크에 와서 새로운 지명이 새겨진 새 지도를 사지 않으려고 하겠는가? 그리고 또 왜 하필 꼭 알텐부르크만이겠는가? 모이젤비츠도 있고 슈묄른, 루카, 괴스니츠는 또 어떻고? 그리고 또 알텐부르트 한 곳이라고 한들 딱 한 종류의 지도만이 있어야 된다고 누가 말하던가? 순식간에 3천 마르크가 3만이 되고 6만이 되었어. "얘길 해보자면" 하며 바론은 말을 맺었어. "순수익만을 따져본다 해도 4만에서 8만 정도가 될걸. 4만에서 8만 서독마르크란 말이지! 기획만 잘하면 되는 거야. 신사 여러분, 돈은 길에 널려 있는 겁니다. 그리고 이 아이디어는 내가 너한테 주마!" 그러면서 그는 로베르트에게 연필과 쪽지를 넘겨주고는 자신은 뒤로 물러나 앉았어.

공연은 끝이 났지. 우린 무엇을 해야 할지 모르겠더군. 박수를 쳐야 할지 고맙다고 해야 할지 아니면 질문을 던져야 했을까?

하지만 정작 본시 일어나야 할 우주 대폭발이 일어난 건 아니었지. 그의 이야기에 고무되어 나 역시 내 자신의 아이디어를 뽐내야 할 것 같아서 지도의 광고 때문에 상점이나 사업체를 찾은 사람들은 틀림없이 신문 광고에 대해서도 물어볼 거라는 의견을 제시했지. 로베르트가 고개를 끄덕였어.

바론의 반쯤 벌어진 입에서 감자 퓌레와 소시지의 뒤범벅이 보였어.

"뭐라고요?"하며 그가 물으며 음식물을 급히 씹었어. "외판원을 두지 않을 생각입니까?" 난 고개를 가로저었지.

"외근자를 두지 않는다고요? 행상인 혹은 무어라고 그들을 부르시든 간에 말이죠?"

"네" 하고 난 강조했지.

"튀르머 씨는 그러니까—" 하고 그가 말을 시작하며 씹던 음식물을 바삐 꿀꺽 삼키려고 했어. "튀르머 씨는 거기 편집부에 가만히 앉아서 사람들이 제 발로 찾아오기를 기다리겠다는 겁니까?"

난 그러겠다고 했지.

"그렇다면 쇼르바 여사는 뭡니까?"

"그분만은 예외죠" 하고 난 말했어.

바론은 고약한 웃음을 터뜨리다가 사레가 들리고 말았지.

난 네게 저녁에 있었던 그 모든 일을 묘사할 순 없어. 이 시간은 이상하게 종결되었어. 바리스타에게 자신의 방을 계속해서 사용할 수 있게 되었다는 사실이 갑자기 떠올랐거든. 그는 매우 갑작스럽게 출발했어.

우린 그를 차에까지 바래다주었어. 빨간 사라토가였지. 그는 작별인사를 하며 로베르트에게 선물했던 것과 똑같은 모자를 썼어. 그가 떠나자 택시 한 대가 우리 동네로 꺾어져 들어왔고 미하엘라가 내렸지.

그녀는 처음엔 깜짝 놀라고 다음 순간에는 우리를 꾸짖었어. 로베르트가 이미 잠자리에 들었어야 하는 시간이었거든. 그녀는 그의 이마에 손을 대었어——그 아이 체온은 실제로 높았어. 우린 열대야의 식물들을 오지그릇 화분에 심었었어. 그게 지금은 거실바닥 한가운데 놓여 있는데 매혹적인 향기를 뿜고 있지.

난 지도와 외판원에 대해 생각하며 선잠이 들었고 다시 일어났을 땐 상태가 말이 아니었어. 마치 밤에도 여전히 낮과 같은 에너지를 소비하기라도 한 것처럼. 로베르트를 생각하는 것만이 날 정신차리게 했지.

난 게오르크에게 정중히 인사하고 그의 지분을 내게 팔라고 그냥 부탁할 셈이야. 난 우선 1만 서독마르크를 제시해볼 생각이야.

미하엘라는 두통이 있다면서 침대에 그대로 누워 있었어. 난 가능한 한 빨리 돌아오겠다고 그녀에게 약속했지.

편집부에 도착했을 때 난 희망을 버려야 했어. 게오르크, 요르크, 마리온이 모두 나란히 쪼그리고 앉아 차를 마시고 있었거든. 우습게 들리겠지만 내가 너무 늦게 도착한 거야. 행운을 잡을 기회를 반 시간 전쯤에 이미 놓쳐버린 거겠지.

그들의 친절함, 그래 그 성심성의는 정말 잔인했어. 난 차 한 잔을 받았고 마리온의 케이크 중에서 큰 조각을 나누어 받았지. 그녀가 하필이면 오늘 생일이라니 그건 내 운명을 결정짓는 인장과도 같았지.

그러고 나서는 모든 것이 생각과는 다르게 펼쳐졌어.

게오르크의 아이들 중 한 아이가 갑자기 정원에서 큰 소리로 울었고 게오르크는 즉시 그를 살피러 밖으로 나갔거든.

탁자 너머로 요르크가 모든 일이 다 해결되었으니 걱정할 것 없다고 내게 말했어. 게오르크는 마무리를 하는 중이며 그 외에는 아무런 의도도 없다고 했어. 그런 의미에서 내게 게오르크의 지분을 넘겨받을 생각이 있냐고, 그리고 이제부터 자신과 함께 수장으로서 당당히 모든 일을 맡아보겠느냐고 물었지. 마리온에게는 짐을 지울 생각이 없다면서 신문사가 자신의 가족 사업이 되어서는 안 된다고도 했지. 그러면서 내가 그것을 지금 당장 결정할 필요는 없지만 심사숙고 끝에 결국 그러겠다는 대답을 한다면 그의 마음이 매우 놓이겠다고 했지.

한 모금 한 모금 난 차를 마시며 굳은 어조로 내 대답을 건네도 좋겠다고 생각되는 순간을 기다렸어.

2시가 다 되어가네. 바라건대 내가 드디어 잠을 청할 수 있을 만큼 졸렸으면 좋겠다.

너의 E.

90년 4월 4일 수요일

친애하는 니콜레타!

나로서는 당신이 내 편지를 읽고 계신지는 차치하고라도 이 편지들이 당신에게 당도하는 것인지조차도 알 수가 없습니다. 하지만 다시 되돌아오지 않는 이상 또는 더 이상 내 이 이야기들을 하지 말아달라고 직접 내게 부탁하지 않는 이상 난 이 편지들을 계속 쓸 것입니다.

난 오랫동안 제로니모로부터 소식을 듣지 못했습니다. 11학년에 올라가면서 그는 나움부르크의 교회 산하 프로세미나로 학교를 옮겼는데 그곳에서의 3년간의 수업은 공식적으로 인정되지 않기 때문에 그는 사실상 고등학교를 졸업하지 못한 학력으로 남아야 했습니다. 그는 우리 학급의 여자아이들과 나눈 편지에서 때때로 내게 안부를 전하라는 말을 적어 소식을 알렸습니다.

11학년이 된 후, 난 기적적으로 교내의 합창단에 받아들여졌고 11월에는 벌써 제1베이스 파트에 들어가 요하네스 브람스의 「독일 장송곡」 공연에 참가할 수 있었습니다. 지금 이 편지에 우리들의 음악 선생님이나 합창연습을 묘사하지는 않겠습니다. 합창단원으로서의——아주 보통 수준밖에는 안 되는 실력이었습니다만[1]——이 시간들만이 유일하게 내가 아무런 부끄러움 없이 회상할 수 있는 시간이라는 사실에도 불구하고 말입니다.

프란치스카도 난 합창단에서야 처음으로 보았습니다. 모두가 그 존재를 알고 있는 9학년의 여학생이었는데, 그 아이는 누구나 알 뿐만 아니라 모든 것을 할 수 있고 또 해도 되는 드레스덴 출신 ○○○[2]의 딸이었습니다.

프란치스카는 소프라노였고 청바지와 몸에 딱 붙는 스웨터 차림에 매끄럽고 검은 머리카락을 가졌더랬지요. 그녀 자신보다 주의를 더 끌었던 게 또 하나 있었으니, 그건 그녀가 메고 다니던 가방에 붙은 스티커였습

---

1 튀르머의 목소리는 그리 나쁘지 않았지만 한번도 혼자서 스스로 멜로디를 유지하지는 못했다. 돌림노래는 언제나 실패했다. 그는 항상 그의 귀에다 대고 음정을 들려줄 사람이 필요했다.
2 개인적인 이유로, 이곳에 이름을 밝힐 수 없다.

니다. '메이크 러브, 낫 워(Make love, not war, 사랑하라, 전쟁은 싫다)!' 합창단에서 난 언제나 복도 쪽의 한 의자에 앉았는데 그 자리에서라면 사선 방향에서 소프라노 대열을 가능한 한 가장 가까운 거리에서 볼 수 있었습니다. 프란치스카가 내 인사를 받아주기까지는 몇 달이 흘렀습니다. 그리고 어느 날 아침, 별안간 그녀가 내게 자신의 학급엔 여학생이 너무 많아 짝이 안 맞는다며 자신의 학급 친구들과 함께 춤추러 가지 않겠느냐고 물어왔을 때, 난 꿈꾸던 목표에 벌써 도달한 나 자신을 보았습니다. 그러나 춤 시간 때에도 별다른 일은 일어나지 않았으며 여러 번 그녀를 초대했지만 번번이 거절당했습니다. 그럼에도 불구하고 난 반드시 어느 날엔가는 프란치스카를 내 편으로 만들 수 있으리라고 확신했었지요.

난 시를 썼고 '어린 시인 찾기'라는 이름의 백일장에서 어느 정도 성공을 거두기도 했습니다. 그것은 '자유독일청년회(FDJ) — 시인 운동'의 제목이기도 했으며 지금과는 달리 그 당시의 나에게는 그다지 괴상하다고 느껴지지 않았지요. 정감 있는 문장으로 써야 한다는 것이 내가 기억하고 있는 원칙 중의 하나였습니다. 실제로 정감이 다분한, 그러니까 참으로 명랑한 어른들 중 한 명이 그렇게 하라고 연설을 했었거든요. 그는 불가리아의 당나귀에 대해 완벽한 시를 써냈다고 전해지는데 그 시를 읽은 적은 없었습니다.

난 아주 큰 재능을 지녔다거나 영재(이런 명칭은 드물기는 했지만 아주 없는 것은 아니었지요)에 속하지는 못했지만 언젠가는 나의 시대가 오리라는 자신감만은 충분히 가지고 있었습니다.

베라는 어머니와 할아버지의 말씀마따나 보헤미안의 삶을 살았습니다. 그녀는 '민족연대'를 위해 점심을 나르는 일을 하며 한 달에 2백 마르크와 하루 한 끼의 식사와 보험을 제공받았습니다. 그 정도면 보통의 생활을 유지할 수 있었지요. 베라는 담배 골초였고 늘 돈이 필요했기 때문에 그녀는 예술대학의 회화 모델로 일을 했습니다. 그 일로부터 일종의 경력 같은 것이 생기기 시작했지요.

1970년대 말에서 1980년대 중반까지 드레스덴의 예술가가 그린 많은 회화와 습작품들이 있습니다. 그 안에는 흔히 한 여자가 고양이같이 넓적한 얼굴에 붉은 기가 도는 금발을 하고 있는 것을 볼 수가 있지요. 종종은 나체로 망연자실하게, 때로는 카니발의 여왕으로 등장하기도 합니다. 베라는 아름다운 미녀는 아니지만 동독인의 얼굴은 아니지요. 동독인의 얼굴이란 게 무엇인지 당신에게 설명할 순 없습니다만 아무튼 알아볼 수는 있습니다.[3] 베라는 곧 인맥과 돈을 충분히 갖게 되었기 때문에 우아한 옷차림을 할 수 있었습니다. 때로 사람들은 그녀가 서독에서 온 방문자일 거라고 여길 정도였지요.

그녀는 드레스덴의 신시가에 있는 어느 집 뒤채의 꼭대기 층에 살았습니다. 뒤채라고는 하지만 거기에 짝을 이루는 앞채는 없었습니다. 현관문 앞에만 초인종이 달려 있으며 집으로 들어가는 입구와 문들이 저녁 8시에는 모두 닫히기 때문에 늦은 저녁이나 밤에 방문하는 사람은 어떻게 하든지 나름대로의 신호를 보내야만 했습니다. 베라의 이웃들은 아침에 아무 구실이나 만들어 초인종을 누른다든가 혹은 문을 쾅쾅 두드리는 것으로 앙갚음을 했습니다. 아니면 그들은 빨랫줄에 걸린 그녀의 속옷을 훔치기도 했지요. 우린 자주 불을 꺼놓은 채 깜깜한 어둠 속에서 이야기를 나누곤 했는데 그녀를 사모하는 사람 중에 한 명이 거리에서 소리를 지르거나 용기를 내기 위해 잔뜩 술을 먹고는 담을 넘으려고 했기 때문이었습

---

3 모든 정황으로 미루어볼 때 튀르머는 민족 내지는 국가마다 전형적인 관상을 가졌다는 논리의 문제점을 인식하지 못하는 것 같다.

니다.

부엌을 대신해 간이로 조리대를 설치해놓은 긴 복도의 한쪽 끝에 아주 작은 방 두 개가 있었습니다.

뒷방에서 베라는 나를 앉혀놓고 연극학교의 입학시험을 위해 준비한 프로그램들을 발표했습니다. 「해적 제니」는 꼭 빠지지 않았습니다. 나는 그 좁은 공간에서 그녀가 공연하는 것을 좋아했습니다만 그녀가 입을 다무는 순간을 무서워하기도 했지요. 눈물을 흘리며 울어야 할지 아니면 박수로 환호해야 할지 알 수가 없었거든요.

물론 나중에 생길 일을 내가 이미 예견했었다는 것을 빼고서 베라에 대해 이야기를 한다는 건 무척 어려운 일입니다. '누군가 와 있을 때' 우리가 서로 만나지 못했던 만큼, 그 중간 중간의 시간에 우리는 절대 서로 떨어지려야 떨어질 수 없는 사이였습니다. 그녀는 나를 사람들이 흔히 장면을 연출했다고 부를 만한 상황으로 이끌었습니다. 난 두 가지 의미에서 환영받는 존재였습니다. 한편으로 사람들은 그녀의 마음에 들기 위해 그녀의 동생인 나에게 잘해주려고 애썼습니다. 그런가 하면 사람들은 베라 옆에 있는 나를 보고 그녀가 다시금 자유로운 몸이니 자신들의 애인으로 만들 수 있게 되었다는 것을 알곤 했던 것입니다.

난 한번도 베라가 언제 또 나를 부를지 또는 언제 나를 다시 내쫓을지 알지 못했습니다. 난 자주 그녀와 떨어졌지만, 그래도 어머니가 베라에게 갖다 주라고 싸주신 음식 냄비는 번번이 가지고 갔습니다.

베라는 대개 학교 앞에서 나를 기다리고 있다가 왜 그렇게 오랫동안 모습을 비추지 않았던 거냐며 나무라곤 했습니다.

베라는 나 역시 곧 영위하고 싶은 그런 생활을 유지했습니다. 전시회, 낭독회, 축하 파티, 공연 그리고 밤의 산책이 끊임없이 이어지는 그런 생활을요. 내 옷에서도 그녀처럼 화실의 냄새가 날 것이고 나는 마침내 어느 날 동독 내에서 강력한 인물들을 위협하는 존재가 되어 서독으로 망명하기 위해 내 마음 내키는 대로 무엇이든 다 쓰는 작가가 될 것이었습니다. 이미 서독에는 내 책이 출판되어 있고 난 그곳에서 프란치스카와 함께 인생을 즐기며 사랑하고 집필하며 여행을 다닐 것이었습니다.

학교란 넘어서야만 할 과정이었습니다. 난 무엇을 말해야 마찰이 일어날지, 그로써 내 글을 위한 소재를 얻을 수 있을지 곰곰이 생각해보았습니다. 기록할 만한 가치가 있는 경험담이라야 할 텐데! 어쩌면 난 '칼을 쳐서 보습을 만들고'라고 칠판에 쓰기라도 해야 했던 것일까요?

1980년 1월에는 교문 근처 담벼락에 씌어진 '카를과 로사는 살아 있다'라는 낙서가 큰 파장을 불러일으켰습니다. 난 거기서 단지 한 장의 대자보를 붙들고 있던 회색빛의 풀 자국만을 볼 수 있었습니다. 학교 전체가 감시체제에 놓이게 되었으며 특히 신념을 가지고 있다고 여겨지는 사람들마저 감시를 당했었지요. (신념을 가졌다는 제 말이 무슨 뜻인지 이해할 수 있나요? 즉 우리 '빨갱이들,' 그러니까 동독에 대한 신념을 가지고 있던 사람들을 말한 겁니다.)

바로 내가 한 행동이라고 주장하지 못한 이유는, 오로지 진짜 주동자가 나타나 바로 자신이 한 일이었다는 것을 밝힐까 봐 두려웠기 때문입니다. 하지만 끝끝내 범인은 밝혀지지 않았습니다. 적어도 범인이 잡혔다는 것을 들은 바는 없었습니다. 낙서는 일단 지워졌지만 그 흔적은 나중에 닥칠 재앙의 전조를 나타내고 있었습니다. 어떤 이들은 왼쪽 상단의 문구를 언급했고 또 다른 이들은 네 개의 단어가 벽 전체에 골고루 퍼져 있었다고 믿었으며 느낌표 대신에 망치와 낫이 있었다고 주장하기도 했습니다. 담벼락을 쳐다보는 것도 이미 저항의 행동으로 여겨졌습니다. 계속해서 작은 모임들이 우연을 가장하며 그 앞에 모여들었습니다. 그러나 무엇인가 뚜렷한 것을 본 적은 한번도 없었습니다.

내가 이 담벼락에 대한 에피소드를 거론하는 이유는, 바로 이 기억이 몇 년 뒤 내 소설의 발판이 될 것이었기 때문입니다.

선동을 기대하며 난 한 편의 시를 써서 벽에 붙였습니다——한 '영재'에게 그 일은 학교 내에서의 불운을 가져다준 결정적인 사건이었습니다. 뮈슬렙스키는 내가 붙인 종이를 압핀까지도 다 함께 찢어내고 나를 학급의 앞에 세웠습니다. 그가 덫에 걸려들었던 것입니다. 바로 이 시는 훗날 그의 학생의 전집 안에 발표될 것이었으니까요.[4] 그는 말하고자 하는 바를 어째서 더 간단하게 직접 말하지 못했던 거냐고 나를 다그쳤습니다. 그리고 모든 아이들이 웃는 가운데 찢어낸 종이를 내 앞의 책상 앞에 놓았습니다.

내가 사는 지역에서 출간된 에렌부르크(러시아의 작가·평론가——옮긴이) 회고록에 스탈린식의 진영에 대해 의문을 제기하는 계기가 마련된 적이 있었습니다. 내가 들은 바에 의하면, 이 진영이 일찍이 극복된 일인숭배 단계의 기형적인 발전 형태라는 것을 이미 1956년에 소련공산당(KPdSU)이 판결한 바 있다는 것이었습니다.

나는 부질없이 무엇을 해야 하고, 무엇을 하지 말아야 좋을지를 물으며 방황하고 있었습니다.

유일한 희망은 육군이었습니다!

징병검사 이후에, 그러니까 즉 내가 난생처음 군복을 입은 자들에게 질문받은 그 이후부터 난 내가 그렇게 원하던 것을 어디에서 발견할 것인

---

4 이런 일이 일어난 적은 단연코 없었다.

지 깨달았습니다.

　방위지구사령부에서 즉시 좋은 생각이 떠올랐습니다. 그곳에서는 아이디어가 저절로 떠올랐던 것입니다. 그 어떤 다른 장소도 그렇게 많은 시를 담고 있지는 못하며, 그렇게 많은 불가피성을 담고 있지 않았습니다. 내가 기억하기로는 육군 스포츠클럽의 세모 깃발을 팬티와 비교했었던 것 같습니다. 왜냐하면 세모난 깃발이 벽의 빈 공간을 덮지만 오히려 그 벽의 공허를 여실히 드러내주는 것과 똑같은 효과를 팬티는 내 몸에서 연출해내고 있었기 때문입니다――혹은 뭐 그런 비슷한 생각이었을 겁니다. 그런 식으로 비교한 일련의 내용들을 나는 그 자리에서 즉시즉시 기록해두었습니다. 군복은 고통에 개연성을 부여합니다. 그건 더 이상 사춘기적인 예민함도 아니었고 신시가지나 로슈비츠⁵의 그 어떤 위험 부담도 포함하지 않는 탈퇴도 아니었습니다. 그건 냉전이었고 세계의 연극 무대였던 것입니다!

　징병검사는 어느 한 대화에서 그 절정을 맞았습니다. "높은 지위에 계시는 몇몇 분이"하며 책상 뒤에 앉았던 사관이 말했습니다. "여러분들과 큰 계획을 품고 계시다. 아주 큰 계획!" 앞으로 내가 발전할 수 있는 가능성을 고려해 그는 나에게 3년간의 군복무 기간을 권하며……

　그는 내 사기가 높은 것을 오로지 오만이라고만 보았습니다. 내가 아니라고 대답하자 매우 서툰 어투로 나로 하여금 고등학교 졸업시험도 못 보고 대학 진학도 못하게 만들겠다고 위협했습니다. 그가 그보다 훨씬 더 실감나는 표현으로 침울하게 묘사한 것은 노동자 농민 군을 실망시켰다는 병사들의 하루 일상이었습니다. 난 적이 만족한 채 그의 입가에 점점 두

5　'신시가지'나 '로슈비츠'는 드레스덴의 구역 이름이며 그곳에는 비교적 많은 예술가들이 살고 있었다.

꺼워지는 게거품과 빠르게 깜박대는 눈썹의 움직임 그리고 붉으락푸르락하며 변화무쌍한, 특히 콧방울 주위에서 더욱더 진하게 보이는 그의 얼굴색을 눈여겨보며 그가 오른손에 볼펜을 쥐고 책상 표면에다 대고 모스 부호를 연습하는 것을 관찰했습니다. 상상 속에서 내 문학적 완성을 위해 애쓰며 난 팬티만 입은 채 차려 자세로 서 있는 나 자신을 보았지요. 밖에서 새어 들어오는 얼음같이 차가운 바람에 몸이 덜덜 떨렸지만 결코 자세를 굽히지 않았습니다.

제 말을 믿어주십시오. 징병검사 이후로 난 군에 입대하게 된 것이 기뻤답니다.

또 하나 거론할 만한 것은 아마도 11학년 말에 일어났던 한 사소한 사건일 것입니다. 카를-로사 에피소드 후 4개월쯤 지났을 무렵 갑자기 수업 도중에 아무런 경고도 없이 문고리에서 요란한 소리가 나며 여자 교감 선생님이 내 성과 이름을 부르는 것이었습니다. 난 벌떡 일어났고 선생님은 나를 오라고 손짓하셨지요. 난 직감했습니다. 어머니가 사고를 당하셨다거나 하는, 그런 집안 문제 때문이 아니라는 것을요.

난 그녀를 따랐습니다. 문 뒤에서 수업시간의 소리들이 웅웅 들려왔습니다. 계단을 올라가고 게시판을 지나갔습니다. 게시판의 내용은 포이에르바흐에 관한 마르크스의 열한번째 테제였는데 마르크스는 철학은 세계를 오로지 여러 가지로 해석했을 뿐이며 그러니 이제부터 세계를 바꾸는 철학이 나와야 한다고 했다는군요. 나는 우리 교감 선생님의 허벅지 근육이 움직이는 것을 관찰하느라고 정신이 온통 빠져 있었습니다. 교장실 앞 사무실에서 난 비서와 말없이 인사를 나누었습니다. 나중에 난 그곳의 냄새를 담배와 마루 닦는 왁스, 커피, 베니어판의 냄새가 섞인 혼합물이었다고 서술했었지만, 그 당시만큼은 아마도 아무것도 느끼지 못했을 것입니다. 난 여자 비서가 신은 샌들에 시선을 고정하며 내 흥분을 주체적으로 다스려보려고 애를 썼습니다.

제로니모는 교장과의 면담을 가졌을 뿐입니다. 그러나 교장 말고도 두 명의 사내가 나를 기다리고 있었습니다. 한쪽 모서리가 교장 선생님의 책상과 맞닿아 있던 탁자 곁에 그들이 나란히 앉아 있었습니다. 그들은 시간을 두며 천천히 담배를 눌러 껐습니다. 그들이 나를 올려다보았을 때 난 그들에게도 인사를 했습니다.

그들의 모습은 나를 조금도 실망시키지 않았습니다. 적어도 나이가 더 들어 뵈는 사내는 그 깊이 파인 눈과 뒤로 빗어 넘긴 검은 머리카락이 내가 상상했던 모습에 딱 들어맞았습니다. 또 다른 사내는 친절해 보였으며 스포츠 동아리의 친구 같은 인상을 주었습니다. 교장은 심판 같은 자세로 두 손을 층층이 포갠 채 가만히 앉아 있었습니다. 그는 피곤해 보였고 어떻게 해야 좋을지 몰라 하는 것 같았습니다. 눈이 깊은 사내가 훈계하는 듯한 어조로 그들은 지금 매우 중대한 사안으로 이곳에 와 있노라며 말을 시작했습니다. 눈이 깊은 사내가 오른쪽 검지를 잠깐 동안 펴 '앉아!'라는 말을 대신했을 때 나는 마음속으로 그들이 제발 나를 감옥의 죄수처럼 서 있도록 하길 기대하고 있었습니다.

난 속으로는 내 시들이 떠올랐습니다. 그것들 중 어느 것이 그들의 주목을 끌었던 것일까? 어떤 시를 가장 위험하다고 여긴 것일까? 스포츠 동아리 타입의 사내의 손에 가만히 들려 있던 서류가방은 훌륭한 것이었습니다. 그것들이 어떻게 해서 이 학교에 들어왔느냐고 물었습니다 "네, 그건 제가 지은 시들입니다. 하지만 전 그것들을 이미 다 버렸는데요" 하고 난 말하며 운율과 리듬이 썩 좋지 못했기 때문이라는 이유를 대려고 했습니다. 얼마 전에 마야콥스키의 『타르 한 방울』을 구한 적이 있습니다.

인젤 문고였는데 그 안에서 그는 자신의 시가 만들어지는 경위를 묘사했습니다——누구에게나 권장할 만한 책입니다. 자살로 생을 마친 마야콥스키는 예세닌의 자살에 반대하는 시를 썼습니다. 네, 그래요, 난 우리 비밀안전기획부 요원들에게 마야콥스키 사건에 대해 질책할 작정이었습니다.

쉬는 시간을 알리는 종이 울린 뒤 다시금 수업 종이 쳤고, 그리고 난 그들이 내 가족에 대한 특히 서독에 있는 우리 친척들에 대한 질문을 해댈 때 그게 무엇을 의미하는지 이해할 수 없었습니다. 네, 우리는 부다페스트로 여행할 의도를 가지고 있었습니다. 그들이 자기네끼리 수군거리겠다면 뭐 기꺼이 그렇게 하라지요. 시간은 얼마든지 많으니까요. 그들 덕분에 난 화학과 러시아어 시간을 빼먹어도 되었습니다. 난 스포츠맨과 내기라도 하듯 앞을 다투며 미소했습니다. 그는 커피를 한 잔 더 마시며 나를 위해서는 물을 한 잔 주문해주었고 내게 담배를 권했습니다——내가 아직 학생이라는 것이 지금 막 새삼스럽게 떠오른 척하기 위해서 말입니다.

시시각각 가파른 반전을 기대하며 난 그들이 그 시들에 관한 일을 어떻게 처리해갈지 궁금했습니다. 내 첫 구역 시(詩) 세미나는 다음과 같은 질문으로 시작했었습니다. 이곳에 모인 여러분 중 누가 문학이란 저항이어야 한다는 의견을 가지고 있나?

그 당시에는 모든 것이 너무나 빨리 지나갔습니다.[6] 이제 드디어 실수를 만회할 기회가 왔던 것입니다. 진실로, 문학이란 그 자체로 저항이니까요!

마지막 시간을 알리는 종과 함께 스포츠맨이 물었습니다. 어째서 어

---

6 튀르머는 계속해서 행동할 기회를 놓친다. 이 서간문들을 통해, 튀르머가 자기비판적인 고백을 계획하고 있다는 것을 가정하는 독자라면 누구나 그가 왜 단 한번도 자신의 우유부단한 태도에 대해서는 생각해보지 않는 것인지 의아해할 것이다.

머니가 나와 같이, 그러니까 여기 출석한 엔리코 튀르머와 함께 독일민주주의공화국을 불법적인 방법으로 떠나려고 하는지 묻더군요. "우린 다만 그 이유를 알려고 하는 거란다. 증거물들이라면 이미 넘치도록 충분히 확보한 상태거든."

분노와 부끄러움으로 목이 졸렸고 터지려는 눈물을 애써 꾹꾹 눌러 참았습니다. 그들은 그것으로 성공이구나 했겠지요! 눈이 깊은 사내와 스포츠맨은 질문들을 차례차례 탁 탁 탁 탁 던졌습니다. 난 쉬는 시간에 반(反)파시즘적인 보호벽에 대해 멸시하는 어조로 말했던 내용들을 그들에게서 다시 들었으며, 국가에 대한 적대적인 요소라는 표현과 함께 베라의 말이 언급되었고, 제로니모 역시 여러 번이나 거론되는 영예를 누렸습니다. 연거푸 거론된 제로니모! 그것은 일종의 저주와도 같았습니다. 그리고 바로 그 때문에라도 난 내가 원한 것보다 훨씬 더 많은 시간이 걸려서야 다시금 내 확고한 목소리를 회복할 수 있었습니다. 내가 그때 일어났다고 생각지는 않습니다만 그러나 어쩐지 내가 말했던 문장을 일어선 상태에서가 아니고서는 기억으로 불러올 수 없군요. 그들과 나는 동시에 말을 했습니다. 단 한번 꿈에서라도 난 이 나라를 떠날 생각을 한 적이 없다. 이곳에 내 자리가 있고 내 뿌리, 내 가족, 내 학교, 내 집이 있다. 서쪽에서 내가 도대체 무엇을 한단 말인가?

난 누가 부추긴 것같이 수다를 떨었고 어느 한 순간 그들은 침묵했습니다. "난 작가가" 하고 말을 꺼냈습니다. "되고 싶습니다. 그리고 바로 작가로서 난 내가 잘 알고 있는 곳과 나와 경험을 공유한 사람들이 있는 곳에서 영향력을 발휘할 수밖에 없습니다. 나 같은 사람은 문학을 가장 중요시하는 이런 나라를 스스로 자진해서 떠나지는 않습니다." 그들이 내 협박의 숨은 뜻을 알아들었던 것일까요? 문장이 가히 성공적이라는 것을 의식하며 난 "서쪽에서 내가 도대체 무엇을 한단 말입니까?"라는 말을 반복했습니다—다만 하나 또는 두 개의 단어만이 모자랄 뿐이지요. 서쪽에서 **지금** 내가 도대체 무엇을 한단 말입니까? 아니면 이건 어떨까요? **벌써부터 지금.** 그러나 내가 말을 하면 할수록, 난 내 변함없는 격앙에도 불구하고 설득할 논리가 다 떨어져가고 있음을 느낄 수 있었습니다.

난 특별한 소질을 타고났음에도 불구하고 발전과 계발을 저지당한 베라를 변호했고 또한 자신의 의견을 솔직하게 말하는 베라에 대해서는 오히려 그들이 기뻐해야 할 것이라고 말했습니다.

나는 먼저 문학의 사회적 역할에 대해 몇 가지 사항을 덧붙이고는 도대체 그들이 내가 공화국을 탈출하려 한다는 것을 그렇게 단정을 하는 이유가 뭐냐고 물었습니다. 그런 다음, 난 그들이 나에게 혐의를 두고 있는 걸 부끄러워해야 마땅하다고 말하고 있는 나 자신을 발견했습니다. 부끄럽다고, 그래요, 부끄러워해야 마땅하다고! 이보다 더 강한 표현은 있을 수 없었습니다. 당신이 알아야 할 것은 우리 쪽 인민교육자들이 우리를 질책하는 일환으로 이보다 더 자주 사용한 표현은 없었다는 겁니다. "부끄러운 줄 알아라! 너희들이 한 행동 때문에 난 정말 부끄럽구나!"[7]

"여기선 질문을 하는 사람은 우리다" 하며 스포츠맨이 내 말을 자르곤 다시 미소를 지었습니다. 나는 그가 미소를 짓는 것은 그가 상투적인 어떤 문장을 인용하며 자기네들끼리만 알아듣는 농담을 했기 때문이라고 믿었습니다.

눈이 깊은 사내는 어째서 어머니가 부다페스트로 가는 우리들의 여행

---

7 이것이 자신의 표현과 무슨 상관이 있는지는 오로지 튀르머만이 아는 비밀일 것이다.

이 우리를 위한 상이라고 주장했는지, 혹시라도 내가 모르는 사이 동독공화국을 탈출할 계획을 한 것이 아닌지 물었습니다. 두 사람은 내가 대답하기 전에 우물쭈물하는 것을 놓치지 않고 눈여겨보았습니다. 그런 다음 스포츠맨이 교장 선생님을 향해 고개를 끄덕일 때까지 우린 모두 침묵에 빠졌습니다.

난 화장실에서 세수를 하고——내 눈은 눈물 때문에 빨갛게 충혈되어 있었지요——학교를 떠나 카페 '토스카나' 쪽을 향해서 걸었습니다. '토스카나'에 대해선 일단 내가 읽었던 모든 카페의 장면을 다 그 '다스 블라우에 분더' 다리 근처의 오아시스에 대입할 수 있을 뿐 아니라 (그리하여 난 오늘날까지도 로베르토 무질의 소설 「생도 퇴를레스」의 주인공 퇴를레스가 앉았던 탁자를 가리킬 수 있을 것만 같습니다) 그 카페에 저명한 내 동료 작가들이 모여든다고 상상하는 것으로 충분했습니다. 가끔 그들은 내 이름을 부르기도 하면서 가까이 오라고 손짓했습니다. 때론 그들끼리 속닥거리기도 했는데, 그건 그들이 돌려 본 그 훌륭한 시구들이 정말로 압생트 주를 앞에 놓고 거기 그렇게 고독한 모습으로 앉아 있는 창백한 청년이 쓴 것일까 하고 당황했기 때문이었습니다. 카페의 종업원들은 내가 십자가합창단의 단원일 거라고 여길 것입니다. 단원들이 가장 즐기는 일 중 하나는 오전 합창 연습을 마치고 난 뒤 이곳에 와 아침 식사를 하는 것입니다. 그곳에서 앉을 자리를 못 찾아 기다린 적은 거의 없었습니다.

바로 이날 난 나의 저명한 동료들에게서 성대한 환영 인사를 받았습니다. 그들은 지금 막 내가 마치고 돌아온 용기 있는 연설을 축하해주었습니다. 환대나 소시지 고기나 다 같이 나를 만족시켰습니다. 난 즉시 1인분을 더 주문했습니다.

차차로 난 교장실에서 있었던 장면에서 몇몇 사실들을 깨달았습니다.

그 깨달음은 1백 장짜리 원고만큼이나 의미심장했습니다. 게다가 그 사내들은 이제 한 명의 작가가 자라고 있다는 것을 알게 된 것입니다. 그 일에 대한 모든 질문들에 대해서 난 지금부터 '비밀안전기획부'이라고 속삭이곤 침묵하면 그만일 것입니다. 곧 전 학교가 다 알게 될 것이고 이 소문은 프란치스카의 감동을 불러일으킬 것이며 결국엔 제로니모의 귀에도 들어갈 것입니다. 난 한 접시 추가로 더 시킨 소시지 고기와 함께 그 모든 공상을 즐겼습니다.

당시는 베라가 나디아와 함께 살고 있을 때였는데 베라는 나를 마치 큰 상처 입은 환자처럼 보살펴주었고 저녁에는 집에까지 데려다주었습니다.

어머니는 이미 세 시간 동안의 심문을 받았을 뿐만 아니라 두 명의 사내가 어머니를 집에까지 동행해온 뒤였습니다. 두 사람은 학교로부터 허가를 받고 내 병역 의무면제에 관한 요청을 담은 청원서를 봐야겠다고 고집을 부렸습니다. 그 안에는 상으로 떠나는 여행 따위의 내용은 들어 있지 않았습니다. 그럼에도 불구하고 우리는 몹시 당황했습니다. 어머니가 남들의 시기를 사지 않기 위해 진짜로 그런 표현을 썼었거든요. 우리가 도청을 당한 걸까요? 우리 집 카펫 아래 소형 도청기가 숨겨져 있던 것일까요? 해답은 간단했습니다. 우리 학급의 유일한 사관후보생이 언젠가 한 번 우리 집에서 잠을 잔 적이 있었습니다. 우리 집이 비행장에서 가까웠기 때문이었습니다. 우리 두 사람은 높은 지위의 외국인이 방문했을 때 학급을 대표해서 동원된 환영위원회였습니다. (하지만 그 비행기는 도착하지 않았습니다.) 아무래도 그때 그 후보생의 지나친 경계심이 잘못된 사이렌을 울렸던 모양이었습니다.

다음 날, 난 비행장으로부터 들려오는 스피커에서 딩동 소리가 날 때

마다 혹시라도 우리 이름이 호명되지나 않을까 기대했습니다. 하지만 그
런 일은 일어나지 않았습니다.

　훨씬 뒤에 가서야 난 자발적이지 않은 이 만남이 가진 원래 매력은 비
밀안전기획부의 오류에 있었다는 것을 깨달았습니다. 당시에 난 그저 근
거 없는 혐의 때문에 심문을 당했다는 것이 부끄러울 뿐이었습니다. 그래
서 난 이 사건을 문학적으로 다룰 생각을 한번도 하지 않았던 것입니다.

　당신에게 충심으로 인사를 전하며,

　당신의 엔리코.

　추신: 게오르크가 그만두게 되었습니다. 내가 그의 지분을 넘겨받고
요. 불쾌한 말이라곤 한마디도 오고간 적이 없습니다. 모든 이들에게 안
심을 주는 결말이었으니까요. 우린 새로운 거처를 물색 중입니다.

90년 4월 5일 목요일

　사랑하는 요!

　어제 요르크가 날 공동 경영자로 소개했어. 그는 매우 진지하면서도
다른 때와는 달리 중간중간 뜸을 많이 들이며 말을 했고, 특유의 문어체
가 평소보다 더욱더 효력을 발휘했지. 그의 입에서 나오는 모든 내용을
이미 알고 있었는데도 불구하고 아무도 그 의식을 방해하려고 하지 않았
어. 그저 지루한 표정을 짓는 얼굴조차 없었다니까. 마리온은 자리에 꼿
꼿이 앉아 나를 향해 고개를 끄덕이며 마치 이렇게 말하는 듯이 보였어.
힘을 내, 엔리코, 힘을 내라고! 일로나는 뼈만 앙상한 두 무릎을 붙이고

줄곧 줄무늬 미니스커트 자락을 매만지고 있더군. 그녀와 프레드는 이런 식의 인사말을 특별히 민감하게 받아들이며 서로 경쟁이라도 하듯이 엄숙한 표정을 짓고 앉아 있었지. 프레드의 보조이며 배달담당자 겸 우리 영상 동아리 일원으로서 가끔씩 사진사 역할도 하는 쿠르트 역시 팔짱을 긴 자세로 미동도 없이 앉아 있었어. 그로부터 난 단 한번도 완성된 문장을 들은 적이 없어. 우리가 서로 만나면 그는 인사 대신 한 손을 번쩍 들어 올리며 모든 질문에 대해 "좋습니다" 아니면 "좀더 잘될 수도 있겠죠"라고 대답하지. 쿠르트 앞에서 모든 일은 다 똑같아. 창문을 좀 닦으라고 그에게 부탁을 하면 그는 즉석에서 양동이와 걸레나 신문지 종이를 가지고 올 것이고 모든 창문들이 번쩍일 때까지 일을 멈추지 않을 거야. '비스무트'는 그를 정리하고 했고 병원의 야간 수위 일을 주었어. 난 그가 도대체 언제 잠을 자는지 몰라.

그 외에도 우린 프리랜서인 프링겔도 초대했었지. 난 그를 라이프치히에서 알게 되었는데, 그는 '비행 기술 설비' 기업의 사내 신문을 만들고 있었고 교정 실력이 완벽해. 그는 통통하고 땅딸막한 체격이라 오랫동안 다리를 포개고 있을 수 없었는데, 그게 그에게는 퍽 중요한 일인 듯 보였어. 그래서 그는 연신 다리를 바꾸어 앉았고 그 때문에 묘한 불안감이 표출되고 있었지. 프링겔의 수염은 날이 갈수록 거칠게 자라 그의 동안을 가려주는 울타리 노릇을 했어.

요르크는 책임과 위험에 대해 많이 언급하며 우리 둘이 이제 그것들을 함께 나누게 될 것이라고 말했지. 그는 모두에게 우리 신문의 내용과 면수에 대해 비밀을 지킬 의무를 지우며, 특히나 지금, 우리가 다음 주에 왕세자의 방문을 알리려는 이런 시점에서는 더더욱 그렇다고 했지.

요르크는 외부적으로 우리를 대표할 것이고 난 내부의 사무를 맡게 되며 편집에 관한 일은 함께 결정할 거야.

그다음은 내가 몇 마디 말을 할 차례가 되었지. 내 말이 끝나기가 무섭게 프레드가 도대체 변하는 게 뭐냐고 물었어. 그는 요르크가 일로나와는 달리 편집부 회의에 참가시키지 않으려고 했기 때문에 기분이 상해 있었어.

난 이미 그 누구에게도 더 이상 대답을 해주어야 할 거리가 남아 있지 않았기 때문에 이 모임이 끝나서 몹시 기뻤지.

바론은 다음 주에 요르크와 마리온 그리고 우리를 '벤첼'로 초대한대. 그가 내게 이번에는 아내를 숨기지 말고 꼭 데리고 오라고 간곡히 부탁했지.

그의 새 자동차에서— 그는 나에게 새 자동차를 사기 전까지 그 전 자동차를 쓰라고 했어'— 우린 한참이나 얘길 주고받았어. 그는 자신이 동독의 게임 규칙을 잘 모른다는 것은 인정하지만 회사의 반이 감언이설을 통해 나에게 즉시 팔아넘겨진 이 상황에 대해 곰곰이 생각하면 할수록 그 안에 숨은 함정이 무엇일까를 묻지 않을 수 없다는 거야. 등잔 밑이 어둡다고 바로 우리 코앞에 있어서 우리가 보지 못하고 간과하는 그 무엇을. 난 내가 알고 있는 대로 요르크와 게오르크가 각자 1만 서독마르크를 쓰지 않았고 이미 각자의 어머니에게 돌려주었다는 것을 얘기해주었지. 스텐의 2만 서독마르크는 바론에겐 금시초문이었지. 내가 이야기를 해주면 해줄수록 점점 더 그에겐 믿을 수 없는 일로 들리는 모양이었어.

그는, 그렇다면 그런 거지요, 하고 결론적으로 말하곤 나더러 이제부터 편히 잠을 잘 수 없을 거라고 했지. 그는 나중에 자기 자신을 질책하고

---

1 참으로 이상한 제의였음에도 불구하고 대수롭지 않은 일이라는 듯이 언급되어 있다.

싶지 않기 때문에 시민법상에서는 소유주가 보호를 받지 못한다는 것을 바로 이 큰 행복의 순간에 나에게 알려주는 것이라고 했어. "선생님께선 보증을 위해 아내 분의 마지막 윗옷을 걸고 아드님의 마지막 바지를 걸게 됩니다!" 그는 나를 무시하려는 뜻은 절대 없다는 것을 재차 강조하며, 그래도 새로운 세상의 몇 가지 해악상을 알아야 한다고 충고했어. 회사를 망하게 하자면 지붕의 기와 한 장 혹은 바나나 껍질 한 장으로도 충분하다는 거야. 그가 내세우는 해답은? 유한책임회사(GmbH)! 그는 알파벳을 차의 앞창에 그려 넣고는 강의를 계속했지. 그러고는 장갑 보관용 케이스를 뒤져서 내게 작별의 선물로 dtv 문고(독일 데테파우 출판사의 문고—옮긴이) 한 권을 선물로 주었어. 이미 읽었던 흔적을 남긴 부분엔 유한책임회사법을 표시하고 있더군.

너를 포옹하며,

너의 엔리코.

90년 4월 8일 일요일

친애하는 니콜레타!

아까 잠에서 깨었을 때 난 어떤 야릇한 기쁨을 맛보았습니다. 그것은 어떤 중요한 일을 앞두었을 때의 기쁨입니다. 무슨 일에 대한 기쁨인지 아십니까? 바로 지금, 바로 이 순간, 내가 편지를 쓸 수 있는 시간에 대한 기쁨이었습니다. 그건 마치 당신이 내 곁에 와 앉는 것과 같습니다. 그리고 내가 하는 이야기는 당신을 통해서 전혀 다른 새로운 빛을 띠게 됩니다. 나는 당신과 내 기억을 공유합니다. 오로지 당신하고만. 당신 말고 또 어느 누구에게 이 이야기를 보고하겠습니까?[1] 그리고 내 마음은 매번 당신에게 진심으로 사랑을 고백하는 편지를 쓰기 직전까지 가곤 합니다. 그렇게 하지 않기 위해서는 온전한 의지와 노력을 동원해야만 하고요! 당신은 내 인생에 들어왔지만 내가 미처 당신에게 팔을 뻗기도 전에 당신을 그만 빼앗겨버렸습니다. 당신 없이 난 완전하지 못하며 몸의 일부분이 잘려나간 듯한 느낌이 듭니다.[2] 그리고 나는 우리가 다시 만났을 때 당신이 모든 것을 잊었을까 봐 [……] 그리고 나를 알아보지도 못할까 봐 두렵습니다. 당신에게 내가 낯선 이가 되지 않도록 난 편지 쓰기를 계속할 작정입니다.

1980년 10월, 난 12학년이 되었고 전보를 한 장 받았습니다. 제로니모가 일요일 밤에 우리 집에서 자도 되겠는지 물으면서 자신의 도착 시간을 알려주었습니다. 제로니모의 방문을 기대했던 것은 아니었지만, 그렇다고 해서 놀라지도 않았습니다.

제로니모는 더욱더 자라 있었고 이젠 나보다 확실히 키가 컸습니다. 그의 머리카락은 어깨까지 내려왔으며 기름기로 번들거려 우리 어머니가 놀라시며 비가 오느냐고 물을 정도였습니다.

그는 커피를 마시며 우리가 먹기 위해 사놓은 일주일치 빵을 다 먹어 치웠고 꿀이 담겼던 병 바닥을 긁었습니다. 우리 어머니는 그에게 쉼 없

---

[1] 튀르머의 방대한 서간문들을 생각해보면 이 진술은 이상하게 들릴 수도 있다. 그러나 요한뿐 아니라 베라 튀르머 역시 그의 기억의 큰 부분을 차지하는 사람들이므로 그 두 사람은 그가 자신의 "오류의 길"에 대해 보고하는 수신인으로서 적합하지 않다. 170페이지 주 1과 비교할 것.

[2] "몸의 일부분이 잘려나간" 느낌이란 말은 튀르머가 자동차를 잃었을 때 요한 치일케에게 사용했던 표현이었다. 1990년 3월 13일자 편지와 비교할 것.

이 질문을 던지시며 실수를 하지 않으려고 일부러 너스레를 떠셨습니다. 어머니는 매번 호소하듯 "요한"이라고 부르며 말씀을 시작하셨지요.

그가 배부르게 다 먹고 난 후 우린 내 방으로 자리를 옮겼습니다. 그는 방에 대해서는 단 한마디 의견도 말하지 않았습니다. 그래요, 그 책들이며 그림들에는(후자는 베라가 빌려준 것들이었습니다) 눈길 한번 주지도 않는 것 같았습니다. 드레스덴에서는 도대체 누굴 방문하려고 하느냐고 내가 물었습니다──나 말고는 아무도 없다고 했습니다. 콘서트나 혹은 무슨 연극 공연이라도 있느냐고── 그가 아는 한 그런 건 없다고, 그는 한 음절로 내 모든 질문에 대답했고 내가 그만 입을 다물자 자신도 침묵했습니다. 난 그와 도대체 무엇을 시작해야 좋을지 난감했습니다. 어디에서 신학을 공부하려고 하느냐는 내 질문은[3] 내 또 다른 질문들과 마찬가지로 이러한 당황스러움을 무마하기 위해 던진 말일 뿐이었습니다.

난 그가 내 질문들을 지겨워했기 때문에 나를 그토록 성난 얼굴로 쳐다보는 것이려니 생각했습니다. 그러고 나서 제로니모의 독백이 시작되었습니다. 그는 진술적이면서도 동시에 질문하는 듯한 억양을 넣어 말을 했고 그것은 마치 반대 의견을 기대한다는 투였습니다. 죽음이 마지막이라면 인생은 가치가 없다고 하더군요. "영원함이 없다면" 하고 그가 말했습니다. "우리 인생은 아무 의미가 없지."

제로니모는 말을 하고 또 했고, 나에 대해서 무엇인가 분노한 듯이 보였습니다. 그것 말고 또 무엇을 바란 것일까요? 난 그의 절망을 보았습니다. 그 절망은 그가 의자에 앉아 있든 창문 밖으로 뛰어내리든 간에 아

---

3 교회 학교를 마친 요한 치일케에게는 신학대학에서 신학을 공부하는 가능성밖에는 다른 길이 없었다. 보통 대학에 입학하기 위해서는 고등학교 국가 졸업시험증이 있어야 하기 때문이다.

무래도 좋다고 주장하는 순간에 가장 첨예하게 드러났습니다. 난 그에게는 아직도 신과 인생의 의미가 하나임을 이해했습니다.

내가 어깨를 으쓱해 보이자 그의 격분이 더욱더 심해지며 입술을 지그시 깨물고는 나를 바라보았습니다. 마치 3년 전, 그의 짝 작전 덕분으로 내가 침묵에 빠졌고 아직까지도 내가 그 침묵을 유지하고 있다는 듯이. 도대체 그는 내게 무엇을 바라는 것일까요? 그리하여 난 이미 각오하고 있던 것을 실행에 옮겼습니다.

난 책상서랍을 열어 비밀 장소에서 내 보물을 꺼냈습니다. 난 더 이상 제로니모의 말에 귀를 기울일 수 있는 상태가 아니었습니다. 내 손가락 끝은 정확하게 페이지들을 넘겼습니다. 이것이 내가 언제나 나 자신을 유지하는 수단이라는 것을 말할 때만 내 눈길이 그를 스쳤습니다. 난 가장 중요한 독자에게 내 작품을 건넸고——그리고 주방으로 나왔습니다.

내가 잔 두 개를 들고 방으로 돌아왔을 때 제로니모는 변하지 않은 자세로 거기 앉아 있었습니다. 마침내 그가 고개를 들었습니다. 그가 아무것도 말하지 않는 것이 나았을지도 모릅니다. 더군다나 그렇게 많은 형용사를 덧붙일 필요도 없었으며 그저 나를 그렇게 쳐다보며 고개를 흔들면 되었을 것입니다——그건 성공이 아니었지요——그건 승리였습니다!

베라나 그녀 주위의 사람들이 아니라 나를 시인으로 만든 장본인은 바로 제로니모였던 겁니다. 난 그를 믿었습니다. 오늘날 다시 인용하기에는 우습겠지만, 그는 그 당시로서는 나를 위한 축원이자 그에게는 항복을 의미하는 말들을 했습니다. 그가 자신의 근간을 잃어버렸기 때문에 그토록 나를 칭찬할 수 있었을 것입니다.

이날 저녁에 제로니모는 오로지 내 시에 대해서만 이야기를 하며 마치 그것들이 얼마나 훌륭한지를 내게 설득시키기라도 하려는 듯 보였습니다. 그리고 난 그의 그 열정에 대해 가능한 한 대응해주려고 노력했습니다. 이제야 난 내가 예전에 얼마나 그를 압도적으로 느꼈었는지 그리고 얼마나 간절히 그의 친구가 되고 싶어 했었는지 말할 수 있었습니다.

한 점이라도 거리감이 남아 있다면 치욕으로 느껴질 그러한 종류의 진솔함이 있었습니다. 우리 어머니는 일요일 아침 식사 후에 요한이 울었냐고 물으셨습니다.

우린 서로 쉼 없이 이야기를 주고받았고, 난 한마디라도 단어가 잘못 나온다든지 한 박자 빨리 고개를 끄덕거림으로써 혹시라도 우리의 이 희열이 저주로 변하지나 않을까 두려움에 떨었습니다. 역무원이 그를 태운 기차 문을 닫았을 때, 난 이제야 그의 칭찬이 다시는 번복될 수 없이 확고해졌다는 듯, 마치 구원을 받은 것 같은 심정이 되었습니다.

이 주말이야말로 우리들의 우정이 탄생한 기념일인 것처럼 여겨지긴 했지만 난 절대로 제로니모가 이날을 상기하지 않도록 하는 것이 그에 대한 배려라고 생각했습니다.

집에서 난 타자기를 가지고 그에게 보내는 첫 편지를 쓰기 시작했습니다. "사랑하는 친구, 요한!"이라고 치고는 한 칸을 띄운 다음 타자기 시간에 배운 대로 내 손가락들을 알파벳 키 위에 갖다 놓았습니다. "사랑하는 요한!" 하고 난 작은 소리로 말해보았습니다. "내 사랑하는 요한!"[4]

당신이 내 말을 계속해서 더 들어주시리라는 믿음과 함께 당신에게 충심 어린 인사를 전합니다.

당신의 엔리코 T.

---

[4] 니콜레타 한젠에게 보이는 이런 솔직함이 놀랍다.

사랑하는 요!

주말은 악몽이었어! 공황 상태가 다 지나간 지금으로선 나 스스로가 우습게 느껴져. 하지만 우선은 좋은 소식부터 전하마. 우린 편집부를 위해 무너질 듯 조금은 비참하지만 그래도 새로운 사무실을 마련했어! 기적적인 일이었지! 프레드가 이 지방 고향 토박이들과의 친분을 통해 노력했음에도 불구하고 아무 성과가 없었고——자신의 고객들을 기분 좋은 상태로 유지해야 했던—— 갈루스 식당 주인 외에는 우리에게 희망을 주는 사람이라곤 없게 되자 바론이 몇 번이고 도움을 주었지. 차차로 난 익숙해져 갔어.

신문이 무엇 때문에 있어야 하는지, 그리고 광고나 지방의 소식들에 대해서도 언제쯤이면 우리가 다 이해하게 되는지! 바론은 혼잣말하듯 우리에게 자신의 부동산 사무소에 들어오는 편지들에 대한 정보를 넘겨주겠다고 약속했지. 애석하게도 우리를 위해선 오로지 한 건만이 고려 대상이 될 수 있을 거라면서. 그것은 천사의 음악처럼 울렸어. 부족한 것은 많지 않았고, 바론은 자기가 우리에게 먼저 제안하지도 않고 고급 저택을 한 채 빌린 데 대해 사과했지.

그의 제안을 듣고 우리가 그 아낙네 시장과 유대인 골목 사이에 위치한 모스카우어 슈트라세 47번지¹ 앞에 도착하기까지는 불과 한 시간도 채 안 걸렸지. 우린 아이들이 선물을 기다릴 때처럼 집주인을 기다렸고—— 그러다 깜짝 놀랐어. 누가 나타난 줄 알아? 피앗콥스키! 그와 또 한 명의

---

1 이 집은 붕괴 위험성 때문에 3년 전에 헐렸다.

꺽다리가 함께였어.

피앗콥스키는 그 키 큰 형제를 자신이 직접 끌고 올라오기라도 한 것처럼 헉헉댔어. 피앗콥스키와 바론이 악수를 교환할 때까지만 해도 우린 우리가 기다리던 인물이 그라는 것을 전혀 믿을 수 없었어.

바론은 세련된 사업가다운 흥취로 엉덩이를 흔들며 피앗콥스키에게 앞장을 서라고 했지. 우선 집이 고객의 마음에 들어야 된다면서 그다음 일은 차차 해결하자고 했어. 꺽다리는 이미 자신은 피앗콥스키 씨와 의견의 일치를 보았다고 했어. 우리가 그걸 아는 게 좋겠다고!

꺽다리는 발성 연습이 잘된, 그러면서도 멀리까지 울려 퍼지는 목소리를 가지고 있었어. 1층에 있는 가정용품 상점의 진열장에 아버지, 어머니, 딸로 보이는 사람들의 머리가 차례차례 나타났어. 그들은 내 인사에도 아무런 대꾸를 하지 않은 채 벌어지는 장면을 관찰하고 있었지. 우리 옆으로 지나는 사람들은 걸음걸이의 속도를 늦췄어.

바론은 다른 사람의 말은 전혀 상관하지 않았고 동향 사람들과 절박성에 대한 프레드의 이야기에도 또는 다른 사람의 이야기들에도 신경 쓰지 않았지. 그는 피앗콥스키를 향해 미소 지었어.

꺽다리는 그가 우리를 떼어내버릴 수 없음을 알고 이젠 매우 친절하고 붙임성 있는 말투로 피앗콥스키를 설득하며 그의 곁에 서서 제일 먼저 열려 있던 나무 문 안 어둠으로 들어갔지. 그가 오래전에 깐 바닥재를 칭찬할 땐 목소리가 쩌렁쩌렁 울렸어. "환상적이에요!" 하고 그가 외쳤거든. "환상적이에요!" 그의 발소리가 멀어져갔다가 다시 돌아왔어. "무슨 일이죠?" 하고 그가 피앗콥스키에게 물었어. "왜 들어오시지 않는 겁니까?"

바론은 피앗콥스키의 앞에서 멈추어 섰고 그를 한번 쳐다본 후 우리에게 경고했지. "눈을 크게 뜨고 잘 보세요. 뭔가 흠이 있으면 우린 집세를 내려달라고 요구할 겁니다."

집은 흠투성이였는데도 껑다리는 모든 것을 멋있고 훌륭하다고 여겼고 "흥미로운 역사"라고 했지. 뒤뜰에 남아 있는 말굽 대장간과 그 안에서 기왓장들이며 먼지와 고양이 똥과 함께 남아 있는 모루와 나무다리까지도 ─ 반드시 남겨두어야 할 ─ 그리고 매번 거론할 때마다 백 년씩 그 역사가 길어진 목골의 전통 가옥.

피앗콥스키는 층계참에 기대어 서서 막대 사탕을 빨고 있었어. 집은 그의 장인 장모님의 것이었고, 언젠가는 이곳에 알텐부르크의 농민조합과 그 너머 작센의 농민조합에 이르기까지 아주 좋은 친분을 맺고 있었던 채소 가게가 있었다고 했어. 그들 자신들, 즉 피앗콥스키와 그의 아내는 아무런 수익을 올리지 못했다더라. 언제나 사람들과 집세를 둘러싸고 싸움이 있었다는군. 지금 현재 이 집은 네 명의 형제들에게 속하니 어차피 별로 건질 것이 없다는 거였어. 가정용품 상점이 맨 밑에 있고, 지붕 아래층엔 한 쌍의 부부가 사는데 당시에는 슐레지엔으로부터 탈출해 온 망명자들이었고 도시가 그 사람들로 가득했었다더군. "아아" 하고 껑다리가 "슐레지엔"이라고 말하더니 외투의 단추를 잠갔어.

층계는 외풍이 있으며 굴뚝 안처럼 어두웠고 조명은 고장 나 있었지. 2층에는 전면의 한 작은 공간으로부터 두 개의 문이 거리 쪽으로 난 두 개의 방으로 인도하고 있었어. 오른쪽에 있던 작은 방은 현재 우리 편집부에 비해 두 배는 더 컸어. 왼쪽 문은 거의 홀과 같이 넓은 공간과 그 안의 높은 창문, 그리고 그 공간과 연결되는 역시 그만큼이나 널찍한 또 하나의 방으로 이어져 있더군.

"저 큰 창문을 통해서 거리로 직접 나갈 수도 있겠어요!" 바론은 손가락 끝을 입에 넣었다가는 창문의 유리 앞으로 들어 올렸어. 마치 풍향을 가늠하려는 사람처럼. "우리를 위해 참으로 좋은 선물을 제공하시는군요!" 하며 그가 깊은 숨을 쉬며 고개를 두 번 까딱하고 있던 피앗콥스키를 나무랐어. "내가 가지겠어요! 있는 그대로 다! 아래 그 상점까지도! 그렇게 결정하지요, 피앗콥스키 씨, 결정 난 거죠?" 껑다리가 거칠게 손을 휘저었어.

"무슨 일이 일어나는지 좀더 보시지요" 하고 피앗콥스키가 대답하고는 앞쪽으로 조금 삐져나온 문을 억지로 열려고 하는 프레드에게 경고했지. "거긴 위험해요. 내가 해야 됩니다!"

우린 창문이 없는 긴 복도로 발을 옮겼어. 왼쪽으로 바닥과 똑같은 카펫으로 덮인 문이 열리자 예의 그 전면 공간이 나왔어. 그러니까 우린 결국 원을 그리며 2층을 한 바퀴 빙 돌았던 거였어. 오른쪽으로는 작은 방들이 있었는데——프레드가 결론을 내린 대로라면 저수용 창고라는군.

갑자기 다시금 주위가 환해졌어. 복도는 어떤 한 방에서 끝이 났는데 그곳의 창문은 집 가운데의 마당 쪽으로 나 있더군. 그 뒤로 시장 상점들의 뒷면이 보였지.

피앗콥스키는 문가에 그대로 서 있었어. 내가 가장 이사해 들어오고 싶었던 작은 방은 건축감독국에 의해 차단되어 있었는데 바닥과 외벽이 무너질 위험성이 크기 때문이래. 우리가 그 어두운 복도로 되돌아가기 전에 누구나 모두 한 번씩 그 안을 들여다보았지.

"피앗콥스키 씨, 이런 물건을 두고 정말로 집세를 받으실 작정이십니까? 내 생명보험사 측에서 이 일을 알게 된다면!" 바론이 자신의 주위에서 킁킁 냄새를 맡고 다니던 늑대를 불렀어. 껑다리마저 지금은 조용히 있더군.

"이건 건축 쓰레기예요!" 하고 바론이 소리쳤지. "그냥 건축 쓰레기라고요!"

피앗콥스키는 지금까지의 집세는 굴뚝 청소부에게 지불할 정도도 채 안 되었다고 했어. 단돈 1페니히라도 모두 지붕 수리에 들어갔다면서 양해를 구하더군.

"그런데 이제 그보다 더 많은 집세를 받겠다고요? 내가 그것을 누구에게 이해시킬 수 있겠습니까?"

껑다리가 외쳤어. "내가 가지겠습니다!"

"정말로 미안합니다" 하고 피앗콥스키가 반복했지.

"제 말 좀 들어보세요! 제가 이걸 빌리겠다니까요!"

"좀더 올라가보시죠" 하고 피앗콥스키가 제의했어. 우린 차례대로 줄을 맞추느라 기다렸지만 껑다리는 줄을 떠나 이탈해 갔지. 그는 더 이상 이런 연극에 함께 참가하고 싶지 않다면서, 그는 1년간 집을 빌릴 것이고 그럼 된 거라고 하더군. 집세에 관해서는 그들이 곧 협의를 보게 될 거라고.

"그와 반대로 나는" 하고 바론이 말했어. "나중에 당할 걱정거리까지 모두 다 사들일 생각은 없습니다!" 그는 위층 꼭대기까지 올라가볼 것을 고집했어.

"물론입니다, 물론이지요" 하고 피앗콥스키가 그를 달랬고 그리하여 지각은 했을망정 그 껑다리마저 마지막 주자로 아까같이 전면의 공간을 지나 도착한 두 개의 공간 안에 발을 들여놓게 되었지.

"이곳은 얼마나 받고 싶으신데요?" 하고 바론이 묻고 윗입술 위로 난 자신의 수염을 뜯으며 이리저리 그걸 씹었어. "여름을 날 수는 있겠습니다만."

"자, 내 말을 좀 들어보세요……" 껑다리가 말참견을 하며 끼어들었지. 그는 이제 누구에게 말을 걸어야 좋을지 모르는 눈치였어.

"얼마나 주시겠습니까?" 하고 피앗콥스키가 물었어.

"많이는 줄 수 없죠, 안 그래요?" 바론이 나와 요르크를 쳐다보았지. "최대 3백 마르크, 250동독마르크?" 요르크가 고개를 끄덕였고 나 역시 고개를 끄덕였고 일로나는 그것도 너무 많다고 했고 쿠르트는 창문에서 창문으로 옮겨가며 엄지로 접합 부분을 파보거나 떨어져나간 칠을 입으로 불고 있었어.

"1천" 하며 껑다리가 안심하며 소리를 쳤지. "1천 서독마르크! 결정된 거죠?"

그렇게는 안 되는 거라며 바론이 분노했어. 이곳의 가격을 다 망가뜨리는 처사라며, 이런 쥐구멍을 위해 1천이나 주려고 하다니 말도 안 되는 소리이고, 부도덕하며 있을 수 없는 일이라고 정말이지 있을 수 없다고 했어. 그것이 학교가 된다면…… 껑다리는 한순간 흠칫 당황한 듯했지만 그러나 곧 자신의 걱정을 억누르고 말했어. "그게 시장경제 아닙니까!"

"네" 하고 피앗콥스키가 말했어. 그러고는 250도 괜찮다고, 그 이상은 받을 생각도 하지 않았았다고, 자신은 탐욕스러운 사람이 아니며 투자는 적당한 선에서 이루어져야 하는 것이니 250이면 충분하겠다고, 그러나 언제나 선불이면 좋겠고 늘 매달 1일이면 좋겠다고 하더군.

바론은 그에게 손을 내밀었어. "5월부터!" 하고 그가 말했지. "5월이요?" 하고 피앗콥스키가 물었지만 곧 손을 덥석 내밀었지.

껑다리가 괴상한 웃음을 지으며 "피앗콥스키 씨! 피앗콥스키 씨! 1천 서독마르크요, 결정된 거죠?" 하고 말했어.

"네" 하고 피앗콥스키는 대답했어. 그를 잘 이해한다면서, 그 껑다리의 듣기 좋고 긴 이름을 부르면서 자신은 이미 동향의 토박이인지를 배려해야 한다면서 그리고 그건 이 지역에서 우리가 늘 그래왔던 관행이라고 했지.

"맞습니다" 하고 프레드가 말했어. "우린 이 지역 토박이들이죠." 쿠르트는 고개를 끄덕였어. 그의 양손 엄지에 묻은 먼지를 서로서로 털어내고 있었지. 껑다리는 긴 한숨을 쉰 뒤 바론의 앞으로 가더니 마치 칼을 배에 들이대듯이 손을 내밀며 소리쳤어. "축하합니다, 축하해요. 축하!" 그때 마침 바론이 자신의 서류가방을 양손으로 꼭 쥐고 있었기 때문에 껑다리는 머리를 역동적으로 움직이며 그럭저럭 상황을 무마하고는 뒤로 획 돌아서 마치 그림자처럼 복도의 어둠 안으로 사라져갔어. 피앗콥스키는 우리에게 열쇠 꾸러미를 건네주고 우리와 작별했지.

프레드는 즉시 보수공사를 위한 계획을 짰어. 그와 쿠르트에게 맡기기만 하면 2주 안으로 전체를 완벽하게 모두 해치울 수 있다는 거야. 요르크는 피앗콥스키가 이제 우리 집주인일지언정 아직도 기민당의 대표 당수이므로 그에 대한 기사를 계속 써달라고 부탁했어. 그가 마리온과 약속을 했다면서.

바론은 자신의 성과에 대해 매우 자랑스러워했지. 새로운 회사의 편지지가 다 만들어지는 즉시 우리에게 계산서를 보내겠대. 한 달치 집세만큼이 중개비인데 원래 보통은 석 달치를 받는다더라. 이것이 동독에서의 첫 수입이라는군!

꼭대기 층의 노부부는 그들과 한 건물을 쓰게 된 이웃을 반가워하는 건지 어떤지 아직까지도 아무런 소식이 없어. 가정용품 상점 사람들에게는 우리가 별로 상관도 없는 사람들인 거 같고.

가제도구 마련도 아무 문제 없어 — '생활보조' 협회에서 비밀안전기획부의 빌라에서 쓰던 것들을 아주 싼 값으로 우리에게 팔기로 했거든! 주차 공간 역시 넘치도록 많아. 우린 그저 유대인 골목의 가장 윗부분을 개간하기만 하면 돼.[2]

이제 주말이야. 난 금요일부터 공사를 시작한 프레드와 쿠르트를 좀 살펴보려던 참이라 토요일에는 과자 상자 몇 개와 커피를 들고 새 집에 가볼 거야. 일로나가 남편과 아이들을 움직였어. 그들은 벽에서 카펫을 뜯어냈어. 그것 말고는 다른 일은 하고 싶지 않은 사람들처럼. 쿠르트는 스토아학파의 평온함을 가지고 벽에 뚫린 구멍들을 석고로 메웠어. 내가 열쇠공의 옷을 입고 있는 프링겔을 발견했을 때 그는 매우 행복해하고 있었지. 프레드는 벌써부터 사무실을 칠하고 있었어. 내가 가져간 과자는 꼬치구이와 일로나의 크림케이크에 비해 매우 한심해 보였기 때문에 난 커피만을 남겨놓고 왔어.

요르크와 마리온과 나는 금요일에 자정까지 일을 했고 월요일에 나올 12면은 거의 완성된 거나 다름없지. 내가 왜 편집부로 차를 몰아갔는지 나로서도 잘 알 수가 없어. 다른 사람들의 열정이 옮았는지. 전과 다름없이 난 힘차게 우편물들을 수거해 일로나의 이집트 종이칼로 봉투를 하나하나마다 열고 독자의 편지와 문의와 원고에 수령했다는 도장을 꾹꾹 찍어 누른 다음 구독신청서와 광고문들을 따로 구분해서 정리했지. 마지막 편지봉투의 뒷면에는 일에 대한 보상인 양 엄숙한 문장이 새겨져 있었어.

편지지의 맨 위에 씌어진 많은 이름을 보았을 때도 난 전혀 알지 못했어. 난 편지의 제목과 호명을 읽었고 우리 신문사 이름과 내게 익숙한 기사의 제목 「추한 행각……」에 이르렀으며 점점 더 빨리 읽어 내려가다가

---

2 1988~89년 주택들을 허물면서 생긴 잡초가 무성한 휴경지를 말하는 것이다.

는 내용을 훌쩍 뛰어넘어 2만이라는 숫자와 서독마르크 표시 DM이 있는 곳까지, 그리고 괄호 안에 써진 '2만'이라는 글자에 가서 멈추었지. 그러고 나선 곧 아라비아 숫자와 알파벳 글자로 된 '4만'이라는 숫자가 뒤를 이었고 한 줄을 띄운 다음 마지막 인사말과 두 개의 큰 띠를 둘러 마치 이름을 선물로 묶은 것처럼 보이게 서명한 사인이 있었어.

난 다시 처음부터 읽기 시작했고 조금 뒤에는 세번째로 다시 또 한 번 읽었지. 한 변호사 사무소가 어느 의뢰인의 위탁으로 우리를 명예훼손죄로 고소했다는 거였고 다시 한 번 더 그와 같은 주장이 대중들에게 전해진다면(그러니까 돼지 사육장에 관해 이미 예고가 나간 두번째 기사를 말하는 거겠지) 벌금으로 4만 마르크를 물게 될 거라는 내용이었지.

문 앞에서 난 다시 돌아서야 했어. 손에 아직도 일로나의 종이칼을 쥐고 있었거든. 난 요르크의 집으로 차를 몰았지. 아무도 문을 열지 않더군. 반 시간쯤 지나 난 다시 시도해보았는데 한 이웃집 여자가 두 사람이 딸아이들을 데리고 할머니 할아버지가 계신 고타에 가서 내일까지 있다 온다고 말해주었어. '벤첼'에서는 바리스타가 언제 다시 올지 알 수 없다고 했고 그의 방은 어제 일주일 더 예약을 했다고 알려주더군.

왜 겨우 일주일뿐이지? 그리고 왜 게오르크는 이 기사를 쓴 후에 모든 것을 집어던진 거지? 모두가 이런 고비가 닥칠 줄 미리 알았던 것처럼 보였어. 나만 빼고. 난 아무것도 모르고 부모님과 함께 저녁을 맞고 있을 요르크와 마리온이 부러웠어. 바론의 차를 문 앞에서 보게 될 것이라는 말도 안 되는 기대감으로 난 새집으로 달렸어──그리고 지나쳤지. 난 창문을 통해 일로나를 보았어. 난 울고 싶었어.

그들이 적어도 마르크라고만 썼더라도! 서독마르크가 아니라.

다행히도 그 기사를 작성한 안나가 문을 열더군.

"우리의 생존이" 하고 난 말했어. "당신 손에 달려 있습니다."

그녀가 변호사 사무소의 편지를 읽는 동안 난 이제야 처음으로 다시금 깊은숨을 내쉬었지. 그녀가 맹세컨대 사람들이 그녀에게 이야기해준 모든 것을 과장됨 없이 그대로 썼고, 또 그 사람들도 믿을 만한 사람이었음을, 진짜로 믿을 만한 사람들이었다고 말했을 때 난 거의 편안한 기분에 빠질 뻔했지. 그녀가 강조하며 "진짜, 진짜로 믿을 만한"이라는 말을 반복함으로써 내 마음속에 가지고 있던 소원을 이루어주는 것 같았거든. 눈물이 글썽글썽한 눈으로 그녀는 다시 일을 확인해보겠다고 약속하며 내게 아무 걱정 할 필요가 없다고 했어.

자동차에 돌아와 앉자 다시금 두려움이 되돌아왔지.

일요일 4시에 깨어났을 때, 난 그 저주받을 편지를 아직도 주머니에 넣고 있다는 것을 생각해냈어. 이 악마의 물건과 함께 밤을 새웠던 거야.

그 당장이 아니라 6시, 7시, 또는 8시가 되어 '벤첼'로 차를 몰아가기 위해서 난 온 힘을 다해 기다려야만 했어. 난 10시에 그곳에 도착하는 것을 목표로 삼았고 9시 반……[3]

9시가 조금 넘어서 폰 바리스타 씨가 이 건물을 나가셨다고…… 그들이 나를 위해 뭔가 다른 도울 일이라도 있는지 물었어.

난 머리를 흔들고는 벌써부터 차오르는 눈물과 싸워야만 했지. 난 역전에 『빌트』 신문을 사기 위해 뱀처럼 길게 줄을 서 있는 행렬 속에서 바리스타를 찾아보았어. 난 경계선이 이어져 있는 거리를 모두 헤매고 다녔어. '벤첼'로 다시 돌아왔지. 난 바론에게 몇 자 적은 쪽지에 편집부에 연락을 해달라고 간곡히 부탁했어. 우편물 서류철이 아직도 탁자 위에 놓여

---

3 이전의 편지는 일요일 아침에 쓴 것이었다. 그곳에 언급된 "야릇한 기쁨"과 여기 묘사된 "악몽"의 차이는 그 어떤 이유로도 잘 설명되지 않는다.

있었고 난 내 쪽지를 접어 그것들 사이에 끼워 넣었어. 게오르크가 프랑카의 심부름으로 나타나 정오까지 좀 머무를 수 있겠냐고 물었을 때 난 거절했어. "그는 이제 더 이상 이 일과 관련이 없어"라고 난 기사도 정신을 발휘하며 나 자신에게 말했어. 그를 보호해야 해.

갑자기 생각이 나서 예전에 바론이 한번 가르쳐주었던 마누엘라라는 금발의 여종업원이 산다는 집으로 갔어. 그녀는 이제 '심판 막사'에서 일하지. 하지만 아무도 문을 열지 않았어.

7시쯤 집에 돌아왔어. 밖에서부터 벌써 음악소리가 들렸어. 안으로 들어갔을 때 거울 달린 장롱 아래에서 늑대를 보았어. 그는 머리조차 한번 들지 않더군. 바론이 스피커까지 다 달린 CD레코더를 선물했고 그것을 조정하느라 두 사람은 한창 열심이었지. 그들이 쓴 농구모자 때문에 둘 다 마치 조립공처럼 보였어. 미하엘라는 공연에 가고 없었어.

"어디 계셨습니까?" 하고 바론이 물었어. 그는 린데나우 박물관의 전시회 개막식에서 나를 찾았다는 거야. 그렇게 많은 지역 인사들이라니! 그런 것을 두고 친분 관리를 위한 사교라고 부른다면서.

내가 드디어 마음속에 있던 것을 다 털어놓자 "그래서요? 그들이 옳아요?" 하고 그가 물었어. 그러고는 즉시 날 진정시켰지. 그런 것을 우편으로 보내는 사람은 어차피 그렇게 심각하게 받아들일 필요가 없다는 거야. 그럼에도 불구하고 우리가 무엇인가 반응을 해야 하는 거 아니냐고 내가 물었어.

"그래요" 하고 그가 말했어. "그 편지 나부랭이를 찢어버리고 잊어버리는 것으로 반응하면 되지요. 선생님이 그걸 받기나 했다고 누가 그런답디까?" 또 다른 해결책은 없는지 물었어.

"원하신다면" 하고 그가 말했지. "내가 일을 처리하지요." 바로 그 말을 난 듣고 싶었던 거야.

"그래도 그런 일은 항상 돈이 들지요. 그런 발신자 이름이 인쇄된 편지는 애석하지만 정말로 무지 비싸니까요."

난 그에게 두번째 기사를 인쇄해야 할지 말아야 할지를 물었어. "물론이죠. 좋은 글이라면 당연히 그래야 하고, 아니라면 말고요" 하고 그가 말했어.

이제 우린 작은 스캔들 기사를 담은 신문을 가지고 있지. 왜냐하면 교사 오페르만에 대한 요르크의 기사가 3페이지에 실렸거든. 우리가 멸망한다면 깃발을 나부끼게 될 거야!

너를 포옹하며, E.

90년 4월 12일 세족(洗足) 목요일

베로츠카,[1]

며칠에 한번씩 나는 마무스를 안심시키지. 몇백 명이 사망했다 하더라도 누나한테만은 아무 일이 일어나지 않을 수 있는 거니까. 99.99 퍼센트의 사망률이 발표되었다 해도 말이야. 마무스가 부활절 때 오실 거야.

새집에 전화선이 깔리면 우린 더 이상 다른 사람들을 배려할 필요가 없어.[2] 이상하게도 전화기를 남겨두기가 내겐 어쩐지 힘이 들더군. 내가 그 물건과 함께 그토록 많은 시간을 보냈고 그토록 많은 기대를 했었으니!

---

1 이 편지는 베라 튀르머에게 팩스로 보내졌다.
2 게오르크에 대한 배려를 말함.

이미 번호판과 전화선 그리고 심지어는 수화기까지도 누나의 음성, 누나의 호흡, 누나와 내가 나눈 모든 이야기들에 속한 물건이 되어버렸으니까.

베로츠카, 오래 걸리지 않을 거야, 난 누나의 발밑에 온 세상을 바칠 거야. 적어도 그 일부분을. 누나의 친구, 바론이 몇 가지 암시를 주었고, 난 그렇게 하겠다고 승낙을 했어. 누나와 나, 우린 머지않아 함께 여행을 떠날지도 몰라. 아직 자세히 말해줄 수는 없어. 어처구니없고 미친 소리 같이 들리겠지만 난 그동안, 아니 바로 오히려 그렇기 때문에 그걸 믿어야 한다는 것을 배우게 되었어. 모든 일이 어떻게 전개되어가는지 누나도 보게 될걸!

누나, 로베르트 생각을 해줘서 너무나 고마워. 그는 누나가 준 그 점퍼를 밖에서나 안에서나 입고 다니다가 잠자리에 들 때는 침대 모서리에 걸어두지.

미하엘라는 그가 내 영향을 받아서 "상상력 없이" 돈만 바란다고 핀잔하곤 해. 도대체 로베르트가 무엇을 바라야 한다는 걸까? 몇 달만 있으면 아주 다른 종류의 소원들을 모두 이룰 수 있다는 것을 이미 다 알고 있는 아이인데 말이야.

며칠 전에 미하엘라는 로베르트가 친아버지로부터 온 편지를 들고 다닌다는 것을 고백하더군. 겉봉에서 그의 글씨를 알아보았대.

난 그를 딱 한 번 본 적이 있어. 극장에서 보았는데, 그는 그때 자신의 피라미드 모양의 크리스마스 장식품과 자신의 오래된 촛대를 가지러 온 거였어. 그 당시에 난 미하엘라가 어떻게 그런 자에게 빠져들 수 있었는지 이해할 수 없었지. 이 '자칭 예술가'의 화신(회색의 말 꼬랑지 머리, 거창한 반지, 까칠까칠한 수염). 그는 연신 파블로 혹은 라이너 또는 한나³를 들먹거렸고 누군가가 그것에 대해 물어보기라도 하면 신들의 이름을 걸고 모욕을 느꼈지. 로베르트는 10시, 11시까지도 극장의 구내식당[4]에 앉아 미하엘라가 화장을 지우고 나올 때까지 기다렸어. 아버지는 그 아이를 위한 시간이 없었지. 그때 마침 다시 떠오른 영감을 실행에 옮겨야 했든지 고등학교 졸업반 학생들을 데리고 나가야 했기 때문이야. 그럼에도 불구하고 로베르트는 그를 매우 따랐어.

이젠 로베르트가 편지를 읽고 싶어 하지 않아. 그 아이는 아버지를 욕하더니 울음을 터뜨리더군. 그래도 언젠가 그 아인 아버지를 만나러 갈 거야. 난 그런 일이 일어나도록 놔두거나 혹은 심지어는 그 애가 그렇게 하도록 독려해야겠지.

어제는 미하엘라가 '벤첼'까지 나와 동행했어. 우린 바로 조금 전에 돌아왔어.

돌아오는 길에서 그녀는 도시의 반쯤이 바리스타를 웃음거리로 삼고 있으며 그로부터 로베르트를 보호해야 한다고 주장했어. 완곡하게 표현하자면 그 귀족 신사는 열성이 지나치고 우스꽝스러운 인물이며 오로지 야심에만 들떠 그 바보 같은 장화 속에서 제대로 걷지도 못한다는 거야.

니콜레타에게 (작고, 갈색의 머리, 수레국화빛 하늘색 눈동자에, 별로 장점이 못 되는, 그러나 비싼 안경을 꼈어. 그녀는 모든 것을 다 알고 있고 모든 것을 할 수 있고 또한 실제로 하고 있지만, 사실은 어린아이보다도 더 도움이 필요한 가녀린 존재고 언제나 무엇인가를 놓칠까 봐 두려워하며, 그리고 '일거리' 하나만 잡아도 언제나 감사하지. 그녀는 린데나우 박물관 덕분에 예술사가로서의 경력을 쌓기를 바라고 있어[5]) 들은 바에 의하면 그는 어쩐지

3 피카소, 파스빈더, 쉬굴라.
4 루돌슈타트의 극장을 가리킨다.

무슨 일로 켕기는 데가 있는 모양이고 아무튼 그래서 더 이상 직접 나서는 사업을 하지 못하고 허수아비들로 구성된 조직을 이용해야 한다는 거야. 누나도 그런 사실을 알고 있었어? 하지만 이러한 결점은 그의 매력을 한층 더해줄 따름이지. 적어도 그런 시적인 영혼들을 위해선, 내가 그들을 아는 한에서는 그래. 이 점에서 모든 사람들을 앞서는 사람은 요한일 거야. 그는 정말이지 어디에서고 모든 일에, 사업적으로나 여자관계에 있어서나 손을 뻗치지 않은 곳이 없어. 게다가 성공을 거두고 있는 의문투성이고 보이지 않는 인물들에 관한 이야기를 들으려는 욕망으로 가득 차 있지. 〔……〕 바리스타 혼자 다리를 절며 돌아다니도록 내가 잠깐이라도 내버려두면 요한은 즉시 그를 극악한 인물로 여기고 "음흉한 번득임"이라는 말로 그를 표현해.

미하엘라조차도 바리스타에 대한 자신의 무례가 사실은 호기심의 또 다른 일종이라는 것, 그래, 실은 그녀가 애타게 그에게 소개되고 싶어 한다는 것을 숨기지는 못했지. 난 바리스타가 얼마나 빨리 그녀를 자신 편으로 만드는가를 매우 재미있어 하며 지켜보았지.

손등에 입을 맞추기도 전에 (조금 뒤에 그는 그녀의 손에 대해 극구 칭찬을 늘어놓게 될 테지) 탁자의 명예로운 자리가 그녀를 위해 정해지기도 전에, 말하자면 레스토랑으로 입장함과 동시에 그 두 사람은 함께 공연을 시작한 셈이지. 그 역시 관객들 앞에서 눈길 한번 주지 않고도 행동을 연출할 줄 아는 사람이거든.

바리스타는 메뉴 카드라고 부르는 것을 우리에게 건네주었는데 거기에는 그가 인쇄하도록 명한 금색 리본이 정중하게 둘러져 있었지. "『알텐

---

5 튀르머의 많은 양의 묘사에도 불구하고, 니콜레타 한젠에게는 전혀 들어맞지 않는 성격들이다.

부르크 주간신문』의 재탄생을 기리며, 미하엘라 퓌르스트와 마리온 슈뢰더를 기리며." 내부에는 여섯 코스로 짜인 메뉴가 열거되어 있었는데 왼쪽에는 프랑스어, 오른쪽에는 독일어로 씌어 있었어——이런 건 인상에 깊이 남지.

너무 과장하는 것 아니냐고 미하엘라가 쌀쌀맞게 물으며 곧 얼마나 자신이 이 초대를 기쁘게 받아들이는가를 표현했지. 그러나 그녀는 맨 먼저 이 비밀스러운 음식들의 이름만큼이나 그 자태가 유혹적인 그 아름다운 꽃다발에 감사하는 것을 잊고 싶지 않다고 했어.

마리온이 갑자기 일어나더니 자신 역시 아직 알텐부르크에서 제일 큰 시클라멘 꽃에 대해 감사를 전하지 못했다고 말했어.

"꽃이라면" 하며 미하엘라가 개괄적으로 말했어. "그 누구라도 바리스타 씨에게 필적할 수 없을 거예요." 그녀의 입에서 들리는 그의 이름이 내 마음을 이상하게 건드렸지. 그때부터 사실 모든 것이 명확했어.

주요리가 나오는 동안 그는 여행담을 재미있게 들려주었어. 가을이면 그는 언제나 미국으로 날아가서 랍스터를 먹기 위해 동쪽 해변으로 간대. 그는 술집들과 작은 부두들, 자연 풍경, 빛의 분위기, 밭에서 자라는 호박, 빨간 낙엽……에 대해 묘사했지. 그건 영상이 다채롭고 명랑하며 거침없는 이야기였고 어떤 질문에도 중단됨 없이 마치 연회 음악처럼 끊이지 않고 울렸어. 그 음악에 숨어 나는 누나에 대한 꿈에 몸을 맡겼지.

우리가 일어났을 때 바론은 내 어깨에 손을 갖다 대며—— 레스토랑은 벌써 아까부터 문을 닫은 후였고 사람들은 아침 식사 테이블을 차리는 중이었어—— 물었지. 이 특별한 저녁을 칵테일로 마무리해도 좋겠느냐고. 바는 고급은 아니지만 그가 지난 몇 주 동안 보수공사를 했다며 우리를 위해 세이커를 흔들 수 있다면 매우 행복할 것이라더군. "왜 거절하겠어요?" 하고 미하엘라가 총으로 쏘듯 재빨리 대답했어.

"음, 약속했어요!" 하고 바론이 승리에 차서 말했지. 난 팔짱을 긴 채 방금 치워진 바의 한 탁자 앞으로 인도되었어.

그다음 몇 분 동안 바론은 열정적이다 싶을 만큼 나를 대했어. 말한 내용보다도 내 기억에 더 남아 있는 것은 그가 말한 문장의 곡조 같은 울림이야. 그건 듣기 좋았고 감미롭기까지 했지. 그래, 그가 내게 구애하고 있었어. 그리고 난 깨달았지. 그는 겉모습처럼 나이가 많지 않다. 생각보다 훨씬 젊구나!

내가 깨어났을 때, 미하엘라와 바론이 숨이 넘어갈 듯 쿡쿡 웃고 있었어. 몇 명의 여종업원들과 옆 테이블에 앉아 빈 잔들을 향해 몸을 수그리고 있던 깡마른 남자만 빼면 손님이라곤 우리뿐이었지.

"우린 막 극장에 대한 이야기를 하고 있던 참이에요" 하고 그가 말했어. 내가 마치 잠시 화장실에라도 다녀온 것처럼. 한 손을 내 무릎 위에 놓은 채 그는 내 쪽을 보며 기대고 있었어. 난 그의 고집스러운 향수 냄새를 맡았지. 5시였어. 그 시간이라면 나에겐 좀 늦은 편이었지.[6]

그는 우리를 자신의 차에 태웠어. 미하엘라는 수다를 떨며 혼자 낄낄거리며 웃었어. 운행 도중 커브 길에서 그녀의 머리가 의자 받침에서 자꾸 미끄러지는 바람에 나는 그녀 머리를 받쳐주려고 애를 썼어.

차에서 내릴 때 그녀가 내 품으로 쓰러졌어. 내가 꼭 하수인 같다는 생각이 들더군.

집 안에 채 도착하기도 전에 술 구토증이 그녀의 의식을 다시 찾게 했어. 난 그녀의 이마를 변기 쪽으로 받쳐주어야 했어. 그녀가 그 정도로 약

---

6 튀르머는 그 자신이 여러 번 쓴 바대로 대개는 새벽 4시경이면 잠에서 깨곤 했다.

해져 있었거든.

"당신 질투해?" 하고 그녀가 물었고 그러면서 아주 의미심장하게 내 눈을 쳐다보아야겠다고 했어. 난 그녀에게 원피스 위에다 대고 무릎을 꿇지 말라고 부탁하며 외투를 벗기기 위해 애썼어. 그녀는 외투의 주머니를 부여잡더니 봉투 하나를 꺼내 들었어. "내 이름이 이만큼이나 가치가 있다잖아" 하고 그녀가 외쳤어. "1천 서독마르크." 그 액수를 이제 그녀는 매달 받게 된다는 거였어. 퓌르스트 앤드 퓌르스트 부동산중개소의 경영자로서.

나중에 우리가 다시 계산을 하고 나서 내가 그녀에게 무슨 일인지 제대로 잘 알고 결정한 거냐고 물었을 때, 미하엘라가 말하더군. 그녀는 나를 믿는다, 결국 내가 그녀를 거기 데리고 간 거 아니었냐고, 그는 내 친구이니까, 오로지 그런 이유에서 그녀가 승낙한 거라고 했어. 그리고 곧 덧붙였지. "그 남자 참 못생겼어! 너무 못생기지 않았어?"

누나도 그가 못생겼다고 생각해?

누나에게 키스를 보내며,

누나의 하인리히.

[뒤에 따르는 부분은 자필 원고인데 위의 편지와는 따로 분리되어 있었고 날짜가 기록되어 있지 않았다. 이전의 편지가 이른 아침, '벤첼'에서 돌아오자마자 씌어진 것이었으므로 여기 이 부분의 날짜 역시 4월 12일로 볼 수 있을 것이다. 베라 튀르머의 진술에 의하면 이 부분은 팩스로 도착했다고 한다.]

오늘 오전에 미하엘라가 유산을 했어. 그녀는 즉시 병원으로 옮겨졌고 난 그 사실을 몇 시간 후에 들었지. 그 일에 대해 내가 아무것도 듣지 못했더라면 아마 더 좋았을 거야. 물론 말도 안 되는 소리지만. 내가 바로 그녀를 '벤첼'로 끌고 간 장본인이니. 난 죄책감에 시달리고 있어. 미하엘라가 아무것도 몰랐다는 걸 이해할 수 없어——적어도 그녀는 알았어야 하잖아! 오펜부르크에서 생긴 아이일 거야. 거기밖에 없어!

미하엘라는 위로조차 받고 싶어 하지 않을 정도로 아주 침착해. 참기가 막혀. 따뜻한 배려가 느껴질 지경이지. 사람들이 한 병실에 유산한 여자를 세 명이나 한꺼번에 입원시켰어. 다른 곳에 빈 침대가 없었기 때문이래.

우린 어느 정도는 고마움을 느끼기도 해. 우리가 내려야 할 결정을 덜어준 결과가 되었으니까. 그래서 우린 그 일에 대해 이야기를 나누지 않아. 가장 슬퍼하는 사람은 로베르트인 거 같아.

베로츠카, 나의 조그만 누나!

H.

90년 4월 13일 성(聖) 금요일

사랑하는 친구, 요!

13일의 금요일이야. 난 여기 목욕가운을 입은 채 앉아서 커피를 마시며 정적을 즐기고 있어. 내가 네게 마지막으로 무슨 내용을 썼던지 영 기억이 나질 않네.[1]

---

1 튀르머가 요한에게 마지막으로 편지를 쓴 날짜는 사흘 전이었다.

수요일에 바론이 우릴 다시 한 번 초대했었어. 몇 가지 축하할 일이야 있었지. 집도 그렇고, 내 새로운 지위, 바리스타의 부동산중개사무실.

우리가 입장하기가 무섭게 그는 미하엘라를 힐끔거리더니 그녀에게서 눈길을 더 이상 떼지 않았어. 심지어 그는 그녀 뒤에 있는 나를 보고 깜짝 놀랐을 거야.

따로 미장원에 다녀온 마리온은 너무 짧게 자른 머리 때문에 엄격하게 보이더군. 그녀는 화장을 진하게 했고, 팔 밑에서 조이는 붉은색 원피스를 입었어. 요르크 역시 조금 크다 싶은 회색 정장 안에서 낯설게 보였어.

최상의 기분이었던 바리스타가 미하엘라를 위해 정면의 자리를 비운 다음 요르크에게 한 자리 물러나도록 부탁했고 자신이 그 자리에 앉았어. 나더러는 벌써 아까부터 미하엘라에게 겉치레 인사말을 건네고 있던 마리온의 옆자리에 앉으라고 지시했지. 테이블의 아랫부분은 비어 있는 채로 남았어.

언제나 동시에 두 명이나 혹은 세 명의 종업원이 우리의 시중을 들었고 어깨에 쟁반을 받치고 홀을 오가는 젊은 녀석들이 있었는데 그들은 보는 사람의 숨이 딱 멈출 정도로 아슬아슬한 속도로 접시를 나르면서 똑같은 탄력을 가지고 마치 명령에 따라 행동하듯 반원의 은빛 뚜껑을 열어젖혔지. 그들 중 한 명이 격식에 맞추어 요리의 이름을 말했어.

두 번이나, 다른 손님들을 배려하지 않은 채 전등불이 꺼졌지. 우리 테이블의 시중을 들던 종업원들의 어깨 위에서 불꽃들이 춤을 추기도 했고 작은 불꽃들이 빛을 뿜어내거나 아니면 테이블에서 불꽃이 터지기도 했어. 그보다 더 장관일 순 없었을 거야. 그때마다 미하엘라가 어린아이처럼 박수를 치며 좋아했지.

우리가 막 한 모금 삼키기가 무섭게 바론이 즉시 또 잔을 채우곤 했어. 그는 자신에게도 세상에게도 만족스러운 상태였고 대화에선 확실한 주도권을 유지했지.

그는 몇 가지 버릇을 털어놓았어. 9시까지 자고 늑대를 위해서 길게 한 바퀴 산책을 다녀온 다음 문서실에서 몇 시간을 보내며 그 후에는 스스로를 위한 보상으로 박물관에서 한 시간 동안 시간을 보낸다는군. 왕세자는, 지금까지의 방문들에 대해 이야기를 나눌 때마다 어떤 한 박물관을 방문했던 이야기를 꺼내곤 하는데, 바론은 여전히 무슨 박물관을 말하는 건지 알아내질 못했대── 행복의 문을 여는 열쇠보다 작지 않은 숙제라고. 사실은 우리들의 귀를 잡아당기며 따질 문제라더군. 어째서 우리가 첫날부터 그의 손을 이끌고 박물관으로 데려가지 않았었냐고, 그랬더라면 그가 도시의 운명에 대해 해답 없이 이리저리 궁리하며 보낸 그 불투명한 시간들을 조금이라도 줄일 수 있었을 거라고. "여러분들은 이곳에 작은 루브르를 가지고 계시더군요. 그걸 몰랐단 말입니까?" 하고 그가 물었어. 그러고는 다시금 「마돈나」에 대해 이야기를 꺼내며 이제 서서히 확고한 아이디어가 떠오르고 있다고 했어.

우리들에게로 더 날아오는 질책을 피하려고 요르크가 니체의 아버지에 관한 이야기를 꺼냈어. 이곳 성의 교사였거든. 하지만 바론이 금세 말을 막는 바람에 요르크의 이야기는 그리 멀리 나아가진 못했지. 그도 역시 우리 고향에 관한 소식 면에 투고하고 싶다고 했어. 모두에게 익숙한 그의 서류가방 안에서 그가 사진 몇 장을 꺼내서 미하엘라와 마리온에게 먼저 건네주었어. 더 말을 덧붙일 필요도 없을 뻔했지. 마리온은 얼굴을 돌리려고 했고 미하엘라는 사진을 나하고 비교해보기라도 하려는 듯 나를 쳐다보았어. 바론은 수다스러운 말투로 설명했어. 거기 있는 사진들은

1941년 2월 알텐부르크의 시장통 광장에서—— 배경에는 마을금고와 '증기 동력 빙클러 소시지 공장'이 보였어—— 모여 있는 군중들 앞에서 한 여자의 머리카락이 잘리고 있는 장면이었어. 사진에서 그녀는 마차에 앉아 군중들에 둘러싸여 있었어. 아마 2백 명 혹은 3백 명쯤 될 것 같은 구경꾼들이었고, 아니 아마 그보다 더 많은 수였는지도 모르겠군. 두번째 사진에서까지만 해도 그녀는 아직 머릿수건을 쓰고 있었어. 그리고 푯말이 보였어. "난 민족공동체로부터 추방당했습니다!" 세번째 사진 속에는 한 나이가 지긋한 남자가 모자와 안경을 쓰고 그녀의 머리카락을 자르는 중이었지. 그는 전문가답게 흰 보자기를 그녀의 목에 둘렀어. 네번째 사진에서 그는 "일하는" 중이었지. 다섯번째 사진 속에 그녀는 머리가 빡빡 깎인 모습이었어. 여섯번째의 사진에서 그녀는 도시를 가로질러 길을 걸어갔어. 사람들은 군인인 폴란드인과 내연의 관계가 있었다는 이유로 그녀를 비난했던 거야.

바론은 그녀가 이곳 어디서 살았었는지 아직도 그녀의 친척이 남아 있는지를 자신이 한번 알아내려고 했었다는군. 그는 오늘도 사진을 손에 들고 그 일이 일어났던 장소에 갔었다는 거야.

미용사의 이름이라든가 어떤 상황에서 이 재미난 일이—— 즐거운 얼굴 표정만이 보이므로—— 벌어진 것인지 더 자세한 상황을 알아내는 데 그리 어려울 일은 없을 것이라고 했어. 그에 대한 우리의 생각은 어떠냐고? 우리는 증인을 찾아내야 할 것이고 주민들에게 탐문하는 것이 좋겠지. 사진을 확대해본다면 아마 사람들의 얼굴을 알아볼 수 있을지도 몰라. 그렇게 해서 기사 하나를 투고하겠다는 약속과 함께 그는 사진들을 도로 다 모아서 정성스럽게 챙겨 넣더군.

"평소와는 달리 매우 색다른 고향 소식란이 나오겠군요"라고 미하엘라가 말했고 바론을 향해 잔을 치켜 올렸어. 그것이 아니라도 그녀는 좀 많이 마시더군.

갑자기 바론이 테이블 위로 몸을 수그렸어. "여길 좀 보세요" 하고 그가 목소리를 낮추며 말하면서 머리를 돌려 입구 쪽을 가리켰어. 동시에 여러 명의 사람들이 빈자리를 찾고 있었기 때문에 난 그가 무엇을 말하는지 얼른 알아차리지 못했지. 갸름한 얼굴에 검은 머리카락, 키가 크고 마른 여자가 곧장 우리 테이블 쪽으로 오고 있었어. 그녀 옆에 선 남자는 키가 그녀의 가슴께 정도밖에 안 됐지. "카이사르와 클레오파트라로군" 하며 바론이 쉬쉬하는 소리로 속삭였어. 여자의 머리 모양은 실제로 이집트적인 데가 있었어. 다음 순간, 키 작은 남자가 빈 의자의 등받이를 잡고 미소를 띠며 물어보는 듯한 태도를 취했는데 그때 마침 마리온과 미하엘라가 "쿡" 하고 웃음을 터뜨렸지. 아, 나 역시 참을 수가 없었어.

"안됐습니다만!" 하고 바론이 소리쳤어. "우리는 또 다른 손님들을 기다리고 있어서요." 그 키 차이가 나는 커플은 가만히 서 있었어. 마치 우리들의 무례한 행동에 대한 이유를 반드시 들어야겠다는 듯. 가장 오랫동안 참고 있던 요르크가 앞으로 몸을 숙인 채 앉아서 테이블에 팔을 기대고 있다가 눈을 손으로 가리더군. 그의 어깨가 들썩였어. 미하엘라와 마리온은 번갈아가며 끅끅댔고 난 금세라도 웃음이 터져나오려는 입을 손으로 틀어막아야 했지.

"안됐습니다만" 하며 바론이 반복했어.

"좋은 저녁 되십시오" 키 작은 남자는 대꾸하면서 화가 났다기보다는 어쩔 줄 몰라 했는데 그 바람에 미하엘라가 다시 웃음을 터뜨렸고 우리도 그녀를 따라 함께 웃었지. 그건 도저히 참기 어려운 웃음이었어, 내가 참으려고 하면 할수록 나를 마구 흔들어대는 웃음. 우리한테 무슨 일이 일어난 건지 알 수 없었어. 그렇게 행동할 아무런 이유가 없었는데 말이야.

여러 번이나 진정하고 말을 꺼내려고 시도했지만 우리의 이 신들린 웃음 앞에서 어쩔 수 없었던 바론이 실례한다고 말하며 자리에서 일어나 테이블을 떠났지. 그가 몇 발자국 떼기가 무섭게 우린 다시 조용해졌어. 우리가 스스로를 쳐다보며 애석해할 만큼——아무 일도 일어나지 않았지.

난 한심하고 부끄러우면서도 무안한 느낌이 들더라. 참기 어려운 시간이었다고 말한다면 우리들의 이 말 없는 좌정에 대한 적당한 표현이 아니야. 바론이 우리들의 단어들을 모두 다 챙겨가기라도 한 듯, 카드 게임에서 카드들을 모두 모아들이듯이, 우린 그저 그가 다시 돌아와 그 단어들을 다시 나누어주기만을 바라는 것 외에 아무것도 할 수 없었어.

이 순간이 우리 서로를 연결했던 것들을 파괴하는 것처럼 보였어. 이 침묵이 서로에게 가졌던 감정들을 모조리 갉아먹었고 존경심, 위엄, 신뢰, 호감, 사랑을 다 꿀꺽 먹어치웠지. 누군가 이 순간 우리에게 서로 헤어지도록 종용했다면 아마 그 이별은 영원히 계속되었을지도 몰라.

부지중에 바론이 다시 모습을 드러냈어. 그가 자리에 앉으려고 했을 때 미하엘라가 말했지. "우리 이젠 진정했어요. 용서하세요." 그가 그녀의 손에 입을 맞췄어.

이 일을 잊게 하기 위한 절호의 기회라는 듯, 즉시 두번째 재앙이 뒤따랐어.

종업원이라도 부르려는 것처럼 미하엘라가 갑자기 팔을 들었어. 바론에게 그것은 즉시 경보음이 되었지. "뭐, 필요하신 거라도?"

난 몸을 돌렸지. 접근해 오는 종업원들의 행렬 앞으로 거인 볼프강과 그의 아내, 그리고 얀 스텐이 서 있었지. 그 세 명이 옆으로 물러나며 종업원들을 보았고 그렇게 해서 역시 우리들도 발견했어.

볼프강과 그의 아내가 우리에게 인사를 하러 다가왔어. 미하엘라가 두 사람을 소개시키려는 찰나, 바론은 나이프와 포크를 손에서 놓지도 않았을 때였고 그녀에게서 눈을 돌려 막 종업원 쪽으로 몸을 돌리고 있었지.

곤란한 상황을 무마시키기 위해 난 볼프강과 함께 스텐 일행에게로 갔어. 이와 동시에 또다시 다른 요리의 뚜껑이 화려하게 열렸어. 스텐은 우리가 웬 원숭이와 거기 그렇게 앉아 있느냐고 물으며 자신의 테이블로 자리를 옮기라고 요구했어. 몇 가지 의논할 것이 있다면서.

난 양해를 부탁했고 스텐은 시작한 문장을 채 끝내기도 전에 벌써 나에 대한 흥미를 잃어버리고는 즉시 메뉴판을 손에 쥐더군. 바론은 바론대로 요리가 식으면 진정한 참맛을 잃게 된다고 투덜거리며 우리를 나무랐지.

우연이었는지 아니면 의도된 일이었는지는 몰라도 그때부터 코스의 요리들이 조금의 틈도 없이 쉴 새 없이 줄줄이 나왔어. 다시금 불이 꺼질 때까지는 말이지. 그것이 스텐의 화를 돋웠어. 그와 볼프강과 볼프강의 아내는 우리를 배려하지 않은 채 급작스럽게 자리를 떠났지.

우리가 바론을 기쁘게 해주기 위해 있는 애를 다 쓰며 두번째 크림 브릴레를 주문했음에도 불구하고 이 돌발적인 사건은 끝까지 우리의 기분을 흐렸어.

하지만 난 다음 날 아침엔 완전히 다시 맑은 기분이 되어 일어났고 머리 안에 조금도 무거운 기운을 느끼지 못했지.

너를 포옹하며, 너의 E.[2]

---

2 왜 튀르머가 유산에 대해서 아무 말을 하지 않는지, 그 이유는 분명하지 않다.

친애하는 니콜레타!

여전히 난 날마다 당신에게서 소식을 듣기를 기대하고 있습니다. 난 처음부터 당신의 편지를 기다려야 하리라는 것을 짐작했었지요. 당신에게 편지를 드리는 것을 허락만 해주신다면, 난 불평하지 않고 내 고백'을 계속하려고 합니다.

고등학교 졸업시험과 입대 사이의 넉 달 동안 나는 다른 사람들과 마찬가지로 일자리를 찾았습니다. 이미 한 가지 일이 있긴 있었지요. 책을 사거나 극장표나 나움부르크나 베를린으로 가는 기차 값에 필요한 정도의 적은 용돈이라면 어머니나 베라 누나가 주곤 했으니까요.

베라는 그해 말에 자신의 신분증이 압수되고 이른바 베를린 출입 금지령이 내려질 것이라는 것을 미리 알고 있기라도 한 듯,² 쉬지 않고 여행을 떠났고— 발트 해로, 하르츠로, 메클렌부르크를 가로지르며— 내게 엽서와 편지를 보내왔습니다. 덕분에 난 엽서 그림을 바라보며 그녀의 여행지를 상상할 수 있었지요. 베를린에 있을 때 그녀는 도자기 만드는 법을 배웠고 그녀의 친구들이 쓴 시들을 적어 넣어 몇 개의 벽화를 그렸으며 마리화나까지 피웠다고 했습니다.

베라가 없다는 사실이 내 생활을 안정시켰습니다. 내 하루 일과는 다섯 시간 내지는 여섯 시간씩 글을 쓰는 것이었습니다. 하지만 난 내 몇몇 유년기의 습작과는 달리 시를 쓴 것이 아니었습니다. 그 시들은 엘베 강

---

1 이 부분에서 튀르머는 처음으로 고백이라는 개념을 사용했고 나중에는 전적으로 이 개념만을 사용하게 된다.
2 베라 튀르머의 진술대로라면 '베를린 금지령'을 받은 적은 한번도 없었다고 한다.

316

이나 드레스덴, 긴 머리의 여인들 혹은 부다페스트의 지붕 위에 솟은 구리 망치들에 대한 이야기를 담고 있었지요.[3] 그런 건 이제 내게 아득하게 먼 이야기가 되었습니다. 난 군대에 관한 글을 쓰고 있었거든요!

명령에 몸을 맡기고 점호와 돌격 구호에 단련되어 혼돈을 일으키지 않고 자연스럽게 나만의 특별한 문체를 만들고 싶었습니다. 그리고 서쪽에서는 언제나 동쪽의 군대 벽으로부터 비밀통신문서와 벽을 두드리며 전달하는 암호를 기다리고 있지 않던가요? 예전에 솔제니친이 전한 수용소 이야기처럼 말입니다.

그때까지 내가 군대에 관해 글을 쓸 수 있던 주제는 입대일 아침의 일뿐이었습니다. 잠에서 깨는 순간과 자리에서 일어난 순간 사이의 몇 분간에 대해서, 곧이어 지옥으로의 추락이 이어질 그 순간에 대해서.

내 생각이 아주 오래전부터 이 이별 주위를 빙빙 돌았노라고 주장한다면 아마도 당신은 과장이라고 여기시겠지요. 군대라는 개념의 정수이자 본질은 곧 '집으로부터의 이별'이었으니까요. 이 이별의 전 단계를 연출했었던 유치원, 학교, 탁아소, 그리고 방학 야영장도 기분 나쁜 곳이긴 했지만 이 끔찍한 이별에 비한다면야 아무것도 아니었지요.

우리는 클로츠세에서부터 도시에 이르기까지 끝없이 이어진 러시아군대의 그림자 속에서 자라났습니다. 헬러로, 즉 부대 훈련장으로 행진해가는 군인들의 행렬과 부대 벽 뒤에서 밤새 흘러나오던 군가들은 무서운 이야기를 위한 배경이 되곤 했습니다. 이미 오래전부터 18개월 동안의 동독국가 인민군 입대는 내 상상 속에서조차 인생길을 막는 무거운 빗장이었습니다.

---

3 '유년기 습작 시'들에 대한 공공연한 암시.

나는 유년기의 기억들과 군대에 대한 어린 시절의 두려움과 함께 입대를 앞둔 한 섬세한 젊은이의 절망에 대해 묘사할 수 있을 거라고 믿었습니다. 그에게는 회피도 도주도 있을 수 없습니다. 절대적인 권력이 그가 떼는 모든 발자국마다 철저히 감시하고 있으니까요. 결국 주인공은 좌절한 채 창백한 얼굴로 부엌에서 커피 잔을 내려다보고 있습니다. 그의 어머니는——아들을 내주어야 하는 또 한 명의 동독 어머니——어머니는 아들이 눈물을 보지 않게 하려고 고개를 돌리시고는 아무 말씀 없이 그를 걱정해주십니다.

당신의 기억을 일깨워드려야겠네요. 1981년 가을에 폴란드는 선전포고를 앞두고 있었습니다. 1년 전쯤에 이사해온 어떤 한 이웃집 청년에게서 들은 바에 따르면 여름에 그가 속했던 연대가 성능 좋은 탄약으로 무장하고 출동했었답니다. 육군 대령이었던 그들의 연대장 역시 야전 군복을 입었고 장교들이 전과는 전혀 달리 아주 친절하더랍니다. 그에게도 따로 사명이 주어졌는데 그것은 뒤따라오는 후방의 예비병들을 위한 주의 경고 팻말을 만들어 세우는 것이었습니다.

그 이야기는 내 물레방아를 돌리는 물이었고 내 상상력에 날개를 달아주었습니다. 난 군대에 너무 늦게 도착할까 봐 걱정이 되었습니다. 그러면서도 또 난 기꺼이 입대일을 미루고 싶어 했는데, 그건 그 당시의 생활이 그런대로 내 마음에 들었기 때문이었습니다.

10월 말, 입대하기 한 열흘 전쯤, 전혀 예상치 못한 일이 일어났습니다.

제로니모가 표현했던 바와 같이, 내가 부대를 배치받기 전에 꼭 한 번 나를 다시 만나고 싶어 했던 것입니다. 우린 한 달에 한 번씩 서로를 방문하곤 했었습니다. 우리는 나움부르크를 빠져나와 많은 곳을 돌아다녔고 자전거를 타고 '학교 문'이나 뢰켄'으로 놀러 가기도 했습니다.

하지만 우리들의 첫번째 해후에서 내가 느꼈던 긴장감은 여전히 그대로 남아 있었습니다. 마침내 벨이 울렸을 때 문 앞에는 그가 아니라——프란치스카가 서 있었습니다! 난 기적이 일어났다고 생각했지요! 프란치스카가 내 주소를 알아내어 우리 집으로 왔던 것입니다. 다행히 난 제로니모가 들어설 때까지 아무런 말 한마디 꺼내지 못하고 있었지요.

모든 것이 명확하게 설명이 되었음에도 불구하고 난 당황하기보다는 오히려 믿을 수가 없었습니다! 난 제로니모가 여자에게 관심을 가질 만한 존재라고 단 한번도 생각한 적이 없었거든요. 그런데 이렇게 내 눈앞에 나타난 프란치스카!

두 사람 사이의 모든 애정 어린 태도에도 불구하고 난 농담이 아닐까 의심했지요. 그녀가 제로니모를 이용하고 있나? 그녀는 오히려 내게 속한 사람 아니었던가? 적어도 지금, 바로 우리 두 사람을 비교할 수 있는 이런 순간이라면 더더욱 그렇지 않은가? 내 방 안에 그녀가 있다는 사실, 그녀를 꿈꾸던 바로 그 세계 한가운데 와 있는 그녀의 존재는 제로니모를 위한 자리를 허용할 수 없게 했습니다.

처음 내 눈엔 사람들이 흔히 말하듯이 그녀밖에는 아무것도 보이지 않았습니다. 하지만 내가 그녀의 미세한 행동 하나하나를 보며, 그녀가 말한 단어 하나하나를 들으며, 피난처로서의 제로니모를 인정하지 않으려고 하면 할수록, 언젠가는 그를 쳐다보지 않을 수 없었습니다. 그리고 그것은 모든 것들을 변화시켰습니다!

제로니모의 미소는 그토록 행복한 기쁨을 담고 있어서 그 황홀감으로

---

4 학교 문: 주립 학교. 이 학교 학생이었던 유명인사로는 클롭스톡, 피히테, 랑케, 니체가 있다./뢰켄: 프리드리히 니체가 태어난 곳. 철학자의 생가와 세례를 받았던 교회와 무덤이 보존되어 있다.

인해 그의 얼굴 전체가 어딘지 모르게 염소 같은 분위기를 자아내는 것이었습니다.

서로 사랑하는 사람들의 가운데에 마귀처럼 끼어들어 훼방을 놓고 싶은 굴욕적인 충동을 알고 계십니까?

"요한!" 나는 마치 정신을 잃은 환자에게 말을 거는 의사처럼 그를 불렀습니다. "요한!"

그가 다시 바보 같은 미소를 흘리며 몸을 휘감고 입을 맞추느라 쪽쪽 소리를 낼 때, 난 당장이라도 그의 뺨을 후려치거나 그의 안경을 잡아 빼어 부수어버리고 주먹으로 그의 얼굴이라도 한 대 치고 싶었습니다. 메이크 러브, 노 워! "요한!" 그는 내가 부르는 소리도 듣지 못했습니다! 난 내 방 안에서 낯설고 버림받은 기분이 되어 두 사람 옆에 우두커니 앉아 있었습니다.

그가 프란치스카와 함께 내 방에서 하룻밤 자고 가게 해달라고 부탁해오자 난 일언지하에 거절하면서도 아무런 양심의 가책을 받지 않았습니다. 난 그 혼자서만 내 침대 옆 공기 매트리스에서 자고 갈 것을 제안했습니다.

그들은 저녁 식사 때까지 남아 있었는데 식사 때에도 다정히 서로의 손을 잡고 있었습니다. 우리 어머니는 그 두 사람의 첫 만남에 대해 소상한 것까지도 다 알아야겠다고 고집을 부렸습니다. 또한 그 두 사람 역시 그 이야기 외에 그 어떤 다른 얘기도 하지 않았고요. 이야기를 하고 싶은 흥을 억누를 수 없다는 듯 말입니다.

어째서 내가 침묵하는지, 그저 접시만을 응시하며 돌처럼 굳어져 있는지, 내 태도에 대해서는 아무도 이상하게 여겨지지 않는지. 그들은 이 모임으로부터 나를 완전히 따돌리고 있었습니다. 그것은 더 이상 사랑하는 사람들의 이기심만이 아니었습니다. 그래요, 그들은 벌써부터 내가 빠지고 없는 생활을 시험해보는 중이었던 겁니다.

어머니가 그 두 사람에게 하룻밤 묵고 가라고 초대하지 않은 것만으로도 내겐 다행이었다고 말할 수 있었겠지요. 우리가 어떻게 작별했었는지조차 잘 기억이 나질 않습니다.

요한은 나를 매복지로 유인했던 겁니다. 날 배신한 거죠! 그리고 난 베개에 코를 묻고 그의 이름을 부르며 흐느껴 울었습니다!

다음 날 아침 난 아침 상 위에서 봉투를 하나 발견했습니다. "그거 소설이니?" 하고 어머니가 나중에 물으셨습니다. 그것은 요한의 두번째 배신이었습니다. 그 역시 글을 쓴다는 사실에 대해 단 한마디도 언급한 적이 없었으니까요. 비밀리에 요한은 나에게 대항해 투쟁하고 있었던 걸까요?

일요일이었습니다. 이것이 축구 경기 중계라면 이렇게 말할 수 있겠지요. 우리는 이 장면들을 삭제하지 않고 모두 다 보내드리겠습니다라고.

월요일에는 또 하나의 욥의 비보가 나를 위해 준비되어 있었습니다.

신체검사의 의무 사항에 맞게 나는 가슴 방사선 사진을 찍었었습니다. 군의관에게서가 아니라 어머니가 일하시는 프리드리히스슈타트의 종합병원에서였습니다. 월요일, 검사 결과를 담은 우편물이 집으로 날아들었습니다. 난 라틴어 단어를 해독할 엄두도 못낸 채 그냥 그 봉투를 어머니의 주방 의자에 놓았고 어머니는 그것을 나중에 저녁 식탁 앞에서 발견하셨지요. 당신은 한번이라도 누군가의 익숙한 얼굴에서 순식간에 갑자기 해골이 빛을 발하는 것 같은 모습을 본 적이 있나요?

"이럴 리가 없다!" 하고 어머니가 속삭이셨습니다.

"뭐가 그럴 리 없다는 거예요?" 이것이 내가 입 밖에 낸 전부였습니다. 기분이 나빠졌습니다. 1분쯤 뒤에 난 부엌 바닥으로부터 위를 올려다보며 내게 시간이 얼마나 남은 거냐고 물었습니다.

"4년 또는 5년"이라고 어머니가 말하곤 외출용 신발을 신으며 외쳤습니다. "이럴 리가 없어! 이럴 리가 없어!" 그러고는 등 뒤로 문을 닫으셨습니다.

바닥의 차가움이 편안했습니다. 난 천장의 전등을 바라보았고 그것을 덮고 있는 유리 덮개에 얼룩을 보았습니다. 그리고 전등 안에서 파란 불꽃 하나가 유일하게 타고 있는 것을 보았습니다. 일생 동안 늘 변하지 않고 있던 사물들을 눈으로 관찰하는 것은 기분 좋은 일이었습니다. 4년! 창문을 보기 위해서는 난 고개를 돌려야만 했습니다. 난 아래로 내려앉은 창턱을 보며 미소를 지었습니다. 4년! 나로서는 피할 수 없는 소명이 있었습니다! 나에겐 책 한 권을 쓸 시간만 남아 있었던 겁니다. 혹은 두 권. 죽음이 가까워온다는 사실 자체가 바로 창조적 작업을 위한 필연적인 전제 조건이 아니겠습니까? 모든 예술가들이 이렇게든 저렇게든 바로 그런 상황을 가장하려고 노력하지 않던가요? 4년! 난 이 판결에 매달렸습니다. 마치 약속인 듯. 신과 나 사이의 계약인 듯.

어머니가 돌아오시기까지는 거의 한 시간이나 걸렸습니다. 어머니는 자전거를 타고 공중전화 부스에 갔지만 방사선과의 어느 누구와도 통화를 하지 못했습니다. 어머니는 미소를 지으시고 손수건으로 달아오른 얼굴을 닦으셨지요. 검사 결과는 잘못된 것이다, 오류야, 완전히 말도 안 되는 일이지, 그렇지 않다면 난 계단도 오르지 못하는 상태여야 한다는 것이었습니다.

"엔리코야, 내 말을 듣고 있니? 이건 우리에겐 절호의 기회야! 세상에 그 어떤 군대라도 이런 검사 결과를 가진 병자를 받아들이지 않아! 우리 주 하느님의 뜻이야!" 그녀는 환호했습니다.

어머니는 지금까지 한번도 이 단어를 사용한 적이 없었습니다. 난 어머니의 '우리 주 하느님'이 성가셨을 뿐만 아니라 혼자 있고 싶었으며 단박에 내 것이 되어버린 이 세상의 아름답고 중요한 것들과 함께 호젓이 있고만 싶었습니다.

어머니가 기쁨에 들떠 이야기를 하면 할수록──"조금만 꾀병을 부리면 돼. 살짝만 엄살을 부리는 거야."──난 더욱더 화가 났습니다. "난 거부를 하거나 다른 모든 이들처럼 군대에 들어가거나, 그 둘 중의 하나만을 선택할 겁니다!"

한 시간 뒤 난 안개가 자욱한 엘베 강을 따라 걷고 있었습니다. "모든 육체는 잔디와 같고" 브람스의 장송곡 구절이 내 귀에 울렸습니다. "인간의 모든 화려함은 잔디의 꽃과 같다!" 이 상태를 어떻게 표현해야 할까요? 난 예전 그대로의 아담이었기는 하지요. 제로니모를 이겼다고 느꼈던 그 아담, 난 다른 모든 이들보다 더 우월한 무엇인가를 느꼈었지요. 하지만 그것 이외에도 나를 놀라게 한, 아니 내가 기습적으로 당한 그것은 어떤 한 예상치 못했던 위로였습니다. 죽었거나 살아 있거나 난 이 땅에 영원히 남을 것이라는 것. 죽어 썩는다는 것은 무(無)로 들어가 없어진다는 것을 말하는 게 아니라 언제나와 같이 계속해서 이 세상에 남는다는 것을 뜻하니까요. 마치 잠을 자는 동안에 스며 들어온 것 같은 이러한 생각이 내 마음을 안심시켰습니다. 이 산책길에서 내가 죽음으로의 두려움을 극복했다는 것을 말하려는 것은 아닙니다만 뭐, 하지만 대략 그 비슷한 느낌이 들었던 건 사실입니다. 모든 아름다운 것들이 새삼스레 아름답게 느껴졌고 모든 나쁜 것들이 나쁘게 느껴졌으며 모든 좋은 것들은 좋게 느껴졌습니다. 짧은 시간 동안 난 내 광기로부터 벗어났고──그리고 아무것도 할 필요가 없었습니다! 모든 강제성을 띤 행동 하나하나, 모든 계획 하나

하나, 모든 힘겨루기 하나하나가 다 사라졌습니다.

화요일에 난 어머니와 함께 병원에 가서 다시 한 번 방사선 사진을 찍었습니다. 집에 돌아와서는 제로니모에게 편지를 썼지요. 그것은 유서였고, 여러 가지 면에서 일종의 작별인사였습니다. 모든 문장은 주문장(主文章)이었지요. 그의 행운을 빌었고 프란치스카의 행운을 빌었으며, 모든 것을 구두로 직접 말했더라면 더 좋았겠지만 난 병이 났고 죽을병에 걸렸으며 그러나 내 운명을 기꺼이 감수하며, 내게 주어진 몫으로 받아들일 것이며, 한 걸음 한 걸음 내 길을 걸어가겠다는 글이었습니다. 난 스스로에게 감명을 받았습니다. 그의 원고에 대해서는 아무 말도 언급하지 않았습니다.

수요일 12시, 난 어머니에게 전화를 해야 했고 내 심장 확대는 병적인 것이 아님을, 아니 오히려 그 반대임을, 내가 운동선수의 심장을 가졌다는 사실을 알게 되었습니다. 그와 동시에 빛을 발하던 광휘와 통찰력은 사라져버렸습니다. 네, 난 이 모든 흥분으로 시간을 허비한 것이 언짢았고 또한 예전의 내 소심함이 미세한 털구멍 하나하나를 통과하며 다시금 몸 안으로 기어 들어오는 것을 느꼈습니다. 그러면서도 잠깐 동안 난 어떤 이상한 확신을 경험했습니다. 내가 지금 쓰고 있는 모든 것들은 그 확실한 느낌의 여운조차 되질 못합니다.

90년 4월 18일 수요일

나는 두 달 동안 거의 매일 입대일에 대해서만 글을 썼기 때문에 11월

4일은 마치 방문하기를 오랫동안 기다려온 펜팔 친구를 호기심으로 맞이하듯 친숙하게 느껴졌습니다. 하지만 정작 내 상상과 실제 상황을 비교해볼 수 있는 시간은 거의 남아 있지 않았습니다.

난 기대에 들떠 잠을 설쳤지만, 어머니의 태도는 내가 묘사했던 장면과는 사뭇 동떨어진 것이었습니다. 우리는 커피를 빨리 마실 수 있도록 되도록 우유를 많이 부었고 그러고 나선 침묵했습니다. 어머니가 출발을 너무 빨리 재촉하는 것이 나를 언짢게 했습니다. 작별의 순간에 이르러서야 어머니의 눈이 조금 젖었습니다.

난 원고 중에서 한 구절을 인용했습니다. "벌써 내일이면 그렇게 나쁘지 않을 거예요." (내 소설에 의하면 정작 나쁜 것은 첫날이 아니라 그 후의 날들이 될 것이었습니다만.) 어머니는 나를 포옹하시곤 작별인사로 이마에 입을 맞추셨습니다. 매우 강렬한 감정 표현이라고 생각했지요. 난 이 제스처를 곧바로 이별의 장면에 끼워 넣어야겠다고 결심했습니다.

우리가 모이기로 되어 있는 장소는 신시가지 역내, 크지만 조금은 후미진 곳에 있던 미트로파 코너였습니다. 그리로 가는 길은 서독에 갔다 돌아오시는 조부모님들을 기다리던 저녁을 떠올리게 했습니다.

갑자기 이웃집의 카스파레크 씨가 내 앞에 우뚝 서 있었습니다. 분명 카스파레크 씨는 이곳의 총감독을 맡은 장교로서 의자 사이를 돌아다니며 정찰을 하던 중이었습니다. 그는 번번이 검은색 가방들에 부딪혔고 그때마다 우린 그를 위해 그 가방들을 재빨리 치워야만 했습니다. 우리는 민간인 차림새였음에도 벌써부터 그의 포로가 되어 있었지요.

내겐 카스파레크 씨의 허리띠 옆에 달린 총이 충격적으로 느껴졌습니다. 몇 해 전에 그는 나를 잡겠다고 뛴 적이 있습니다. 우리가 그의 창문 앞에서 축구를 했기 때문이었습니다. 이제 그가 내게 복수를 할 수 있는 기회가 온 것입니다.

카스파레크 씨는 내게서 악의 전령이라는 배역을 부여받았습니다. 그는 내게 인사를 건네지 않고 지나갔습니다. 그의 허벅지가 의자 위에서 자고 있던 사람의 길게 뻗은 다리에 정확히 걸렸습니다. 하마터면 자고 있는 사람을 밀어 바닥으로 떨어뜨릴 뻔했던 것입니다.

여기선 어떤 종류의 관찰이라도 유용했습니다. 내가 기획한 원고를 수정할 자료로서 말입니다.

한 순찰 기동대가 술에 취해 자고 있던 사람을—절망에 빠져 아내의 이름을 부르며 흐느끼고 있는 자였지요—끌고 갔습니다. 그들의 에나멜가죽 혁대와 끈은 서커스의 말에 물린 굴레를 닮아 있었는데 이러한 비유가 『동물 농장』을 상기시키면서 내 마음에 들었습니다. 혹은 그는 아내가 아니라 어머니의 이름을 부르고 있었던 걸까요? 막대기를 물고 돌아온 개들처럼 그들은 의자 사이에다 그를 털썩 놓아버렸습니다. 그는 흐느끼며 거기 누워 있었지요. 두 명의 기동대원이 그의 어깨를 잡아 엉덩이 높이까지 끌어올리더니—그의 얼굴을 보겠다는 것이었을까요?—조금 더 오른쪽으로 끌고 가서 들릴락말락 한 소리로 하나 둘 셋을 세더니 그를 바닥으로 다시 털썩 놓았습니다. 기가 막히게 조준된 자리였습니다. 그는 의자의 모서리에 앞니를 부딪쳤습니다. 곧이어 그들이 그를 다시 바닥으로부터 끌어올려 자신들의 업적을 확인했습니다. 한 명이 소리를 지르며 작은 드라큘라가 그들의 그물에 걸려든 모양이라고 했습니다. 다른 네 명은 낄낄거리며 비웃고 있었습니다. 미트로파 홀 내의 고요함은 절대 깨지지 않을 것 같았습니다. 카스파레크의 공격 이후 모든 징집병들이 다리를 쭉 뻗어서 이제 그는 나무 덤불을 밀어붙이며 걷는 황새처럼 걸어야 했습니다. 동시에 무거운 침묵이 배신자를 포위했고 질식이라도 시킬 작정이

었을······

이러한 문장들이 내 머릿속에서 저절로 솟아났지요. 마침내 내 상상력의 넝쿨이 타고 올라갈 막대기라도 발견했다는 듯이. 하지만 당신은 잘 아실 겁니다. 창조는 잔인하고 음흉하기에 그 끝을 모르지요. 과장은 항상 실제에 바탕을 두고 있는 것이고 틀림없이 그 어디엔가는, 굳게 확신하건대, 이러한 또는 이와 비슷한 장면들이 일어나고 있겠지요.

당신이 보다시피 난 첫 순간부터 이미 가장 적합한 장소에 와 있다고 느끼고 있었습니다. 이곳에는 내가 지금껏 늘 아쉬워했던 바로 그러한 혹독함과 필연성이 있었던 겁니다.

마치 죄수들처럼 감시를 당하며 우리가 철로의 플랫폼으로 가는 계단을 올라가는 동안, 난 음색이나 높이와 강도에 따라 해석이 가능할 것만 같은 명령들에 귀를 기울였습니다.

우리를 태운 차량은 성모 다리에서 여러 번 이리저리 비틀거렸습니다. 카날레토 전망대와 궁정교회 그리고 브륄의 테라세'는 그 당시의 나로서는 가장 보고 싶지 않은 광경들이었습니다.

내가 은밀히 바랐던 것은 당연히 군복을 입은 자들의 호위를 받으며 어느 한 간첩단의 보호 속에서 서베를린으로 가는 기차를 타는 장면이었지요. 거기서 난 카메라맨들과 사진사들에게 둘러싸여 내 새로운 인생을 시작한단 말입니다. 빡빡 깎은 이 머리로 이 부대에 입장하는 일이야말로 바로 그러한 승리를 위한 전제 조건이었지요. 내가 발견한 보물들을 드러내놓고 발표하기 전까지는 지하 세계로 잠입해야 했고 조심해야 했습니다.

---

1 베르나르도 벨로트(1721~1780, 이른바 카날레토)는 드레스덴의 도시 풍경을 주로 그렸다. 뛰르머는 1748년에 그려진 유명한 회화 작품 「아우구스트 다리 아래 오른쪽 엘베 강 부두에서 본 드레스덴」을 말하고 있는 듯하다.

마침내 우리를 태운 차가 출발했고 라데보일을 지날 무렵——이 포도
밭 산야 지대에서 난 예전에 어머니와 아버지와 함께 걸었던 적이 있습니
다. 나중에는 베라와 그리고 한번은 제로니모와도 돌아본 적도 있었지요
——난 잠깐 동안이나마 글을 쓰는 자유사상가가 될 수 있었습니다. 정부
가 추방한 후 다시는 고향으로 돌아오지 못한 채 하인리히 뵐²이나 빌리
브란트의 축사로 위로를 삼는 그런 작가 말입니다. 난 창밖을 내다보며
내 감사 연설의 첫 문장을 생각했습니다. 일종의 고발문이면서도 나를 추
방하는 것이 얼마나 큰 실수인가를 동독의 마지막 동무들까지도 다 이해
할 수 있는 그런 문장을요.

정말이지 끝없는 방황이 시작되고 있었습니다. 우리가 탄 객차에서
오버라우지츠 출신이며 한 농사꾼의 아들이라는 청년이 자신의 집에서 손
수 잡은 가축으로 만들었다는 소시지를 나누어주고 있었습니다. 어떤 부
사관이 위협하는 말을 들은 후 그는 곧 도시락을 빼앗길지 모른다고 생각
했기 때문이었습니다. 그 자신은 간소시지를 생으로 먹었습니다. 그가 가
방에서 속옷을 꺼내고 그 안에 들었던 도펠코른 한 병을 벗겨냈을 때 그는
곧 영웅이 되었습니다.

내 새로운 동료들은 나에게는 낙원이었던 브란덴부르크의 경치를 모
래와 소나무 사막이라고 부르며 조롱했습니다. 다음 날 오후가 되어 우리
는 맑은 정신으로 그리고 서로에게 친숙해진 채 서베를린의 북쪽과 경계
가 닿아 있는 오라니엔부르크에 도착했습니다.

역에서부터 병영으로 가는 길에서 아무도 우리를 돌아보지 않는 것을
보고 난 당황했습니다.

---

2 하인리히 뵐은 1977년에 뷔히너 상을 받은 라이너 쿤체를 위해 축사를 발표한 적이 있다.
   그는 같은 해에 동독을 떠났다.

명령이라도 받은 듯 갑자기 몇백 명의 사람들이 길가에 떨어져 있던 나뭇잎 더미를 발로 찼고 그 안에서 발을 끌면서 걷거나 이파리들을 차올리기도 했으며 자신들의 앞으로 모아들이는가 하면 앞사람의 뒤축으로 쓸어주기도 하고 혹은 옆 사람의 신발에 그리고 공중으로 사방을 향해 날려버리기도 했습니다. 아무런 명령도, 그 어떤 개 짖는 소리도 우리를 저지하지 않았습니다. 나뭇잎들이 더 이상 남지 않게 되고서야 반항이 끝이났습니다. 거기에 비한다면 반년 앞선 선임들이 내지르는 소리는 가소로울 지경이었습니다. 그들은 창문을 열어젖히고 제대까지 남아 있는 날들의 숫자를 고래고래 고함 질렀습니다. 마치 이 나라에 군대가 끝나는 날이라도 올 것처럼, 언제라도 그들을 징집해 군복을 입히고 병영에 가둘수 있음을 전혀 모른다는 듯. 출입문이 육중한 소리를 내며 우리들의 뒤에서 닫히고……

병영 내 뒤쪽 구역으로, 나무로 된 건물 한 채와 문화센터 사이에는 예전의 작센하우젠 강제수용소의 출입구 건물을 볼 수 있었습니다.

난 나중에 그날에 대해 긴 글을 썼습니다. 우리가 가방을 들고 추적추적 내리는 비를 맞으며 서 있던 일과 각각의 중대가 줄줄이 저녁 식사를 하러 식당으로 전진하던 일, 우리가 예방주사를 맞고 설문지를 작성하고 온몸이 완전히 폭삭 젖었을 때까지 기다려야만 했던 일, 밤 취침 시간 전 9시쯤이 되어서야 우리는 다른 이들과 함께 다음 건물의 막사로 보내졌습니다.

우리가 형벌을 받듯 그곳에서 또 한 시간을 더 복도에 서 있었음에도 불구하고 거울같이 깨끗한 빨간색 바닥재와 막 새로 칠한 벽이 내겐 편안한 느낌을 주었습니다. 난 내 젖은 옷을 좀 벗어버리고 싶었습니다. 네, 맞습니다, 바짝 마른 군복을 입게 된다는 것이 기뻤습니다! 내게 배당된

방은 단 두 개의 침대만이 설치된 곳이었는데 내겐 오히려 아주 아늑하게 느껴졌습니다. 침대의 오른쪽 뼈대 윗부분에 타자기로 친 쪽지가 붙어 있었습니다. 병사 튀르머.

내 유일한 두려움은 내가 보고 듣고 냄새 맡은 모든 것을 다 기록하지 못하는 것뿐이었습니다. 그 어떤 것도 놓쳐서는 안 되었습니다.

다음 날 기상나팔이 울렸을 때 난 침대에서 벌떡 일어났습니다. 마치 원정이라도 떠날 것처럼 말입니다. 신병들은 아침 운동과 아침 식사에서 빠져야 했습니다. 그 대신에 우리 발 앞으로 교육과정 계획안이라는 것이 던져졌고 그것을 군용 배낭에 넣고 잠그도록 지시를 받았습니다. 그러고는 배낭을 든 채 의복 비품실을 통과했습니다. 철모, 한 켤레의 헌 군화와 또 한 켤레의 새 군화, 업무용 · 외출용 · 야전용 군복, 보호복, 가스마스크, 운동화, 운동복, 이 모든 것을 나는 마치 광부가 장비를 받아 들듯 건네받았습니다. 난 숨어 있는 보물을 발굴하기 위해 땅 밑으로 내려갔던 것입니다.

점심시간에 난 고기 반죽 요리인 쾨닉스베르거 클롭세를 맛있게 먹어 치웠는데 우리들이 앉았던 식탁의 긴 줄에서 한 무지막지한 놈이 벌떡 일어나 외쳤습니다. 그가 이 개밥을 목구멍으로 억지로 밀어 넣은 것은 단지 이곳에서 먹을 수 있는 것을 받기가 이번이 처음이었기 때문이었다고 하더군요. 내일은 이 식탁의 끝에서 기다리고 있는 저 상사에게 가서 이 따위 개밥을 주면 어쩌냐고 호통을 치겠노라고.

난 마지막 감자 덩어리를 소스에 찍어 누르고는 그에게 감탄해마지않았지요. 지금 막 내 앞에 첫번째 등장인물이 모습을 드러냈던 것이니까요. 테르시테스와 아이악스를 동시에 합친 모습. 난 지금부터 그에게서 절대 눈을 떼지 않을 작정이었습니다.

오후에는, 우리가 입고 온 옷을 소포에 싸 넣었는데 난 구질구질한 옷가지들과 어머니께 보내는 안부 편지 위에 제로니모의 주소를 써 넣은 봉투 하나를 더 놓았습니다. 그 안에는 세 페이지에 걸쳐 핵심 단어 목록이 표기되어 있었고 맨 위 가장자리 모서리에는 1과 사선을 그은 다음 페이지 수를 적어나갔습니다. 난 그에게 내가 표기해둔 목록을 모으고 보관해달라고 부탁했습니다. 즉시 난 제2번을 시작했습니다.

어머니는 오늘까지도 그 소포를 열어보시던 순간에 대해 말씀하시곤 합니다. "마치 네가 죽기라도 한 듯" 그 안에 내 옷들이 들어 있었다고.

오늘은 이만. 언제나처럼 당신께 진심으로 깊은 인사를 드리면서.

당신의 엔리코 T.

90년 4월 20일

베로츠카![1]

우리가 나중에 통화할 때 시간을 낭비하지 않도록 지금 미리 얘기할게. 롤란트가 여기 다녀갔어. 그는 동독 지역을 순회하며 강연을 하는 중이야. 민주사회당(PDS)이 그로 하여금 소도시만 돌게 하고 있어. 그는 누나에 대해서만 얘기하고 싶어 해. 마치 누나가 자신 때문에 서독으로 갔다는 듯이 말하더군.

---

3 호메로스의 『일리아스』에 나오는 인물들.

1 이 편지는 베라 튀르머에게 팩스로 보냈던 것이다.

내가 롤란트의 말을 잘 이해한 거라면 그는 새로운 일을 찾아봐야겠대. 자신의 이론은 더 이상 대학교에서조차 쓰이질 못한다는 거야. 물론 좀 다르게 표현하긴 했지. 우리가 이제야말로 사회주의와 공산주의에 대해 본격적으로 숙고하기 시작하려는 바로 이때에 하필이면 그들이 자신의 자리를 없애려고 한다고 했어. 난 그가 말하는 그 '우리'라는 게 누군지를 물었어. 억압받은 자들과 권리를 빼앗겼던 자들, 굶주리고 목마른 자들, 추방되고 강간당하고 집 없는 자들. 그의 대답은 아이러니한 분위기는 풍기지 않았어.

그러고 나서 그는 새로운 포럼으로 화살을 돌리더니 그들이 얼마나 책임감 없이 행동했는지, 얼마나 순진하고 유치하게 마치 한번도 공산주의에 대해 들어본 적도 없다는 듯이 행동하고 있는지를 개탄했지. 이제야말로 모두가 보고 있다고. '자본주의와의 차별화'를 위해 만들어낸 그 모든 것들이 산산이 부서지는 꼴을.

그와의 말싸움이 부질없는 짓이라는 걸 난 이미 예전부터 알고 있었지. 그는 언제나 상대방을 특정한 쟁점들 안에 밀어 넣고서 그 상대방이 스스로의 의견을 정당화하도록 만드는 재주를 가지고 있어. 그에게 난 자의든 타의든 동독을 자본에 팔아넘겨버린 새로운 포럼에 속하는 한 사람이야.

그는 신문 따위엔 관심도 없었어. 전에는 그나마 신문들이 아무 내용을 담고 있지 않았었지만 오늘날에 와서는 오로지 말도 안 되는 소리들만 싣고 있다는 거야. 다음 문장으로 말을 이으며 그는 나를 질타하더군. 우린 분명 자신의 강연에 대해선 보도하지 않을 것이라면서—"틀림없이 자리가 부족하다는 이유를 달며." 나에 대해 그런 식으로 생각하느냐고 묻자 내 기사 따위는 안 봐도 뻔하다며 비아냥댔어. 롤란트의 반응에 난 할 말을 잃었어. 그는 이미 반동분자들에게서 놀라고 있다고, 뭔가가 조금이라도 그들에게 안 맞으면 즉각 그만둔다는 점에 대해서, 그들은 있는 그대로의 것만을 믿으며 사실의 힘만을 믿는다고 하니, 누가 거기에 대해 싸움을 걸겠느냐는 거야. 나를 반동이라고 생각하는 거냐고 내가 물었지. 그가 웃었어. 이미 예전부터 쭉 그래왔었다더군! 민주사회당 사람들과는 달리 그 자신은 자책감으로부터 자유로우며 그 무엇에도 얽매이지 않는대. 그게 제일 당황스러운 말이었지.

그는 아마 우리가 자신의 강연을 토씨 하나 빼지 않고 첫 페이지에 그대로 실어줘야만 만족을 하겠지. 그 외에 모든 다른 식은 그에게는 다 검열로 보일 테니까. 하지만 그에 대해 도대체 뭘 써야 하는 거지? 민주주의를, 시민민주주의 개념을 그토록 교묘하게 사용한 나머지 삼척동자까지도 그것이라면 무엇인가 아주 수상쩍은, 그래, 경멸할 만한 것이라고 믿게 하는 그런 작자를 말이야.

롤란트에게 승리감을 안겨준 마지막 카드는 그가 샬크 골로드콥스키를 들먹이며 서쪽 진영에서 공산주의적인 출판사와 정당 사무실의 생명을 유지했던 마지막 세계주의자라고 칭찬한 거였어. 또한 11월 9일에 반공산주의 혁명이 승리를 했고 그것이 고참 통일사회당 간부들조차 매우 괴롭혔다는 대목에서 그의 주장이 절정을 맞았지. 그들은 롤란트의 연설 내용이 대중들에게 알려지는 것을 두려워했대.

그는 소비에트 연방, 사회주의 국가들이야말로 자본주의 발전을 지연시킨 유일한 세계 권력이었다고 말했어. 우리, 그러니까 우리 동독은 서쪽 진영의 자본주의가 한편으로 인간적인 얼굴도 가지고 있다는 것을 보여주는 보증서였대. 그러나 지금은 그것도 이미 다 지난 일이고. 내가 곧 보게 될 거라는군. 내가 곧 그의 말을 기억하게 될 거래. 국가나 시민이라는 건 아예 그 의미를 모조리 상실하고 경제와 소비만이 모든 것을 의미하게 될 때, 사람들이 유치원과 대학교에도 돈을 내야 하고, 그래, 아마도 죽으려고 해도 돈을 지불해야만 하는 때가 오면.

롤란트는 그 어떤 과장도 마다하지 않았지. 사실 그는 자본주의가 무엇인지 알 수 있는 기회조차 없었던 그런 상태로 돌아가고 싶어 해.

예전에 공산당 당원이었던 일로나의 남편이 바이로이트에 갔다가 기쁨에 차서 돌아왔는데 거기서 자신에게 맞는 바지를 즉시 그리고 아무 문제 없이 발견했기 때문이었어. 일로나가 더 이상 바지를 줄이러 갈 필요가 없지. 이 일로 그가 분명 특이한 체형을 가진 것이 아니라는 사실이 인정된 셈이고 그의 인생을 바꾸는 계기가 되었지. 사람들이 비웃을는지는 모르지만 그리고 나 역시 그걸 롤란트에게 감히 이야기해줄 용기를 못 내긴 했지만, 그래도 난 일로나의 남편을 이해해. 그의 행복을, 롤란트라면 분명 맹목적이라거나 물질적 유혹 앞에서 나약한 성격이라고 비난을 할 그의 그런 행복을 나는 믿어.

누군가 이렇게 말한다면 범죄가 아닐까? 너희들은 지중해를 보아서는 안 된다. 혹은 너희가 늙고 머리가 세고 더 이상 일을 할 수 없을 때까지는 보아서는 안 된다고. 아, 이제 그만! 미하엘라가 그녀의 옛날 선생님들이나 교수님들을 만나서 그들에게 예전 일에 대해서 따지는 상상을 하는 것처럼 나 역시 언제고 그런 상상에 빠져들곤 해. 그녀는 그런 일들이 얼마나 의미 없는 짓인지를 이미 극장에서 충분히 체험했음에도 불구하고, 다른 사람에게서 수치심이나 후회를 요구한다는 것이 불가능하기 때문에, 바로 그 이유 때문에 이제 와서 그 사실을 부정이라도 하듯, 모든 게 무의미한 일임에도 불구하고 이제 와서 그런 건 잘 모르겠다는 듯 행동하는 거야.

물론 난 롤란트에 대해 감탄을 하기도 해. 그의 역동성, 말하고 논쟁하는 것을 즐기는 태도와 허영심만으로도(물론 난 그의 혁대나 엉덩이의 움직임 또는 실크 손수건만을 말하는 것은 아니야) 충분히 그래. 그는 나중에 일어날 결과를 두려워하지 않는 훌륭한 논리의 소유자야. 그래, 난 그의 용기에 대해 찬탄하지. 그러나 그건 살인적인 논리, 그게 아니라면 위험한 논리야.

난 그에게 어머니가 체포되셨던 일과 그리고 지난가을에 드레스덴에서 일어났던 일에 대해 이야기했어. 그 얘길 하면서 난 나 스스로에게 화가 났어. 내가 그 체포에 관한 일을 논쟁의 수단으로 이용하고 있었기 때문에, 갑자기 내 이야기가 그렇게 천박하게 들리더군. 적어도 다행인 것은 그가 내 이야기의 정당성을 찾는다거나 더 나아가서 그것에 대해 의심을 한다거나 그러지는 않았다는 거야. 그는 자신의 혐오감을 표현하며 참지 못하고 내게 곧 충고를 주었지. 누나에게 샤틸라나 바드라²에 대해 물어보라는 거였어. 그리스나 스페인, 아르헨티나나 우루과이³에서는 무슨 일이 일어났었는지. 그런 다음 다시금 빅토르 하라의 잘려 나간 손 얘기가 다시 나왔지.⁴

그는 왜 반쯤은 만족스러운 면도 있는 세상에서 살려고 하지 않는 걸까? 왜 늘 싸우고 고통받고 죽으려고 하는 거지? 사랑하는 동생 하인리히야, 왜 그런지는 너 스스로가 제일 잘 알 거야,라고 누난 내게 말할 테지?

---

2 베이루트 근처의 난민수용소. 1982년 이스라엘군이 진군해 들어오면서 그곳에서는 기독교
   도측 군사 경찰들이 팔레스타인 난민들에게 대학살을 자행했었다.
3 군사독재자가 있었던 나라들.
4 1973년 9월 11일 칠레에선 피노체트 장군이 군사 반란을 일으킨 후 대량 체포, 고문, 살인
   으로 약 3천 명의 희생자가 났다. 가수이자 작곡가였던 빅토르 하라는 총에 맞아 손이 부러
   지긴 했지만 잘려 나가지는 않았다.

롤란트 같은 사람에게 중요한 것은 아름다운 세상에서 사는 것이 아니라 생산적인 사람이 되려는 것이기 때문이라고. 그것을 위해서 우린 모든 것을 걸지. 혁명, 혼돈, 죽음. 그렇기 때문에 롤란트는 11월 9일에도 역시 반공산주의 혁명의 업적을 보아야만 했던 거야. 그렇지 않다면 어떻게 그가 계속해서 글을 쓸 수가 있겠어? 이젠 그들이 다시금 자신들의 부드요니[5] 모자를 쓸 수 있겠지. 사람들은 생각할 거야. 롤란트와 같은 자들은 역사가 그들을 백 년쯤이나 거꾸로 돌아가게 만들었기 때문에 지독히 절망한 상태일 것이라고. 왜냐하면 그들의 전 무산계급이 쿵짝대는 소리들과, 그 모든 백만 명의 희생자들도, 역사를 탄핵하며 기념깃발을 높이 든 그들 역시 자신들이 섬기는 우상의 이름을 걸고 죽어간 희생자들과 마찬가지로 이젠 다 무의미하기 때문이지. 그러나 실상은 그렇지가 않아. 그의 눈은 그 어느 때보다도 반짝거리고 있어. 그들은 바보들일까? 혹은 머리가 좀 이상한 사람들이란 말인가? 세상에 무슨 일이 일어나든지 간에 ── 자신들의 신적인 미션을 꼭 지키고 있거든. 내가 말을 자꾸 반복하는 것을 용서해. 롤란트나 그의 동지들은 그저 성가신 작자들일 뿐이야. 그래, 이제 곧 그들을 위한 지원도 끊길 것이고 그러니 그들도 다른 모든 사람들과 마찬가지로 먹고살 궁리를 해야 할 것이라는 사실에 난 아주 큰 만족감을 느껴. 우린 독일 공산당 당원들에게 마지막 인사를 보내는 거야! 지나치게 많은 분노, 지나치게 많은 힘과 감정을 그들에게 낭비하지 않기. 그들과 관련된 모든 것들은, 그들의 발밑에 사람들이 뱉는 침조차도 그들을 향한 관심의 표시로 여겨질 테니까. 롤란트가 내 안에서 반동분자를 보았다면 그의 말이 맞아. 사실에만 충실하다는 것, 침묵하고 미소하는 것,

---

5 러시아 내란 중 붉은군대의 기병 장군이었다. 기마병 부대로 유명한 이삭 바벨이 부드요니 밑에서 복무했었다.

정말 멋지지 않아?

우리들에 대해 그자가 뭘 얼마나 알고 있다는 거지?

사랑으로, 누나의 H.

추신: 이상하게도 그는 누나의 친구 바리스타와 대화가 서로 잘 통하더군. 바리스타가 레닌과 룩셈부르크를 테러리스트들이라고 거론했는데 롤란트에게 그들은 혁명가들이지. 그러나 그들을 '분석'하는 과정에서 롤란트와 바리스타의 의견이 일치했고 세상의 악의 원인을 독일반동분자들의 잘못으로 돌렸어. 그들은 언제나 스스로 적대적인 대상을 만들고 나서야 그것에 대항해 투쟁하는 사람들이라면서 말이지.

하지만 난 롤란트라면 절대 신뢰할 수가 없어. 혁명이라는 이름을 내걸고 우리에게 총을 겨누고 쏘아 죽이지 않을 거라는 자신이 없단 말이야. 바리스타에게서라면 아마 그렇게 위험하지 않을걸.

추신 2: 마무스가 나오는 꿈을 꿨어. 어머니는 휴양 중이었고 내가 집수리를 해야 했어. 하지만 아무것도 준비되어 있는 것이 없었지. 엄마는 벽에서 그림조차 떼질 않았어. 난 온 데를 다 헤매며 솔, 양동이, 칠을 찾아다녔지. 헛수고였어. 그러다가 지하실에서 페인트공 노이델 씨의 용품들을 발견했어. 그가 지난번에 나에게 씻어두라고 주었던 거였어. 그러나 페인트는 통 안에서 돌처럼 딱딱해졌고 둥근 붓이 그 안에 들어가 함께 굳어져 있었지. 내가 벽장을 방 가운데로 밀려고 노력하고 있는데 그루지야식 화병이 떨어졌어. 맥주병 마개로 하는 묘기처럼 마무스가 그걸 손으로 받았지. 어머니는 내가 무엇을 하는지 알고 싶어 했어. 이 순간 난 내가 속았다는 것을 깨달았지. 나에게 집수리를 하라고 말한 건 엄마가 아니었던 거야. 좀 돌아보라고 엄마가 말하면서 매우 고귀한 제스처를 취하며 벽을 가리켰지. 실제로 벽은 하얀색이었어. 금방 칠한 하얀 벽. 그리고 밖에는 어머니가 창문을 가리킨 대로 온통 흰 눈이 쌓여 있더군. 눈이 부셔서 건너편에 있는 집이 잘 안 보일 지경이었어. 마무스가 날 거울 앞에 서게 했어. 내 모습이 어떤지 마침내 깨닫게 하려고.

90년 4월 21일 토요일

친애하는 니콜레타!

때때로 난 믿음이 참 부족한 사람이라는 생각이 듭니다. 그리고 다시금 당신이 택시 운전사에게 좀더 부드럽게 운전하라고 훈계했던 것을 떠올립니다. 난 당신의 제스처 하나하나를 즐겁게 보았습니다. 때때로 난 내 이마에 손을 대곤 합니다. 마치 당신의 손이 아직도 거기 있다는 듯이. 내가 열이 나는지를 가늠해보던 당신의 손을요. 그리고 또 난 다급하게 외투의 단추를 잠그던 당신의 다른 쪽 손도 봅니다. 그것이 벌써 한 달 반 전의 일이었지요?

군대에서의 첫날이 지나고 나자 모든 것이 명백해졌습니다. 지옥의 모습은 그와는 조금 다를 것입니다. 그에 대해 난 기뻤고 또 실망했습니다. 계속해서 소리를 지르고 휘파람을 불거나 이런저런 명령을 내리며, 우리를 욕하고 조롱하기도 했지만 그래도 그건 그저 서투른 놀이에 지나지 않았습니다. 게다가 인간은 집단 속에서는 낯가죽이 두꺼워지는 법이지요. 보호복이나 가스마스크를 착용한 채 구보를 하거나 물웅덩이 속에서 팔굽혀펴기를 하는 것은 물론 싫었습니다. 그럼에도 불구하고 난 살이 쪘습니다. 왜냐하면 장갑차의 운전병이 될 우리들이 처음에는 그저 조정 수업만을 받았었기 때문입니다. 내무반의 최고 선임이었던 운전 조교를 빼곤 우린 모두 신병들이었기 때문에 반년 앞선 선임들의 횡포가 어느 정도 제한되었던 것입니다. 설령 내무반 당번이 되었을 때라 하더라도 쓰거나 읽을 수 있는 시간은 남았습니다.

입대식은 과거의 작센하우젠 집단수용소 기념관에서 치러졌고, 우리가 들은 바로는 18개국에서 온 반파시스트들이 이 안에서 살해되었다고 했습니다. 입대식이 거행되는 동안 우리는—마치 기본 군복무 기간 18개월을 그것으로 세라고 만들어진 듯한—열여덟 개의 뾰족한 붉은 삼각형을 단 방첩탑을 올려다보았습니다.

난 모든 일상생활을 되도록 정확히 기록하려고 노력했습니다. 군대의 은어, 전문용어 하나하나가 다 나를 매료시켰습니다. 나만이 유일하게 매달 색을 달리하며 출간되었던 『군인이 된다는 의미에 대해』라는 소책자들을 간직했습니다. 속기로 병사들의 대화들을 기록하는 때도 많았습니다 —난 대화에 약했거든요.

12월 말, 우리는 엿새간 휴가를 받고 집으로 갈 수 있었습니다. 이른바 휴식 휴가라는 것이었는데 반년마다 한 번씩 주어졌습니다. 베라와 난 스코다를 한 대 빌려 타고 마이센과 괴를리츠 사이에 있는 거의 모든 성들과 고성들과 교회를 둘러보았습니다. 그런 다음 우린 한 카페에서 몇 시간이고 할머니들 가운데 앉아 담배를 피우거나 진토닉이 있다고 하는 집에서 진토닉을 마셨습니다.

군복을 입은 아들을 보고 충격을 받으시기는커녕 어머니는 날 "익살스럽다"고 하셨습니다. 군대의 상황과 일과에 대한 설명이 어머니를 안심시켰습니다. 내 영양 상태가 얼마나 좋은지 눈으로 직접 보셨거든요.

반면에 베라는 작별을 하며 울었습니다. 난 그녀가 역에 배웅 나오는 것을 못 하게 했고, 그녀가 군복을 입은 내 모습을 보는 것을 원하지 않았습니다.

왜 우리 신병들 중에는 기상 시간인 아침 6시까지 잠을 잘 수 있는 사람이 없던 걸까요? 난 한참 전에 이미 일어나 있었고 복도에서 들려오는 발자국 소리와 입구의 쇠창살에서 덜커덩대는 소리에 귀를 기울이며 혹시라도 늦잠을 잘까 봐 시계를 눈앞으로 가져와 야광숫자를 들여다보았습니다. 기상나팔 소리가 울리기 전에는 볼륨을 크게 맞추어놓은 라디오의 시보가 마지막 초들을 쟀습니다.

밖에서, 어둠 속 아침 운동 시간이 되어 달리기를 시작하며 병사들이 황망한 방귀들을 뀌기 시작할 때쯤이면 난 늦잠을 잘까 봐 걱정했던 불안한 마음을 다 잊어버리곤 했습니다.

출동 경보음이 예고된 날이면 이 아침 시간의 기다림은 더욱더 악화되었습니다. 부사관들이 우리를 내무반으로부터 내쫓는 동안 완벽하게 제복을 착용한 장교들은 면도용 화장수 향기를 풍기며 우리들이 화장실 가는 길을 막았습니다. 마치 몰이사냥을 할 때처럼 여기저기서 외치는 소리가 들리고 연신 덜걱대거나 덜컹거리는 소리가 났습니다. 우린 모두 밖으로 뛰어나간 다음 부대 앞 거리에서 연대 참모부 건물에까지 갔다가 다시 돌아오고 마지막으론 끝없는 점호가 진행되는 동안 무장 상태를 검사받게 됩니다.

12월 13일'엔 실제 비상경계경보가 우리를 잠에서 깨웠습니다. 이번 출동 경보음은 연대 전체에 요란하게 울려 퍼졌습니다. 우리보다 사태를 빨리 파악하지 못한 부사관들이 갑자기 일어난 사건을 믿지 못하고 주저했기 때문에 무기 창고의 문을 여는 것이 지연되었습니다. 위층으로부터 중대가 밀려 내려왔을 때가 돼서야 우리들 역시 태세를 갖추었지요——그리고 연대 앞길에서 완전한 혼란을 연출했습니다. 난 포석이 깔린 길 위로 스르륵 밀려들어오는 장갑차의 가스를 들이마셨습니다. 여기저기에 헤드라이트가 켜지고 소음과 차량 행렬이 가득했습니다. 난 차갑게 시동이 걸린 우리의 SPW 장갑차가 노아의 방주라도 되는 양 올라탔습니다. 내겐 두려움도 반항심도 느껴지지 않았습니다. 내가 이 출전에 참가하는 것을 막는 것이란 아무것도 없었습니다. 오히려 그 반대였죠. 이 상하 질서의 가장 하위 계급에 속하는 우리들에게도 출동 경보음의 장엄함은 피해가지 않았던 겁니다. 우린 닫힌 출입구 아래에 쭈그리고 앉아 포문을 통해 밖의 상황을 살폈고 장교 없이[2] 우리끼리만 출발하길 기대했습니다. 이번에는 토끼가 우리 앞을 지나갔습니다.

부대를 떠나자마자 거리를 벗어났습니다. 숲과 밭을 통과하는 길이 두 시간 동안 계속되었습니다. 우리의 철모가 장갑차 천장에 연신 부딪혀 쾅쾅 소리를 내곤 했습니다. 몇몇은 다른 방법을 찾지 못해서 자신들의 식기에 오줌을 누었습니다.

밖이 훤해졌습니다. 장갑차를 멈춘 뒤 눈에 띄지 않게 위장을 하고 났을 때 우린 한 보호림 지역의 주변에 다다라 있었습니다. 장갑차 위에서 중대의 기록병이 검은색 외장을 씌운 스테른 녹음기의 안테나를 이리

---

1 1981년 12월 13일에 폴란드의 군대는 야루첼스키 장군의 지휘를 받으며 폴란드 전역의 계엄령을 선포하고 자유연대 노조를 금지시켰다. 튀르머는 분명 니콜레타 한젠이 그 '12월 13일'의 역사적 의미를 알고 있을 것이라고 전제하고 있다.
2 장교들은 근무자들만을 제외하곤 집에 가서 밤을 보내고 부대로 돌아와야 했다.

저리 만지작거리며 작동시켜보려고 노력하고 있었습니다. 그러나 무엇인가가 잘 안되었던지 그는 이제 기계를 양손에 들더니 무용수처럼 그 자리에서 한 바퀴 빙 돌았습니다. 그에게선 아무것도 들을 수 없었지요. 밝은 금발 머리에 창백한 얼굴의 작센 출신 병사 군터가 자신의 미키 라디오를 귀에 갖다 댔습니다. 군터는 한 술집 종업원 앞에서 이상하게 어설픈 동작을 보이면서 훈련 때는 열성을 다한 나머지 얼굴을 찌푸리는 녀석이었습니다. 곧 그는 가성을 내며 투덜대기 시작했습니다. 이런 제기랄, 하필이면 지금이라니, 늘 자기가 말했다고, 일이나 하는 게 훨씬 좋다고, 그렇게 무모한 짓이나 일삼을 것이 아니라, 그건 아무 소용이 없는 짓이라고, 아무런 소용도, 누구나 다 아는 일인 것을, 이제 우린 정말 제기랄 난처한 상황에 빠진 거라고 투덜대더군요. 그러고선 "폴란드 놈들" 아니면 "한심한 폴란드 놈들"하며 욕지거리를 이어갔습니다.

난 드디어 바라던 일이 일어났음을 파악했습니다. 한 시간마다 한 번씩 군터는 숲 속으로 무거운 발걸음을 떼며 들어갔습니다. 첫눈이 남아 쌓여 있었고 소나무의 초록색과 동물들의 발자국이 어우러져 크리스마스 풍경을 만들어내고 있었습니다. 10분 뒤에 그는 욕을 퍼부으며 다시 돌아왔습니다. 새로운 SFB 방송의 뉴스 대신 그는 자신이 폴란드에 관해 겪었다는 이런저런 우스운 이야기들을 늘어놓았습니다. 정오 식사 시간에 붉은 양배추를 곁들인 룰라덴과 깡통 복숭아 반쪽이 후식으로 나왔을 때는 더 이상 아무도 사태의 심각성을 의심하지 않았습니다. 선임이 벌써부터 총탄 상자를 가지고 있다고들 했습니다. 우리 줄의 지휘관이 맨 먼저 아내의 사진을 돌렸습니다. 내 차례가 되었을 때 난 베라의 사진을 내밀었습니다.

어둠이 깔린 뒤에는 사무치도록 추웠습니다. 장갑차는 냉동 굴이었습니다. 우린 넉넉하게 비치되어 있던 차를 끓여 마시며 몸을 덥혔고 무릎 굽혀펴기를 하거나 서로 권투를 하기도 했습니다. 내 시계의 침들도 얼어붙은 것 같았습니다. 한번은 우리끼리 서로 꼭 붙은 채 모두 나란히 숲의 바닥에 누웠지만 오래 견디지는 못했습니다. 난 번번이 내 바지 다리에 달린 주머니에 손을 대보고는 수첩이——내 부적이——거기 있는지를 확인했습니다.

자정이 지나 일어나 앉으라고 하달된 명령은 구원이었습니다. 중요한 건 모터가 다시 작동되었다는 것이었습니다. 10분쯤 가자 소위가 나를 밖으로 나오라고 명령하곤 깃발을 던져주며 그것으로 장갑차를 지휘하도록 했습니다. 나는 장갑차 앞의 어떤 장벽을 따라 뛰어갔습니다. 내 발은 뭉툭한 나무토막처럼 콘크리트 바닥 위에서 톡톡톡 소리를 냈습니다. 난 기적적으로 균형을 유지하고 있었지요. 우린 한 성문을 통과했고——그곳에서야 난 우리 부대를 다시 발견했습니다.

이 비상 출동 경보음이 울렸던 날 이상했던 것은 귀환 뒤의 정적이었습니다. 위층의 중대에서조차 아무 소리가 없었지요. 모두들 복도에 등받이 없는 의자를 갖다 놓고 자신들의 무기를 청소했고 부사관들도 같은 일을 했으며 장교들은 아무 소리 없이 사라졌습니다. 내무반 안에선 차를 끓이고 팬티 바람에 뒤축이 구겨진 운동화를 신고 이리저리 돌아다니거나 삽을 창고에 갖다 놓는 듯한 태도로 칼라스니코프 소총을 무기고에 도로 갖다 놓기도 했습니다.

이날 밤에 귀뚜라미 한 마리가 울었습니다. 처음에 난 그 귀뚜라미 소리를 환청이나 혹은 라디오의 잡음 따위인 줄 알았습니다. 보일러실에서부터 기어 올라와 우리의 사물함을 숙소로 삼고 있다가 이제 막 정적으로부터 이끌려나온 귀뚜라미였을 것입니다.

제로니모에게 보낸 2백 통이 넘는 군사우편 중에 그 어떤 것도 훗날 다시 보지 못했습니다. 그 시절에 대해 당신에게 묘사를 하는 자리에서, 그 편지들이 훨씬 더 도움이 되었을지 어떨지는 판단하지 않기로 하겠습니다. 그보다 더 중요한 것은 그 몇 주간에 대한 기억들 위에 대략이라는 베일이 쳐져 있다는 사실입니다.

기상나팔 소리 전에 나를 짓눌렀던 언짢은 기분을 설명할 정당한 이유를 뒤늦은 때에 가서 폴란드의 계엄령이 찾게 해주었던 것과 마찬가지로, 난 크리스마스에 내게 일어났던 일에 대해서도 역시 열흘 전쯤에 가졌던 내 야릇한 기분이 그저 단순한 변덕스러운 마음을 넘어서 더 많은 것을 포함한다는 걸 증명하는 사건이었다고 생각합니다.

12월 14일 비상 출동 경보음 울린 다음 날, 내 목가적 생활은 파괴되고 말았습니다. 내 잠자리는 우리의 운전병이며 내무반의 최고 선임인 크누트의 위쪽이었습니다. 그는 눈에 띄게 키가 작았지만 힘이 좋은 사내였고 경량급 역도 선수였습니다. 그의 여자친구는 그가 징집된 후 곧바로 그를 떠났는데도 그 이별조차 온통 그녀에 대해서만 이야기하는 그를 막지는 못했습니다. 크누트는 편지를 쓰지도 않았고 받지도 않았으며 다만 한 달에 한 번씩 어머니로부터 작은 소포를 받았습니다.

10시 반, 그러니까 취침 시간이 시작된 직후였습니다. 군터와 안짱다리에 마음씨 좋은 물고기 머리[3] 마티아스가 이야기를 나누고 있었습니다. 가능한 한 빨리 병이 나서 군병원에 실려 가려면 무엇을 먹어야 하는지, 혹은 먹는 걸 떠나서 애초에 무엇을 해야만 하는지. 그들의 지식으로부터 하등 쓸모 있는 것이라곤 듣지 못했지만, 내겐 그 대화가 매우 적절하게

---

3 해변가 주민을 조롱하며 부르는 별명.

느껴졌습니다. 이미 말했다시피 대화는 내 약점이었거든요. 난 그것을 다 받아썼습니다. 불은 아직도 켜진 채였고 크누트는 내무반에 없었습니다. 침대에서 편지를 쓴다는 것은 다음 날 아침 옷을 입고 밖으로 나가기 위해 주어진 3분 동안 편지지들을 봉투에 집어넣고 주소를 쓴 다음 우표를 붙인 뒤 아침 운동 시간에 우연히 우체통 옆을 지나가길 바라고 우체통을 발견한 때에는 대열에서 이탈하여 운동복 밑에 감추고 있던 그 비밀 편지를 그 안에 던져 넣는다는 것을 말합니다.

크누트는 손잡이를 내리치며 문을 밀어젖히는 것을 좋아합니다. 문이 홱 열리며 벽에 가 부딪히며 쾅 소리가 나게 말입니다. 신경질 나는 일이긴 했지만 누가 그를 말릴 수 있었겠습니까. 이번에도 그는 대장 노릇을 하며 자신의 안경 너머로 나를 힐끗 쳐다보고 나서 불의 스위치를 껐습니다. 난 그것 말고 다른 것을 기대하지도 않았으므로 깜깜한 속에서 쓰던 문장을 마저 다 쓴 다음 크누트가 옷을 벗는 동안 그의 입에서 나는 술 냄새를 맡았습니다. 그는 이리저리 뒤척거렸고 그 바람에 침대의 틀이 흔들리며 삐걱댔습니다. 그러다가 마치 이젠 제대로 자리를 잡았다는 듯이 조용해졌지요. 막 인사말을 쓰고 있는 중이었는데 그때 갑자기 내가 위쪽으로 솟아오르는 것이었습니다. 한 번, 두 번. 누군가 밑에서 발로 침대의 매트리스를 차면 위에 있는 사람은 뒤집혀진 무당벌레처럼 꼼짝없이 당할 수밖에 아무 도리가 없습니다. 난 침대의 모서리에 붙어 몸을 사렸습니다. 다시 잠잠해졌을 때 난 몸을 구부리고 무어라고 욕설을 퍼부었고——그때 그가 다시 발길질을 했지요——이번에는 균형을 잃고 말았습니다. 나에게 무슨 일이 일어나지는 않았습니다. 그것은 거의 평행봉에서 떨어진 것과 같았고 나보다 먼저 떨어진 이불이 내 착지를 완화시켰습니다. 난 격렬하게 크누트에게 발길질을 했습니다.

우리 두 사람은 소리를 지르며 어둠 속에서 마주하고 있었습니다. 그의 주먹이 몇 번이나 나를 명중했습니다. 불이 켜질 때는 그 역시 옆구리를 부여잡고 있었습니다. 난 선임에 대한 신성모독의 죄를 범한 것이었습니다. 나는 그것을 잘 알고 있었습니다.

다음 날 아침 편지를 접을 때, 그중 한 장이 빠져 있었습니다. 이 손실에 대해 내가 곧 더 이상 큰 의미를 두지 않았음에도 불구하고 난 좀 이상한 상황에 빠졌습니다. 내게 속한 모든 것들은, 내 겨드랑이와 다리 사이의 땀, 내 양말 냄새나 군복에 묻은 얼룩까지도 나에게 속한다는 이유만으로 모두 다 갑자기 귀중하다는 생각이 들었습니다. 난 내 육체 안에 숨으려고 했으며 마침내 번데기로 변신하는 중이었습니다.

또 한 번 마지막으로 어머니로부터 받은 편지 안에서—크리스마스가 되기 전엔 우편물 금지령이 내려졌거든요—어머니는 완전히 변신한 것처럼 보였습니다. 내가 비상 출동 경보음에 대한 이야기를 쓴 적이 없는데도 불구하고 어머니는 자책감으로 스스로를 탓하며 괴로워하셨습니다. 어머니의 간섭만 없었더라면 난 군 입대를 거부했을 것이고, 12월 13일이 지나고 나서 보니 그것이 더 이상 어리석은 짓이나 잘못된 영웅심이 아니라 자신을 구할 수 있는 유일한 기회였을지도 모른다고 생각하셨다는 것입니다. 아르놀트 츠바이크의 모든 소설을 다 읽으셨던 어머니는 당신 자신을 이해하지 못했습니다. 방사선 사진을 찍으며 우리가 싸웠던 일들을 어머니는 아마도 까맣게 잊어버린 모양이었습니다.

그리고 난 지금 당신에게 토로하려고 합니다. 지금까지 내가 누구에게도 말하지 않았던 사건을요. 베라조차도 모르는 그 사건에 대해서 말입니다.

하필이면 크리스마스이브 날, 우린 하루 종일 청소를 해야만 했고 내 기분은 다시 좋아져 있었습니다. 반년 앞선 선임들은 휴가를 떠난 뒤였고 크누트가 남아 크리스마스이브를 집에서 보내길 희망하고 있었지요. 내 매트리스를 찼던 일에 대해 그는 어떤 때는 교육이라고 했고 또 어떤 때는 재미였다고 말했습니다. 함께 웃지 않은 자가 있다면 자기 잘못인 거지요. 난 다시 내 첫 장을 쓰고 싶은 마음이 들었고 부대 내 서점에서 산 스타인 벡의 『분노의 포도』를 읽으려는 중이었습니다.

저녁 식사 후 몇몇 병사들이 복도에서 크리스마스 캐럴을 불렀습니다. 단 몇 분일 망정 내무반에 남아 혼자 있다는 것이 얼마나 야릇한 느낌을 자아내는지를 즐기며 나는 제로니모에게 보낼 편지를 쓰고 있었습니다. 무엇인가에서 몰래 빠져나와 있다는 느낌이 들 정도로 이젠 혼자 있다는 것이 낯설게 되어버린 것이었습니다.

몇 분이 지난 뒤, 문이 벌컥 열렸을 때 실제로 난 어쩐지 발각되었다는 느낌을 억눌러야 했습니다. 거의 중대의 반이나 될 법한 인원이 내무반 안으로 들어온 것 같았습니다. 처음엔 몸을 일으켜야겠다는 충동이 일었지만 일단 자제를 했습니다. 내 의자가 발로 차이는 바람에 난 벌떡 일어나지 않을 수 없었습니다. 크누트가 신고를 받기를 요구하며 내게 업무 규칙에 따라 제대로 복장을 착용하라고 명령을 했고 피트가 신고를 했습니다. 피트는 유일하게 중대에 남은 전역 후보병, 그러니까 즉 마지막 반년 동안의 근무만을 남겨두고 있던 자였습니다. 난 복도에 있던 병사들이 머리를 들이밀거나 펄쩍펄쩍 뛰어오르는 것을 보았습니다. 난 그가 바라는 게 무엇인지 물었습니다.

그때 누군가가 뒤에서부터 나를 붙들고는 내 팔을 뒤로 꺾어 눌렀습니다. 난 완전히 제압당한 상태였습니다. 난 인간적인 존엄성을 지키기 위해 가능한 한 반항하지 않았습니다. 여러 번 내 몸이 들어 올려졌다가는 다시 발치께로 떨어졌습니다. 내 사물함이 열린 채였습니다. 크누트가 군홧발로 내 무릎을 찼습니다. 그는 소리를 질러댔습니다. 나는 다시 풀려났습니다.

난 검대를 두르고 경례를 붙였습니다. 천천히 경례를 붙이면서 미소를 지었습니다. 크누트는 내 자백을 바랐습니다. 나더러 그것을 인정하라고 했습니다. 뒤쪽에서 나를 꼼짝 못하게 붙잡았던—아이악스 테르시테스가 내 등에 일격을 가했습니다. 내가 뒤를 돌아보자 앞만 보라고 그가 호통을 쳤습니다. 하지만 크누트의 손에서 내 글씨가 씌어진 종이를 보고 날 때쯤엔 지금까지 일어난 모든 일은 곧 아무렇지도 않게 느껴졌습니다. 군터와 마티아스가 앞으로 나서기 전에 벌써 난 이제부터 무슨 일이 일어날지 알 수 있었습니다.

크누트는 나와 내 악필에 대해 욕을 퍼부으며 그날 밤 내가 받아 적었던 대화문들을 더듬더듬 읽어나갔습니다. 한 문장이 끝날 때마다 그는 물었습니다. "너, 이렇게 말했었냐?"—"네, 그렇게 말했습니다"라고 한 번은 군터가, 한 번은 마티아스가 대답했습니다. "네, 그렇게 말했습니다." 옆구리에 주먹이 날아오고 머리에도 일격이 가해졌으며—그 한 단어가 뒤따르지만 않았어도 난 이 모든 것을 견뎌냈을 겁니다. 프락치! 모두가 한 번씩 말했습니다. 프락치! 프락치! 크누트는 한 문장도 빼먹지 않았습니다. 이 장면을 연출하기란 너무나도 쉬웠습니다. "네, 그렇게 말했습니다." 크누트는 마술사가 되어 있었습니다. 실을 잡아당기는 사람은 그였으니까요. 내가 평상시 잘 어울리던 놈들, 심지어는 나와 함께 크누트에 대한 우스갯소리를 하던 녀석들마저 외쳐댔습니다. "프락치! 프락치!" 그리고 그들은 마침내 뭔가 엄청난 일이 벌어질 것을 기다렸습니다.

정말로 프락치의 보고문이 이렇게 생겼을 거라고 믿느냐고 내가 물었습니다. 그건 오로지 나만이 대답할 수 있다고 크누트가 고함쳤습니다. 그는 이제 왜, 그리고 누구를 위해서 내가 이런 것을 쓴 것인지 좀 듣고 싶다고 했습니다. 그는 매번 내 머리를 때렸습니다.

내가 작가이기 때문에, 난 군대에 대한 책을 쓰고 있는 중이라고! 그걸 내가 왜 고백하지 못하겠냐고 말했습니다.

"더 크게!" 하고 크누트가 소리쳤습니다. "내 친구에게 군대에 대한 인상을 좀 제대로 심어주고 싶었습니다!" 하고 난 반복했습니다── 단어 하나하나를 내뱉을 때마다 칼로 에이는 아픔을 느끼면서. 난 포기했고 그들의 놀이에 동참하여 그들을 설득시키려는 시도는 아예 그만두었습니다. 어떤 의미에서 난 크누트에 대해 감탄하기도 했습니다. 한 명의 프락치를 호되게 벌주고 있었으니까요── 내가 직접 좀 창조하면 좋았을 성싶은 그런 장면을 말입니다.

피트, 매일 세탁실에서 호스를 가지고 샤워를 하며 흠뻑 젖은 몸과 빨개진 얼굴로 호스를 어깨 너머, 복도에다가 흔들어대는 피트라는 녀석이 목청을 한껏 높였습니다. 왜 이렇게 토론을 하고 있는 것이냐고, 모든 정황이 명백한데, 프락치!

하지만 크누트는 끝내지 않았습니다. 내가 편지를 쓰고 있는 그 친구는 도대체 어떤 인물이냐, 내가 거짓으로 꾸며 둘러대고는 있지만 사실은 혹시 여자친구 같은 그런 친구를 말하는 것이 아닌가?

난 다시 한 번 붙잡혔습니다. 군터와 마티아스가 맨 먼저 '한 대 먹이기'로 한 것이었습니다. 아이악스 테르시테스가 황급히 그들을 도와 나를 바닥에 때려 눕혔습니다. 난 등 쪽을 바닥으로 한 채 넘어졌습니다. "불알을 공격해!" 하고 누군가 말했습니다. 난 아무것도 느끼지 못했습니다.

그 후에 무슨 일이 일어났는지는 당신에게 쓰지 않기로 하겠습니다.

당신을 위해서도 나를 위해서도. 난 내내 놀라움을 금치 못했습니다. 그들은 남에게 가장 깊은 굴욕감을 줄 수 있는 가장 좋은 방법을 택했고 어떻게 해야 하는지를 본능적으로 알고 있었던 것입니다. 아마도 그들로서는 양심에 거리낄 것이 없었기 때문에 그렇게 치명적인 짓을 저지를 수 있었을 겁니다. 프락치를 벌한다는 데 무어라고 반대할 사람은 아무도 없었으니까요. 아니, 다시 말하면 그럴 수 있는 한 사람이 있기는 했지만, 그러나 난 그걸 나중에야 알았습니다.

크누트의 유일한 실수는 도를 넘은 과장이었습니다. 나를 길들이는 일은 지나치게 오래 시간을 끌었습니다. 그리고 다시 아픔을 느끼기 시작하면서 내 분노 역시 돌아왔고 어쩐지 행복에 겨운 자유의 느낌이 일었습니다. 난 이제 더 이상 잃을 것이 없었던 겁니다!

얼마 지나지 않아 감자를 깎으라는 명령을 받았습니다. 벽에 타일을 댄 주방 건물 안 음식 보관창고에서, 난 상자를 뒤집어놓고 걸터앉아 껍질을 깎으면서 그곳으로 쫓겨 온 다른 병사들의 대화를 들었습니다. 당시의 내 심정으로는 나머지 16개월 하루 열두 시간 동안 감자 껍질만 벗기라 했다 해도 즉시 그러마고 대답했을 것입니다. 벌칙 근무에 벌칙 근무가 꼬리를 이었습니다.

그래도 난 휴일의 시간을 더 이상 중대 내에서 보내지 않아도 된 것이 기뻤습니다.

글을 쓸 시간이 거의 없었기 때문에 난 화장실에서 메모로 기록했습니다——다급히 쓴 짧은 단어들, 문장부호 대신에 그냥 줄을 그어 표시를 해두며. 나를 축하해준 건 제로니모였습니다. 내가 그 무엇과도 바꿀 수 없는 나만의 스타일로 새해를 시작했다는 거였습니다. 신기하게도 난 더 이상 기상나팔 소리 전에 잠이 깨지 않았습니다.

내 침묵이 사람들이 접근하려는 모든 시도를 차단했습니다. 사과의 말은 듣지 않고 넘어갔습니다. 어머니가 면회를 오셨지만 주방에 있었던 내게 알려주지 않았던 일을 털어놓은 그 부사관에게까지 난 전혀 아무 말을 허락하지 않았습니다. 어머니가 나를 위해 건네주신 케이크 중에선 오로지 장바구니와 빈 빵틀만이 내게 전달되었습니다.

내 역할은 어떤 의미에서 매우 편한 것이었습니다. 난 그 누구도 배려할 필요가 없었으니까요. 크누트의 명령은 못 들은 체했습니다. 그가 사물함에서 내 속옷을 치워버렸을 때 그의 이불은 복도에 가 있었습니다. 난 모든 것을 할 각오가 되어 있었으며 끝이 없는 작은 전쟁도 마다하지 않을 작정이었습니다.

90년 4월 23일 월요일

3월 말, 일요일에 니콜라이가 내무반에 들어서면서 내 인생에 들어왔습니다. 니콜라이는 아마도 중대에서 가장 눈에 띄는 관상을 가졌을 겁니다. 좁고 긴 그의 코끝이 엄격한 모양으로 아래를 향해 있고, 그의 얼굴을 어쩐지 산양처럼 보이도록 만들었습니다. 그의 아버지는 아르메니아 사람이었고 어머니는 베를린 태생으로 나중엔 한 독일인과 결혼했습니다. 니콜라이는 아주 우수한 달리기 선수이자 가장 빠른 돌격대원이었고 운전병 조교로 부대에 남을 것이었습니다. 그의 군복은 맞춰 입은 듯이 잘 맞았습니다. 그는 저녁이나 주말이 되어도 규정대로 복장을 갖추고 활보했기 때문에 누구든지 그가 근무 중일 거라고 생각했습니다. 그가 내 앞에 멈추어 서서 자신의 군모를 벗고 앉아도 되겠냐고 물었을 때, 난 그가 중요한 임무를 맡은 전령이라고 소개하길 기대했습니다.

그의 부탁은 뜻밖이었지만 보수는 넉넉했습니다. '클럽' 두 갑. 그것을 위해 난 서너 페이지 정도 분량의 생일 축하 편지를 쓰면 된다는 거였는데 그를 위해서가 아니라 울프 살비츠키를 위해서였습니다. 그의 부인 생일이 다가오는데도 살비츠키는 아직 아무 글자도 종이에 담지 못하고 있다는 것이었습니다. 아마 더 요구해도 되겠지만 일단 니콜라이는 두 갑이면 적당하다고 생각한다고 했습니다.

보수에 연연하지 않아도 되었음에도 불구하고 난 그의 제의에 들어 있는 사업성이 마음에 들었습니다. 베라가 다시 모델을 서서 돈이 충분했기 때문에 그때그때 필요에 따라 내 급료(110 마르크)에 용돈을 더 보태주었기 때문입니다.[1]

"넌 그저 네 만년필만 들고 오면 돼" 하고 니콜라이가 말하며 몸을 일으켰습니다. 동아리 방에서 살비츠키가 기다리고 있었습니다. "중간 고참"으로서 그러니까 두번째 회기에 들어 있는 자였습니다. 노트와 사진이 그의 앞에 놓여 있었습니다.

니콜라이는 두 개의 탁자를 더 갖다 놓고 자신의 바지 다리에 붙은 주머니에서 색연필 한 묶음을 꺼내 그림을 그리기 시작했습니다. 살비츠키의 아내는 윗입술이 눈에 띄게 얇습니다. 그녀가 웃으면 볼에 보조개가 팼습니다.

다른 일은 전혀 해본 바 없다는 듯이 난 그를 마주하고 앉아 그녀에 대해서 이야기를 해보라고 부탁했습니다. 살비츠키는 숨을 쿵쿵 내쉰 다

---

1 튀르머는 이런 식으로 용돈 받는 것을 당연하다고 생각하는 모양이다.

음에 어깨를 들어 올려 보였습니다. "우린 부부야" 하고 그가 말했습니다. "2년 됐지."

그녀가 무엇을 제일 좋아하는지 물었고 메모를 하려고 했습니다.

"먼저 뒤에서 하는 거, 바지를 내리고, 부엌이나 혹은 욕실에서, 침대에서 하는 건 좋아하지 않아" 하고 살비츠키가 말했고 이발소에라도 간 듯 미동조차 보이지 않았습니다. 난 시작해야만 했지요. 그는 내가 어느 정도로 잘 쓰는지 일단 보고 싶다는 것이었습니다. 나하고 먼저 이야기를 나누어야 한다는 것이 그의 마음에 들지 않은 것 같았습니다. 뭘 이해하지 못하는 거냐며 그가 호통을 쳤습니다. 난 그저 씹하는 장면을 묘사할 것이며, 뒤에서 하는 것을 그리고 다른 군더더긴 필요 없다고 말했습니다.

"그녀 이름이 뭔데요?" 내가 물었습니다. 마지막으로 난 그녀가 산다는 방 두 개짜리 집에 대해서도 말해달라고 했지요.

반 시간 뒤에 난 그것을 소리 내어 읽어야만 했습니다. 울프 살비츠키는 몸을 앞으로 굽히고 "엉덩이를 때려, 엉덩이를 때려!"와 같은 말을 첨가했습니다. 그러는 동안 그의 머리가 이리저리 흔들렸습니다. 그가 어느 정도 공감했다는 것을 증명한 것입니다. 케르스틴이 꽃다발을 꽃병에 꽂을 새도 없었고 그래서 이젠 꽃다발과 함께, 처음엔 방해가 되는 것 같았지만 나중엔 예상치 못한 상승효과를 낳았다는 대목은 그의 마음에 꼭 들었습니다. 살비츠키는 내게 또 다른 체위에 대해 털어놓았습니다. 니콜라이는 내게 이번에도 역시 꽃다발을 쓸 계획이냐고 물었습니다.

한 시간 뒤에 난 살비츠키에게 종이를 넘겨주며 베껴 쓰게 했습니다. 니콜라이의 그림 안에는 케르스틴의 출렁이는 가슴에서 땀이 떨어져 흐르고 있었습니다. 그녀의 온몸이 울림의 파장으로 싸여 있고 한 겹, 두 겹, 세 겹의 반원이 움직임의 강도에 따라 그려지고 있었습니다. 살비츠키 자신은 미화되어 있지 않았지만 니콜라이가 꼭 깨물고 있는 입술이며 어깨에 가서 좁아지고 있는 상체를 그려 넣은 바로 이 사실주의가 장면에 그럴듯함을 더해주고 있었습니다. 오직 마지막 그림에서만은 살비츠키의 얼굴에 고이카 미티치²같은 표정을 넣어 변화를 주었습니다.

울프 실비츠키는 '클럽' 다섯 갑을 탁자에 놓고는 인사도 없이 사라졌습니다. 니콜라이가 내게 고개를 끄덕이며 군모를 다시 머리에 쓰곤 두 갑을 탁자에 남겨두었습니다.

그러고 나서 난 비록 니콜라이의 그늘일 망정 하룻밤 사이에 유명해진다는 것이 무엇인지 알게 되었습니다.

살비츠키가 뜨내기 가수처럼 내무반에서 내무반으로 돌아다니며 그림들을 보여주고 내가 쓴 편지를 낭독했습니다. 오후가 되자 우린 다음 일감을 받았고 저녁이 되자 일주일치의 계획이 모두 잡힌 상태가 되었습니다.

니콜라이는 스타였고 난 보조원이었습니다. 니콜라이가 주문을 받았고 사업 관계를 정했으며 시간 약속도 잡았습니다. 매번 그는 새롭게 내가 도와줄 것을 부탁했고 한결같은 친절함을 가지고 내 성의에 대해 고마워했습니다.

울프 실비츠키는 어찌할 바를 모르고 자랑스러워하며 아내의 편지를 우리에게 보여주었습니다. 그 편지는 그녀가 남편의 성기를 쥐고 있는 내용으로 끝이 나고 있었습니다.

전역 후보병들의 전역일이 가까워 올수록 우린 점점 더 일이 많아졌습니다. 우선 니콜라이는 지칠 때까지 일을 했습니다. 당연히 우린 모든 근무에서 면제되었습니다. 나 대신 크누트가 보초를 섰습니다.

---

2 DEFA 영화의 인디언 추장 역으로 매우 유명했다. 오랫동안 대표적인 미남형으로 꼽혔다. 튀르머는 니콜레타 한젠이 그를 안다는 것을 전제하고 있다.

전역일을 무사히 넘겼을 때 니콜라이와 난 외출을 허락받았습니다. 그가 우리를 위해서 준비한 외출 허가였습니다. 그는 우리 말고는 연대 안의 그 누구도 '자유 출입'을 할 수는 없다는 것을 강조했습니다. 그렇기 때문에 우린 식당에도 가끔은 들어갈 수 있다는 것이었습니다. 나에게는 새로운 세계였습니다.

그는 나를 데리고 '감브리누스'로 데리고 가 양파와 치즈를 얹어 구운 스테이크를 주문했습니다. 자칭 이 집의 특별메뉴였습니다. 난 꼭 맥주를 마셔야겠다고 했지요.

니콜라이는 대화를 트려고 노력했습니다. 맨 먼저 가격에 대한 문제와 모든 일감을 다 맡지 않겠다는 문제를 두고 논의했습니다. 그러고는 자신의 계획에 대해 말했지요. 전역 후에 그는 예술가이신 아버지가 계신 아르메니아로 여행을 하겠다더군요. "나도 그렇게 될 거야" 하고 그가 말했습니다.

"뭐가 될 거라고?" 내가 물었습니다.

"예술가"라고 대답할 때 그의 얼굴이 하얀 염소처럼 보였습니다.

"난 작가!" 나는 농담을 말한 것처럼 웃어 보였습니다.

"나도 알아." 그가 말하며 자신의 턱을 들었습니다. "너 그거 좀더 미리 말할걸 그랬어."

"그랬어도 별 소용 없었을 텐데 뭐"라고 대답하면서 난 화가 났습니다. 내가 그렇게 대답함으로써 그가 내 생각을 맞추었다는 것과 아마 그때 이미 모든 상황을 파악하고 있었음을 인정해준 셈이 되었기 때문이었습니다.

"난 네가 입을 열기만을 기다렸어. 크누트가 프락치라고."

"크누트가 어째서?" 하고 난 물었습니다.

"며칠 전부터 이미. 모두가 다 다 알고 있었어. 알겠니? 그런 건 미리 통보가 돼. 네가 정말 프락치였다면 사람들이 널 구해줬겠지. 그러나 분명 저 위에 있는 놈들에게는 잘된 일이었던 거지……" 니콜라이는 종업원을 찾는 듯이 이리저리 둘러보았습니다.

"그런데 네가 기다렸다는 건 무슨 뜻이지?" 하고 난 물었습니다. 그는 마시려던 잔을 입에서부터 떼어내어 높이 들며 말했습니다. "난 증언해주려고 했어. 우리가 그에 대해 이야기를 나누었던 것과 네가 나한테 네가 쓴 글들에 대해 나한테 이야기해주었던 걸 말하려고 ……" 그의 윗입술이 움찔댔습니다. "너한테 미안한 마음이었어" 하고 그는 계속 말을 이어나갔습니다. "그런데 너의 그 한심한 태도라니— 심지어 너 자신이 그런 일을 당하길 바랐다고 믿을 지경이었어." 내 웃음에 대해 그는 아무런 반응을 하지 않았습니다. 그러고는 그가 나를 바라보았죠, 거만하게, 슬프게, 현명하게, 모든 것에 대한 각오를 했다는 듯이, 운명에 맡긴다는 듯이.

그에 비하면 제로니모는 단지 어설픈 어린아이에 지나지 않았습니다.

음식이 나오자 니콜라이는 다른 주제의 이야기를 했습니다. 그는 운전병이 될 것이 아니라 자리만 난다면 포스터 화가가 될 거라고 했습니다. 자신만의 작업실과 거기에 필요한 여타의 물건들을 가지고. 그는 다음 날, 아니 언제라도 내가 원하는 날에 기꺼이 그의 화실에 놀러오라고 나를 초대했습니다. 하지만 앞으로 다시는 그를 내 가까이에 두지 않겠다는 내 결심은 이미 확고부동한 것이었습니다.

엔리코.

사랑하는 요!

우린 이사했어. 난 높은 파도 속에서 살고 있어! 예전 마룻바닥에 덧씌워 못질을 한 바닥재는 프레드의 보물 창고에서 나온 자투리였는데 날이 갈수록 여기저기가 솟아올라 파도를 이루었고 그 안에서 석유 난방기는 보트가 되었지. 내가 그것을 발끝으로 밀어 책상을 한 바퀴 돌아 등 뒤로 옮길 때면 그 보트가 오르락내리락 춤을 추는 거야. 내 방에서 중세풍 전망을 내려다보기 위해 치러야 하는 대가라고나 할까.

누군가 우리를 방문하려면 꼭 잠긴 현관문 앞에서 멈춰 서게 돼. 왜냐하면 우리 위층에 사시는 노인들이—그들은 자칭 내연의 관계로 40년이 넘게 여기 사셨다지—문을 잠그시지 못하게 할 수가 없기 때문이야. 그분들은 집을 떠날 때나 다시 돌아올 때나 그 즉시 문을 잠그시니까. 특히 여자분, 프라우 케퍼, 별명이 꼬마 무당벌레인 그분이 열성적인 열쇠 요정이야. 일로나는 심지어 대화 중에도, 혹은 창문이 닫혀 있음에도 불구하고 누군가 문을 흔드는 환청을 듣곤 하지. 하지만 누구라도 우리에게 올라오는 것을 감행한 용감한 자는 먼저 밝은—궁상스러운 예전 비밀안전기획부들의 가구로부터 눈길을 돌리도록 여기저기에서 초록색 식물이 자라고 있는—영접실에 들어서게 돼.

프레드는 방문마다 표지판을 걸었어. 예를 들면 '영업 사무실'이라고 말이지. 그리고 모든 방마다 지켜야 할 규정 사항을 적어놓았어. 내 방에선 다음과 같은 것들을 지켜야 한다는군. "두 명을 초과한 인원이 한꺼번에 들어오지 말 것! 펄쩍펄쩍 뛰거나 쿵쿵 소리가 나도록 세게 걷지 말 것! 석유 난방기는 세기 2 이하로 유지할 것! 방을 나갈 때는: 불을 끌

것! 전원 플러그를 뽑을 것! 창문 닫을 것!" 그리고 그의 마지막 규정. "화재의 위험이 있으니 담배를 피우지 말 것!" 이 문장에다가는 손으로 쓴 글씨로 "가능한 한"이라고 써 넣었어.

어제 내가 프레드와 함께 가정용품 상점을 방문해서— 새로운 전기 배선을 내 방에 깔아야 하거든— 뒤쪽에 있는 방들을 좀 보여달라고 부탁했을 때 그들은 내 부탁에서 프락치가 어설픈 구실을 대는 것이라고 여겼나 봐. "감출 것은 없습니다" 하고 사장이 말했어. "당신이 그걸 보시고 싶다면…… 그래요, 자 보세요…… 하고 싶은 게 뭔지 다 마음대로 하시죠……" 그러고는 서둘러 앞장서 갔어. 그의 의심 앞에서 내 정중함은 아무 힘이 없었지. 그 반대야! 내가 던지는 질문 하나하나마다 나 역시 스스로 의심스러운 점을 느낄 지경이었던 거야. 창고에서 돌아오는 길에 결국 그의 아내가 우리 길을 막았어. 그녀가 "한번 솔직하게 말해보겠다고" 예고를 했을 땐 눈에 눈물이 그렁그렁 맺혔었어. 아마 나는 잘 모를 거라고 했지. 얼마나 오랫동안 그들이 여기 상점에서 장사를 했으며 이 모든 것을 차리고 확장하고 유지하기 위해 얼마나 힘이 들었는지. "아무것도 없었어요! 그는 건강을 잃고 말았지요. 그의 건강을!" 그녀의 남편은 꼭 막힌 튜바에서 터져나오는 것 같은 소리를 내며 그녀가 한마디 한마디 말할 때마다 추임새를 넣었지. 마지막쯤 되자 그녀의 절망적인 아리아 사이로 자신의 음성을 첨가하며 오로지 "그러면 우린 아무것도 할 수 없죠, 아무것도 할 수 없죠!" 하는 말만을 덧붙일 뿐이었어. "그러면 우린 아무것도 할 수 없지요."

"그러니 이젠 가세요!" 하고 그녀가 말하면서 내 앞에 서 있더군. 그녀의 눈물은 다 말라 있었어. 난 그녀에게 우리 사무실들을 보러 오라고 초대하며 신문사에 대해 이야기하며— "네" 하는 그녀의 대답이 매우 쌉

쓸하게 들렸어. "우리 그거 알아요!"——신문에 무료 광고를 내시라고 제안했지. "왜 우리가 그걸 해야 합니까?" 하고 그가 물었어. "사람들이 우리를 이미 다 알고 있는데요. 도대체 어째서, 어째서 우리가 그런 일을 합니까?" 콩깍지같이 비쩍 크고 마른 그들의 딸은 우리가 하는 인사에조차 대꾸하지 않았어. 하지만 우리가 상점을 나갈 땐 요란한 소리를 내며 손수건에다 코를 풀더군.

이틀 전 일로나가 세 명의 저널리스트가 기센에서 온다고 알려주었을 때 난 막 어떤 한 기사에 딱 들어맞는 제목을 생각해냈지. (「선장들, 자신들을 먼저 구조하다」) 그중에 두 명과는 선거가 있던 일요일을 함께 보낸 적이 있었지. 마치 날 끌어안기라도 하려는 듯 그들은 팔을 번쩍 들어 보이며 다시 만나게 된 기쁨을 드러냈어. 그들 뒤로 업무실장이 모습을 나타냈어. 그한테서 난 판면을 보고 배운 적이 있지. 그는 진지하고 내성적으로 보였어. 난 그들에게 편집부부터 내 방까지 안내를 한 다음 그들과 함께 이젠 두 개의 큰 방을 나누어 쓰고 있는 요르크와 마리온, 그리고 프링겔에게로 올라갔어. 마치 매 순간마다 일의 극적인 전환을 기다렸다는 듯이 다시 한 번 기센 사람들은 모든 것을 "재미있다"고 했어. 난 그들의 선거에 대해 다룬 기사에 대해 물었어. 그들은 몹시 놀라며 그 기사가 자기들에게 도착하지 않았다는 것을 매우 낙담했어. 함께 커피를 마시는 동안 우리 신문의 많은 발행부수에 대한 증거자료를 대며——요르크의 기사와 우리 스캔들 기사들에 대해——그들의 감탄을 샀고, 그들이 이 지역의 "강한 광고 시장"의 성장세를 목격했다는 이야기를 주의 깊게 들었지. 반 시간쯤 후에 그들은 기사를 보내겠다는 약속을 하며 작별했어.

6시쯤 업무실장이라는 자가 다시 나타나 내 방 한가운데에 서 있었어. 난 일로나의 의자에 앉아 통화를 하며 바론을 기다리고 있었어. 바론이 자신의 변호사와 놀랄 만한 선물을 가지고 오겠다고 우리에게 약속했었거든. "행운을 잡으신 겁니다. 우리 현관문이 열려 있었다니" 하고 난 말했지.

그보다 오히려 행운을 잡은 건 우리 쪽인 것 같다고 그가 대꾸했어. 그가 다시금 이리로 오느라 수고를 했으니 우리에게 행운이 아니냐고. 그는 광고를 내러 온 고객이 앉는 의자에 앉았어.

그는 나와 허심탄회하게 이야길 나누고 싶다는 거야. 우리 모두 이런 대화의 가치를 잘 알며 시대가 주는 이익을 인식할 수 있기를 바란다며.

그의 신문사에서 알텐부르크에도 자사의 신문을 만들기로 결정했는데 최신의 첨단기술과 저널리즘의 전문가다운 실력을 갖추고 일반 기사란(모든 지역을 초월하는 기사)을 기센의 것으로 실으면 된다는 거였어. 그러면서 혹시 우리가 그들과 함께 일하지 않겠냐고 물어봤어. 즉 그들이 예상 가능한 범위 내에서 넉넉한 가격으로 우리 신문사를 살 것이며 "그들 중 한 명이 우리 이곳의 책임자가 된다는" 말이었지……

난 그의 말을 자르고 밖으로 나갔어. 내가 아주 조용히 말했기 때문에 요르크는 처음엔 아무 반응이 없었지. "아닙니다, 나 안 미쳤어요. 저기 그가 앉아서 기다리고 있는걸요" 하고 난 말했어.

업무실장은 모든 것을 재차 반복해서 말해야 했고 그 바람에 목소리가 현격히 나빠지는 것을 느낄 수 있었지. 그는 우리가 생각할 시간이 넉넉지 않다는 것을 명심하라고 하더니 내일 아침 9시 정각에 회의가 열리므로 오늘 저녁 여기서 가지고 가는 소식으로 거기서 바로 결정이 날 거라고 했어.

요르크가 버럭 화를 냈어. 게오르크와는 그토록 사려 깊게 흥정을 하던 그가 이제는 자제심이라곤 모두 잃어버린 태도를 보이더군.

"우리가 그럴 수가 있냐구요……" 기센 사람이 알랑거리는 음성으로 말했어. 그때 그가 다리를 뻗고 복사뼈가 있는 곳에서 발을 꼬았는데 그 때문에 그가 얼마나 편안해하는지 느껴질 정도였지. 업무실장은 요르크에게 어떻게 생각하느냐고 물었어. 사무실 몇 개, 전기, 전화기 그런 건 뭐 우리가 다 잘 아는 것 아니냐고. 본격적으로 일이 진행되면 어차피 우리가 여기 이 궁전에 앉아 있진 않을 테고 대신에 전혀 다른 사람들이 와 있을 거라고 했어. 그렇게 말하며 업무실장은 자신을 가리켰지. 고향 토박이들에게 선수를 내줬지만, 그게 계속 그렇게 갈 것을 뜻하는 것은 아니라고.

요르크는 왜 그러는지는 모르겠지만 자신의 베레모를 손에 들고 부채질을 하고 있다가 나를 돌아보곤 웃으려고 노력했어. "그럼 기사는 누가 쓰지?"

그것은 우리 손에 달린 거라고 했어. 그들 역시 전문가는 충분하다면서, "젊고, 열심이고, 우수한 교육을 받은 사람들"이 자신들의 실력을 증명해 보일 기회만을 기다리고 있다는 거야. 그리고 같은 고향 사람 역시 전혀 모자라는 바 아니라고. 그들이 『라이프치히 인민일보』에 아주 조그맣게 취업 광고를 내도 30명이 넘는 사람들이 지원을 한다나. 그러면서 그는 '조그맣게'를 표현하느라 엄지와 검지를 모으더니 거의 O 모양을 만들 정도로 가깝게 갖다 댔어. 그중에 일곱 명쯤은 골라 면접을 해볼 만하다는 거였어. 하등 골치 아플 것 없다고. 그리고 자신의 젊은 친구들이야 애초에 우리가 창간호를 준비할 때 함께 있지 않았었느냐고, 부언하건대 그들은 언제 어디서고 우리에 대한 깊은 존경심과 감탄을 말하고 다니며, 그 부분은 자신의 말을 믿어도 좋다면서 "그들은 벌써 구역을 맡은 셈이죠"라고 하더군.

요르크는 침묵하며 눈을 깜빡거렸어. 난 곧 공황 상태에 빠질 것만 같았어. 그렇다면 우리는 도대체 왜 필요한 거냐고 내가 물었지. 업무실장은 입을 쫑긋하게 만들고 머리를 가슴 쪽으로 떨어뜨렸어.

그는 우리의 업적을 인정한다는 말로 시작했지—그가 입을 열자마자 목구멍으로부터 혀가 쩝 소리를 내더니 말이 술술 풀려나왔어—그는 자신과 사회를 위해 무엇인가 해보려는 목적으로 팔을 걷어붙이고 일을 추진해나가는 젊은 사람들을 존경한대. 우리는 사람들이 믿을 수 있고 믿어줘야 하는 새로운 인력이며 외부로부터 많은 것을 만들어낼 수 있겠지만 그게 다는 아니라고 하더군. 이건 그가 우리를 위해 기꺼이 보장하는 승진인 것이라고. 그는 민주주의와 시장경제를 위한 우리의 노력을 인정하는 최초의 사람이라는 거였어. 그러나 밝은 곳에서 관찰해보자면 우리에겐 전문성이 모자라는데 독재체제 안에서 그런 게 어떻게 있을 수가 있었겠으며 이제부터 우리가 한 걸음 한 걸음 배워나가면 되는 것이며 우리의 의지만큼은 그가 믿겠노라고, 간단히 말해서 이건 어디까지나 호감과 신용의 문제라더군. 한번 좀 다르게 생각해보자는 거야. 우린 우리가 원하는 것, 바로 그것을 쓰면 되는 것이고, 그러면 그들이 응집된 인력과 경험과 자본을 동원하고 인맥과 속임수를 다해서—그래, 그가 솔직하게 말한다면 속임수도 사업에 속하는 요소라며—우리를 도와줄 것이라더군—예전에는 당의 신문이었던 『라이프치히 인민일보』에 대항해서 말이야. 그런 식으로 함께 힘을 모아, 그리고 모든 사람의 노력으로 진짜로 새로운 것, 전 국민을 위한 표본, 아니 모범이 되는 신문이 탄생할 것이라고 말했어.

한 문장 한 문장 이어가는 동안 그의 몸은 의자 위에서 점점 더 높이 솟아올랐고 무슨 예언자나 되는 듯이 털이 난 자신의 주먹을 휘휘 내둘렀어. "전 국민을 위한 모범!" 그가 반복했어.

그가 계속 말을 이었지. 우리만의 독자적인 힘으로는 어차피 이 지역에 오늘이 아니라면 내일이라도 반드시 나타나게 될 거물들을 상대할 기회는 없을 것이라고. 그런 의미에서 그들 기센 사람들이 우리에겐 더할 수 없는 행운인 것이라고. 지금 당장은 그렇게 보이지 않는다 하더라도 말이야. 그리고 어떤 행복스러운 미소를 지으며 그가 덧붙였어. "그리고 이곳에 거물들이 들어오면 더 이상 아무도 당신들에게는 묻지 않을 겁니다!" 그러면서 그는 자신의 손가락을 탁자 너머로 뻗었어. 너무 늦게서야 그의 손가락은 메트로놈처럼 좌우로 왔다 갔다 흔들렸어. "더 이상 아무도 당신들에게는 묻지 않을 겁니다!" 그는 이렇게 반복하고 나서 이 마지막 문장 때문에 몹시 지쳤다는 듯이 몸을 뒤로 기대더군.

아마 난 그것밖에는 달리 맡을 역할이 없었기 때문에 그렇게 조용히 앉아 있었는지도 몰라. 아니면 무엇인가가 말이 안 된다고 생각했기 때문이기도 했겠지. 첫번째 의심을 일으키기에는 업무실장이 상황에 맞는 그럴듯한 태도로 앉아 있지 못했다는 사실만으로도 충분했어. 그의 제스처는 어쩐지 일부러 꾸민 듯한 데가 있었거든.

"그런데 우리가 정말로 어디에 필요한 겁니까?" 하고 난 물었지.

"나쁘지 않군, 나쁘지 않아요." 특별히 큰 소리로 쩝 소리를 낸 후 그가 말했어. "그럼, 좋아요. 탁 터놓고 얘길 해봅시다." 그는 카펫에 달라붙어 꼼짝하지 않는 의자에 엉덩이를 붙인 채 망아지 모양으로 풀쩍 뛰었어. "내가 당신들에게 지금 얘기한 것은 모두 맞아요. 생략할 것 없이. 우린 이렇든 저렇든 옳습니다. 결정적인 관건은 언제나와 마찬가지로— 시간! 우리가 매주 『라이프치히 인민일보』보다 먼저 알텐부르크 소식을 다섯 페이지나 보도한다는 사실이 우리에게 정기구독 고객을 확보하게 해줄 겁니다. 나중이 되면 그건 아예 불가능하거나 매우 비싼 값을 치러야만 가능한 일이거든요. 그러니 어떡하든 재빨라야만 하는 겁니다!"

털이 북슬북슬한 그의 손가락이 탁자 위에서 트레몰로를 연주하고 있었어. "신문들을 나란히 놓아봐요. 어떤 신문에 제일 먼저 손이 갑니까? 그리고 알텐부르크가 튀링겐으로 오면 무슨 일이 일어납니까? 그거야 뭐 교회의 아멘만큼이나 확실한 일일 테고요. 누가 그때까지도 라이프치히 사람들을 원할까요? 작센이 무슨 의미가 있나요?"

"그럼, 어디서 인쇄를 할 건데요?" 요르크가 음정 없는 말투로 물었어.

"난 게라에 갔었지요." 그는 전문가적인 능숙함이 묻어나는 말투로 붙임성 있게 말했어. "게라에는 사전 식자가 있어요. 그들은 지금도 손가락을 빨고 있어요. 그러니 일을 그들에게 맡길 수가 있지요. 게다가 오로지 우리가 제시하는 조건대로 할 수밖에 없어요. 그게 안 되면 기센으로부터 비행기로 신문을 실어 나를 수밖에. 그렇게 되면 7시가 되어야 신문이 들어오겠지요. 여긴 몇 시에 도착하나요? 11시? 12시? 2시?" 그가 물었어.

"우린요? 우리들의 가치는 얼마나 되는데요?" 하고 내가 물었지.

"엔리코!" 요르크가 내 이름을 큰 소리로 부르더니 아무 말도 하지 않았어.

업무실장의 얼굴에 미소가 번졌고 그 미소가 하도 유혹적이어서 난 그가 내 손을 건드렸을 때야 미니카를 주목했지.

"각자에게 한 대씩, 바로 이 문 앞에 대기시키겠습니다" 하고 그가 말했어. 난 작은 그 BMW를 들어 요르크에게 건넸어. 그는 손으로 파리라도 쫓듯 그것을 거부했지. "그리고 2만을 손에 쥐여드리고, 현금으로, 일주일 뒤에, 서독마르크, 2만입니다. 한 명당 1만."

요르크가 진주목걸이를 도로 집어넣으셔도 되겠다고 말하고는 나를 바라봤어. "믿을 수 있겠어? 도저히 믿을 수 없는 일 아니냐고!"

난 그 기센 사람에게——진솔함 대 진솔함으로——다음과 같은 시나리오를 들려주고 싶은 심정이었어. 그가 제시한 논리를 가지고 똑같이 한번 생각해보자면, 우리 마음이 이미 성공적으로 움직이기 시작했으니 이제 우리는 더 강한 파트너를 찾아볼 수 있겠다고. 전체 튀링겐 시민들이 다 알고 있고 또한 이 근처 지역의 인쇄소도 잘 알고 있는 그런 큰 신문사로다가 말이야. 하지만 요르크의 분노 때문에 그런 허세를 부릴 수는 없었어.

이런 분위기가 전환된 것은 정원의 현관문을 두드리는 소리와 그와 동시에 활짝 열린 사무실의 문, 그리고 그 문밖에서 "애니바디 홈(Anybody home, 아무도 없습니까)?"이라는 바론의 음성이 울려온 때였어. 그는 그렇게 물어놓고 혼자서 웃음을 터뜨렸는데, 아무도 뭐가 그리 우습다는 건인지 이해하지 못했어.

이윽고 사무실 문이 천천히 열리기 전에 손잡이가 여러 번 덜걱거리며 헛돌았지. 바론의 다리와 장화가 나타났고, 장화 외에 문 안으로 모습을 드러낸 건 오로지 상자들뿐이었어.

바론은 기분이 매우 좋아서 업무실장에게 예의 바르게 인사를 건넸고 곧이어 웃음이 터져나와 몸을 마구 흔들어댔지. 그가 계단에서 만났다는 "꼬마 무당벌레"가 다른 사람들을 전부 밖에 둔 채 문을 잠가버렸기 때문이었어. 요르크가 아래로 급히 뛰어 내려갔지.

난 바론을 도와 상자들을 옆방으로 날랐어. 그가 그 물건들을 자신의 사무실 공사가 다 끝날 때까지 며칠만 맡겨두어도 되겠느냐고 묻더군.

업무실장은 벌떡 일어나 있었는데 상자의 상표에 홀린 것 같았어. 한 입 베어 먹은 사과 모양의 상표. 그동안 요르크도 다시 돌아와 있었고 두 남자가 그와 함께 들어와 있었지. 그들 역시 짐들을 가득 들고 있었어.

그중 한 남자는 독일어를 거의 할 줄 모르는 앤디라는 이름의 미국인이었고, 또 다른 한 남자는 우리 일을 봐주는 보도 폰 레클레비츠 뮌츠너 변호사였지.

레클레비츠 씨 덕분으로 '피핑 창문업' 건이 해결되었고 우린 드디어 두 다리 쭉 뻗고 편한 잠을 잘 수 있게 되었어. 날카롭고 약간 비뚤어진 코가 우뚝 솟아 있는 레클레비츠의 얼굴은 어딘지 모르게 귀족다운 데가 있고 그의 미소는 바론의 그것과 닮았어. 그 역시 매번 입의 왼쪽 부분만을 씰룩거리지. 앤디는 키가 훤칠하고 어깨가 떡 벌어진 체구에, 붉은 기가 도는 금발 머리와 푸른 눈을 가졌고 잘 웃는 데다가 웃음소리 역시 우렁찬 사람이었어. 그의 두 눈은 계속해서 바론을 찾아 헤매는데 그건 바론이 늘 그를 위해서 이런저런 상황마다 통역을 해주기 때문이야. 앤디가 "안녕하세요?" 하고 말하며 나와 악수하는 동안 내 눈 속을 관찰하는 듯 보였어. 업무실장이 "하우 두 유 두(How do you do, 처음 뵙겠습니다)?" 라고 그에게 말하더니 내게 "장비를 바꾸시나 보죠?" 하고 작은 목소리로 물었어. 나는 고개를 끄덕였지.

요르크가 계단에서 뭔가 얘길 했던 게 분명했어. 왜냐하면 레클레비츠가 손바닥을 부비며 업무실장의 앞으로 가서 시간이라도 물어보는 투로 따져 물었거든. "그러니까 당신이 우릴 거지로 만드시겠다고요?"

요르크는 이제 하소연할 수 있게 된 것에 감사하며 고자질했지. "우리가 동참하지 않으면 우리를 망하게 한다는 겁니다. 그런 말이죠. 그렇게 말씀하신 거 맞죠?"

"아, 그렇게 간단한 문제가 아니에요." 업무실장이 스스로를 변호하며 자신의 명함을 꺼내 들었어. 그가 우리의 우정에 관해 일장 연설을 하는 동안 앤디와 바론은 옆방에서 기계를 상자에서 꺼내느라 분주했어.

"그럼 우리가 투자한 노력은 어떻게 된다는 거죠?" 레클레비츠가 그

에게 으름장을 놓더니 내 쪽을 향해 코를 찡긋했어. 그는 훌륭했어.[1]

바론이 우리에게 와보라고 손짓했지. "이제 제일 좋은 겁니다." 그가 칭찬해마지않았어. "이보다 더 좋은 건 없어요…… 이 분야에서 일하는 분이신가요?" 그리고 기센 사람에게서 명함을 받아들자 그가 외쳤지. "그렇다면 제 말을 인정하시겠군요?" 업무실장은 즉각 그것을 인정했지. 그들 역시 '애플'을 몇 대 들여놓을까 생각했었노라며 몇 가지 부문에서 "그러는 게 틀림없이 좋을 것"이라고 했지. 그러면서 업무실장은 지난 2월 판면에 몸을 굽히던 그 감동적인 방문객의 모습으로 점점 돌아가고 있었어. 앤디가 케이스에서 모니터를 빼낼 때 그는 상자를 꽉 잡고 있었고 스티로폼을 모으고 줄 하나라도 놓칠세라 앤디와 똑같이 걱정스러운 모습으로 우리의 콘센트를 쳐다보았어.

심지어 바론은 전원 연장케이블과 배전통까지도 준비해 왔더군. 오직 레클레비츠만이 배가 고프다고 졸랐어. 우린 그와 함께 위층으로 올라갔지. 쿠르트가 레클레비츠에게 자신이 도시락으로 싸온 샌드위치를 권했어. 레클레비츠가 당황하며 고맙다고 했어. 그는 이 지역 무프브라텐에 대해서 소문을 많이 들었다며 (그의 발음 역시 잘못된 것이었어) 조금만 더 참아보겠다고 했지. 쿠르트는 위에 덮였던 빵을 젖히고 가운데 들어 있던 란트레버소시지 층을 보여준 다음 스스로 그것을 한입 베어 물었어.

언젠가 한번이라도 보도 폰 레클레비츠 뮌츠너를 만나게 된다면 그가 자신의 이름을 빛내고 있음을 너도 알게 될 거야. 첫째 그는 폰 레클레비츠 가의 어엿한 주인으로서 자신의 고성에서 흘러나오는 배수로를 통해서만 명령을 내리지. 그래, 누구나 그의 눈과 관자놀이를 보면 그에게 두통

---

1 바리스타의 일행들은 이런 종류의 만남에 이미 매우 익숙한 듯하다.

이 있다는 것을 감지하게 돼. 그의 두통은 누군가 몇 미터 떨어진 곳에서 그의 손짓을 기다리지 않은 채 덜컥 옆에 가 앉을 때 심해지곤 해. 그리고 그가 한번 명령을 내린 후 멀리 지평선에 향했던 시선을 다시 가져오고 세상과의 새로운 접촉을 할 때마다 생기는 내면의 저항을 극복하고 나면, 그는 폰 레클레비츠 가의 주인임을 벗어나 다방면에서 말과 설명과 주해로써 우리를 도와줄 친절한 뮌츠너 씨로 서서히 변해가지. 우린 그에게 매달 6백 마르크를 지불하는 대가로—차비는 별도로 더 주고—언제라도 그리고 무슨 일이든 간에 그의 도움을 요구할 수가 있어. 그런 이유로 그의 고객들은 그가 하는 일에 대만족이라는 거야. 다만 우리가 해서는 안되는 실수가 있는데, 그건 법과 정의를 서로 혼돈해서는 안 된다는 거래. 그는 법에 관한 담당자이며 법적인 문제에서 이기기 위해 일한다는 거야.

우리가 막 계약서에 서명을 마치자 왼쪽에 있던 보도가 갑자기 우리의 옛 동창 같은 모습으로 변해서는 우리를 향해 환한 웃음을 보이고 있었어. 우린 이제 막 그와 함께 맛있는 것을 먹으러 갈 참이었지.

"서둘러 내려갑시다" 하고 그가 말했어. "그 요리가 저절로 알아서 나올 리가 없으니까요." 보도 레클레비츠 뮌츠너는 이 지역의 전설적인 요리를 기대하고 있었던 거지.

난 업무실장에게도 함께 식사하러 가자고 했지. "제 말을 믿어주세요" 하며 그는 양손으로 내 오른손을 부여잡았어. "내일 아침 그 회의만 아니라면 정말이지 그렇게 하겠어요! 네, 정말 그랬으면 좋겠네요. 그러면 내가 여기 여러분들 모두에게 한턱낼 텐데!"

우린 그를 그의 BMW에까지 바래다주었어. 내 바지 주머니 속엔 그 차의 모형이 아직도 증거물로 들어 있었지. "멋있는 차군요." 업무실장이 차창을 내리고 있을 때 내가 떠들었지. 그는 몸을 뒤로 기대더니 마치 우리가 아직도 모두 거기 그대로 있다는 것을 확인이라도 하려는 듯 머리를 밖으로 내밀더군. 출발할 때 그는 자신의 팔을 지붕 위로 뻗어 파리 같은 손을 흔들어대며 마치 또 하나의 새로운 약속처럼 금 손목시계를 드러내 보였어.

"개새끼!" 레클레비츠 앞에서 팔을 아래로 떨어뜨린 요르크가 외쳤지. "저 나쁜 새끼!"

"좋게 생각하세요!" 바론이 웃으며 말했어. "여러분이 저런 사람한테 걸려든 것을 자랑스럽게 생각하세요! 여러분이 시장에 발을 들여놓기가 무섭게 사람들이 여러분을 매수하려고 난리잖아요. 뭘 더 바라세요?"

"종일 그런 장남감이나 주머니에 넣고 다니며 기회만 엿보며 장사를 하다니. 에이, 잡귀야 물러가라!" 요르크가 소리쳤어.

바론은 요르크의 말이 진짜로 끝났음을 확인하려는 듯이 잠시 침묵하다가 이윽고 말했어. "장벽을 다시 세우세요. 하지만 서두르셔야 할 거예요!"

우린 그 업무실장이란 자에게 고마워해야 한대. 그가 우리의 허점을 드러내주었으므로 진짜로 고마운 일이라는 거야. "여러분들의 강점도 약점도 드러낸 거죠"라며 바론이 보충했지. 그는 과거에 이미 우리를 좀더 엄격하게 대하지 않은 데 대해 자책하고 있다는 거야. 왜냐하면 지금의 사태가 보여주듯이 사람들은 이제 우리가 고통을 겪지 않고 경험을 쌓을 수 있도록 계속해서 시간을 주지는 않을 것이므로. "고통을 겪지 않고 경험을 쌓는다는 것이 가능하기나 한지 모르겠지만 말이죠!"

그는 또 요르크에게 업무실장이 한 말 중에 틀린 것이 있다면 말을 해보라고 했어. 우리가 달라져야 하며, 그것도 아주 재빨리 달라져야 한다고, 그렇지 않으면 아무런 기회가 없을 것이라고 했어. "그리고 여러분들이 적어도" 하고 그가 말을 이었어. "규모와 인쇄 기술에 대해서 심사숙고 한다면. 여러분들에겐 광고를 위한 자리가 필요합니다. 그리고 서독마르 크를 지불해야 한다면 아무도 그렇게 상투적인 사진들을 사 보고 싶어 하지 않을 겁니다."

'시청 구내식당'에서 그들의 언쟁이 계속됐어. 말투는 친절함을 유지했지만 맹렬한 토론이었지. "일간지를 만들기는 싫으시다고요? 그렇다면 여러분은 뭔가 다른 걸 고안해야만 해요."

내가 요르크의 의견에 힘을 실어주려고 마음먹을 때마다 그는 이미 무참히 패배한 상태였어. 그래서 아마도 레클레비츠가 코를 찡긋하며 나를 가리켰던 걸 테지. 내 의견은 어떠냐고? 내겐 아무 생각도 떠오르지 않았어. 그리고 난 요르크가 그처럼 유치한 태도를 보임으로써 그들로 하여금 우리가 게임 규칙을 전혀 모른다고 생각하도록 한 데 대해 화가 나 있었어.

"엔리코!" 요르크가 날 부르며 말했어. "그렇게 금방 궁지에 몰리지 마!" 그런 다음 요르크는 다시금 자신의 슬픈 결론을 새삼스럽게 반복했어. 물론 7월 1일[2] 후에 어떻게 될지는 아무도 알 수 없으며, 당연하게도 동독은 서독이 아니고, 말할 것도 없이 우린 지난 호를 평소보다 거의 1천 부나 더 팔았고, 두말없이 그건 우리에 관한 문제이고, 우리가 무얼 원하는지와 우리의 역량에 달린 문제고, 확실히 우린 이런저런 어중이떠중이 신문이 아니며 어쩌고저쩌고 운운했어. 그리고 요르크 편의 사람들이 선거에서 당선된다면 우리가 다른 어떤 이들보다 소식의 근원지에 가깝게 가게 될 것이라고. 하지만 그것만으로 과연 충분할까?

그 뒤엔 침묵이 이어졌고 누구에게도 그것을 깰 만한 평범한 화제가

---

2 1990년 7월 1일에 서독과 화폐를 통합했다.

떠오르지 않았지. 다행히 음식이 나왔어. 우린 잔을 부딪쳤어. 그리고 난 왜 바론의 전망이 그렇게도 끔찍하다는 것인지 알 수가 없었지. 어째서 요르크가 끊임없이 계속해서 도리질을 치는 건지. 바론이 말하기를 (그러나 요르크의 말이 갖는 중요성에 대한 여지는 일단 열어두더군) 요르크가 그렇게 자꾸 거부하기만 한다면 그 자신이 직접 광고 전문지를 창간할 것이라고 했지. 길거리에 뿌려진 돈을 그렇게 그냥 놔두어선 안 된다며. 그리고 그런 일이 재밌다고, 돈 버는 것은 그에게 항상 재밌는 일이라고 했어. 그리고 이 경우는 처음부터 모든 것을 제대로만 착수한다면 어린애들 장난처럼 쉬운 일이라고, 게라에서는 사진식자를 사용한다고 업무실장이 이미 말하지 않았었냐고, 그렇다면 이제부터 기센 사람들이 얼마든지 마음껏 몰려올 것이라고, 그건 『주간신문』에겐 치명적이 될 거라고도 했어. "지금 당장 대비하지 않는다면 여러분은 망합니다"라고 말하며 그는 자신의 깊은 호수 같은 안경을 내게로 향했지.

"싫습니다." 요르크의 말이었어. 그는 이런 함정에 걸려들지 않겠다고, 우리가 우리의 힘을 낭비하는 것을 절대로 허락지 않을 것이라고 하더군. 우린 우리의 손에 노를 꽉 쥐고 놓지 않을 것이라고 했어.

오늘 아침 9시 정각에 앤디가 편집부에 나타났어. 그는 컴퓨터 앞에 앉더니 3분 만에 다 만들어진 광고를 내게 내밀더군! 검은 바탕에 하얀 글씨로 "앤디가 오다!"라는 글자 외엔 아무것도 없었어. 그는 할인해줄 거냐고 물었고 난 물론 그러겠다고 했지. 내 영어는 조금씩 나아지고 있어. 별다른 도리가 없으니까. 그럼에도 불구하고 난 내가 그의 말을 잘 이해한 것인지 늘 의심스럽지. 트웬티tweny는 확실히 20이 맞고, 그렇다면 트웬티 사우전드tweny thousand는 분명 2만이 확실한데도 말이야. 난 다시 손가락으로 모니터와 컴퓨터와 인쇄기를 톡톡 두드렸지. 올 투게더

트웬티 사우전드(All together tweny thousand, 모두 합해 2만)?

"야(Jaa, 그렇죠)." 앤디가 번번이 똑같이 외쳤어. "야!" 난 그것 역시 혹시 우리를 위한 거 아니었느냐고 물었지. "야, 앱솔루틀리(Jaa, absolutely, 네, 확실히 그래요)!"

모든 것이 너무나 간단했어! 우린 폭스바겐 버스 값으로 7천5백을 지불했고 사진기는 1천5백이 들었지. 바론이 마련해준 비디오데크 광고에서 1천5백³의 수입이 들어오고 그 외에도 몇몇의 서독마르크 수입도 더 있고, 전부 합해서 1만3천, 그리고 몇백 마르크가 또 있지. 우린 6천 서독마르크가 조금 더 필요해!

난 이미 스텐에게 편지를 썼고 게라의 인쇄소와 시간 약속을 잡기 위해 전화 통화를 했어. 그러니 우리가 그렇게까지 빨리 망하지는 않을 거야!

너의 E.

추신: 미하엘라가 지금 막 전해주는데 어떤 한 여자가 칼 아니면 도끼로 정치가 라퐁텐을 죽이려고 했대. 미하엘라는 그것이 그의 선거에 유리하게 작용할 것이라고 믿고 있지.

90년 4월 28일 토요일

친애하는 니콜레타!

---

3 튀르머는 먼저 1천2백이라고 썼었다. 1990년 3월 28일의 편지와 비교.

신참병들뿐인 어느 한 중대로 발령이 나면서 난 가장 어린 나이에 내무반 최고참으로' 승격했습니다. 최고참에겐 가장 좋은 침대(아래 칸, 창가)가 배정되고 새 옷장이 주어지며 그의 말이라면 부사관의 그것보다 더 영향력이 크지요.

편지를 써달라는 주문도 거의 다 마감된 상태였습니다. 그 일이 아니라도 난 별로 할 일이 없었습니다. 때때로 우린 SPW 장갑차를 타고 군대 안을 통과했는데 그것은 환영할 만한 소일거리였고 난 이런 주행을 좋아했습니다—다만 난 그것을 인정하지 않았었죠. 야영이나 작은 작전들마저 그 긴장감을 잃었습니다. 1982년 여름은 전에 없이 무더웠거든요.

글쓰기에 전념하기 위해 난 니콜라이의 화실에 틀어박혔습니다.² 세탁대 위에 몇 주째 똑같은 현수막이 걸려 있었지요. 아침엔 니콜라이가 물감 통을 휘젓고는 붓 한 자루를 그 안에 담그기도 했지만 그다음은 이내 화실에 딸린 방에 들어가 틀어박히곤 했습니다. 그 작은방은 창문이 훈련장 쪽으로 나 있었고 그가 손수 공을 들여 매우 쾌적하게 꾸며놓은 공간이었습니다. 심지어 레코드 기기와 낡아 해진 것이지만 소파까지 갖추고 있었습니다. 그의 공간에 드나들도록 허락된 얼마 안 되는 사람들을 그는 거의 대부분 모델로 삼았습니다.

내 순진함을 당신도 어쩐지 못할 것입니다만³ 그러나 난 진심으로 감탄했지요. 거기 모델이 되어 앉아 있던 모든 자들은 매우 미소년 같은 분

---

1 튀르머는 당시 시간으로 1년째 근무 중이었다. 즉, 반년 동안의 분기를 단위로 삼는 동독군의 규칙에 따르면 그는 두번째 분기에 와 있는 셈이었다.

2 이 진술은 뜻밖이다. 튀르머는 니콜레타 한젠에게 보내는 지난 편지에서 니콜라이를 "다시는 가까이에 두지 않겠다"고 주장한 바 있다.

3 튀르머는 당연히 니콜라이에게 향한 자신의 동성애적인 관계는 감추려고 노력하지만 니콜라이라는 인물을 완전히 포기하고 싶지는 않은 모양이다.

위기를 풍겼고 서로 닮아 헷갈릴 지경이었거든요.

니콜라이가 인젤 출판사의 문고판으로부터 읽어준 보들레르의 산문시에게 자극을 받아 난 날마다 한 줄 혹은 여러 줄의 시구를 습작했습니다. 이러한 평화로운 생활을 중단시킨 건 오로지 10월에 나갔던 퍼레이드밖엔 없었습니다. 의미 없기 짝이 없는 퍼레이드의 준비로 우리는 완전히 녹초가 되었고 병이 날 지경이었습니다. 그래도 지금 이 편지는 그것에 대해 말할 자리는 아닙니다.

다시 겨울이 찾아왔을 때에 난 전역 후보병이 되어 있었고 곧 떠나야 할 시간이 닥치게 될까 봐 걱정이 되었습니다.

으레 경험할 거라고 당연히 전제했었거나 반드시 실행하리라 마음먹었던 많은 일들이 아무런 결실을 맺지 못한 채 남아 있었던 것입니다. 이제는 4월 말까지밖에는 시간이 없고 그 안에 그 모든 일들을 한다는 건 불가능했습니다. 그리하여 난 오늘 아니면 나중에 한번은 영창 생활을 겪고 말리라고 결심했습니다. 그러지 않아도 대대장이 내무반 내에서 라디오를 검사했을 때 난 의도하지 않았지만 정말로 영창에 갈 뻔한 일이 있었습니다. 그 라디오는 내무반의 최고참인 내가 책임지고 관리해야 하는 물건이었는데 방송 채널을 표시하는 빨간 눈금 위에 동독의 방송 채널들만을 표시하게 되어 있는 종이띠를 덧붙이지 않아 서독 방송을 가리키는 눈금들이 모두 그대로 드러나 있었던 것입니다. 그들은 내게 사흘간 영창 생활을 하게 되리라고 으름장을 놓았지만 결국엔 흐지부지되고 말았지요. 모든 이들, 그러니까 장교들까지도 모두 다 라디오 방송 채널 '노이에 도이체 벨레'를 듣고 있었고 우리는 초단파를 통해 RIAS, SFB 또는 AFN과 같은 채널의 방송들을 최상의 음질로 받을 수 있었던 것입니다.

난 보초에 관한 이야기를 쓰는 중이었고 보초병들을 좀더 관찰할 필요가 있었습니다. 우리 중대가 크리스마스가 되기 전 사흘 동안 중복 보초⁴를 서게 된다는 것을 알게 되었을 때 난 거기 함께 있기 위해 모든 것을 걸었습니다. 그러나 세번째 분기에 속하는 네 명의 운전자 중 한 사람인 내가 그런 업무에 투입될 기회는 거의 없었습니다. 나를 도울 수 있는 건 오로지 내 헌신적인 행동뿐이었습니다. 난 기만적인 희생정신을 발휘하여 괴로워하며 징징거리는 한 가장에게 내 휴가증을 선물하고 그의 보초 근무를 대신 떠맡았습니다. 감동한 자의 눈물 글썽이는 지나친 감사를 저지하기 위해 난 그에게 보드카 몇 병을 대가로 요구했습니다. 그는 목숨을 걸고 그것을 부대 안으로 숨겨 들여왔습니다.

의식적으로 애써 도모한 일⁵이 거기에 들인 노력만큼 만족스러운 성과를 내는 일은 사실 드문 법이지만 이번만큼은 내 희망이 결실을 맺은 듯 보였습니다. 둘째 날 밤, 그러니까 24일 밤, 눈이 내리는 가운데 순찰대원들이 술에 취해 몸을 가누지 못하고 고래고래 주정을 하는 한 수병을 끌고 왔을 때 난 마침 다음 근무자와 교대를 하려는 참이었지요. 그들은 그의 팔과 다리를 붙들고 보따리라도 되는 양 이쪽저쪽으로 흔들어대고 있었습니다. 그들은 할 일이 많았기 때문에 그를 보초소에 던져놓은 뒤 다시 순찰을 돌기 위해 떠나갔습니다.

그 수병은 오라니엔부르크에 사는 사람이었기 때문에 자기 집 앞에서 붙잡힌 셈이었습니다. 그는 혼자서는 더 이상 몸을 가눌 수 없는 지경이었고 그의 욕지거리와 저주들이 목구멍에 걸려 끅끅댔습니다. 결국 그는

---

4 48시간 동안 서는 보초를 말한다.
5 튀르머는 자신이 무슨 말을 하고 있는지 잘 알고 있다. 니콜레타에게 보내는 그의 편지들이 야말로 "의식적으로 애써 도모한 일"로 이루어진 인생을 결산하고 있다는 느낌을 준다. 그와 동시에 독자들은 또 하나의 질문을 던지게 된다. 즉, 니콜레타에게 보낸 편지 역시 "의식적으로 애써 도모한 일"이 아닐까 하는 점이다.

일어나긴 했지만 즉시 옆으로 미끄러져 내리며 팔을 들었습니다. 우리가 그를 놓아주어야 한다는 것이었습니다. 빌고 있는 때조차 어떤 경멸적인 무엇인가가 흘러나오고 있었는데 그것은 그 수병이 우리의 회색 군복 앞에서 느낀 경멸이었겠지요. 그는 아가씨에게로 가고 싶은 게 아니라 어머니에게, 여자와 하룻밤 자려는 것이 아니라 그저 크리스마스라 집으로 돌아가고 싶은 거라고 강조했습니다. 그 어떤 "인간 망종"이라도 그 정도는 이해해줄 것이라고 했지요. 그는 자신의 팔에 걸린 시계를 손가락으로 만지작거리며——우리가 그를 놔준다면 그걸 주겠다고 했습니다.

한 부사관과 내가 그를 일으켜 세우려고 애를 쓰자 그는 아마도 우리가 자기를 문 앞까지 데리고 가리라 생각했던지 자진해서 협조적으로 움직였습니다. 그동안에도 그는 계속해서 자신의 유리 시계를 선전하며 그 시계가 그를 실망시킨 적은 단 한번도 없었다고 떠들어댔습니다.

우린 서둘러 그를 영창으로 끌고 갔고 그가 자신의 추적자들을 목에 쇠사슬을 단 개자식이니 빨갱이 놈이니 하며 부르는 데 맞장구를 쳐주었습니다. 눈 위에 새겨지는 그의 한짝 발자국은 우리들의 장화에 비해 소녀의 그것같이 보였습니다. 그는 이제야 어디로 끌려간다는 것을 알았는지 우리를 올려다보았습니다. 나는 그를 잡은 손에 좀더 힘을 주었습니다. 그래서였는지 아니면 내 견장에 달린 병장 계급장을 보았기 때문이었는지——그의 분노가 나를 향해 폭발했습니다.[6] 그는 나를 발로 찼고 그의 발끝이 내 정강이뼈를 때렸습니다. 나도 그를 향해 반사적으로 주먹을 날렸고 그의 코에서 피가 났습니다. 그는 팔을 뿌리치고 빠져나갔다가는 다시 나를 향해 달려왔습니다. 미쳐 날뛰며 피 묻은 주먹을 마구 휘둘러댔지요.

---

6 병장 계급장이 이유였다는 설명은 납득하기 어렵다.

난 한참을 그와 드잡이하다가 결국 그를 뒤쪽에서부터 꼭 붙잡았습니다. 그가 발버둥을 치며 발길질을 하는 바람에 난 어쩔 수 없이 그를 들어 올려 눈 덮인 바닥에다 내동댕이칠 수밖에 없었습니다. 경비초소에서 지원병이 왔습니다. 네 명의 병사들 가운데서 수병이 한 바퀴 돌고는 자신을 괴롭히는 이들의 원 안에서 나를 찾았습니다.

우리는 힘을 합쳐 그를 제압했습니다. 그의 팔을 등 쪽으로 꺾고 침을 뱉기 시작하는 그의 머리카락을 잡아 머리를 뒤로 젖힌 다음 그를 쿡쿡 찌르며 앞으로 나아가도록 했습니다. 그가 도중에서 쓰러졌기 때문에 우린 그를 계단으로 질질 끌고 내려가 영창에 집어넣었습니다. 이렇게 해서 난 진짜 영창에 도착한 셈이었지요. 기꺼이 그 안에서 옥살이를 하고 싶어 했던 바로 그 감옥 말입니다. 다음 날인 크리스마스 저녁에 난 니콜라이의 화실에 앉아 글뤼 와인과 함께 스톨렌 빵을 먹으며 「크리스마스 오라토리오」를 듣고 있었습니다. 니콜라이는 내게 말라파르트의 『피부』를 선물했습니다. 낡아빠진 서독의 문고판이었지요.

4월 중순, 전역일인 28일을 2주 앞둔 어느 날, 난 이미 귀향자의 낙관적인 기분에 빠져 지내고 있었습니다. 훈련 중이던 우리는 엘베 강을 넘고 소나무 숲을 기어갔지요.

마지막 날 밤, 부대로 귀환하라는 명령을 기다리며 장갑차 안에서 잠을 잤습니다. 차체의 내부가 식자 운전병들이 모터를 잠깐 가동시켰습니다. 그건 금지된 일이었지만 장교들은 모르는 척했습니다.

난 두번째 혹은 세번째로 모터가 가동되었을 때 잠이 들었습니다. 어깨에 전해져오는 통증이 나를 잠에서 깨웠습니다. 우도라는 한 부사관이 문자 그대로 내 몸 위에서 무릎을 꿇은 채 장갑차의 창문에 달린 손잡이를 잡아 블라인드를 열기 위해 애쓰고 있었습니다. 모터를 식히는 유일한 방법이었기 때문이었습니다. 온도계의 눈금을 보지는 못했지만 이미 빨간 표시를 넘은 상태였습니다. 모터는 시시각각 정지할 위험에 처해 있었습니다. 그 정도의 일이라면 근무 태만으로 간주되어 슈베트에 있는 군사감옥에서 형벌을 받을 수도 있습니다. 우도의 턱이 내 어깨를 계속해서 누르고 있었고 우린 온도계를 주시했습니다. 난 그의 입에서 나는 취침 시간의 호흡 냄새를 맡으며 내게 떨어질 판결을 기대했습니다. 멍청한 부주의로 슈베트에 가게 되다니 그건 참을 수 없는 일이었습니다!

눈금이 움직이기 시작하자 난 목에서 우도의 손을 느꼈는데 아마 있는 힘을 다해 누르는 듯했습니다. 마침내 그가 채광구를 열고 밖으로 기어 나갔습니다. 난 모터를 끌 수 있을 때까지 기다렸다가 그의 뒤를 따랐습니다. 난 그가 이 근처 어딘가에서 담배를 피우고 있을 거라고 생각했습니다. 하지만 그를 발견하진 못했습니다. 내가 산책을 떠났을 때 사위는 아직도 깜깜했고 완전한 정적 상태였습니다. 한순간이 더 지나자 문득 주위에는 군대를 연상시키는 것이라곤 더 이상 보이지 않았습니다. 보초도 철조망도 수색등도 없었으며 오로지 있는 것이라곤 부드러운 땅바닥과 고요함뿐이었습니다. 차량들 역시 나무들이나 마찬가지로 비현실적으로 보였고 마술에 걸려 잠을 자며 중얼거리는 파충류처럼 보였습니다.

멀리 가면 갈수록 내 흥분도 점점 커져갔습니다. 얼마나 걸었는지 모릅니다. 한 평지에 우뚝 선 나는 바지를 끌어내리고 주저앉았습니다. 얼마나 많은 것들을 다 배출해냈던지…… 굉장한 경험이었습니다. 요 며칠 사이에 내가 꾸역꾸역 집어넣은 모든 것들뿐만 아니라 예전에 내가 압박감이나 두려움 또는 괴로움들을 느끼며 집어삼켰던 모든 것들마저도 죄다 빼내버린 기분이었습니다. 신새벽, 숲의 땅바닥에 주저앉아 벌거벗은 엉덩이를 드러내고 있던 나는 당신이 상상할 수 있는 한 가장 행복하고 자유로운 인간이었습니다. 나는 새벽의 불그레한 노을과 함께 나만의 해가 떠오르는 것을 감상했습니다. 난 이제 모든 것을 뒤로한 것입니다. 지옥에서부터 돌아온 것이며 이제부터 내 책이 완성될 것은 오로지 시간문제일 뿐이었습니다. 이 순간이야말로 내 행복을 새로이 기록하는 원기(元氣)였던 셈입니다.

그날 저녁, 난 이 체험을 글에 담으려 애쓰고 있었습니다. 훗날 내 책을 내기 위해서 원고를 탈고하며 변형하거나 생략하거나 위치를 조정한다 하더라도 그 작품은 반드시 이 일출의 광경으로 끝이 나야 했습니다.

제대하던 날, 나는 늦은 오후에 내 검은색 가방을 들고서 전차 정류장에서 기다리시던 어머니의 품에 안겼습니다. 어머니는 빈 병이 들어 있는 시장바구니를 내려놓고 내 목에 매달리셨고 내가 요청드렸음에도 불구하고 나를 놓아주시지 않았습니다.

1990년 4월 29일 일요일

난 이제 집으로 돌아왔지만 문제 하나를 함께 들고 온 셈이었습니다. 니콜라이가 작센 스위스의 자기 집에서 주말을 보내자고 나를 초대한 것입니다. 이틀 동안이나 그와의 시간을 어떻게 견뎌내야 할지 알 수 없었습니다.[1]

니콜라이가 나를 데리러 왔을 때——반쯤 열린 흰색 상의에 해진 청

---

1 베라 튀르머와 요한 치일케의 진술에 따르면, 제대 후 한동안 니콜라이와 튀르머는 한 쌍의 연인 같았다고 한다.

바지를 입고 머리에 선글라스를 얹은 채 우리 집 층계참에 몸을 기대고 있었는데—난 마치 수영을 하지 못한다는 것을 알면서도 물로 뛰어드는 사람처럼 그의 뒤를 따랐습니다. 그와 보낸 시간에 대해 서술하자면 또 다른 독립된 작품이 될 것입니다. 그로 하여금 희망을 품게 했던 나 자신에 대해 양심의 가책을 느꼈습니다. 그는 구애를 해야만 하는 상황에 익숙지 않았습니다. 그는 거절을 받자마자 위압적으로 변했습니다. 우린 한밤중에 서로를 두들겨 팰 뻔했습니다. 우린 침낭을 돌출된 바위 위에 펴놓았습니다. 몇 미터만 가면 깊은 낭떠러지였습니다. 어둠 속에서 난 그의 얼굴조차도 제대로 알아볼 수 없었습니다. 오로지 목소리로만 짐작할 수 있을 뿐이었습니다. 그의 거만함, 질책, 조롱과 비아냥거림, 아니 그의 멸시까지도 난 다 상대할 수 있었습니다. 그러나 나를 경악하게 한 것은 스스로에 대한 그의 자기혐오였습니다. 내가 들은 것들은 내 귀를 막아야 할 정도로 참기 어려웠습니다. 그를 위해 위로를 할 수도 없었습니다. 그가 마침내 잠이 들자 어스름이 걷히기 시작했습니다. 챙겨야 할 짐이 많지 않았습니다. 맞습니다, 난 거길 도망친 겁니다. 그 이후로 니콜라이를 다시 본 적은 한번도 없었습니다.

18개월 동안 난 귀환의 날만을 학수고대했었습니다. 그러나 난 도대체 어디로 돌아온 걸까요? 아무런 흥미를 느끼지 못하는 세상, 글로 쓸 만한 중요한 것이라곤 없는 세상. 군대에선 자유시간 일분일초가 뜻하지 않은 선물이었고 견뎌낸 하루하루가 승리였었는데 말입니다!

지옥을 견뎌냈다는 증명서를 받아 드는 대신 난 오히려 천국에서 쫓겨난 기분이었습니다. 내 세상은 물구나무서기를 하고 있었으니까요. 그리고 차례로 사건들이 일어났습니다.

당시 베라의 남자친구는 구역질이 날 정도로 한심한 놈이었습니다. 나중에 알게 된 그의 이름은 다니엘이었고 경제적으로도[2] 누나를 착취하고 있었습니다. 난 그가 글을 쓰는지, 그림을 그리는지 혹은 또 다른 무엇을 하는 놈인지 알아내려고 애썼습니다. 그는 자칭 간호사였는데 일하러 나 간 적은 한번도 없었으며 (베라 누나의 돈이 아니면) 네덜란드인인지 프랑스인인지가 낸다는 베를린의 집세로 먹고살았습니다. 다니엘에게 드레스덴은 참을 수 없을 만큼 구질구질한 시골이었습니다. 베라의 베를린 금지령이 해제되기만 하면 단 한 시간이라도 더 이상 머물지 않겠다고 했습니다. 베라는 다니엘을 찬양했습니다. 왜냐하면 그가 '근경'이라든가 '안티오이디푸스'와 같은 단어를 알고 있었고 아무에게도 빌려주지 않는 서쪽의 책들을 소장하고 있었기 때문이었습니다. 그가 '푸코'라는 이름을 입에 담을 때면 문득 걸음을 멈추고 마치 자신이 내지른 나팔 소리에 스스로 귀라도 기울이는 듯 보였습니다. 베라에게 다니엘은 모든 사물의 척도였습니다.

나 역시 처음엔 그를 피할 수 없었습니다. 그의 미소는 첫 만남에서 던지는 무슨 미끼 같았습니다. 두번째 만남에선 누구나 그를 벌써 실망시킨 게 아닌가 하며 불안에 떨게 됩니다. 왜냐하면 누구라도 금테 안경 뒤에서 내면으로 향하고 있는── 오늘날이라면 오히려 혼탁하다고 표현해마지않을── 그의 시선을 보게 되었으니까요. 내가 말로 표현하거나 좋다거나 나쁘다고 여긴 그 모든 것들은 그의 언변술 속에서 정반대의 것으로 변해버렸습니다. 누군가 조금이라도 반대 의견을 내려고 하면 그 사람은 지배자에 대항하는 범죄자로 낙인찍혔고 누군가가 찬성하려고 한다면 그것은 암암리에 상대를 조정하려는 비열한 방법이라는 것이었습니다. 다니엘

2 튀르머는 이 분야에서도 경쟁자가 생기는 것이 두려워했다.

은 베라의 면전에서 단 반 시간 만에 나를 천하에 둘도 없는 완전한 바보로 만드는 데 성공했습니다. 오늘날 푸코나 들뢰즈, 라캉과 데리다 그리고 또 모든 다른 작가들의 책을 읽지 않고서 어떻게 글을 쓸 수 있다는 말이냐? 하버마스를 비롯하여 프랑크푸르트학파는 모두 다 잊어버려도 좋다, 그렇지만 적어도……

문 앞까지 배웅해준 베라가 나를 위로하려고 했습니다. 다니엘은 그 작가들을 모른다는 것 때문에 나를 나무라는 것이 아니라 그들을 공부하지 않고서 글쓰기를 시도하는 것은 바람직하지 못하단 의견을 말한 것뿐이라나요.

베라는 자신을 사모하는 어떤 남자의 작품을 보여주겠다는 약속으로 내게 최후의 일격을 가했습니다. 그것은 군대에 관한 글이며 베라가 보기에 "나쁘지 않다"는 것이었습니다. 그의 질투심과, 똥개처럼 그녀 뒤를 졸졸 따라다니는 그의 시선을 비웃으며—글솜씨만 아니라면 그에 대해선 별로 진지하게 생각지는 않는다는 베라의 말이 오히려 내 귀에 경종이 되어 울려 펴졌습니다. 그 무엇보다도 누군가 내 영역에 침범해 이곳저곳을 쑥대밭으로 만들고 다닌다는 사실이 불안했습니다.[3]

나 자신의 원고, 즉 제로니모가 꼼꼼하게 정리해둔 내 원고를 다시 읽어보자 모든 내용이 따분하게만 느껴졌습니다. 내가 책상 가득 채워두곤 했던 그 원고 뭉치는 허섭스레기일 뿐이었습니다. 어린 시절 발트 해 바닷가에서 눈에 띄는 대로 조개껍데기를 죄다 그러모아 집으로 가져오겠다고 고집을 부렸던 적이 있었습니다—몇 주 후 그 조개껍데기들은 내

---

3 튀르머는 여기서 언급되고 있는 사람이 학교 시절에 알고 있던 동창생임을 말하지 않고 있다. 즉, 이 서간문의 발행인을 말하는 것이다. 나는 내 원고에 대한 튀르머의 평가를 기꺼이 들었을 것이다. 이 대목 이후, 그는 내 원고에 대해 일언반구도 내비치지 않는다.

승인하에 전부 다 쓰레기통으로 직행했었고요── 지금은 이 원고 뭉치를 몽땅 묶어 폐품상에 넘겨버려야 했을지도 모르겠단 생각입니다.

물론 편지들은── 그것들은 진짜 편지가 아니라 메모나 짧은 장면 서술을 담은 글이었는데──541 부대에서 지낸 날들을 아주 자잘한 세부사항까지도 거의 다 떠오르게 했습니다. 하지만 무엇을 위해서 그걸 다 기억해내야 한단 말입니까? 가을의 모리츠부르크 연못에서 살이 오른 잉어를 건져 올리듯 내가 그 원고들로부터 낚시해 건져 올릴 수 있을 거라고 기대했던 이야기들은 다 어디로 갔단 말입니까? 내 지난 열정 자체가 유치하고, 내겐 과분하고, 쓸모없는 짓으로 여겨졌습니다. 난 다니엘과 베라가 옳았다는 것을 인정할 수밖에 없었습니다. 그건 지옥으로의 추락이었습니다.

갑자기 난 그저 '어중이떠중이'에 속하는 아무개일 뿐이란 생각이 들었습니다. 자포자기하고 탈진된 기분이었습니다. 창작 활동이 아니라면 내 인생은 아무런 가치가 없었습니다!

나움부르크에서 신학을 공부하던 제로니모는 고등학교 검정고시를 치르기 위해 프란치스카와 함께 공부하며 한 밴드에서 노래를 불렀습니다. 우리 두 사람은 드레스덴의 교회 총회에서 기민당 사람들과 언쟁을 벌였고 교회의 간부였던 스톨페를 탄압자로 단정지었습니다. 그러나 그 외에는 서로 나눌 말이 별로 없었습니다. 난 프란치스카와 사귀는 그를 부러워했고, 이젠 그가 도시 전체가 다 내려다보이는 바이센 히르쉬의 큰 저택에서 산다는 것과 그의 부모님과 함께 테라스에 앉아 차를 마신다는 것을 부러워했습니다.

엎친 데 덮친 격으로 방위지구사령부에서⁴ 나를 부사관 예비역으로 전역시켰음을 전해왔습니다. 치욕이었지만, 그에 대해 저항하긴 이미 늦어버렸으므로 난 그저 그 일을 비밀에 부칠 수밖에 없었습니다.

내 구원자는 크리스마스 때마다 1백 서독마르크와 부활절마다 50서독 마르크를 부쳐주셨던 카밀라 아주머니였습니다. 그 결과 난 총 3백 서독 마르크를 갖게 되었고, 거기에 어머니가 모아둔 돈과 부다페스트로 가는 기차표 그리고 이불보 두 벌을 더 얹어주셨습니다. 난 그 도시에서 열흘 동안 머물며 왕자처럼 지냈습니다.

이것이 자서전이라면 앞으로 쓰게 될 긴 장의 제목을 '카탈린'이라고 붙여도 될 것입니다. 카탈린은 나도리 아주머니의 사촌으로 세게드에서 영어와 독일어를 전공했습니다. 그녀는 시험을 준비하는 중이었습니다. 우린 아침엔 몇 시간이고 나도리 아주머니의 부엌에 앉아 시간을 보냈고 카탈린이 거실로 쫓겨 갈 때까지 담배를 피웠습니다. 그곳에서 그녀는 하인츠 메트케의 중세고지독일어 문법을 공부해야 했습니다. 오후 4시에 우린 어디에선가 만났습니다. 카탈린은 약혼한 상태였고 약혼자라는 역할에 충실했지만 오페라 공연을 보고 난 저녁이면 언제나 내 방으로 들어오곤 했습니다. 난 침대에서 침낭을 끄집어내려 나도리 아주머니가 늘 "진짜 로코코 풍"이라고 부르시던 하얀 서랍장 바로 앞 낡은 마룻바닥에 깔았습니다. 그러면 카탈린은 그 진짜 로코코 풍의 서랍장을 열고 그 안에 둘둘 말려 있던 이불보를 꺼내 이부자리를 마련했습니다. 그녀는 단지 내 옆에 눕고 싶을 뿐이라고 말하며 잠옷을 벗어젖히곤 내 두 손을 자신의 따뜻한 허벅지 사이에 넣었습니다. 잠시 후 우리 두 사람은 잠이 들었지만 깨고 나면 모든 것은 간단하면서도 잊을 수 없이 아름다웠습니다.

이 6월의 날들에 대해 감사해야 할 것이 또 있는데, 그건 한 권의 책

---

4 방위지구사령부는 군복무 기간 동안 병사의 주민증을 수거했다가 나중에 도로 돌려준다.

이었습니다. 우리 집 거실에서도 발견할 수 있을 법한 책이었습니다. 하지만 우리 집에서 그런 책은 위협적인 느낌의 겉표지에 싸여 있으므로 난 한번도 손을 댄 적이 없었습니다.[5]

그 책은 부다페스트에서 구입한 것이었습니다. 이미 내게 니체의 전집 중 여러 권을 종이에 포장해주었던 고서점의 여자가 이번에도 역시 그 책을 내게 건네주었습니다.

책방 안에서 난 첫 장을 읽었는데——그 순간 문득 내가 무엇을 바랐는지 깨달았습니다. 바로 이런 이야기, 단지 지금에 관한, 바로 이곳의 이야기, 새로운 기병들의 이야기! 난 내 새로운 하느님을 발견한 것이었습니다. "이삭 바벨(러시아 태생의 유대인 작가 — 옮긴이)입니다"라고 여자가 속삭이면서 책의 겉표지에 눈길을 힐끗 주더니, 갸름하면서도 점이 난 손을 들어 공중에다 대고 우아한 나선 모양을 그렸습니다. 베라와 다니엘이 백번 옳았다고 쳐도 바벨에 대해선 내가 옳았습니다.

카탈린은 무엇인가 굉장한 일이 벌어졌다는 것을 눈치 챘습니다. 그리고 내가 이야기하는 태도와 어쩔 수 없이 몇 대목을 낭독했던 일, 감동에 겨워 그녀가 내게 키스하려는 것을 무조건 받아들였다는 사실이 그녀의 마음에 들었다는 것을 난 감지했습니다. 벌건 대낮에 언제 그녀 이모의 하얀 머리가 문 앞에 나타날지 알 수 없는 위험한 상황이었는데도 말입니다.

당신의 E.

---

5 아마도 1964년 베를린의 '문화와 진보' 출판사에서 출간된 책들을 말하는 듯하다. 장정에는 콧수염 난 기사가 칼을 휘두르는 장면이 그려져 있다.

친애하는 니콜레타!

8월 말에 난 전직 작가 생활을 청산했습니다. 대학을 다니기 위해 예나로 갔던 것입니다.

이렇게 착실히 시간순에 따르는 게 조금 부끄럽게 느껴지기도 합니다. 하지만 한 사건은 또 다른 한 사건 없이는 이해될 수가 없거든요. 그러나 난 이제 당신에게 좀더 빨리 이야기를 전개해보겠다는 약속을 드립니다.

내 집필만 아니었다면, 내 그 한심한 소명만 없었다면 난 아마 좋은 학생이 되었을 겁니다. 그러나 나를 이리저리 끌고 다닌 유일한 질문이 있었습니다. 난 마력의 나이 스물다섯 살이 되었는데 군대에 관한 내 책을 완성한 후 서독에서 출판하기까지 도대체 얼마만큼의 시간이 더 걸려야 할까?

대학의 학업 그 자체에 대해서는 쓰지 않겠습니다. 그것이 내 하루 일과를 지배했고 심지어 학업을 못하게 될까 봐 두려워했음에도 불구하고요. 우린 총 아홉 명이었는데 그중에 다섯 명은 고고학 전공이었고 네 명은 고전어문학 전공이었습니다. 언젠가 당신에게 고전어문학은 예나에서만 수학할 수 있고 2년마다 한 번씩밖에 등록할 수 없었다는 것을 이미 말씀드린 적이 있지요. 물론 그건 자만심을 부추기는 일이었습니다. 자만할 만한 하등의 이유가 없었는데도 말입니다.

1983년에 있었던 평화 행진들과 군비 확장에 관한 결정을 기억하십니까? 예나에서는 시위가 열렸습니다——불법적이거나 공식적인 시위, 아니면 둘 다인 경우도 많았습니다. 비공식적인 푯말과 현수막들은 노동자에 의해 운반되었고 비밀안전기획부에 의해 재빨리 파괴되었습니다. 난 시위

참가자들이 부서진 푯말의 잔해를 높이 들고 선 채로 체포되거나 나부끼는 동독 깃발의 숲 뒤로 어린이들이 사라져가는 것을 보았습니다.

난 몇몇 다른 학생들과 함께 '구호'가 퍽 불경했음에도 불구하고 공격당하지 않았던 신학과의 줄에 가 섰습니다.

퇴학을 당하기 위해서라면 몸을 굽히고서 푯말의 조각을 집어 들기만 하면 되었을지도 모릅니다.

내가 그렇게 하지 않은 이유는 단지 학업이 약속하는 미래 때문만은 아니었습니다. 난 두렵기도 했습니다. 모든 이들이 체포 구금을 견뎌낸 것은 아니었거든요.¹ 토요일 오전마다 군복을 입은 남자들로 가득한 차가 '우주인 광장' 근처를 덮치곤 했습니다. 그들로부터 흘러나온 감시의 분위기는 곧 도시 전체로 퍼졌습니다. 누구라도 토마스 만 서점으로 들어가거나 아니면 단지 광장을 가로지르기만 해도 바로 다음 순간 시위대의 일원이나 비밀안전기획부의 앞잡이로 둔갑할 수 있었습니다.

내가 이미 학교에서부터 알고 있던 '개인면담'(군대에서조차 비슷한 시도가 있었습니다만)은 대학에서도 계속되었습니다. '남학생'이라면 누구나 기꺼이 예비역 장교가 되겠다는 것을 서면으로 제출하는 것이 전제로 되어 있었습니다. 왜 그랬었는지 이유가 불분명하기는 하지만 내가 서면 제출을 거부한 후에 비밀리에 일의 배후를 조종하는 회색의 인물에게서 '개인면담'을 하자는 초대를 받았습니다. 고고학과 정교수였던 삼트호펜(Samthoven이란 그의 이름 중 'v'는 예전에는 'f'였다고 합니다)이었습니다.

---

1 예나 출신의 마티아스 도마쉬크는 1981년 4월 10일에 체포되어 다음 날 게라에 있던 비밀안전기획부의 지역 사무소로 넘겨졌다. 4월 12일, 그는 게라의 비밀안전기획부의 조사실에서 오늘날까지도 해명되지 않은 불가사의한 방법으로 목숨을 잃었다. 비밀안전기획부 사무소 측은 그가 자신의 상의로 목을 매어 자살했다고 발표했다.

그는 언제나 단정함이 지나쳐 어쩐지 부자연스럽기까지 한 모습이었습니다. 흠잡을 데 없이 잘 다듬은 촘촘한 수염이나 작은 발, 그리고 마찬가지로 잘 다듬은 손톱에 대해서 그는 몹시 자랑스러워하고 있었습니다. 프로세미나 시간에 그는 작은 시가릴로를 피웠고(우리에게도 수업시간에 담배 피우는 것을 허락했지요) 승마용 채찍을 지시봉으로 사용했습니다. 그는 바람둥이라는 소문이 있었습니다. 아무튼 그는 거리낌 없이 예쁜 여학생들을 편애했는데 특히 머리가 긴 여학생이면 더욱더 그랬습니다. 내가 한 소네트의 도식을(내가 '셰마Schema'라고 발음한 것을 그는 '스케마Skema'라고 정정했습니다) 칠판에 그린 이후(자신은 일반교양 교육에 '가장 높은 가치'를 둔다는 것이었습니다) 그리고 내가 한 신입생을 위해 전기 도형 무늬 도자기에 대해 설명을 한 이후 그는 나를 한없이 과대평가했습니다.

그가 앉으라고 자리를 권했고 거의 아버지 같은 자세로 차를 내왔으며 내게 재떨이를 밀어주었습니다. 우린 둘 다 다리를 포개고 앉아 크기가 서로 다른 우리들의 신발을 내려다보았습니다. 두 사람의 신발이 가볍게 흔들려 그 끝이 거의 맞부딪힐 지경이었습니다. 엄지와 중지로 입가를 쓰다듬으며 입술을 굳게 한번 깨물더니 그가 마침내 말을 시작했습니다. 개인면담에 초대한 것에 대해 놀랄 것은 없다, 그러나 돈을 받고 직업으로 일하는 자들이 나와 먼저 이야기를 하기 전에——그러면서 그는 비밀안전기획부가 아니라 현재 지위에 오르기까지 전공에 대한 지식은 둘째 문제였던 자신의 동료들을 말하는 거라고 했습니다—— 자신이 나와 이런저런 대화를 나누는 즐거움을 누리려는 것이다, 내가 최종 결정을 내리기 전에 신중을 기했었는지 단지 확인해보고 싶었을 뿐이다, 등등을 말하면서 차를 따라주더군요.

그 자신 이외엔 아무도 내가 부사관이라는 것을 알지 못한다…… 난 반대 의견을 내려고 했습니다. 나에 대해 설명하려고요——그는 내가 뭘 말하려는지 잘 안다, 그래도 자신이 이야기를 좀더 하도록 내버려달라, 부사관이라는 사실은 이미 그 자체로 부끄러움을 느낄 만한 일인 줄 알고 있다, 그러나 그건 내가 생각할 만한 그런 이유에서가 아니라 오히려 그 반대의 이유로 그렇다, 동독이든 서독이든 다 똑같이 모든 나라는 엘리트들 중에서 장교를 뽑는다, 그건 어디에서나 마찬가지인데 유독 우리나라만 그렇지가 못하다, 폴란드와 러시아 또는 체코 사람들의 경우에는 아무에게도 의견을 묻지 않는다,라고 말했습니다.

만일 내가 거부함으로 직업과 인생 계획을 다 망치게 된다면 자기로서는 매우 애석할 것이다, 더욱이 나한테는, 나 역시 자신의 말을 인정할 것이 분명한바, 어떤 논리 정연한 이유가 떠오르지도 않을 것이고 앞으로도 절대 떠오르지 않을 것이며 게다가 이 사람들에게서 정신적인 굴욕을 느끼기만 할 것이 아닌가. "왜냐하면, 친애하는 튀르머 군, 부사관이 그 계급에서 무어 그리 대단히 끔찍한 것을 발견할 수 있겠나? 군이 통째로 반대의 논지를 펴고자 한다면 튀르머 군이 동의하고 선서한 내용 역시 취소해야겠지. 아니면 내가 뭔가 다른 가능성 하나를 못 보고 지나갔나?" 그는 납작하고 흰 잔을 들어 입술에 대더니 홀짝홀짝 차를 마셨습니다.

그가 계속해서 말을 이었습니다. 사람들이 우리에게 바라는 것은 단지 고백, '예!'라는 상징적인 대답 한마디가 전부라고 했습니다. 다시금 그는 찻잔을 입으로 가져가며 그 언저리 너머로 나를 넘어다보았습니다. "그루진의 차야. 트빌리시에서 가져온 것이라네. 튀르머 군도 곧 거기에 가보게 될 거라고 생각하네만."

내가 이 일에 대해 한번이라도 더 생각해보게 된다면 그것으로써 그는 대만족이라는 것이었습니다. 또한 그는 현재 실존하는 사회주의의 결점에 대해서라면 우리가 더 이상 토론할 필요는 없을 것이며 몇몇 사람들이 흔히 생각하듯이 우리의 논점이 그렇게 서로 멀리 떨어진 것은 아마도 아닐 것이라고 했습니다. 그러나 그는 내게 질문 하나를 던져야겠답니다. 러시아든 중국이든 쿠바든 간에 다른 그 어떤 사회체계가 이렇게 짧은 시간 안에 기아 문제를 해결한 적이 있는지? 날마다 몇만 명의 사람들이 기아와 치료 가능한 병을 갖고서도 진료를 받지 못해 죽어가는 한, 사람들은 이 질문을 던져보아야만 한다고 했습니다. "무엇이 알렌데(칠레의 소아과 의사 출신 정치가—옮긴이)의 첫 결정이었나? 모든 어린이들에게 각각 0.5리터씩의 우유를 주자는 것. 알렌데는 의사였고 그는 무엇이 가장 급선무인지를 알고 있었지."

삼트호펜은 성냥에 불을 붙인 후 자신의 시가릴로를 빨았습니다. 마지막으로, 단지 그러한 이유 때문에 내게 이런 이야기를 하는 것이며, 단지 그 이유 때문에 이렇게 귀중한 시간을 할애하는 것이라고, 오직 이 나라의 엘리트 한 명을 구하는 일만이 관건이라고 하더군요. "교육을 포기하는 어리석은 짓을 하지 말게!" 그는 불붙은 시가릴로를 쫙 벌린 손가락 사이에 끼운 채 외쳤습니다. 적대계급보다 오히려 더욱 이 나라를 피폐하게 만든 그들의 그물에 걸려들어서는 안 된다면서요. 내가 그 말을 이해한 것이라면 이젠 우린 같은 편이라는 것이었습니다. 그 이상은 말하고 싶지도 않고 말할 수도 없다고 하더군요. 이곳에서 영웅 노릇을 하는 대신에 당에 들어가는 것이 내게는 훨씬 좋을 것이라고도 했습니다. "오로지 정당으로부터 직접 필수 불가결한 개혁이 나올 수 있어. 튀르머 군은 그걸 반드시 체험하게 될 거야!"

그가 친히 내 모든 앞길을 닦아놓겠다고 말했습니다.

그의 이 마지막 말에서는 좀 화가 난 듯한 어조가 느껴졌는데 마치 이 모든 것을 말해야 한다는 것 자체가 그를 화나게 한다는 투였습니다. 한참 동안 우린 아무 말 없이 앉아 있었고 우리들의 발은 계속해서 흔들거렸습니다. 그리고 그가 갸름하고 건조한 손을 내밀며 내게 작별인사를 고했습니다.

내 허파가 아파왔습니다. 난 끊임없이 담배를 피워댔었거든요. 헤켈의 계통 박물관 앞에서 난 멈추어 섰습니다. 유혹적인 그 제안 따위는 그만 잊고 다른 데로 마음을 돌리고 싶었고 신선한 공기가 필요했습니다.

우체국을 지나면서부터 서부역 쪽으로 방향을 잡았지만 직장인의 차량들 때문에 곧바로 오른쪽으로 꺾어져야 했습니다. 나는 가파른 언덕을 올라 시민 주택과 정원이 딸린 빌라들이 줄지어 늘어선 거리를 목적지도 없이 산책했습니다. 사암으로 된 빌라 한 채가 나왔고 여러 부분으로 나뉜 그 빌라의 창문에 빨간색과 흰색의 깃발이 글자와 함께 걸려 있었습니다. 비바트 폴스카(Vivat Polska, 폴란드 만세)! 그것들은 도시의 여기저기에 몇 개 더 있었습니다. 이곳에 신청자가 있다는 뜻이었습니다. 이곳을 빠져나가 서쪽으로 가려는 사람이 말입니다.

난 계속해서 걸었습니다. 바람이 불었지만 춥지는 않았지요. 난 땀을 흘렸습니다. 한번은 방향감각을 잃었다고 생각했습니다.

어떻게 말을 해야 좋을까요. 난 어느 산등성이의 반쯤 되는 곳에 와 섰고 그때 문득 군대에 관한 내 책이 어떤 모습일 것인지 떠올랐습니다. 마술가의 손으로 글을 쓰듯, 난 '비바트 폴스카'와 십자가학교의 담벼락에 새겼던 비문을 내 군대 경험담에 끼워 넣었습니다. 정신적인 유대감을 가지고 나를 대해준 것에 대해 어쩐지 삼트호펜에게 감사한다고도 언급했습니다.

한 시간 반 뒤에 난 '하우저'에 앉아 3학년생 네 명으로부터 삼트호펜과의 면담이 어땠는지에 관해 질문 공세를 받고 있었습니다.

난 삼트호펜이 우아하게 다리를 꼬던 것을 흉내 내며 그와 똑같은 투의 노골적인 자기애를 연기했습니다. 쭉 뻗은 손등을 관찰하다가는 있지도 않은 상상의 수염을 쓰다듬었고 접시받침을 턱에 닿을락 말락 갖다 댈 때는 새끼손가락을 내밀었습니다. 그러면서 트빌리시에 관한 그의 문장을 흉내 냈고 과연 마지막에 가서 제대로 된 동사형으로 끝을 맺을지 아닐지 내기라도 해야 할 정도로 길었던 그의 문장을 모사했습니다. 세상에 삼트호펜을 배신할 수 있는 사람이 있었다면, 그건 바로 나였습니다.

네 명의 패거리들은 큰 소리로 웃어젖혔습니다. 난 우리 테이블이 컴컴한 식당의 중앙 무대가 되는 것을 보며 그 시간을 즐겼습니다. 하얀 앞치마를 두르고 50대를 약간 넘겼을 거라는 것 말고는 나이를 짐작할 수 없는 여종업원 에디트 아줌마가 단 한 번의 손짓으로 지금 막 들어서서 자리가 나기를 기다리느라 서성대는 손님들을 문밖으로 내쫓았습니다. 마치 그들이 이곳의 공연을 방해라도 한다는 듯한 몸짓이었습니다.

이날 저녁처럼 내가 사람들을 즐겁게 웃긴 적은 그 후 다시는 없었습니다. 정당에 입당하라는 삼트호펜의 권유는 멋지게 절정을 이루는 회전 동작처럼 성공적이었습니다.

삼트호펜은 내가 예의상 침묵했다고 생각했는지도 모릅니다. 여기 이 패거리들이 내가 무엇을 원하는지 잘 안다고 생각하는 것과 마찬가지로요. 흉내 내기 공연이 끝날 무렵, 내가 마지막 날까지 예비역 장교가 되기를 거부할 것이라고 믿는 그들에게 나는 다만 "그렇지" 하고 대답할 수밖에 없었습니다.

에디트 아줌마는 얼마 후 우리 테이블로 다가와 앉더니 담배를 달라고 부탁했습니다. 맨 뒤에 주문하는 맥주 한 잔은 그녀가 공짜로 내겠다고 했습니다. 그로써 다시 한 번 마지막으로 분위기가 한껏 고조되었습니다. 이젠 막이 내려져도 좋았습니다.

집으로 돌아가는 길에 나는 가슴 주머니 안에 든 불룩한 지갑만큼이나 묵직한 느낌으로 내 책을 느꼈습니다. 부대의 지하 보일러실 어디쯤엔가 어두운 벽에 흰색으로 써진 '비바트 폴스카'라는 비문이 그 이야기의 배경 혹은 출발점이 될 것입니다. 병사 한 명 한 명이 불려갈 것이며 심문을 받는 장면과 자신의 이름이 불리기를 기다리는 장면에서 인물들의 성격을 묘사할 것이며 잔인한 병영 내의 일상에 대해 서술하게 되겠지요. 그들이 유력한 용의자를 잡았다 싶으면 이내 곧 '비바트 폴스카'라는 암호가 다시 벽에 칠해질 겁니다. 곧 세번째, 네번째, 그리고 또 금세 열번째 비문이, 심지어는 훈련장의 쌓인 눈 위에서도 사람들은 그 비문을 읽게 될 겁니다. '비바트 폴스카!' 그리고 바로 그때—이 부분이 전체 이야기의 절정이 될 것인데—범인은 다른 사람들이 아니라 사실 비밀안전기획부이었다는 것이 드러납니다. 그것을 빌미로 삼아 사람들을 취조하기 위해서 그리고 사람들을 자극해 서로서로 고발하도록 유도하기 위해 그들이 꾸민 자작극이었던 것입니다. 그들이 사용한 속임수가 이제는 그들을 겨냥하게 되었고 어쩔 수 없는 상황으로 발전합니다.

바로 종이에 쓰기만 하면 되었습니다. 무엇을 더 덧붙일지 생각하느라 난 거의 무아지경이었습니다.

당신의 엔리코 T.

친애하는 니콜레타!

시간이 흐르면 흐를수록 나디아와의 짧은 열애가 또렷한 모습으로 떠오릅니다. 그녀와 같은 여자가 내 품으로 달려왔다는 것은 놀라운 일이었습니다. 나디아는 베라의 애인이었습니다. 1981년에 그녀의 어머니가 동성애자인 스위스인과 결혼을 했고 5월에는 외국으로 떠났습니다.

베라가 그녀를 잊는 데는 오랜 시간이 필요했지요. 오늘날까지도 우린 나디아 얘기가 나오는 것을 피하고 있습니다. 나디아의 원래 이름은 사비네였는데 베라가 브레톤에 열광하는 바람에 금세 모두들 그녀를 나디아라고 불렀습니다.

당시 나에게 허락된 얼마 안 되는 방문에서 베라는 나디아와 나를 어린아이처럼 대했습니다. 우릴 강아지라고 불렀고 매번 나를 돌려보내곤 했습니다. 나디아에 대해서 내가 들은 이야기라곤 오로지 나와 성이 같은 ——베라는 당시 '남자'라는 말을 입에 담지 않았습니다——이미 결혼한 작자들이 그녀의 집 앞에 진을 쳤다는 것과 그 열여섯 살 소녀를 차지하려고 서로 주먹질까지 오갔다는 것이었습니다. 1985년 3월 23일 3시쯤 난 베라의 집 계단 아래에서 나디아를 다시 만났습니다. 처음에 난 그녀를 알아보지 못했습니다. 모자를 쓰고 울고 있었기 때문입니다. 옷차림은 전과 마찬가지였습니다. 그녀의 새로운 사투리가 나를 당황시켰습니다.

베라가 그녀의 코앞에서 문을 닫아버렸다는 것이었습니다. 나디아는 물러서지 않고 베라와 이야기를 하려고 계속 애를 썼습니다. 그때 내가 나타났던 겁니다. 하늘에서 뚝 떨어진 것처럼 나는 그녀의 앞에 서서…… 우리가 얼마나 자주 이 장면에 대해 이야기를 나누었는지 잘 모르겠습니다. 그녀는 단번에 알아차렸다고 합니다. 바로 이 사람이야! 난 이 남자를 원해!

난 베라와 약속한 상태였습니다. 하지만 나디아를 그대로 그냥 세워둘 수는 없었습니다. 나디아는 예전에 다니던 학교 길에 동행해주지 않겠냐고 물었습니다. 그녀는 여러 번 드레스덴으로 다시 돌아오려고 노력했었다고 말했습니다. 우린 장미의 정원과 엘베 강 쪽을 향해 부둣가를 따라 걸었고 '다스 블라우에 분더' 다리를 지났습니다. 그녀의 말은 끊길 줄을 모르고 이어졌고 그녀의 팔은 단 한순간이라도 내 팔을 벗어날 것 같지 않았습니다. 돌아오는 길 엘베 강가 풀밭에는 벌써 어둠이 깔리고 있었습니다.

그녀가 돈, 일, 대학교 생활 그리고 1년 전부터 옮겨 간 잘츠부르크의 집에 대해 이야기하는 동안 내 역할은 그저 들어주는 게 한계였습니다. 오스트리아는 스위스보다 더 마음에 든다고 했습니다. 나디아는 자신의 생활에 그리 만족하는 것처럼 보이지 않았습니다. 그렇다면 왜 일자리와 학교를 바꾸지 않는 거냐고 내가 질문하자 머리를 갑작스럽게 흔들며 아주 화난 음성으로 반문했습니다. "왜 그래야 하는 거지?"

우리의 만남은 그것으로 그칠 수도 있었을 것입니다. 하지만 해 지는 광경과 고시가의 실루엣이 등장하자 우린 그리로 향해 계속해서 걸었고 우리들의 침묵에 의미를 부여했습니다.

나디아는 브륄의 테라스 위에 있는 '세쿤도 게니투르'의 어떤 종업원 남자를 알고 있었습니다. 그래서 우린 테이블 하나를 독차지할 수 있었습니다. 나디아는 내게 아직도 계속해서 글을 쓰느냐고 물었습니다. 난 그녀에게 내 군대에 관한 책에 대해 이야기해주었습니다. 하지만 이틀 후 젤리겐슈테트의 군영으로 가야 한다는 것에 대해선 말하지 않았습니다. 동

독의 대학생들이라면 징병검사에서 불합격되지 않은 이상 모두가 다 이 5
주간의 훈련을 거쳐야 했으니까요.

난 나디아를 전차 정류장까지 배웅했습니다——그녀는 드레스덴의 라
우베가스트에 있는 한 친구네 집에서 묵고 있었습니다. 우린 서로서로 부
디 잘 살라는 작별인사를 나눴는데 그건 극적인 상승효과에 대한 우리들
의 예감이었습니다. 어차피 오후에 뮌헨으로 향하는 기차는 별로 많지 않
았습니다.

나디아는 역사의 아치 아래 모자를 쓴 실루엣으로만 보였습니다——
밖으로부터 비쳐 들어온 햇빛이 내 눈을 찔렀기 때문이었습니다. 다음 순
간 그녀가 짙은 고동색의 복장으로 나를 향해 달려와 내 목을 감으며 "난
이미 알고 있었어. 난 정말 알고 있었다니까"라고 속삭였을 때 난 그녀를
사랑한다는 것을 확신했습니다. 그게 아니라면 그녀와 작별할 때 느낀 절
망감이——나디아를 따라 기차에 오르지 못한다는 절망감이——내 눈에서
눈물이 솟게 했다는 것을 무엇으로 설명할 수 있었겠습니까?

어머니는 꾸중으로 나를 맞으셨습니다. 이웃 여자의 집에 가서 머리
를 깎기로 되어 있던 약속을 어겼거든요. 어머니가 직접 가위를 드셨습니
다. 내 목 둘레를 면도한 후 싸두었던 가방을 내 발치에 놓으셨습니다.

예나로 가는 기차는 만원이었습니다. 난 아무래도 좋았습니다. 책을
읽고 싶지 않았고 주위가 조용할 필요도 없었습니다. 내가 원하는 전부를
가지고 있었으니까요. 드디어 내겐 나디아와의 장면을 발전시킬[1] 시간이

---

1 이 편지 복사본에는 서류 클립으로 메모지 한 장이 고정되어 있었다. 거기엔 어디선가 인용
했다고 밝힌 문구가 적혀 있었다. "사랑하는 이와 함께 있을 때 받아들인 것은 음화일 뿐이
다. 우린 그것을 가지고 집에 돌아가 다시금 내면의 암실에 놓고 완성시켜야 한다. 다른 사
람들이 보는 동안엔 그 암실의 입구를 못질해 닫아둔다." 이 인용문의 출처는 아직까지 밝
혀지지 않았다.

주어졌고 그 자세한 내용까지도 다 생각해낼 수 있었습니다.

나디아는 속삭일 때 내 귓바퀴를 잡아당겼습니다. 난 다시금 그녀의 호흡을 느꼈고 내 목과 뺨에 스치던 손가락 끝을 느꼈습니다. 난 그녀의 팔에 힘이 들어간 것을 느꼈고 가슴을 느꼈고 그녀의 입술을 느꼈습니다.

나디아가 내 입에서 들었던 마지막 말은 "좋은 여행이 되길 빌어!"였습니다. 그런 말밖에는 못한 내 자신이 부끄러운 나머지 온몸이 덥게 느껴질 정도였습니다. 그리고 그녀는? 그녀는 무슨 말을 했던가요? 우리는 서로의 손을 꼭 잡았고 난 떠나기 시작한 기차를 따라 뛰었습니다. 내가 빨리 뛰면 뛸수록 그녀는 대담하게 웃으며 차창 밖으로 점점 더 많이 몸을 내밀었습니다. 플랫폼이 나타나자 예상치 못한 운명의 일격이라는 듯 그녀가 깜짝 놀라 뒤로 물러섰습니다. 그 충격은 오로지 나부끼는 그녀의 머리카락만이 보이게 되었을 때까지도 그녀의 얼굴에 남아 있었습니다. 그리고 내가 몸을 돌려 텅 빈 플랫폼을 건너가던 그 마지막 순간.

우리가 예나에서부터 트럭을 탔었는지 아니면 기차를 타고서 젤리겐슈테트로 이송되었는지 모르겠습니다. 또한 어떤 작자가 우리를 통솔하고 중대에 배치했었는지도 역시 생각이 나질 않습니다. 오로지 신병들이 아침까지도 술을 마셔대며──마치 짧게 깎은 머리가 창조적인 축제의 분장이기라도 한 듯──자꾸만 연거푸 새롭게 웃음을 터뜨리던 것만이 망각의 안개로부터 비죽이 모습을 드러냅니다. 난 누군가가 내민 술을 병째로 마셨습니다.

내가 다시 기억하는 시점은 왼쪽 손이 머리에서 철모를 벗는 동안 검대의 버클을 열고 떨어져 내리던 한쪽 끝 쇠고리 부분을 잡던 오른손의 손놀림부터입니다. 이 손놀림이 너무도 익숙했으므로 혹여 누군가 내 흉내라도 낼까 흠칫 놀랐습니다.

짧은 머리에 군복을 입은 병사들 무리가 나를 당혹하게 했습니다. 특정한 걸음걸이나 혹은 입술의 움직임만으로도 충분했습니다. 난 오라니엔 부르크에서 날 알았었다는 사람에게 인사하고 있었으니까요. 둘째 날에 나는 니콜라이가 나를 향해 곧장 걸어오고 있다고 확신했습니다. 잘못 본 것임을 알아차렸을 때 난 이미 그의 이름을 부르고 있었습니다. 하지만 내게 익숙한 얼굴들을 다시 알아보지는 못했습니다. 내 학우이자 친구인 안톤은 그의 철모 아래서 너무나도 맹목적이며 무심한 얼굴로 이리저리 서둘러 다니곤 했으므로 우린 며칠이 지나서야 비로소 서로를 알아보았습니다.

단 몇 분만이라도 시간이 남을 때마다 난 그곳에서라야만 나디아를 진정으로 생각할 수 있다는 듯이 침대 위에 앉아 있었습니다.

몇 시간 지나지 않아 이미 내가 잘못 생각했다는 것과 젤리겐슈테트에선 건질 것이 없다는 사실이 명확해졌습니다. 내 주위에서 일어나고 있는 일들은 내 군대에 관한 책에도 어울리지 않았고 그렇다고 편지를 써서 알리기에도 적합하지 않아 보였습니다. 평균 이상의 교육 수준을 가진 사람들의 이 의도된 과잉 충성은 절망스럽고 창피한 모양새였습니다.[2] 그리고 나 역시 그 집단에 속해 있었습니다.

우리 그룹은 예나의 스포츠 선수 학생들과 일메나우에서 온 학생들로 구성되어 있었는데 돌격 코스에서 서로를 위해 응원했으며 근무가 끝난 후에는 연습용 등반 벽을 단숨에 훌쩍 뛰어넘는 방법을 내게 가르쳐주려고 했습니다. 그들은 내무반 검열을 연습 삼아 해보았고 서로 '물건 정리'(팬티를 개는 방식 같은)하는 것을 고쳐주었으며 다른 사람이 공포탄알을 더

---

2 5주간의 예비군 훈련은 정규 수업으로 간주되어 점수가 매겨졌다. '시험에 붙지' 못한 사람은 퇴학을 당한다.

많이 가지고 있으면 시샘을 했고 행진 도중에는 이른바 교육적이라는 이유로 앞사람의 뒤축을 찼습니다. 티끌만큼의 오점도 없었고 술에 취하거나 질서가 흐트러지는 법도, 지각이나 혹은 불평도 없었습니다. 젤리겐슈테트에서는 더 이상 명령이 필요 없었습니다. 눈짓 하나면 충분했고 그러면 무리가 복종했습니다.

내 의무 복무 기간 동안에 겪었었고 겪고자 했던 경험 같은 것은 젤리겐슈테트에 어울리지 않았습니다. 전방 같은 건 이미 사라지고 없었습니다.

난 기가 죽었습니다. 나의 내부에서 무엇인가가 무너져 내렸습니다. 난 정치 학습 시간에 침묵했고 철모를 검대에 꽂고 훈련장으로 행진하는 것—부사관이 누리는 특권—을 좋아했습니다.

나디아의 편지는 2주 반이 지났을 때 어머니를 통해 내게 전달됐습니다. 나디아가 어머니께 전화를 했었습니다.

다음 날 아침 기상나팔이 울렸을 때, 시간에 맞춰 입구에 가 서기 위해 많은 병사들이 체육복을 입은 채 잠자리에 들었었는데 난 침대 속에 계속 머물러 있었고 누군가 내 이불을 뺏어가자 그를 걷어찼습니다.

새벽 운동에 가는 대신 난 연대의 치과로 들어가 내 봉합물 아래의 통증을 호소했고— 난 진짜로 론네부르크로 보내졌습니다. 그곳의 치과 의사는 나를 조금도 기다리게 하지 않았습니다. 그는 즉시 다른 의사에게 보내는 진료 카드에 도장을 찍은 후 좋은 날을 보내길 바란다며 인사했습니다. 난 갑자기 조퇴하게 되었고 마치 지금 막 내 발에서 무거운 깁스라도 떼어낸 것처럼 너무나도 가볍게 걸어갔습니다. 난 서점들을 돌아보았고 한 오래된 공동묘지 담벼락 아래 잔디에 누워 완전한 고요를 즐겼습니다. 12시를 알리는 종소리가 울렸을 때 점심을 먹으러 갔고 맥주를 마시고 다시 생각에 빠졌습니다.

내가 공중전화 부스에 들어가 나디아의 전화기에서 울려오는 우단만큼이나 부드럽고 깊은 신호음 소리를 처음으로 들었을 땐 대략 3시경이었습니다. 그 전화의 신호음은 이제부터 몇 달간 내게는 매우 익숙한 소리가 될 것이었습니다. 아무도 수화기를 들지 않았습니다.

책 꾸러미를 팔 밑에 낀 채 버스에 오르기 전, 5시 반쯤, 또 한 번 전화 통화를 시도해보았지만 역시 허사였습니다.

나만의 하루를 얻어냈다는 승리감에 젖은 채 난 첫번째 편지를 썼습니다. 봉투에 대문자로 '오스트리아'와 '잘츠부르크'라고 썼습니다. 마치 이것이 내 면역력을 길러줄 암호라도 된다는 듯이.

다음 날 아침 난 다시 훈련에 동참했습니다. 지금까지는 명령을 하달하는 일을 피했었지만 이번만큼은 '목표물 설명'[3]을 하는 동안 더듬지 않았습니다. 난 전방으로 날아가는 미확인 식품 적재기를 알렸고 우리들의 대열로부터라면 쇠고기 조림 총알의 사정거리가 너무나 짧아 사격이 어려웠으므로 퇴각 명령을 내렸습니다. 한심한 짓이라는 것을 잘 알고 있었습니다. 하지만 당시로선 그렇게 성공적으로 웃음을 자아냈다는 것이 나를 만족시켰습니다. 일메나우에서 온 학우인[4] 소위가 우리를 뒤로 물러나게 한 후 내게 목표물 설명을 반복하게 했습니다.

두번째, 그리고 세번째 내 목표물 설명조차도 좌중의 웃음을 불러일으켰습니다. 그리고 모두가, 예외 없이 모두가 내가 진짜로 명령을 하달하기를 원했습니다. 다른 그룹들은 이미 행진할 준비를 갖추고 있었습니다. 이제 그들은 그들이 원하는 곳에서 나를 볼 수 있었습니다. 5월 1일에

---

3 지정된 기준에 따라 적의 상황을 묘사하는 것.
4 장교들은 대부분 같은 학교 출신이 아니었다.

관중석 앞을 지나쳐 가야 했을 때 이 굴욕은 더욱더 심했습니다. 오후에 난 침대 위에서 외출증을 발견했습니다.

난 잔돈을 준비했고 8시부터는 고장이 나지 않은 공중전화 부스 앞에 진을 쳤습니다.

나디아가 드디어 수화기를 들었을 땐 이미 10시가 넘었습니다. 난 그녀가 우리 어머니를 통해서 내가 어디에 있는지 들었을 거라고 생각했고 내가 어떤 상태에서 한 주를 보내고 있는지 상상할 수 있을 것이라고 믿었습니다. 그러나 그녀는 마침내 내 목소리를 듣게 된 것만이 기쁘다는 투로 나를 만나고 싶어 한다는 친구들의 이름을 늘어놓더군요. 그녀는 내 사진을 가지고 싶다고 했고 편지를, 그것도 많은 편지를 받고 싶다고 했습니다.

난 내가 지금 어디 있고 무엇을 하고 있는지 이야기해야만 했습니다만, 내가 이야기를 하면 할수록 그녀의 침묵은 눈에 띄게 길어졌습니다. 나로 하여금 이곳의 일상에 대해 계속해서 점점 더 많이 털어놓지 않으면 안 되도록 만드는 침묵이었습니다. 난 점점 전화 연결이 끊어지길 바랐는데 그때 나디아가 내게 야단을 쳤습니다. 왜 넌 그런 데로 간 거지?

대답을 하는 대신 나는 내 목표물 설명에 대해 이야기를 해주었고 내 그룹이 그것 때문에 웃느라 거의 경련을 일으킬 지경이었다고, 그리고 난 언제나 새로운 장면 묘사를 생각해냈노라고 하는데…… "제발 그렇게 우스운 짓 좀 하지 마!" 하고 나디아가 외쳤습니다.

그 순간, 난 갑자기 입을 다물었습니다. 전투는 끝이 났고 내가 진 것이었습니다. 다른 건 다 아무래도 좋았습니다.

"아무 소용없는 짓이야" 하는 나디아의 목소리가 들려왔습니다. 그녀는 프라하에 있는 아름다운 팬션을 알고 있다면서 언제 내가 그리로 올 거냐고, 너무나 보고 싶다고 하더군요……

군대에 관한 내 책은 어쩌다가 생긴 오점일 뿐이었습니다. 언젠가 다시 집필을 하게 될지 어떨지 알 수가 없었습니다. 근무를 마치고 침대에 앉으면 난 체스를 두었습니다. 거의 언제나 내가 졌기 때문에 모두들 기꺼이 나와 체스를 두려고 했습니다.

5주의 마지막 시간, 마지막에서 둘째 날, 우린 또 한 번 정치 학습을 받아야 했습니다. 질문이 무엇이었는지 그리고 내가 무엇이라고 대답을 했었는지 생각이 나지 않지만 아무런 반응도 얻지 못한 대답이었습니다. 아마 군비 경쟁에 대한 내용이었을 것입니다.

끝에서 두번째 시간의 대화는 시험으로 간주되어 점수가 발표되었습니다. 총점 '4'점으로—첫 세미나 수업에선 그나마 내 침묵이 '우'를 받았지만—난 전체에서 꼴등이었습니다.

내성적인 전산학과 대학생 소위가 평가를 발표하기가 무섭게 '분노의 폭풍'이 일었고 장내는 소란스러운 야유와 조롱 어린 웃음으로 가득 찼습니다. 고르바초프가 몇 주 전부터 서기장 직을 맡을 때였습니다.

쉬는 시간에 난 장교 한 명에게 불려갔는데 그는 대위였고 군대 밖 사회에서는 재료공학 강사였습니다. 그는 내 이름을 알고 있었고 나와 말을 트고는 내 "양심에 호소"한다며 일장 연설을 늘어놓았습니다. 그는 나에게 유치하고 멍청한 행동으로 경력을 망치지 말라더군요. 나더러 순진하다고도 했고 내가 "머리로 벽을 뚫고 나가려는 무모한" 성격을 가졌다고 평가했습니다. 타협을 해야 한다고도 했습니다. 난 사람들이 묻기에 내 의견을 말했을 뿐이라고 간략하게 대꾸했습니다.

"가치 없는 일이야, 엔리코" 하고 그 장교가 말했습니다. "정말로 가치 없는." 낙담이 그의 목소리를 끌어내려 신뢰감이 묻어나는 어투가 되었습니다. 난 그가 계속 말하도록 내버려두며 뒤편 파란 벽에 붙은 호네커 초상화의 엷은 미소를 관찰했습니다. 갑자기 난 더 이상 난파선의 선원이 아니라 또 한 번 선장이 되어 있었고 일반 사람들처럼 타락에 물들지 않고 꿋꿋이 홀로 남아 정의를 지키는 사람이었습니다.

가여운 소위가 그동안 도대체 어디 갔었냐고 물었으므로—— 끝나갈 때쯤에야 '강의실'로 돌아갔으니까요—— 난 손가락을 가볍게 튀기며 "어디긴, 뻔하지" 하고 대답했습니다. 난 그것을 어떤 강렬한 서곡이라고 여겼습니다.

한 시간 뒤면 난 퇴학될 수도 있었습니다. 그 불쌍한 소위, 그 운명의 하수인은 자신도 어찌할 바를 몰라 당황하고 있었음에도 불구하고—— 적어도 그의 목에 드러난 빨간 얼룩이 그것을 말해주고 있었지요——그는 기적적이다 싶을 만큼 원칙을 지키고 있었습니다. 그리고 바로 그러한 이유로 난 이제 몇 분 후면 그의 양심에 영원히 남게 될지도 모릅니다.

각각의 질문마다 난 손을 들지 않고 지나쳤습니다. 하지만 내가 그렇게 상황을 엿보며 숨죽이고 있을 때 당신이라면 아마도 감동적이라거나 혹은 무서운 일이라고 부를지도 모를 일이 일어났습니다. 나와 체스를 두는 동료들이 '정답'을 적은 쪽지를 돌려 의자와 책상들을 몇 겹이나 넘어 앉아 있는 내게까지 전달해주었던 겁니다. 한 사람씩 일어나 대답을 했고 어떤 이들은 두 번 혹은 세 번의 기회를 가지기도 했습니다.

내가 마침내 손을 들었을 때 다른 팔들은 순식간에 다 내려갔습니다. 그들은 불쌍한 소위를 향해 나를 가리켰습니다. 하지만 내가 아니라 내 옆 사람의 이름이 호명되었습니다.

가까스로 다시 한 번 손을 들려고 마음먹었을 때 난 내 성이 호명되는 소리를 들었습니다. 머릿속에선 북소리가 둥둥둥 났습니다. 난 그 가여운 소위에게 질문을 한 번 더 반복해달라고 부탁했습니다.

난 마치 나 자신을 극복하고 진실로 향해 나아가야 한다는 듯, 우물 쭈물하며 대답을 했습니다. 하지만 다른 때와는 달리 문장 중에 "어리석 은"이라든가 "인간을 멸시하는"이라든지 하는 형용사를 끼워 넣었습니다. 마지막으로 이번에는 내가 다 잘 표현했기를 바란다고 했습니다. 실내에 감도는 정적과 소위의 표정에서 난 일이 잘 진행되었음을 보았습니다.

전원이 시험에 '합격'했습니다. 시간이 끝날 무렵 소위는 별일 아니라 는 듯이 결과를 발표하더니 인사도 하지 않은 채 강의실을 떠났습니다. 그 들은 나를 승리자인 양 축하해주었고 내 어깨와 등을 마구 때렸고 그럼에 도 불구하고 내 굳은 표정을 보자 행복을 접하게 되어서 잠시 당황해하는 것이라고 여겼습니다. "난 절대 믿지 않았었어." 내 아래 침대의 운동선 수가 이렇게 축하하며 내 머리부터 발끝까지 쭉 훑어보았습니다. "네가 회사'에서 왔다는 것을!"

어느 날 저녁, 여전히 기상나팔 소리와 새벽 운동으로 하루가 시작되 었던 날, 난 프라하에서 잘츠부르크로부터 온 어느 아름다운 여자를 품에 안았습니다.

난 도착해 들어오는 완행열차 안에서 나디아를 찾아 헤맸고 (내 기억 이 맞는다면 그녀는 막 린츠로부터 오는 길이었습니다.) 그녀가 플랫폼에 발 을 대자마자 그 앞에 가 섰습니다. 그녀는 나를 뒤로 밀치더니 비닐봉지 들과 여행 가방을 떨어뜨리고 내 목에 팔을 감았습니다. 마치 어떤 피난 처에서 그러는 것처럼 난 그녀의 어깨 너머로 기차에서 내리는 승객을 바

---

5 여기서 '회사'는 비밀안전기획부의 은어로 쓰였다.

라보았습니다.

"어디 좀 봐." 나디아가 외쳤습니다. 적합한 문장이 그제야 그녀에게 떠올랐다는 듯이. 그녀는 드레스덴에서 작별할 때 입었던 그 갈색 옷차림 그대로였습니다. 갑자기 그녀가 자신의 입술을 내 입술에 갖다 대었으며 그녀의 혀가 입술을 앞질렀습니다.

우리가 택시를 타고 도착한 펜션은 빌라들이 밀집한 '비노흐라디' 구역에 있었습니다. 모든 것이 약간씩 내려앉아 있었지만 영락한 울타리도 철사로 편지함을 매단 채 녹이 슨 정원의 아치도 이 저택의 웅장한 느낌을 감소시키지는 못했습니다. 우리는 튤립 꽃밭과 과일나무들 사이를 걸어 추브코바 아주머니가 우리를 기다리고 계시는 현관으로 갔습니다. 식물들의 향기를 머금은 공기가 무거웠습니다. 아주머니는 '도라'라는 암캐의 목에 매달린 줄을 쥐고 있었습니다. 도라는 지옥만큼이나 새까만 색이었고 죽을 듯이 피곤해 보이는 개였습니다. 아주머니의 펠트 실내화는 마치 그녀가 그것을 신는 이유란 오로지 리놀륨이 깔린 바닥을 반들거리게 만들기 위해서라는 듯한 인상을 주었습니다. 그녀는 거의 언제나 벽에 바짝 가까이 붙은 채 걸어다녔고 그녀의 손님들 중 누군가가 주방의 테이블로부터 곧장 문을 향해 걸어간 후라야만 그 발자국이 난 바닥을 닦았습니다.

추브코바 아주머니는 2층 주방 옆 방 두 개짜리 집에서 살았습니다. 위층의 방 세 개는 세를 놓으셨지요. 방들마다 상징물을 붙여놓아 해의 방, 별의 방, 달의 방으로 구분했습니다.

우리가 해의 방을 받았었다는 것도 말씀드려야 할까요? 창문이 높게 달려 남쪽이 바라다보였고 우린 창밖에 서 있던 나무의 하얀 꼭대기 너머로 도시를 보았다기보다는 가늠했다고 할 수 있겠지요. 분수대에서 들려오는 찰박거리는 물소리와 새들이 지저귀는 소리가 그곳의 유일한 소음이었습니다.

우리가 저녁 늦게 도라의 슬픈 시선 앞에서 썻었던 과일들은 나로선 그 이름조차 알 수 없는 경우가 허다했습니다. 더욱더 놀라운 것은 4월 말에 등장한 포도였습니다! 부활절에 먹는 크리스마스 케이크라고나 할까요! 나디아는 나의 이런 비유들을 좋아했습니다. 그녀는 내게 매번 과일들을 맛보게 했고 난 그 맛이 어떤지 혹은 무엇을 연상시키는지를 설명해야 했습니다. 나는 연신 껍질을 까고 자르고 내 입에 끊임없이 집어넣어주느라 얼어붙고 빨개진 나디아의 젖은 손을 보았습니다. 씹고 말을 해야 하는 나로서는 도저히 그녀의 손놀림을 따를 수가 없었고 그 바람에 나디아가 웃음을 터뜨렸습니다. 그녀가 웃으면 웃을수록 손가락들은 더욱더 빨리 움직였으며 손등에 튀어나온 힘줄의 움직임도 더욱더 생기를 띠었습니다…… 갑자기 난 그녀의 손목을 잡았는데 나디아를 멈추려고 그런 것이 아니라 정말이지 그 모든 것이 너무나도 아름다웠기 때문이었습니다.

그녀의 손바닥에 묻은 과일즙 한 방울을 핥고 나서 내 혀는 절대 단한 방울도 놓치지 않겠다는 듯 다시 한 번 그녀의 손목에서부터 생명선을 따라 미끄러져갔습니다. 나는 그 쓰고도 단맛에서 자몽의 맛이 난다고 믿었습니다. 과일 조각이 나디아의 손톱에서 세모꼴의 깃발처럼 반짝거리고 있었습니다. 초록, 빨강, 하양. 그녀는 손가락을 차례차례 내 입안으로 모두 넣으며 내 치아를 건드렸습니다. 장님처럼 내 얼굴을 더듬었고 내 코 위로 올라갔다가 다시 내려온 뒤 눈썹과 입술을 따라 곡선을 그렸습니다. 그동안 난 그녀의 블라우스를 열고 그녀의 속옷을 위로 올렸습니다.

나무 계단이 삐거덕거리는 소리가 나자 우리는 그 자리에 얼어붙은 채귀를 기울였습니다——물이 타일을 타고 흘렀습니다. 세면대의 물이 넘쳤던 것입니다! 나디아는 수도꼭지를 잠근 다음 손을 물에 담가 수챗구멍에서 껍질을 빼냈고 몸을 돌려 마치 내게 가슴을 보여주려는 듯 팔을 위로 올려 몸을 쭉 뻗었습니다. 내 머리 위로 몇 방울 물이 뚝뚝 떨어졌을 때 난 막 그녀에게 키스하려는 참이었습니다. 나디아는 과일 껍데기를 아직도 손에 든 채였습니다. 도라, 지옥의 개가 바닥에 떨어진 물을 핥았습니다.

반나체인 상태로 우리는 서로 모르는 사람들인 것처럼 바삐 손을 움직였습니다. 치우고 설거지를 하고 뒷정리를 하고 화장실 앞에서 차례를 기다려준 다음 끝없이 긴 나무 계단을 올랐습니다.

난 창문 앞에서 나디아의 실루엣을 보았습니다. 그녀는 슬립을 입은 채였습니다. 그녀가 내 귀에다 대고 지금 막 생리 중이라서 우린 그걸 할 수 없다고⋯⋯ 속삭였을 때 그 말이 마치 무슨 고백처럼 들렸습니다. 난 왜 생리 중에 그걸 할 수 없는 건지 선뜻 이해할 순 없었지만 고백하건대 어쩐지 마음이 편안해지는 느낌이었습니다.

난 내 걱정이 얼마나 부질없는 것이었는지 곧 알아차렸습니다. 나디아는 자신이 바로 그 여러 가지 이름 모를 애무 방법들의 창시자라는 느낌을 주는 데 조금도 서투름이 없었으니까요.

그리고, 벌써 아침 무렵이 되었고 잠깐 동안 나는 내 행복을 다 망쳐버린 것이 아닐까 하며 겁이 났습니다. 나디아가 다시금 머리를 내 어깨에 기대왔을 때 나도 모르게 어쩔 수 없는 힘에 이끌려 "고마워"라는 말이 튀어나왔는데 난 내가 무슨 짓을 했는지 믿을 수가 없었습니다. 내가 그것을 입 밖에 내는 순간 난 그녀가 미동도 하지 않고 가만히 있는 것을 느꼈고, 그게 얼마나 잘못되었고 얼마나 멍청한 일인지 알았습니다. 그녀의 얼굴이 내 위로 떠오르는가 싶더니 손으로 내 머리를 받쳤습니다. 그녀는 미소를 띤 채 나를 바라보며 그녀가 내게 몇번째 여자인지를 물었습니다. 난 망설였습니다. 빨리, 라고 그녀가 재촉했습니다. 난 왼손을 들어 엄지와 검지를 벌려 보였습니다.

나디아는 거짓말하지 말라고 했습니다. 그러고는 나를 놀리더니 갑자기 왜 지금껏 그녀를 기다리지 못했냐며 질책하는 것이었습니다. 카탈린에 대해 이야기해달라는 것을 거절하자 그녀는 심지어 화를 내기까지 했습니다.

아침 식사 때 도라는 우리 두 사람의 의자 가운데 누웠습니다. 추브코바 아주머니는 우리를 향해 의미심장하게 고개를 끄덕여 보였습니다. 우리가 주방에 뭔가 흔적을 남겼다면 이미 그것들은 다 지워지고 없었을 것입니다.

우린 도시의 아름다운 구역들을 몽유병에라도 걸린 것처럼 배회하다가 페트린으로 올라가는 케이블카로 중턱까지 올랐습니다. 만개한 버찌나무 가지 사이를 걷고 잔디 위에도 누웠습니다.

몰다우 강과 가까운 곳, 카를로스 다리에서부터 불과 1백 미터 정도밖에 떨어지지 않은 곳에서 우린 아치를 통과해 들어가도록 되어 있는 너무나도 아름다운 공원에 들어섰습니다. 공원의 끝에서 우린 넓은 계단을 통해 갈색 사암으로 된 테라스 위로 높이 올라섰습니다. 그 위엔 붉은 너도밤나무가 서 있었지요. 등 뒤에서 바스락거리는 소리가 났을 때 난 마침 멀리서 보았을 때 시들었다고 여겼던 나뭇잎들에 손을 대려는 중이었습니다. 우린 이리저리 돌아보았고 두 마리의 공작새를 보았습니다. 그 두 마리의 새가 동시에 날개를 활짝 폈습니다.

내가 나디아를 기차역까지 바래다주었을 때 그녀에게는 처음 올 때 가져왔던 짐들 중에선 겨우 작은 여행 가방 하나만이 남았고 우린 서로 거의 아무 말도 하지 않았습니다. 침묵한 채 역사를 통과했습니다. 곧 기차가 도착할 플랫폼에서 나디아는 다음번엔 꼭 내가 쓴 원고에 대해 이야기해야 하며 그녀는 모든 것을 다 알고 싶다고 했습니다. 왜냐하면 어쨌든 이제 그 원고를 서쪽 국경을 넘어 밀반입해가는 일은 그녀의 몫이기 때문이라는 것이었습니다. 지금껏 내 행복에서 한 가지 모자란 것이 있었다면 바로 그녀의 이 마지막 문장이었습니다.

예나로 돌아간 뒤 나디아에게 쓴 내 편지는 미리 주제를 정한 것도 아니었건만 첫 문장부터가 일필휘지 거침없는 문체였습니다. 첫 편지지를 접고 있는 동안 이미 두번째 편지의 문장이 떠올랐습니다.

매일매일, 이젠 타자기 앞에 앉아 나는 나디아에게 편지를 썼고 내 일상의 문학성이란 것이 내가 생각했던 것보다 그리 빈약하지만은 않다는 것을 발견하곤 나 자신도 놀랐습니다.

그녀가 첫번째 답장에 내 편지를 '훌륭한 산문'이라고 부른 이후—옅은 파란색의 편지봉투가 4일 혹은 5일마다 날아들었습니다— 난 편지지 사이에 파란색 먹지를 끼웠습니다.

세 과목의 시험을 위해 때늦은 시험공부를 시작해야만 했습니다. 문학과 예술과 로마의 역사. 거기다가 언어 시험도 있었고 18세기의 독일 희곡에 관한 시험과 정치경제학(아니면 변증법적 유물론?)도 있었습니다. 편지 쓰기의 연속성을 파괴하지 않기 위해서는— 나날의 일들을 나중에서야 보고한다면 문체가 엉망이 될 테니까요— '비바트 폴스카!'를 위한 시간은 남아 있지 않았습니다. 그리하여 내 소설 작업은 오로지 나디아에게 내 진전 사항을 보고하는 것으로 국한되었습니다. 난 언제나 편지의 끝머리에 새로운 장이 끝났음을 알렸습니다.

당신에겐 이런 일이 우습게 느껴지지 않나요? 이제 나에 대해 어느 정도 아실 테니, 이런 행동은 완전히 나다운 것이 아니었음도 알아채시겠지요? 왜 난 그 당시에 내 소중한 원고를 구석으로 던져버렸던 걸까요?

네, 사랑, 이라고 당신은 말하겠지요. 맞아요, 사랑이 죄였습니다! 맞습니다. 난 나디아를 사랑했습니다. 그러나 아무리 사랑이라 해도, 그 사랑이라는 것 역시 누군가의 성격과 어울려야 하는 것입니다.

어떤 편지였는지 잘 모르겠습니다. 아무튼 난 며칠이 지나지 않아 서간문 형식의 소설을 쓰리라는 확신을 품게 되었습니다. 그리고 그 확신은 압도적이었습니다! 나디아에게 보내는 편지가 성공한다면, 내 계산으로는, 작품은 저절로 만들어지는 셈이니까요.[6]

난 오라니엔부르크에서와 비슷한 상황에 처하게 된 것입니다. 내가 보고 행한 모든 것들이 문학의 소재가 되었습니다. 내가 쓴 편지는 매번 의도하지 않았음에도 불구하고 하나의 단편이 되었습니다. 아무런 관련 없이 따로 놀던 사건들을 서로 묶어 의외의 이야기를 짜내는 나를 보며 나 자신도 놀랄 지경이었습니다. 마치 그것들이 문학의 구성상 필수불가결한 부분이라는 듯 말입니다. 난 매번 타자기의 '라인메탈'이라는 상표의 뚜껑을 벗기자마자 창작하는 데 몰입했습니다. 다시 한 번 읽어야 할 필요조차 거의 없었습니다. 왜냐하면 난 체험한 사건에다 너무나도 당연하게 보이는 내용을 보충했으며, 이는 거의 자동적이었다고 말할 수 있기 때문이었습니다. 룰렛의 구슬이 어느 방향으로 굴러가는지 안다면 누구나 당연히 맞는 번호에 돈을 걸 것입니다.

나는 나디아를 사랑했고, 나는 예나를 사랑했고, 나는 내 인생을 사랑했고, 그리고 모든 이들이 사랑이 나를 어떻게 변화시켰는지 보았습니다. 오직 베라만이 침묵했습니다.

나디아와 난 2주 혹은 3주마다 한 번씩 프라하나 브루노 혹은 브라티

---

6 서술된 상황과 튀르머가 수신인으로서 처한 실제 상황을 비교한 내용은 특이 이 부분에 와서 그럴듯하게 들린다. 두 여자 모두 튀르머의 '성격에 맞고,' '계산에 들어맞는' 인물들이다.

슬라바에서 만나곤 했습니다. 전화를 할 때 우리는 비밀 암호를 만들었고 우리 스스로가 그 안에 빠져들었습니다. 우리의 세번째 만남을 위해— 시험 기간 중이었는데— 난 브라티슬라바에서 나디아를 기다렸습니다. 그 당시 나디아가 빈으로 이사해 가신 어머니를 방문하기 위해 일주일 동안 여행을 했기 때문이었습니다. 그녀의 기차는 내 기차 바로 뒤에 도착하기로 되어 있었습니다. 한 시간이나 연착한다는 방송이 나오자 난 택시를 타고 한 호텔로 가 하룻밤을 위해 숙박료 2백 마르크를 미리 지불했습니다. 그건 내가 한 달치로 받는 장학금에 해당하는 액수였습니다.[7] 내가 역으로 돌아왔을 때, 예정된 연착시간보다도 두 시간 더 기차가 지연됐다는 안내가 있었습니다. 그날 밤, 그 저주스러운 안내판에 다른 도시의 이름들이 재깍재깍 바뀌는 동안에도 빈 남부 역을 표시하는 약자가 끈질기게 머물러 있었습니다. 그때 이후로 난 '나스투피쉬체nástupiště'가 역이라는 말이고 '프르지에르디 블라쿠přjerdy vlakй'가 기차의 도착이라는 말임을 알게 되었습니다. 난 무력한 복수심을 불태우며 역사에 걸린 벽화를 향해 혹평의 말을 생각해보기도 하고, 그 혹평의 말을 나디아 앞에서 자신만만하게 외우겠다고 결심했습니다— '평화를 사랑하는 이 땅의 모든 사람들의 머리 위에 스푸트니크가 평화를 상징하는 저 비둘기를 꼬치에 꽂았다.' 두 시간이 지난 후 난 순수한 증오심만을 느낄 뿐이었고 그림의 왼쪽에서부터 멀어져가고 있던 세 명의 음울한 작자들이 뒤로 몸을 돌리고 그들의 총으로 그림 안의 모든 사회주의적인 낯짝들을, 금발의 철강 노동자부터 검은 피부의 어머니에 이르기까지 다 한 더미로 탕탕거리며 쏘아주기만을 바랄 뿐이었습니다. 다섯 시간 뒤에 나는 그 흉측한 올림프에

---

7 원칙적으로 모든 대학생들이 한달에 2백 마르크씩 받았었다. 그 액수면 부모님의 도움도 받지 않고 추가로 일을 하지 않아도 생활할 수 있었다.

게 제발 마침내 우리에게 자비를 베풀어달라고 빌었습니다. 도둑맞은 다섯 시간은 우리가 만날 수 있는 시간의 3분의 1에 해당했으며 한 번의 읽어버린 저녁 시간과 반쪽을 잃어버린 밤을 의미했습니다.

드디어 자정이 넘어서 빈 밤 기차가 들어왔지만, 그러나 나디아는 없었습니다. 호텔에서 내가 숙박료를 환불해달라고 구걸했을 때 내 눈에는 눈물이 고였습니다. 그들은 내게 자비를 베풀었습니다. 난 가방을 들고 브루노로 떠나는 다음 기차에 몸을 실었습니다. 새벽 2시와 3시 사이에 난 그곳의 역에서 나디아를 찾아 헤맸고 그녀가 국경에 잡혀 있었을지도 모르며 다음 기차를 탈지도 모른다는 상상을 하자 당황하여 벌써 떠나기 시작한 브라티슬라바 행 기차에 다시금 펄쩍 뛰어올랐습니다. 다행히도 표 검사를 당하지 않았습니다. 또다시 브라티슬라바에서 도착한 나는 어머니께 전화를 걸었습니다. 내 전화가 어머니를 깊은 잠에서 깨운 것이었음에도 불구하고 그녀는 낮은 음성으로 말씀하셨습니다. "아이고, 애야!" 그리고 내게 브루노의 '야쿱'이라는 호텔의 번호를 불러주셨습니다.

'야쿱' 호텔엔 이미 우리들의 이야기가 큰 화젯거리가 되어 있었습니다. 한 종업원이 앞장서서 걸으며 우리를 아침 식사가 차려진 방으로 데리고 갔고 마치 성공적으로 마술이라도 부렸다는 듯한 제스처를 취했습니다. 내게는 그녀의 그런 제스처가 우리가 겪은 긴 난파여행이[8] 맺은 행복한 결말을 축하하는 큰 박수라고 느껴졌습니다.

이런 게 소설의 소재가 아니고 뭐란 말입니까? 나디아가 가진 얼마 안 되는 실링으로 우린 서쪽 출신 행세를 했습니다. 모든 여자 종업원마

---

8 "난 마리아 테레시아는 브라티슬라바라는 뜻이고 일하러 가다는 브루노를 뜻하는 것임은 알고 있습니다. 그러나 무엇이 잘못되었던 건지, 그리고 엔리코의 잘못이었는지, 아니면 내 잘못인지, 그건 잊어버렸습니다." 사비네 크라프트가 발행인에게 보낸 편지 중에서.

다, 모든 박물관지기들마다 우리 대화에 관심 갖지 않는 사람은 없었으며 모두가 우리의 신용을 얻었습니다. 모든 행인들 속에서 모든 옆 좌석 손님들에게서 우린 우리 말에 귀를 기울이는 청중을 발견했습니다.

딱 한 번, 프라하에서 나디아가 날 매우 불안하게 한 적이 있습니다.

나디아가 재빨리 몸을 굽히지 않았더라면 하마터면 난 키파(유대인이 쓰는 모자—옮긴이)를 밟았을 것입니다. 그녀는 핀으로——그런 물건이 그녀의 손가방 안엔 숨겨져 있지요——그 키파를 내 머리에 고정시켰습니다. 난 나디아가 그것을 쓴 내 모습이 어떨지 궁금해하는 거라고 생각했습니다. 몇 발자국만 더 걸으면 우리가 구경하려고 했던 유대교회가 있었으므로 난 그 모자를 그대로 쓰고 있었습니다.

다시 거리에 나왔을 때 난 그것을 벗는 것을 잊었습니다. 몇 발자국 뒤에서 어떤 한 남자가 서로 팔을 낀 채 걷고 있던 우리에게 말을 걸었습니다. 그는 유대교회가 어딘지 물었고 내 키파를 뚫어져라 쳐다보았습니다. 난 하마터면 그걸 모자처럼 벗으려고 했습니다.

그에게 왜 독일어로 말을 걸은 거냐고 나디아가 물었습니다. 그녀의 말투는 추브코바 아주머니의 그것과 닮아 있었지만 나디아의 음성은 날카롭게 들렸지요. 왜 우리가 독일어를 알아들을 거라고 생각한 것이냐고 하더군요, 우리가 전혀 사용하고 싶지 않았던 그 언어를.

그가 고개를 끄덕였습니다. 도깨비불처럼 흔들리는 눈빛으로 그리고 달싹거리는 입술로 그는 사과의 말을 찾고 있었습니다. 나디아가 여전히 내 팔을 낀 채 반 걸음 정도 앞으로 내딛더니 손바닥으로 유대교회 방향을 가리키며 "곧장 가세요!" 하며 으르렁거렸습니다. 그는 다시 한 번 고개를 끄덕이곤 해방이라도 된 듯 미소를 지으며 "샬롬!" 하고 말했습니다.

나디아는 나를 앞으로 끌어당겼습니다. 난 그녀의 반응을 기다렸고 혹은 어쩌면 심지어 미소를 기대했는지도 모르겠습니다. 그녀가 오래 침묵하면 할수록 난 점점 더 불안했습니다. 내가 그녀에게 시선을 두는 순간 우린 우뚝 멈춰 섰습니다. 나디아는 낯선 얼굴을 하고 있었고 슬프고 자존심 강한 표정, 아니 거의 거만하기까지 한 얼굴을 하고 있었습니다.

그녀는 키파가 나한테 잘 어울린다면서 내가 키파를 벗지 못하게 했습니다. 다음 날 우리는 그녀의 어머니에 대해 대화를 나눴는데 나디아가 그녀의 가족 중엔 유대인도 있었다는 것을 말했습니다. 그게 사실인지 아닌지 난 잘 모릅니다. 난 그 키파를 아직도 가지고 있습니다. 내 모자와 목도리들 사이에 들어 있지요.

시험에 대해서는 거의 걱정하지 않았습니다. 난 내 행운을 믿었습니다. 어쨌든 매번 턱걸이로 합격을 했으니까요. 마음씨 좋은 시험관은 내 학기말 소논문에 후한 점수를 주었습니다.

나디아와 내가 함께 보냈던 가장 긴 시간은 8월의 여드레 혹은 아흐레 동안이었습니다.

우린 이자르 산 중턱에서 한 슬로바키아 여자의 집에 세를 들었습니다. 계단참에는 은빛 액자에 담긴 J. F. 케네디의 사진이 걸려 있었습니다.

나디아는 일을 분명하게 하고 싶은 것 같았습니다. 리베레츠의 방송 송신탑을 돌아보고 난 후 그녀는 우리 사이가 이제 앞으로는 어떻게 되어 갈 거냐고 물었습니다. 난 우선 내 책을 (몇 달 전부터는 거기엔 손도 안 댔었지요) 끝낼 참이라고 했습니다. 그러고 나서, 그것이 만일 정말로 그녀의 소원이라면 난 출국신청서를 쓰겠다고 했습니다. 하지만 출국신청서란 단어는 끝을 맺지 못했습니다. 그것은 내 입안에서 썩은 사탕처럼 부서졌습니다. 나디아는 그것이 정말로 내가 바라는 바인지를 물었습니다. 그럼, 하고 나는 말했습니다. 그녀는 나와 결혼하고 싶다고 했습니다. 나는 그게 제일 간단한 일이겠다고 했습니다.

우리는 황폐해진 숲 속을⁹ 통과해 걸었고 낡아빠진 길안내 표지를 잘못 보았었다는 것을 너무 늦게야 알아챘습니다. 남은 길이 19킬로미터라고 알려주는 대신 9킬로미터라고만 보여주고 있었던 것입니다.

방송 송신탑의 식당에서 난 피보¹⁰를 두 번 연속해서 주문했습니다. 그만큼 목이 말라 있던 것이었습니다.

우리를 맞아준 식당 주인 여자의 운행 안내문에 따르면 작은 기차가 마을까지 운행될 테지만 리베레츠에서는 아무도 그런 기차가 있다는 것조차 몰랐습니다. 우리에게 남은 일은 어스름에 등을 돌리고 능선을 따라 걸어가는 방법뿐이었습니다. 단 한 번도 난 이 황량한 높이에서의 시간들을 잊은 적이 없습니다. 극장의 조명처럼 길을 밝혀주던 저녁의 햇빛. 그와 동시에 어둠이 산등성이를 따라 내려앉고 있었습니다. 공기는 청명했고 우리 주위에 끝도 없이 광활한 시야가 펼쳐졌습니다. 소음이라고는 우리들의 발자국 소리가 유일했습니다. 나디아가 갑자기 나를 끌어안았을 때, 난 빠르게 뛰고 있는 그녀의 심장 박동을 느꼈습니다. 우린 서로를 부둥켜안은 채 마치 우리가 그 그림의 나라로 이주할 수도 있다는 듯이 산정상 너머를 바라보았습니다.

사흘간 비가 내렸고 네번째 날에까지도 사위가 그대로 어두운 것을 보고 우리는 드레스덴을 향해 떠났습니다. 크라트카 아주머니는 우리 등 뒤에서 아무 말도 없이 현관문을 닫았습니다.

당신이 나디아와 나의 관계를 이해할 수 있도록 난 무엇인가 또 다른

---

9 동독과 체코 연방과 폴란드의 '3국 국경지대'에 있었던 발전소는 중앙산맥의 식물계와 동물계를 크게 훼손했다.

10 맥주.

것을 고백해야 할 것입니다. 점차적으로 나를 당황시킨 사실이었지요. 겉으로는 이상적인 한 쌍이었지만 우린 단 한번도 하나가 된 적이 없었습니다.

처음엔 언제나 뭔가 이유가 있었습니다. 나디아가 아이를 가질까 봐 걱정했기 때문이었습니다. 그녀는 피임약은 먹고 싶어 하지 않았습니다. 그다음 번엔 내가 콘돔을 가지고 있지 않았지요. 아니면 우린 둘 다 우리들의 강행군에 너무 지쳐 있었습니다. 난 당신이 언짢아할 더 상세한 부분까지 자세히 이야기하며 괴롭혀드릴 생각은 없습니다. 방문을 걸어 잠근 순간 우리에겐 늘 어떤 설명할 수 없는 거북함이 새삼스럽게 엄습하곤 했습니다.

베라에 대해선 둘 다 오랫동안 침묵했습니다. 베라의 집 문 앞에서 나디아와 함께 방향을 바꾼 뒤로 난 베라를 본 적이 없었습니다. 그래서 난 나디아의 물음에 어깨를 으쓱하며 대답을 하지 않아도 되었지요. 하지만 나디아는 그냥 놔주려고 하지 않았습니다. 난 베라에 대한 질투심이 일었습니다. 게다가 나디아는 나와 베라만 간직하기로 약속했던 비밀들까지도 알고 있는 눈치였습니다.[11]

나디아와의 미래에 관한 내 상상은 점점 더 명확하게 발전해갔습니다. 잘츠부르크에서 난 택시 운전사로 생계를 이을 것이고 나머지 시간엔 글을 쓸 것입니다. 그러나 내 책이 나오는 즉시 나디아는 더 이상 일할 필요가 없어지고 학업에만 전념할 수 있게 될 것이었습니다. 그리고 주말에는 언제나 무엇인가 함께할 것이고 산책을 하거나 배회하거나 혹은 뮌헨으로, 비엔나로 혹은 이탈리아로 여행을 하게 될 것이었습니다.

---

11 튀르머의 상상 속에만 존재했던 베라 튀르머와의 근친상간적인 관계에 대해 암시하고 있는 듯하다. 이 망상은 뒤로 갈수록 광적인 성격을 띠어간다.

난 이 새로운 장으로 나 자신을 끌어올렸고 독백이 끝날 때마다 매번 내 눈이 반짝거린다는 것을 알았습니다. 내가 그녀에게 새로운 제의를 많이 하면 할수록 나디아의 침묵은 더욱더 고집스럽게 이어졌습니다.

마침내 우리가 역으로 출발했을 때 그녀 역시 나만큼이나 시원함을 느꼈을까 봐 두렵습니다. 하지만 전차 안에서부터 내겐 어떤 무거운 비애가 엄습했고 나디아를 잃을지도 모른다는 엄청난 두려움이 몰려왔습니다. 이미 지나간 최근 며칠을 다시 한 번 반복할 수만 있다면 나는 그 어떤 일이라도 다 해낼 수 있을 거라고 말했습니다. 그날들이 우리가 실제로 체험한 모습에서 단 하나도 빗나간 것이 없이 똑같이 되풀이된다 하더라도. 그녀는 나를 끌어안았고 우리는 산등성이 위에서처럼 서로를 꼭 부둥켜안았습니다.

지금까지 우리가 이별한 후 다시금 편지 쓰기로 돌아가는 일이 그토록 어려웠던 적은 한번도 없었습니다. 오히려 그 반대였으니까요. 하지만 이번에 나는 자신감을 잃었고 타자기에서 편지지를 한 장 한 장 뽑아내어 어떻게 할지 결정하지 못한 채 결국 침대에 가 누웠습니다. 잠에서 깨자 내 마음엔 이미 그날 밤 나디아를 잃은 것이라는 확신이 들었습니다.

이때부터 난 가능한 한 계속해서 편지 작가라는 것만을 내세우려고 애썼습니다. 난 답장을 기다렸다기보다 오히려 답장이 올까 봐 두려웠습니다. 내 편지를 받았느냐는 그리고 요즘은 뭘 하며 지냈냐는 내 질문에 그녀가 그저 "정신없이 일만 했어. 계속해서 일만"이라고 대꾸한 뒤부터 난 전화 통화를 거의 포기한 상태였습니다.

"뭘 어떻게 하면 좋을까?" 하고 내가 물었습니다. 나야 뭐 그 어떤 일이라도 할 각오가 되어 있으니까!

우리가 만나는 데는 돈이 부족했습니다. 내 저금통장은 비어 있었고 카밀라 아주머니가 기부해주신 서독마르크는 다 써버렸고 베라에게 도움을 청한다는 것은 있을 수 없는 일이었습니다. 나디아는 편지 쓸 시간이 없었습니다. 난 그것을 받아들였고 그 후엔 다른 모든 것들 역시 받아들였지요. 새 학기와 더불어 다시금 편지를 위한 소재가 넘쳐났습니다.

잘츠부르크의 마지막 통화에서 나디아는 갑자기 전과 같은 목소리가 되어 있었습니다. 그녀가 속삭이듯 내 이름을 입에 올릴 때 그것은 뭐라 형용할 수 없는 부드러움이었습니다. "사랑해" 전화통에 대고 내가 소리쳤습니다. "나도"라고 그녀가 외치며 웃었습니다. 난 한 번 더 우리의 사랑을 맹세한 후 나디아가 수화기를 통해 내게 키스를 보내오는 소리를 들었습니다. 그러고는 끝이었습니다. 동전을 너무 적게 준비했었기 때문입니다.

그보다 더 좋은 마지막 장면을 생각해내지 못하는 한 바로 이 중요한 장면에서 내 편지 소설을 마치는 게 좋을 것입니다.

사랑을 담아

당신의 엔리코 T.

90년 5월 7일 월요일

사랑하는 요!

말해두고 싶은 게 있어. 네가 지방의 잘못된 제도나 혼란상을 연구해볼 양이라면, 그러니까 일과 수입이 필요하다면 우리가 모여 함께 상의하는 게 좋겠어.[1] 집필 기자로서 넌 여기서 순수입 2천, 다시 말해서 7월부터 2천 서독마르크를 받게 되며 그리고 제대로 된 집도 널 (혹은 너희들을?) 위해 찾아볼 수 있다는 말이야. 어차피 우린 새로운 인원을 받아들일 참이었으니까. 문제는 언제 결정이 나는가겠지. 내일이면 벌써 게라에서 인쇄를 할 수 있어. 3분의 1 정도 더 싸지는 것이고 질이 더 나은 종이에 정밀도가 높고 명확한 사진이 들어가게 돼. 4페이지씩 건너뛰며[2] 범위를 다양화할 수 있다고 하더군——광고를 게재하는 데 제한이 없다면, 그리고 이미 다 된 페이지를 찢어낸다든가 혹은 기사를 나중에 끼워 넣을 수 있다면, 그렇다면 그건 정말 파라다이스겠지! 우리가 컴퓨터를 정복한다면! 앤디는 모든 것을 위한 대가로 1만8천을 요구했어. 프로그램까지 다 포함해서 말이야. 우린 그의 자랑거리가 될 것이고 그에게 광고 몇 개를 선물하게 되겠지! 그가 접착 기계와 조명이 달린 책상을 살 돈은 7월에 받게 돼. (우리가 7월 1일도 거뜬히 넘길 수 있을 거라고 믿기는 하지만 그래도 난 요즘 가끔 생각해보곤 해. 우리가 그 당시에 2만을 동독 돈으로 바꿔놓았었더라면, 그랬더라면 이제 곧 6만 혹은 7만 서독마르크가 되었을 거라고. 아니면 혹시 더 많을 수도 있고.)[3]

『라이프치히 인민일보』는 서글픈 회사야. 그들 중 아무도 일요일에 '아우에르하인'에 갈 필요성을 못 느꼈으니. 거기엔 "높은 사람들"이 다

---

1 이 제안을 하게 된 배경은 1990년 5월 6일에 있었던 지방선거이다. 요한은 '연합 90'의 후보로 출마했는데 시의원으로 뽑히지 못했다.
2 신문의 양을 늘리거나 줄일 때 매번 4페이지씩 변동이 생긴다는 것을 말하고 있다.
3 독일연방의 중앙은행은 3월 29일에 환율 2:1을 제안했는데, 동독의 경제가 1:1 환율을 도저히 감당할 수 없을 것이라고 예상했기 때문이었다. 새로운 동독의 국가주석 드 메지에르는 임금을 반으로 축소하면 "감당할 수 없는 사회적 긴장"을 초래할 것을 우려해서 임금과 연금의 1:1 교환을 주장했다. 7월 1일에 4천 마르크 이하의 (시민들은 60 이상 6천 이하) 저축 예금액이 1:1의 비율로 교환되었다. 그것을 넘는 모든 금액에 대해서는 2:1의 환율을 적용받았다. 1월 말 교환 환율은 5:1이나 혹은 그보다도 높이 올라갔으므로 평소에도 늘 그러듯, 튀르머가 지금 계산을 해보고 있는 것이다.

모여서, 당연히 민주사회당은 안 왔지만, 아무튼 그들은 모두 득표결과를 기다렸어.[4] 그들은 우리를 왕처럼 맞아주었는데 그 이유는 그들 모두가 바로 혁명의 날카로운 창끝이 아니었음을 우리가 알고 있다는 사실을 그들이 알고 있었기 때문이야. 요르크에게 이건 영원히 끝나지 않는 주제야. 그는 새 시장, 카르메카에게, 12월 말, 그땐 아직 아무도 그를 몰랐기 때문에 원탁회의의 의장으로 추천을 했었어. 그 일을 계기로 해서 그의 경력이 올라가기 시작한 거야. 요르크는 그를 이따금 아니 자주 "겁쟁이"라고 불렀지. 그러면서 그와의 접촉에 기대를 걸었는데 물론 단점으로 작용할 리가 없다. 새로운 주의회 회장(이 단어 어쩐지 좀 귀공자라든지 황제같이 들리지 않아?)은 아직 결정되지 않았지만 아무튼 기민당 사람이 될 거야. 우리한테 행운이 온다면 프레드의 동료가 되겠지. 오늘까지도, 사흘이나 지났건만 『라이프치히 인민일보』엔 아직도 한 줄도 나오지 않았어! 우린 인터뷰 사진과 함께 카르메카를 제1면에 실었어. 그리고 알텐부르크 시민들은 다른 결과들도 다 우리 신문에서 제일 먼저 알게 될 거야. 그러니 기센의 업무부장 같은 사람이 이곳에서 일을 쉽게 벌일 수 있겠다고 생각하는 것도 무리는 아니야.

일요일에 난 마리온과 요르크와 긴 대화를 나눴어. 난 그들에게 바리스타의 지도 제작 사업 계획과 광고 사은품과 '외판 전담 작업반'에 대해 이야기했어. 우리를 위해서 그가 글자 그대로 컴퓨터를 집 안에 옮겨왔어야 하지 않았냐는 말이야!

두 시간 후 난 적어도 마리온으로 하여금 바리스타를 자문의원으로 정하는 계약서에 동의하도록 설득시켰지. 난 매달 1천을 제안하긴 했지만

---

4 1990년 5월 6일의 지방선거.

그것도 우스울 정도로 형편없이 적은 액수야. 그러니 마침내 결정이 난 5백이라는 금액은 가슴 아픈 제스처에 지나지 않지.

우리가 그에게 그런 업무 제안을 하자 그는 고마워했지만 기뻐한다기보다는 오히려 놀란 듯 보였어. 그에게서 기대하는 게 뭐냐는 거야. 요르크는 그와 함께 자신의 아이디어에 대해 상의하고 싶다고 했고 마리온은 업무 기획에 대해, 그리고 나는 그가 우리와 함께 외판원들을 뽑고 교육을 시키며 회계 업무도 한번 좀 검토해주면 좋겠다고 했어. 왜냐하면 이곳에는 아무도 그런 일은 잘 모르니까.

바론이 한동안 우리들의 말을 경청하더니 정말이지 갑자기 벌떡 일어나 자신의 의자 뒤로 물러섰어. 마치 그것이 강단이라도 되는 양. "다음과 같은 주장을 좀 펴도 되는지 모르겠군요." 눈에 무거운 눈꺼풀을 단 그가 무미건조하게 말했어. "분명 여러분들은 모든 경제활동에 있어서 가장 근본적인 문제에 아직 아무런 해답을 제시하지 못했을 뿐만 아니라 그 문제를 거론조차 하지 않았어요, 안 그렇습니까?" 바리스타는 몸을 꼿꼿이 세우더니 숨을 깊이 들이마셨어. "여러분은 부자가 되고 싶은 건가요, 아닌가요?" 그는 한 사람 한 사람을 돌아보며 덧붙였습니다. "아니라고 결심하는 사람이 있다면 난 그에 대해 감탄할 겁니다. 높은 존경을 받아야 마땅하니까요. 단지 난 우리가 어느 영역에서 서로를 만나려고 하는 건지 그것을 알고 싶을 뿐입니다." 내가 웃어젖히자 그는 예상치 못한 퉁명함으로 웃음을 중단시켰다.

"여러분이 생각하는 것보다 훨씬 진지한 얘깁니다! 시간을 할애하세요! 너무 서둘러 결정하지 마세요! 여러분이 기대하는 것보다 훨씬 더 많은 것을 내포하고 있는 문제입니다!" 바리스타는 흥분할 때마다 매번 외국말 억양으로 돌아가곤 해. 그는 다시 자리에 앉으며 우리가 어떤 결과에 도달하든지 상관없이 언제나 그의 충고를 기대해도 좋으며, 자신은 다만 우리가 배를 어느 방향으로 몰고 갈 것인지만을 알고 싶다고 했어. 그후 그는 자기 안경알들을 내게로 향하게 했지. 그의 왼쪽 입가에서 난 미소의 흔적을 보았어. "튀르머 씨는 내 말에 반대하지 않습니까?" 하고 그가 물었어. "어째서 내가 제시하는 사례를 보고도 내 의견에 반대하지 않나요? 예외들에 관한 문제라면 그게……" 그는 아마도 우리들의 첫번째 만남을 암시하는 것 같았어. 그때 그는 예외에 관해 장황한 설교를 늘어놓았었거든. "누구나 예외적인 일을 행할 수도 있고 또한 행해야 합니다. 다만 그것이 예외적인 일이란 것만은 알아야 합니다. 난 벌써 두 가지나 예외적인 일을 하고 있지요— 세자 저하와 여러분! 그러나 난 여러분에게 당분간은 예외적인 행동을 하지 말 것을 충고합니다. 예외란 것은 아무래도 상급반에나 어울리는 일이지요. 그리고 그런 상급반에서조차 내가 여러분이라면 매우, 매우 조심할 겁니다."

마리온과 요르크는 그의 말을 전혀 이해하지 못했어. 그들에게 바론은 망상에 사로잡힌 사업가에 불과하지. 다시 말해서 가족이라는 목가적 삶을 놓쳐버리고 그 대신 무엇인가 다른 것으로 위로를 삼으려고 애쓰는 사업가. 그와 반대로 난 그에게서 논리학자와 철학자를 발견해. 반대로 그에게 있어서 우리는 행운을 뜻하고, 그의 논리 정연함으로 말하자면 어떤 의미에선 타블라 라사라고나 할까.

누구나 이젠 그에게 보고를 해야 해. 작업이 어떻게 돌아가는지, 경영, 광고 접수, 계산서, 신문 생산의 체계 등등. 때론 그의 질문조차 못알아들을 때가 있어. '최초 인쇄비용'이란 게 뭘 말하는 거겠어? 결국은 얼마에 '낙찰'을 봤느냐는 둥, '할인'은 어느 정도냐는 둥, 차감 공제는 또 몇 퍼센트냐는 둥 그런 질문을 던지고 난 뒤 그가 우리들 사이를 번갈아

이쪽저쪽 망연자실 쳐다보면 우린 우리가 또다시 돈을 그냥 날렸다는 것을 알게 돼.

미하엘라와 극장의 멍청이들이 하듯 그에게서 우스꽝스러운 캐릭터를 발견해내기는 쉬운 일이야.

그에 대해 길게 생각하면 할수록 그의 질문들은 내게는 점점 더 어려워져. 나에겐 절대로 떠오르지 않을, 그리고 너무나도 성급하게 유치하다며 거부했을 그런 질문들. 그러나 나를 가장 감동시켰던 것은 우리가 아니라는 대답을 했을 때 그가 언제나 한결같은 주의력으로, 한결같은 정성으로, 그리고 한결같은 희생정신으로 우리 일을 돕는다는 확신을 준다는 점이었어. 어떤 경우에라도 그는 자신의 그 소크라테스식 물음을 던질 것이고 도표들을 만들 거야. 단지 지금과는 다른 좌표로 말이지.

물론 우린 판매 실적이 떨어지고 광고 접수가 늘어가는 상황을 주시하고 있어. 그리고 우린 광고를 낼 자리가 더 필요하거나 아니면 값으로 유혹을 하거나 혹은——하늘의 벌을 받아 신문사가 망한다면——무엇인가 새로운 생각을 해내야 할 거야. 그러나 누구나 두 개의 곡선, 즉 판매 수익과 광고 접수 상황의 곡선들을 보게 된다면 그 모든 것들이 전혀 다른 설득력을 가진다는 것을 알게 되지. 두 곡선은 한 주 한 주 지나며 가까워지고 있고, 그래 정말이지 서로가 잡아당기고 있어서 언제 어느 지점에서 그 두 선이 교차하게 될지 미리 예견할 수 있을 정도야. 그 두 곡선의 합계는 다시 인쇄와 임금 가격과의 관계 속에 자리를 잡지. 그러지 않아도 이제 우린 어떻게 확실하게 살아남을지에 관해서 다른 식의 이야기를 나누고 있거든. 우린 앞으로 어떻게 하든 수익을 높여야만 해. 7월 첫째 주 이후를 견뎌내려면 여윳돈이 필요하니까. 그전에 잘 돌아가던 일도 그 이후엔 빈털터리로 갈 수가 있거든. 그리고 늦어도 바론이 도표를 그린 시점부터 우리는 인쇄소에서의 흥정이 우리의 생존을 좌우한다는 것을 알고 있어. 제일 속상한 일은, 왜 진작에 상황을 좀 다르게 볼 순 없었을까 하는 질문을 지금에서야 하나둘 묻게 된다는 거야!

아아, 요, 용서해! 너한텐 이런 얘기가 재미없겠지! 게다가 내 지식이라는 게 나만의 독창성으로 번득이는 것도 아니니. 너도 바리스타를 알게 된다면! 그가 있는 곳에서라면 세상에서 제일 심각하다는 일들도 대번에 쉬운 놀이라도 되는 것처럼, 그래, 정말이지 글자 그대로 놀이처럼 느껴져.

월요일에 그가 우리 집에 또 왔었어. (요르크와 마리온에게서 여러 번 초대를 받고 심지어는 그들과 함께 사알레로 주말여행을 다녀온 후였어. 그 사실이 솔직히 말해서 조금은 나를 괴롭히더군.) 그는 자신의 "호텔방 감옥살이"에 지쳤고 늘 먹는 레스토랑 음식에 신물이 나 있어. 로베르트와 나로 말하자면 어차피 좀더 자주 그와 함께 있고 싶으니까.

그가 가져온 꽃은 매번 우리 거실을 열대식물원으로 만들어버리곤 하지. 미하엘라가 바짝 말라버린 정글식물의 꽃다발을 쓰레기통에 버릴 때마저도 그런대로 볼만하지.

반면에 미하엘라는 바론이 그의 부동산업에 대해 보고하는 것은 미동도 하지 않은 채 듣고만 있다고나 할까, 아니면 사무적인 태도라고 해야 할까 하는 태도를 보여. 그녀는 묘하게도 정식 사원보다 훨씬 더 많이 급료를 받고 있다는 사실에 대해서도 무관심한 듯하고 바론의 성과에 대해 그 어떤 인정하는 말을 하지도 않아.

로베르트는 이례적인 일이지만 그 아이의 친아버지에게서(맞아, 그런 사람이 다시 나타나긴 했어!) 선물로 받은 모노폴리 게임을 우리와 같이 하겠다고 졸라댔어. 바론은 기꺼이 우리와 함께 게임을 하고 싶다고 강조하긴 했지만 그러나 모노폴리만큼은 안 하고 싶다고, 그건 세상천지의 하고많은 놀이들 중에서도 제일 싱거운 놀이며 그저 머리를 돌게 할 뿐이라고 했지. 그의 사업이 단 하루라도 모노폴리처럼 그렇게 바보스럽고 재미없다면 그는 당장에라도 뭔가 다른 것을 찾아볼 거라고 했어. 로베르트의 삐죽 내민 아랫입술이라면 돌처럼 굳어진 심장이라도 움직일 만 했어. 바론은 그러나 뭔가 다른 거라면 기꺼이 함께 놀겠다고 했지. 그는 분명 로베르트의 소원을 들어주고 싶어 했어. 그는 그 전에 몇 가지 암시를 주었었는데, 그의 말에 따르자면 그건 자신의 제사의식적인 연구라더군. (1945년 5월에 알텐부르크의 유일한 유물, 수공예로 만든 성 보니파키우스의 된 성 유물 보관함이 사라졌는데, 미국 병사들이 알텐부르크에서 퇴각하며 그들의 가방에 넣어갔을 것으로 추정된다는 거야.) 바리스타는 자신의 활약에 대해 아직은 다른 사람들에게 알릴 정도로 무르익은 단계가 아니라고 했어. 한편 그는 자신의 하루 일과 중 절반의 시간을 이 일에만 바치고 있다는군.[5]

로베르트가 룰렛 게임 카드를 내밀자 그는 기쁨에 넘치는 듯한 얼굴로 반응했어. "이런 게 어디 있었어?" 그림에 나온 그대로 내용물이 잘 들어 있는지 궁금해하면서 상자 안의 내용을 보고 재미있어 했어. "야, 이거 정말 펠트잖아!" 하고 킥킥거리면서 그는 작은 상자와 판이 들어있는

---

5 튀르머는 아마도 여기에 쓴 내용보다는 더 많은 것을 알고 있었을 것이다. 그의 기사와 비교해 보자. 『알텐부르크 주간신문』 13호: 알텐부르크의 한 수공예품 성물에 대한 광범위하고도 정확한 역사적 근거를 제시하고 있는 연구가 한스 되르프펠드에 의해 진행되었다. 그러나 그 연구 결과는 애석하게도 주로 비주류 잡지들에 발표가 되었다. 『가톨릭 교리를 위한 하이델베르크 연구』 제66권, 55페이지 이하, 비교자료. 또 P. 슈나벨의 글 「수호성인의 귀향」이 『과거로 향하는 알텐부르크의 작은 길』 제1권에 연구 성과로 실려 있다. 입문서로 적절하며 특히 어린이 독자들에게 좋은 자료이다. 『보니파키우스와 함께 일하며 기도하며』, 호르스트 반스케 편집, 알텐부르크 2004(12번째 판) 역시 참조.

비닐봉지를 풀었고 그 위를 여러 번 쓰다듬기까지 하더군. "이건 진짜 벨벳이네!" 카드게임 칩들이 그를 황홀경에 빠뜨릴 지경이었고 번호판이 달린 작은 원판은 그를 아예 바보같이 만들었어. "난쟁이들을 위한 거네!"

딱 떨어지는 값으로 그는 칩들의 총액을 계산해냈고 각각의 종류가 몇 개인지도 정확히 알아냈어. 미하엘라가 뒷정리를 했지만 탁자보를 가는 일까지는 다 하지 못했어. 바론이 이미 그 위에 칩들을 나누어 늘어놓았고 미하엘라에게 어서 와서 우리 옆에 앉으라고 재촉을 했지. 그러면서 그는 프랑스어와 독일어를 넘나들었어. "이제 하세요, 거세요, 하실 차례에요!" 하며 소리쳤고, 자신이 제1주자로서 오른쪽 줄에 10짜리 하나를 배치하며 맨 위 3분의 1에다 걸었어. 지나칠 정도로 대담한 출발은 아니라고 난 생각했지. 난 감히 세 번이나 두 배로 걸어보았어. 빨강, 홀수 그리고 0(영). 미하엘라는 그녀의 칩들 중 절반을 번호판 위에 사선으로 깔아 놓았고 로베르트는 1백짜리를 검정에 밀었어. 바론이 팔을 뻗고 손바닥을 펴 번호판 위에서 타원형을 설명하고는 "리앵 느 바 플뤼(Rien ne va plus, 더 이상 베팅할 수 없습니다)" 하며 맹세하듯이 소곤거렸을 때에야 우린 이미 볼이 돌고 있다는 것을 알아차렸어. 잠시 뒤에 그 구슬이 이쪽 저쪽으로 튀었고 바론이 프랑스어로 결과를 발표하며 우리 모두가 이미 다 아는 사실을 반복했어. "검정, 15." 스쿠프를 가지고서 그는 물결치는 플라스틱 번호판을 평평하게 쓸었지. 미하엘라와 바론은 다 잃었어. 로베르트는 1백짜리 하나를 더 벌었고 난 20을 벌었지만 40을 잃었지. 바리스타가 미소 짓더니 자신의 베팅을 두 배로 올렸어. 두번째 판에서부터 난 벌써 지겨워졌고 미하엘라가 자신의 칩들을 모두 다 뿌리는 것을 보고 그녀 역시 지겨워하고 있는 거라고 믿었지. 로베르트는 또 한 번 1백짜리로 도전했고 이번에 빨강에 걸었어. 난 아까와 똑같이 걸긴 했지만 0이 아니라 로베르트의 1백 옆에 있는 20에 걸었지. 바리스타의 맹세하는 듯한 팔 동작이 반복되었고 볼이 덜거덕거리며——11, 빨강. 바론의 손가락 하나가 11로 가라앉았어. 그 결과로 미하엘라는 맨 처음 가졌던 액수만큼을 회복하게 되었지.

곧 미하엘라가 모든 것을 다 잃은 첫 주자가 되었는데 아마 일부러 그러는 것 같았어. 로베르트는 말할 수 없는 행복감에 빠져 볼이 가는 길을 눈으로 쫓았어. 바론은 한번 잃고 나면 어김없이 두 배로 베팅을 했어. 40, 80, 160 이런 식으로 걸었지——그리고 결국엔 땄어. 그의 인내가 결실을 맺은 셈이지.

하지만 곧 즐거운 황홀경이 왜곡된 진지함으로 변해갔어. 그는 더 이상 대화에 참가하지 않았고 질문에도 대답하지 않았으며 오로지 룰렛 판만을 쏘아보며 초조하게 볼을 던졌어. 그는 기계처럼 움직였어. 그와 반대로 로베르트야말로 진정한 게이머였고 주인공이었지. 그는 딴 만큼 도로 잃었지만 첫번째 판에서 가졌던 믿음만은 계속해서 그에게 남아 있었어. 난 영원히 이리저리 왔다 갔다만 하는 것이 재미가 없어서 베팅을 높였어——그러고는 두번째로 파산했지. 바론은 계속해서 베팅을 두 배씩 올려갔고 이길 때까지 계속했지. 그렇게 배려 없는, 그래, 심지어 그렇게 예의 없는 그의 모습을 난 단 한번도 본 적이 없어. 심지어 남자들만이 그곳에 남아 있고 미하엘라가 부엌에서 설거지를 하고 있다는 것조차 그의 머리에 없는 모양이었어.

그가 "난 이제 그만 할래"라고 말하고는 뒤로 기대앉으며 자신의 칩들을 내놓았을 때라야 그는 아이스크림 앞에서 비로소 평소의 모습을 되찾았지. "보셨어요?" 하고 그가 묻는 목소리가 본격적으로 활기를 띠었어. 그는 어린애같이 으스대며 덧붙였지. "맨 나중엔 나만 계속 이겼어요."

"사랑엔 실패하고 게임엔 행운이군요!" 하고 난 말했어. 바론이 나를 너무나 따지듯이 쳐다보았기 때문에 난 내 눈치 없는 언행에 대해 사과하려 했지.

"아닙니다" 하고 그가 말하며 미소 지었지. "개연성! 최고조로 돈을 딸 만한 개연성! 우연은 액자일 뿐이에요. 경계를 설정해놓은 환경의 문제, 물론 시간의 문제이기도 하구요. 그러나 선생님이 돈을 많이 가지면 가질수록 우연이 그곳에 끼어들기는 점점 더 어렵지요. 진짜 인생에서처럼!"

그는 비스바덴으로부터 라스베이거스에 이르기까지 모든 종류의 게임 지옥을 다 알고 있다고 했어. 오로지 우선은 이기고 지는 것만이, 혹은 구원받을 길이 없는 게이머인지 혹은 착실한 남자인지, 그것만이 문제라더군. 더 많이, 더욱더 많이, 어쩌면 전부가 달린 문제래. 그는 온몸을 운명에 내던지고 그것의 손아귀에 들어가 무엇인가가 그를 아프게 건드릴 때까지 기다린다는 의미를 알고 있대. 사과 대신에 에바가 어쩌면 한 줌의 칩을 제공해야 했었는지도 모르겠다는군.

나 역시 게임이 특별히 운명적이라고는 느끼지 않았다고 고백했지.

그는 나더러 스스로를 우습게 만들지 말라더군. 이건 어린애 장난이 아니며, 결단코 내가 기대했던 그 무엇도 아니라는 거였어. 그가 비닐봉지 아래 손을 넣어 그걸 거칠게 집어던지는 광경은 내게는 너무나 낯설게 느껴졌어. 아니 난 그런 심한 행동에 큰 충격을 받았지. 비닐봉지는 탁자 가운데로 질질 끌리듯이 뒤쪽으로 밀려나 그가 앉은 곳에서부터 정면으로 보이는 모서리에 대롱대롱 매달렸어. 칩 몇 개가 바닥에 후두두 떨어졌고 그 바람에 그가 몹시 화를 냈지. 그는 엄지와 검지로 플라스틱 룰렛 판을 집어 들더니 혐오스럽다는 듯 높이 치켜들었어. 마치 원수의 더러운 손수건이라도 다루는 양.

　우리가 주워 모은 칩들을 들고 탁자 뒤에서 머리를 들었을 때 그는 나무라려고 했던 것은 아니라고 했어. 한결 누그러진 말씨였지. 그러나 이 게임은 자신에겐 거의 성스러운 것, 하나의 의식, 그래, 그래, 하나의 정화 혹은 희생 의식이고, 그런 말을 하는 자신은 몹시 진지하다더군. 그는 그사이에 우리 곁으로 와 있던 미하엘라에게도 토씨 하나 안 틀리고 똑같은 내용을 말했어. 그녀가 나중에 말하길, 우리가 혹시 싸우는가 싶어 들어와본 거라더군.

　그가 눈에 띄게 심드렁한 태도로 덧붙이더라. 내가 언젠가 꼭 진짜 게임을 해봐야 한다고 했어. 그리고 그가 말하는 진짜 게임이란 몬테카를로에서의 주말을 의미하는 것이며, 자신이 모든 것을 다 알아서 할 텐데 내 의견이 어떠냐고 물었어. "찬성하십니까?"

　"몬테카를로는 여러분이 생각하듯 그렇게 먼 곳이 아닙니다" 하고 그가 말했어. 내가 거기서 얻게 될 좋은 교훈 말고도 만족스러운 부차적 효과로서 내 개인 돈궤가 두둑해질 수도 있을 것이라고. 왜냐하면 초보자의 초행길이기 때문이며 또한 자신이 하라는 대로만 한다면 된다는 거야. 더더군다나——"도처에 법칙들과 규칙들이 있으니까요."——내가 돈을 딸 게 분명하다는 거야, 그래, 매번! 우리더러 생각을 좀 해보라더군. 어째서 카지노 판들이 돈을 걸 수 있는 한계를 정하고 있는지를. 이것이 바로 이해의 열쇠라고 했어. 심사숙고해볼 만한 가치가 있는 일이라면서.

　이미 일주일 전에 바론이 이런 식으로 암시를 준 적이 있지만 난 그저 지나는 말이려니 하고 생각했었지. 그에게 그냥 지나치는 말이란 건 없는 모양이야.

　너의 엔리코가 너를 포용하며.

추신: 물어볼 게 있어. 안톤 라르센은 우리 상황을 전적으로 이해함에도 불구하고 자기 비망록 문제를 더 이상 지체할 수 없다면서 고집불통인 어린아이처럼 떼를 쓰고 있어. 요르크와 내가 그것을 읽었고 그것을 펴낼 생각이긴 하지만 너무나 많은 다른 일들이 편집을 기다리는 중이란 말이야. 그걸 너한테 보내도 되겠니? 물론 넌 그 일에 대해 보수를 받을 거고 발행인에 네 이름이 나갈 것이고 글의 앞이나 뒤에 서평까지 써준다면 더욱더 대환영이야.

90년 5월 8일 화요일

친애하는 니콜레타!

보고를 이어나가려는, 그리고 나디아와 내가 완전히 헤어졌던 11월에 뒤이어 찾아온 12월에 대해 당신께 이야기해드리려는 나를 방해하는 것은 비단 봄 날씨만은 아니군요.

예나로 다시 돌아간 난 마음이 가벼워졌다기보다는 마비 상태였고 외로움을 느꼈습니다. 베라에게서는 3월 이후로 거의 아무 소식을 듣지 못했고 이해에 요한과 내가 나누었던 편지는 손가락으로 다 꼽을 수 있는 정도였습니다. 요한의 딸 게지네가 태어난 것에 대한 축하 편지조차 제대로 쓰지 않았습니다. 월요일에 나는 늦잠을 자는 바람에 라틴어 번역 수업에 가지 못했고 저녁에 있을 역사 시간을 위해 텍스트를 분석하느라 부질없이 애를 쓰고 있었습니다——사전에서 단어를 하나 찾았다 싶으면 본문을 다시 들여다보는 사이에 벌써 다 잊어버리곤 했지요―그리고 화요일엔 오후가 되어서야 침대에서 겨우 일어난 나는 화장실에 가는 것조차 힘들어했습니다. 그나마 병이 났다는 결석계를 내야겠다는 생각은 했습니다.

재능 있는 호라츠 번역가인[1] 언어학 선생님은 진단서가 있음에도 불구하고 나를 믿지 못하겠다는 눈치였습니다. 며칠 전부터 삼트호펜이 눈에 띄게 표를 내고 있던 나를 향한 무관심 역시 더 이상은 보통이 아님을 알려주고 있었습니다.

내 피로감은 하루하루 지나면서 점점 더해갔습니다. 내가 유일하게 해낸 일이라곤 아침마다 크리스마스이브 달력의 창문을 하나씩 여는 일이었습니다. 어머니가 내게 선물해주신 거였는데 우리가 오늘날까지도 계속해오는 의식입니다.

크리스마스 방학이 시작되자마자 난 드레스덴 집으로 돌아가 곧장 침대에 기어들어갔습니다. 어머니가 집에 돌아오시면 난 어머니를 위한 자리조차 내드리지 않은 채 앉아 있었습니다.

24일, 우리는 점심 식사 때부터 벌써 베라를 기다리고 있었습니다. 나를 놀라게 해줄 일이 있다면서 어머니는 4인분의 상을 차리셨습니다.

롤란트는 베라보다 적어도 열 살은 많아 보였지만 분명 그녀보다 10센티미터는 작았습니다. 그의 섬세한 코가 두툼한 입술과 어울리지 않았습니다. 그의 얇고 검은 머리카락 아래 드러난 피부가 번쩍거렸습니다. 각이 지고 테가 없는 괴상한 안경을 끼고 있었고 듣기 좋은 사투리를 사용했습니다. 난 그게 남부 튀링겐의 사투리일 거라고 생각했습니다. 눈에

---

1 튀르머는 아마도 다음 책을 연상했던 것 같다: 『호라츠』(한 권짜리 전집), 만프레드 시몬 번역과 발행, 베를린: 바이마르, 1972.

띄는 점은 모든 것들에 대한 그의 높은 관심이었는데 심지어는 레몬소다 수 병에 붙은 상표까지도 흥미로운 모양이었습니다.

남의 말을 경청할 때 그는 고개를 끄덕였으며 연신 "오케이, 오케이, 오케이"라고 말했습니다. 마치 모든 문장마다 반드시 그의 동의를 필요로 하기라도 한다는 것처럼.

롤란트가 지난해 크리스마스를 보냈다는 '토리노'의 동무들에 대해 말을 꺼낸 것은 내게 너무 진부했지만 그럼에도 불구하고 난 그에게 투린에는 어떻게 가느냐고 물었습니다. "자동차로" 하고 그가 대답을 하면서 만족한 듯 계속해서 음식물을 씹었습니다. 난 나도 그럴 수만 있다면 차를 갖고 싶다고, 그 차로 투린까지 가고 싶다고, 잘츠부르크에 도착하기만 해도 좋겠다고 했습니다.

롤란트는 별다른 큰 인상을 받지 못했다는 투로 내게 이곳 사람들이 서쪽 사람들에 대해 그릇된 환상을 많이 가지고 있다고 말했습니다. 여행 자체가 목적이라면, 우리가 생각하듯이 그리 먼 거리는 물론 아니지만, 결국 감당할 수 있는 돈이 있어야 한다, 2주, 혹은 3주가 지나면 다시금 고된 일이 시작된다는 등 설교를 늘어놓았습니다.

"하지만 누구라도 한번쯤 지중해는 가봐야 해!" 아아, 니콜레타, 이 문장을 그 당시에 이미 알고 있었더라면! 난 벌떡 일어나 내 방으로 들어가버렸습니다. 그러나 이젠 나디아와 나에 대한 이야기가 시작되었을 거라는 상상이 내 퇴장을 후회하게 만들었습니다.

조금 후에 누군가 내 방 문을 두드렸습니다. 난 롤란트를 들어오게 했습니다. 그는 내게 '레발'을 내밀었습니다. 우린 창문을 열어놓고 나란히 앉아 담배를 피웠습니다. 그가 그저 깊게 빨아들이고만 있었는지 아니면 중간 중간에 여러 번 말을 꺼내려고 했었는지 그건 잘 기억이 나지 않습니다. 그가 이윽고 뭐라 말을 꺼내기 전에 베라가 나타나 내 머리를 쓰다듬으며 그를 데리고 나갔습니다. 담배 맛이 아주 썼습니다.

저녁에 롤란트는 과분할 정도로 많은 선물을 받았습니다. 그는 자기는 아무것도 준비하지 못했다고 했는데, 어머니와 나를 위한 선물을 준비하지 못했다는 말이었지요. 베라는 그가 가져다 준 바지 정장을 입고 있었고 턱을 앞으로 내밀어 그녀의 목에 뿌린 향수 냄새를 맡게 했습니다. 그다음엔 카밀라 아주머니의 소포가 탁자 위에 올랐습니다. 베라와 난 곧바로 지폐를 찾기 시작했습니다. 가장 악랄한 세관공무원보다도 더욱더 악랄하게 우리는 파인애플 통조림과 커피를 쌌던 포장지를 앞다투어 찢어냈고 꽃장식이나 리본을 떼어내며 파지가 바닥에 떨어지든 말든 신경 쓰지 않았습니다. 롤란트가 혐오스럽다는 듯 우리에게서 등을 돌렸을 때, 난 그 짓을 더 심하게 계속했습니다. 첫번째 1백 마르크짜리는 파 비누 곽 안에서 찾아냈고 두번째는 스프렝겔 초콜릿 상자의 비닐 덮개 밑에서 발견했습니다. 세번째는 어머니가 나중에 파지 뭉치 속에서 발견하실 때까지 실종된 상태였습니다.

다음 날—그나마 그는 아침 5시 반에 일하러 가시는 어머니를 차로 바래다드렸습니다—롤란트는 우리 집에서 편하게 지내겠다는 분위기였습니다. 그는 팬티만 입은 채 집 안을 돌아다니며 담배를 피웠고 식료품 창고를 뒤지기도 하고 서서 감자 샐러드 그릇을 비우고 병째 무르파트라르[2]를 마셨으며 털이 숭숭 난 가슴을 연신 긁어댔습니다.

그와 베라는 여봐란 듯 파란 바탕에 하얀 평화의 비둘기가 그려진 스티커를 뒤창에 붙인 그의 르노를 몰고 마이센, 필니츠, 모리츠부르크로

---

2 루마니아의 달고 흰 와인.

돌아다녔고 베라의 집에서 묵고 있다는 롤란트의 친구들과 함께 극장으로 갔습니다. 베라와 나는 서로 거의 말을 주고받지 않았습니다. 롤란트를 데려온 건 나디아에 대한 그녀의 복수였습니다.[3] 어머니에게서 들은 바로는 그 두 사람은 곧 결혼하기로 결심했다고 했습니다. 식탁에 앉았을 때 난 그들이 어디서 살고 싶으냐고 물었습니다. "그런 멍청한 질문이 어디 있어!" 하고 베라가 말했습니다. 그러나 롤란트는 자신의 소원을 묻는 것이라면, 아예 동독으로 이주하고 싶다고 고백했습니다. 단지 마음에 걸리는 것은 그렇게 되면 그가 자신의 친구들을 배신하게 된다는 점이라더 군요.

롤란트는 직업금지령(정치범을 현직에서 물러나도록 함—옮긴이)에 관해 여러 번 말했었는데 자신도 역시 협박을 한번 당한 적이 있다는 것이었습니다. 그는 내게 뭔가 읽을거리를 주겠느냐고, 물론 내가 쓴 원고 중에서, 아니면 한 편을 직접 낭독해줘도 좋다고, 여기서, 오늘 저녁에 바로 원하더군요. 그는 드레스덴에도 '빨간 등불'의 홍등가가 있는지를 알고 싶어 했습니다. 내가 아는 빨간 등불이란 오로지 동독 정치 선전을 뜻하는 유사어로서 '빨간 불빛 쐬기'가 있었고 그와 비슷한 표현으로 '빨간 수도원'(특별히 정치색이 짙은 학교를 말합니다), '빨간 똥구멍' 등, 뭐 그런 비슷한 것들뿐이었습니다. 난 롤란트가 정부청사가 모여 있는 구역 같은 것을 말하는 것이라 생각했습니다.[4]

어머니는 롤란트를 두고 섬세한 사람이라고 했습니다. 왜냐하면 그는

---

3 튀르머는 1990년 5월까지도 이런 생각을 품고 있던 것 같다.
4 롤란트가 그러한 질문을 던졌다는 것은 거의 있을 수 없다. 베라 튀르머에 의하면, 그는 동독에 대해 비교적 소상히 알고 있었던 사람이었다. 튀르머는 여기서도 자신이 말하고자 하는 주제를 살리기 위해 다소 진실에 따라 말하지 않고 있다.

자신의 곧은 성품 때문에 이쪽에서나 저쪽에서나 문제를 안게 될 것이기 때문이라고 했습니다. 반대로 난 그를 까다롭고 건방지다고 보았습니다. 그가 옆에 있을 때면 나는 피곤이 계속되는 이유를 찾아내곤 했으니까요.

크리스마스이브는 엉망이었고 돌아오는 길은 절망적이었습니다.

나는 나디아의 편지들을 보이지 않는 곳에 넣고 잠가버렸습니다. '비바트 폴스카!'는 내겐 이미 낯선 문구가 되어 있었습니다. 계속해서 글을 쓸 생각이 있다면 난 지금까지 쭉 피해왔던 일을, 즉 쓴 것을 다시 읽어보아야만 했습니다.

패배랄 순 없었습니다. 실망은 더더욱 아니었고요. 물론 나는 그 원고가 얼마나 불완전하고 고칠 데가 많은지를 보기는 했습니다── 아깝다는 생각 없이 난 이제 단락이나 페이지 위에 줄을 그었습니다. 그러나 몇 가지 상세 묘사, 몇 개의 서술 부분 그리고 비유들은 너무나 완벽해서 난 그것들을 바벨이나 마일러에게서 훔쳐온 것이 아니었던지 걱정이 될 지경이었습니다.

이 일요일 오후에── 춥고 해가 났으며 눈도 내리지 않았던 날── 내게 문득 절망감이 몰려왔습니다. 그것은 모든 것을 다 더럽게 보이도록 만들었고 모든 것을 다 즐길 수 없는 것으로 만들었습니다. 난 나 자신을 더 이상 믿지 않았습니다!

한때는 '카를과 로사가 살아 있다!'라는 벽 문구를 나 자신이 한 일로 돌리려고까지 하지 않았던가? 내 인물들 중 누군가로 하여금 '비바트 폴스카!'를 자신의 책임으로 돌리게 하려던 생각이 아니었나? 그래야 하는 이유는 많았다. 그리고 도대체 그 비문의 어떤 부분이 그렇게 불손하단 말인가? 누구든 단 한번만이라도 착한 병사 슈베이크에 대해 들어본 적이 있다면, 심문 전문가들이나 비밀안전기획부들의 입에서 새어나온 우회적 표현의 의미를 읽을 수 있지 않았던가?

보세요, 니콜레타, 지금 난 또다시 한 정점에 도달했습니다.[5] 당신에겐 마치 한 어른이 어린아이의 걱정과 두려움에 관해 이야기하는 것과 같이 느껴질 것입니다. 당신은 어째서 내가 새롭게 떠오른 그 생각들에 대해 기뻐하지 않고 그것들을 사용하지도 않았는지 물으시겠지요. 바로 그렇게만 했더라면 모든 일이 잘되었을 것이고 마침내 흥미로워지기도 했을 테니까요.

하지만 내 인생에 대한 느낌이 비극적이 아니라면 적어도 문학은 그래야만 했던 것입니다. 그리고 잔인한 고통. 고통이 크면 클수록 더 좋은 문학이 탄생합니다. 웃지 마십시오! 나로서도 달리 어쩔 수 없는 일입니다. 우리의 몫은, 우리 지역의 몫은 고통과 저항이 아니면 동참, 테르티움 논 다투르(tertium non datur, 그 외에 다른 가능성은 없습니다)입니다. 내 영웅서사시는 기울어 한낱 웃음거리가 되어버렸습니다. 얼마 가지 못해 이미 불가능한 것이 되어버린 것입니다.

난 잘못 살아온 내 인생이 글을 다 망친 것이 아닌가 하는 의심을 품었습니다. 그 원고 나부랭이를 책상에서 확 쓸어버리고 그 대신에 케기의 문법책을 그 위에 놓을 힘이 어째서 나에겐 없었던 걸까요? 어째서 난 일을 끝까지 밀고 나가지 못한 걸까요? 글을 쓰지 않고는, 상상하지 않고는 내게 주어진 소명을 다할 수 있는 힘이 없었기 때문에?

난 스스로를 바꾸지 않았기 때문에 세상이 바뀔 것을 기다릴 수밖에 없었습니다.

난 출구를 찾고 있었고 그것을 발견하기도 했습니다. 난 시간을 거꾸

---

5 도대체 언제 그가 이미 "그런 한 정점"에 도달한 적이 있었단 말인가?

로 거슬러 되돌아가야만 했습니다. 내 원죄 그 이전의 시간으로. 고통이 고통이었고 신이 신이었던 그 시간으로.

자, 다음엔 무슨 일이 일어났는지 물론 당신은 짐작하실 겁니다. 즉시 하나의 단편이 될 만한 매혹적이면서도 뚜렷한 줄거리가 내 머리에 떠올랐습니다. 동독의 체제 아래 시시각각 무너져가는 한 어린 학생에 관한 이야기였습니다. 난 그저 내가 경험한 것을 쓰기만 하면 되었으며 전체 줄거리에 잘 어울리는 마지막 장면으로 마무리만 하면 되는 것이었습니다. 예기치 못했던 전환. 내게 닥쳤던 일들과는 전혀 다른, 하나의 피날레, 공개적인 금서가 될 수도 있는 그러한 피날레.

문체로는 『퇴를레스』와 『토니오 크뢰거』 사이의 그 어떤 중간 정도의 말투가 머릿속에 맴돌았습니다. 인물의 행동들을 재빨리 스케치했습니다. 별안간 난 자유를 느꼈고 무엇인가를 해야겠다는 열의가 생겼습니다. 내겐 내 작품에 대한 최고의 확신이 있었으므로 마치 이젠——완성하기 위해서 몇 주가 걸리겠는지 그것만이 문제였지요—— 다시금 다른 사람들의 인생에 참여해도 된다는 듯했습니다.

친애하는 니콜레타, 이제 막 3시입니다. 난 점점 더 일찍 일어납니다. 어제 편집부로 돌아가는 길에 곰곰이 생각해보았습니다. 다음엔 당신에게 또 무엇에 대해 더 쓸까 하고요. 갑자기 내 눈앞에 안톤의 모습이 선명하게 떠올랐습니다. 얼마 지나지 않아 이미 확신이 들었습니다. 안톤과 요한이 만나는 장면이 편지 내용에 더 들어 있으며 난 지나는 길에 기회가 되면 그것을 우체통을 던져 넣기 위해 지니고 다녔습니다.[6]

---

6 적어도 이 부분에서는 편지를 쓰는 데 있어서 튀르머가 글의 구성에 대해서 얼마나 많은 고민을 했는지가 잘 드러난다.

나한테 이런저런 이유로 의미 있는 모든 만남들에 대해서 보고를 하겠다고 든다면, 물론 그것은 정작 우리에게는 별 도움이 되지 못하고 오히려 혼란스럽게만 할지도 모릅니다. 하지만 내 인생에 대한 당신의 인상이 너무 한쪽으로만 치우치는 것을 막기 위해서라도 나는 안톤에 대해 몇 줄 언급하지 않을 수 없습니다.

몇 년간 안톤과 내가 가깝게 지냈던 것을 우정이라고 불러도 좋을지 어떨지는 잘 모르겠습니다. 하지만 거의 날마다 계속된 그와의 친분은 거의 가족적이라고 할 수 있는 믿음을 만들었습니다. 그리고 그 믿음의 무게는 안톤이 다른 사람과 나누는 그만의 기호나 비밀들의 무게를 의미했습니다. 우리 과는 언제나 안톤의 그룹과 같은 강의를 듣게 되었습니다. 그는 내가 아는 남학생들 중에 유일하게 옷차림과 머리 모양에 가치를 두는 사람이었고 몇 시간이고 모드에 관해 대화를 나눌 수 있는 사람이었습니다. 그는 데이비드 보위의 음악은 보통이라고 생각했지만 그럼에도 불구하고 데이비드 보위는 그의 우상이었습니다. 그리고 멀리서 보면 안톤은 실제로 그와 닮았습니다. 특별한 일이 있을 때, 가령 대학생들이 자유독일청년회 셔츠를 입고 오도록 되어 있는 날, 안톤은 검은 양복에 하얀 셔츠와 검은 바지를 입고 왔기 때문에 처음엔 교수님들이 그가 장례식에서 오는 길이라고 생각하며 내버려두었습니다. 안톤이 나타나 그의 금발 머리카락을 뒤로 젖히며 송곳니 뒤에 난 구멍을 드러내면 나는 매번 히힝거리는 말을 연상하곤 했습니다.

안톤은 시기의 대상이 될 만했습니다. 그에게는 아름답고 마음이 따뜻한 아내와 어린 아들이 있었습니다. 몇 주마다 한 번씩 새로운 여자에게 빠지기는 했지만 말입니다. 거의 매일 저녁 그는 학생 클럽 '로제'에서 시간을 보냈습니다.

안톤의 강의 리포트나 번역물은 내겐 실망스러웠습니다. 내가 안톤에게서 단 한번도 자신만의 생각을 들어본 적이 없다고 말해도 그것은 과장이 아닙니다. 비판을 받으면 그는 억지를 부리거나 눈물까지 보이며 민감하게 반응했습니다. 그토록 완고하게 파란 셔츠를 입지 않겠다고 저항했던 데 반해 예비역 일에 있어서는 또 그토록 빨리 무릎을 꺾고 말았습니다.

안톤은 출국 여행 신청 같은 것은 꿈에서조차 생각지 않았습니다. 그는 자신의 겉모습이나 우리의 전공 학과가 그렇게 특별하게 보이는 곳은 동독 말고는 어디에도 없다는 것을 잘 알고 있었습니다.

내가 나디아와 헤어지고 난 후 요한이 예나에 있던 나를 방문했을 때에는 우리가 아주 오랫동안 서로 대화를 나누지 않은 상태였는데 갑자기 안톤이 내 집 문 앞에 서 있었습니다. 그는 최근 사귄 자신의 애인이 내 주소로 보내온 편지를 가져가기 위해 왔던 것이었습니다. 안톤은 나도 요한도 거들떠보지 않은 채 봉투를 뜯어 한쪽 구석으로 가져갔습니다. 그는 편지를 읽었고 큰 소리로 흥흥거린 다음 즉시 답장을 쓰기 시작했습니다. 요한은 안톤의 태도에 대해 투덜거리긴 했지만 난 이미 적응이 된 상태였습니다. 갑자기 안톤이 우리에게 무엇인가 낭독을 해도 좋겠느냐고 물었고 마지막 줄을 마저 다 적더니 얼마간 마음을 가다듬는 듯 뜸을 들였습니다. 우린 벌써 그의 발표를 초조하게 기다리고 있었습니다.

안톤은 단조로운 음성으로 편지를 읽어내려갔고 즉석에서 교정을 하기 위해 이따금 한 문장을 여러 번 반복했습니다. 안톤이 편지 안에 쓴 이야기는 신에 대한, 특히 신이 어떻게 인간을 만드셨나 하는 것에 관한 내용이었습니다.

몇 개의 문장이 지나자 요한과 나는 완전히 푹 빠진 상태로 귀를 기울이고 있었습니다. 줄거리보다도 더 나를 놀라게 한 것은 그의 표현법들과 상세한 묘사였습니다. 난 신의 옆에 지나며 날아올라 노래하는 한 천사를 기억합니다. "신이여, 모든 것을 보고 계시는……" 하지만 신은 물론 모든 것을 보시지 않습니다. 결국 신은 자신의 손들이 홀로 일하도록 하시는데 눈만은 언제나 땅을 향해야 하기 때문이었습니다. 술래잡기하는 어린아이처럼 그는 자신의 손에 계속해서 물었습니다. "벌써 다 했느냐?" 왜냐하면 그는 아무것도 모른 채로 있다가 깜짝 놀라고 싶기 때문입니다. 갑자기 무엇인가 그의 곁에 있던 것이 땅으로 떨어졌습니다. 신은 뭔가 불길한 일이 일어났음을 느꼈습니다. 그때 그의 손들이 점토를 잔뜩 묻힌 채로 그의 앞에 나섰습니다. 인간의 모습도 보이지 않았습니다. 천둥벼락이 친 뒤 신은 손들을 떠나보냈습니다. "너희가 하고 싶은 대로 해라. 난 너희들을 더 이상 모른다!" 하지만 신이 없으면 완성이란 있을 수 없기 때문에 손들은 불만족스러웠고 피곤해졌으며 결국은 무릎을 꿇고 하루 종일 죗값을 치렀습니다. 그 때문에 우리에겐 신이 아직도 계속해서 쉬고만 있다고 느끼는 것이며 일곱번째 날만이 끝없이 계속되고 있는 것입니다.

요한은 양모로 짠 양말 안에서 발가락을 꼼지락거리며 내 시선을 좇았습니다. 난 마치 선생님이 수석 제자를 바라보는 듯한 시선으로 안톤을 바라보며 당황한 내 모습을 감추기 위해 사력을 다했습니다.

"천재적이다!" 하고 요한이 외쳤습니다.

그러나 진짜 충격은, 안톤이 편지지들을 접어 봉투에 넣으며 우표를 좀 달라고 말하는 동안 마치 그런 이야기를 보존하는 것에 아무런 가치를 두지 않는다는 듯한 태도를 보였다는 것입니다.[7]

난 이런 작품은 축하해야 마땅하다고 했고 우리와 함께 식사하자고 안

---

7 튀르머는 이 부분을, 애초에 그의 글들 중 많은 부분들을 편지지 아래 복사지를 끼워 쓴 다음 나중까지도 보관했었다는 점을 기억할 것.

톤을 붙잡았습니다. 처음에 난 내가 뒷전으로 따돌림을 당하는 것에 별큰 의미를 두지 않았습니다. 난 손님을 접대하는 주인이었으므로 바야흐로 빠른 속도로 친해져가는 두 사람을 배려했습니다. 내 기분을 상하게 한 건 그들이 내 시중을 너무도 당연하게 받아들였다는 것이었습니다. 안톤은 의견이랍시고 한바탕 이야기를 늘어놓았고 요한은 이야기에 감동되어 그것들을 생각해보겠다는, 적어도 그것들을 즉시 악평하지는 않겠다는 (안톤은 클라우스 만과 에리히 케스트너를 좋아해서 그들에 대해 많은 이야기를 했습니다) 결심을 한 것 같았고, 그리고 그들이 벌써 먹고 마시기 시작하는 동안에도 난 식당 종업원처럼 부엌과 방 사이를 왔다 갔다 들락거리고 있었습니다. 단 한 번 눈길, 단 한 번의 미소만으로도——내 마음은 누그러졌을 겁니다. 안톤은 이윽고 자신이 선호하는 음악에 대한 이야기에 도달해 있었고 요한은 킹 크림슨이란 자가 어떤 종류의 음악가인지 알아내느라 끙끙거리고 있었습니다. 그들은 내가 와인 잔을 들어 올린 것조차 알아차리지 못했으며 그때 그들의 잔은 이미 비어 있었습니다.

식사 후 안톤이 떠날 채비를 하자 요한이 그에게 이제부터 무엇을 할 것인지 물었고 안톤이 요한에게 '로제'에 함께 가자고 초대했습니다. 그들은 자정이 훨씬 지난 뒤에 돌아와 반나절이나 자고 일어나 내 냉장고의 음식물을 몽땅 뒤져 게걸스럽게 먹어치운 다음 부엌에 함께 쭈그리고 앉았습니다. 요한을 역까지 배웅한 사람 역시 안톤이었습니다.[8]

월요일에 안톤이 내게 말했습니다. 우리가 릴케의 「신에 관한 이야

---

8 요한과 튀르머의 동성애적인 관계를 가정한다면 다른 때는 수수께끼 같던 상황이 이 부분에선 비교적 명확하게 드러난다. 원본에서는 읽을 수 없게 된 이 부분의 한 문장이 그것을 암시하고 있다. "예전에 베라에게서 그랬던 것처럼 요한에게서도 나디아를 향한 내 사랑에 대한 복수 이외에 다른 의미를 찾을 수 없었습니다."

기」를 이미 알고 있을 것이라고 생각했었다고. 나를 방문한 손님을 내내 그에게만 맡긴 것은 조금은 부당한 일이었다고. 그걸 만회하기 위해 자신과 산책하지 않겠냐고. 요한으로부터 난 편지 한 장을 받았습니다. 그는 주말에 우리 두 사람이 너무나 조금밖에 시간을 가지지 못한 것에 대해 애석하다고 썼더군요.

며칠 뒤 베라의 편지가 왔습니다. 출국신청서를 냈으며 롤란트와 헤어졌다는 내용이었습니다.

내가 겪었던 혼란에 대해서는 이쯤에서 이만 줄이겠습니다.

당신의 엔리코 T.

90년 5월 9일 수요일

사랑하는 요!

우리가 무엇을 했으면 좋았을 거라고 생각하니? 갑자기 그렇게 많은 책상과 의자를 어디서 구하지? '인명구조' 단체는 우리의 기부금을 받았잖아. 이 모든 것들을 태워버리거나 아니면 고철상에 던져버렸어야 하는 걸까? 요르크에게 그건 일종의 트로피들이고, 미하엘라는 비밀안전기획부가 이곳의 소유주였을 때 은색의 SPW 미니 장갑차를 한 대 집어왔었지. 그들이 실제로 '이 안에' 있었다는 증거물로!

어제 아침 일로나가 도대체 어딜 갔었냐면서 훌쩍훌쩍 울며 내게 달

---

1 1989년 12월 6일. 다른 많은 도시에서와 같이 시민운동 대표자들이 지역 비밀안전기획부 청사를 점거했었다.

려왔어. 하마터면 그녀는 그 작은 주먹으로 날 때릴 뻔했다니까. 그녀는 진작부터 나를 부르려고 했지만 편집부를 비울 수가 없어서 폰 바리스타 씨에게도 그렇게 얘기했대. 그런데도 그는 세 번이나 전화를 했었고 그녀를 호통 치며 못 살게 굴었다는 거야!

참 좋은 아침이었고 따뜻한 날씨에 새들이 지저귀고 있었는데 말이야! 나는 시장에서 빵을 샀어. 일로나에게 우리가 마실 커피를 끓이라고 부탁했고 전화기 옆에 앉아 바리스타가 무슨 일로 그러는 걸까 궁리했지.

그저께 우린 기센에 갔었거든. 신문사 사장이, 나보다 나이가 아주 많진 않았는데, 요르크와 나를 매우 따뜻하게 환대해주었어. 우린 그가 술수를 쓰는 거라 여겼는데, 우리가 그를 방문하게 된 이유에 대해서 그가 일언반구도 내비치지 않았기 때문이었어. 요르크가 단도직입적으로 업무실장이 했던 협박을 그대로 옮기자 신문사 사장이 요란하게 웃음을 터뜨렸어. 그는 그 일에 대해 아는 바가 없다더군. 그러면서 그는 사과했고, 그래, 정말이지, 자신은 그 일에 관해서라면 잘못이 없고, 있다면 그가 업무실장에게 우리를 한번 초대하라는 임무를 주었던 것이 잘못이랄까, 그 외엔 정말로 아무것도 아니라고 하더군. 아마도 업무실장은 그러지 않으면 우리가 초대에 응하지 않을 거라고 생각했던 것 같고 그래야만 어떤 개연성을 만들 수 있지 않았겠냐고 하더라. 알텐부르크 현지에 있는 사람들로부터 이야기를 한번 들어보고 싶었던 것뿐 다른 의도는 없다고 했어. 그후 그는 우리를 데리고 전 건물을 다 돌며 안내를 해주었고 중국식당에서 작은 정식을 시켜주었지. 하지만 마지막에 그는 종업원에게 영수증을 달라고 했어.[2]

2 튀르머는 분명 "사무적으로 미리 계산된" 행동이라고 생각한 모양이다. 나중에 튀르머는 사업차 식사를 한 후엔 언제나 영수증을 보란 듯 구겨 재떨이에 던져 넣는 버릇을 의식으로 삼

일로나가 커피를 가지고 왔을 때 난 바론의 몬테카를로에 대한 아이디어에 대해 말해줌으로써 잔뜩 겁먹은 그녀의 분위기에 다소 활력을 불어넣었어. 일로나가 전화기를 가리키며 나무라듯 "어머, 이젠 아무 소리 안 나는 것 좀 봐!"라고 소리칠 때에야 비로소 내겐 정적이 느껴졌지. 전화기만 침묵한 것이 아니었어. 방문객 역시 뚝 끊겼어. 난 수화기를 들어 뛰이이─ 하는 소리를 들었지.

일로나는 화분에 물을 주었고 난 연필을 깎았어. 하지만 그녀가 이내 자리에 앉아 두 손을 무릎에 올리고 자신의 신발을 응시하고 있을 때 난 그녀에게 뭐라도 좀 찾아 일을 하라고 요구했지.

어제 그녀는 모든 일을 다 끝내느라 10시까지 있었다더군. 낮에는 아무 일도 못 하므로. "마술에 걸린 것 같아요!" 하고 그녀가 소리치더니 또다시 훌쩍이기 시작했어. 일로나는 계속해서 그리고 특별한 이유도 없이 자꾸만 지나치게 겁이 났기 때문에 결국엔 이렇게 묻더군. "무슨 일이 일어난 걸까요? 원자폭탄?"

난 그녀가 그 반대의 경우를 확신할 수 있도록 그녀를 시장으로 내보냈어. 그녀가 가고 나서 나 혼자 기다리고 있는 동안 난 실제로 전화 한 통 혹은 방문객 한 명이라도 오기를 바랐지.

마침내 전화벨이 울렸을 때 난 흠칫 경직되었어. 내 이름을 말하곤 "잘 지내세요?"하는 바리스타의 음성을 듣자 세상이 다시금 제대로 돌아가고 있다는 기분이 들더라. "무슨 일이 여러분을 기다리고 있는지 한번 맞춰보실래요?" 우릴 위해 뭘 준비하셨던지 상관없다고 말했으면 싶더라. 그리고 그와 같은 순간에 문이 열리면서 요르크와 마리온이 들어서는 것

왔다.─요한 치일케 정보 제공.

에도 나는 전혀 놀라지 않았어.

"드디어 우리가 해냈습니다!" 바론이 승리감에 들떠 외쳤고 난 잠시 동안 내 궁금함을 즐겼지. "6만! 튀르머 씨, 6만입니다!" 그때까지도 난 이해하지 못했어. "여러분 속에 있는 장사꾼이 이제 거의 주머니에 다 집어넣었다니까요! 여러분 건물 말이에요!"

"천재십니다!" 하고 내가 소리쳤다. 하마터면 "신입니다" 하고 말할 뻔했지만 첫 알파벳에서 말을 바꾸었어. "천재예요!" 하고 난 되풀이했지. 내가 '천재'라는 발음을 매우 잘할 수 있다는 것을 보여주기 위해. 이리로 이사온 이후부터 내내 우린 한 출판사 건물과 그 주변의 이러저러한 부속 건물들을 다 합쳐서 헐값에 사들일 수 없을까 생각하고 있었어. 그리고 갑자기 모든 것이 손에 잡힐 듯 바짝 다가온 거야!

우리가 기센에 갔던 동안에 당선이 되어 있던 피얏콥스키가, 아직은 까마득히 낮은 말단 직급에 속함에도 불구하고 바론에게 전화를 했었어. 바론은 즉시 "몇 개의 꽃송이를 들고" 피얏콥스키 부인을 찾았지. 그런데 그녀가 건물의 5분의 1만 소유하고 있을 뿐이고 그녀의 오빠가 5분의 2, 그리고 두 명의 자매가 나머지를 소유하고 있다는 것을 알게 되었던 거야. 그는 모든 일을 전화상으로 해결할 수 있으면 좋겠다고 생각했지만 그래도 어떻게든 기회를 잡기 위해서는 집안사람들이 다 모여 있는 곳, 본의 남쪽에 위치한 시골 마을로 차를 몰아야 했어.

그러나 정작 오빠보다도 그의 아내와 막내딸의 남편이 더 문제였다는 것을 너무 늦게 알아차렸다는군. 그들이 갑자기 큰 사업을 벌이고 싶어 했기 때문이었어. 거기다 대고 그는 1백 년 뒤라 해도 서독마르크로 신용 대출을 받을 수는 없을 것임을, 아무리 기다려도 안 될 것임을 명확하게 상기시켰다는군. 그러고는 그는 연표를 꺼내 들고 지금 당장 여기서 건물의 매매에 대한 동의를 해줄 것을 요청했다는 거야. 그렇지 않으면 자신의 다른 고객이 제시한 또 다른 가능성이 대기하고 있다고. 자정이 조금 지난 뒤, 그는 그 근처 어딘가에 살고 있는 레클레비츠를 찾아가 문을 두드렸고 파자마와 목욕가운을 입고 있던 그에게 건물 매매에 필요한 계약서를 만들어달라고 졸랐대. 그 자신은 아침 일찍부터 그 가족에게 건네줄 서류가방을 사기 위해 잔돈을 마련하느라 애를 먹었다는군.

바론은 내가 그 옆에 없었던 것을 애석해했어. 다른 식구들 옆에 서 있던 세 명의 자매는 서류가방을 보자 눈이 멀어 당장에 동의하겠다고 하더래. 물론 우리의 동의를 받지는 않았지만 그는 정말이지 6만을 가지고 모험할 생각이 없었대, 그의 생각에 6만을 준다면 다른 곳에라도 얼마든지 팔아치울 수 있을 테니까 말이야. 그들이 돈을 거의 손에 쥔 거나 마찬가지였으므로 그는 그들이 미끼를 도로 토할 수도 있다는 가능성 따위에 대해서는 걱정하지 않았대. 오늘 오후 3시에 공증인과의 시간 약속. 그리고 그런 기쁜 소식으로도 부족하다는 듯이 바론은 다음 호 신문에 내달라며 각각 반면짜리 광고를 주문했어. 그의 여자 친구 한 명이 알텐부르크에서 곧 여행사를 열 것이며 이번 기회에 신문 광고라는 것이 뭔지 사람들에게 가르쳐줘야 겠다면서……

바론한테 가면 뭐든지 성공이야! 1941년 공개적으로 머리카락이 잘린 여자에 대한 기사에는 아직 아무런 반응이 없기는 해. 그나마 바론이 그 불행한 미용사의 자손을 찾아내기는 했어. 그는 당시에 그 여자의 머리를 깎는 일을 명예롭게 생각했었대. 그 자손이란 사람은 시청 바로 근처에서 미용실을 경영하고 있어. 그리고? 너 지금 내가 뭘 말하려는지 짐작해? 바론은 이제 실제로 그의 상점을 시장에 내놨어. 6월 1일이 앤디의 점포 계약일이 시작되는 날이야!

난 점심 식사 후 일로나와 함께 우편물들을 조사할 생각이어서 지금까지의 수익이 얼마인지 물었는데 그때 그녀의 묘한 제스처가 어째 좀 이상하다는 생각이 들었지. 루카에서 온 쇼르바 여사가 한쪽 구석에 서 있었던 거야. 그녀의 어두운색 원피스가 마치 오라토리오의 여가수처럼 가슴에서부터 수직으로 내려와 신발 끝까지 닿아 있었지. 쇼르바 여사는 처음엔 미동도 않고 마치 돌기둥 같은 자태를 보존해야만 되겠다는 듯 서 있었어. 그러다가 아무 말 없이 내 뒤를 따라 복도를 통과해 걸었지. 난 책상 옆 벽과 바로 가까운 곳에 있던 의자를 그녀에게 권했어.[3] 우리는 침묵했어. 우리가 늘 거행하는 의식 말고 무엇을 말해야 좋을지 모르겠다는 듯이. 늘 조금은 가면처럼 보이는 그녀의 얼굴이 이젠 모든 움직임, 모든 생각을 낱낱이 표현하고 있었지. 그녀의 침묵에서 비롯된 긴장이 오래 지속되는 것을 막기 위해 난 짐짓 "이렇게 와주셔서 기쁩니다!" 하고 말했어. 쇼르바 여사는 올려다보지 않았어. 난 기다렸어.

"저를 받아주시겠어요? 저를 좀 써주시겠어요? 부탁이에요! 그리고 제발 왜 그러냐고 묻지 말아주세요!" 그녀는 내 손을 잡았어. "제게 절대 물으시면 안 돼요! 약속하세요!"

쇼르바 여사의 손은 얼음장처럼 차가웠어. 그녀가 의자에서부터 앞으로 밀려나 몸을 앞으로 숙이는 바람에 난 그녀가 금방이라도 무릎을 꿇지나 않을까 걱정이 되더군.

난 그녀에게 다시 제대로 잘 앉으시라고 부탁했어. "선생님, 꼭!" 그녀가 작은 목소리로 말하며 내게 면도기로 민 뒷목을 보였어. "꼭요! 제발, 제발!"

---

3 튀르머는 쇼르바 여사가 건축감독국이 막아놓은 구역으로 들어가기에는 너무 무거울 것이라고 걱정했던 것 같다.

이 방으로 언제든지 누군가가 들어올 수 있다고 경고하자 그제야 그녀는 자세를 똑바로 하고는 소매 속에서 손수건을 꺼냈어. 조금 후에 요르크가 들어왔고 손에 편지가 들려 있었지.

난 쇼르바 여사를 소개했고 그녀에게 대기실에서 좀 기다려달라고 부탁했어. 그나마도 성공적으로 집을 사게 된 일이 요르크와 내게 위안이 되었지. 우린 스텐의 편지 문제를 되도록 빨리 잊어야 했거든. 스텐이 경영 내의 구조조정 때문에 다음 몇 주간은 우리를 위해 시간을 내줄 수 없겠노라고 썼던 거야. 그건 곧 우리 신문에 그의 광고를 계속해서 내지 못한다는 말이거든.

난 요르크에게 쇼르바 여사에 대해 내가 아는 바를 말하고선 그녀를 구직 신청자들 명단에 받아달라고 부탁했어. 우린 곧 직원을 증원해야만 하니까.

그 후 난 쇼르바 여사를 아래층까지 배웅해주었어. 받고 싶은 임금이 얼마인가를 묻자 그녀는 행복한 듯 그저 어깨를 으쓱했어. 우리가 줄 수 있는 만큼 받으면 되겠다면서.

너를 포옹하며, 너의 E.

추신: 당연히 넌 나하고 같은 금액을 받게 될 거야!

90년 5월 10일 목요일

친애하는 니콜레타!

당신이 선 채로 편지를 읽으시는 모습을 난 자주 상상하곤 합니다. 선 채로 혹은 걸어가면서. 새로운 편지를 편지함에서 꺼내기가 무섭게 당신은 가방과 신문을 옆구리에 끼고 차 열쇠를 이용해 편지봉투를 뜯습니다. 편지지를 펴고 그 어떤 다른 것에도 아랑곳하지 않은 채 그것을 읽기 시작합니다. 당신의 발이 계단을 하나하나 밟는 것도, 문을 열고, 가방과 신문을 내려놓은 것도, 혹은 그대로 땅에 떨어지게 놔두는 것도 느끼지 못합니다. 어느 줄에 가서 당신이 미소를 짓든 또는 이맛살을 찌푸리시든 그건 중요하지 않습니다. 오로지 중요한 것은 당신의 온전한 관심입니다. 두번째 읽으시는 때에라야 당신은 안락의자에 앉거나 소파에 편하게 눕습니다. 누구든지 당신이 읽으시는 모습을 본다면—편지를 보낸 사람을 시기하며 자기가 그 사람이었으면 좋겠다고 생각지 않겠습니까?

이런 꿈들 때문에 난 계속 쓰지 않을 수 없습니다.

1987년 6월 중순, 베라가 출국신청서를 낸 지 거의 1년 반이 지난 어느 날, 전보 한 장을 받았습니다. 오늘, 출국, 노이슈테터 역, 그 뒤에는 출발 시간이 기입되어 있었고 언제나처럼, 안녕, 베라.

전보는 11시쯤 왔습니다. 다른 때 같았으면 난 늦어도 10시에는 집을 나섰을 것입니다. 그리고 바로 그 화요일 역시, 일어나자마자 부질없이 단수된 수도꼭지를 돌리지만 않았어도 난 이미 도서관에 있었을 것입니다. 복도에 붙여진 안내문에는 11시부터 물이 다시 나올 거라고 적혀 있었습니다. 난 침대에 도로 누웠고 칙칙 혹은 그르릉대는 소리와 함께 갈색의 세면대에 녹물이 왈칵 쏟아질 때야 잠에서 깨어났습니다. 밖으로 나가는 길에 안경을 이마까지 올리고 현관에 붙은 벨들을 조사하고 있던 집배원에게 누구를 찾으시냐고 묻지만 않았던들…… 그러니 내가 그 전보를 받은 것이 기적이라고 할밖에요.

평소와는 달리 책이나 일할 거리를 지니지 않고 올랐던 기차 여행이었습니다. 내내 창밖을 바라보았음에도 불구하고 살레 계곡도 바인뵈엘라의 풍경도 눈에 들어오지 않았습니다.

노이슈테터 역으로부터 베라의 집으로 향했습니다. 창문들은 전부 닫혀 있었고 아무도 문을 열어주지 않았습니다. 난 메모를 남기고 어머니의 집으로 갔습니다. 그곳 역시 아무도 없었습니다. 드디어, 거의 한 시간이 지나서야 두 사람이 왔습니다.

베라는 하루 종일 이 관공서에서 저 관공서로 뛰어다녀야 했습니다. 어머니는 난생처음으로 병가를 신청하시곤 새 신발이며 이불보와 속옷들로 꽉꽉 채운 여행 가방 두 개를 끌고 오셨습니다. 어머니는 베라가 왜 작은 여행 가방 하나만을 들고 떠나려는지 이해하지 못하셨습니다. 그녀의 사진들과 아버지가 모아두신 수건들만 아니라면 그 작은 가방조차도 필요하지 않았을 것입니다.

"이 물건들을 다 어떻게 하란 말이니?" 어머니가 말씀하시면서 베라 뒤를 졸졸 따라다니셨습니다. 마침내 누나는 목욕탕으로 들어가 문을 잠가버렸고 우리 세 식구는 모두 시끄럽게 큰 소리를 질러댔습니다. 어머니가 훌쩍거리기 시작했습니다.

당신에게 이 글을 쓰고 있는 이 순간, 마치 난 이 시간의 일들을 이제야 처음으로 떠올린다는 기분이 드는군요.[1]

베라는 방 안을 다시 한 번 둘러보았고 모든 서랍을 열었습니다. 마치 그 모든 것을 마음에 새겨두기라도 하려는 듯. 그녀는 역에도 혼자 가는 게 제일 좋겠다고 우겼습니다. 그녀는 어머니가 가족 소풍이라도 나가

---

1 이 편지는 문장 위에 줄을 긋거나 단어를 사이에 첨가한 부분이 많아 읽기가 매우 어려운 편지들 중 하나이다. 그중에서도 마지막 3분의 1 부분이 더욱더 심하다.

는 양 반쪽으로 가른 빵에 자꾸만 무언가를 바르는 것을 머리를 가로저으며 지켜보았습니다. 우린 모두 함께 전차를 타러 나갔습니다.

어머니는 '두엣' 한 갑을 사신 다음 쉬지 않고 피우셨습니다. 우리는 통일광장까지 가야 했습니다. 베라와 내가 신시가지 쪽으로 벌써 몇 발자국을 떼었을 때 어머니가 뒤에서 그녀를 부르셨습니다. "베라야. 난 도저히 못 하겠다!" 어머니는 우리가 전차에서 내린 곳 바로 거기에 서 계셨습니다. 베라도 어머니를 불렀고 가방을 털썩 놓았습니다. 그리고 내겐 그녀가 어머니를 포옹하는 것을 마치 난생처음으로 목격한다는 느낌이 들었습니다. 어머니가 베라의 뺨을 어루만지시는 것도 보았습니다. 가던 길을 멈추고 두 사람을 구경하느라 고개를 돌린 사람들을 관찰했습니다.

베라는 아무런 말을 하지 않은 채 휴대용 거울에 잠깐 시선을 준 다음 내 팔에 팔짱을 꼈습니다. 난 그녀의 여행 가방을 들었습니다. 사람들이 그녀가 나를 역에까지 배웅하는 것이라고 생각했을지도 모르겠습니다.

역 앞 광장에서도 역사 내에서도 난 별다른 점을 발견하지 못했습니다. 방학 직전이었으므로 매표소에는 긴 줄이 늘어서 있었습니다. 우린 천천히 계단을 올라갔습니다. 난 베라의 여자 친구들이나 남자 친구들이 올까 봐, 그래서 우리 둘만 있지 못하게 될까 봐 겁이 났습니다.

우리는 플랫폼을 따라 걸었습니다. 사람들이 삼삼오오 빽빽이 늘어서 있었습니다. 그들은 서로 돌아가며 와인 소다나 와인 병을 건넸습니다. 대부분 캠핑백을 등에 메었거나 털 인형을 꼭 끌어안은 아이들과 함께였습니다. 나는 온통 흰색의 얼룩무늬가 그려진 청바지 작업복들을 보며 그들이 집으로 돌아가는 거라고 생각했습니다.

탁 트인 하늘 아래, 플랫폼의 끄트머리에 이르자 베라가 빵을 꺼냈습니다.

"비밀안전기획부가 너에 대해 물었어." 그녀가 나를 쳐다보지 않은 채 말했습니다.[2] 너무나도 큰 소리로 나는 "뭐?"라고 외쳤습니다. 내 말은 그러니까 "뭐?"라는 말이 열네 살 소년의 변성기 목소리처럼 꺽꺽거리며 갈라져나왔다는 말입니다.

"다 그런 거야." 그녀가 말했습니다. "누군가 다른 사람들보다 조금이라도 더 흥미로울라치면." 그녀는 엄지손가락으로 맨 위에 얹힌 빵 조각을 들어 올려 보여주며 그녀가 선지소시지를 먹지 않는다는 것을 어머니는 아직도 매번 잊으신다고 말했습니다.

"그 멍청한 놈들이" 하고 난 말했습니다.

"왜 멍청이야?" 하고 베라가 말하며 빵을 조금 뜯어 비둘기들에게 던져주었습니다.

"멍청하지 않으면 그럼 뭐야?" 하고 내가 말했습니다. 베라가 미소 지었습니다. 마치 우리가 그러기 위해 이곳에 왔다는 듯이 베라는 비둘기들에게 먹이를 나눠주었습니다. 빵 조각 사이에서 선지소시지는 마치 혓바닥처럼 매달려 있다가 결국엔 그녀의 발치에 떨어졌습니다.

"그래, 그들은 멍청한 놈들일지도 몰라. 그래도 그들이 있다는 것만은 명심해. 이 사실이 쉽게 바뀌지는 않을 테니까." 그녀가 말했습니다.

안내방송도 없이 기차가 도착해 들어왔습니다. 우르르 한꺼번에 몰려가는 사람들과는 달리 베라는 남은 빵을 털어 계속해서 새들에게 나눠주고 있었습니다.

"그 멍청이들과 대화를 할 순 있어" 하고 그녀가 말했습니다. "뭔가 다른 좋은 생각 있니?"

---

2 이 부분에서부터 튀르머는 경찰이 그를 의심한다는 것을 공공연히 드러내고 있다. 마치 그의 편지 속에 비밀안전기획부와 음모라는 주제가 절대로 빠져서는 안 된다는 듯이.

난 앉고 싶은 혹은 눕고 싶은 욕망을 느꼈습니다. 하마터면 이렇게 말할 뻔했습니다. "그건 누나가 결정해야 해." 왜 그런 말을 했는지 베라에게 그 이유를 묻는 대신 난 침묵했습니다. 그리고 아마도 그렇게 하는 게 가장 나쁜 반응이었겠지요. 난 검은색의 플랫폼을 보았고 서로 먼저 빵을 차지하겠다고 날개를 들썩거리며 푸득푸득 아귀다툼을 하는 비둘기들을 바라보았습니다. 난 베라가 작은 손가락으로 손가방을 딸깍 열고는 갈색과 흰색 줄이 있는 손수건을 꺼내는 것을 곁눈으로 관찰했습니다. 그것은 예전에 우리 아버지가 쓰시던 아주 커다란 손수건이었고 늘 다리미질이 잘 되어진 채 장롱에 들어 있었습니다. 손수건에서는 장롱 냄새가 났습니다. 그녀는 매우 여유 있는 손놀림으로 천천히 손을 닦았습니다. 비둘기들이 뒤뚱거리며 주위를 맴돌았고 더러운 찌꺼기들을 다 쪼아댔습니다. 심지어는 담배꽁초까지도. 빵이 그들을 그토록 탐욕스럽게 만든 것이었습니다.

갑자기 베라는 누런 인조가죽으로 된 수저 주머니를 꺼내 손에 들고 있었습니다. 그 주머니는 내가 공작 시간에 만들었던 것입니다. 난 그것을 베라 누나의 성년식 날에 선물했었습니다. "이거 받아. 내 남은 전 재산이야." 그 수저 주머니는 지폐로 가득 차 있었습니다.

베라가 열차 앞에 멈추어 섰습니다. 그녀는 내 뺨에 키스했고 그런 다음 입술에도 했습니다. 난 그녀에게 여행 가방을 건네주었습니다. 그녀가 기차에 올랐습니다. 아마도 맨 마지막으로 탄 승객이었을 겁니다.

통로에 선 사람들이 그녀에게 길을 터주느라 유리창 쪽으로 몸을 붙였습니다. 난 그녀를 시야에서 놓치지 않으려고 차례로 창문들을 지나치며 이동했습니다. 금연이라고 씌어진 푯말 아래서 베라가 담배에 불을 붙이는 것을 보았습니다. 그녀는 담뱃갑을 높이 들어 보였습니다. 어머니의

'두엣'이었습니다. 문이 닫혔고 창문 쪽 좌석에 앉으려는 사람들의 실랑이가 다시금 시작되었습니다.

우리의 시선이 마주칠 때마다 베라가 미소 지었습니다.

아무런 안내방송도 호루라기 소리도 없이 기차가 갑자기 떠났습니다. 귀를 얼얼하게 하는 요란한 소음이 플랫폼에 울려 퍼졌습니다. 차창 밖으로 내민 손을 잡는 사람도 있었습니다. 베라마저 그 과장된 히스테리에 전염된 듯했습니다. 난 창문의 위쪽 모서리에서 그녀의 손을 보았습니다. 마치 피우다 만 반 토막 담배를 내게 주려는 듯 그녀는 입술을 지그시 깨물었고 더 이상 보이지 않을 때까지도 고개를 흔들고 있었습니다.

붙잡고 있던 손을 단 몇 초만이라도 더 잡고 있으려고 많은 사람들이 기차를 따라 달리고 있었습니다. 하지만 결국 모두가 똑같은 순간에 동시에 손을 놓아야 했습니다. 그것은 내가 바보 같다고 여긴 만큼이나 감동적인 장면이었습니다.

플랫폼의 맨 끝에서부터 눈물로 빨갛게 부어오른 얼굴들이 내 쪽을 향해 밀려들었습니다. 한 여자가 나와 부딪혔다가 물러났습니다. 맨 뒤의 열차가 벽력같은 소리를 내며 지나가고 나서 얼마 후, 모든 사람들이 차차 정상을 되찾았습니다. 사람들은 나지막하게 대화를 주고받았고 단지 가끔씩만 여기저기서 훌쩍거릴 뿐이었습니다. 우리는 모두 약속이라도 한 듯 플랫폼을 떠나 뿔뿔이 흩어졌습니다.

난 엘베 강 물결의 반대 방향으로 거슬러 올라가며 부두를 따라 '다스브라우에 분더' 다리까지 걸었습니다. 난 동그란 화단을 가꾼 빌라 앞에 멈추어 섰습니다.

프란치스카가 마치 기다렸다는 듯이 문을 열어주었습니다. 그녀는 너무나 간곡한, 아니 열정적인 인사로 나를 맞아주었습니다. 예전에 내가 그리도 바라던 모습으로 말입니다. 지하실로부터 요한의 밴드가 연주하는 음악 소리가 새어나왔습니다. 계속해서 똑같은 부분에서 중단되고 마는 소절들. "저 사람들, 내내 싸우고만 있어." 프란치스카가 말했습니다. 막 노랫소리가 들려왔기 때문에 난 귀를 기울였습니다. 가사를 거의 알아들을 순 없었는데 가수가——요한의 목소리는 아니었지요——이내 다시 침묵했습니다. 문득 그 작자들이 얼마나 경멸스럽던지요! 아무런 모험도 감행하지 않으려는 그 교회의 쥐새끼들! 어디서 그리고 어떤 신앙을 가장하든지 그런 건 아무 상관도 없지 않은가? 요한이 만일 자신이 사실은 비신앙인라는 것을 고백했었더라면 그래도 그는 신학을 전공할 수 있었을까? 갑자기 혐오감이 일어나다니, 나 스스로도 당황스러웠습니다. 곧바로 작별을 고하는 대신 난 프란치스카를 따라 집 안으로 올라갔습니다. 다락방 아래 층계참에서 전깃불이 꺼졌습니다. 프란치스카가 내려오는 것을 보고 난 그녀가 전기 스위치를 찾으려는 줄 알았습니다. 가로등 불빛 속에서 나는 그녀가 안경을 머리 위에 올리는 것을 보았고 그런 다음 그녀가 나를 포옹했으며 우린 입을 맞췄습니다.

우리는 내내 그곳에서 꼼짝도 하지 않았습니다. 때때로 우리의 발밑에서 마룻바닥이 삐걱거릴 뿐이었습니다. 물론 난 프란치스카가 술을 좀 마셨다는 것을 눈치 챘습니다. 하지만 그녀가 털썩 주저앉았을 때라야 비로소 난 그녀가 만취 상태라는 것을 알았습니다. 난 그녀가 바닥으로 미끄러져 내리는 것을 저지할 수 없었습니다. 그녀를 계단 위에 앉히려고 시도하다가 하마터면 그녀 위로 넘어질 뻔했습니다. 프란치스카가 나를 꽉 붙들었습니다. "맞니?" 그녀가 속삭였습니다. "네가 날 아직 사랑한다

---

3 다음의 세 줄은 원본이나 복사본이나 마찬가지로 검게 덧칠해져 있었다.

는 거. 맞지?" 난 그렇다고 대답했습니다.[3]

불이 켜지고 요한이 그의 패거리들과 작별했습니다.

난 소리를 되도록 죽여가며 프란치스카에게서 빠져나와 안경을 도로 코에 걸어주었습니다. 그러나 내가 와 있다는 사실이나 프란치스카의 상태는 그를 놀라게 하지는 않는 듯했습니다.

"그가 날 사랑한대" 하고 프란치스카가 말했습니다. "그가 날 사랑한다!" 그러나 그녀가 요한과 나 사이를 번갈아가며 쳐다보았기 때문에 우리들 중 누구의 이야기를 하는 건지 확실하지가 않았습니다.

그 뒤 난 주방에서 기다렸고 그동안 요한은 프란치스카를 침대에 눕히려고 애썼습니다. 그가 주방에 다시 나타났을 때 그는 양동이를 찾아내어 물을 담더니 다시 침실로 사라졌습니다.

"또 시작이야." 그는 수돗물 한 잔을 마시고 나서 내 옆에 앉은 다음 말했습니다. 그는 몹시 피곤해 보였습니다.

"베라를 역까지 배웅하고 오는 길이야" 하고 난 말했습니다. "네게 안부를 전해달랬어." 왜 그런 말을 지어낸 건지는 알 수 없었습니다. 요한이 기쁜 듯한 반응을 보였습니다.

난 그에게 사건의 순서대로 다 이야기해주었습니다. 전보, 기차역으로 갔던 일, 어머니, 어머니의 여행 가방들, 어머니가 베라를 부르시던 일. 난 프란치스카가 식탁에 함께 있지 않은 것이 애석했습니다. 왜냐하면 내가 생각하기에 그것은 아름다운 이야기였거든요. 요한이 벌떡 일어나 침실로 달려갔을 때 내 이야기는 막 비둘기에 관한 대목에 이르렀습니다. 마치 영화의 한 장면처럼 난 그의 뒷모습을 쳐다보았고 주방의 문이 점점 더 넓게 열리는 것을 관찰했습니다.

그리고 갑자기 그 일이 일어났습니다—그 느낌. 동경. 확신. 난 벗

456

어나고 싶다! 난 서쪽으로 가고 싶다!

그건 어쩌면 오래전부터 있어온 소망에 대한 고백일 뿐이었을 겁니다. 난 거기 그렇게 앉아서 오로지 현재의 흥분감에만 몸을 맡기는 그 명확성을 즐겼습니다. 네, 그렇습니다. 이젠 나까지도 온 마음으로 서쪽을 사랑하게 된 것입니다. 내게 엄습해와 나를 통과해 흐른 뒤 베라와 기차에 앉았던 모든 이들에게로 전해졌던 그 사랑.

요한이 돌아왔을 때 난 서둘러 작별인사를 했습니다. 이미 자정이 넘은 시간이었습니다. 난 클로체로 향해 걸었습니다.

다른 생각을 하기에는 난 몹시 지쳐 있었습니다. 난 나의 이 결심 외에 아무것도 더 바라지 않았습니다. 그것은 완벽한 형태와 방식으로 굳어져 나에게서[4] 모든 종류의 불확실성을[5] 없애줄 결심이었던 것입니다.

당신의 엔리코 T.

90년 5월 14일[1] 일요일 몬테카를로에서

사랑하는 요!

난 흰색 목욕가운을 두르고 '오텔 드 파리'의 발코니에 앉아 있어. 카지노가 내려다 보이며 오른쪽 왼쪽으론 수평선의 바다가 펼쳐져 있어. 토

---

4 문장 위로 줄이 그어져 있음. "그리고 오로지 이날 밤 딱 하루뿐이라 해도."
5 문장 위로 줄이 그어져 있음. "그리고 모든 문제들을."

1 튀르머가 날짜를 잘못 계산하고 있다. 일요일은 13일이었다.

할 것 같은 기분이야. 왈칵 울음이라도 터뜨릴 듯한 피로감. 그렇지만 눈을 감자마자 어지러움이 몰려오지. 글을 쓰면 그 어지럼증을 벗어나는 데 도움이 돼. 베라는 귀마개에도 불구하고 잠을 통 이루지 못했어. 베라는 호텔 안을 배회하고 있고 아마 곧, 우연히 누군가를 사귀지 않는다면, 수영장으로 가겠지. 베라는 아무래도 이런 생활에 훨씬 더 잘 어울려. 누난 베이루트로는 그렇게 빨리 돌아가지 않을 거야. 가장 최근에 일어난 학살은 '다른 세계'에서 일어난 일이라고는 하지만 그녀의 남은 힘을 다 앗아 갔지.[2]

난 내내 어째서 바리스타가 모험을 감행하려는 것인지 고민하고 있었어. 왜 그가 내 손에 5천 서독마르크를 쥐여주고 숙박비와 비행기 값을 내주면서, 그 대가로 오직 내가 처음 건 돈을 다 잃거나 혹은 두 배로 늘리기 전에는 룰렛 테이블을 절대 떠나지 않을 것을 요구했는지. 그러나 시간이 갈수록 난 그가 무슨 생각을 했는지 알 것 같았어.

우선 내겐 혼자 길을 떠나고 혼자만 비행기에 오르는 것이 낯설었지. 비행, 알프스, 지중해, 니스, 야자나무, 그리고 베라——마치 내가 벨몬도 (프랑스의 배우—옮긴이) 영화에라도 출연한 것처럼. 마치 아직도 어디엔가 서쪽 세상이라는 곳이 있다는 듯! 베라는 그녀의 예전 모습 그대로였어. 그녀는 목요일에 다마스쿠스를 출발해 아테네를 경유, 파리까지 비행한 다음 지금 막 이곳에 도착했어. 그녀의 전 재산이 두 개의 여행 가방에 다 들어갔지.

바리스타는 내게 헬리콥터를 이용하라고 권했었어.

---

2 베라 튀르머는 처음 석 달 동안 서베이루트에 체류했다. 1990년 4월 18일, 동베이루트에서 한 대의 학교 버스가 파벌 싸움 중이던 기독교도 점령군들의 전투 지역에 들어갔다. 그곳에서 열다섯 명의 어린이들이 사망했다.

우린 비밀요원들처럼 능숙하게 회전날개 밑에서 몸을 숙였어. 문은 밖에서 잠그게 되어 있더군. 조금 뒤 우리는 땅에서 멀어졌어. 공중으로 떠올랐던 거야. 우리들의 새로운 인생을 이보다 더 잘 상징할 수 있는 장면이 있을까? 우린 바다를 향해 날았고 저 아래 돛단배들이 마치 야수 때처럼 보이더군. 정오의 햇살 속에서 문득 모나코에 도착. 그러나 그 고상한 전경을 감상하려면 짧게 깎은 조정사의 머리통을 함께 볼 수밖에 없었지. 착륙 후, 우리가 바리스타의 마술 주문이었던 '오텔 드 파리'라는 호텔 이름을 대자 사람들이 우리를 극진히 대했지. 스포츠머리가 택시로 옮겨 타는 동안 우리 앞으론 자동차의 문이 열렸고 베라는 그게 벤틀리라고 주장했어.

야자수, 요트, 파란 하늘—내가 상상한 바로 그대로였지. 그랑프리 가도를 통과하며 우리는 호텔로 가는 길로 오르고 있었어. 입구에 깔린 카펫 위에서 우리들의 발걸음은 새털처럼 가벼웠어. 그럼에도 불구하고 내겐 마치 고성을 견학하고 있다는 느낌이 들더군. 나와는 달리 베라는 아주 익숙하다는 듯 모든 방향에 지폐를 나누어주었어.

난 우리에게 미소 지으며 일어서는 한 노신사에게 내 이름을 말했고 그 순간 갑자기 그가 예약자 명단에서 틀림없이 내 이름을 찾지 못할 거라는 생각이 들었지.

비엥베뉴(Bien venue, 환영합니다), 마담 뮈르머, 비엥베뉴, 무슈 뮈르머! 우린 마치 신랑 신부처럼 그의 앞 소파에 주저앉았어. 오래되고 우아하게 다듬어진 벽장식 거울이 우리들의 얼굴을 비춰주고 있었어.

존, 그래, 그의 이름은 존이라고 하더군. 존은 우리에게 저녁 식사를 위해 '그릴'에 자리를 예약하는 것이 어떻겠느냐고 권했어. 우린 무엇이 우리를 기다리는지 알지 못한 채 그러겠다고 했지. 내가 그에게 바리스타의 인사를 전하자 ("그곳에서 누구를 만나시든지 나를 모르는 사람은 없습니다!") 존이 양팔을 벌리고서 절을 하더군. 마치 이제야 우리를 알아 모시겠다는 듯이. 그는 이 편지지에 그려진 왕관에 정당성을 부여할 만한 몸가짐과 목소리를 가졌어. 존은 '벨르 샹브르'까지 우리를 데려다주며 전화와 리모컨과 전등 스위치 그리고 냉장고에 대해 설명했어. 발코니에 비워지지 않은 채 놓인 재떨이가 그를 매우 화나게 했지.

난 존과 같은 신사를 차마 팁을 주며 내보낼 순 없었는데 베라는 그렇게 하면 큰 실수를 저지르는 것이라고 여러 번 강조했어. 그녀는 가지고 있던 프랑을 몽땅 다 내주어서 더 이상 한 푼의 돈도 가지고 있지 않았지.

여행 가방이 도착하고 나서, 난 그것들을 니스에서 마지막으로 만졌었는데, 우리는 바리스타가 늘 말하는 런치를 먹기 위해 '카페 드 파리'로 건너갔어. 카페 테라스에서 보낸 한 시간 반만으로도 이번 여행을 할 만한 가치가 있었지. 하지만 난 너한테 더 중요한 것을 써야 해.

우리가 낮잠을 자기 위해 왕의 침대에 쓰러지기 전, 우린 내가 사용할 나비넥타이와 선글라스를 샀어.

내가 잠에서 깼을 때는 8시 20분 전이었지. 난 별안간 큰 두려움에 삐졌어. 내가 가진 모든 서독의 돈을 다 게임에 건다는 것이 너무나 터무니없고 어리석게만 느껴졌던 거야. 샤워를 하고 난 다음에야 난 안정을 되찾았어. 마치 무장을 하듯 깨끗한 새 옷들로 갈아입었어. 한편에는 내가 신을 양말이, 다른 한편엔 팬티가 놓여 있었어. 내가 잠그는 단추 하나하나마다가 한 조각의 안전을 의미했지. 맨 위의 단추만은 잠기지 않더군.

이 허점이 모든 것을 의심하게 만들었어. 아마 난 맨 위 단추가 잠기는 상의를 한 벌도 가지고 있지 않을 거야.

베라가 화장실에서 채비를 하는 동안 난 나비넥타이를 맸어——그리고 기적이 일어났지. 그 나비넥타이가 결점을 감춰줌과 동시에 내 차림새의 마지막 봉인이 되어주었거든.

한 시간 뒤에는 왜 내가 이곳에 있는지 알게 되었다는 확신이 들었어. 카지노 때문이 아니었어. 오히려 전혀 다른 종류의 게임이 문제였던 거야. 이곳에서, '그릴'에서, 8층에서, 그리말디 성을 마주한 이곳에서 시험을 치러야 했던 거지. 바로 이곳에서 우린 함께 힘을 합쳐야 했어.

미소를 지으며 "봉주르, 마담, 봉주르, 무슈!" 하며 일제히 인사하는 열 명의 종업원들 앞으로 행진해가는 데 얼마나 큰 용기가 필요했겠어? 의자가 어디 있는지 가늠하지 않고 종업원들의 솜씨만을 믿으며 풀썩 자리에 앉는 것, 그것을 어떻게 용기라고 하지 않을 수 있지? 그 식당의 메뉴판을 보고도 한결같은 미소를 잃지 않아야 하는 그 용맹성은 또 어떻고? 고백하건대 난 메뉴판에 값이 나와 있지도 않은 이란 산 캐비어를 주문하려는 베라에게 조심하라고 경고했어. 전채 요리를 위해 1천 프랑도 더 넘는 돈을 지불하다니, 난 이때만 해도 차마 그렇게는 할 수 없었어. 반면에 난 맥주를 마시고 싶은 욕망을 영웅적으로 이겨내고 와인 메뉴판을 달라고 부탁했지. 내가 4백 프랑 이하의 적포도주를 찾고 있는 동안 베라는 우리 둘 사이 테이블 옆에 놓여 있던 등받이 없는 의자를 발견하곤 그 위에 손가방을 놓았지.

우리들의 호기심이 종업원들의 극도로 예민한 인지체계를 교란시켰지. 생각 없이 잠깐 던진 시선 혹은 주의를 기울이지 않은 제스처면 충분했어. 그들이 즉시 달려왔지. 물론 전혀 소득 없는 일이었어. 잔들은 넉넉히 차 있었고 재떨이는 비어 있고 건포도 빵과 올리브 빵 역시 충분히 남아 있었으니까.

선택된 요리들이 차례로 나오면서 영혼을 정화시키는 어떤 일종의 명상 코스가 있는 것은 아닐까 하는 생각이 들더군. 부자들이 훨씬 더 건강하게 산다고 베라가 말했어.

이 시점까지도 난 생각했지. 바론에게 손가락을 튕기며 그를 속일 수 있을 거라고. 왜냐하면 내가 은쟁반에 기꺼이 놓았던 그 1천8백 프랑은 아무도 가져갈 수 없을 것이므로. 그도 카지노도.

얼마나 어리석은 생각이었는지! 바론이 미리 계산해놓지 않은 그 어떤 움직임이, 그 어떤 생각이라도 있다는 듯. 내 반응이 늘어날수록 또한 모순될수록 그가 마련한 교육과정은 점점 더 큰 성공을 거두고 있었던 거야. 아마도 바리스타가 아 편지를 본다면 이미 내가 세 번이나 가격에 대해 언급했었다고 비판적인 주의를 주겠지.

유감스럽게도 베라와 난 마지막 순간에 서투른 장면을 연출하고 말았어. 돈을 지불하는 일이 몹시 낯설었던 만큼 우린 자리를 너무 성급히 떴어. 그 바람에 우리의 의자를 뒤로 당겨주려던 종업원이 실망하며 서운한 듯 두 손을 번쩍 들었지.

카지노에서 우린 재빨리 첫번째 룰렛 테이블 앞에 섰어. 난 금방이라도 일을 시작하고 싶었지만 아직 칩을 가지고 있지 않았어. 난 베라에게 어떤 숫자에 걸겠느냐고 물었고 나 자신은 손가락으로 '18'을 가리켰지. 18을 불러야 하는 특별한 이유는 없었어. 내가 원래 선호하는 숫자는 18이 아니거든. "18"이라고 난 재차 말했지―그리고 딜러가 프랑스어로 말하는 내용을 이해하지 못했지. 베라가 깜짝 놀라며 나를 바라봤어. 18!

이 신탁은 무엇을 의미하는 거지? "오늘은 네 행운의 날인가 보다!" 또는 "네 찬스가 왔다!"라고 말하는 걸까?

계산대에서 난 오늘 계획했던 6천 프랑 대신에 5천5백을 바꿨어―그리고 내 쩨쩨함에 나 혼자 미소를 지었어.

입구에 서서 뒤쪽 홀을 지키는 남자가 우리를 막아섰어. 우린 금색 호텔카드를 보여주었고 그가 고개를 숙이는 것을 기다렸지. 그리고 보이지 않는 경계선을 넘어 '살롱 프리베'로 들어갔지.

7번 테이블에 의자 두 개가 비어 있더군. 전광판이 평균치를 웃도는 액수의 패를 예견하고 있었어. 따기 위해선 조금 집중하기만 하면 되는 거야. 바로 우리 앞에는 빨간 판이 있었어.

난 첫 판을 한번 돌려보았어. 본격적인 게임을 하기 전에 감을 잡기 위해서. 그러고는 아래쪽 3분의 1³에 1백을 걸었지—네 번이나 아무것도 나오지 않았어. 난 잃었고 두 배의 돈을 걸었지. 진주조개껍데기만큼이나 파란 1백짜리가 아마도 제일 예쁜 칩일 거야. 난 잃었고 1백을 또 걸었어. 테이블에 있던 다른 사람들 모두 나이가 많은 남자들이었는데 그들이 숫자에 돈을 걸었어. 내가 땄어. 난 분홍색의 5백짜리 한 개, 주황색 2백짜리 한 개, 그리고 초록색 1백짜리를 더 걸었지. 세 게임이 끝나자 5백 프랑을 땄더군. "된다" 난 중얼거렸어.

베라가 3분의 1에 걸었어. 줄, 빨강, 홀수. 그녀는 사태를 언제나 다 파악하고 있지는 못했어. 15와 7이 두 번 나왔어. '3분의 1'은 서로 거의 똑같은 주기로 바뀌고 있었지.

돌연 베라가 가겠다고 했어. 20퍼센트면 더 바랄 것도 없이 충분하다고 말하면서. 나는, 그녀가 그렇게 많이 그리고 계획성 없이 걸면 난 어떤 라인이나 체계도 발전시킬 수가 없다고 했어. 나 자신의 규칙을 발견해내는 것이 내 원래 사명일지도 모른다고 그녀가 말했어. 안 그래도 그렇게 약속했었노라고 난 신경질적으로 말했어. 그런 다음 난 연속해서 네 번이

---

3 튀르머는 열둘을 말하고 있다. 곧 보게 되겠지만, 정확한 이름이 아주 잠시 동안 머리에 떠오르지 않았다고 한다.

나 잃었어.

우리의 현금 사정으로 보자면 난 지나치게 모험심을 발휘하지 못하고 있었어.

두 배인 1천6백을 거는 대신 난 겨우 1천을 걸었고—— 잃었어. 난 1천 5백을 걸었어. 그건 이미 내 마지막 기회였지. 그렇게 빨리 진행되었던 거야.

베라가 일어났어. 내 볼이 원 안을 돌고 있는 동안 우린 작별인사를 했지. 내가 베라를 바라보니 그녀가 뒤를 돌아보았고 난 손을 흔들었어. 그러는 중에도 볼이 돌아가는 소리, 결국에 '딸깍' 하는 소리를 들었어—— 몇 음절로 결과를 알리는 음성. 난 다만 볼이 '3분의 1'을 정확히 맞혔다는 것만 기억나—— 승리! 승리! 난 다시 게임에 열중했지.

그때부터 난 무아지경에 빠져들었어. 어린아이처럼, 내 1백짜리 사과들을 가지고, 마침내 내 마음대로 무엇을 하거나 그만둘 수 있다는 것을 기뻐하며. 성공이 내 편이었지. 난 계속해서, 그것도 언제나 똑같은 방식으로 땄어. '3분의 1'이 네 번이나 연달아 나타나지 않은 후에 난 걸기 시작했지. 1백, 2백, 4백——8백에 가서는 땄지.

다른 사람 역시 나와 똑같이 '3분의 1'을 노린다는 사실도 나한테는 상관이 없었어. 오직 그들이 건 돈이 내 돈보다 많을 때만 난 겁을 냈지. 그들을 끌어당기는 낯선 힘이 내 게임을 방해할까 봐.

계속해서 지폐가 칩으로 바뀌었어. 테이블을 떠나는 사람은 아무것도 따지 못한 채 빈손으로 떠났지. 반면에 난 일이 잘되고 있다는 느낌이 들었어.

내가 감탄해마지않던 유일한 동료 갬블러는 넥타이도 나비넥타이도 착용하고 있지 않았어. 대신에 그는 시가릴로 꽁초를 씹어댔지. 난 그가 얼마나 많은 돈을 걸었는지 몰라. 그러나 반 시간 만에 그의 앞에는 크고 하얀 1만짜리 두 개가 놓였어. 칩들 중의 백마라고 할 수 있지. 난 그를 인정한다는 뜻에서 기꺼이 고개를 끄덕여주고 싶었어. 하지만 그의 시선은 초록색 펠트에 꽂힌 채 움직이지 않았어.

그와 대조를 이루는 인물은 주근깨가 나고 면도를 하지 않은 한 신사였는데, 그는 한쪽 구석에 앉아 숫자가 나올 때마다 줄쳐진 공책 위에 꼼꼼히 기록을 했고 그러는 동안에도 초등학생처럼 고개를 약간 옆으로 기울이고 있었지. 그는 계산하고 또 계산하고 오로지 아주 협소한 양의 돈을 걸 때만 고개를 들었어. 그 돈은 금방 날아갔지.

나보다 더 열중하고 있던 사람은 두 테이블을 동시에 왔다 갔다 하며 게임을 하던 체구가 작은 프랑스 남자뿐이었어. 그는 분명 '내 3분의 1'을 신뢰하는 것 같았어. 우리의 운명은 같은 줄에 걸려 있었지—하지만 그에게는 내 미소에 화답할 이유가 없었지. 누구나 오로지 혼자서만 성공에 머문다는 것을 난 재빨리 알아차렸지.

나는 두 번 거만해졌고 빨강에서 50짜리 레몬 네 개를 잃고 나서 2백짜리 주황색 한 개로 또 한 번 똑같은 액수를 잃었지. 매 게임 때마다 빨간 조개껍데기 같은 20짜리를 0(영)에 걸어두고 있었다는 걸 내가 이미 어디선가 썼던가? 하지만 0은 저녁 내내 한번도 나오지 않았어. (방을 청소하러 들어온 여자가 지금 발코니로부터 날 내쫓아야 하는지 아닌지 결정하지 못하겠나 봐. 일부러 진공청소기 소리를 듣게 하려고 그녀가 문을 열었어.)

시가릴로 남자를 모범 삼아 난 딜러들에게 한번은 레몬을 혹은 한번은 사과를 나누어주었지. 1시가 되기 직전 난 회계 정리를 했어. 호주머니엔 1만 프랑이 들어 있었으니 결국 4천5백을 딴 셈이고 거기다가 이것저것 뒤섞인 1천2백이 있었는데 그것들이 갑자기 시시하게 느껴지더군. 난 빨강에 걸었어——그리고 땄지. 사과와 레몬은 그냥 놔두고 조개껍데기 파랑 1천짜리와 주황색들만 집어넣었지.

옆 테이블에서 데콜레트 차림의 여자들을 발견하고 그리로 발걸음을 옮겼을 때 난 이미 '봉수아(Bon soir, 좋은 저녁)'를 중얼거린 후였고 막 계산대로 가는 중이었지.

난 두 여자에게로 몸을 굽히고——주황색들을 전부 다 걸었어. 얼마 후 난 두번째로 여성들을 내려다보며 내가 딴 칩들을 집어 올렸지.

계산대에 있던 남자들이 의심 가득한 눈초리로 눈을 흘겼어. 하지만 그것만이 유일한 예외 상황이었어. 난 밖으로 나가 카지노의 계단을 뛰어 내려간 다음 다시 '오텔 드 파리'의 계단을 올라갔지. 난 외쳤어. "그래! 땄다!" 침대보 위에 흩어진 지폐를 세는 일은 베라에게 맡겼지. 다 합치니 거의 7천 프랑이나 땄더군.

정신이 번쩍 들며 두려움이 엄습해왔어. 나도 알아. 이런 순간에 두려움에 대해 말한다는 게 얼마나 우스운 일인지. 설령 내가 모든 돈을 다 잃는다 해도 실은 잃은 게 전혀 없는 거라는 사실조차 내겐 큰 도움이 되지 못했어. 난 내 허세 때문에 스스로 괴로워했던 거야. 생각해보지도 않고 난 바론의 제의를 덥석 받아들였었지. 1천5백 프랑이나 걸다니, 도대체 어디서 그런 용기가 난 건지조차 알 수가 없어. 그런 모험을 다시 한 번 더 감행한다면…… 그건 말도 안 돼!

베라는 나와 함께 있는 걸 즐거워하지 않았어. 우린 봄 햇살 속에서 터벅터벅 걸어 만(灣)을 향해 내려갔다가 그리말디 성으로 올라갔어. 수문장 교대식 구경은 놓치고 교회당을 한 바퀴 빙 둘러본 다음 마지막엔 수족관에 도착했지. 우린 옥상 테라스에서 돛단배들을 구경했어. 하지만 그 모든 것이 나의 기분을 전환시키지는 못했어. 난 축구 생각을 해보려고 애썼지.

게임에 관한 좋은 아이디어를 찾지 못한 채 7시까지 난 침대에서 뒹굴었어. 똑같은 방법으로 또다시 성공하지는 못할 것이라고 확신했었거든. 그럼에도 불구하고 난 샤워를 한 뒤 어제 입었던 옷을 그대로 주워 입었어. 양말까지도 어제 신던 것 그대로 신었지. 반면 베라는 그 어느 때보다도 더 우아한 모습이었어. 머리 모양까지도 새로웠어. 하지만 그녀도 나도 예약할 생각은 하지 못했지.

'루이 16'에서 거절당한 후 난 카지노에서 식사를 하자고 제안했지. 베라가 진저리를 치며 고개를 가로저었어. 리셉션에서 '그릴'의 처칠 룸이 비었을지도 모른다고 희망을 주더군.

봉수아, 봉수아, 봉수아, 봉수아. 다시금 우린 종업원들의 행렬 앞으로 걸어갔고 넓은 식당 홀을 통과해 마침내 처칠 룸에서 빈 자리를 고를 수 있었지. 종업원들이 왜 우리를 여기로 모신 것에 대해 유감이라고 하는 건지 난 그 이유를 알 수가 없었어. 나한텐 오히려 특별한 상으로 느껴졌는데. 우리가 자리에 앉자 그제야 내 눈에 큰 처칠의 사진이 눈에 들어오더군. 그의 시선이 내 쪽을 향하고 있었어.

우린 이미 종업원들 중 반은 알고 있었고 누군가 손가방을 놓을 의자를 갖다 주었으며 메뉴판은 영어로 되어 있었어.

(무거운 마음으로 난 테라스와 방을 내주어야 했어. 이젠 호텔 카페에서 뚱땅거리는 참기 어려운 피아노 소리에 곁들여 차와 츠비박 빵을 앞에 놓고 앉아 있지. 그래도 여기선 적어도 사진을 연신 찍어대지는 않는군.)

우린 익숙한 솜씨로 빵 종류(올리브)를 고를 줄 알았고 어떤 버터에 소금이 들어 있는지도 알았어. 난 얼른 와인을 주문했는데 3백 프랑 정도는 이제 내겐 아주 저렴하게 느껴지더군. 주문을 받았던 종업원이 손수 요리의 첫 코스가 놓이는 것을 감독했어. 그뿐이 아니었어. 마치 빈 접시 가운데 있던 생크림이 내 전체 요리라도 된다는 듯 그가 우리에게 "맛있게 드십시오"라고 했고 장난꾸러기 같은 얼굴로 뜸을 들이다가 마침내 크림 둘레에 버섯 수프를 우아하게 부어주었어.

난 베라의 리소토를 맛보았고 몇 분 동안 카지노고 뭐고 다 잊어버렸지. 뒤따른 중간 요리는 이 식당의 서비스였어. 난 배가 불렀지.

위 안에 이 덩어리 같은 건 뭘까? 주요리로 난 생선을 주문했었는데 조금 맛을 본 후, 손도 대지 않고 그대로 두었어. 치즈를 담은 수레는 내 옆으로 올 필요조차 없었지. 또다시 이 집의 서비스라면서, 그리고 요리 사가 추천하는 요리라며 속을 채운 크레페가 나왔어.

속이 매스껍더군. 술병이 든 수레에서 난 칼바도스 술을 골랐어. 목 에서 부드럽게 넘어가며 천천히 타들어갔고 — 결국 매스꺼움이 폭발했 지. 매니저가 빠른 걸음으로 식당을 통과해 나를 데려다주었어 — 테이블 을 쳐다보지 말 것! 그리고 화장실로 직행. 변기 앞에서 난 무릎을 꿇고 여러 번 꺽꺽댔어. 구석에 포장지 쪼가리가 놓여 있더군. 아마도 셔츠를 쌌던 포장인 것 같았지. 난 가까스로 참아내며 목구멍에 손가락을 쑤셔 넣었어. 그저 아무렇지도 않은 트림이 나왔을 뿐 별다른 성과는 없었어.

내 크레페는 데우기 위해 주방으로 도로 가져간 후였어. 그것과 더불 어 내 구토증이 다시 살아났지. 엘리베이터 앞까지 종업원이 은쟁반에 거 스름돈을 준비해 왔더군.

방에 돌아온 후 난 텔레비전을 틀고 모든 문들을 걸어 잠근 다음, 변 기에 쭈그리고 앉았고 비데로 고개를 숙였지. 20분 후 난 목적을 달성하 지 못한 채 침대 안으로 기어들었어.

1시가 되기 조금 전 베라는 내가 도로 옷을 입는 것을 목격해야 했지. 신발을 신었을 때 내 몸에서는 식은땀이 났어. 베라가 신발 끈을 다시 매주었고 '마귀야 물러가라' 하면서 왼쪽 어깨 너머로 세 번 침을 뱉은 후 나를 보내주더군.

난 6천 프랑을 바꿨고 내 금색 카드를 보여준 다음 테이블 7에 앉았어. 거기엔 다시 그 주근깨투성이에 면도를 하지 않는 사내가 구석에 앉아 공책을 노려보며 머리를 반쯤 옆으로 기울인 채 계산에 열중해 있더군.

다른 갬블러들은 서 있었어. 하지만 난 의자가 필요했지.

팔을 난간에 괸 채 시선을 테이블 위로 보내며 난 내 칩들을 앞에 쌓으려고 했어—난 얼마간 눈을 감고 있어야 했어. 크루피어의 머리 위 푯말에는 계속해서 내가 적어도 50프랑은 걸어야 한다는 것을 지시하고 있었어. 그러나 방금 테이블에서 집어 올린 건 두 개의 초록색 흰색 초콜릿 칩으로 각각 10만 짜리였고 두 개의 보라색 5만짜리와 수많은 백마들이었지. 오로지 매스꺼움만이 내가 큰 소리로 웃는 것을 저지했어. 무엇에 대한 두려움들이 하루 종일 날 괴롭혔던 것일까?

이제 난 좀더 자유로운 분위기에서 게임을 하기 시작했어. 난 내 '3분의 1' 말고도 빨강과 홀수도 이용했고 담배를 피우는 동안 입이 바짝 마른 것을 느꼈어. 그리고 내 위가 내게 무한히 많은 시간을 허락지는 않을 것임을 감지했지. 낮은 탑으로 쌓여 있던 주황색 칩들을 걸었고 더 이상은 1천짜리 파란색들을 가지고 쩨쩨하게 굴지도 않았지. 돈을 딸 때마다 팁으로 주기에는 너무 큰 칩이었지. 0(영)은 완전히 무시했어.

전광판을 해독할 때는 집중력과 매스꺼움이 혼합된 상태가 내 운명을 좌우하는 것 같았어. 난 세상의 균형이 숨어 있는 리듬을 빨리 파악했지. 분홍색 5백짜리 한 개를 아래쪽 3분의 1에 걸었어. 난 땄지. 볼이 금방 길을 바꾸지 않는 한, 아래쪽 3분의 1은 계속해서 등한시되었지. 난 계속해서 한자리에 머물렀고 돈을 또 땄어. 그리고 이젠 중간의 '3분의 1' 부분으로 옮겨갈 정도로 충분히 힘을 모았다는 느낌이 들었어. 그러니까 수위를 한 단계 높인 셈이었고…… 그리고 난 또 땄어. 난 미소를 지었어. 어떤 일이 계속 벌어질지 삼척동자라도 알 것이었으므로. 중간의 '3분의 1' 부분에 분홍색을 걸었고 물론 난 땄어.

옆자리의 게임에서 '빨강'과 '홀수' 그리고 '통과'에 걸어서 잃는 바람에 내가 딴 돈의 액수는 줄어들었지만 내 자신만만한 믿음은 줄지 않았지. 맨 위의 '3분의 1'에 빨강을 한번 걸었는데 이미 난 파랑 하나를 더 손에 넣었거든. 다음 번 게임이 끝나자 난 내가 가지고 있던 6천 프랑의 두 배를 땄더군. 그래도 나를 크게 감동시키지는 못했어. 이젠 난 다시 또 1만 2천 프랑을 더 딸 생각이었거든!

친구여. 내 말을 믿으라고. 내가 그렇게 생각하는 순간, 내가 실수한다는 것 역시 동시에 깨달았다니까. 내 욕심이 곧 멸망을 초래하게 될 것임을. 그렇지만 난 게임을 계속했어.

가운데 '3분의 1'에서 난 두 번 연거푸 분홍을 잃었지. 그러잖아도 매스껍던 속에 슬픔이 가세를 했어. 그건 내가 전에 한번도 경험해본 적이 없는 슬픔이었고 다음번 승리에 대한 슬픔이기도 했어. 내가 이기면 세 게임 전에 가졌던 만큼을 다시 따게 되는 셈이었거든.

그럼에도 불구하고 나는 분홍을 그냥 놔뒀어. 더 좋은 생각이 떠오르지 않았으므로. 마침내 생각이 번쩍 떠올랐어. 빨강에 파랑을 거는 거야. 순간, 아차 그게 아닌데 하는 생각에 난 뒤로 몸을 움찔했지. 검정이었고 첫번째 '3분의 1' 부분이더군.

더 이상 슬픔은 밀려오지 않더군. 어쨌든 나는 1천 프랑이 넘게 적자를 본 거니까. 슬픔에 잠겨서는 안 돼! 난 충직하게도 가운데 '3분의 1'에 분홍을 걸었어. 아니면 파랑을 걸었어야 할까? 마지막 순간에 아차 하며 다시 몸을 뒤로 움찔했지. 그러고는 잃었어.

난 아무것도 느낄 수 없었어. 그저 너무나 매스꺼울 따름이었거든. 난 분홍을 몽땅 잃었고 파랑을 움켜쥐었는데 곧 다 잃었어.

이젠 무엇인가가 내부에서 억울하다고 반항을 하더군. 분노가 치솟았지. 난 파랑을 도로 찾아야 했던 거야! 그건 내 거니까! 그냥 칩들을 집어들고 사라져버리자!

난 금방이라도 게임 판 아래 바닥에다 토할 것만 같았지. 그러나 그러기 전에 할 일이 하나 있었지. 자존심과 명예를 구하려면 반드시 해야 할 일!

가슴에 달린 주머니에 파랑이 여섯 개 들어 있었잖아. 전광판에 차례가 기록되어 있더군. 빨강, 검정, 검정, 빨강, 검정, 검정, 빨강, 검정, 검정. 빨강에 올 인? 손가락 끝 가운데에 여섯 개의 파랑. 난 단행해야만 했던 거야. 나 스스로에게 요구했지. 장사꾼처럼 손익에 밝은 놈은 되고 싶지 않았어.

구슬이 돌았지. 아니, 저런! 빨강이 아니야. 홀수도 아니고. 통과도 아니고. 계속해서 두번째 3분의 1 부분! 난 거기서 유일하게 혼자만 파란색 칩으로 첨탑을 올려 쌓았어.

"리앵 느 바 플뤼(더 이상 베팅할 수 없습니다)"라는 말이 테이블 위에 유리종소리처럼 퍼져 내릴 때 난 처음으로 천장을 쳐다보았고 전방 모퉁이에 1미터쯤 되는 벽화 「르 마탱」이 걸려 있는 것을 보았지. '르 마탱'이 무슨 뜻이지? 내 시선이 허공을 배회하며 식당의 오른쪽 빈 테이블 위를 지나 거리의 밤까지 이어졌어. 돈 따는 것만 생각하지 마, 난 스스로에게 경고했어, 넌 잘한 거라고.

딸깍거리는 소리가 여러 번 났고 볼이 튀었지―내가 그쪽을 바라보는 순간 안내의 말이 들렸지. 딜러의 말을 이해하지는 못했지만 난 13을 보았고 그것을 두번째로 보았고 그러고 나서도 또 한 번 13을 보았어. 어느 '3분의 1'에 13이 속했던 거지? 36 나누기 3을 하면, 12, 12, 12. 난 소리를 지르진 않았어. 오히려 그 반대였지. 마치 내가 내내 서 있기라도 한 듯, 난 마침내 내가 자리에 앉았다는 느낌이었어.

주근깨 남자가 노트를 뚫어져라 쳐다보더군. 테이블은 깨끗이 치워졌고 아무도 돈을 따지 않았어―나만 빼고! 나 혼자만! 분석해라, 해, 이놈아, 내가 게임을 하는 동안 넌 분석이나 하라고, 난 조용히 주근깨 남자를 비웃었지. 내가 돈을 또 따면 넌 또 내가 어떻게 한 건지를 생각해봐야 할 것이고 또 한 번 분석을 하겠지. 그래, 날이 다 새도록 자꾸만 그렇게 해보잔 말이야!

딜러의 손가락 사이에서 내 파란 탑이 무너져 내려 여섯 개의 칩으로 바뀌었어. 난 그와 함께 숫자를 세었지―그러고는 파랑 두 개와 더불어 드디어 내 백마를 차지했어!

이 네모난 하얀색 칩은 내가 감히 꿈조차 꿀 수 없었던 거야! 내가 애석해하는 것이 하나 있다면 그건 단지 내가 그 백마를 2분 이상은 가지고 있지 못했었다는 것뿐이었어. 결국 내가 쌓은 칩들을 낚아채 인사도 없이 계산대로 가기까지 그 2분이라는 시간이 필요했던 거야.

이마의 땀을 닦기에도 난 너무 기진맥진한 상태였어. 현관에서 누군가 나를 향해 뭐라고 소리를 쳤고 사람들이 왁자하게 웃음을 터뜨렸어. 난 창백한 얼굴로 목표를 향해 과장스럽게 똑바로 걸었어―사람들은 나를 돈을 잃은 낙오자라고 여겼던 거야.

내가 우리 방으로 들어갔을 때 베라는 손을 눈앞에 갖다 대고 있었고 텔레비전에서는 비명 소리가 터져나오는 중이었어. 난 욕실로 들어가 왝왝거리며 토하려고 애를 쓰며 숨이 막혀 헉헉댔지만——역시 허사였어.

돌아오는 비행기 여행을 어떻게 극복할까 싶더군. 지금 막 내가 주문한 세번째 차가 왔어. 결정적인 순간에 실패하면 어쩌나, 내 모든 전 재산을 다 걸지 못하게 되면 어쩌나 하는 생각이 나를 여전히 괴롭히고 있어.[4] 내가 그 일을 해내지 못하고 물러선다면 난 이제 거울 속 내 자신의 눈을 쳐다보지 못할지도 몰라. 네가 보다시피 난 질문하기를 그만두고 이젠 이해하기 시작했어.

베라가 인사를 전하래. 누나가 빨리 가자고 난리야.

너의 엔리코.

추신: 우리가 택시를 타러 내려갔을 때 여전히 존이 리셉션 테이블에 앉아 있었어. 그는 허리를 숙이며 인사했고 난 손을 내밀었고 작별의 인사로 1백짜리 한 장을 그에게 쥐여주었어. 내가 전혀 실례를 범한 게 아니라는 걸 즉시 알아차리겠더군.

베라와 난 프랑크푸르트에서 헤어졌어. 누나는 베를린으로 가는 기차에 올랐고 난 라이프치히 행을 탔지. 베라가 베를린의 집을 정리하는 대로 몇 주간쯤 알텐부르크에 다녀가기로 했어. 내가 딴 돈을 모두 베라에게 선물하고 나니 마음이 좀 놓이더군.

---

4 튀르머는 중간에 딴 돈뿐만 아니라 마지막까지 딴 모든 돈을 몽땅 걸기로 바리스타와 약속했었다. 그렇게 본다면 그는 실패한 셈이다.

친애하는 니콜레타!

뭔가 좀 독특한 기분이 드는군요. 내가 막 미하엘라와 처음 만난 날에 대해 이야기하려는 바로 이때 그녀와 헤어지다니요. 사나운 언쟁이 오고가지는 않았습니다. 그런 싸움은 오래전에 이미 다 끝냈으니까요. 로베르트는 자신과 나는 끝까지 함께 있을 것이며 우리는 가족이라고 말하더군요. 자신과 나와 미하엘라와 물론 우리 어머니까지, 무슨 일이 일어난다 해도 우리는 가족이라는 겁니다. "우리는 가족이고 앞으로도 계속 그럴 거야" 하고 난 그 아이에게 약속했죠.

사랑에서는 실패, 카지노에선 성공입니다. 실제로 난 몇천을 땄습니다. 그러므로 오늘이라도 당장 밤베르크로 놀러 갈 수도 있답니다.[1] 현재의 제 안부에 관해서는 이 정도로 하겠습니다.

안톤이 아니었다면 난 극장으로도 혹은 알텐부르크로도 돌아올 수 없었을 것입니다. 그리고 미하엘라와 로베르트를 만날 수도 없었을 것이고 신문사 일도 못 했을 것이며 당신과 나 우리 두 사람 역시 영영 서로 남남으로 남았을 것입니다.

안톤은 드라마투르그가 되고 싶어 했고 베를린으로 갈 생각이었습니다. 그는 그 두 가지 목표를 반드시 이루기 위해 어떤 희생이라도 치를 각오가 되어 있었습니다. 그는 나를 위해 '드라마투르그'가 무엇을 하는 직업인지 설명해주었습니다. 그도 역시 아무 거나 돈벌이가 될 만한 일을 찾는 것이 아니라 자신만의 세계를 위한 시간이 충분히 허락되는 편안한

---

[1] 요한에게 보내는 편지에서 튀르머가 이미 자랑스럽게 말한 적이 있었다. 자신이 딴 돈을 베라에게 다 맡겼다고.

474

일자리를 찾고 있었던 것입니다.

1987년 1월, 베라가 출국하기 반년 전, 난 전국의 극장들에 지원서를 보냈습니다. 약 40개 정도였는데 (졸업생 각자 자신의 직업을 구하지 못하면 낭패인 것이, 그렇게 되면 대학교에서 소개해주는 도서관이나 박물관 혹은 출판사에 들어가야만 했거든요)[2] 극장 네 군데에서 면접을 보자는 연락이 왔습니다. 포츠담, 스텐달, 차이츠와 알텐부르크였죠. 얼마 지나지 않아 나는 내 사물함에서 안톤이 쓴 편지 한 장을 발견했습니다. 그는 지나치게 형식적으로 서두를 시작했기 때문에 난 그게 다 농담인 줄만 알았습니다. 몇 줄이 지나고 나자 난 내 눈을 의심하지 않을 수 없었지요. 그가, 그러니까 안톤 자신이 내게 전 독일을 맡길 테니, 내가 도리를 지키는 사람이라면 그 반대급부로 베를린과 포츠담만큼은 포기할 것을 기대한다는 내용이었던 것입니다.

베라는 린데나우 박물관이 있는 알텐부르크가 마음에 든다고 했습니다. 알텐부르크에는 게르하르크 알텐부르크가 살기 때문이었으며 그리고 얼굴이 금작화처럼 생긴 힐비히[3]가 거기서 멀지 않은 모이젤비츠에서 태어났다는 이유에서였지요. 게다가 그 도시는 전쟁 중에도 파괴되지 않은 채 옛 모습 그대로 남았거든요.

그래서 난 알텐부르크로 떠났습니다. 만난 지 10분이 채 안 되어 극장장이—나이가 30대 후반쯤 되었을까 싶었고 긴 머리에 셔츠를 쇄골이 다 보이도록 풀어헤친 남자였는데요—나한테 말했습니다. 내가 실습 기

---

2 각 대학교들은 모든 졸업생에게 일자리를 마련해줄 의무가 있었다.
3 볼프강 힐비히, 1944년 모이젤비츠 출생. 그는 구동독에서 시와 짧은 산문을 모아 만든 얇은 책만을 발표할 수 있었을 뿐이었다. (『목소리, 목소리』 레클람 문고, 1985년 라이프치히) 1979년 이후에는 주로 구서독에 속한 프랑크푸르트 피셔 출판사에서 그의 책들이 출간되었다.

간을 잘 마친다는 전제하에 고용될 것이며, 내가 지금부터 이 도시를 가로지르며 횡단을 하게 된다면 그건 난생처음으로 본격적인 내 인생 무대를 보게 된다는 의미라는 것이었습니다.

눈이 내렸습니다. 성으로 올라가는 오르막길에 때 한 점 묻지 않은 하얀 눈이 내려앉아 있었습니다. 난 긴장 때문이었던지 두통을 느꼈습니다. 사실은 새로 쓰고 온 안경 때문이기도 했습니다. 원래 제 것이 아닌 다른 안경알들이 들어 있었거든요. (그 때문에 베라가 양심의 가책을 느꼈었죠.) 발걸음을 뗄 때마다 우표 크기만 한 눈송이가 내려앉아 점점 더 두껍게 쌓였습니다. 내가 뒤로 돌아서서 베일을 통해 바라보듯 저만큼 아래에 있는 극장과 서쪽으로 우뚝 솟은 시내를 내려다보았을 때 이미 내 첫 발자국은 새로 내리는 눈에 덮여 거의 사라지고 없었습니다.

성안 마당을 한 바퀴 돌아본 다음 (화재가 나기 전에 성의 마당이었었답니다) 난 공원으로 향했습니다. 공원에 난 길은 길게 늘어선 벤치들로 인해 쉽게 알아볼 수 있었지요. 눈보라 속에서 저 멀리 보이는 구릉의 발치에 린테나우 박물관이 있었습니다. 그곳 전시품 중에 내가 알고 있던 것이라곤 고대 토기의 그림을 모사한 것들뿐입니다. 당신께는 굳이 설명하지 않아도 되겠지요. 건물 위로 오른 뒤 팔각의 홀을 지나 이탈리아인들과 함께 도피 여행을 떠나는 그 길을요. 시에나의 예술이나 피렌체 예술[4]에 대해 난 별로 아는 것이 없었지만 그래도 마치 거기 도착한 것 같은 느낌이었습니다. 당신은 아마도 내가 당신이 말씀하신 그대로를 옮겨 적고 있다고 생각하시겠지요.[5] 어떤 사람이 엘베 강이나 바다를 떠나서는 살

---

4 이곳에 전기 이탈리아 판화 180점이 전시되어 있다.
5 만일 그렇다면 사실과 근접한 추측일 것이다. 튀르머는 박물관에 대해 거의 아는 바가 없고 전시회 개장 행사는 그에게 있어서 사업적인 인맥을 구축할 수 있는 사교 장소였을 뿐이

수 없다며 괴로워하듯이 나 역시 그러한 보물들을 가까이 두지 않고는 살아갈 수 없을 것 같았습니다.

드레스덴. 프라하, 우츠, 부다페스트 또는 레닌그라드의 전시장에는 이런 고요함이 없습니다. 하지만 이곳에서는 누구나 그림과 단둘이 있을 수 있습니다. 그곳을 지키는 경비원들조차도 어디엔가 숨어 있어서 멀리 마룻바닥에서 삐걱대며 들려오는 발자국 소리만이 그들의 존재를 새삼 일깨워줄 뿐입니다. 이곳은 이미 이탈리아였습니다. 이곳에서야 난 비로소 르네상스의 가장 훌륭한 예술은 르네상스 이전의 시기로부터 유래했다는 것을 알게 되었습니다. 이곳에서 난 2백 년간의 예술을 재현해볼 수 있었는데요, 비단 이탈리아뿐만 아니라 전 유럽의 정신 문화에 결정적인 역할을 한 시기였던 것입니다.[6]

그때 보고 감동을 받았던 그림들은 지금까지도 제 마음속에 가장 좋아하는 그림으로 남아 있습니다. 물론 귀도 다 시에나 작품 세 점, 로렌체티의 「무덤 속의 예수」, 리포 멤미의 「마돈나」, 타데오 디 바르톨로의 「숭배」, 조반니 디 파올로의 「십자가 처형」 그리고 그의 모든 다른 작품들, 로렌초 모나코와 마사초의 작품들. 아니 그보다 더 좋은 건 프라 앙겔리코스의 「프란치스쿠스의 불 묘기」인데, 이 그림 안에선 미덥잖다는 얼굴의 술탄이 왕좌에 앉아 있지요. 그리고 그가 그린 성인성녀들의 그림들, 리피의 「히로니무스」, 보티첼리의 엄격한 「카타리나」, 시그노렐리의 세련

었다. 이에 대해 요한 치일케나 베라 튀르머 두 사람 다 의견의 일치를 이루며 진술한 바 있다. 게다가 박물관에 관한 이 대목은 그의 극장에서의 경험담을 아무런 이유 없이 중단시키고 있다.

6 튀르머는 이 부분에서 박물관 전시품 목록을 위한 안내 책자의 문장을 그대로 옮겨 적고 있다. 바리스타가 언급한 바 있는 안내 책자이다. 1990년 3월 28일자 편지 참조. 곧이어 언급될 판화들은 전시품 목록과 같은 순서대로 전시되어 있다.

된 「고문자」 「장례식의 마돈나」, 바르나바 다 모데나의 「복음」, 푸치넬리의 「천사와 성인들과 마돈나」 「어린 예수가 고개를 돌리고 보고 있는 여인의 기쁨」.

박물관에서 나왔을 때 푸르고도 붉은색을 띤 오후의 하늘이 내 머리 위에서 빛나고 있었습니다.

3주 후에 난 가벼운 목례를 하고 나서 극장의 입구를 지나쳐 들어가려다 철망 친 문 앞에서 멈춰야 했습니다. 내 앞으로 고등학생 교복을 입은 한 여자 무용수가 들어간 후 그 철제문에는 열쇠가 채워졌고 어디선가 "멈춰요!" 하는 날카로운 목소리가 나를 저지했습니다. 현관 수위 일을 보는 여자가 벌떡 일어나더니 이마를 유리 칸막이에 갖다 대며 물었습니다. 내가 누구이며 어디로 가려느냐는 질문에 난 겨우 "호프만! 운디네!"라는 대답만을 내뱉었을 뿐이었습니다.

"뒤로 물러나요! 뒤로 썩 물러나세요!" 어깨에 멘 가방이 다른 사람들의 길을 가로막았습니다. 그 여자는 내가 왜 극장에 "침입"하려는 건지 당장 대답하라는 것이었습니다. 극장장에게 전화를 해달라는 내 부탁에 그녀가 비웃으며 수화기를 집어 들었는데 손가락을 전화기에 갖다 대고 다이얼을 돌릴 때만 빼고는 나에게서 절대 눈을 떼지 않았습니다. 누군가가 들어올 때마다 한 번씩 그녀가 매번 내 이름을 묻더군요. 그녀는 몇 번이고 나로 하여금 "엔리코 튀르머!"를 외치게 했고 "좀더 크게 말해보세요!"라며 심지어 또박또박 스펠링을 부르라고도 했습니다. 내가 극장 안에 들어서기도 전에 극장의 모든 사람들이 이미 입구에 섰던 그 멍청한 남자의 이름이 뭐였더라 하며 다 알게끔 말입니다. "너희들 엔리코 튀르머란 이름을 가진 사람 혹시 알아?"——뒤이르머 에엔리고오? 그녀는 엔리코 튀르머 앞에 부정관사를 붙였습니다. 그 부정관사가 내 존재를 통째로 지워버릴 것만 같았습니다.

나는 수석 드라마투르그에게 내가 왔다는 걸 알려달라고 요청했습니다. 그녀는 성난 얼굴로 수화기를 내리더니 손가락 하나를 수화기 걸이에 대고 아래로 꾹 눌렀습니다. 그러고는 자신이 뭘 해야 하는지 잘 알고 있으니 어쭙잖은 훈계 따윈 필요 없다고 말하더군요. 아마 그 수석 드라마투르그가 있는 곳이라 해도 나를 안다는 사람은 아무도 없을 거라나요.

"이 남자, 지금 자기가 어디로 가려는 건지도 잘 모른다니까요!" 하고 그녀는 다시금 수화기에 대고 소리쳤습니다. 그동안에도 세 명의 무용수들이 총총걸음으로 내 옆을 지나갔습니다. "그래, 맞아요! 바로 그 점이 나를 화나게 하는 거라구요! 내 말이 바로 그거예요!" 그때마다 난 계속해서 "호프만! 호프만!" 하고 대답했습니다.

"여기 당신을 안다는 사람 아무도 없어요!" 하고 그녀가 내게 알려주며 수화기를 내려놓았습니다. 그녀는 나를 한번 더 훑어보고는 지쳤다는 듯이 자리에 다시 풀썩 주저앉아 자신 앞에 놓여 있던 무슨 서류 뭉치 같은 것을 한 장 한 장 넘기기 시작했습니다. 그녀가 내 문제를 계속해서 해결할 생각인지 아니면 이제 다 끝난 일이라고 치워버린 건지 그건 분명하지 않았습니다.

"기다려요!" 그녀가 종이들을 넘기다 말고 갑자기 외쳤고 다시금 수화기를 집어 들었습니다. 바로 그때 흰 블라우스 차림의 한 여성이 오른쪽 층계참의 어둠으로부터 모습을 드러내며 내가 있는 쪽으로 내려왔습니다. 그녀가 나를 너무도 반갑게 쳐다보았으므로 난 그녀가 날 다른 사람으로 착각했다고 생각했을 정도였지요.

"선생님이 누구신지 저는 잘 압니다." 그녀가 미소를 지으며 말하더니 이내 내 팔에 자신의 팔을 끼우고는 수위실 여자 쪽으로 내 발걸음을 인도했습니다.

"이분을 좀 소개해드릴까요? 이분은요, 새로 오신 드라마투르그예요. 튀르머 씨라고 하는데요……" 그녀는 수위실 여자의 이름을 부르며 말을 걸었습니다. 수위실의 여자는 이번에는 두 번이나 버둥거리고 나서야 겨우 자리에서 일어날 수 있었습니다. 그러고는 유리로 된 칸막이에 난 좁은 구멍으로 손을 내밀어 악수를 청하며 외치더군요. "아니, 왜 그걸 진작 말하지 않은 거죠?" 그런 다음 우리는 입구를 통과했습니다.

하얀색 블라우스를 입은 여자는 통로들과 계단으로 얽히고설킨 미로에서 줄곧 나를 동행해주었습니다. 몇 미터씩 지날 때마다 주위에서 풍겨오는 냄새가 바뀌었습니다. 우린 발레 무용실과 구내식당을 지났고 바로크 풍의 사암 계단을 통과한 뒤 어둠 속에 멈춰 섰습니다. 난 열쇠가 짤랑거리는 소리를 들었고 그녀의 뒤를 따라 어떤 방으로 들어섰습니다. 창문에 처진 커튼은 한 오라기의 빛도 실내로 통과시키지 않았습니다. 점심 식사 냄새가 나기 시작했습니다.

되돌아오는 길에 우리는 양쪽으로 열리는 하얀색 문 앞에 서서 귀를 기울였습니다. 나를 안내하던 여자가 갑자기 손잡이를 잡더니 내게 고개를 끄덕여 보였습니다. 피아노 소리가 다시 이어지자 그녀는 나를 그 문 안으로 밀어넣었습니다.

내가 누구인지, 뭐 하러 왔는지, 누가 날 이곳으로 보냈는지…… 나를 이끌어주던 요정은 사라지고 없었고 나이는 나보다 그리 많지 않을 성싶고 뒷머리에 힘을 주는 헤어스타일의 연출자가 공연 연습을 멈추고는 피아노 악보들을 신경질적으로 넘기고 있었습니다.

난 내 이름을 말했고 또 한 번 내 이름을 반복했습니다. 끊임없이 악보들을 부스럭부스럭 넘기던 그 연출자는 공연 연습에 사전 양해 없이 참가할 수는 없으며 또한 중단시켜서도 안 된다고 말했습니다. 극단 전체는 아니라 할지라도 적어도 연출자인 본인에게만큼은 양해를 구했어야 한다는 것이었습니다. "사전에!" 하며 그는 반복했고 급기야 악보를 뒤적이던 손을 멈췄습니다. 내게 그렇게 했느냐고 묻더군요. 아니라고, 사전에 양해를 구하지 않았다고 난 대답했습니다. 내 잘못된 행동에 대해 난 더 이상 구실은 댈 수가 없었습니다. 베이스 톤의 목소리를 가진 남자가 바닥에 무릎을 꿇고 있다가 인격 모욕이라도 당한 듯 화를 냈습니다. 얼마나 더 그가 바닥을 기고 있어야 하는 거냐면서요. 그는 "그들이"이라는 주어로 말을 이으면서도 오직 내 쪽만을 바라보고 있었습니다.

첫 출연에서 이렇게 확보한 한심한 내 위치는 그 후 5주 동안에도 별반 나아지지 못했습니다. 그 5주 동안 난 팀 하르트만의 「운디네」의 연습 과정에 참가했었지요. 난 그곳 사람들에게 존칭을 쓰며 대하는 바람에 오히려 상황을 더 나쁘게만 만들었습니다. 팀 하르트만은 내가 다른 사람들처럼 자신을 팀이라는 이름으로 부르지 않는 것을 모욕으로 받아들였습니다. 구내식당의 문을 여는 건 무척 괴로운 일이었습니다. 소시지와 커피를 들고 계산대를 떠나는 것도 괴로운 일이었으며 빈자리에 가 앉는다는 것도 괴로운 일이었고 다른 사람들과 합석한다는 것도 괴로운 일이었습니다. 게다가 내 방 바로 아래에 식당이 있었기 때문에 나한테서는 항상 주방 냄새가 났습니다.

이따금 예쁘고 키가 큰 베를린 출신의 보조 연출자 여자가 나를 동정해주곤 했습니다. 그녀를 앞에 두고 난 깨달았습니다. 무엇이 이런 곤경에 처한 나를 구해줄 수 있는지 말입니다. 그건 바로 일이었습니다.

그러는 중에도 난 연습 공연을 보며 앉아 있는 것을 좋아했습니다. 처음에 난 극장을 위한 내 능력을 증명하기 위해서 무슨 말이든 해야 한다고 생각했었지요. 얼마나 많은 말들이 머리에 떠오르는지 나 역시 깜짝 놀랐습니다. 첫 주가 끝날 무렵 나는 팀 하르트만에게 내 제안들을 적은 목록을 건넸습니다. 이런 방식으로 나를 동등한 대화 상대로 여겨줄 것을 바랐던 것이지요. 보조 연출자 여자는 새로운 연습 공연이 시작되는 주에는 메모 같은 걸 더 이상 적지 말라고 부탁했습니다.

저녁에 연습 공연이 없는 날이면 난 본 공연을 보았습니다. 맨 앞줄에 앉아 배역들의 이름을 적은 쪽지를 손에 든 채 그 역할들을 맡은 배우의 얼굴을 익혔습니다. 난 특히 이름을 외우는 일에 공을 들였습니다. 아니 열정을 쏟아부었다고 말하는 게 나을 것 같습니다. 마치 이름 외우기가 내 미래를 좌우하기라도 하듯이 말입니다. 그래서 「운디네」의 연습 공연이 있는 마지막 주는 나에겐 특별한 의미가 있었습니다. 왜냐하면 얼굴은 한번 보았지만 한번도 무대에 서는 것을 본 일이 없던 사람들일지라도 나는 그 사람의 이름과 배역을 잘 알고 있었기 때문이었습니다. 그토록 이름 외우는 일이 쉬웠던 반면 내 오류를 수정하는 일은 몹시 어려웠습니다. 예를 들자면 난 조명 담당자를 미술작업실 담당자라고 생각했고 작업실 담당자를 조명 담당자라고 생각했었거든요.

이번 연극에 대한 보도자료를 쓰라는 일이 주어졌을 때 난 마침내 이 실습 수업을 화해 무드로 마칠 수 있을 거라고 믿었습니다. 최종 연습 공연이 끝나자 팀 하르트만이 내가 쓴 그 보도자료를 사람들에게 돌리면서 연신 "아 라 본느 외르(à la bonne heure, 마음에 쏙 들어)!"라고 프랑스어로 말했거든요. 심지어 난 첫 공연이 시작되기 전에 운디네의 왼쪽 어깨 너머로 세 번 침을 뱉으며 '마귀야 물러가라' 성공을 빌어주었습니다. 운디네를 맡은 배우는 다른 사람들보다도 훨씬 더 오랫동안 나를 모른 척했습니다.

팀 하르트만의 무대는 대단히 성공적이라고 할 순 없었습니다. 그렇지만 사람들은 검은 양복을 입은 그가 무대에 나타날 때까지 박수를 쳐주었습니다. 그는 몸을 숙여 절을 한 뒤 머리를 이리저리 돌렸습니다. 마치 반드시 모든 이들에게 자신의 뒤통수에 달린 묶은 머리를 보여줘야겠다는 듯이 말입니다.

첫 공연 파티에서는 사람들이 날 여러 번 끌어안았습니다. 난 극장장이 인사말을 하리라고 기대하고 있었습니다. 공연이나 가수들의 솜씨에 대한 몇 마디 의례적인 말 같은 것을요. 그리고 본인이 나를 고용했다는 것을 기억해주길 바랐습니다.

그는 팀 하르트만을 위해 축하의 말을 전했고 탁자를 빙 돌며 사람들과 악수를 나누는 동안 누군가가 던진 말에 웃음을 터뜨리기도 했습니다. 하지만 웃음인지 기침인지 분간할 수 없었습니다. 그는 자리에 앉는 것만은 사양했습니다. 주로 배우들과, 특히 발레 무용수들로 구성된 그의 일행이 탁자 두 개 너머에서 그를 기다리고 있었습니다.

난 끊임없이 술을 마시고 담배를 피워댔는데 난생처음으로 구내식당이 내 집같이 친근하게 느껴지더군요. 보조 연출자 여자가 내게 안토니오를 소개했습니다. 안토니오는 베를린에서 온 칠레 출신 청년이었습니다. 안토니오는 공연에 대해 어떻게 생각하느냐며 내 의견을 물었고 그 자신은 '지루한' 공연이었다고 평가했습니다. 안토니오는 나더러 자신의 옆자리에 앉으라면서 그가 '요나스'라고 부르는 극장장의 좌석에서 의자 하나를 끌어당겼습니다. 모든 것이 얼마나 쉽던지요. 안토니오는 내게 보드카를 권했습니다. 주위에 앉은 모든 이들이 보드카를 마시고 있더군요.

요나스는 부부관계나 남녀 간의 정조는 자연법칙에 위배되며 무의미하고도 우스꽝스러운 현상이라는 주장을 펴는 바람에 거의 모든 여자들의 반감을 샀지만 조금도 굴하지 않고 여전히 말을 계속 이어나갔습니다. 그는 연신 얼굴에 떨어지는 자신의 머리카락을 쓸어 올렸고 한 사람 한 사람을 바라보았습니다. 우리 두 사람의 시선이 마주치게 되자, 나는 마치 그의 의견에 찬성이라도 한다는 듯이 나도 모르게 고개를 끄덕였습니다. 그 때문에 난 화가 났습니다. 게다가 여배우 클라우디아 마르크스가 요나스의 의견에 큰 소리로 반대를 표하며 심지어는 비웃기까지 했을 땐 난 더더욱 언짢은 감정을 느꼈지요. 그는 반쯤은 기분 나빠했고 반쯤은 자신의 여자에 관한 이론이 입증된 것을 좋아하는 눈치였습니다.

난 클라우디아 마르크스를 경탄해마지않았습니다. 나는 단 한번도 그녀와 이야기를 나누지 못했었습니다. 아니, 난 감히 그녀에게 가까이 갈 수조차 없었습니다. 그녀의 모든 것이 아름다웠고 유혹적이었는데 나는 특히 그녀의 손을 사랑했지요. 그녀의 양손은 자신들만의 삶을 따로 영위하는 듯했고 오로지 나만이 그들의 은밀한 삶을 알고 있는 사람이었습니다. 문득 난 그녀의 그 손들이 나를 건드려주기만을 간절히 바라게 되었고 그 손들에게 키스하고 싶어졌습니다. 그리고 난 머지않아 내 소망을 이루게 되리라는 것을 이상하게도 확신하고 있었습니다.

난 요나스에게 지금 그가 말한 것들을 스스로 정말 믿는 거냐고 물었습니다.

그는 충혈된 눈을 뜨고는 나를 물끄러미 바라보았습니다. "섹스나 하러 가라고!" 그가 외쳤습니다. "섹스나 하러 가라니까!" 요나스는 그 문장을 두 번, 세 번, 네 번, 계속해서 반복했습니다. 결국엔 구내식당이 조용해질 때까지.

클라우디아 마르크스가 그랬듯이 그의 얼굴을 똑바로 쳐다보는 대신 난 나디아를 생각했습니다. 그러고는 나 자신이 이렇게 말하는 소리를 들었습니다. "왜 내가 그래야 하는데요?"

모든 이들이 일제히 왁자하게 웃음을 터뜨렸습니다. 클라우디아 마르크스와 안토니오 역시 웃고 말았습니다. 안토니오는 나처럼 순수하게 사변적인 사람에 대해 늘 찬탄해마지않는다고 말했습니다. 지옥 같은 상황이었습니다.

자정이 한참 지난 뒤 보조 연출자 여자가 자신과 안토니오가 내 숙소에서 자고 가도 되겠느냐고 물었습니다. 극장 내 객실의 침대는 충분히 넓으며 그들은 마지막 기차를 놓쳤다는 것이었습니다. 안토니오와 그녀는 단 1분도 자지 않았습니다.

침대 끝에 누워 옆에 있는 두 사람의 말소리를 듣고 있는 내 모습은 버려진 자의 참담한 상황을 표현하는 상징처럼 느껴졌습니다. 특히 요나스는 내 자존심을 상하게 했고 그리고 내일이면 안토니오가 그에게 이날 밤의 일을 모두 이야기할 것이었습니다. 내가 반박하지 않은 이유는 내 일자리를, 이 드라마투르그 자리를 잃게 될까 봐 겁이 나서였을까요? 인생에 대해 뭔가 다른 것을 바라는 사람에게 인생은 어째서 이렇게 가혹하게도 복수를 하는 것이냐고 난 자문해보았습니다. 내 인생은 이야기를 풀어나가는 것입니다. 그리고 이야기를 지어내려면 세상에 대해서는 어느 정도 거리가 필요하고 냉정한 시선이 중요합니다. 어떻게 내가 그걸 잊을 수 있었단 말입니까![7]

6월 중순, 베라가 출국한 뒤 며칠 지나지 않아 난 알텐부르크로 갔습니다. 기분 나쁜 경험을 또 한 번 하게 된다면——극장이 나에게 가져다

---

7 튀르머는 자기 자신이 극단적인 관찰자의 위치에서, 즉 관음증 환자와 같은 견지에서 서술을 하고 있음을 자각하지 못하는 듯하다.

줄 일이 그것 말고 또 뭐가 있겠습니까? ── 그것이 나를 강하게 할 것입니다. 난 베라의 길을 따르려는 소망을 가지고 있으니까요.

수석 드라마투르그가 내게 주황색 빛으로 반짝이는 작은 책자를 한 권 건네주었습니다. 난 그것을 받았다는 영수증에 사인했습니다. 난 아래에서부터 위로 읽어보았습니다. '주어캄프 문고/줄리 아가씨/아우구스트 스트린드베리' 난 이제 더 이상 극장 내 객실이 아니라 '벤첼' 호텔에서 묵게 된다는 말도 들었습니다. 연출가 플리더는 아직 도착하지 않았다고 했습니다.

밤에 호텔 방에서 나는 처음으로 베라의 인조가죽 주머니를 열고 지폐들을 종류별로 분리해 바닥에 가지런히 펼쳐 놓았습니다. 3천 마르크까지 세고 나는 그만두었습니다. 그것은 1년 동안 받는 장학금보다도 더 많은 금액이 아니겠습니까!

난 침대에 누워 지폐들을 바라보았지요. 열린 창문을 통해 불어든 바람에 지폐들이 날려 마치 교미라도 하려는 듯 서로서로 포개지고 있었습니다. 눈을 감은 채 그것들이 바스락대는 소리를 들었습니다. 내가 잠에서 깨어났을 때 지폐들은 방 안 여기저기에 흩어져 있었고 한쪽 구석에 지폐들이 모여 작은 낙엽 뭉치가 되어 있었지요.

난 샤워를 하고는 아침 식사가 준비되어 있는 레스토랑의 탁자에 앉아 있다가 린데나우 박물관으로 갔습니다. 그 후 도시를 가로지르면서 산책을 했고 '큰 연못'을 한 바퀴 돌고 나서 게르하르트 알텐부르크의 생가를 방문한 다음 시청 구내식당에 들러 점심을 먹었습니다. 그러고는 공원에 벌렁 누워 책을 읽다가 저녁이 되자 영화관으로 갔습니다. 매일 그런 식으로 한 주가 다 지나갔습니다.

난 '큰 연못' 옆에 있는 야외 술집에 들르기를 제일 좋아했는데, 거기에 앉아 지금 막 서베를린의 란트베르 운하 옆에 베라와 함께 앉아 하루 종일 계속되었던 그 성가신 인터뷰를 피해 잠시 휴식을 취하고 있는 거라고 상상하곤 했습니다.

금요일에는 드레스덴에 계신 어머니께 갔습니다. 미리 알리고 찾아갔음에도 어머니는 역에 마중을 나오시지도 않았고 집에서 기다리고 계시지도 않았습니다. 집 안의 그 무엇도 나를 반기는 기색은 없었습니다. 쪽지한 장도 없었고, 냉장고에는 냄비 하나 들어 있지 않았습니다. 내 침대는 침대보조차 씌워지지 않은 채였습니다.

어머니가 집에 돌아오셨을 때——가끔 늦으신다는 것을 난 이미 알고 있었죠—— 우린 오로지 베라에 대해서만 이야기를 나누었습니다. 베라가 좀더 일찍 갔어야 한다고 어머니가 말씀하셨습니다. 애초부터 그녀는 일이 잘 풀리지 않았고, 인생에서 중요한 시기를 놓쳐버렸다는 것이었습니다. 난 베라가 자신의 인생을 만끽했었고 내가 대학교에 다니면서 접한 것보다 훨씬 더 많은 책을 읽고 연극에 대해서도 훨씬 더 많은 것을 배웠다고 말씀드렸습니다. 어머니는 어떻게 그렇게 말할 수 있냐고 하셨어요. 그것들은 전부 어쩔 수 없이 선택한 비상책에 지나지 않았었다면서요. 어머니는 베라가 연극학교에 다녔어야 했고 베를린의 독일국립극장에 갔어야 할 아이였다고도 말씀하셨습니다. 그리고 베라가 종종 얼마나 절망에 빠졌었는지 난 알지도 못한다는 것이었습니다.

저녁 식사 때 어머니는 뜯지도 않은 카망베르 치즈를 상에 올리셨고 난 생선 통조림을 땄습니다. 빵은 매우 오래된 것이었습니다. 난 괴로웠습니다. 어머니 자신과 나에게 이렇게 무심하게 대하는 모습은 난생처음이었으니까요.

난 월요일 연습 공연 회의에 지각했습니다. 플리더라는 작자 역시 말

꼬랑지처럼 뒷머리를 묶었다는 사실은 정말 나쁜 징조임에 틀림없었습니다. 대머리여서 그나마 얼마 남지 않은 머리카락을 모아 묶은 것이었고 그 은발의 머리채가 목덜미 칼라에 볼품없이 매달려 있었습니다. 내가 노크를 하고 실내에 들어서 테이블로 갔을 때, 능히 예상할 수 있는 일이었지만, 그는 내 쪽을 향해 뒤돌아보지 않았습니다. 그리고 역시나 예상했던 바대로 그는 내가 누구인지 또 한 번 소개를 받고자 했습니다. 클라우디아 마르크스가 거기 앉아 있는 것을 보고 어찌나 놀랐던지! 그녀의 이름은 배역 명단에도 들어 있지 않았던 것입니다.

"그러니까 이 사람이 엔리코란 말이지" 하고 플리더가 말했습니다. "엔리코는 이런저런 일에서 우리를 돕게 될 거야. 기대하네. 좋아, 엔리코, 자네가 와서 기쁘군." 아무도 웃지 않았습니다.

클라우디아 마르크스를 제외하면 테이블에는 페트루스쿠(크리스틴, 요리사, 35세)와 막스(장, 시종, 30세)만이 앉아 있었습니다. 플리더의 보조인, 짧은 머리에 키가 훤칠한 그 젊은 여자는 동시에 무대미술을 담당하기도 했는데 멀찍이 의자의 등받이 위에 걸터앉은 채 '카로'를 마시고 있었습니다.

그 후에 일어난 일들은 연습 공연이라기보다 대학생들의 세미나 수업 같았다고나 할까요. 거기서 난 수업 준비를 전혀 해오지 않은 학생이었습니다. 플리더는 오로지 나를 위해서 책에 대해 설명하는 것처럼 보였습니다. 그가 쪽지를 붙이고 입구에 맡겨두었던 그 책 말입니다. 그동안에 그는 좌우로 왔다 갔다 서성댔고 킥킥거리며 웃기도 하며 점점 파우나 사티로스(반인반양의 목신—옮긴이) 같은 모습을 띠어갔습니다. 그의 보조는 그의 말을 반복하거나 보충하기도 했고 행동주의적 행위에 대한 연구에 대해 언급했으며 담배를 빨아들일 때마다 눈을 찡그렸습니다.

점심시간에 클라우디아 마르크스가 내 옆자리에 앉았습니다. "두 사람 이미 아는 사인가?" 하고 플리더가 물었습니다.

"네" 하고 난 대답했습니다. 클라우디아 마르크스가 나를 쳐다보았습니다. "우리가 어디서 만났었던 거죠?"

"「운디네」 첫 공연 파티 때요. 바로 이 테이블이군요."

"아이, 참, 이를 어쩌면 좋아!" 하고 그녀가 소리쳤습니다. "그때 난 완전히 만취 상태였단 말이에요. 영 정신이 나갔었는데, 아, 정말이지, 미안합니다!" 사과를 하려는 듯 그녀는 자신의 한쪽 손을 내 팔 위에 놓고 나서 겁먹은 목소리로 물었습니다. 그날 밤 혹시 나 역시 그녀와 보조를 맞추기 위해 술에 취하지 않았었느냐고 하더군요.

"애석하게도 아닙니다만" 하고 난 대답했습니다. "당신하고라면 기꺼이 보조를 맞추며 술에 취할 수 있을 것 같습니다."

"말을 놔." 그녀가 속삭였습니다. "우리 이제 그냥 야, 자, 하면서 말을 놓자. 내 이름은 미하엘라야."

"좋아, 미하엘라!" 하고 대답하며 난 내 이름도 말했습니다. 난 그때까지도 여전히 내 팔 위에 놓여 있던 그녀의 아름다운 손을 내려다보았습니다.

당신의 엔리코 T.로부터.

(2권에 계속)

대 산 세 계 문 학 총 서